Dominique Fernandez
Die Schule des Südens

Roman

Aus dem Französischen
von Maria Dessauer

Insel Verlag

Titel der Originalausgabe:
L'École du Sud

Erste Auflage 1993

Druck: Wagner GmbH, Nördlingen
Printed in Germany

Zum Andenken
an Ramon und Liliane

»R. nach Hause gekommen. Seine Reden: ich hätte unser beider Schicksal zerstört, er hätte immer nur mich geliebt (und ich immer nur ihn), wir seien uns über unsere Beziehungen nicht im klaren . . .«

Notizbuch von L.,
Eintragung vom 7. März 1937

Erstes Buch

Die Schule des Südens

I

Das Sprechzimmer von Santo Spirito

Ein feines Ohr hätte erraten, daß die an die Pforte klopfende Hand nicht einer sorglosen Regung gehorchte.

Vierzig Jahre waren vergangen, seit der von seiner Mutter nach Paris gerufene Student sich von der Schwester Pförtnerin verabschiedet hatte. Ich erinnerte mich an eine ganz rundliche, rosige, vor Gesundheit strotzende, stets gutgelaunte Nonne, lebender Beweis der Vorteile des Klosterberufs für ein Bauernmädchen, das die Dürre unseres Bodens zu einem Dasein in Armut verurteilt hätte. Sie würde nun knapp siebzig Jahre alt sein, das Alter der Vollendung für die Frauen unserer Insel, wenn sie von Feldarbeit und Sonne verschont blieben. War sie in Santo Spirito behalten worden? Erfüllte sie noch die gleichen Aufgaben? Würde ich sie an der Drehscheibe sehen? Würde sie mich wiedererkennen?

Den Hut in die Stirn gedrückt, wartete ich in der Unbewegtheit des sizilianischen Sommers an der Pforte. Ich hatte die heißeste Stunde gewählt, den erbarmungslosen *Tocco*, der Straßen und Plätze leert. Diesem ersten Ausgang seit meiner heimlichen Rückkehr würde ich eine Anweisung für die Zukunft entnehmen. Wenn Schwester Agata in dem zusammengesunkenen, dick gewordenen, durch sein Scheitern ernüchterten, durch die Notwendigkeit, sich zu verstecken, furchtsam gewordenen Besucher, der seinen Panama hätte lüften sollen, um mit der einzigen Einzelheit, auf die er stolz war, dem noch schwarzen Haar, zu prahlen, den jungen Mann erkannte, der in früheren Zeiten mit dem Taschengeld, an dem es einem Vasconcellos, Erben einer der bekanntesten Familien Girgentis nie gänzlich mangelte, Süßigkeiten bei ihr kaufen kam, müßte ich mich dazu entschließen, mich in das kleine, hinter den letzten Garagen und den letzten Hütten, denen es trotz der neuesten brutalen Ausdehnung der Stadt nicht gelungen ist, diese zu erreichen, über dem Meer gelegene Haus meiner Tanten zu verkriechen.

In Santo Spirito drohte mir kaum Gefahr. Auch wenn sie, mich gewahrend, die Hände zusammengeschlagen, wenn die glückliche Überraschung sich auf ihrem Gesicht abgezeichnet hätte, ja selbst wenn ihr der Ausruf »Don Porfirio!« entfahren wäre, hätte die treue Schwester Agata mein Geheimnis bewahrt, ebensosehr aufgrund der klösterlichen Erziehung wie des Respekts vor meinem Familiennamen, einem von mehreren Generationen von Wohltätern des Klosters getragenen Namen. Wußte sie überhaupt, daß irgendwo in Europa, Tausende Kilometer von hier entfernt, ein Haftbefehl gegen mich erlassen worden war? Den Krieg jedenfalls hatte sie nicht ignorieren können, da er einen Teil der Gebäude zerstört und den Benediktinerinnen nur den Flügel gelassen hatte, in dem sich die Küche, der Speisesaal und ein Gang mit Zimmern befinden – ohne die Olivenpresse und weder den Kapitelsaal noch die anderen beschädigten Zellen, an deren Restaurierung noch nicht wieder zu denken ist, versichert mir Donna Eusebia, die bigotteste meiner Tanten. Die Nachrichten aber von der deutschen Besatzung, der Kollaboration, dem Widerstand, der Befreiung in den Ländern Europas haben wohl nie die Mauern dieser Festung überwunden, in der seit Roger II. die Zeit stillesteht. Die Glocken läuten, heute wie im Mittelalter im gleichen kristallenen Ton, und die Ordensfrauen, die immer noch zu zwei und zwei den Chor der Kirche betreten und, vor dem Altar angekommen, niederknien, schlagen gemäß der Regel der Zisterzienser, ehe sie mit Beten anfangen, ihre Flügelhauben nieder.

Höchstenfalls war Schwester Agata zu Ohren gekommen, daß Don Porfirio, der junge Vasconcellos, sich in Frankreich zugrunde gerichtet hatte, ohne daß sie dieses unbestimmte Bild eines Unheils mit meinen politischen Verirrungen in Zusammenhang brachte, da allein die Tatsache, sich nicht Gott zu weihen, sondern die Straßen der Welt einzuschlagen, für sie die Quelle allen Elends bildete. Ich griff abermals nach dem Türklopfer. Nachdem ich mich gescheut hatte, mich ihrem Blick auszusetzen, konnte ich es nun kaum erwarten einzutreten, das Brettchen des Fensters neben der Drehscheibe sich zurückschieben und unter der schwarzweißen Flügelhaube das joviale Gesicht meiner einstigen Naschwerklieferantin erscheinen zu sehen. Erkannte sie mich nicht wieder, so würde ich einen Seufzer der Erleichterung ausstoßen beim Gedanken, der übertriebenen Überwachung und den Nörgeleien meiner Tanten zu entgehen, die Mussolini treu geblieben waren und auch die für ihren Neffen verhängnisvollen Verfehlungen und seine nichts weniger als ruhmreiche Flucht nicht seiner eigenen Schuld, sondern der Schuld der »anderen«, der ewigen Feinde zuschrieben. Mit dem verabscheuenswürdigen Hirngespinst der italienischen Einheit und unter verschiedenen Namen, stets aber mit dem verhaßten Etikett des »Fortschritts«, hatten sie sich den Kopf zerbrochen, um das goldene Zeitalter der Bourbonen zu zerstören. In Italien die Monarchie der Savoyer, in Frankreich die Republik der insgesamt als »Rote« bezeichneten Volksschulehrer, Demokraten und Laien. Erkannte mich Schwester Agata wieder, so würde ich mich im wohlwollenden Erstrahlen ihrer Augen gleichsam wiederaufleben fühlen. Das Lavendelblau, dies wußte ich noch, bezeugte nicht nur, daß sie von der alten Rasse der Normannen abstammte, die nach den Arabern die Insel erobert hatten, es kündete zudem von der Weisheit, dem Gleichmut, der nachsichtigen Klarheit einer vom Erfolg des im Kloster verfertigten Kleingebäcks, dessen hauptsächliche Einkünfte es gewährleistete, dahin belehrten Seele, daß der Mensch fehlbar ist. Welches auch der Grad seiner Schuld sein mag, er wäre verdammt ohne die Barmherzigkeit unseres Herrn, der von der Höhe des Himmels aus keinen Unterschied anstellt zwischen den Arten der ihm zugefügten Enttäuschungen und den es, denkt er an die Vollkommenheit, mit der er am sechsten Schöpfungstag Adam auszeichnete, kaum weniger betrübt, sein Geschöpf durch eine Kuchenvöllerei ihm den schuldigen Respekt versagen zu sehen als durch ein Verbrechen gegen das Vaterland.

Daß sich dieselbe Ordensfrau hinter der Drehscheibe befände, bezweifelte ich jedenfalls nicht mehr länger, als ich mir angesichts einer kleinen Einzelheit über die sozusagen ewige Beständigkeit aller Dinge in Sizilien klar wurde, wo nichts so sehr Widerwillen hervorruft wie Veränderung, wenn das Festhalten an den Einrichtungen, den Bräuchen, den Mißständen auch nicht zu den verschrobenen Exzessen meiner Tanten führt. Das erste Mal hatte ich ganz mechanisch geklopft. Im Augenblick, als ich den Hammer von neuem hob, wurde mir erst bewußt, daß die Zisterzienserinnen nach zwei Weltkriegen und zahllosen technischen Umwälzungen es nicht für nötig gehalten hatten, den alten Bronze-Türklopfer durch eine elektrische Klingel zu ersetzen.

Im Innern der einen halben Meter dicken Mauern gehört zu werden war in der Zeit der ersten Düsenflugzeuge noch immer gleich schwer. Vom amerikanischen Flugplatz aufsteigend, zerrissen sie mit dröhnendem Knall, als donnernde Paladine der kürzlich gegründeten NATO das Tal der seit zwanzig Jahrhunderten schlafenden Tempel und befleckten die Himmelsbläue mit ihren weißen Rauchsäulen, während Santo Spirito noch im ehernen Zeitalter lebte.

Alle Gesten, die ich in der Jugend so oft vollführt hatte, alle Nuancen an Kraft, Zartheit, Hast, Zurückhaltung, die ich meinem Arm mitgeteilt hatte, kamen mir mit einem Schlag wieder in Erinnerung, während ich, den erhobenen Hammer in der Hand, unschlüssig war, wie ich ihn gegen den Türpuffer fallen lassen sollte. Die Kunst, sich unter Einsatz der Hand anzukündigen, bietet gegenüber der von der Elektrizität gesteuerten Klingel, deren stets vollkommen gleicher Stromstoß nichts über den Geisteszustand des Besuchers aussagt, den Vorteil, seiner Verfassung oder seinen Geldmitteln angepaßt werden zu können.

Welche Unterschiede doch in der Inangriffnahme, welche vom Handgelenk erlangte Sicherheit! Wenn es mir nicht gelungen war, zu Hause einen zusätzlichen Centime zu erschwindeln, und ich nur auf mein Lächeln, mein freundliches Aussehen und den Kredit meiner Familie bauen konnte, wagte ich die Schwestern nur mit einem so schüchternen Streifen des Türpuffers zu stören, daß sie sich, so als hätten sie nichts gehört, still verhalten konnten, ohne meine Eigenliebe zu verletzen. Eine finanzielle Glückssträhne drückte sich durch unverschämtes Trommeln aus, das einen sofortigen Einlaß, Vorspiel zu einer pompösen Kuchenausstellung im Fach der Drehscheibe forderte. Manchmal kam ich hungrig aus der Schule, und die Art, wie ich mit kleinen hastigen Schlägen um Einlaß bat, zeigte die Dringlichkeit einer alimentären Stärkung an – unabhängig vom Inhalt meiner Taschen. An anderen Tagen trieb mich nach einer guten Mahlzeit pure Naschhaftigkeit vor den Eingang des Klosters. Ich streichelte den Klopfer zwischen meinen Fingern und bat ihn, mein Fürsprecher zu sein. Daraus entstand eine Reihe von in regelmäßigen Abständen ausgeführten leichten, jedoch beharrlichen Stößen, wobei Zartheit der Ungeduld die Waage hielt, das Mittel war, um Vergebung zu erlangen und dem Eingeständnis meiner Schwäche für die Süßigkeiten zuvorkam. Durften sie mich wegen meiner Kapitulation tadeln, wenn sie doch aufgrund der Vortrefflichkeit ihrer Mitschwester Konditorin hauptsächlich dafür verantwortlich waren? Ich hatte manchmal ein Taschentuch unter den Klopfer geschoben, um den Aufprall zu dämpfen und gleichzeitig mit meinem Ansuchen die Reue vorzubringen, die mich von ihm reinwusch.

Vierzig Jahre später zögerte meine Hand, ehe sie einen zweiten stärkeren Schlag ausführte, aber das Motiv war nicht mehr das gleiche. Die Tür öffnete sich, wie einst durch eine Stange manövriert, die an der Wand des Sprechzimmers entlanglief und durch eine Öffnung in den nächsten Raum vordrang, so daß die Schwester Pförtnerin am Ende ziehen konnte, ohne sich dem Besucher zu zeigen. Statt des in meiner Erinnerung mit dem Geruch nach Wachs und nach den alten Lederbezügen der an der Wand gegenüber dem Gemälde aufgestellten Stühle verbundenen Dunkels empfing mich hinter der Schwelle helles Licht.

Sofort, ohne vor dem Porträt der Mutter Juana an der linken Wand innezuhalten – es genügte mir, mit einem Blick festzustellen, daß sie noch immer an derselben Stelle thronte, vor ihrem mit Gänsefedern beladenen Schreibtisch, die Hand auf den in Pergament gebundenen Folianten gelegt –, gewahrte ich, daß die Drehscheibe abmontiert und entfernt worden war. An ihrer Stelle befand sich ein Gitter, das fast die ganze hintere Wand einnahm und das von einem Innenhof herkommende grelle Licht durchließ. Einzig auf diese Veränderung war ich nicht gefaßt gewesen. Meine Verwirrung wuchs, als ich den vom Alter kaum verlangsamten vertrauten Schritt aus den Tiefen des Klosters herbeitrippeln hörte und sodann hinter dem Gitter das Vollmondgesicht der einstigen Pförtnerin erscheinen sah. Sie öffnete beide Flügel des Schalters, legte ihre mit braunen Flecken übersäten Hände auf das Marmorsims, das nun als Theke diente, und wartete schweigend, ohne die Augen zu mir zu heben, meine Befehle ab.

Ich war ganz aus der Fassung gebracht, bei der Kuchenzeremonie nicht mehr jenem Duft des Mysteriums zu begegnen, der mir einst so sehr gefallen und meinen Genuß verzehnfacht hatte, wenn das Geld auf die Drehscheibe gelegt werden mußte und nach einer durch unsichtbare Hand vollführten schnellen Rotation anstelle der schmutzigen Geldmünzen, glänzend von kandierten Engelwurzstengeln und Zitronatzitrone, die Leckerei erschien, die fast immer schöner und kostspieliger war als die, deren Namen ich mit einer vor erregtem Verlangen, vor Gewissenspein und angesichts der Düsternis des Sprechzimmers bebenden Stimme gemurmelt hatte.

Das einstige Zuckerbäckerritual, ebenso eindrucksvoll wie ein Gottesdienst, hatte sich zu einem niedrigen Handel verweltlicht: man machte seine Bestellung, man wartete auf die Ware, man zahlte, man trug seinen Einkauf fort. Kauf und Verkauf, weder ängstliches Fiebern mehr noch großzügige Gaben. Infolgedessen erachtete ich es als erstes für unmöglich, vor Schwester Agata, die ich keine Handbreit entfernt vor mir stehen hatte, ohne daß ich Verdacht erregte, den Hut aufzubehalten. Obwohl ich vage mit dieser Ausflucht gerechnet hatte, um den Zweifel an meiner Identität zu wahren, war ich nun hilflos der Gefahr ausgesetzt, erkannt zu werden. Von diesem ersten Versuch würden die meinen Mitbürgern in Agrigento gegenüber zu beachtenden Verhaltensmaßregeln abhängen – in Agrigento, denn die Faschisten hatten siebzehn Jahre nach meiner Abreise Girgenti, die Stadt meiner Väter, auf diesen Namen umgetauft, eine Ortsnamenschändung, welche die »Befreier«, wer weiß, warum, wiedergutzumachen vergessen hatten.

Da ich kein Wort sagte, hob Schwester Agata den Blick zu mir. Das Blau der Iris war mit den Jahren grau geworden. Ich konnte in dem Gesicht, in dem die mit Gleichmut ertragenen Erschütterungen eines Lebens die Runzeln harmonisch verteilt hatten, kein Zeichen der Verwunderung entdecken. »Schwester«, stammelte ich, »ich hätte gern zweihundert Gramm Patellen.« Sie sah mich wieder an, doch diesmal wie vor den Kopf geschlagen. Welche Ungeheuerlichkeit hatte ich also geäußert? Trugen diese wie spitze Muscheln geformten Mandelteigplätzchen denn nicht die bildliche Bezeichnung »Patellen«? Oder hatte der Klang meiner Stimme die erloschene Erinnerung an das Gesicht des seit fast einem halben Jahrhundert verschwundenen Klienten geweckt?

»Zweihundert Gramm«, wiederholte ich, unsicher geworden. Im selben Augenblick begriff ich meinen groben Fehler. »Patellen« war richtig, ich hätte diese drei Silben auch nicht vergessen, deren Klang der dichten reichen Masse des von ihnen bezeichneten Gegenstandes so gut entspricht. »Pate«, langsamer, betonter Beginn auf einem dumpfen Konsonanten, der nur auf einen Aspekt des Gebäcks hinweist, seinen Gehalt an Eiern, Zucker, Milch, seinen Nährwert – gefolgt von einem lyrischen Aufschwung, diesem »tellen«, das wie ein Beckenschlag aufsteigt und vibriert und mit einem Tusch verkündet, daß die Mandelkegel von Santo Spirito nichts mit gewöhnlichem Marzipan zu tun haben.

»Zweihundert Gramm«: der Irrtum, der Fehler, der Schwester Agatas Stirn mit einer – im Gegensatz zu dem feinen Netz gleich Strahlen eines Sterns von ihren Mundwinkeln und ihren Augen bis zum Rand ihrer Flügelhaube angeordneter Furchen – waagrechten Falte runzelte, bestand in diesen zwei Worten. Wußte ich denn nicht, daß, sosehr die Sehnsucht nach bourbonischer Vergangenheit die Herzen meiner Tanten auch quälte, sie doch nicht die einzigen Leute in Sizilien waren, denen die Einigung Italiens zuwider war? Das metrische System insbesondere hatte sich auf unserer Insel nie eingebürgert. Durch den Satz, der mir entschlüpft war, hatte ich meinen langen Aufenthalt in einem Land verraten, in dem die stolze Vernunft eine homogene Theorie der

Gewichte und Maße aufgestellt hatte, ohne den zahllosen zwischen den Menschen bestehenden Variationen, den Unterschieden ihrer Bedürfnisse, den Ungleichheiten ihrer Mittel Rechnung zu tragen.

In Santo Spirito wurde dies Gebäck nie auf einer Waage abgewogen, ebensowenig wie ein häufiger Besucher sich anders als mit einer Umschreibung, deren Unklarheit ihrer Großzügigkeit freie Hand ließ, an die Schwester gewandt hätte. Zum Beispiel: »Erlauben Sie mir, meiner Familie mit einem Teller *Coriandoli* eine Freude zu machen.« Wir gebrauchten, meine Kameraden und ich, die Formel, die am besten geeignet schien, wohltätige Wirkungen zu erzielen. Da in Sizilien Mitleid mit solchen, die sich der Schuldisziplin beugen müssen, eine unverwüstliche Triebkraft ist und niemand hier soviel Mitgefühl erweckt wie ein über seine Hefte gebeugtes Kind, sagten wir: »Ich werde lieber an mein Pult zurückkehren, wenn ich noch ein paar *Mantecati* gekostet habe.« Die Hinterlegung auf der Drehscheibe von einigen wenigen Centimes, die sogleich auf der anderen Seite der Mauer verschwanden und niemals vor Augen des Käufers gezählt wurden, fügte dem nichts weiter als eine diskrete Auskunft über die Heftigkeit seines Heißhungers oder über die Flüssigkeit seiner Finanzen hinzu. Die Scham, die Überzeugung, daß der Erfindungsgeist der Schwestern an ihren Herden nicht mit so viel Meisterschaft geübt würde, besäßen sie nicht die Freiheit, die Erzeugnisse unabhängig von ihrem Handelswert nach Belieben auszuteilen, vornehmlich die Hoffnung, auf der Drehscheibe dank eines holdseligen Wunders ein Quantum an Naschwerk erscheinen zu sehen, das in keinem Verhältnis zu der deponierten Summe stand, alle diese Gefühle verboten uns, unsere Wünsche in arithmetischen Ausdrücken zu formulieren. Der Freigebigkeit der Vorsehung – sie kennt keine Grenzen – überließen wir es, den uns zufallenden Teil zuzumessen.

Aus Unbesonnenheit oder dummem Vertrauen in die Unparteilichkeit der Zahlen hatte ich gegen diesen grundlegenden Brauch verstoßen. Und nachdem die Schwester sich zu den Küchenräumen entfernt hatte, war es kein Trost für mich, ein neben das Gitter geheftetes rechteckiges Papier zu entdecken, auf dem die Preisliste mit der gleichen Nüchternheit angezeigt war wie in einer Pariser Bäckerei. Eingriff sicherlich eines kürzlich inthronisierten Bischofs oder einer jüngeren, reformfreudigen Äbtissin, die da, wo wir uns lieber der Willkür der unmittelbar von Gott erleuchteten Schwestern hingaben, die menschliche Gerechtigkeit hatten herstellen wollen. »Patellen: Hundert Gramm, zwanzig Lire« stand da in Schreibmaschinenlettern auf dem Blatt, das seine Jugend noch nicht hatte vergilben lassen. Nun konnte ich mir Schwester Agatas Verblüffung und die schmerzliche Verkrampfung ihrer Züge erklären. Auch wenn die junge italienische Republik die Absicht hegte, den vom Himmel inspirierten freien Warenaustausch durch Geschäftsregeln zu ersetzen, die dem Geldwert entsprachen, hätte ein Mann meiner Generation sich an die sakrosankten Gepflogenheiten der Insel halten sollen.

In meiner Verwirrung zog ich, ohne mich zu fragen, ob sie mich wiedererkannt habe oder nicht, meine Brieftasche und entnahm ihr für die bestellten zweihundert Gramm Patellen drei Zwanziglirescheine, legte sie auf die Marmorplatte und handelte dem Pakt, den ich geschlossen hatte, selbst zuwider durch eine späte Reue, die vielleicht ein Lächeln auf Schwester Agatas Lippen bringen mochte.

Sie war es, die mich durch eine unverhoffte Initiative verlegen machte. Sie kam mit einem Paket von stattlichem Ausmaß zurück, das sie wegen seines Gewichts und wegen seiner Größe auf beiden Händen trug und das nicht zweihundert Gramm und auch nicht ein Pfund Patellen enthielt, sondern mindestens zwei oder drei Kilo, eine ebenfalls unpassende, ruchlose Vermutung, da solche Freigebigkeit, deren Willkür mich an die Armseligkeit der Berechnungen des Verstandes mahnend erinnerte, mir anzeigte, welche verderblichen Prinzipien ich ablegen und auf welchen Grundlagen ich mein Leben neu beginnen müsse, um nicht den Rest meines Aufenthalts auf Erden zu vergeuden. Falls die Schwester mich zu Anfang nicht wiedererkannt hatte, war sie durch die numerische Genauigkeit meines Gesuchs auf traurige Weise aufgeklärt worden. Hatte sie bisher nur durch Hörensagen und von ungefähr einiges über meine Tätigkeit in Frankreich während des Krieges erfahren, so schilderte ihr dieser Zug der zweihundert Gramm gleich einer Erleuchtung meine ganze Schändlichkeit. Er mußte sehr tief gefallen sein und die göttliche Gnade gleichsam verwirkt haben, einer, der sich vom Glauben an die durch nichts veranlaßte Gabe lossagte und das mathematisch Ermittelte, ihm Zukommende verlangte. Aber die Kirche, die im Dunkel wirkende Kirche, die der Mönche und der Klöster, die Kirche, die in der Stille für das Heil der Sünder betet, würde den nach fünf Jahren des Exils in die Stadt seiner Väter zurückgekehrten Flüchtigen nicht seinem Schicksal überlassen. Mochten die Tribunale der siegreichen Demokratien ihn auch für schuldig befinden und ihm die Sühne aufzuerlegen suchen, eine Rechtsprechung, höher als alle allzu menschlichen Strafkammern, bot ihm ihre Vergebung an.

Schwester Agata legte das Paket wie ein dem Wüstenhebräer gesandtes Manna in meine Hände.

2

Das Porträt der Äbtissin

Und jene dort, würde sie mir vergeben? fragte ich mich und wandte mich zur Äbtissin auf dem Gemälde, nachdem Schwester Agata das Geld eingesteckt, das Gitter heruntergelassen hatte, wieder ins Kloster zurückgekehrt war und mich im Sprechzimmer allein gelassen hatte. Und Du, Constance, wirst Du mir meine Verfehlungen vergeben? Zahlreiche, schwere, verschiedenartige: von den privaten, die ich Dir gegenüber begangen habe, bis hin zu den öffentlichen, über die mein Wahlland Rechenschaft von mir fordert. Den hauptsächlichen Grund, warum es mich auf meinem ersten Ausgang ins Sprechzimmer von Santo Spirito trieb, habe ich Dir noch nicht genannt. Ich wollte das Porträt der Äbtissin wiedersehen: jener Mutter Juana, die in sehr alten Zeiten die Geschicke des Klosters geleitet hatte. Das Leitbild der Frau, die ich heiraten werde, sagte ich mir, wenn ich verzärtelt von der sizilianischen Erziehung, zu der sich der subtil verderbliche Einfluß meiner Mutter noch hinzugesellte, das instinktive Bedürfnis nach einer Zucht empfand, einer moralischen Geradheit, einer Willensbildung, sogar ganz einfach nach einem geregelten Stundenplan, sollte mein Leben nicht, ähnlich den Flüssen unserer Insel, deren Lauf sich im Tuffstein verliert, in fruchtloser Vergeudung münden.

Spät aufstehen oder jedenfalls nicht, ehe mein Körper die letzten Wonnen der morgendlichen Schlaftrunkenheit ausgekostet hatte; zum Eßzimmer schlurfen; wegen meines niedergedrückten Ausdrucks und meines stumpfen Gesichts, auf dem eine vorsätzlich nur kurze Reinigung Spuren von Benommenheit und Langeweile zurückgelassen hatte, die Sorge meiner Tanten hervorrufen, die, schon fertig und tadellos gekleidet, wie es sich für ihr Geschlecht gehörte, dessen Minderwertigkeit sie durch die auf ihren Anzug verwendete Sorgfalt vergessen lassen mußten, mich bestürmten, ihnen doch zu sagen, ob ich leidend sei; ihre Befürchtungen ausnutzen, um den Augenblick des Ranzenpackens hinauszuschieben; zur Schule gehen nur, wenn bis zur Türschwelle begleitet von ihren ängstlichen Fragen und bis zur Straßenbiegung von ihren schmerzerfüllten Blicken gefolgt; den trostvollen Gedanken genießen, daß, wenn es auch nicht möglich war, der Schule zu entkommen, die Personen, denen mein Leben lieb und teuer war, doch an meinem Schicksal zutiefst Anteil nahmen und in mir eine Art unglücklichen Helden beklagten, wie Manrico, den vom Grafen Luna in einer meiner Lieblingsopern verfolgten »Troubadour«; in der Klasse alle Mittel gebrauchen, um meinem Lehrer zu bedeuten, daß er, der arme Teufel, der ein Elendsgehalt bezog, einem Erben der großen Vasconcellos Respekt schuldete und daß ich, wenn ich mich bereit fand, auf meiner Bank Platz zu nehmen und seine Lektionen anzuhören, dies nur aufgrund der außergewöhnlichen Gutartigkeit meines Wesens tat, deren – übrigens mit einer für das sizilianische Schulwesen traurig bezeichnenden Regelmäßigkeit erhaltene – Belohnung ein schmeichelhaftes Zeugnis am Ende des Trimesters zu sein habe; wieder nach Hause gehen wie ein Ritter, der aus der Schlacht zurückkehrt, staubbedeckt, mit einem Glorienschein und den Stigmata der Erschöpfung; den Rest des Tages gemeinsam mit den Kameraden damit vertun – denn trotz seiner Niedertracht hatte der Einheitsstaat es nicht gewagt, uns nachmittags wieder in die Schule zu schicken –, daß wir durch die Straßen bummelten, die Glaskugeln der Gasbeleuchtung zerschmissen, am Strand tote Äste verbrannten, mit Fußtritten Geröll ins Meer beförderten, in das sich keiner von uns aus Angst vor dem kalten Wasser und weil wir nicht schwimmen konnten, weiter als bis zu den Knien vorgewagt hätte; so spät wie möglich zu Bett gehen, weniger aus Vorliebe für die Nacht, denn vor Faulheit fielen mir die Augen ganz von selbst zu, als um mich für die obwohl nur schüchternen Ermahnungen unzugänglich zu zeigen und zur Geltung zu bringen, daß allein ich Herr und Meister meiner Zeit war: das war die Nutzanwendung meiner Kindheit. Damals kannte man bei uns kein besseres Mittel (haben die Dinge sich seither sehr geändert?), einen Jungen glücklich zu machen, als ihm die Zügel locker zu lassen und jede Unannehmlichkeit zu ersparen.

Da ich das einzige männliche Mitglied meiner Familie war und da mein Vater lange vor seinem vorzeitigen Tod meiner Mutter Adeline nur noch Verachtung eingeflößt hatte, behandelte sie mich, wenn sie wieder einmal aus Paris kam, um einige Wochen mit mir zu verbringen, zudem nicht so sehr als Sohn wie als König. Keine Schule mehr sodann – »dort wird nur dummes Zeug gelehrt« –, Sizilien war für sie ein ebenso rückständiges Gebiet wie Afrika, und wenn sie mich eines Tages endlich mitnehmen könnte, würde ich, dank der außergewöhnlichen Gaben, die sie mir zuschrieb, das in der Schulzeit Versäumte leicht nachholen. Mit vierzehn Jahren hörte ich gänzlich auf, zum Unterricht zu gehen. Von Paris aus gewahrte sie dies nicht einmal. Hätte sie mich getadelt, wenn sie es gewußt hätte?

In den langen Briefen, die sie von dort sandte, sprach Adeline mir von dem großartigen Leben, das mich in Frankreich erwartete, wenn die unser Wiedersehen verzögernden Hindernisse erst überwunden wären und ich mich nicht mehr mit Taugenichtsen in der dunklen, gewundenen Via Atenea herumtreiben würde. Als *Corso* für mein Paradieren und als Bühne für meine Großtaten hätte ich die Champs-Elysées, die so breit wie halb Girgenti und von einer jeder Beschreibung spottenden Pracht seien. Bei der Lektüre dieser Zeilen, die um so schmeichelhafter waren, als meine Tanten nur auf ein flüchtiges Postskriptum Recht hatten, in dem keineswegs davon die Rede war, sie eines Tages nach Paris zu rufen, schwellte geradezu herrscherlicher Stolz meine Brust. Es schien mir eine unbestreitbare Tatsache zu sein, daß ich in Sizilien in einem Stamm von Wilden kampierte, und es schien mir eine nicht weniger offenkundige Wahrheit zu sein, daß es sehr gütig von mir war, diese Kränkung ohne heftigeren Protest zu ertragen. In der grenzenlosen Ergebenheit meiner Tanten erblickte ich nichts als den Beweis ihres Vasallentums; auf der Welt waren sie einzig, um mir zu dienen; ich hatte keinerlei Veranlassung, sie zu schonen oder auch nur ihnen für ihre ununterbrochenen Zuvorkommenheiten zu danken. Sie konnten mir nie genug Aufmerksamkeiten erweisen, um das Unrecht wiedergutzumachen einer Gefangenschaft fern der Champs-Elysées, die ich, da ich den Namen der Pariser Avenue wörtlich verstand, mit jenem Paradies gleichsetzte, in dem Flöte und Oboe erklingen, jenem *puro ciel*, jenem »Gefilde des Friedens und der Ruhe«, das Orpheus und Eurydike in Glucks Oper inmitten des Chors seliger Schatten in getragen heiteren Melodien preisen.

So fügte ich der Grausamkeit meines Alters und meines Geschlechts, der allen sizilianischen Jungen eigenen, von der Ergebenheit der Frauen ihrer Umgebung erzeugten und genährten Selbstgefälligkeit eine Flegelhaftigkeit hinzu, die aus der Überzeugung entstanden war, ich sei nur zufällig von meinen Tanten abhängig, da meine wahre Stütze, mein Schutzwall, meine Festung, Tausende Kilometer von deren fleißigem Bienenkorb entfernt, in der Person meiner französischen Mutter bestehe, deren nach der letzten Pariser Mode auf dem Kopf aufgetürmte Frisur die einer Herrscherin zukommende hervorragende Würde symbolisierte.

Etwas in mir jedoch – eine Kraft, die wahrscheinlich von meinen französischen Vorfahren her stammte und deren Wurzel das Leben im *Palazzo* nicht hatte ausreißen können – sträubte sich gegen die ewigen Schmeicheleien und strebte danach, ohne daß ich fähig gewesen wäre, es mir mit einiger Genauigkeit vorzustellen, sich einem Gesetz zu beugen. Beispielsweise drängte es mich spontan zu lesen, doch um weder wie der brave Neffe zu wirken, der den in Wahrheit sehr zurückhaltenden Ratschlägen seiner Tanten nachgab, noch wie der gute Schüler, der sich den spöttischen Bemerkungen seiner Kameraden ausgesetzt hätte, stellte ich absolute Verachtung für die Bücher zur Schau, die ich heimlich mitnahm und unbeobachtet verschlang, wobei ich die Abwesenheit einer sachkundigen Autorität bedauerte, die mir die unverständlichen Passagen erklärt, mich mit anderen Schriftstellern vertraut gemacht und eingeführt hätte in das Universum des Geistes, dessen belebenden Strahl ich in den Tiefen meiner mentalen Schlacke ahnend empfand.

Oder aber, wenn ich beobachtete, in welcher Weise bei den Männern vom dreißigsten Jahr an – denn der Kokon der mütterlichen Bevormundung wickelt sie bis zum dreißigsten Jahr ein – Enttäuschung und Bitterkeit auf die Begeisterung der Jugend folgen, weil die Welt, die sie entdecken, wenn sie aus den Röcken ihrer Mutter hervorschlüpfen, in nichts diesem wattierten, molligen, vor jedem Zusammenstoß mit der Wirklichkeit bewahrten Refugium entspricht, das sie ihnen als das wahre Leben vorgespielt hat, begann ich mir Fragen zu stellen über den Nutzwert einer Erziehung, die ihre Empfänger im Fall der Begegnung mit einem Mißgeschick einer nahezu sicheren Niederlage aussetzt. Lohnte es sich, glücklich gewesen zu sein und sich in einer uneingeschränkten Freiheit gesuhlt zu haben, wenn man danach, des Zepters des kindlichen Königtums beraubt und ohne Mittel, ihnen Trotz zu bieten, vor den Prüfungen versagen mußte?

Gewiß, dies waren nur verschwommene Gedanken, und sie berührten mich kaum. Ich hätte nicht freiwillig auf die Vorteile des Müßiggangs, der Trägheit, der bedingungslosen Beflissenheit verzichtet, mit der jede meiner Launen wie ein berechtigter Wunsch aufgenommen und sofort unterstützt wurde.

Des Vaters und, durch die Abwesenheit einer männlichen Ersatzperson, jedes Halts beraubt – weder Onkel noch Großvater, die mir halfen, mich leiteten; einziger Herr unserer Hausgemeinschaft; zwischen Frauen aufgezogen, die, solange ich nicht den letzten Bissen meiner Nachspeise hinuntergeschluckt hatte, um den Tisch herum stehen blieben, der Reihe nach wechselten die drei Tanten meine Teller und reichten sie mir die Schüsseln an –, hätte ich nur dann ein Gegengewicht zu dieser unheilvollen Lehrzeit finden können, wenn meine Mutter versucht hätte, mir einige weniger lockere Grundsätze einzuschärfen, statt zu meiner Schwächung beizutragen durch Nachsicht, durch Berge von Geschenken, die sie mir aus Paris mitbrachte wie einem Verbannten, den man wegen seines Exils trösten muß, durch das Schweigen über die Anstrengungen, die sie die Eroberung einer nunmehr glänzenden Position gekostet hatte, aber – das erfuhr ich erst später – um den Preis von wieviel Arbeit, Willensanstrengung, Geduld, Entbehrung. Als ein armes Mädchen war sie durch eine harte Schule gegangen, die Not hatte sie früh bedrängt und starr gemacht, sie hatte sich aus eigener Kraft ihren Weg gebahnt, ohne jedoch aus ihrem Erfolg die Lehre zu ziehen oder bei ihrem Sohn ein Rezept anwenden zu wollen, das in ihrem Fall so wirksam gewesen war. Widrigkeiten, Sorgen, Unbeugsamkeit, Siege waren einst ihr Teil gewesen; mir kamen auf einem Tablett serviert künftig Geld und Glück zu. Sei es, daß Adeline in der Schwäche ihres Mutterherzens sich einen ewigen, zu verwöhnenden kleinen Jungen als Sohn erträumte, sei es, daß sie aus pädagogischer Unkenntnis daran gedacht hatte, mich von dem von ihr Erreichten profitieren und mich, ohne daß ich mich abschinden mußte, den Weg geebnet vorfinden zu lassen, oder daß sie fürchtete, ich könnte, wenn sie mir eine strengere Diät zu verordnen versuchte, gegen sie Partei ergreifen, so sehr, daß ich mich eines Tages weigerte, mit ihr in Frankreich zu leben; jedenfalls verschwieg sie mir die schweren Etappen ihrer Karriere, sagte mir kein Sterbenswort über die Kämpfe, die ich selbst auszufechten haben würde, und beließ mich in der Illusion, es würde genügen, daß ich in der glücklichen Sorglosigkeit einer Pflanze heranwuchs, um zur Entfaltung zu gelangen. Später trug sie dazu bei, unsere Ehe zu zerrütten, das gebe ich Dir gerne zu. Aber der schwerste Vorwurf, den sie verdient, ist, daß sie mich über die Daseinsbedingung des Menschen getäuscht hat.

Der Strand von San Leone zu Füßen von Agrigento ist dem Schirokko ausgesetzt, der, bald Ostwind, bald Westwind, dem Meeresrand folgt. Ich und meine Kameraden achteten darauf, den Wind im Rücken zu haben und uns von seinen Stößen weitertragen zu lassen; dann, am Ende der Promenade, kehrten wir über Abkürzungen zurück, die durch den Dünensand gezogen oder mit Hecken indischer Feigenbäume vor dem Schirokko geschützt waren. *Pazzi* nannten wir den englischen Hauptmann Alexander Hardcastle und seine Adjutanten, wenn wir ihnen am Strand begegneten, den einzigen, die ihn im Gegenwind entlanggingen. Nicht nur, daß er so verstiegen war, den Heraklestempel mit eigenen Mitteln restaurieren zu wollen, zu einer Zeit, als der italienische Staat die Schätze des Altertums unter einem Meter Erde und Geröll liegen ließ, es belustigte überdies diesen Briten mit den rosigen Wangen und dem blonden Schnurrbart, den Elementen zu trotzen. Die Schöße seines schottischen Umhangs flatterten ihm im Rücken, während er kämpfte, um seine Füße aus dem Sand loszureißen und recht und schlecht voranzukommen, viel weniger schnell als wir, die mühelos einherschritten, und vor allem viel weniger bequem, dachten wir voll Verachtung für diese unnötige Leistung.

Die Gewohnheit, immer in der Richtung zu spazieren, die die Natur uns nahelegte, und ohne den Versuch, ihre Beweggründe zu verstehen, über die Engländer zu spotten, zeigt Dir bereits, auf welcher Grundlage unsere Moral beruhte: nehmen, was um uns herum am leichtesten zu haben, am angenehmsten war, die Frucht pflücken, die sich in Reichweite befand, der spontanen Neigung nie zuwiderhandeln, glauben, daß das, was sich uns am mühelosesten, am bequemsten bot, auch das beste sei.

Eines Tages wollte ich aus Spielerei den Hauptmann nachahmen. Ich ließ meine Freunde stehen und begann ihm zu folgen. Die ersten Schritte fielen mir schwer, weniger weil ich nicht ernstlich wollte, mehr wegen meines Mangels an Übung. Ich war keine zehn Meter gegangen, da packte mich eine nie gekannte Freude, eine Wollust, die viel stärker war als das, was ich fühlte, wenn ich mich im Rücken vorwärts stoßen ließ. Ich glaubte zuerst, das schnelle Wehen des Windes, die Heftigkeit des Schirokkos in meinem Gesicht seien die einzigen Gründe für diese plötzlich gesteigerte Vitalität. Doch nein: meine Überraschung, mein Glück, seine beseligende Neuartigkeit hingen nur zum geringsten Teil von der äußerlichen Empfindung ab. Zum ersten Mal in meinem Leben stand ich einem Hindernis gegenüber; ich mußte einen Widerstand besiegen; meine Muskeln waren einer Anspannung unterzogen; jeder Schritt, der mich vorantrug, war ein verdienter Schritt, war von meinem Willen meinem Instinkt abgerungen worden. Überwältigende Entdeckung! Ich fühlte mich gekräftigt, angeregt, dem Leben wiedergegeben wie ein Genesender, der nach langer Zurückgezogenheit sein Zimmer verläßt. Der puritanische, eigensinnige französische Ehrgeiz in mir war erwacht, zweifellos noch recht schwach und unsicher, zu schlaff, um mich in den nächsten Tagen und während des restlichen Sommers dazu zu bewegen, daß ich von den gewohnten Spaziergängen mit den Kameraden oder meiner Vorliebe für die geringstmögliche Anstrengung abließ, hartnäckig genug jedoch, um mich dazu zu verleiten, daß ich jedesmal, wenn ich mir Leckereien im Kloster holen ging, den Blick zum Porträt der einstigen Äbtissin erhob, vor dem Bild stehenblieb und die Ermahnungen der großen starren Augen, der strengen Haltung ihrer strahlend weißen Hände in mich aufnahm, deren eine mit zur Schau gestellter Absicht auf den weit aufgeschlagenen Folianten gelegt ist, während die andere, um nicht untätig zu sein, die Perlen eines Rosenkranzes abbetet, der wie eine überlange Halskette bis unter das Knie fällt.

Die Anhöhe emporzustreben, statt sie hinabzusteigen, zu versuchen, meinem Leben eine Gestalt zu geben und ihm eine Zukunft vorzubereiten, statt die Vorteile zu vergeuden, mit denen die Jugend uns überhäuft und über deren Vergänglichkeit sie uns täuscht: nach der Offenbarung am Strand empfand ich dunkel diese Notwendigkeit. Den Wink, den ich im Körper, durch den Körper erhalten hatte und durch die muskuläre Euphorie, einen Sieg über Routine und Müßiggang zu erringen, mußte ich nun in den Bereich des Geistes übertragen. Und da ich weder auf meine Tanten noch auf meine Mutter zählen konnte, war *Madre* Juana persönlich die Frau, die ich gewöhnlich um Hilfe, Rat und Zuspruch bat.

Ein Künstler aus dem Gefolge des Herzogs Pedro de Alvarez hat in der Zeit, als Sizilien, Besitz der spanischen Krone, von einem Vizekönig regiert wurde, das in Santo Spirito hängende Bild gemalt in der Manier des Philippe de Champaigne, der wenig früher die Ordensfrauen von Port-Royal solchermaßen geehrt hatte: Mutter Angélique Arnauld oder Catherine de Sainte-Suzanne. Wie Du mir oft erzählt hast, hatten, ehe wir einander begegneten, ihre Porträts die Wände Deiner Schülerinnen-Zelle geschmückt. Würdevolle, strenge Gestalten, mit äußerster Sparsamkeit der Mittel gemalt, Frauen aus einem Guß und von kargem Wort, die Du, wie Du mir sagtest, zum Vorbild der »Tugenden« nehmen wolltest, die Dich in dem Jahrhundert leiten sollten. Als ich Dir begegnete, kannte ich weder Port-Royal noch Philippe de Champaigne, aber vom ersten Augenblick an, als ich Dich gewahrte, schien mir, daß die Mutter Juana des Sprechzimmers meiner Kindheit aus ihrem Rahmen steige und zu mir komme, um mich bei der Hand zu nehmen und meinen einstigen sporadischen, flüchtigen, doch immer wiederkehrenden Sehnsüchten nach einem geordneten, zielgerichteten produktiven Leben zu entsprechen.

Um Dir von mir zu erzählen, um die Erklärungen abzugeben, die ich Dir seit langem schulde, um mich zu zwingen, aus meiner Vergangenheit alle Einzelheiten einer Existenz ans Licht zu bringen, die der Stolz, das schlechte Gewissen, die Faulheit, die fatalistische Überzeugung, daß es nicht anders kommen konnte, mir raten würden, darin begraben sein zu lassen, wollte ich deshalb, ehe ich mit Schreiben beginne, erst jene, die mir als erste meine Trägheit vorgeworfen hatte, um die notwendige Tatkraft zur Ausführung meines Plans anrufen.

3

Die Heiligen und die Gerechten

Sie sitzt also an ihrem Arbeitstisch, Oberkörper und Gesicht dem Betrachter zugewandt, den ihr klarer Blick fragend ansieht. »Was wollen Sie von mir? Falls Sie vor mir stehenbleiben, um das Talent des Künstlers, der mich gemalt hat, zu beurteilen, so gehen Sie besser weiter. Falls Ihnen mein Gesicht gefällt, weil Sie es jung und anmutig finden, so ist Ihre Fehleinschätzung noch größer. Keiner hat das Recht, mich zu betrachten, sofern er nicht bereit ist, mir in die Welt zu folgen, von der die Welt unserer Sinne lediglich eine Fälschung ist.« Ich hätte beinahe geschrieben: »eine erbärmliche Fälschung«, aber das Beiwort, hier fast ein Klischee, wäre eine Bequemlichkeit, deren mich zu bedienen die strenge Miene der Äbtissin mir verbietet: Sitten, Kleidung und Sprache müssen gleicherweise überwacht, verbessert, geläutert werden. Ein weiterer euch beiden gemeinsamer Zug: als ich anfing, in den Meetings zu reden, hast Du sogleich Argwohn gehegt, weniger gegen die politischen Ideen, die ich entwickelte, als gegen den Mißbrauch von Adjektiven, zu dem die Notwendigkeit, sich in emphatischen Wendungen zu ergehen, den bescheidensten Volkstribunen verdammt.

Alles in diesem Bild fordert dazu auf, Mutter Juana zu lieben, nicht als einen Gegenstand des ästhetischen Vergnügens im Hinblick auf eine egoistische Genüßlichkeit, sondern als ein Vorbild, eine Anführerin zu einem anderen Leben als demjenigen, das man bisher geführt hat, einem, obwohl es sich um eine Ordensoberin handelt, anderen Leben übrigens, das sich nicht notwendigerweise der Religion zuwendet. Die Kraft, der Zauber und das Widersprüchliche dieses Porträts liegen in seiner Macht, den Atheisten sowohl wie den Gläubigen zu fesseln und ihnen einen Glauben zu übermitteln, der nichts mit der Offenbarung zu tun hat. Die gleiche Kraft, der gleiche Zauber, Constance, die ich in Dir entdeckt habe. Weder Du noch ich haben jemals an Gott geglaubt, jedoch hast Du mich auf einen Weg mitgenommen, auf dem ich, hätte mein Mut zu einer längeren Wanderung gereicht, vielleicht die laizistische Entsprechung zum christlichen Seelenheil gefunden hätte.

Jede Absicht des Gemäldes, dessen durch das vom Innenhof herkommende Licht deutlich hervorgehobene Einzelheiten ich heute viel besser erkannte als zur Zeit, als die Drehscheibe das Sprechzimmer im Dunkeln ließ, unterstreicht, daß wir, um Mutter Juana nachzufolgen und aus ihrem Beispiel Nutzen zu ziehen, viel weniger auf eine himmlische Erleuchtung als auf die Kraft und die Festigkeit des eigenen Charaters bauen sollen: die Wahl eines massiven Schreibtischs aus Eichenholz statt des zu erwartenden Betstuhls; das glatte Oval des Gesichts; der mit einem Pinselstrich gezeichnete Augenbrauenbogen; die mit einer einzigen Bewegung gezogene Linie der Lider; die zusammengepreßten Lippen, die sich nicht die Schwäche eines Lächelns zugestehen würden; der gerade Nasenrücken; die Nasenflügel, deren Beben den ständigen Sieg über das Fleisch anzeigt; die strenge Anordnung des schwarzen Schleiers über der Stirn und um die Wangen, so daß nicht ein einziges Haar, ruchlose Revanche der Natur, die sie außer den Kontrollbereich unseres Geistes drängt, unter der Haube hervorkommen kann; das nicht weniger fest anliegende Kinnband, damit der Kopf, zum Willen begabter und denkender Teil des menschlichen Wesens, aussehe, als wäre er vom übrigen Körper abgetrennt und gleichsam souverän in der Ausübung seiner Macht; die beiden Hände, um nicht müßig zu sein, wie ich Dir schon sagte, beschäftigt, die eine damit, auf einen Absatz im Folianten hinzuweisen, die andere damit, die Perlen des Rosenkranzes zu zählen; kurz, eine der Seele gefügige Erscheinung, ein vom Geist im Zaum gehaltener Leib, ein dem Willen unterworfener Organismus. Angenommen, nicht eine innere Berufung hätte die junge Juana bestimmt, so würde die Wahl der geistlichen Tracht sie dazu getrieben haben, ins Kloster zu gehen: weißes Gewand und schwarze Haube, die Brustkorb, Bauch und untere Gliedmaßen verbergen und, als leugneten sie deren Existenz, diese subalternen Organisationen dem Blick entziehen.

Auf dem Schreibtisch nicht weniger als drei ins Tintenfaß gesteckte Gänsefedern; im Hintergrund des Bildes, im Rükken der Äbtissin, drei Reihen Regale mit dicken, in Pergament gebundenen Büchern, feierlichen Ermahnungen zum Studium; und, was mich auch früher schon am stärksten beeindruckte, welcher Gegenstand thront gut sichtbar auf dem zwischen zweien dieser Bände frei gelassenen Platz? Eine goldene Wanduhr von viel größeren Maßen und viel größerer Bedeutung als das der linken Schulter des Ordenshabits aufgestickte graue Kreuz: unleugbares Zeichen dafür, sagte ich mir, daß wir über jede verstreichende Minute Rechenschaft ablegen müssen. Aus diesem Mißverhältnis zwischen dem Sinnbild ewigen Lebens und dem die Zeit messenden Apparat folgt, daß unser eigenlicher Kampf gegen die Uhr stattfindet, daß unser Schicksal sich hier unten abspielt und daß es nur von uns abhängt, unsere Bestimmung zu erfüllen oder zu verpfuschen.

Als ich das Bild aufmerksam betrachtete, entdeckte ich eine weitere Einzelheit, die mir stets entgangen war und deren – durch den Ersatz der Drehscheibe durch das Gitter möglich gewordene – Entzifferung mich des letzten Vorwands beraubt hat, den Beginn meines Berichts hinauszuschieben. Ich muß nun nicht mehr fürchten, ihn nicht zu Ende bringen zu können, bevor Du die Möglichkeit, ihn zu lesen, verlierst, wegen zunehmender Augenschwäche oder noch wahrscheinlicher wegen dem, was Du, die Sprache des siebzehnten Jahrhunderts parodierend, mit einem Humor, unter dem Du Deine Verehrung für die Autoren von Port-Royal verbirgst, »den erhabenen Willen der Parzen« nennst. Unsere Kinder – und das ist die einzige Verbindung, die sie mit mir aufrechterhalten wollen – schreiben mir, wie es Dir geht, und dank ihnen verfolge ich die Wechselfälle in Deinem Kampf gegen die Krankheit. Welchen Aufschub wirst Du erreichen? Oder eigentlich, wann wirst Du den Entschluß fassen zu kapitulieren? Der Krebs hat dich mittels der Knochen angegriffen, meiner Ansicht nach erster Hinweis darauf, daß Du ihn gehindert hast, zu den lebenswichtigen Funktionen vorzudringen, vor allem Deinem Gehirn. Magst Du auch noch so sehr unseren Kindern gegenüber klagen (sie wiederholen mir Deine Formulierungen, in denen ich Deine sprachlichen Ticks wiedererkenne und Deine Neigung, Dich selbst herabzusetzen), daß Dein Zustand immer »kümmerlicher« werde und Du sie nicht mehr lange mit Deiner Anwesenheit belasten werdest, Du wirst am Leben bleiben, Constance, Du wirst lange genug leben, um mir zu erlauben, unsere Geschichte zu Ende zu schreiben, und um sie von der ersten bis zur letzten Zeile im Vollbesitz Deiner Geisteskräfte selbst zu lesen. Haben wir ein einziges Mal miteinander über das gesprochen, was uns geeint, was uns getrennt hat? Bevor Du mich geheiratet hast, wußtest Du nicht, wem Du Dich verbandest. Mir waren Deine Kindheit, Deine Jugendzeit ebenso unbekannt. Solange diese Seiten unserer beider Lebenswege vor und nach unserer Heirat nicht nachgezeichnet und soweit möglich die Ursachen unseres Mißlingens nicht klargestellt haben werden, wird die Herrschaft, die Du stets über Deinen Körper ausgeübt hast, Dir erlauben, das Verfallsdatum hinauszuschieben. Wenigstens diese Wiedergutmachung möge unseren über das zwischen uns angehäufte Schweigen traurigen Seelen zuteil werden. Du wirst nicht sterben, ohne erfahren zu haben.

Meine Gewißheit stützt sich auf die Entdeckung dreier wappenförmiger Ornamente, die das Gemälde vervollständigen, dreier Kartuschen, oval die oben, quadratisch die unteren, eine in der linken Ecke, die andere, symmetrisch, in der rechten Ecke. Die obere, über dem Kopf der Äbtissin gemalte, in die Mitte des Bildes gesetzte, nimmt den Ehrenplatz ein. Jede dieser Kartuschen enthält sechs Zeilen Hieroglyphen: fromme Kommentare zum Lobe der Äbtissin, sagte ich mir früher, oder aber die Devisen, auf die sie sich berief. Jetzt war es mir möglich, die Wörter zu erkennen und ihren Sinn zu extrahieren, obwohl einige Buchstaben verwischt sind und die Schreibung in altem Kastilisch nicht immer leicht zu enträtseln war.

Unten links las ich, unter den zwei kursiv geschriebenen lateinischen Wörtern *Mane lucet*, folgenden Vierzeiler, den ich Dir transkribiere, mit einer Verteilung von Großbuchstaben, die auch Dir seltsam vorkommen wird, und einer nicht weniger sonderbaren Zahlenreihe.

NaCIò JVana haCIenDo Ver 0713
A Vn Phebo IenDo a saLIr 0557
QVe no fVe Vn soL en LVCIr 0221
PVes no fVe soLo en naCer 0160

Mehr als das sehr schwache sprachwissenschaftliche Erbteil der Vasconcellos half mir, diese Zeilen recht und schlecht zu übersetzen, die Erinnerung an die alten *Autos sacramentales*, die ich mit Dir zusammen durchnahm, als Du Corneilles Überlegenheit über Calderón, eines seiner Vorbilder, aber für Deinen Geschmack zu spanisch, ungezügelt, feurig, begründen wolltest: »Als sie zur Welt kam, ließ Juana einen aufsteigenden Phoebus sehen, Sonne, die sich nicht zufriedengab, allein zu scheinen, da sie bei ihrem Aufgang begleitet war.«

Der Vergleich der Äbtissin mit der Sonne: in der Dichtung jener Zeit einer der üblichsten, durch das *Mane lucet*: »Sie scheint des Morgens« angekündigter, *Concetto*. Der Autor jedoch, der eine genaue Auskunft zu erteilen wünschte, empfand das Bedürfnis, nach diesem metaphorischen Pathos wieder auf die Füße zu kommen. Die sechste, wiederum kursiv geschriebene Zeile vermerkt prosaisch:

Naciò la Madre Juana año de 1651

»Mutter Juana wurde im Jahr 1651 geboren.« Das Datum ist unter die Reihe der vier vorhergehenden Zahlen gesetzt. Ich brauchte nicht lange, um mich zu vergewissern, daß 1651 das Ergebnis der Addition von 0713 + 0557 + 0221 + 0160 ist. Auch ein Zug barocken Überschwangs, diese Sucht, mystisches Ratespiel und exaktes Kalkül zu vermischen. Doch wie wurde jede der vier Zahlen, deren Addition das Geburtsdatum ergibt, erhalten? Die Zahlen können nicht aufs Geratewohl gewählt worden sein, lediglich um die bereits bekannte Summe zu erbringen. Dazumal setzte man seine Ehre darein, eine verborgene Bedeutung in ein Buchstabenrätsel zu kleiden; ein Rebus war nie zufällig oder unsinnig, und keine noch so verzwickte Schwierigkeit im dunkelsten Gedicht war so, daß ein einfallsreicher Geist sie nicht hätte aufklären können.

Die Kartusche in der rechten unteren Ecke enthält unter den lateinischen Wörtern in Kursivschrift *Vespere autem pallet* (»Am Abend aber verbleicht sie«) den weiteren Vierzeiler:

JVana a sV oCaso LLegò	0211
Vn soL soLo LVCIrà	0261
QVe otro soL no se haLLarà	0155
SI Vn soL en JVana MVrIò	1068

»Juana erreichte ihren Untergang, eine einzige Sonne wird (künftig) strahlen, denn eine weitere Sonne wird sich nicht mehr finden, da in Juana eine Sonne starb.« Wieder der gleiche unmäßige Gebrauch von Übertreibungen, die gleiche dithyrambische Aufschwellung, das gleiche heliomorphische Kauderwelsch – und schließlich die gleiche Trivialität:

Mutter Juana starb im Jahre 1695

Das Sterbedatum ergibt sich, wie vorher das Geburtsdatum, aus der Summe der hinter die vier Verszeilen gestellten Zahlen. Im ersten Vierzeiler bemerkte ich von der Zahl 0713 des ersten Verses bis zur Zahl 0160 des letzten eine absteigende Ordnung. Doch die Feststellung trug eher dazu bei, das Geheimnis noch undurchdringlicher zu machen, denn es dünkte mich wenig wahrscheinlich, daß der Mathematiker-Poet für Geburt und Aufstieg eines solchen Gestirns ein Symbol des Schwindens gewählt hätte. Zudem sind die Zahlen im zweiten Vierzeiler ohne erkennbare Ordnung angebracht. Und dem Vers, der das fatale *starb* enthält, entspricht die Zahl 1068, die höchste der ganzen Serie, die einzige, die 1000 übersteigt, was, sofern der Zahlenwert an sich den geringsten Sinn bärge, eine weitere Inkohärenz darstellen würde.

In der oberen Kartusche, einem ovalen Medaillon, dessen elliptische, Unendlichkeit suggerierende Form und dessen beherrschender Platz am höchsten Punkt des Gemäldes mich ahnen ließen, daß sich hier, wie die Sonne im Zenit ihrer Bahn, der ganze Ruhm der Äbtissin entfalten würde, las ich denn auch wirklich:

In meridie fervet

JVana es Phebo, I se enseñò	07
En Phebo JVana pVes qVe	16
Phebo presVrosa fVe	10
Por breVe en qVanto gIrò	11
Viviò la Madre Juana	44

»*Sie erstrahlt am Mittag.* Juana ist Phoebus, und als Phoebus zeigte sie sich, denn sie war ein eilender Phoebus, da ihre Bahn kurz sein sollte.« Zum Abschluß: »Mutter Juana wurde 44 Jahre alt«; die Zahl 44 stellt sowohl die Addition der vorangegangenen vier Zahlen als auch die Subtraktion 1695-1651 dar. Alles fügt sich also vollkommen zusammen bei diesem bombastischen Akrobatenstückchen, das der Geschwollenheit des spanischen Gongorismus freien Lauf läßt.

Ein einziger Punkt nur blieb mir noch aufzuklären. Wie war der Lobpreis der Äbtissin zu solch genauen Rechnungen gelangt? Der bescheidene numerische Wert der sich auf die mittägliche Apotheose des Zisterzienser-Phoebus beziehenden Zahlen (von 07 bis 16) bestätigte mir, daß ich den Schlüssel des Geheimnisses anderswo als in der Zahlensymbolik suchen mußte.

Zunächst: Warum waren die Überschriften der Vierzeiler nicht kastilisch, sondern lateinisch? Diese Einzelheit wird Dir gefallen als ein Akt der Ehrerbietung gegenüber Rom, den römischen Werten der Seelengröße, der Charakterstärke, die Mutter Juana – auch sie eine »Klassikerin« – geleitet haben und trotz der barocken, beweihräuchernden Gespreiztheit die Äbtissin von Santo Spirito unter die gleiche Ägide wie die Büßerinnen Deines geliebten Saint-Cyran stellen. Du mußt dich jedoch dazu verstehen, diese Höhen zu verlassen und für die Zuflucht zum Latein eine andere Erklärung anzuerkennen: den Gefallen am Spiel, nicht mehr und nicht weniger, Schwäche jenes Jahrhunderts. Hat nicht selbst Dein so strenger, so ständig zum Erhabenen geneigter Pascal seine Beweisführung auf eine Wette begründet? Nachdem ich lange überlegt hatte, was einzelne, bizarrerweise mitten in den Wörtern vorkommende Großbuchstaben bedeuten mochten, bemerkte ich, daß es nicht irgendwelche, sondern immer wieder dieselben waren: das D, das C, das V, das I, das L, das M, will sagen, solche, die auch römische Zahlen sind. Die lateinischen Überschriften haben nur Signalwert: Leben und Sterben der Äbtissin enthalten etwas *Römisches*, im höheren, edlen Sinn des Wortes; an uns ist es, diese rein geistige Größe mittels der Druckbuchstaben zu entdecken.

Anfänglich glaubte ich, mich geirrt zu haben, und zwanzigmal überprüfte ich die Feststellung, wobei ich die Gleichbedeutung von J und I, von V und U im alten Spanisch berücksichtigte. Doch nein: ich mußte mich den Tatsachen beugen. Das Latein, die Sprache Vergils und Senecas, zu welchem Dienst hatte man es entwürdigt! Die Lobrede auf Mutter Juana, ein Muster verbaler Akrobatik, ist außerdem ein numerisches Scherzspiel. Um die Jahre jener unbeugsamen Rektorin einer Gemeinschaft von Einsiedlern und Asketen zu berechnen, hatte man sich nicht gescheut, einen Trick anzuwenden, der des Stoizismus der Antike wie der christlichen Mystik gleich unwürdig war.

Um das einfachste Beispiel anzuführen: »Phebo presVrosa fVe   10«; es steht außer Zweifel, daß sich die Zahl 10 aus der Addition von V = 5 + V = 5 ergibt. Im folgenden Vers: »Por breVe en qVanto gIrò   11« ist die Zahl 11 die Summe von V = 5 + V = 5 + I = 1. Ich konnte es kaum erwarten, die Methode auf einen komplizierteren Fall anzuwenden. Der erste Vers: »NaCIò JVana haCIenDo Ver   0713« erbrachte mir die Zahlen: C = 100 + I = 1 + J (I) = 1 + V = 5 + C = 100 + I = 1 + D = 500 + V = 5, demnach als Summe 713. Das Ergebnis des zweiten Verses war ebenso überzeugend: »A Vn Phebo IenDo a saLIr   0557«, V = 5 + I = 1 + D = 500 + L = 50 + I = 1 ergibt 557. Das Verfahren funktioniert bei allen übrigen Versen ausnahmslos. Unser Jongleur hat seinen Geschicklichkeitsauftritt bestanden, eine um so riskantere Übung, als das Fehlen des Buchstabens X in der spanischen Sprache die Verwendung der Zahl 10 verbot und als, gemäß der Regel, die er sich auferlegt hatte, jedem als römische Zahl dienenden Buchstaben sein Zahlenwert entsprechen mußte. Alle V (oder U) mußten sich als 5, alle C als 100, alle M als 1000, alle I als 1, alle L als 50 übersetzen lassen.

Kindisches Probestück provinzieller Kunstfertigkeit, wirst Du mir entgegnen und Dich fragen, warum ich zu Beginn eines Berichts, den ich Dir als volle, rückhaltlose Beichte angekündigt habe, es nicht für unangebracht halte, mich auf solche Belanglosigkeiten einzulassen. Sie stehen jedoch mit meinem Thema in Zusammenhang, und ich erkenne ihnen sogar außerordentliche Bedeutung zu. Nichts hätte mich einen grundlegenden Charakterzug der Oberin von Santo Spirito und aller ihr ähnlichen Frauen besser begreifen lassen können als diese in die Kartuschen eingetragenen Rechenvorgänge. Durch die Sorgfalt, die er angewandt hat, um haargenaue Additionen und Berechnungen zu erhalten, belehrt mich der Autor über die im Kloster herrschende Atmosphäre. Ihr Leben in einem arithmetischen Kalkül zusammenfassen hieß *Madre* Juana die Huldigung darbringen, die ihr am angenehmsten gewesen wäre. Sie hatte eine Gerechte sein wollen, eine solche, deren Register keinerlei Irrtümer aufweisen würden, die Gott ihre Seele darbrachte, nachdem sie ihre Geschäfte mit der Gewissenhaftigkeit eines Buchhalters geführt hatte. Nicht einmal ihr Todesjahr durfte dem Zufall überlassen werden, vielmehr mußte es mit einer Präzision, die ihr als ein zusätzlicher Beweis für ihre Rechenschaft gegolten hätte, vorausgesehen und festgelegt werden. Sie verließe ihren Platz erst, wenn alles geordnet war, und da die Berechnung ihrer Punkte im Zenit ihrer Sonnenparabel die Zahl 44 ergab, sah sie zu, daß sie so lange lebte, bis die Subtraktion ihres Geburtsdatums vom Datum ihres Todes eben die Zahl 44 ergab. Eine Lebensbahn in Form einer Schlußabrechnung, eine Zahlenkolonne statt einer aleatorischen Jahresfolge: diese letzten Endes eher naive als gewitzte Spitzfindigkeit hatte der unbekannte Reimeschmied aus Agrigent ersonnen, um die Äbtissin in all ihrem Glanze festzuhalten.

Eine Gerechte, wie alle Frauen, die ihr gleichen, wie die von Philippe de Champaigne gemalten Ordensschwestern, wie Du, die so treffend Constance Genannte. *Madre* Juana ist im Alter von 44 Jahren in den Himmel aufgefahren, welche

Zahl ebenso vollkommen ist, wie ihre Himmelfahrt erbaulich war: erstens wegen der Zahl 4, Sinnbild der vier Elemente, der vier Jahreszeiten und der vier Evangelien, zweitens wegen der Verdoppelung dieser Zahl. Du bist nun zweiundfünfzig Jahre alt. Wirst Du Deinen Willen vor der Krankheit kapitulieren lassen, ehe Du das Alter erreichst, in dem die Zahl 55, Symbol der fünf Finger der Hand, der fünf Saiten von Apolls Leier und der fünf Sterne des Sternbilds der Jungfrau, in glorreicher Verdoppelung den Schlußstrich unter Deine Berechnungen zieht? Auch Du wirst es Dir nicht gestatten abzutreten, bevor Du Deine Rechnungsführung überprüft und Eingänge und Abgänge geordnet hast. Für alle anderen läuft das Dasein auf eine willkürliche Ansammlung von Tagen und Nächten hinaus; Deines, Du unter uns verirrte Tochter des siebzehnten Jahrhunderts, wird erst durch Deine freie Willensentscheidung sein Ende nehmen. Wenn sich noch ein Dichter fände, dessen Phantasie fruchtbar und dessen Findigkeit scharf genug wären, um mit denen des Lobredners von Santo Spirito zu rivalisieren, würde er Dir beweisen, daß Deine Bilanz zur Zeit noch ein Defizit aufweist.

Ich habe drei Jahre Zeit, um meine Niederschrift durchzuführen, deren Blätter ich Dir nach und nach schicken werde. Drei Jahre, um zu erkunden, ob das Schicksal, als es eine Gerechte auf meinen Lebensweg stellte, mir eine hilfreiche Hand gereicht oder die Beihilfe zu meinem Verderben gesandt hat.

Es gibt die Gerechten und gibt die Heiligen. In Italien haben wir nie Gerechte gehabt, denn wir wissen nichts von Disziplin, von Zwang, von Selbstkontrolle. Retten können uns nur heilige Männer und Frauen, die Blumen und Lächeln austeilen und, indem sie es dem Himmel entgegenheben, es der Nächstenliebe und dem Gedanken an Gott öffnen, das freundliche Leben weiterleiten, das man uns auf Erden zu führen gelehrt hat. Der heilige Franziskus von Assisi oder die heilige Katharina von Siena hätten keine Franzosen sein können. Als typische Italiener spiegeln sie die Milde des Klimas ihrer Provinz wider, die schlichte Herzlichkeit des Nationalcharakters, die Leichtigkeit, welche die unbekümmerte Lebensführung und die Ungezwungenheit der gesellschaftlichen Beziehungen erzeugen. Statt des heiligen Franziskus und der heiligen Katharina habt ihr, Saint-Cyraner, einen Antoine Arnauld, eine Angélique de Saint-Jean, Paladine einer strengen, in sich selbst versponnenen Frömmigkeit. In der Kirche von Port-Royal des Champs wurde nicht nur nicht gesungen; sogar die Orgel war dort verboten. Eine aus Furcht, Einschränkung und Enthaltung bestehende Religion. Der heilige Franziskus dagegen hatte keine Angst vor seinen Sinnen. Er stellte sich nicht vor, daß Gottesdienst mit Wohlgefallen an der Welt in Konflikt geraten könnte oder daß man, um Gott zu lieben, aufhören müsse, in Übereinstimmung mit sich selbst zu sein. Er sagte Dank, indem er sang, tanzte, Gedichte verfaßte, Bruder Sonne, Schwester Wasser, Schwester Mond lobte. Die Wahrheit war für ihn nur die schönere, freudigere, strahlendere Fortsetzung der gewöhnlichen Vergnügungen und Gemütsbewegungen.

Drei Jahre werden keine zu lange Zeit sein, um mich zu fragen, ob ein Mann wie ich in seinen zu weiten Kleidern einer nachgiebigen Erziehung sich in die enge Gußform Deiner Moral einpassen konnte und ob es nicht besser für mich, für Dich, für unsere Kinder gewesen wäre, wenn Du, anstatt ihr Trotz zu bieten, als Du die Unvereinbarkeit meiner Gewohnheiten mit Deinen Grundsätzen entdeckt hattest, Dich bereit gefunden hättest, grundlos oder sogar dann, wenn es Anlaß gab, mich zu tadeln, mit mir zu lachen.

4

Poverino!

Für denjenigen, der in das Labyrinth meridionaler Verwandtschaftsbeziehungen eingedrungen ist, bietet die Tatsache, daß meine Tanten kaum älter sind als ihr Neffe, keinen Grund zur Verwunderung. Wenn auch heute die Familien mit zwölf Kindern noch häufig vorkommen, bildeten bis Ende des neunzehnten Jahrhunderts solche mit vierundzwanzig doch keine Ausnahme. Das Idol meiner Jugend, der Tenor Enrico Caruso, war das neunzehnte Kind einer neapolitanischen Handwerkerfamilie; und unter all dem Wunderbaren seiner Laufbahn entzückte mich, daß die Fee des hohen a und des unerreichbaren b ihn so lange im Bauch seiner Mutter in Reserve gehalten hatte, ehe sie den Atem seines kurzen Brustkorbs in kristallenen Stürmen entfesselte. Luigi Pirandellos Vater war nach siebzehn Brüdern und Schwestern zur Welt gekommen; ein Umstand, der die Wut meiner Tanten zu entfachen vermag, sowohl, weil sie sich für all ihre Enttäuschungen nicht einmal durch die Freuden der Mutterschaft haben entschädigen können, als auch, weil sie in dem Schriftsteller, der die siegreichen Kämpfe der Garibaldianer gegen die bourbonische Armee dargestellt hat, nicht zu Unrecht das erste literarische Symbol des geeinten Italiens sehen.

Und noch einmal mehr hat ihnen das Schicksal einen üblen Streich gespielt, da es diesen Parteigänger der verhaßten Savoyer unweit des Häuschens hat geboren werden lassen, in dem sie selbst, aufgrund von nach dem Ersten Weltkrieg erfolgten Schicksalsschlägen, sich haben niederlassen müssen, dieser *Palazzina*, in der sie mir jetzt Asyl gewähren und deren Name, zu bombastisch für das quadratische schmucklose Bauwerk, das er umfaßt, unsere Fähigkeit unterstreicht, über die triviale Wirklichkeit einen verbalen Mantel aus Hermelin zu werfen.

Aus einem ihrer Fenster blicken sie auf das Vaterhaus des Romanciers, ein bescheidenes, am Rand einer Halde voll

Geröll und Tuffsteinen stehendes Gebäude, das zur Zeit seiner Geburt ein Pachthof gewesen ist, behaupten sie verachtungsvoll, unfähig, sich anders als durch politische Intrigen und das Eingreifen des verhaßten Parlaments in Rom zu erklären, wie ein Mann von so niedriger Herkunft, ein Bauer fast, einen vom Nobelpreis gekrönten Weltruhm zu erringen und auch nach seinem Tode genug Einfluß zu bewahren vermochte, um die *Baracca* seiner Eltern in ein Museum zu verwandeln, in dessen unmittelbare Nähe vor kurzem sein Leichnam überführt worden ist in ein mit einer Kiefer bepflanztes Grab. *Baracca* in einem Fall und *Palazzina* in einem anderen – obwohl die beiden aus dem gleichen Stein, dem gleichen Schiefer und im gleichen anspruchslosen ländlichen Stil errichteten Häuser sich nur in ihrer Form voneinander unterscheiden, das Haus meiner Tanten quadratisch, das Haus auf der anderen Talseite länglicher ist – bieten einen weiteren Hinweis auf unsere Neigung zu glauben, daß der mehr oder weniger musikalische Wert eines Worts genügt, um einen Kürbis in eine Karosse zu verwandeln.

»All das durch die Schuld seines Großvaters. Konnte er es nicht bei fünfzehn oder sechzehn Rotznasen bewenden lassen?« hat Tante Eugenia ausgerufen und, um die Kiefer zu verbergen, den Vorhang zugezogen, dabei aber vergessen, daß die Vasconcellos auf dem Gebiet der Nachkommenschaft gleichfalls nicht untätig gewesen sind mit dem Erfolg, daß die, wenngleich aus derselben Ehe stammenden, älteren Brüder und Schwestern einer anderen Generation angehören als ihre jüngeren Geschwister, da Onkel und Tanten oft fast das gleiche Alter haben wie ihre Neffen.

Ehe ich zum Haus zurückkehrte – dessen Südfenster, weil es auf die verabscheute *Baracca* hinausgeht, Donna Eugenia, um nicht am postumen Sieg ihres Gegners teilzunehmen, auch des Nachts mittels eines schweren pflaumenblauen Samtbehangs verschließt, was zur Folge hat, daß die Innentemperatur ständig einen höllischen Grad erreicht –, gönnte ich mir, als ich das Kloster verlassen hatte, einen Umweg bis zu der langen schattigen Allee, die in Richtung zum Meer hin die Ebene überragt. Sie heißt offiziell *Viale della Vittoria*, aber wir nennen sie einfach die *Passeggiata*, und aus Furcht vor den Konflikten, die eine solche Untersuchung zwischen den Bürgern von Agrigent, ja sogar zwischen den Mitgliedern ein und derselben Familie auslösen könnte, hat sich kein Mensch je darum gekümmert, auf welchen Sieg sich der auf dem Schild verzeichnete Name bezieht. Als es zu Beginn mit großem Prunk angebracht worden war, hatte es sich zweifellos nur auf den Sieg Garibaldis und Victor-Emanuels beziehen können. Dann, als sich die Euphorie des Risorgimento abgekühlt hatte und die Begeisterung über den Anschluß an Italien von der Bitterheit gedämpft wurde zu sehen, wie der Norden unsere Bodenschätze ausbeutete und uns ärmer machte, als wir unter dem König von Neapel gewesen waren, hatten die Stadtväter keine Zeit, die Allee umzutaufen, denn auf den ersten, bei uns mit der Zeit als Niederlage empfundenen Sieg folgten andere, die einen für jedermann unanzweifelbar, wie (trotz des von der Provinz Girgenti gezahlten Tributs von tausend getöteten jungen Männern) der Sieg bei Vittorio Veneto über Österreich-Ungarn 1918, die anderen von einer kleinen Zahl bestritten, von der Mehrheit jedoch bejubelt, wie der Sieg Mussolinis 1922 und der Ersatz des parlamentarischen Chaos durch eine starke Regierung.

Die Ereignisse von 1943, die Invasion Siziliens durch die Amerikaner, die an dem Strand, den ich von meinem Aussichtspunkt aus gewahrte, an Land gingen, der sehr harte Bedingungen enthaltende Friedensvertrag von Paris hätten uns logischerweise bestimmen sollen, endgültig darauf zu verzichten, in unserer Geschichte ewig Besiegter und Kolonisierter nach einem Motiv zu suchen, um uns als Sieger zu erklären. Doch infolge dieses Humors, dessen der unter der Kiefer schlummernde Mann ein selbst von den königlichen Juroren anerkannter Meister gewesen war, ist es uns gelungen, den Zusammenbruch des faschistischen Italiens in den Triumph des demokratischen Italiens zu verwandeln und jene, die wir zuvor als Gegner bekämpft hatten, hoch in Ehren zu halten: so daß die Stadtverordneten sich nach dem Krieg wegen des offenkundigen Ortsnamenanachronismus keine Sorgen machen mußten. Nach allen Regimewechseln und trotz der Wechselfälle des nationalen Geschicks, angesichts der griechischen Tempel, die das Werk unserer ersten Eroberer und das erste Symbol unserer Erniedrigung waren, ehe auch sie zum Gegenstand des Stolzes wurden, heißt die Promenade über dem Meer weiterhin *Viale della Vittoria*.

Da ich während der sakrosankten Stunde der Siesta, wenn die Hundstagshitze die Bauern im Feld wie die Bürger der Stadt auf das Stroh ihrer Tenne wirft oder die Federn ihres Diwans schmettert, keine Begegnung zu fürchten hatte, verweilte ich vor der Landschaft, deren Wirkung auf dem die Stadt von der Küste trennenden Hügel nunmehr von der Reihe der endlich restaurierten Heiligtümer erhöht wird. In meiner Jugend erhoben sich über das Chaos umgestürzter Steine nur einige Säulenschäfte, und wir maßen diesen in unseren Augen von keinem Nimbus geschmückten Ruinen keinerlei Bedeutung zu. Es gab nicht einmal eine Straße, und lediglich die ärmsten Familien bahnten sich, inmitten des wilden Fenchels auf Schneckensuche, einen Weg durch das Gestrüpp bis zu den Bruchstücken der durch Erdbeben im Gras verstreuten Triglyphen und Deckplatten. Stelle Dir vor, die Engländer hätten, als sie im Hundertjährigen Krieg Frankreich besetzt hielten, zu Ehren ihrer Heiligen, George, Thomas Becket, Edmund, dort große Kirchen errichtet: glaubst Du, das französische Volk hätte diese Denkmäler nicht verfallen lassen? Würden sie ihm das geringste Gefühl der Ehrfurcht einflößen? Ihr liebt eure Kathedralen, weil ihr sie selbst erbaut habt. Wir würden die Tempel von Agrigent lieben, wenn sie das Werk der sizilianischen Nation wären. Aber die von Rhodos und Kreta gekommenen Räuber zwangen uns, nachdem sie unsere Getreidekulturen, unsere Obstbäume, unsere Weingärten und Olivenhaine regelmäßig geplündert hatten, überdies die Götter ihres Pantheons auf und forderten von uns, in zu diesem Zweck neuerrichteten Tempeln unserer bäuerischen Tradition ebenso fremde wie unsympathische Idole wie Zeus, Hera, die Dioskuren, Herakles anzubeten.

Einem Ausländer wie dem Hauptmann Hardcastle stand es frei, sich für diese Überreste zu interessieren. Er nutzte unsere Gleichgültigkeit dazu, nach Belieben in den Trümmern zu wühlen und die Herkulessäulen wieder aufzurichten (die rasche Latinisierung der griechischen Götter, Zeus wurde zu Jupiter, Hera wurde zu Juno, Herakles zu Herkules, beweist nicht, daß wir sie angenommen hätten: Rom, unser neuer Oberherr, zwang uns, ihnen unter diesen neuen Namen zu gehorchen). Der frevelhafte Mangel an Ernsthaftigkeit, den die heutigen Wissenschaftler dem verabschiedeten Soldaten und Amateur-Archäologen vorwerfen, läßt mich an den guten Mann mit Rührung zurückdenken. Immer wie aus dem Ei gepellt, steifer Kragen und schwarze Krawatte bei unseren vierzig Grad Celsius, seinen fast fünfundachtzig Grad Fahrenheit, das Monokel ins Auge geklemmt, das gelbblonde Haar mit einer selbst hergestellten Pomade an die Schläfen geklebt, da Yardley keine Filiale bei uns hatte und eine Mischung aus Bienenwachs und Kiefernharz als Ersatz für die subtilen Blütenextrakte des Sussex diente: man hätte kein Fädchen, das nicht an seinem Platz war, keine schlaffe Bügelfalte am Anzug dieses tadellosen Oxoniers* entdecken können, der sein Werkzeug in einem Köfferchen der Indien-Armee trug, um seine Taschen nicht zu verformen, und der seine Zigarre ausdrückte, ehe er das Wort an uns richtete.

Weder sein Phlegma eines Gentlemans noch sein Panzer eines Offiziers genügten, um ihn vor dem sizilianischen Virus zu schützen. Mochte er auch im Gegenwind den Strand entlanggehen, durch Training und Herausforderungen seinen Willen stärken, das ewige »Ach wozu?«, das bei uns die festeste Entschlossenheit untergrub, wurde seiner robusten britannischen Natur doch Herr. Wir sahen ihn immer öfter die in einem Fach seines Köfferchens steckende Whiskyflasche zum Munde führen. Auf einem umgestürzten Kapitell sitzend, dachte er wohl über die Sinnlosigkeit seiner Anstrengungen nach und forderte vom Alkohol, die unter den langen Sonneneinwirkungen gereifte Betäubung seiner Energie zu beschleunigen. Welche Verblendung, o allmächtige Götter des Olymp, eine seit zwanzig Jahrhunderten erloschene Zivilisation daran hindern zu wollen, daß sie ungestört im Staube ruht! Diese Überlegung schien ihm

* Erläuterungen siehe Seite 633.

schließlich der gesunde Menschenverstand selbst einzugeben, denn er verzichtete auf jeden Widerstand und wurde ernstlich verrückt, was ihn in die Anstalt brachte, wo er für die stark geschmälerten Reste seines Vermögens seine Tage beschließen durfte.

Danach wurden auf Beschluß Mussolinis die anderen Tempel restauriert. Ich lebte mittlerweile in Frankreich. Vielleicht waren, wie Du glaubst – und, erstes Mißverständnis zwischen uns, Du ließest dich vom Nimbus verwirren, der einen Mitbürger des Empedokles und des Theron umgab –, die Tempel unserer Stadt, als sie gebaut wurden, ein Abbild der Stabilität und der Klugheit gewesen. Später sehe ich sie immer mit Episoden der Unvernunft verbunden in der Geschichte Agrigents. Agrigentos, dessen Name selbst, zwischen dem Akragas der Griechen, dem Kerkent der Araber, dem Girgenti meiner Jugend und den vom Duce wieder eingeführten vier lateinischen Silben schwankend, an Unbeständigkeit und Chaos denken läßt.

Typische Geisteskrankheit, die alkoholische Zerstörung des englischen Hauptmanns. Bemerkenswerter Größenwahn seitens der Faschisten, ihr Ehrgeiz, das Römische Reich wiederherzustellen, indem sie ans Ufer des Mittelmeers ein Bühnenbild im antiken Geschmack pflanzten, vor dem Carmine Gallone eine Szene aus seinem *Scipio der Afrikaner* hätte drehen, Alessandro Blasetti die Peplen eines neuen großen Ausstattungsfilms hätte entfalten können. Und gleichfalls reiner Wahnsinn, unsinnige Verfälschung der kulturellen Pflicht, der wilde Ansturm der Touristen, deren Schlangen ich sich mühsam zum Hera-Junotempel bewegen sah, dem entferntesten und auf dem steilsten Hang errichteten; ein Unternehmen, das am frühen Morgen von Gewinn wäre oder in der Abenddämmerung, wenn nicht nur die Sonnenstrahlung gedämpft ist, sondern die sich verlängernden Schatten überdies die goldene Flucht der Säulen steigern. Die neue Religion der Gruppenreisen macht aus jedem Monument, das im Führer durch einen Stern gekennzeichnet ist, ein zwingend zu besuchendes Mekka. Da es in Agrigent kein Hotel von zufriedenstellender Kategorie gibt und unsere Stadt zwischen den beiden Übernachtungen in

Syrakus und Palermo nur einen Aufenthalt von zwei Stunden darstellt, *muß* dieser Aufenthalt durch eine unmenschliche Kletterpartie ausgefüllt werden; und sie hinterläßt ihren Opfern, die trotz allem glücklich sind, ohne Schlaganfall davongekommen zu sein, nur die Erinnerung an ein blendendes Licht, ein Meer von Schweiß und einen sagenhaften Durst. Wie hätten meine drei Tanten aus dieser eher krank machenden als beruhigenden Umgebung den geringsten Trost für ihre Enttäuschungen schöpfen sollen?

Als ich dreizehn Jahre alt war, verheiratete sich die erste, die anderen waren einundzwanzig und neunzehn Jahre alt. Dennoch teilte uns eine Demarkationslinie, die zu überschreiten nicht weniger tabuisiert war als Inzest zwischen zwei verschiedenen Generationen, die beiderseitigen Rollen zu. Sie waren meine Tanten, ich war ihr Neffe. Ich entsinne mich nicht, mit ihnen herumgetollt oder das kleinste, ein wenig lockere Spiel gewagt zu haben. Als sie noch im Puppenalter waren, hatten sie meine Erziehung übernommen, eine Aufgabe, die ihre von neuen Mutterschaften in Anspruch genommene Mutter ihnen übertragen hatte.

Meine späteren Abenteuer wären nicht verständlich, würden sie nicht mit der Ursache in Verbindung gesehen, der zufolge durch übertriebene Willfährigkeit mir gegenüber wie in einem allzu reichhaltigen Erdboden die Mehrzahl meiner Laster entstanden. Ich behaupte nicht, der Schuldige an dem, was seither geschah, sei anderswo als in meiner Person zu suchen: vom vierzigsten Jahr an ist man allein verantwortlich für seine Gefühle und Handlungen, wie auch für sein Gesicht. Es wäre zu einfach, mit der Kindheit, dem unbewußt Erlebten der ersten Jahre – dem Alibi der Verbrecher und dankbaren Thema der Romanschreiber – das gesamte Schicksal des Erwachsenen zu erklären. Im übrigen würde ich große Undankbarkeit zeigen, wenn ich dem Einfluß meiner Tanten nicht einen gewissen Stil, eine Siegermentalität zuschriebe, für mich Quelle neuer Verblendungen und Fehltritte, aber auch der seltenen Erfolge, auf die ich stolz sein kann. Ihretwegen vielleicht habe ich im Lebenskampf schließlich verloren; ohne sie aber hätte ich sicherlich weniger gewagt.

In allen Ländern der Welt besteht Erziehung darin, die Natur gegen den Strich zu bürsten, auf daß das Kind während seiner stufenweisen Entwicklung fort von der Anarchie der Urinstinkte zu ausreichender Selbstbeherrschung sich darauf vorbereitet, unter seinesgleichen die zwangsläufig bescheidene, jedem Einzelwesen zuerkannte Stellung einzunehmen. Meine Tanten hingegen hätten geglaubt, ein Sakrileg zu begehen, wenn sie den noch ganz animalischen Trieben des jungen Vasconcellos zuwidergehandelt hätten. Oder zum mindesten wagten sie diese nur zu behindern, wenn sie mir sogleich mittels allerlei Zuvorkommenheiten, die für sie Opfer bedeuteten, kräftige moralische Entschädigungen boten.

Zwei dumme Fehler vor allem werfe ich der Tantenpädagogik vor, doch wie gesagt, ohne, da ich nun vor Deinem Gericht erscheine, in den Irrtümern meiner Erziehung mildernde Umstände suchen zu wollen.

Man kann in der Handlung, eine Mahlzeit einzunehmen, sowohl einen angenehmen Zeitvertreib wie auch die Notwendigkeit einer gewissen Zucht sehen: am Platz vor seinem Teller sitzen bleiben, die Serviette umbinden, die Bestecke richtig handhaben. Meine Eßlust war offensichtlich das, was hätte in Schranken gehalten, in die richtige Bahn geleitet werden sollen. Meine Tanten jedoch dachten einzig daran, meine Verzeihung zu erlangen für die widerwärtige Pflicht, mich dann und wann mahnend an einige Grundregeln zu erinnern, denen sie mich ohne die Furcht vor der bevorstehenden Rückkehr und der ohne Freundlichkeit ausgeübten Kontrolle meiner Mutter nicht unterworfen hätten. Da ich mich gut benehmen, die Beine unter dem Tisch halten, die Hände rechts und links neben dem Teller liegen lassen mußte, gemäß dem Imperativ der »feinen Manieren«, die ihre französische Kusine für wichtiger hielt im Hinblick auf meinen Erfolg im Leben als ein Universitätsdiplom, gestatteten sie sich, um an dem mir gegen ihren Willen zugefügten Schaden teilzunehmen, während dieser Zeit keinerlei Atempause. Sie blieben nicht nur hinter mir stehen, bis ich mit Essen fertig war (eine in Sizilien verbreitete Gewohnheit: die Frauen überwachen den Ablauf der Mahlzeit und begnügen sich sodann damit, in der Küche die auf einer Ecke der Anrichte stehenden Reste zu essen), sie strichen mir auch abwechselnd übers Haar und sagten mir ins Ohr: »*Coraggio! Forza!*«, als hielten sie die Anstrengung, eine halbe Stunde lang still zu sitzen, für eine in meinem Alter übermenschliche Prüfung und als hätte das kräftige Bürschchen, das sein Kotelett gierig verschlang, Ermutigungen nötig. Hättest Du mich geheiratet, Constance, wenn Du gewußt hättest, aus welcher Schule ich hervorgegangen bin?

Beim Ritual des Schlafengehens zeigten meine Tanten nicht mehr Einsicht. »Armer Kleiner!« seufzten sie, wenn der schicksalhafte Augenblick gekommen war, mich zu Bett zu schicken, und in ihren Herzen sanftes Erbarmen hervorrief. »Armer Kleiner! Mußt schon gehen!« Schon: es war elf Uhr abends, wenn nicht Mitternacht. Und sie sahen nur den negativen Aspekt dieses Gehenmüssens: nicht die Lust, in der Wärme und Traulichkeit langsam das Bewußtsein zu verlieren, sondern das Alleinsein, die Dunkelheit, die Angst vor den Schatten und der Leere, als wäre der Schlummer ein Ausschluß, eine Verkümmerung, der Entzug der Vergnügungen des Tages, das Ende der Lebensfreude.

Noch weniger hätten sie der Erleichterung erlaubt, sich beim Gedanken, ihren unerträglichen Neffen los zu sein, in sie einzuschleichen. »Armer Kleiner! Armer Kleiner!« Sie wußten nichts anderes zu tun, als über meine Mißgeschicke zu jammern, Klagen, die sich zu herzzerreißender Heftigkeit erhoben, sobald ich einen Angriff der Außenwelt zu ertragen hatte in Form eines Schnupfens, einer Verstauchung, die ich mir beim zu wilden Ballspiel zugezogen hatte, einer durch meine Kameraden am Ende einer Rauferei, die ich mit der Anmaßung der Vasconcellos grundlos herbeigeführt hatte, mir verabreichten Tracht Prügel.

»Armer Kleiner! Armer Kleiner!«

Bei allen Gelegenheiten und selbst des Abends, wenn ich vor Müdigkeit umfiel, ertönte diese elegische Kantilene durch alle Zimmer und schlich sich gleich einer Aufforderung, die erhabene und genußvolle Rolle des Opfers zu spielen, in meinen Ohren ein. Ich trödelte noch eine Viertelstunde, bis ich mich ins Bett legte, aus bloßem Spaß daran, das wohlklingende *Poverino!* im Hause säuseln zu hören. Ein einziges Wort auf Italienisch, ein so helles melodisches Wort, um auf der absteigenden Stufenleiter der Töne das köstliche Gefühl meiner Schwäche zu modulieren. Das erste O vibrierte auf der höchsten Note, dann, nach einem Arpeggio je nach Tag um einen Ton oder einen Halbton erniedrigter Vokale, betonte ein lang angehaltener Orgelpunkt gleich einer Beileidsbekundung oder einem Trostpreis das letzte O mit bebendem Ernst.

Wenn man sich mit so großer Unruhe um mein Wohlergehen sorgte, so weil man den Wert desjenigen, dem sie galt, für unermeßlich hielt. Welch wunderbare Zukunft glänzte in der Ferne, welch außergewöhnliche Persönlichkeit war ich berufen zu werden, daß ich mit so viel Schonung behandelt wurde! Da man mich jedesmal bedauerte, wenn ich zur Schule ging, wenn ich ein Heft aufschlug, wenn es draußen zu warm oder zu kalt war, wenn der Tag gekommen war, den Brief meiner Mutter zu beantworten, die Stunde, mir die Hände zu waschen, wenn ich mit einer schlechten Note aus dem Unterricht oder einem Kratzer vom Spaziergang zurückkehrte, glaubte ich, einer anderen Rasse als die gewöhnlichen Sterblichen anzugehören. Die Notwendigkeit, heranzuwachsen, mich der Welt zu stellen, zu lernen, ein Mann zu werden, welche Pflicht den unter anderen Himmelsstrichen geborenen Knaben den jugendlichen Ansporn verleiht, erschien mir als eine auf meine Kosten verübte riesige Ungerechtigkeit, für die ich – das war das unsinnige Fazit, das ich aus dieser Überzeugung zog, die, eine Hypertrophie des Ich erzeugende, alte Leier *Poverino!* – durch ein außergewöhnliches Schicksal reichlich entschädigt werden würde.

Man prägte mir unbegrenztes Vertrauen in meinen Stern ein, ohne mir die Mittel zu zeigen, die meinen Ehrgeiz eines Tages unterstützen konnten. Bei jedem Mißerfolg, was sage ich?, beim geringsten Verdruß, gab mein Charakter, der nie einer Bewährung unterzogen worden war, kampflos auf. So war denn keiner dem Leben gegenüber hilfloser als ich und hegte dabei den ungeduldigen Wunsch, eine heldenhafte Rolle darin zu spielen. Wie ein Mensch, den man mit auf dem Rücken gefesselten Händen an die Festtafel gesetzt hätte, sollte ich gleichzeitig die Gelüste des Appetits und die Qualen der Ohnmacht verspüren. Auf ewig *Poverino*, die Wahrheit zu sagen.

Zu Hause folgten mir meine Tanten auf Schritt und Tritt. Unmöglich – das Gegenteil hätte mich jedoch entrüstet –, in einer Ecke allein zu lernen. »Brauchst du etwas? Soll ich dir eine Decke über die Knie liegen? Hast du nicht wenigstens Durst? Um Himmels willen, verdirb dir nicht die Augen!« Immer darauf bedacht, mir eine Wiedergutmachung zu bieten, kreisten sie um meinen Stuhl, rückten die Lampe zurecht, machten Jagd auf eine Fliege an der Wand. Eine brachte mir die dampfende Schokolade, die andere rührte mit dem Löffel in der Tasse, die dritte reichte mir das Getränk. Schließlich waren sie zu dritt gegenüber einer einzigen *Madre* Juana. Mein ganzer Tag gehörte ihnen, während meine Besuche in Santo Spirito sich auf wenige, hauptsächlich mit Warten auf die Kuchen ausgefüllte Minuten beschränkten.

5

Ich erhalte von meinem zukünftigen Onkel eine Ohrfeige

Die Göttin, die Hochzeiten und Niederkünfte lenkt und der einer unserer Tempel geweiht ist, Juno Lacina, lohnte ihnen ihre Ergebenheit schlecht. Alle drei wurden zum Traualtar geführt, alle drei aber blieben auch Jungfrauen infolge von Begebenheiten, die überall, außer in Sizilien, extravagant erscheinen würden.

Die Natur hatte sie nach ein und demselben Modell zugeschnitten, ihnen das längliche Gesicht, die starken Wangenknochen, die leicht gebogene Nase, die hohen Augenbrauen und den fahlen Teint der Vasconcellos, jedoch, um die Rangfolge des Alters zu respektieren, Eugenia, der Ältesten, drei Zoll mehr und eine kräftigere Figur als der zweiten, Eusebia, verliehen; die Körperlänge nahm ab und die Feinheit der Züge in dem Maße zu, wie man zur Jüngsten, Euloquia, hinabkam, die, fast hübsch, weniger gesund und widerstandsfähig war (ein Eindruck, der sich in der Folge als falsch erwies), aber über ein höheres Kapital an Anmut und Weiblichkeit verfügte. Das Haar, starr und kraus auf Eugenias Kopf, wurde bei den Jüngeren geschmeidiger und fiel in einer üppigen Innenrolle auf Euloquias Schultern, zwar auch bei ihr kohlrabenschwarz, aber seidig und glänzend. Nach vierzigjähriger Abwesenheit habe ich die Tanten wiedergefunden, vom Alter ein wenig gebeugt, aber in den von der familiären Rangordnung festgesetzten Proportionen: bezüglich der Anzahl an Zentimetern hält jede den ihr zukommenden Platz ein. Sicherlich werden sie der Reihe nach sterben und ist Eugenia dazu bestimmt, als erste die Pforten der Erlösung zu durchschreiten, wie sie die erste war, die sich den Klotz eines Ehemanns ans Bein band.

Ihr Verlobter, Francesco, besaß ein mitten auf der Via Atenea gelegenes Juweliergeschäft. Ich weiß nicht, wie er es anstellte – vielleicht indem er als Zeichen seiner Macht vor meinen Augen die aufzufädelnden Perlenhalsbänder, die goldenen Uhren, die mit Rubinen verzierten Siegelringe ausbreitete, die ihm seine Kunden in Verwahrung gegeben hatten –, aber obwohl er nur zehn Jahre älter war als ich, übte er durch ein bloßes Runzeln der tiefdunklen Brauen eine grenzenlose Autorität über mich aus. Die Art, wie er mit Edelsteinen und funkelnden Ringen hantierte, das Geheimnis eines Handels, dessen Regeln dem gewöhnlichen Geschäftsgebaren nicht ähnlich zu sein schienen, seine verachtungsvolle Sicherheit, wenn er kurz murrte, sein zu beiden Seiten der Nase spitz nach oben zeigender Schnurrbart schmückten ihn in meinen Augen mit unwiderstehlichem Ansehen. Ich verbrachte die meiste Freizeit in seinem Laden, wo er mir im Schatten hinter der Theke eine kleine Bockleiter hingestellt hatte, von deren Höhe aus ich das Kommen und Gehen beobachten und den Gesprächen im Geschäft zuhören konnte, das – was mich anfänglich nicht verwunderte – nur von Männern besucht wurde.

Meine Aufgabe bestand darin, einen möglichst detaillierten Bericht über jede Person abzugeben, die eingetreten war, über ihre Haarfarbe, ihre Größe, ihre Korpulenz, ihre Kleidung. Ich mußte auch eine Meinung über ihren Charakter, ihren Beruf und den eigentlichen Zweck ihres Besuchs beim Juwelier äußern, falls ich einen sonderbaren Zug in ihrem Verhalten bemerkt hatte. Francesco befragte mich lange. Ohne sich die kleinste schriftliche Notiz zu machen, behielt er alle von mir gelieferten Angaben im Kopf. Die Art, wie die Tür geöffnet worden war, hatte für ihn große Bedeutung. Langsam, nach und nach? Oder mit einem Stoß und heftig? Und danach? Hatte man sie wieder geschlossen? Angelehnt gelassen? Halb offengelassen? Hatte man die Bewegungen des Besuchers von der Straße aus verfolgen können? Wie viele Passanten waren vor der Tür vorbeigegangen? War jemand vor dem Schaufenster stehengeblieben? Jede meiner Antworten lieferte ihm einen Hinweis.

Ich sah und hörte viele andere Dinge, die mein Instinkt mir für mich zu behalten riet. Die Kunden zogen oft eine Geldsumme in einem Sack aus der Tasche, den sie auf die Theke warfen, eine Angewohnheit, die meine Neugierde nicht geweckt hätte, hätte ich nicht allmählich gemerkt, daß

Francesco, nachdem er die Geldscheine gezählt und den Sack in einem Fach seines breiten Jagdgurts versteckt hatte, nie irgendeinen Gegenstand, weder Schmuck noch Uhr noch sonst etwas dafür als Gegenleistung gab. Die Summen waren manchmal bedeutend, und ich wäre weniger überrascht gewesen, den Mann, der das Bündel Scheine preisgegeben hatte, den im Schaufenster ausgestellten Achatbecher mitnehmen zu sehen, das teuerste aller Verkaufsstücke, als ich über die Schnelligkeit und Unterwürfigkeit seines Rückzugs verblüfft war. Er bewegte sich rückwärts gehend hinaus, grüßte, indem er sich verneigte, und zog mit leeren Händen ab. Die Tür Schloß sich geräuschlos hinter ihm.

Wenn er einen Befehl gab, erweiterte Francescos Pupillen ein goldener Funke. Ich wäre lieber im Erdboden versunken als in die Bahn dieses Blitzes geraten. Ein einziges Mal begab er sich seiner schweigenden Anmaßung, am Tag, als ich zwölf Jahre alt wurde. Begleitet von zwei Gefolgsmännern, die wie er den Hut aufbehielten, trat majestätisch ein außergewöhnlich beleibter Mann ein. Mein zukünftiger Onkel stürzte dem Unbekannten entgegen und strömte über vor unterwürfigen Ausrufen, aus denen hervorging, daß er einen solchen Vertrauensbeweis zwar gewiß nicht erwartet hätte, daß Seine Gnaden aber mit allem ihm gebührenden Respekt bedient würden. Das Wort »Respekt« kehrte in der nun folgenden lebhaften Diskussion häufig wieder. Ich verstand sie nur brockenweise, denn sie wurde mit leiser Stimme geführt, und ohnedies hätte ich einige Jahre älter sein müssen, um ins klare zu bringen, infolge welcher Intrigen, mit welchen Vorrechten und Pflichten und unter welchen Risiken der Verlobte meiner Tante Eugenia als Kapitaleintreiber für die Wahlkampagne von Don Ciccio erkoren worden war, diesem fettwanstigen, übertrieben freundlichen Menschen, der mit vorgestreckten kurzen Armen die Lobreden, mit denen der Juwelier ihn überflutete, matt abwehrte.

»Euer Gnaden werden in Eurer Macht und Eurem Ruhm bestätigt werden.«

»Wenn Gott es anders fügt«, antwortete Don Ciccio, »werde ich mich seinem Willen beugen.«

»Euer Gnaden werden nach Rom zurückkehren.«

»Wo ich wie in vergangenen Zeiten meine Pflicht tun werde.«

»Und wir werden weiterhin die Auswirkungen Eures väterlichen Schutzes genießen.«

Nachdem das Zeremoniell erledigt, die üblichen heimlichen Drohungen und Versprechungen ausgetauscht worden waren, wandten sie sich den praktischen Fragen zu.

»Wird sich Comitini noch lange unserer Kontrolle entziehen?« fragte er.

Ich kannte das Dorf, denn Calogero, der ältere Bruder meines Vaters, bewirtschaftete dort eine Schwefelmine, zusammen mit Don Vincenzo Vizzini, dem Vater des Verlobten meiner Tante Eusebia.

»Racalmuto und Aragona sind uns gewiß. Wenn Euer Gnaden«, fuhr Francesco fort und legte auf die Theke einen Sack Geld, zehnmal größer als alle, die ich je gesehen hatte, »die Güte haben, mir nur, ich möchte sagen, einen lächerlichen Bruchteil der Gesamtsumme zu überlassen, werden wir Mittel und Wege finden, die beiden Brüder zu entmutigen, durch deren Schuld Comitini es Euch an Respekt fehlen zu lassen wagt.«

»Wieviel haben wir Favara bezahlt, um den Winzer Corrado zu entmutigen?« fragte Don Ciccio, und seine dicken schwammigen Lippen verzerrten sich zu einer Grimasse des Ekels.

Einer der Gefolgsleute hatte sich jäh erhoben und, ohne daß es notwendig gewesen wäre, ihm einen Befehl zu geben, die Tür geöffnet, gerade rechtzeitig genug, so daß Seine Gnaden einen langen Speichelstrahl auf die Straße spucken und sich von der durch die Erinnerung an den Abtrünnigen hervorgerufenen Galle reinigen konnte.

Ich vernahm die von Francesco gemurmelte Zahl nicht, doch die befriedigte Miene und die zunehmend salbungsvolle Stimme des Gastes zeigten mir an, daß er das Geschäft für vorteilhaft hielt – geringe Kosten, dafür eine schwere Last weniger auf dem Herzen.

Corrado, Eigentümer von mehreren tausend *Tumoli* Rebfläche – wir zählten nicht nach Hektaren –, war auf offenem

Gelände tot aufgefunden worden, mit von zwei Schrotladungen durchbohrtem Rücken. »Jagdunfall« hatte die Erklärung gelautet, und damit war die Affäre ad acta gelegt worden, obwohl damals die Jagdzeit vorbei und das Opfer auf seinem Maultier zur Taufe eines Patenkindes in die Stadt geritten war. An der Beerdigung hatte eine beträchtliche Menge teilgenommen, es waren Ansprachen gehalten worden, in denen nur von den einzigartigen Verdiensten des Verblichenen die Rede war, der seinen Aufenthalt in unserem Tränental abgekürzt hatte. Francesco, denselben Francesco, der sich jetzt damit brüstete, für einen annehmbaren Preis Don Ciccios wütender Seele den Frieden wiedergegeben zu haben, hatte ich im Trauerzug paradieren, dann an der Tür zur Straße hin die schwarz umrandete Todesanzeige anheften sehen, wie es bei jenen Brauch ist, die sich vor den Verwandten des Verstorbenen durch eine liebevolle Teilnahme an ihrer Trauer auszeichnen wollen.

»Es wäre auch notwendig, Euer Gnaden, daß unsere Freunde aus Raffadali für ihren Wein das eigene Faß anzapfen. Durch Familienstreitigkeiten schwächen sie ihre Beflissenheit. Giacomo Altomonte hat man hundert Schafe gestohlen. Giacomo Altomonte hat es Euer Gnaden gegenüber nie an Respekt fehlen lassen.«

»Wer ist der Dieb?« erkundigte sich Don Ciccio kurz.

»Einer von denen, die Euch gewöhnlich mit mehr Eifer dienen.«

Don Ciccio kratzte sich am Kopf.

»Ich gebe Ihnen vierundzwanzig Stunden, um die Schafe zurückerstatten zu lassen«, befahl er.

Als er zum Hut griff, gewahrte er mich, der ich im Dunkel auf meiner Bockleiter hockte.

»Gehen Sie oft auf die Jagd, Don Francesco?« fragte er mit wieder honigsüß gewordener Stimme.

Er ließ sich Zeit, um die stammelnde Verwirrung meines Onkels zu genießen, dann fügte er gleichgültig hinzu:

»Es wäre mir ärgerlich, sollte sich eine Flinte in der Zielscheibe irren.«

Um seinen Fehler wiedergutzumachen, antwortete Francesco:

»Oh! Das ist nur ein Kind, Euer Gnaden, und zudem der Neffe meiner zukünftigen Ehefrau.«

Ein Kind, gewiß, und dem er nicht mißtrauen mußte, dem aber der Handlanger des Abgeordneten, von der Überlegung seines Besuchers beunruhigt, unverzüglich eine heilsame politische Lektion zu erteilen für nötig hielt. Die Kugel hatte ihm um die Ohren gepfiffen, und selbst ein kleiner Junge, ein häufiger Gast, in dessen Clan einzutreten er sich anschickte, konnte, ohne es zu wollen, einen schlechten Gebrauch von seiner Zunge machen.

Eines Tages, als wir im Laden allein waren, machte er sich mit freundlicher Miene an mich heran.

»Du willst also Vermessungsingenieur werden, hat man mir gesagt.«

Ein grimmiges Lächeln begleitete diesen harmlosen Satz. Stumm vor Verblüffung riß ich die Augen weit auf.

»Widersprich nicht, Fifi, das ist ein ausgezeichnetes Gewerbe. Wenn du erst groß bist, wirst du das genaue Maß deines Schritts kennen und kein anderes Instrument mehr nötig haben. Da, einstweilen Ketten, ein Niveau und ein Kompaß. Du wirst mich und meine Freunde begleiten und mit deinem Training anfangen. Ein Mann«, schloß er lachend, »kann sich nicht sein ganzes Leben mit Schmuckstücken befassen.«

Und er, befaßte er sich wirklich mit Schmuckstücken? Wann reparierte er jene, die man auf seine Theke legte? Er nahm sie in seine behaarte Hand und sperrte sie in den Tresor, den er dreifach hinter ihnen verschloß mit einer brutalen, flinken Geste, die mehr nach Plünderung als nach Begutachtung aussah. Keine Frau trat je in seinen Laden, daran mußte ich nun denken. Mit meinen Gerätschaften eines Geometers beladen, folgte ich Francesco bis hinter die letzten Häuser der Stadt, und zwischen zwei Reihen indischer Feigenbäume drangen wir in die Felder vor. Von der Neuartigkeit des Spiels mehr erregt als in Sorge, wie ich mich anstellen sollte, um nicht zu dumm dazustehen, gewahrte ich an einem Kreuzweg zwei Männer, die uns erwarteten. Sie versetzten mir eine Menge freundschaftlicher Klapse und beglückwünschten mich zu meiner Wahl. Der

Größere und Dickere behandelte Francesco, den er ohne Umstände beim Vornamen nannte, wie seinesgleichen. Ein Umhang aus Barchent reichte ihm bis zu den Fersen, er trug ein Paar neue Stiefel und tastete unablässig durch den Stoff seines Kleidungsstücks nach den zahlreichen Gegenständen, welche die Taschen verformten. Der andere dagegen sagte »Don Francesco« und tat nur auf Befehl seines Herrn den Mund auf.

Er beschattete seine Augen mit der Hand und wies auf eine vom Berg herabkommende Staubwolke. Ich wurde ans Ende des Feldes geschickt mit dem Auftrag, die hintere Seite zu messen. Im Augenblick, als es mir leidlich gelang, den Maßstab zwischen dem Schotter in den Boden zu stecken, trabten zwei Reiter auf Maultieren heran, stiegen in der Nähe der trockenen Steinmauer ab, banden ihre Tiere am Stamm des Feigenbaums fest und fingen mit den drei Männern ein stürmisches Getuschel an. Als sie denselben Weg, den sie gekommen waren, wieder davonritten, war ich kaum fertig geworden, meine zweite Kettenlänge abzustekken.

Francesco rief mich und bedeutete mir, näher zu kommen.

»Fifi, warum habe ich dich ans Ende des Felds geschickt?«

Sie sahen genau, daß meine unterbrochene Arbeit noch nicht einmal halb ausgeführt, zu nichts nütze gewesen war und daß ein Neuling ohnehin Rat benötigt hätte. Um zu zeigen, daß ich als Zwölfjähriger nicht mehr wie ein Kind behandelt werden durfte – ich hatte die Erwachsenen zur Genüge beobachtet und vermochte deshalb ohne viele Worte ihre Gründe zu begreifen –, hielt ich es denn auch für gewitzt zu antworten:

»Weil zwei Reiter gekommen sind.«

Francesco hob die Hand und versetzte mir eine schallende Ohrfeige.

»Wer hat dich gelehrt, uns den schuldigen Respekt zu versagen, du Lausbub?«

Seine beiden Freunde rahmten ihn ein wie die Beisitzer den Richter auf der Photographie, die meine Tanten an die

Küchenwand genagelt hatten. Ihre Bourbonentreue brachte damit Gaetano Bresci eine Huldigung dar, dem Anarchisten und Königsmörder, dessen struppiger Bart und riesiger Wuchs den drei Beamten des Tribunals mit großartiger Kühnheit Trotz boten.

»Wer hat ihn gelehrt, uns den schuldigen Respekt zu versagen?«

Er wiederholte seine Frage mehrmals, nahm die beiden Männer als Zeugen. Der Größere, der seinen Umhang oben aufgeknöpft hatte, fixierte mich mit strengem Blick, und um ihm nachzueifern, stierte mich der andere unter gerunzelten Brauen an.

»Was für Reiter?« knurrte Francesco. »Corrado, hast du Reiter gesehen? Carmelo, hast du Reiter gesehen?«

Er schaute mir starr in die Augen, und der goldene Funke seiner Pupillen durchbohrte mich.

»Reiter? Ich habe keine Reiter gesehen«, behauptete der Mann in den neuen Stiefeln und dem Barchentumhang.

»Was für Reiter?« echote der andere.

»Stimmt«, sagte ich und überwand den Drang zu weinen, »da waren keine Reiter. Du hast mich ans Ende des Felds geschickt, damit ich Vermessungsingenieur werde.«

»Na also! Ich sehe, daß du ein braver Junge bist. Wieviel mißt das Feld?«

Falls ich eine falsche Zahl vorbrachte, würde ich eine weitere Ohrfeige erhalten. Falls ich eingestand, daß ich mir keinen auch nur ungefähren Begriff von der Länge des Feldes hatte machen können, würden sie mich endgültig verachten. Zitternd, mit hochroten Backen bewegte ich die Lippen, doch kein Laut drang hervor.

»Fünfzig Klafter? Hast du fünfzig Klafter gesagt?« rief Francesco übertrieben heiter. »*Bravo! Bravo ragazzo!* Fünfzig Klafter, einfach so, auf Anhieb!«

Alle fingen an, mich zu beglückwünschen und mir auf die Schultern zu klopfen. Corrado knöpfte seinen Umhang gänzlich auf und zog aus einer der zahlreichen Innentaschen eine Phiole mit Schnaps, die er Francesco reichte. Der Reihe nach nahm jeder einen Schluck, der kleine Magere als letzter.

»Du auch«, sagte Francesco zu mir, »du hast dir einen Schluck verdient.«

Ich hatte noch nie Alkohol angerührt.

»*Bravo! Bravo ragazzo!*« wiederholten die drei Freunde im Chor, während ich mich im Innern brennend heiß und außen knallrot werden fühlte.

Nun hörten sie nicht mehr auf zu witzeln.

»Zu sagen, daß er glaubte, Reiter gesehen zu haben!«

»Vielleicht kamen sie auf Besen dahergeritten«, sagte der kleine Magere losprustend.

Francesco wurde als erster wieder ernst.

»Das nächste Mal drehst du jedes Wort dreimal im Mund herum, ehe du uns den Respekt versagst, verstanden?«

Die Schnapsflasche wanderte wieder von Hand zu Hand. Diesmal dachten sie nicht daran, sie mir anzubieten; ich selbst streckte den Arm aus und bemächtigte mich der Phiole. Den ersten Schluck hatte ich, von der Ohrfeige betäubt, ohne zu überlegen getrunken, den zweiten nahm ich mit Absicht. Ich wollte die soeben begangene Schändlichkeit meiner Behauptung, ich hätte von einer Szene, die sich vor meinen Augen abgespielt hatte, nichts gesehen, im Rausch ertränken und vergessen.

Eine Ohrfeige, die mich fast zu Boden warf und ein kräftiger Schluck Alkohol, von dem mir zwei Tage lang übel war, bildeten meine Einweihung in die Geheimnisse der Macht und die Feinheiten ihrer Ausübung. Eine Taufe, deren Wirksamkeit weder flüchtig noch oberflächlich war, sondern aus mir den Anhänger einer auf Machtverbindungen, dem Siegerkult, der Verachtung der Wirklichkeit und der Unterdrückung der Gewissensbisse gründenden Religion machen sollte.

Ein Ereignis, das in der turbulenten Chronik Girgentis kein besonderes Aufsehen erregte, machte sowohl der ersten Phase meiner politischen Lehrzeit wie auch dem Betrieb des Juwelierladens ein jähes Ende. Seit einem Jahr hatte ich meine Augen daran gewöhnt, nicht zu sehen, was sie sahen, und meine Ohren daran, nicht zu hören, was sie hörten, als eine Reihe von lange verborgen gebliebenen Umständen bekannt wurde und jedermann zwang, wieder zur Besinnung zu kommen. Am Morgen seiner Hochzeit, als er die Kirche verließ, schoben zwanzig Carabinieri, die aus Palermo hierherbeordert worden waren, um jenen festzunehmen, den der bischöfliche Segen zu meinem Onkel gemacht hatte, die Menge auseinander und bemächtigten sich des Neuvermählten. Der goldene Funke erlosch in seinen Augen, er ließ sich Handschellen anlegen. Aus Sicherheitsgründen fand der Prozeß in Palermo statt. Einhellig war man sich in unserer Stadt in dem Mitgefühl für den Gefangenen und der Empörung über die Gerichte. Meine Tante, durch die Eheschließung gefesselt, noch bevor sie Frau geworden war, zeigte die hartnäckigste Verbitterung gegen den italienischen Staat. Als ihr Mann zu dreißig Jahren Zwangsarbeit verurteilt worden war und sie menschliche Zärtlichkeit und Freuden der Familie abgeschrieben hatte, faßte sie ihre Enttäuschungen zu einem unbarmherzigen Kampf zusammen, der neben den Polizisten und den Richtern jedweden von der Zentralregierung Bezahlten, Beamte der Staatskasse, Angestellte der Post, Mitglieder des Lehrkörpers, Feuerwehrmänner einschloß. Geheimnisvolle Gönner zahlten ihr bis zum Zweiten Weltkrieg, bis lange nach dem Tode Francescos in der Deportation, eine Rente. Sie konnte gute Gründe anführen zur Verteidigung einer Institution, die ebenso wie sie schutzlosen Landbewohnern die ihnen gestohlenen Schafe zurückerstattete, der Art Kriegerwitwe, die Eugenia mit dreiundzwanzig Jahren geworden war, die Mittel für ein anständiges Auskommen gewährleistete.

Die heute fast Siebzigjährige habe ich noch immer gleich heftig gegen Rom aufgebracht und allein der Gesellschaft der »Freunde« vertrauend wiedergefunden. Steht es mir zu, mich darüber zu beklagen, daß Sizilien trotz der Proklamation der Republik und der Fortschritte der Demokratie weiterhin anderen Regeln als den im Parlament beschlossenen Gesetzen unterworfen bleibt? Diese Überlegung ging mir in dem Moment durch den Kopf, als ein mir entgegengehender Mann ungefähr meines Alters, vielleicht ein ehemaliger Schulkamerad, und dessen Züge mich an ein einstiges Gesicht erinnerten, plötzlich zum anderen Trottoir hinübergewechselt ist. Mehrere Sekunden lang hatten wir einander in die Augen geblickt; als er dann diese Verbindung unterbrach, hatte ich den deutlichen Eindruck, daß er sich auf ein bloßes Zeichen von mir in meine Arme gestürzt hätte. Da ich nicht sicher war, ihn wiederzuerkennen, hatte ich nicht mit der Wimper gezuckt; und er als ein Mann, der mich genau wiedererkannt hatte, aber auch als Sizilianer, für den die Anonymität das heiligste Gut ist, respektierte meinen Willen, inkognito zu bleiben. In welchem Teil der Welt würde mir eine so sichere Zuflucht zuteil, wo man nur dann mit seinem Namen gegrüßt wird, wenn man zu erkennen gibt, daß man es wünscht, und wo die Augen, die uns anblicken, bereit sind zu schwören, daß sie uns nicht gesehen haben? Das Gesetz des Schweigens in der Stadt meiner Väter, wo eine von zehn Personen mein Gesicht kennt, beschützt mich wirksamer als die Krempe des breitesten Panamahuts. Jeder beherzigt seine, kraft Ohrfeigen oder auf andere Weise gelernte Lektion, und niemand, es sei denn, ich gebe ihm die Erlaubnis dazu, wird mir auf offener Straße um den Hals fallen. »Porfirio Vasconcellos, endlich sind Sie zurück!« Keiner wird diese Worte ausstoßen, die, wenn bestimmte Ohren sie vernähmen, mich durchaus in die Asinara schicken könnten, damit ich dort dem Phantom meines Onkels Gesellschaft leiste.

»Fifi!« sagte seine Witwe in grollendem Ton zu mir, als ich, wieder in der *Palazzina*, den schweren Samtvorhang von beiden Seiten des Fensters zurückschieben wollte.

Sie hatte vor einem halben Jahrhundert, noch vor ihrer Hochzeit, die Ermordung Umbertos I. begrüßt und aus den Zeitungen die Photographien vom Prozeß ausgeschnitten, auf denen mir mit neun Jahren zum ersten Mal das Barett und der Hermelinpelz der Richter und der flammende Bart eines Mörders aus ideologischer Überzeugung erschienen waren. Dann, aus zunehmendem Widerwillen gegen die Savoyer, hatte sie sich Mussolini angeschlossen, in dem sie den Rächer der Bourbonen verehrte, blind für die Tatsache, daß das faschistische Regime viel etatistischer, unitarischer und diktatorischer war als die schwache parlamentarische Monarchie. 1943 separatistisch geworden, nähte sie, um den Sieg der Marine zu feiern, eine amerikanische Fahne, die mit einem neunundvierzigsten, Sizilien und den sizilianischen Wunsch des Anschlusses an die Vereinigten Staaten darstellenden Stern geschmückt war. Von dieser unsinnigen Utopie, die auf der Insel eine große Hoffnung hervorgerufen hatte, ist nur dieses bunte Emblem übriggeblieben, das meine Tante gleich einem Museumsstück aufbewahrt und von dem sie sich nur für die Aufführungen von *Madame Butterfly* im städtischen Theater zu trennen bereit ist. Dann erhebt sich das Sternenbanner in der Faust des Konsuls Sharpless, der es als Warnung vor dem leichtsinnigen Leutnant Pinkerton hin- und herschwenkt. Keiner der Zuschauer würde die Bemerkung machen, daß die Anzahl der Sterne falsch sei und daß die arme Cho-cho-san, wenn der sie schützende Diplomat ein trügerisches Insignium schwingt, nur wenig Aussicht habe, gerettet zu werden.

Die vielen Demütigungen, die meine Tante erlitten hat, der Zusammenbruch ihrer ehelichen Hoffnungen, der Sturz des Faschismus, die mit Mussolini verbundene öffentliche Schande, sechsundvierzig Jahre zwangsweise Einsamkeit und die Last einer unberührten Jungfräulichkeit haben sie nicht daran gehindert, mit neuen Hirngespinsten zu altern. Immer noch gleich dicht und kraus erscheint ihr Haar durch einige Silberfäden kaum aufgehellt. Sie hat festgestellt, daß ihr Mann denselben Namen getragen hat wie der letzte König von Neapel: Francesco. Sie selbst heißt Eu-genia, die Wohlgeborene. Und wie allen Leuten, denen ein langes Einsiedlerdasein und der mangelnde Kontakt zum wirklichen Leben das Blut erhitzen und das Hirn verdrehen, sind ihr diese zufälligen Übereinstimmungen als Zeichen des Schicksals erschienen. Da sie sich zudem daran erinnerte, daß sie an ihrer französischen Kusine Revanche nehmen mußte, hat sie es sich in den Kopf gesetzt, den Beweis für die imaginären adeligen Vorfahren der Familie zu erbringen. Was sage ich: »erinnerte«? Dieser Gedanke kam ihr – dem durch erst wenige Lebensjahre gereiften Geist eines kleinen Mädchens – schon beim ersten Aufenthalt Adelines in Girgenti, während jener denkwürdigen Wochen, deren Einzelheiten ich nach und nach rekonstruiert habe. Die Pariserin hatte weder ihre Verachtung für die drei kleinen Provinzlerinnen verheimlicht noch den Vasconcellos ihre Enttäuschung verborgen, als sie die Wahrheit über die Herkunft der Familie erfuhr. Nun, die dünkelhafte Person, sie würde erfahren, welchem berühmten Stamm sie ihren aus dem gewöhnlichsten Bürgertum hervorgegangenen Namen aufgepfropft hatte.

Im Lauf der Jahre hat dieser Racheplan von meiner Tante Eugenia Besitz ergriffen. Sie hat sich, indem sie mit der Rente sparsam umging, die ihr die Ganoven der Mafia zahlten, eine ganze Bibliothek an Schriften über Wappenkunde angeschafft, sie hat die letzten Wappenspezialisten in den überlebenden bourbonischen Kreisen befragt. Nach zahllosen Besuchen in baufälligen Schlössern und mühevollen Verhandlungen mit Baronen, deren wirtschaftlicher Ruin ihrem Hochmut keinen Abbruch getan hat, wurde ihr die Erlaubnis erteilt, den Staub von brüchigen Folianten zu schütteln und sich die Augen mit dem Entziffern wurmstichiger Handschriften zu verderben.

Und nun ist sie dem Ziel nahe, hat sie mir versichert. Abends arbeiten wir in zwei nebeneinanderliegenden Zimmern, ich an meinem Bericht, sie an ihren Listen von Wappenschildern, Schildfiguren, Querbalken, Turnierkragen, Scheibenfriesen, Zwillingen, Schindeln und anderen Adelsphantasmata. Durch die Wand hindurch höre ich sie sonderbare Kantilenen summen, in denen Bäche schwarzen Sandes sich in Asphodillenfelder ergießen, während an Zinnobersparren hängende Purpurkreuze sich zwischen Lilien wiegen. Sie wird nicht aufhören, ehe sie nicht in ihrer Abstammung, auch wenn sie weiter als bis zu Pedro de Alvarez zurückgehen müßte, irgendeinen Vorfahren ausfindig gemacht hat, der rote Farbe an seinem Goldhelm oder Silber mit himmelblauem Pfahl getragen hat. Ein ganzes Wappenschild mit einem einzigen Schrägrechtsbalken oder in der Mitte von oben bis unten gespalten würde die höchste Weihe gewähren, aber sie würde es auch geteilt, geständert, mit Sparren, geviertelt, dreimal gespalten, mit Wecken, mit Geschacht, in jeder Form und Farbe hinnehmen, sofern es eine Stufe im alten Ritterstand bezeugt.

Eine ähnliche, sowohl heroische wie auch makabre Hast

treibt uns an, denn falls meine Mutter, die mehr als achtzig Jahre alt und von eiserner Gesundheit ist, aber sich schließlich doch dem allgemeinen Los unterwerfen wird, stürbe, ehe sie die Siegesanzeige erhielte, die die heraldische, endgültige Überlegenheit der Vasconcellos über die Pichons feststellt, hätte meine Tante Eugenia die einzige Chance verloren, sich für die Kränkungen eines halben Jahrhunderts zu entschädigen.

6

Orangen aus Sizilien

Und Eusebia, die zweite? Die Herstellung welchen Arzneitranks, den sie auf kleiner Flamme kochen ließ, beschäftigte sie, als ich das von Santa Spirito mitgebrachte Päckchen Leckereien gleich einer Ruhmestrophäe ihr vor die Tür gelegt habe? Jede Nahrung, die nicht natürlich ist, in ihrer Vorstellung heißt das, nicht unmittelbar von Gott stammt, ist ihr verdächtig. Unter sehr viel demütigenderen Umständen als ihre Schwester gleichfalls Jungfrau geblieben, entschied sie kraft einer ihr unbewußten Kriegslist, die sie vor der Verzweiflung rettete, daß alles, was vom Manne herrührt, schlecht sei, daß sie von Glück sagen könne, dieser Befleckung entgangen zu sein, und daß sie künftig darauf achten werde, jede geringste Ansteckung zu vermeiden.

Das Fleisch, die Teigwaren aus der Bäckerei, der vom Metzger tranchierte Schinken wurden von ihrem Tisch verbannt. Als sie zurückkehrte, um wieder mit ihren Schwestern zusammenzuleben, und die Leitung der Küche für sich in Anspruch nahm, hatten die beiden anderen alle Mühe zu verhindern, daß Eusebia sie mit rohem Fisch bewirtete. Sie hätte gern eine Presse in ihrem Schuppen aufgestellt, um sicher zu sein, daß keine unwürdigen Finger mit den Oliven umgegangen waren. Unter den zubereiteten Nahrungsmitteln fanden allein die Konditorwaren des Klosters Gnade in ihren Augen: von Händen gebacken, die den abscheulichen Kontakt nie kennengelernt hatten, bewahren sie etwas von der Keuschheit der Nonnen. Ich hüte mich weislich davor, ihr zu sagen, daß meine während der Schuljahre begonnenen und seit meiner Rückkehr wiederaufgenommenen Versuche mich zur entgegengesetzten Schlußfolgerung geneigt machen! Man muß die Schrullen der anderen zum eigenen Vorteil nutzen, und so hoffe ich, daß die ungewöhnliche Menge an klösterlichen Kuchen, die sie, aus ihrem Laboratorium tretend, entdecken muß, einige Lockerung in unserer Ernährung zur Folge haben wird. Beispielsweise könnte sie sich dazu entschließen, für das Frühstück einen Topf Orangenmarmelade zu kaufen, anstelle der ewigen Kirschkonfitüre, die sie uns aufzwingt, weil die da und dort zwischen Eusebias Bienenstöcken stehenden Kirschbäume die einzigen Obstbäume im Garten der Schwestern sind.

Hingegen ist es zwecklos, auch nur zu denken, daß sie je darauf verzichten würde, selbst die Familienarzneien herzustellen nach Rezepten aus alten Handbüchern der Naturheilkunde, von denen sie alles beibehalten hat, die Listen der skurrilen Produkte, die Ratschläge, um sie kunstgerecht zu mischen, und sogar das altmodische Vokabular. Gewiß hat sie auch diesen Vormittag dazu verwandt, in kleinen Behältern aus Birkenrinde die drei Maßeinheiten Meerbarbe-Bouillon abzumessen, die, einem Viertelliter Rosenlorbeersud beigefügt, ein unfehlbares Mittel gegen Alopezie sei – so bezeichnet sie den Haarausfall. Niemand kann wissen, ob diese Mixtur, die sie jeden Tag anwenden, die drei Schwestern vor Kahlköpfigkeit bewahrt hat oder ob sie vielleicht nur ihrer starken Konstitution die Wirkung verdanken. Die auf Eusebias Warze im Nacken aufgetragene Galle vom roten Drachenkopf hat die Warze doppelt so groß werden lassen, und was die aus der Verbindung von Thunfischblut mit Krabbenasche und in Essig zerquetschten Strahlentierchen gewonnene Enthaarungscreme betrifft, so zeigen die sprießenden Schnurrbärte der beiden Älteren eine der erwarteten Wirkung entgegengesetzte Folge.

Nichts könnte Eusebia davon abhalten, ihre Forschungen fortzusetzen. Sie würde lieber für den Rest ihres Lebens hinken als den Heilkundigen konsultieren. Allerdings habe ich ihr kürzlich zur Gelegenheit eines spektakulären Erfolgs verholfen. Nach so vielen fern von Sizilien verbrachten Jahren war ich nicht mehr an den Staub gewöhnt, der in den Straßen wirbelt und, vom Schirokko vor sich hergetrieben, bis in die Häuser dringt. Meine Lider schwollen an, die Augen röteten sich. Eusebia hat sich drei Tage lang in ihrer Apotheke eingeschlossen, bis sie die Ad-hoc-Formel völlig entwickelt hatte. Zunächst streute sie Tintenfischpuder auf die kranken Stellen, was das Auftragen von Medikamenten erleichtert. Meine Lider wurden mit Rosenöl bestrichen; ein

Verband aus im häuslichen Herd gebackenem Brot, dazu bestimmt, die Entzündung der Hornhaut zu bekämpfen, machte mich blind, bis der von der Zypresse auf den Fliesen vor dem Haus gebildete Schatten sich um fünfundvierzig Grad gedreht hatte. Wonach ich wieder vortrefflich sehen konnte und der Wind aus Afrika es nie mehr gewagt hat, auch nur mit einem einzigen Sandkorn das Getriebe meiner Augenmaschinerie zu hemmen.

Ich würde Dir lange von Donna Eusebias wenigen Siegen über »die Lehre des Hippokrates« und von ihren häufigeren Niederlagen erzählen, müßte ich nicht befürchten, sie und ihre Schwestern in ungünstigem Licht darzustellen. Von Paris aus könnte man das Wesen dieser Frauen in der Tat leicht mißverstehen und ihre Ängste wie ihre Schwärmereien leicht lächerlich machen. Ich möchte nicht, daß Du Eusebia für eine spinnige Alte hältst, weil sie sich weigert, auf die Uhr zu schauen, und weil sie ihre Zeiteinteilung nach dem Verlauf des Schattens um die Zypresse regelt. Und da sie sich auch auf die Tierkreiszeichen stützt, um ein Datum zu ermitteln, hat sie mir heute gesagt, wir befänden uns im zwölften Grad des Krebses. Ihre Schwester befragt ebenfalls ausschließlich die Sonnenuhr, weil die Bourbonen die Zeit nicht anders berechneten. Sie teilen zahlreiche Gewohnheiten, die bar jeglicher Vernunft, nicht aber der Willensstärke und der Leidenschaft sind. Es ist Siziliens Unglück, daß es, wenn sich ein gewisses Quantum Tatkraft in einen Charakter ergießt, keine angemessene Verwendung für sie findet und sie in ungereimtem Zeug vergeudet. Du bewunderst Mutter Angélique Arnauld und die Einsiedlerinnen von Port-Royal, weil sie bis zuletzt an ihren Überzeugungen festgehalten haben. Frankreich ist ein Land, in dem die starken Seelen große Sachen zu verteidigen finden. Bei uns, denen eine nationale Überlieferung fehlt und die wir von der Geschichte gleich einer Kinderklapper geschüttelt werden, wird das Heldentum zur Komödie. Auf der ganzen Insel könnte man keine stolzeren und entschiedeneren Naturen als meine Tanten anführen, von denen eine sich an ihre obsoleten Wappen klammert, die zweite an ihren Pharmazeutikersatz und die dritte an nicht weniger leere Wahngebilde angepflockt ist. Inmitten eines Volks Glaubensloser und Entmutigter haben sie einen Glauben. Daß sie zwischen 1922 und 1943 Mussolini-Anhängerinnen gewesen sind, magst Du ihnen vorwerfen; daß sie es heute bleiben, nachdem die einstigen Faschisten eiligst eingeschriebene Mitglieder, die einen der Christdemokraten, die anderen der Kommunistischen Partei geworden sind, sollte Dein Urteil differenzieren. Provinzielle, verstiegene, komische Spielarten der Tugenden, die Dir am teuersten sind, Corneillesche Figuren, die sich in einen Schwank verirrt haben, widerstehen sie starrsinnig stoisch der Stimme, die ihnen raten würde, ihr Unglück zu beweinen oder ein Leben zu verfluchen, das sich ihnen gegenüber als so unbarmherzig erwiesen hat.

Ihr Neffe war ich nur gemäß sizilianischer Denkungsart, eines verwickelten Systems der Blutsverwandtschaft väterlicherseits, da in Wirklichkeit der ältere Bruder meines Vaters, Don Calogero Vasconcellos, mein einziger Verwandter war, der die Bezeichnung Onkel verdiente. Während sein Bruder in Paris die diplomatische Laufbahn begann, verwaltete er eine Schwefelmine in Comitini, im Hinterland von Girgenti, nicht mehr im Auftrag der Vasconcellos (die der vorhergehenden Generation hatten sie verkaufen müssen), sondern im Namen des neuen Eigentümers Ignazio Florio jr., den wir, nach 1901, weiterhin so nannten, obwohl er schon vor zehn Jahren Nachfolger seines Vaters geworden war, des berühmten Ignazio Florio aus Palermo, eines der reichsten Reeder Europas und Besitzers des größten Vermögens auf der Insel. Es stand nicht mehr zu erwarten, daß Ignazio jr. jetzt, nachdem er das Florio-Imperium geerbt hatte, uns mit einem zweiten Besuch in Girgenti beehren würde, nach jenem, den er, als junger Mann noch und noch ohne Verantwortung für die väterlichen Geschäfte, uns anläßlich der Hochzeit meiner Eltern gemacht hatte. Er war Trauzeuge meines Vaters gewesen, eine ganz besondere Gunst, die niemanden, außer vielleicht meine Mutter, über den hauptsächlichen Zweck seiner Reise, die Besichtigung der kürzlich erworbenen Schwefelgruben, getäuscht hatte. Seither verhandelten die Florio, für die der Schwefel lediglich einen bescheidenen Teil ihrer kolossalen Einkommen darstellte, nur noch über Mittelsmänner. Mein Onkel Calogero, mehr in der Geschäftsleitung und Buchführung bewandert, verband sich mit einem Bergwerksfachmann, Don Vincenzo Vizzini. Im Alter von erst fünfunddreißig Jahren, ich war zehn Jahre alt, wurde mein Onkel von einer plötzlichen Krankheit dahingerafft. Die einen sagten, er hätte sich, als er in die Grube hinuntergestiegen war, eine Lungenentzündung zugezogen, die anderen sprachen von Malaria, man führte die »schlechte Luft« von Porto Empedocle an, den Verladehafen für Schwefel, doch als kaum zwei Jahre später sein in Paris lebender Bruder ebenfalls starb, war Veranlassung gegeben, sich die Frage zu stellen, ob das Blut der männlichen Vasconcellos nicht irgendein todbringendes Gift enthalte. Ich für mein Teil habe versucht, gegen dieses Schicksal der Rasse anzukämpfen, indem ich von den politischen Ideen die erwählte, welche die Lebenskraft, die rohe Gesundheit auf ihr Banner schreiben: mit dem Dir bekannten verhängnisvollen Ergebnis.

Nach dem Tod meines Onkels überlegten die Familien Vasconcellos und Vizzini, wie sie ihre Verbindung aufrechterhalten könnten. Gemäß sizilianischem Brauch erschien eine Heirat zwischen den Kindern als die beste Garantie. Vicenzo Vizzini hatte einen zwanzigjährigen Sohn, Dionisio. Die Vasconcellos schlugen meine Tante Eusebia vor. Man schritt zum Verlöbnis in der Hoffnung, die jungen Leute hätten Zeit, bis zur in drei Jahren, sobald Eusebia großjährig wäre, stattfindenden Hochzeit aneinander Gefallen zu finden. Im Beisein ihrer Eltern lernten sie einander kennen, sie gefielen einander, soweit die herrschende Sitte es ihnen erlaubte, wonach zwei Verlobte weder das Recht noch die Möglichkeit hatten, sich unter vier Augen zu sehen. Dionisio hielt unter dem Balkon des jungen Mädchens Serenaden ab, Eusebia gab sich einer süßen Empfindung hin, in der sie nach einer Aufführung von *La Traviata* – sie wohnte ihr in einer, Dionisio in einer anderen Loge bei – die Mischung aus »Kreuz und Wonne«, das unsägliche »Herzklopfen«, vom Textbuch als Liebe bezeichnet, erkannte.

Wenn die Opernkultur um die Jahrhundertwende in Sizilien sich auch auf dem Gipfel befand, hätten die glänzendsten stimmlichen Kunststücke leider doch nicht zur Erleichterung der täglich bedrohlicheren wirtschaftlichen Schwierigkeiten dienen können. Während sich die jungen Leute an den Worten Violettas berauschten und mit ihr den »Kelch« erwachender Leidenschaft tranken, machten ihre Eltern die Abschlußrechnung der Mine und stellten fest, daß sie trotz einer Jahresproduktion von 4500 Tonnen der Konkurrenz des amerikanischen Pyrits, aus dem die Schwefelsäure viel billiger gewonnen wurde, nicht mehr lange standhalten würde. Eine weitere Gefahr am Horizont: das berühmte Fraschverfahren, das es erlaubte, tief in der Erde liegenden Schwefel durch Schmelzen abzubauen, während wir noch immer Blöcke des Rohmaterials auf den Rücken junger Knaben mühsam zutage förderten. Frasch, der deutsche Erfinder, war nach Louisiana ausgewandert, und in der Stadt, die einen für uns mit höllischem Zauber belasteten Namen trug, in Baton Rouge, begann sich eine blühende Schwefelgrubenindustrie zu entwickeln. Es wurde beschlossen, daß Dionisio vor seiner Hochzeit in Baton Rouge einen Lehrgang besuchen und sich mit den neuen Techniken vertraut machen sollte. Nach feierlichem Abschied und Schwüren ewiger Treue ging der junge Mann an Bord eines Schiffs der Reederei Florio, um nach New Orleans zu fahren.

Ein, zwei Jahre vergingen. Vicenzo Vizzini erhielt gelehrte Berichte, die den Vorteil eines Systems herausstrichen: zwei in die Erde getriebene Röhren führen, eine mittels überhitzten Wassers, die andere mittels Heißluft, die Fusion und sodann die Emulsion des Schwefels herbei, der durch eine dritte Röhre an die Oberfläche steigt. In den Briefen an seine Verlobte, die Schwestern und anderen Frauen des Clans (Eusebia hätte sich kein eigenes, nur für sie bestimmtes vertrauliches Schreiben schicken lassen dürfen) betonte Dionisio den menschenfreundlichen Aspekt: »Müssen wir der Madonna, die mit unseren Sünden unendliche Nachsicht übt, nicht dafür danken, daß eine von einem Motor gelenkte Sonde die Aufgabe der Hauer erleichtert und die Kinderarbeit abschafft?« Die Kinderarbeit: Bei ihrem ersten Aufenthalt hatte sich Adeline darüber empört. Doch die über ihre Kritik verärgerten Vasconcellos hatten ihr damals vorgeworfen, sie, eine in Prinzipien befangene Französin, verkenne die sizilianische konkrete Wirklichkeit. Zehn Jahre später war die Ansicht der Familie nicht mehr dieselbe und waren die Vasconcellos auch nicht mehr so sicher gewesen, daß die Mitwirkung von weniger als zehn Jahre alten Bürschchen zum Betrieb der Minen notwendig sei: aus dem einfachen Grund, weil das Parlament sich anschickte, ein Gesetz zu verabschieden, das das Mindestalter auf vierzehn Jahre festlegte. Den entscheidenden Beweis jedoch, der die Überlegenheit der amerikanischen Zivilisation nachwies, lieferten die von jenseits des Atlantiks geschickten, immer bedeutenderen Summen Geldes; substantielle Entschädigungen für sein Exil, behauptete der junge Mann; die Gewinne wären sicher und wüchsen ständig; noch ein wenig Geduld, und er käme mit einem Vermögen zurück.

Ein weiteres Jahr verstrich. Die Bewerber um Eusebias Hand wurden zahlreicher. Obwohl von ihrem einstigen Glanz nur noch jener Schimmer verblieben war, der meine Mutter anfänglich getäuscht hatte, waren die Vasconcellos noch immer eine der bekanntesten Familien von Girgenti. Um Verdächtigungen und üblen Nachreden vorzubeugen, hielt man es für angebracht, das junge Mädchen durch eine Ferntrauung unantastbar zu machen. Die Neuvermählte erhielt das Recht auf ein eigenes Zimmer, das sie mit den von ihrem Mann geschickten Ansichtskarten tapezierte. Immer den gleichen dreien abwechselnd gewählten, denn es fanden sich keine anderen im Drugstore des Quartiers: die Freiheitsstatue, die Zuckerrohrernte und eine Bisonherde am Ufer des Mississippi.

Von diesem Vorrecht abgesehen, hatte sich ihre Situation nicht verändert. Sie ging aus, um vor dem Büro des Navigazione Generale Italiana zu träumen, das vor kurzem auf der Via Atenea eröffnet worden war und sich alsbald vergrößerte, indem es nach Francescos Inhaftierung sich das angrenzende Juweliergeschäft angliederte. Die den Florio gehörende Gesellschaft wurde immer reicher durch immer längere, immer stabilere, immer schnellere Dampfschiffe. Sie trugen die Namen der berühmtesten Monumente und

Stätten der Antike: die *Imera* und die *Solunto* verbanden Sizilien mit New York, die *Taormina* lief nach Norfolk aus, die *Lilibeo* segelte (die Zeit der Segelschiffahrt war noch nicht so fern, und im Fieber ihrer Ungeduld verwandelte die junge Frau das schwere Dampfschiff in einen luftigen Schoner), die *Lilibeo* segelte nach New Orleans, die *Panormos*, die *Ortigia* und die *Selinunte* fuhren nach Südamerika. Vorstellungen von Tempeln, Säulengängen und Amphitheatern, Bilder von Ruhe und Schönheit, auf die man nicht hereinfallen dürfe, warnte Dionisio streng: denn unter diesen strahlenden Flaggen pflügten die armseligsten, stets den Stürmen ausgesetzten Menschenfrachter den Ozean. Bis zum Rand mit Auswanderern beladen, tanzten die alten Kähne wie Tobsüchtige auf den Kämmen der Wogen. Die Menschen seien wie Waren im Laderaum zusammengepfercht, ohne Licht und fast ohne Nahrung. Was ihn betraf, so ziehe er diesen touristischen Bauernfängern die grobe Offenheit der Amerikaner vor; sie hatten Baton Rouge eine Stadt genannt, in der die Flammen der Fabrik den Himmel in blutigen Widerschein tauchen. Man schinde sich dort ab, um unter der ständigen Drohung des Batons den Arbeitstakt einzuhalten.

Da ihr Mann sich für die Seinen opfere, erklärte Eusebia, werde sie zu ihm fahren. Allein der Gedanke, daß sie mich verlassen mußte, hätte sie zurückhalten können: ich war fast vierzehn Jahre alt, aber mehr denn je ihr *Poverino*, den sie zerrissenen Herzens ihren Schwestern anvertrauen würde. Es kam nur selten vor, daß Frauen von Auswanderern sich einschifften, um ihrem Gatten zu folgen. Man betrachtete sie als Heldinnen. Dionisio antwortete, er könne ihr in den Baracken, die er und seine Kameraden bewohnten, noch keine ihrer würdige Existenz bieten. Weit davon entfernt, sie zu entmutigen, begeisterte sie diese Schilderung. Sie sah sich inmitten der Pioniere wie Preziosilla im Lager der Spanier und übte mit ihrer frischen Stimme das »Rumtata«, das sie umhüllt von Schwefeldämpfen den Bergarbeitern vorsingen würde. Die *Lilibeo* lichtete alle zwei Monate den Anker, um nach New Orleans zu fahren. »Ich warte darauf, daß Du mir das Schiffsbillett schickst«, ließ sie als Postskriptum den

Dionisio geschickten Gemeinschaftsbriefen anfügen, die von Eugenia, weil sie ihre Buchstaben am wenigsten ungeschickt malte, abgefaßt wurden.

Der Untergang der *Sirio*, die, nachdem sie in den Untiefen der Hormigas leckgeschlagen war, vor dem spanischen Kap Palos gesunken war, brach ihren Starrsinn nicht. Zweihundertneun Passagiere, darunter der Erzbischof von São Paulo in Brasilien, waren bei der Katastrophe umgekommen. Sie blieb standhaft, wandte ein, wenn ein hoher Prälat sich für den Fortschritt der maritimen Verbindungen geopfert habe, könne sie ihr unwichtiges Leben wohl aufs Spiel setzen. Statt der flammenden Liebeserklärung, die sie als Antwort darauf erwartete, erhielt sie eine Aufstellung von Zahlen. 119 m lang, 18 m breit, Wasserverdrängung 4000 Tonnen. »Ein wahrer Ozeanriese. Er konnte eine Stundengeschwindigkeit von 15 Meilen erreichen.« Weder die Darstellung des Kontrasts von den anerkannten Eigenschaften des Schiffs und der unerklärlichen Plötzlichkeit des Unglücks noch der wenig gefühlvolle Ton dieser Aufschlüsselung beeinträchtigten ihren Reisewillen.

Darauf bedacht, im Hinblick auf ihr neues Leben ihre Garderobe zu vervollständigen, ging sie zu einer jungen Schneiderin, deren Schwester Luigina ihrem Vater, Tagelöhner in einem Baumwollfeld, nach Amerika gefolgt war: und beide ließen zwischen zwei Säumen an einem Taschentuch ihre Phantasie um Riesenpalmen und tropische Mammutbäume schweifen. Sie hatten vereinbart, ihren Arbeitstag in zwei gleiche Teile zu teilen: der Vormittag würde den Kleidern der Ausgewanderten, der Nachmittag Eusebias Aussteuer gewidmet werden. Rosa fand jeden Tag einen Vorwand, auf den Nachmittag überzugreifen, um ein weiteres Feston oder einen dritten Volant an einen Rock ihrer Schwester zu nähen. Auf Eusebias Einwände hin entgegnete sie, daß die *Lilibeo* in einem Monat wieder ablegen werde und daß die Ware rechtzeitig abgeliefert werden müsse. Meine Tante, die sich vor Warten auf das Schiffsbillett verzehrte, biß sich mißmutig auf die Lippen. Endlich hielt sie es nicht mehr aus, ließ die Arbeit in den Schoß sinken, verschränkte die Arme und sagte:

»Das ist ungerecht, da ich auch abreisen werde.«

»*Partiamo, cerchiamo*«, trällerte die andere in Anspielung auf den besonders lächerlichen Chor einer Oper, in dem ein Trupp bewaffneter Männer die Dringlichkeit verkündete, sich zur Verfolgung eines Mörders aufzumachen, dabei aber nur auf der Stelle trat und zehnmal die gleichen Worte sang.

Eine Vasconcellos konnte eine solche Frechheit seitens einer kleinen, um Tageslohn arbeitenden Schneiderin nicht durchgehen lassen.

»Ich werde fahren«, fuhr sie in trockenem Ton fort. »Und nicht als Tochter eines Hungerleiders, sondern als die Gemahlin eines Schwefelkönigs.«

Diese letzten mit Emphase ausgesprochenen Worte lösten Rosas schallendes Gelächter aus.

»Du wirst den Thron besetzt finden.«

Eusebia stürzte sich auf ihre Freundin und packte sie bei den Haaren, die Garnrollen und die Nadeln schlitterten über den Boden. Rosa war kein kleines Luder; seit langem suchte sie nach einer Möglichkeit, die Nachricht schonend mitzuteilen. Im Verlauf des Kampfs fiel eine Photographie aus ihrem Mieder. Eusebia war die Schnellere. Sie stellte den Fuß auf das Bild, hob es auf und entdeckte ihren Dionisio in inniger Umarmung mit Luigina. Vor dem Paar standen vier Knirpse nach Größenordnung in einer Reihe, lebende Abbilder ihres Vaters, der Jüngste, der noch nicht sitzen konnte, lag auf einer Kiste, auf der in Teerbuchstaben sich die Aufschrift *Arancie di Sizilia* breitmachte. Die Augen voller Tränen, schickte Rosa sich an, meine Tante zu trösten, die, nachdem sie die Photographie auf den Boden geworfen hatte, wortlos ging und die Tür hinter sich zuwarf.

Ebensowenig wie ihre Schwestern dachte sie daran, sich aufzulehnen. Durch ein Sakrament gefesselt, dessen Bande sie trug, ohne je seine Freuden zu genießen, schickte sie sich gefügig in ihr Los, in dem sie die Berufung zu einer außergewöhnlichen Mission erblickte. *Madame Butterfly* hatte soeben ihre Karriere begonnen, und auf ihrem Siegeszug um die Welt machte die neue Oper in Girgentis Theater Station. Meine Tante identifizierte sich sofort mit Cho-cho-san, die gleichfalls von einem bigamistischen Gatten verlassen worden ist. Sie lernte die Rotkehlchen-Arie auswendig, in der die im Stich Gelassene sich vorstellt, daß der unbeständige Ehemann zu ihr zurückkehren wird, »wenn Jung-Rotkehlchen leis im Neste zwitschern«, und sang die Melodie vor sich hin. Die Liebe zur Natur, zu den Bäumen, zum klaren Himmel, zu den Vögeln begann sich in ihr zu melden, aber sie verstand, daß sie, falls sie Puccinis Arie zu oft trällerte, in einem Teil ihrer selbst die Erwartung und Hoffnung auf Rückkehr nähren würde, als ob sie den Treulosen nicht aus ihrem Herzen verbannt hätte. Die von Pinkertons Gattin gewählte radikale Lösung war nicht für sie gemacht: anders als die Japaner haben wir keine Selbstmordtradition. Sie nahm ein anderes Harakiri an sich vor, das darin bestand, sich jeden Gedanken nicht nur an ihren Mann, sondern an den Mann ganz allgemein zu untersagen und jeden Kontakt mit dem männlichen Element auszuschalten. Wie ihre Schwester entdeckte auch sie in ihrem Vornamen Eusebia, die Fromme, einen Anreiz, sich einem ausschließlichen Ziel zu weihen: die Welt von der Schande und der Erniedrigung reinigen, die durch das Geschlecht in sie eingedrungen sind.

Sie verkaufte den Esel des Hauses, obwohl er gute Dienste leistete, nachdem sie in einer Abhandlung über Pferdekunde gelesen hatte, daß die hauptsächliche Verwendung dieses Vierbeiners in der Zeugung von Maultieren besteht. Aus derselben Quelle schöpfte sie den Entschluß, an den Tagen, an denen der Wind von den atlantischen Hügeln herabbläst, nie mehr nach Westen zu blicken: denn es sei bekannt, so lernte sie, daß in Lusitanien die Stuten sich nach der Seite wenden, aus der der Flavonius weht, um seinen befruchtenden Hauch einzuatmen und die Geburt der Füllen zu beschleunigen. Das Wachstum meiner Glieder, mein Stimmbruch, der längere Flaum auf meiner Oberlippe fügten ihren bisherigen Gründen, mich zu beklagen, ein neues Mitleidmotiv hinzu. Die Pubertät spielte mir einen üblen Streich: von einem auserwählten Sohn Gottes wurde ich zu einem verdorbenen Nachkommen Adams. Sie empfanden die Metamorphose ihres geliebten Neffen wie eine persönliche

Kränkung. In dem Maß, wie die Schmach sich entwickelte, verfolgten mich in immer trostloseren Tönen bis hinab zum tiefen A die *Poverino!* durchs Haus. Es ist wahrscheinlich – ich stellte mir diese Frage zum ersten Mal –, daß alle diese von Kreuzzeichen begleiteten und von Seufzern unterstrichenen Jeremiaden mein Selbstvertrauen beeinträchtigt haben. Die Magerkeit, die meine rundlichen Formen eines mit Süßigkeiten vollgestopften Kindes ersetzt hatte, meine größer und dunkler gewordenen Augen, die Schatten, die meine Wangen hinabliefen, ein neuer Hang zur Einsamkeit, eine unbekannte Gärung in meinem Körper, alles, was meinem Hochmut eines jungen Hahns einen ersten berechtigten Anlaß zu Stolz hätte geben müssen, war für sie nur Körperschwäche, Substanzverlust, auf meine Kosten begangene Ungerechtigkeit. Haben mich nicht später eine unbewußte Erinnerung an jene Zeit, ein dunkles Vergeltungsgelüst dazu getrieben, die männlichen Anstrengungen überzubewerten, die Tat zu glorifizieren?

In Frankreich wäre meine Tante zur verhutzelten, unwirschen Betschwester geworden. Ihr in der Sonne Siziliens geschmortes Gehirn hat poetischen Einbildungen Form verliehen, die aus dieser immer schwarz gekleideten alten Jungfer, deren längste Reise sie aus dem einstigen Familiensitz auf der Piazza San Giuseppe zur hundertfünfzig Klafter hinter dem Zollhaus gelegenen *Palazzina* geführt hat, eine Naturmystikerin machen.

Ihre jüngste wunderbare Tollheit hat den Honig zu ihrem Gegenstand erkoren. Gleich am ersten Tag hat sie mich zwischen ihren Bienenstöcken spazierengeführt, die im hangartig abfallenden Garten unter den Kirschbäumen stufenförmig angelegt sind. Weit davon entfernt, sich auf ihre Ernte stolz zu zeigen, schien sie über die Hunderte von Insekten, die uns umsummten, ärgerlich zu sein. Ich fühlte mich nicht sicher, sie aber bewegte sich furchtlos inmitten der Schwärme.

»Sie sind wiedergekommen«, rief sie ungehalten, »am achtundvierzigsten Tag nach der Frühjahrs-Tagundnachtgleiche. Ja, am fünften der Iden des Mai, zur Zeit des Brachvogelzugs und der Saubohnenblüte. Nach dem Untergang des Siebengestirns werden sie verschwinden und bis zum neuen Aufgang dieses Sternbildes verborgen bleiben. Ich habe also drei oder vier Monate«, fuhr sie fort und hob die Augen zum Himmel, »um die nicht verunreinigte Substanz einzusammeln.«

»Und um jeden Morgen vor Tagesanbruch aufzustehen und deine Gesundheit zu zerstören«, schaltete Euloquia, die jüngste meiner Tanten, sich ein, die in Stiefeln, das Gesicht mit einem Tüllschleier geschützt, im hohen Gras zu uns gestoßen war.

Das Problem der nicht verunreinigten Substanz oder des idealen Honigs ist eines der wenigen Streitthemen zwischen den Schwestern. Donna Eusebia stellt in Abrede, daß die Insekten einen guten Honig liefern können.

»Aber Tante Eusebia«, sagte ich, »der deiner Bienenstöcke ist ausgezeichnet. Ich lasse ihn mir zum Frühstück schmecken.«

Französisches Argument, will sagen von äußerster Oberflächlichkeit, wie ich dem unwillkürlichen mitleidigen Lächeln Donna Euloquias entnehmen konnte.

Bestrebt, die Diskussion wieder auf sizilianisches Niveau zu heben, fuhr sie fort:

»Du vergißt, Schwester, daß ein Bienenschwarm sich auf dem Mund des Jesuskindes niedergelassen hat. Bei diesem Zeichen erriet seine Mutter, welche Lieblichkeit die Redegabe unseres Herrn auszeichnen würde.«

Nicht einmal dieser Beweis der Vortrefflichkeit der Bienen vermochte Donna Eusebias Überzeugung zu erschüttern. Für sie genügte es, daß der Honig im Kropf eierlegender Tierchen zusammengebraut und dann in die wächsernen Zellen entleert worden war, um dieses Produkt von Wiederkäuen und Erbrechen zu diskreditieren. Der wahre, der ideale Honig hatte mit solcher Entleerung nichts zu tun. Sie nahm ein wenig Lavendelhonig auf den Finger und sagte zu mir:

»Von welch himmlischem Ursprung muß er sein, da er nach solcher Behandlung noch Genuß bereitet! Sicher ist, daß er in seiner ersten Frische direkt vom Himmel fällt. Weil er aus so glanzvoller Höhe rinnt und einen so unebenen Weg zu durchlaufen hat, beschmutzt er sich sodann stark auf seiner Strecke. Es ist ein Wunder, daß er, von den irdischen Ausdünstungen, denen er begegnet, angesteckt, durch den Aufenthalt auf den Blättern verfälscht, von Blütensaft verseucht, dann in den ›Körbchen‹ der Bienen gesammelt, von diesen wieder ausgespien und in den Waben des Bienenkorbs mazeriert, uns nicht mehr Widerwillen einflößt!«

Nach diesem Redeschluß führte sie mich zu den Reihen gelblicher Töpfe im Schuppen. Der vom Thymian stammende Honig funkelt wie Gold, der Honig der Agaven glitzert, der Honig von Rosmarin ist fest, der Honig vom Heidekraut körnig, einer ist dick, der andere zähflüssig, der dritte durchscheinend. Jeder zeigt eine andere Farbe und Konsistenz: »Möchte man nicht sagen«, seufzte sie, »alle Töne der Natur, wie die farbigen Register der Orgel . . .«

Ich fühlte, daß in ihr ein Kampf stattfand zwischen der Befriedigung, die greifbaren Ergebnisse ihrer Arbeit zu betrachten, und der Ungeduld, den Bienen zu beweisen, daß sie sich, wenn sie den Tau des Himmels auf den Blüten einsammeln, statt ihn im Flug zu erhaschen, ihre Aufgabe erleichtern, aber keine Ehre einlegen. Kampf zwischen Ideal und Wirklichkeit, der uns in Sizilien vertraut ist, wo er bei denen, die nicht vom Schlag meiner Tante sind, gewöhnlich mit der Feststellung der Unmöglichkeit, das Ideal zu erreichen, und dem Abscheu vor der fortan entwerteten Wirklichkeit endet.

Der Anstrengung, die notwendig wäre, um auf die Höhe unserer Träume zu gelangen, unfähig, aber nicht bereit, die Hand nach dem auszustrecken, was erreichbar wäre, nutzen wir das Dilemma dazu, uns zum Nichtstun zu entschließen. Von Zeit zu Zeit durchzieht uns Reue wegen der versäumten Gelegenheiten. Dies wird mit Sicherheit nie das Verhalten Donna Eusebias sein.

Sie hat die Zwangsvorstellung, morgens früh genug aufstehen zu sollen, um, ehe es sich in den Speiseröhren der Bienen entweiht, das einzusammeln, was sie den Schweiß des Empyreums oder den Speichel der Sterne nennt. Sie geht vor Tagesanbruch hinaus, kommt zu uns an den Frühstückstisch. Ihre Kleider sind mit einer flüssigen Masse überzogen, ihr Haar ist von einer Art Sirup verklebt: in der heißen Jahreszeit normale Kondensationen der Atmosphäre, die sie aber als Ermutigungen auszuharren deutet. Sie hält die Hände vor sich hin, die Handflächen zum Firmament gewandt, und versucht die Tränen des letzten Sterns einzusammeln, bevor er in der Blässe des Morgens verschwindet. Die Eigenschaften, die sie der nicht verunreinigten Substanz zuschreibt – ihr farbloser, geruchloser, fast immaterieller Charakter –, machen ihre Aussichten, auch nur ein Quentchen davon zu ernten, zunichte. Wie Gott für die Theologen, definiert sich ein derart ätherisches Elixier, ganz reine Emanation des Kosmos, durch das, was es nicht ist. Unterliegt meine Tante einer Täuschung? Ist es nicht bereits eine deutliche Rache am Verrat der Männer, sich im Streben nach einem wunderbaren Hirngespinst in einem solchen Aufschwung über ihre geistige Beschränktheit zu erheben?

7

Das Lied der Weide

Euloquia verehelichte sich ebenfalls. Sie heiratete einen Leutnant vom fünfzigsten Husarenregiment, dem sie auf dem Ball des Barons Gangi aus Cattolica, eines Vetters des Fürsten Gangi aus Palermo, begegnet war.

Bartlos, mit großen schwarzen Augen und zarten Gesichtszügen, einem durch Gymnastik gestählten Leib, wäre Carmelo del Buono mit acht Zoll Körperlänge mehr ein schöner Mann gewesen. Wegen der anderthalb Zoll, die ihm bei der Messung fehlten, habe man ihn ohne die Empfehlung des Barons in der Armee nicht zugelassen. Dabei sah er gut aus unter seinem steifen Tschako, dessen Schirm mit zwei gebündelten Fahnen und der savoyischen Krone verziert war. Die Natur hatte einen Verteilungsirrtum begangen, indem sie einem Brustkorb, der sich unter den goldenen Litzen der Galauniform mühelos wölbte, Beine beigab, die zu kurz waren, um die weiße Lederhose und die gespornten Stiefel zur Geltung zu bringen. Selbst im gewöhnlichen Dienst schwenkte der Leutnant in den schlanken Fingerspitzen betont lässig ein Paar weiße Handschuhe. Er hatte keine Angst, kokett zu wirken. Sein Ruf als Raufbold mußte nicht erst erworben werden: es hieß, er führe die beste Klinge der Garnison. Mehrere Ehrenhändel, die aus einem ihm mißfallenden Lächeln oder einem als beleidigend beurteilten Blick entstanden waren, hatte er zu seinen Gunsten entschieden. Seine Kameraden hätten vor ihm nicht mit ihrer vorschriftsmäßigen Zahl an Zoll geprahlt. Bei der leisesten Spur von Ungehörigkeit griff er zum Degen und forderte sofortige Genugtuung, den Befehlen des Obersten zum Trotz.

Während des ganzen ersten Teils des Balls hatte er die Kiefer zusammengebissen und nicht aufgehört, sein Kinn vorzustrecken, eine Haltung, die er jedesmal einnahm, wenn er sich in der Öffentlichkeit befand: Warnung und Herausforderung zugleich für jene, die Lust haben könnten, ihn mit dem Blick zu messen. Das Buffet war auf einer Estrade aufgestellt worden. Als es Mitternacht schlug, lehnte sich Carmelo an den langen Tisch mit den Erfrischungen und ließ die Augen über den Saal schweifen. Niemand setzte sich der Gefahr aus, den Blick zu kreuzen, in dem ein so empfindliches Gefühl für Würde zu lesen war. Er gewahrte Euloquia, leerte sein Glas auf einen Zug und bahnte sich einen Weg durch die Menge. Nachdem er vor ihr die Hacken zusammengeschlagen, seinen Namen und seinen Dienstgrad genannt hatte, nahm er sie bei der Taille und führte sie zu einem Walzer, während die verblüfften Gäste vor dem schweigenden Paar zur Seite wichen.

Er hatte einen vor der Stadt gelegenen Turm gemietet, ging wenig ins Kasino, spielte selten Karten, spazierte nachts im Mondschein, nahm an keiner der Aktivitäten teil, die für Offiziere einer Garnison bezeichnend sind. Seine Art, den Hof zu machen, war gleichzeitig schüchtern und stolz. Nie schenkte er Euloquia Blumen, und er war nicht einer, der ein Ständchen gebracht hätte. Doch sobald er vor ihr stand und sie mit seinem düsteren Blick durchbohrte, fühlte sie sich ihm ausgeliefert. Man mußte ihm entweder gänzlich gehören oder den schönen Husaren abschreiben.

Die Legende von seinen Duellen, die Einsamkeit, mit der er sich umgab, seine heftige wortkarge Liebe erschreckten meine Tante nicht. Bisher hatte sie kaum für jemanden gezählt. In unseren Familien wird die Geburt einer Tochter schlecht aufgenommen. Die als dritte eines in seiner Hoffnung auf einen männlichen Erben enttäuschten Elternpaars geborene Euloquia war von der Wiege an vernachlässigt worden. Als Carmelo sie beim Eisstand auf der Piazzale Roma zum zweiten Mal sah, verlangte er von ihr einen genauen Bericht darüber, wie sie seit dem Ball die Zeit verbracht hatte. Sie schilderte ihren Tagesablauf in allen Einzelheiten einem Mann, der keinerlei Recht über sie besaß. Auf diese Weise befestigte er seine Herrschaft über sie, ohne etwas von sich preiszugeben. Er brauchte mit ihr keine Verabredungen zu treffen: wie ein Magnet zog er sie an und zwang sie, sich einzufinden, wenn er vorüberkam. Nie sprach er von seinem eigenen Leben oder seiner Familie oder seiner Heimatstadt. Seine Beweggründe, zur Armee zu gehen, mußten seltsam anzuhören sein, denn der Sitte zum Trotz sonderte er sich ab. Doch auch hierüber war es nicht möglich, dem ungesprächigen Offizier ein Wort zu entlokken. Wenn er ihr, die seinem stummen Ruf willig folgte, beim abendlichen Korso oder im Foyer der Oper wieder begegnete, begnügte er sich damit, sie einem kurzen, drohenden Examen über das, was sie seit dem letzten Mal getan hatte, zu unterziehen. Euloquias Phantasie brauchte nicht lange, um ihn ihr als das Opfer eines mysteriösen Geschikkes zu schildern, von dem er, wie der Fliegende Holländer der Sage, nur durch die grenzenlose Hingabe einer Gefährtin erlöst werden konnte. Sie würde auf seinem Pferd hinter ihm aufsitzen, und beide würden sie im verklärten Licht entschwinden.

Einen Sizilianer, der keine Eifersucht zeigt, gibt es nicht. Carmelo aber trieb es zu weit und überschritt, sobald die Verlobung stattgefunden hatte, die von der Konvention anerkannten Grenzen. Die Verlobungszeit dauerte zwei Jahre, und während dieser zwei Jahre hatte sie kein Recht mehr, den Fuß vor die Tür zu setzen. Keine Bälle mehr, keine Ausgänge ins Theater mehr, keine Spaziergänge mehr zum Kiosk. Die täglichen Besuche wurden zu Verhören. Welche Freundinnen hatte sie empfangen? Warum? Wie lange? Konnte sie sie nicht davon abbringen zu kommen? Wie oft war sie an ihr Fenster gegangen? Sie züchtete Topfgeranien auf dem Balkon des Portals. Er zwang sie dazu, die Geranien durch Fettpflanzen zu ersetzen, die nicht gegossen werden müssen, damit sie keine Gelegenheit mehr fand, sich auf der Straße zu zeigen. Nachdem Eusebia sich vom Eheleben verabschiedet und die Ansichtskarten Dionisios zerrissen hatte, teilten die drei Schwestern wieder dasselbe Zimmer. Wieviel Getuschel und wie viele Ausrufe zwischen den drei Frauen, wenn der Leutnant gegangen war! Seine Verbindungen mit den Gangi und seine von ihm deutlich bekundeten Sympathien für die Bourbonen hatten Eugenia sofort auf seine Seite gebracht. Der Unterschied zwischen dem Leichtsinn ihres Mannes und dem besitzergreifenden Ungestüm Carmelos entlockte Eusebia Seufzer, trotz ihres entschiedenen

Urteils über die Verworfenheit der Männer. Euloquia, noch ganz perplex darüber, daß man ihrer kleinen Person einen so maßlosen Wert zuerkannte, beeilte sich, ihr Türkishalsband und ihre Ohrringe abzulegen, sobald sie es an der Tür läuten hörte, um vor demjenigen, der ihre Seele mit solcher Hartnäckigkeit erforschte, so zu erscheinen, wie er sie haben wollte, bar jeden Zierats und frei von jeder Lüge.

Der Rabenblick des Leutnants heftete sich auf sie, um zu prüfen, ob sie nicht eine Lücke im Zeitplan ihrer letzten vierundzwanzig Stunden verheimlichte. Das arme Ding, das in den verkommenen Räumen des baufälligen Familien*palazzo* eingeschlossen war! An dem Tag, als sie einsah, daß ihr Verlobter von einer krankhaften Besessenheit gequält wurde, war es zu spät, ihre Zusage wieder zurückzunehmen. Nach dem Fehlschlag der ersten beiden Ehen entschied das Gelingen der dritten über das Ansehen der Vasconcellos. Für ein junges Mädchen, dessen eine Schwester einen Gatten im Gefängnis und dessen andere einen bigamistischen Ehemann hatte, wäre es nicht schicklich gewesen, eine Partie auszuschlagen, die an Wochentagen zwei Reihen Silberknöpfe an einem grünen Waffenrock und sonntags rote Schnüre an einem schwarzen Dolman und mit Astrachan besetzte Ärmelaufschläge zur Schau trug.

Alle waren wir beklommen, als wir am Abend der Hochzeit sahen, wie das neue Paar sich im Hügelland entfernte. Er hatte sie quer über den Sattel geworfen und galoppierte eine Staubwolke aufwirbelnd davon. Auf der Höhe einer steilen Böschung ragte der Turm einsam in die Luft. Niemand von uns aber konnte auf die Szene gefaßt sein, die sich tags darauf abspielte. In gestrecktem Galopp kam der Leutnant aus seinem Schlupfwinkel herunter, brachte sein Pferd unter den Balkonfenstern zum Stehen, richtete sich in den Steigbügeln auf und schrie, ohne sich darum zu kümmern, daß die Vorübergehenden ihn hörten: »Signor Vasconcellos, Signora, Ihre Tochter war nicht mehr Jungfrau!« Auch von einem weniger eifersüchtigen Mann vorgebracht, wäre eine solche Anschuldigung von schrecklicher Schwere gewesen. Gemäß unserem Ehrenkodex durfte die Frau, die unrein in die Ehe ging, von ihrem zum Hahnrei gemachten Ehemann getötet werden: es hätte ihn, formell, nur drei Jahre Gefängnis gekostet. Und wenn statt des Magistrats die öffentliche Meinung das Urteil gefällt hätte, hätte er erhobenen Hauptes das Tribunal verlassen, vom Richter freigesprochen und von der Menge umjubelt.

Carmelo richtete sich dreimal in den Steigbügeln auf und schmetterte dreimal die rituelle Formel. Der Ruf hallte über die Piazza San Giuseppe, sprang in der engen Via Atenea von Haus zu Haus, kroch durch das Labyrinth der Altstadt, durchdrang die dicken Mauern des Klosters San Spirito. Nach zehn Minuten gab es in ganz Girgenti keinen mehr, den das Gebrüll nicht erreicht hätte. »Die Signorina Euloquia, die Perle der Vasconcellos, war nicht mehr Jungfrau!« Von allen Seiten lief man herbei. Auf dem Balkon des Portals, zwischen den Sukkulenten, die nicht genügt hatten, um die Tugend ihrer Tochter zu schützen, rang meine Großtante die Hände und zerriß sich, gemäß der Sitte, wenn Schande auf ein Haus gefallen ist, vor der Öffentlichkeit die Brust. Meine zwei anderen Tanten blickten einander ungläubig an und hielten es für unmöglich, daß die Anschuldigung des Leutnants begründet war. Mein Großonkel, der wie seine Frau die Bräuche kannte, war in den Stall gegangen, um die Maultiere zu satteln; und alsbald sahen wir hinter dem braunen Hengst, der, inmitten des Lärms von edler Ungeduld erfaßt, aus dem Pflaster Funken schlug, die beiden plebejischen Vierbeiner, die auf ihren gutmütigen Rücken die *Signora Madre* Vasconcellos und eine ebenso alte und achtbare Kusine von ihr trugen, die Schritte zum Turm lenken. Der Leutnant hätte niemals den Skandal heraufzubeschwören gewagt, ohne imstande zu sein, den unwiderleglichen Beweis zu erbringen für das, was er sagte; und um den Beweis zu begutachten, bog die Kavalkade jetzt um die Straßenecke, der tänzelnde und auf seinem Gebiß kauende Fuchs in Führung, die beiden Lasttiere trappelten ergeben hinterdrein: ein Bild, das sich mir für immer einprägte, Bild des Abgrunds, der sich zwischen einem beleidigten Herrn und seiner schuldigen Gemahlin aufgetan hatte.

Die beiden Frauen kehrten allein zurück und brachten die befürchtete Bestätigung. Das Brautlaken war unbefleckt.

Sie hatten Euloquia weder sehen noch mit ihr sprechen dürfen. Im obersten Zimmer des Turms eingeschlossen, gehörte sie dieser Welt schon nicht mehr an. Er erklärte ihnen, Euloquia werde dieses Zimmer nie mehr verlassen, Besuche seien ihr untersagt, ein Wiedersehen mit ihr könnten sie nicht erhoffen. Die *Signora Madre* fand keinen Einwand vorzubringen: die einem Mann und, erschwerender Umstand, einem Offizier der königlichen Armee zugefügte Beleidigung galt in der Rangordnung der Gefühle, auch der Gefühle einer Frau, mehr als die Mutterliebe. Meine Tante mußte für ihr Verbrechen büßen. Allesamt konnten wir uns glücklich preisen, daß der ungestüme Husar ihr nicht den berühmten, in den Duellen erprobten Degen in den Leib gerannt hatte.

Um das Minimum der notwendigen Verbindungen mit den Vasconcellos zu wahren, bedurfte es einer Person, und Carmelos Wahl fiel auf mich. Einmal in der Woche sollte ich der in Klausur Lebenden die Nachrichten von zu Hause, die Wäsche und die verschiedenen unentbehrlichen Gegenstände bringen, sie dagegen mir ihre Stickereien und Flechtarbeiten mitgeben. Eine taubstumme alte Bäuerin wurde damit betraut, tagsüber den Turm zu bewachen. Sie trug das Essen hinauf, das meine Tante aus einem Schalter nahm. Ihre Tür blieb verschlossen, der Leutnant bewahrte den Schlüssel in seiner Tasche auf. Abends bei Sonnenuntergang mußte sie hinuntergehen und vor dem Turm Luft schöpfen. Licht erhielt ihr Zimmer nur durch eine Öffnung nahe der Decke, so daß meine Tante nur den Himmel sah und mit niemandem, der im Freien stand, in Verbindung treten konnte.

Warum weder ihre Mutter noch Eugenia noch Eusebia die Erlaubnis erhielten, Euloquia zu besuchen, sondern ich allein das Recht hatte, mit ihr zu verkehren, verstanden wir erst Jahre später, als die Wahrheit entdeckt wurde, eine Wahrheit, die die junge Frau früher oder später ihrer Mutter oder ihren Schwestern anvertraut hätte. Der Leutnant konnte sicher sein, daß sie sie einem Kind niemals eingestehen würde. Während man auf der Piazza San Giuseppe die Läden schloß und das Haus Vasconcellos Trauer trug, mußte ich an mich halten, um nicht zu frohlocken. Euloquia war meine Lieblingstante, sie war nur sechs Jahre älter als ich, und außerdem war uns die Freude am Lesen gemeinsam. Ihre Erziehung war, wie gesagt, vernachlässigt worden, was bedeutet, daß man sie, statt sie zum Kochen und zum Nähen anzuhalten, hatte tun lassen, was sie wollte. Bücher hatten große Anziehungskraft für sie, und sie war die einzige der drei Schwestern, die mich nicht bedauerte, wenn sie mich in einen Roman vertieft fand. Sie hatte die *Promessi sposi* von Manzoni zu drei Vierteln gelesen, eine Leistung, die niemand in Girgenti zu erbringen fähig gewesen wäre. Allerdings bat sie mich, von der Anstrengung erschöpft, sodann um eine Zusammenfassung des letzten Viertels, eine Gewohnheit, die wir auf Werke der verschiedensten Art ausdehnten.

Ihre Mutter schickte ihr durch mich einen Stickrahmen, Seide und Nadeln. Bei meinem dritten Besuch bat sie mich, ihr etwas nicht zu Langes und nicht zu Schweres zum Lesen mitzubringen. Sie jammerte nicht über ihr Schicksal. Die Tage würden ihr lang, seufzte sie, ohne sich einen Grad mehr an Vertraulichkeit zu gestatten. »Und du?« fügte sie sogleich hinzu und streckte mir die Arme durch den Schalter entgegen, »brauchst du nichts? *Poverino!* Wie außer Atem du bist!« Ich hatte zwei Stufen auf einmal genommen, um schneller bei ihr zu sein. *Der Beweis* hatte eindeutig zugunsten der Schuldigkeit der Gattin entschieden; trotzdem ahnte ich, daß in dieser Geschichte das letzte Wort noch nicht gesprochen war. Der abgelegene Turm, die meilenweite Wildheit der Landschaft, der Gleitflug der Schlangenadler, die nach einer Beute am Rande der Schluchten Ausschau hielten, bis hin zu der gebrechlichen Wärterin, die brummte, wenn ich an ihr vorüberging: die ganze Szenerie umgab meine Tante mit einer sie absondernden Gloriole des Geheimnisses.

Mehrere Schwierigkeiten erhoben sich, als ich ihren Wunsch erfüllen wollte. Von den Büchern meiner persönlichen, sehr beschränkten Bibliothek erschienen ihr die einen, die Klassiker, zu spröde, während die anderen, Romane der neuen Schule, Titel trugen, die Carmelos Argwohn erregten. Er blätterte in *Una peccatrice* und *L'esclusa*, erhielt Bestätigung für seinen Verdacht und beschlagnahmte die Bände. Ehe Gabriele d'Annunzio beim Versuch, Fiume wieder einzunehmen, verletzt wurde, stand er bei Militärpersonen nicht hoch im Kurs. Den wenigen Titeln des Dichters, die ich mir verschaffen konnte, wurde das gleiche Schicksal wie *Una peccatrice* und *L'esclusa* zuteil. Ich konnte mein Taschengeld nicht derart vergeuden. Ich suchte nach einer Lösung, als mir ein Geistesblitz kam – oder was ich dafür hielt. Nach dem Erfolg von *Madame Butterfly* hatte die einzige Buchhandlung Girgentis sich eine Abteilung für Opernlibretti zugelegt, und ich sah in einem Kasten, in alphabetischer Reihenfolge angeordnet, die Werkchen, die den doppelten Vorteil besaßen, wenig zu kosten und sodann, wegen ihres kleinen Formats, leicht unter dem Stickrahmen verborgen werden und so dem eifersüchtigen Blick des Ehemanns entgehen zu können.

Meine seit zwei Jahren ihrer Lieblingsunterhaltung, der Oper, beraubte Tante fand Geschmack daran, die Worte zu lesen, an deren Musik sie sich mehr oder weniger erinnerte; die geringe Seitenzahl, selten mehr als sechzig, machte ihr Mut; wenn sie über eines der schwierigen Wörter stolperte, von denen die schwülstige Sprache der Librettisten starrt, schloß sie das Büchlein wieder und begann, von der Erinnerung an die Musik besänftigt, die Arie zu singen. Da zudem in den Operntexten nur von Burggräfinnen die Rede ist, die die Rückkehr des Ritters erwarten, von entsetzlichen Verwünschungen, die Nimbus verleihen, von Mißverständnissen, die ohne die Aufklärung in letzter Minute die Helden zum Selbstmord treiben würden, von inmitten von Stürmen oder der freiwilligen Zurückgezogenheit in den brüderlichen Schatten der Klöster geleisteten pathetischen Schwüren, ließ der Stolz darüber, auf gleicher Höhe wie diese über die gemeine Welt erhabenen Geschöpfe zu segeln, die Gefangene die schändliche Wirklichkeit ihrer Tage vergessen.

Ohne zu ahnen, welche Folge das Abenteuer für mich haben würde, fing ich meinerseits an, die Textbücher zu lesen, bevor ich sie meiner Tante gab, und mich für diese Art Literatur derart zu begeistern, daß wir bald von einer Seite des Schalters zur anderen, vor der Nase der tauben Wächterin, die bombastischen Tiraden der Herren Romani, Cammarano, Scribe, Piave, Méry, Meilhac, Sardou, Illica, Giacosa, Boito und Konsorten tauschten.

Der Verleger Ricordi in Mailand besaß das Monopol an den italienischen Werken. Wie es für junge Unerfahrene und Modebegeisterte nur natürlich ist, fingen wir mit den Neuheiten an. Puccini und der Verismo machten damals Furore, und die Erzählungen von solcher stürmischen Liebe, von solcher zum Paroxysmus getriebenen Eifersucht, von Morden und eindrucksvollen Selbstmorden wirkten wie eine berauschende Droge auf uns. Mit Manon Lescaut verirrten wir uns in der amerikanischen Wüste und verdursteten zwischen stacheligen Kakteen; vom hohen Schloß Sainte-Auge stürzten wir uns mit Tosca in den Tiber; das Messer Canios stieß in Neddas Rippen; der Karren der zum Tode Verurteilten brachte André Chénier und Madeleine Seite an Seite zur Guillotine; wir standen Mimi bei, wenn sie in Rodolfos Mansarde starb; der von der Arlésienne verratene Federico stürzte sich vor unseren Augen aus dem Speicherfenster; Adrienne Lecouvreur atmete den tödlichen Duft des von ihrer Rivalin geschickten Veilchenstraußes ein, und Fedora schluckte, um sich selbst dafür zu bestrafen, daß sie Ipanow angezeigt hatte, das in der Fassung ihres Rings aufbewahrte Arsen.

War unser beider Situation im vierten Stock dieses finsteren Bergfrieds weniger außergewöhnlich? Ohne es sich einzugestehen, mußte meine Tante fürchten, daß ihr Mann eines Tages mit dem Degen, der Schnur oder mit Gift zu einer äußersten Tätlichkeit schreiten würde, und nachdem wir mehrere Stunden voller Krisen und Erschütterungen zugebracht hatten, kam es ihr wunderbar vor, durch das Viereck ihrer Luke ruhig sich des blauen Himmels erfreuen oder ein paar Stiche an ihrer Stickerei tun zu können. Wie kleinlich und unbedeutend erschienen uns die Leute, die zufrieden damit, ohne klares Konzept den Faden eines Routinedaseins abzuwickeln, nichts von der Tiefe der Abgründe wissen, denen die leidenschaftlichen Naturen entgegentreiben!

Von den Veristen kehrten wir zu den Autoren historischer

Opern zurück, zu Verdi, Donizetti, Bellini. Grausame Könige, die ihre Favoritin aufs Schafott schicken, verlassene Geliebte, die vergeblich ihre Unschuld beteuern, Tyrannen, die eine Frau auf offener Straße entführen lassen, Dogen, die ihre Macht mißbrauchen, Pharaonen, die ihre Sklavin verführen, die fernen Zeiten, in denen sich diese Tragödien abspielten, die gesellschaftliche Stellung ihrer Hauptpersonen, der Prunk der Kostüme, der Pomp der Bühnenbilder, der ganze großartige Apparat hinderten meine Tante nicht, Vergleiche mit ihrer eigenen Geschichte zu ziehen. Wenn sie es ertragen hat, zehn Jahre lang einem despotischen Ehemann auf Gedeih und Verderben ausgeliefert, in ihrem Turm eingeschlossen zu leben, ohne völlig verrückt zu werden, so weil sie sich mit Maria Stuart, Beatrice di Tenda, mit Aida vergleichen konnte. Statt Carmelo del Buono, einen subalternen Offizier des fünfzigsten Husarenregiments, der jeden Abend den Schlüssel im Schloß ihrer Tür kreischen ließ, hörte sie den Fürsten Radames persönlich, den Herzog Visconti von Mailand oder Heinrich VIII. von England die Stufen emporsteigen und zweimal an den Schalter klopfen. Allein in der sizilianischen Einöde, mit Raubvögeln als einziger Gesellschaft und den Glocken der Schafe als einziger musikalischer Begleitung, versetzte sie sich an die glänzenden Höfe Europas, stieg im Ballkleid prachtvolle Treppen hinab, hörte inmitten von Hofdamen in Krinolinen die Springbrunnen singen in ewig grünenden Gärten, schlief unter Samtbaldachinen, und schließlich, höchstes Vorrecht, das ihrem Schicksal das Siegel der Verklärung aufdrückte, streckte sie ihre Kehle dem Beil des Henkers hin. Welche Überlegenheit über die veristischen Dramen! Welch unschätzbarer Gewinn für die Selbstachtung! War es nicht tausendmal besser, wie Anna Bolena vom königlichen Scharfrichter den Kopf abgeschlagen zu bekommen, als in einem Wohnwagen der Gaukler von den Stichen eines Küchenmessers durchbohrt zu werden wie Nedda in *I Pagliazzi*? Und welchen gemeinsamen Maßstab konnte es zwischen der freiwilligen Selbstaufopferung Normas geben und dem schluchzenden Todeskampf eines schwindsüchtigen Nähmädchens unter den Dächern eines Pariser Gebäudes, beim Schein eines mit dem Geld für einen beim Trödler verkauften alten Mantel geheizten Ofens?

Für mich brachte die Erweiterung unseres Repertoires einen weiteren Vorteil mit sich. Puccini war erst bei seiner sechsten Oper angelangt, er komponierte langsam, die Veristen ermangelten allgemein der Fruchtbarkeit, wohingegen die vorhergehende Epoche mir genug lieferte, um meine Tante mit einem Textbuch pro Monat auf Jahre hinaus zu versorgen. Mögen die sechsundzwanzig Werke Verdis und die siebzig Donizettis ihnen verziehen sein, da sie es mir erlaubt haben, jene in Seidenroben zu kleiden und unter der Deckentäfelung des Escorials schlafen, zwischen Marmorpalästen in Gondeln fahren, in ägyptischen Tempeln bei Opferfeiern den Ehrenplatz einnehmen zu lassen, deren Horizont sich auf ein Quadrat vom Rabenflug durchzogener Himmelsbläue beschränkte! Jedes Werkchen kostete mich eine Lira. Ricordi beauftragte zeitgenössische Künstler damit, die Umschläge zu schmücken, und ich erinnere mich noch an den von Montalti signierten von *Tosca*, der einen mit den goldenen Lettern des Titels und den Namen der Autoren verflochtenen Rosenzweig zeigte in einem Stil, den ich einige Jahre später in Palermo als den Liberty entdeckte. Eine Lyra, eine Kornähre, ein Helm, zwei gefaltete Hände, eine Kultvase, die auf einem Altar rauchte, waren die häufigsten Sinnbilder, die in die Zauberwelt der Oper einführten.

In bescheidenerer Gewandung präsentierten sich die Ausgaben von Sonzogno, dem Konkurrenzverlag. Wegen Ricordis Monopol mußte dieser mit ausländischen Autoren vorliebnehmen. Er hatte eine Meisterleistung vollbracht mit der Publikation von *Carmen*, denn der erstaunliche, im Vaterland des *Belcanto* unerwartete Erfolg der Oper hatte sie bis Girgenti geführt und der »lyrischen Oper« Tür und Tor geöffnet. Eines der paradoxen Ergebnisse der Konkurrenz zwischen den beiden Verlagen war, daß sie das französische Repertoire in den Provinzstädten bekannt machte. Ricordi erstreckte sein Monopol bis auf die Opernhäuser: er reservierte für seine Autoren die Scala, das San Carlo, die Fenice, das Reggio in Parma, das Massimo in Palermo, so daß

Massenet, Saint-Saëns, Gounod, Délibes, Charpentier nach Bizet in den zweitrangigen Theatern Karriere machten. Die Minderwertigkeit dieser Ausländer spiegelte sich auch in der rein graphischen Aufmachung der Textbücher von Sonzogno wider. Aber sie kosteten nur siebzig Centesimi, und wenn mir einerseits das Jagdhorn Hernanis, der Schild Nabuchodonosors, die gehörnte Herzogsmütze Simone Boccanegras unwiderlegliche Zeichen der Überlegenheit der italienischen Oper zu sein schienen, konnte ich andererseits drei Sonzognis für den Preis von zwei Ricordis erhalten, eine für meine prekären Finanzen vorteilhafte Rechnung.

Ich hörte *Louise*, ich hörte *Werther*, ich hörte *Samson*. Der Gedanke daran, daß ich das Libretto meiner Tante um so eher bringen könnte, wog in meinen Gedanken die Wertminderung eines um dreißig Centesimi billiger verkauften Textes auf. Obwohl ich viel mehr Freude an den italienischen Opern fand als am französischen Deklamieren, hätte ich, was ich meiner Mutter schuldete, zu verraten, meine Herkunft zu verleugnen und die glanzvolle mütterliche Schilderung der Champs-Elysées mit Verachtung zu behandeln geglaubt, falls ich ohne weitere Überlegung den Autoren, die in der Sprache meines Vaters komponierten, die Palme überreichte. Alle diese Gründe hinderten mich daran, mich allzu eindeutig zu entscheiden. Ich weigerte mich, zwischen Aidas äthiopischem und Lakmés indischem Wald, zwischen den beiden Manons, zwischen dem Roi d'Ys von Lalo und Philipp von Spanien von Verdi die Wahl zu treffen.

Meine Tante zeigte eine Vorliebe für Eifersuchtsdramen, die den Ruin ihres Ehelebens in die Potenz der großen Mythen erhob. Vier an der Zahl waren die Opern, die wir immer wieder lasen, ohne ihrer überdrüssig zu werden: *Otello*, *Carmen*, *L'Arlésienne* von Cilea und *Cavalleria rusticana* von Mascagni. Von diesen betrogenen oder sich betrogen wähnenden Ehemännern erwürgt einer die Ungetreue, der zweite ersticht sie, der dritte tötet sich, der vierte fordert seinen Rivalen zum Duell.

»Hat der Tenor Valero«, fragte sie ganz aufgeregt am Tag nach der Aufführung, der ich beigewohnt hatte, »wirklich den *Compare* Alfio ins Ohr gebissen?« Oder: »Sing mir Federicos Klage, wenn du dich noch daran erinnerst.« Ich kam ihrer Bitte nach, so gut ich konnte, mit einer vom Stimmbruch rauhen, aber schon von der Kunst des Gesangs verführten Stimme. »*È la solita storia del pastore, il povero ragazzo* ...« Seine Arlésienne hatte einem anderen gehört, wie könnte er das Leben noch weiter ertragen? *Otello*, den man in Girgenti seit zehn Jahren nicht mehr aufgeführt hatte, übte einen doppelten Reiz aus auf uns durch die Legende um Francesco Tamagno, der am 31. des vergangenen August, umringt von der Verehrung der Nation, gestorben war. Wie schön wäre es gewesen zu sehen, wie er, das Gesicht mit Schuhwichse beschmiert, in Desdemonas Zimmer schritt zu einem von den Baßgeigen *pianissimo* gespielten tiefen E, fünfeinhalb Oktaven unter dem hohen as des vorhergehenden *Ave-Maria*, dann, von diesem unheimlichen Ton angekündigt, das Verbrechen beging und sich zur Leiche schleppte und von ihr *Un bacio, un bacio ancora, un altro bacio* verlangte! Und José? Würde er die Blume aufheben? Würde er auf das Signalhorn hören, das zum Appell rief? Wie lange würde er es dulden, von einem Toreador verdrängt worden zu sein? Keuchend erwarteten wir die letzte, die Arena-Szene. Was hätten wir nicht darum gegeben, den Tod der Zigeunerin wieder mitzuerleben? Tod? nein, doch Verklärung, Auffahrt zum Himmel des Ruhms, in dem die großen Heldinnen thronen. Wahrhaftig, wenn man hörte, wie wir fieberhaft unsere Eindrücke über unsere Lieblingspassagen austauschten, hätte man meinen können, daß es meiner Tante trotz all der Entbehrungen, die sie ertragen mußte, nur um unsere Loge im Theater Margerita leid war.

Mein Geist war noch nicht reif genug, um mich auf den grundlegenden Unterschied zwischen Desdemona einerseits und Carmen, der Arlésienne und Lola andererseits aufmerksam zu machen: im Gegensatz zu der ersten, von jeder Verfehlung Freien, sind die anderen der Untreue schuldig. Heute quält mich der Gedanke, daß meine Tante mich auf die Probe stellen wollte, um zu sehen, ob auch ich, wie die übrige Stadt, Carmelo recht gab. Vielleicht wartete sie nur auf ein Zeichen von mir, um mir von vorn bis hinten und *da capo*, wenn sie damit zu Ende war, die Rolle der Desdemona und nur sie vorzusingen. Ach – warum hat sie die Sprache der Oper nicht deutlicher angewendet, da es ihr unmöglich war, sich anders mitzuteilen! Wenn ich hätte hören können, wie sie die Verse des Lieds der Weide sich entfalten ließ, hätte ich durch den pathetischen Unterton der Klage verstanden, daß sie unschuldig war. Ihr eine tatsächliche Hilfe zu leisten, zu erreichen, daß man ihr Gerechtigkeit widerfahren ließ, war ich nicht imstande: welche Vertrauenswürdigkeit hätte man einem fünfzehnjährigen Jungen zugebilligt? Sie hätte jedoch wenigstens den Trost gehabt, sich sagen zu können, daß ihr Neffe sie nicht verleumdete und daß er, allein gegen die ganze Bevölkerung von Girgenti, die schändliche Blutprobe der Lüge verdächtigte. Doch nein: jener, der nach meinem Weggehen, die Laterne in der Hand, die Treppe hinaufstieg, um sein Opfer zu quälen, war für mich ebensowohl Alfio oder José, die das Recht des betrogenen Mannes ausübten, wie der durch falsche Indizien getäuschte Mohr.

Carmelo fand in den ersten Kriegstagen den Tod. Damals lebte ich seit einigen Jahren in Frankreich, und erst später, als sie mir den Tod ihrer Mutter mitteilten, unterrichteten mich meine beiden älteren Tanten (sie hatten die Gewohnheit beibehalten, bewahren sie immer noch, nie allein, sondern zu zweit oder dritt einen Brief zu schreiben) über das Schicksal der jüngsten. Der Leutnant hatte sich freiwillig zu einer gefährlichen Mission gemeldet. Eine Kugel hatte ihn direkt in die Stirn getroffen. In seinem Offiziersgepäck fand man ein in Wachstuch eingeschlagenes Heft. Er kündigte seine Absicht zu sterben an, die er schon lange ausgeführt haben würde, hätte er nicht gefürchtet, verdammt zu werden. Gott befehle ihm in diesem feierlichen Augenblick (die Niederschrift trug das Datum vom 26. Mai 1915, des Tags vor seinem Tod), die Wahrheit zu offenbaren. Den seiner Berufssprache entlehnten Umschreibungen, »Attacken«, die mißlungen waren, »Ladehemmung«, »strategische Absetzbewegungen«, entnahm ich, daß der Leutnant niemals eine Frau hatte »erstürmen« können. Bei seiner Gattin hatte die »eheliche Offensive« mit einem nicht weniger demütigenden Rückzug geendet.

»Du kennst unsere Schwester«, fügten meine Tanten hinzu, »und wirst also nicht erstaunt sein, daß Euloquia, als wir in den Besitz dieses Papiers gelangt sind, von dem wir als einzige Kenntnis haben, uns angefleht hat, das Geheimnis ihres verstorbenen Mannes nicht unter die Leute zu bringen. Sie will nicht rehabilitiert werden. Was meinst Du dazu? Carmelo, dieser Lump, ist zudem dadurch, daß er sich für die Savoyer opferte, zu einem nationalen Helden geworden, und es wäre äußerst schwierig, die Leute zur Einsicht zu bringen, daß er unsere Schwester zehn Jahre lang gepeinigt hat. Die Heilige, sie hatte Dir also nichts gesagt?«

Sie schwieg auch weiterhin. Meine Tante wollte in ihren Rollen der Königinnen, der auf geheimnisvolle Weise verstoßenen Favoritinnen, der wegen einer Laune ihres Gebieters entlassenen Sklavinnen, der von der Legende verklärten leichtfertigen Zigeunerinnen verbleiben. Sie hatte gelernt, sich in der Welt der großen Oper unbefangen zu bewegen, und es wäre für sie die schlimmste Erniedrigung gewesen, als Grund für ihr romantisches Exil im Turm einen lächerlichen physiologischen Mangel ihres Mannes öffentlich zuzugeben. Dieses Geständnis hätte auch sie schrumpfen lassen. Sie beabsichtigte nicht, nachdem sie die ersten Rollen im Repertoire besetzt hatte, auf das Niveau der Farce hinabzusteigen, und ich gab ihr vollkommen recht.

Ist sie gänzlich zu uns zurückgekehrt? Als sie mich nach vierzigjähriger Abwesenheit zum erstenmal wieder in der Tür erscheinen sah, hat sie mich mit der Anfangszeile aus der Romanze Raouls im ersten Akt der *Huguenots* angesprochen:

Quel spectacle enchanteur vient s'offrir à mes yeux!

Und sie war keineswegs überrascht über meine Rückkehr. Ohne meinen Koffer abzustellen, antwortete ich mit den Worten Fausts:

Salut! Demeure chaste et pure, où se devine
La présence d'une âme innocente et divine!

Und sie knüpfte hieran an mit der Anrufung Éleazars aus *La Juive*, ersetzte »Rachel« nur durch meinen Namen:

Fifi! Quand du Seigneur la grâce tutelaire
A mes tremblantes mains confia ton berceau,
J'avais à ton bonheur voué ma vie entière . . .

Woraufhin ich, um ihr nichts schuldig zu bleiben, schnell mit Arnolds Gebet aus *Guillaume Tell* antwortete:

Asile héréditaire,
Où mes yeux s'ouvrirent au jour,
Murs chéris qu'habitait mon père . . .

War das nicht schöner, nicht gewählter, als einander zu sagen »Ich werde dein Gepäck in dein Zimmer hinaufbringen« und »Wie froh bin ich, euch wiederzusehen, liebe Tanten«? Donna Euloquia (Euloquia: die sich durch ihre Redeweise auszeichnet; ob sie wohl je daran dachte, daß auch sie sich ihren Namen verdient hat?), Donna Euloquia hat von ihrem langen Umgang mit den Opernlibretti den Hang zu gezierten, altmodischen Wendungen beibehalten, ein Hang, der weder Schalkhaftigkeit noch Sinn für Lächerlichkeit ausschließt. Ein Küchenmesser ist für sie ein »Eisen«, und der magerste Klepper, der zwischen zwei Karrendeichseln seine Haferration frißt, hört sich mit dem Namen »Pegasus« angeredet. Ihr Repertoire hat sich in den vierzig Jahren erweitert; jedenfalls hat sie Mozart entdeckt.

Morgens, wenn wir auf die Rückkehr Eusebias warten, die den idealen Honig suchen gegangen ist, stimme ich vor der vom Hause überragten herrlichen Landschaft die Arie an, die Vasco da Gama singt, als er Indien entdeckt:

Pays merveilleux, jardin fortuné, temples radieux, salut!
O paradis sorti de l'onde!
Ciel si bleu, ciel si pur dont mes yeux sont ravis!

Es ist ein Wunder, daß die alten, abgenutzten, strapazierten Worte in Scribes zweifelhafter Poesie und Meyerbeers bombastischer Musik so viel Kraft, so viel Leben zurückgewinnen; und Donna Euloquia kann sodann, während sie den unvermeidlichen Topf Kirschkonfitüre auf den Frühstückstisch stellt, jene Arie aus *Alceste* trällern, die wir, aus triftigem Grund, nicht in unseren Katalog aufgenommen hatten:

Bannis la crainte et les alarmes;
Que le plaisir succède à la douleur:
C'est à lui de sécher nos larmes . . .

Zwischen uns ist mit diesen schlechten Versen alles gesagt: das verpfuschte Leben meiner drei Tanten; ihr sinnloses Opfer; meine eigenen Torheiten und die Risiken, denen sie mich aussetzen; aber auch die Nutzlosigkeit, das Vergangene zu beweinen: Generationen von Tenören und Sopranen haben es an unserer Statt getan, auf Französisch, wenn Sonzogno der Lizenzinhaber, auf Italienisch, wenn Ricordi der Eigentümer war. Ströme von Tränen haben zwischen Pappdekorationen die Bühne des Theaters Margherita überschwemmt, und die Welt dreht sich darum nicht schneller und nicht langsamer, die Dinge stehen ebenso gut oder ebenso schlecht, auch für das zu Agrigento gewordene Girgenti angesichts des Meers, das sich nicht wandelt, und des unveränderlichen Tals der Tempel und des fahlgelben Dünenstrands, auf dem sich auf immer gleicher Höhe die vereinzelten Zweige der Agaven wiegen, und des Friedhofs, auf dem nicht nur Carmelo und Francesco liegen, sondern auch Dionisio ruht, der testamentarisch seinem Willen Ausdruck gegeben hat, zur Erde seiner legitimen Frau zurückzukehren. So daß uns nichts weiter übrigbleibt, als mit den beiden Schwestern, die zu uns gestoßen sind, Eusebia, deren vom Speichel der Sterne feuchtes Haar sich in verklebten Büscheln sträubt, und Eugenia, die mit einem Stapel von wappenkundlichen Aufsätzen vom Speicher herunterkommt, abermals unisono zu singen:

O paradis sorti de l'onde!
Ciel si bleu, ciel si pur . . .

8

Wo ist Adeline?

»Wo ist Adeline, meine Gute?«

»Mein Lieber, in einem Salon, der als Warenlager dient, wird sich Adeline niemals aufhalten.«

Der scharfen, in spitzem Ton vorgebrachten, von den singenden Intonationen einer stark südfranzösischen Aussprache gemilderten Antwort folgte die Geste einer in Spitzenhalbhandschuhen steckenden Hand, die auf die in einer Ecke des großen, von Petroleumlampen erhellten Raums bis zur Abschlußleiste der unechten Täfelung gestapelten Zuckerballen wies.

Monsieur Rémi Pichon war auf der Schwelle der Lieferantentür erschienen und bedeutete seiner Frau mit Zeichen, sie möchte zu ihm kommen, während beim anderen Eingang zum Salon die Verspäteten sich eiligst zu den bereits in schmeichelhafter Zahl anwesenden Gästen gesellten. Die Männer, in schwarzem Jackett und geblümter Weste, rauchten ihre Zigarre am Kamin oder halfen ihren in umfangreichen Turnüren steckenden Frauen dabei, sich um die mit in Fransen endenden Zierdeckchen geschmückten Tische zu setzen.

»Und außerdem«, fügte Mireille hinzu, »hören Sie endlich auf damit, mich *meine Gute* zu nennen. Barmherziger! Habe ich es Ihnen nicht schon hundertmal gesagt?«

»Adeline kommt also nicht herunter?« murmelte gekränkt der Zuckerhändler, der nicht im geringsten zum Händler berufen war und sich erst spät damit abgefunden hatte, Geld verdienen zu müssen, ausschließlich im Interesse seiner Tochter und um seine Vaterpflicht zu erfüllen. »Nicht einmal für fünf Minütchen?«

Doch schon hatte sich Madame Pichon in ihrem weiten aprikosenfarbenen Kleid aus geblümtem Satin, das eine Schneiderin vom Cours Napoléon ihr nach einem Schnittmuster von Worth gearbeitet hatte, umgedreht, und begleitet von einem seidigen Stofferauschen lenkte sie den ihrer üppigen Brust aufliegenden gelben Chrysoberyll in die Mitte des Zimmers.

Heute war ihr *Jour*. Die gute Gesellschaft Toulons strömte bei ihr zusammen, der Direktor der Finanzverwaltung, mehrere Marineoffiziere, ein Hochsee-Kapitän, ein Importeur von Kaffee aus Afrika, Seifenhändler aus Marseille, der Direktor der Regenschirmfabrik, ein jeder von seiner Gattin flankiert, und außerdem der italienische Konsul und seine Frau, die Gräfin Riberi, sowie ein Gymnasialprofessor, ein junger Mann, aber schon ein hervorragender neuprovenzalischer Dichter.

Die Damen trugen sogenannte »Besuchs«kleider, bei denen der rote Samt und die Chenillespitze vorherrschten. Die einzige Schneiderin, die fähig war, die Pariser Modelle zu kopieren, hatte sich Mühe gegeben, die Verzierungen abwechslungsreich zu gestalten, aber von einer Toilette zur anderen erkannte man die gleichen losen Ärmel, die gleichen Schnurschließen, die gleichen Tressen mit Schlitzen, die gleichen, die Wölbung des Gesäßes unterstreichenden Musselinrüschen, und wäre nicht die verschiedene Anzahl von Perlen, von Bänderspitze, von Troddeln gewesen und die unterschiedliche Art, sie über die Wellen von Seide und Samt zu verteilen, die ihre breiten Personen umhüllten, so hätten sich Madame Pichons weibliche Gäste, die alle Klientinnen von Mademoiselle Adelaïde waren, eine Ausgabe sparen können, die nicht einmal dazu diente, sie voneinander abzuheben, wie Madame Fabre, Gattin des Regenschirmfabrikanten, sich nicht enthalten konnte zu Madame Floriot zu sagen, deren Mann das Torpedoboot *En avant!* befehligte.

»Also, das soll mir nicht noch einmal passieren, das sage ich Ihnen.«

»Aber was denn, meine liebe Madame Fabre«, schaltete Madame Pichon sich ein, die als erfahrene Gastgeberin ihre Aufmerksamkeit allen Unterhaltungen zugleich widmete und dann einschritt, wenn ihr eine Verstärkung von Nöten schien, »diese Schmetterlinge stehen Ihnen entzückend! Nicht wahr, meine liebe Madame Aubanel?« fügte sie hinzu und nahm sich zur Sekundantin die Frau des Forstinspektors, die in eine Kaschmirstola gehüllt ihre Kaffeetasse leerte, den kleinen Finger graziös nach oben gekrümmt, wie man es in Paris machte.

In der Männerecke vor dem rotglühenden Kamin wurden die Kurse von Kaffee und Seife diskutiert. Rechtsanwalt Joseph Briscard, der tags zuvor aus der Hauptstadt zurückgekehrt war, schilderte unter so starken Gestikulationen, als müsse er eine Geschworenenbank überzeugen, die neue Scheußlichkeit, die im Hinblick auf die Weltausstellung an der Seine errichtet wurde.

»Ein Turm ... Ein Turm aus Eisen, ja!«

»Aus Eisen?«

»Und der so hoch werden soll!«

»Barmherziger, die haben ja wohl einen Riß im Oberdach!« rief Madame Fabre und versuchte den Brocken Löffelbiskuit zu erwischen, der sich im Fransenbesatz ihres Umhangs verfangen hatte.

»Albert«, sagte Madame Tarouille zum Importeur von Kaffee aus Afrika, »tu mir den Gefallen und laß dir stante pede das Geld für unsere Billette zurückgeben. Die Schlaumeier! Glauben die vielleicht, ich werde mich wegen eines eisernen Turms auf die Beine machen?«

Dieser Ausspruch rief Lächeln hervor, ein Lächeln jedoch ohne böse Absicht. Alle Damen waren ein wenig »übergenau«, wie sie selbst, nicht ungern, erklärten, und Madame Tarouille, trotz der guten Vermögenslage ihres Mannes ausgesprochen »sparsam«, erlaubte ihnen, sich für freigebig zu halten, wenn sie ihrem Hausmädchen, einer kleinen Braunhäutigen, zu Fuß vom Esterel Gekommenen, ein Paar abgelaufene Schuhe überließen. Das Bürgertum von Toulon bildete eine Gesellschaft von ruhigen Gewohnheitsmenschen, die glücklich waren, in einem schönen Land und angenehmen Klima zu leben, und stolz darauf, mit südländischem Akzent zu reden. Der Ehrgeiz beschränkte sich darauf, der Halskette eine Reihe Perlen hinzufügen zu können. Haß und Neid kannte man nicht.

Alle hatten Monsieur Pichon vergessen, der an der Lieferantentür stehengeblieben war und die durch den Empfang entstandene Ausgabe berechnete. Seine Frau hatte es sich in den Kopf gesetzt, einen *literarischen Salon* zu haben in einer Stadt, in der die schöne Literatur zwischen dem Kriegshafen, dem Zeughaus und dem Erdnußimport von der Côte des Dents dahinkümmerte. Den Gymnasiallehrer, eine von den Herren der Marine und des Handels verachtete Profession, lud sie nur ein, weil er Verse schmiedete. Als Schüler von Frédéric Mistral hatte er einen Band Sonette veröffentlicht, *Li Margarideto*, den Victor Hugo unlängst mit einem Dankesschreiben geehrt hatte. Rémi Pichon reimte ebenfalls mühelos, jedoch, o Anlaß zur Wut für Mireille, er entschloß sich nicht dazu, seine Oden drucken zu lassen, die nur dazu dienten, den Scherzen Stoff zu liefern. »Er kitzelt die Muse«, das wurde in der Stadt über ihn berichtet, und das hörte er in seinem eigenen Haus die Gäste seiner Frau jedesmal dann zu ihm sagen, wenn sie, um sich von ihren hohen Spekulationen über die Politik oder die Lebensmittelkurse zu erholen, sich fünf Minuten der Ruhe gönnten.

»Na, Brustkind der Polyhymnia, hat man wieder einmal die Muse gekitzelt?« fragte Monsieur Tarouille und ging zu dem Mann, der, angetan mit einem Transportarbeiterkittel, es ablehnte, sich unter die Bürger in »halbabendlicher« Kleidung zu mischen.

Ohne die Pfeife aus dem Mund zu nehmen, ließ Monsieur Pichon ein undeutliches Knurren vernehmen, er bückte sich zum Ballen Zucker, den er auf die Türschwelle gestellt hatte, und trug ihn zu dem Stapel, der sich neben dem Tellerbuffet erhob. Monsieur Tarouille zuckte die Achseln, tat einen Zug aus seiner Zigarre und stieß den Rauch aus den Nasenlöchern aus, sodann, da er fand, daß er sich seiner Höflichkeitspflicht gegenüber dem Gastgeber entledigt habe, kehrte er zur Gruppe der sich Unterhaltenden zurück.

Es drängte ihn, Maître Briscard zu fragen, ob er in den Vorzimmern der Ministerien etwas über das Projekt einer französischen Expedition nach Ostafrika gehört habe.

»Was!« rief der Anwalt aus. »Ich gehe jede Wette ein, daß es den Engländern gelingen wird, uns den Togo wegzuschnappen, bevor dieser Hornochse von Gustave Eiffel auf die Spitze seines Turms die wieder einmal gedemütigte Fahne des Vaterlandes aufgepflanzt hat!«

Diese kriegerische, mit der unausgesprochenen Beschuldigung der Regierung, zu schlaff zu sein, verbundene Erklärung wurde mit beifälligem Gemurmel aufgenommen. Maître Briscard schüttelte seine üppige weiße Mähne und stellte sich vor dem Kamin in Positur. Eine Hand in seiner getüpfelten Weste, die andere auf den Sims aus falschem Marmor gestützt, prangerte er die Trägheit der Herren Ferry, Favre, Grévy, Simon an »und der anderen Jules, die uns regieren«, eine Wendung, die ihm im Gerichtssaal stets Ovationen einbrachte und unter den Gästen Madame Pichons ein Erschauern auslöste. Ein unverwüstliches Wort seit der fernen Zeit, da er es zum ersten Mal von sich gegeben hatte, wonach er es bei jeder Gelegenheit wieder aufgetischt hatte, ohne es den Ereignissen anzupassen, die seine Tragweite schwächen konnten, wie zum Beispiel dem Ableben Jules Favres, der seit sechs Jahren tot war.

»Ja«, wiederholte er mit starkem Marseiller Akzent, »die Jules, die uns regieren, müssen erfahren, daß Frankreich nicht bereit ist, seine Kolonialrechte aufzugeben!«

Der Kapitän des *En avant!* nickte heftig, um deutlich zu machen, daß er diesen streitbaren Worten völlig beipflichtete. Monsieur Tarouille, der den Vorteil eines neuen Besitzes in Afrika für seinen Kaffeehandel überschlug, zog mit verdoppeltem Nachdruck an seiner Zigarre; und in den Rauchkringeln, die stoßweise zur Decke stiegen, glaubten alle die von der französischen Flotte ausgestoßenen Rauchfahnen zu erblicken, wenn man erst zwischen Urwäldern, Tigern und Menschenfressern an Land gehen würde. Ein hartnäckiger Groll gegen »das perfide Albion« bewegte nicht allein die Marineoffiziere, sondern überdies die ganze Bürgerschaft einer Stadt, in der das einzige historische Ereignis die Niederlage der Engländer durch den jungen Bonaparte gewesen war.

Madame Pichon jedoch frohlockte aus anderem Grunde. Ihre »Halbabendgesellschaft«, wie sie ihre spätnachmittäglichen Empfänge nannte (wirkliche »Abendgesellschaften« wären zu teuer gewesen), ihr »Raout« wäre in den gewohnten Gesprächen über die Toiletten der Damen und die Preise der Waren »schläfrig dahingeplätschert« ohne Maître Briscards »ausnehmend glanzvolle« scharfe Kritik, »nicht wahr, meine Liebe?« flüsterte sie während einer Pause des hitzigen Rechtsanwalts Madame Floriot ins Ohr.

Und zu ihrer anderen Nachbarin, der Frau des Regenschirmfabrikanten, geneigt, fügte sie hinzu:

»Der kleine Cabanel wird es nie zu etwas bringen.«

Als der neuprovenzalische Dichter, Schüler Frédéric Mistrals, den Zeigefinger der Gastgeberin auf sich gerichtet sah, errötete er; er verlor die Fassung, fuhr mit der Hand zum Halse und nestelte am Knoten seiner Krawatte. Ihm, einem kümmerlich bezahlten Lohnabhängigen, wurde das Vergnügen, in die Rue de la Magnanerie eingeladen zu werden, durch die Sorge vergällt, nach seiner Garderobe beurteilt zu werden. Vom einen zum anderen Mal zerbrach er sich den Kopf über ein weniger unsicheres System, wie er einen störrischen Stehkragen an seinem einzigen Ausgehhemd befestigen könnte.

»Barmherziger!« fuhr Madame Pichon empört fort. »Man lädt ihn ein, und er tut nicht einmal den Mund auf. Ich werde ihn von meiner Liste streichen, und wenn Sie meine Freundin sind, werden Sie ...«

Sie hätte sich weiterhin ganz allein aufgeregt, doch Maître Briscard setzte im Zusammenhang mit der Tonkinaffäre mit Stentorstimme zu einer neuen Schmährede an.

»Welch ein Künstler, meine Liebe!« murmelte Madame Pichon geschlossenen Auges und ließ ihren Fächer ruhen, um jedes Wort auszukosten.

Doch ihr Geist bewegte zu viele Gedanken auf einmal, um länger als dreißig Sekunden untätig zu stagnieren. Der kleine Cabanel ist nur ein Dummkopf, entschied sie. Sie verschaffte ihm die Gelegenheit, in ihrem Salon zu brillieren, und er blieb wie angewurzelt in einem Winkel stehen. Nie hatten die Petroleumlampen ein so sanftes Licht über die Flaschen mit Pastis und die Teller mit glasiertem Mandelgebäck ausgegossen, nie hatten so viele wichtige Leute an den Lippen eines Redners gehangen. Nur Monsieur hielt sich mit verdrossener Miene abseits. Und warum setzte er diese lächerliche Miene auf? Weil er gehört hatte, daß Victor Hugo das berühmte Dankesschreiben für *Li Margarideto* losgeschickt hatte, bevor er sich den Titel übersetzen ließ. Als er erfuhr, daß *Li Margarideto* »Die Gänseblümchen« bedeutet, hatte er schallend gelacht. Ein Dichter aus Marseille hatte seinem Kollegen in Toulon die Nachricht hinterbracht. Victor Hugo war seit Jahren tot, aber der Lachanfall des alten Dichters peinigte den unseligen Blumenfreund noch immer.

»Zu Anfang«, vertraute Madame Pichon während einer neuen Pause in der Ansprache Madame Aubanel an, »habe ich den kleinen Cabanel unterstützt und gesagt, daß Victor Hugo eifersüchtig sei auf die neuprovenzalische Dichtung und nicht mehr wisse, was noch erfinden, um das Okzitanische herabzuwürdigen. Trouvère kontra Troubadour ... Aber auf die Dauer«, fügte sie hinzu, nachdem die in bewundernder Überraschung weit aufgesperrten Augen Madame Aubanels ihr bestätigt hatten, daß diese einem der jüngsten Leitartikel von *La France occitane* entnommene Formulierung ihrer Nachbarin ganz neu zu sein schien, »auf die Dauer geht er mir auf die Nerven, der Kleine ...«

Sie würde ihn nicht mehr einladen, wenn er sich darauf versteifte, ihre »Raouts« durch verletzende Schweigsamkeit herabzuwürdigen. Der Anwalt war beim Schluß seiner Rede angelangt. Sie seufzte vor Glück, als sie ihn ein letztes Mal gegen die Apathie der Ministerräte wettern hörte. »Ein togolesisches Lang Son, meine Herren? Niemals!« endete er unter Beifall. Dies Wort würde am nächsten Tag die Runde machen und den Erfolg von Madame Pichons Salon besiegeln; neue Persönlichkeiten würden darum bitten, zu ihrem *Jour* zugelassen zu werden; und bald, sagte sie sich und klappte ihren Fächer mit einem kurzen Schlag zusammen, der wie ein Siegessignal klang, würde sie den Salon von Madame Rabout in Marseille *ausstechen* und in der Provence die *Prima Donna* sein. Hatte die Frau des italienischen Konsuls, Gräfin Riberi, sie nicht erst unter einem Strudel bewundernder Worte umarmt: »*Cara, cara la mia prima donna!*« Doch, nicht wahr, die Italiener neigen dazu zu übertreiben, und Madame Pichon würde sich keine Atempause gönnen, ehe sie nicht sicher war, ihre Oberhoheit befestigt zu haben.

Im Moment, als ihr Blick mit triumphierendem Schimmer über die Anwesenden glitt, gewahrte sie ihren Mann, der, nachdem er den Ballen Zucker auf dem Stapel abgesetzt hatte, mit seinem schleppenden Schritt wieder zur Lieferantentür ging. Ärger verzerrte ihren Mund. Sie klappte ihren Fächer hastig wieder auf, um ihre Verstimmung zu verbergen. Törin, die sie war, geglaubt zu haben, sie könne sich über den hiesigen Alltag erheben! Mit einem solchen Ehemann war sie verurteilt. »Ein Löwe, Ihr Joseph, ein wahrer Löwe!« rief Madame Fabre in einem Kreis von Damen aus, die Madame Briscard gratulierten. Trotz dieses offenkundigen Erfolgsbeweises blieb der hübsche Mund der Gastgeberin verzerrt. Ver-ur-teilt, wiederholte sie und biß die Zähne zusammen. Der Fächergriff aus Zitronenholz knirschte zwischen ihren verkrampften Fingern. Monsieur Pichon weigerte sich, die Verse, die er schrieb, zu veröffentlichen, unter dem Vorwand »Poesie ist nicht verkäuflich wie die Seife aus Marseille«. Barmherziger! Wozu nützte es ihm dann zu schreiben, und zwar keine Sonette zu vierzehn kleinen Verschen wie der jämmerliche Autor der »Gänseblümchen«, sondern richtige Oden, lange okzitanische Gedichte, die mehrere Seiten füllten? Er hätte beim literarischen Wettbewerb von Toulouse ausgezeichnet werden und, wer weiß, einen Verleger in Paris finden können, vielleicht Monsieur Lemerre persönlich, der Frédéric Mistral und Sully Prudhomme herausbrachte! Dann wäre ein Strom von Geld in seine Kassen geflossen, sie hätten die einfache Rue de la Magnanerie verlassen, um in »die feine Welt« des Cours Napoléon zu ziehen, und sie . . . eine Marie Dorval, eine Juliette Drouet, eine Marie d'Agoult, das wäre sie geworden, statt die Ehehälfte eines Kommissionärs für die Markthallen zu sein!

Eben kam er in den Salon zurück, einen mit rotgestreiftem Leinen bespannten Klappstuhl unter dem Arm, in der anderen Hand ein Verzeichnis, hinter jedem Ohr einen Stift. Er setzte sich auf den Klappstuhl vor dem Stapel Zucker und fing wie jeden Abend an, die Ballen zu zählen und mit Bleistift darauf und in sein Register Kreuze zu machen. Jeden Nachmittag belieferte ihn ein aus den Pariser Markthallen kommender, schwerbeladener Wagen mit dem Zucker. Die

Gehilfen schichteten die Ware im Schuppen neben dem Salon übereinander und fuhren dann im Trab zum Hafen zurück. Obwohl der Schuppen mit einem kleinen Schreibtisch ausgestattet war, arbeitete Monsieur Pichon im Salon. Dies war seine harmlose, aber unausrottbare Art des Protestes gegen die ungerechte Anmaßung einer Gesellschaft, die denjenigen, den sie dafür bezahlen müßte, daß er sie mit poetischen Erschütterungen versorgt, dazu zwingt, sich zu finanziellen Trivialitäten herabzulassen. Er selbst trug die Pakete auf dem Rücken herein und türmte sie neben dem Tellerschrank auf. Sodann, ob seine Frau Gäste hatte oder nicht, nahm er auf dem mit rotgestreiftem Leinen bespannten Klappstuhl Platz – in derben Nagelschuhen und im Kittel eines Lastträgers. Ohne Interesse an den Gesprächen zu bekunden, grüßte er mit einem Kopfnicken, wenn einer der Eingeladenen aus Höflichkeit auf zwei Worte zu ihm trat. Eine erloschene Pfeife zwischen die Zähne geklemmt, versenkte er sich in seine Berechnungen, teilte die Warenposten ein, veranschlagte die tags darauf zu gebenden Aufträge.

So stelle ich mir meinen Großvater vor: nüchtern widerspenstig, spöttisch resigniert, naiv empört, fügsam ohne Einfältigkeit, mit Würde bescheiden, bezüglich der Bedeutung, die die Welt den Dichtern zuerkennt, scharfsichtiger als seine Frau, und entschlossen, sich niemals auf die dumme Rolle des Autors einzulassen. Den Titeln seiner Oden nach zu urteilen, die ich in schöner gotischer Schrift in einem den Zuckergeschäften entzogenen, gleich den anderen in solides Englischleder eingeschlagenen Rechnungsbuch eingetragen gefunden habe, bevölkerten Huris und Bajaderen, ägyptische Bauchtänzerinnen und japanische Geishas, Zirkusreiterinnen und Sirenen der Felsbuchten die Phantasie jenes, der nie daran gedacht hatte, die füllige Madame Pichon zu betrügen. Bevor er starb, vernichtete er seine gesamten Werke und nahm so das Geheimnis seiner Träume und die Pracht seiner poetischen Ausschweifungen ins Grab mit, ähnlich den orientalischen Bazarbesitzern, die aus Liebe zu dem in ihrem Laden angesammelten Trödel ihn in undurchdringlichem Dunkel, außer Reichweite der Begehrlichkeit der Kunden, verborgen sein lassen.

Eine einzige Wolke trübte seine Gelassenheit. Er wäre glücklich, ja, vollkommen glücklich gewesen, wenn Adeline, in Ermangelung von Zuneigung, ihm nur ein wenig mehr Nachsicht bewiesen hätte. Adeline, seine einzige Tochter, sein Augenstern.

»Wo ist Adeline, meine Gute?« konnte er sich nicht enthalten, seine Frau zu fragen, als er unter den zwei Dutzend Eingeladenen nach derjenigen Ausschau gehalten hatte, der zuliebe er zum Opfer von 35 Francs für Pastis und Mandelgebäck bereit war – 350 Francs pro Jahr, da der *Jour* im Juli und August nicht stattfand.

Er erntete immer die gleiche Antwort: »Mein Lieber, in einem Salon, der als Warenlager dient, wird sich Adeline niemals aufhalten«, mit der einzigen Variante (wenn der Zuckerstapel über die Abschlußleiste der falschen Holztäfelung reichte): »In einem Salon, der als Warenlager dient, wird sich *meine* Tochter niemals aufhalten«, wobei die energische Betonung des besitzanzeigenden Fürworts ausdrückte, daß Adeline hinsichtlich des Geschmacks, des feinen Urteilsvermögens und der Fähigkeit, die richtige Benutzung eines Salons einzuschätzen, ausschließlich die künstlerischen Begabungen ihrer Mutter geerbt hatte. Solange der Empfang dauerte, verkroch sich das junge Mädchen in seinem Zimmer im ersten Stock; und für den guten Mann bedeutete es ein Herzeleid, daß er nicht gleichsam zur Genugtuung für die Anonymität, die er für sich selbst hinnahm, der ganzen Stadt die graziösen Formen und das makellose Gesicht seines Kindes zeigen konnte.

Wenn er in Adelines Herz hätte lesen können! Sie haßte den Kittel ihres Vaters, die Pfeife ihres Vaters, die Rechnungsbücher ihres Vaters, sie haßte die Armut, in der er seine Familie bis vor kurzem hatte leben lassen, ehe er sich zu einer einträglicheren Beschäftigung als der provenzalischen Dichtung verstanden hatte und seiner Frau ein ordentliches Haus und eine Hausangestellte hatte bieten können. Sie haßte sogar den Namen ihres Vaters, der ihr von äußerster Gewöhnlichkeit zu sein schien, sie haßte ihren Vater dafür, daß er sie mit diesem grotesken Namen ausstaffiert hatte; und unter ihren Träumen von Eleganz war der erste, der sich ihrer Phantasie vorstellte, der von einem schönen, klingenden, wenn möglich adeligen, auf jeden Fall mehrsilbigen Familiennamen, der den Eindruck von offenem Meer und den Farben eines klaren Himmels erweckte, statt dieser zwei plumpen Silben, deren erste an das Euter einer Kuh und deren zweite an den Schwanz eines Schweins denken läßt.

Und diese Angewohnheit, »meine Gute« zu sagen, wenn er sich an seine Frau wandte. Gab es etwas Spießigeres, etwas Hausbackeneres? Nur wußte Madame Pichon nicht, daß Adeline die Tricks, die Manien, die lächerlichen Angewohnheiten ihrer Mutter mit ebenso verachtungsvollem Blick beurteilte: die Ausrufe »Barmherziger!«, die ihr häufig entschlüpften, der zu dicke und zu gelbe, wie ein Laib Butter in der Auslage des Milchhändlers auf ihrer Brust ausgestellte Chrysoberyll, die Halbhandschuhe aus Spitze, die literarischen Ambitionen, die »mein Lieber, meine Liebe«, mit denen ihr Geschwätz zu bespicken sie für vornehm hielt, bis hin zum Krümmen des kleinen Fingers, wenn sie die Kaffeetasse hob in Nachahmung von Madame Aubanel, die ihrerseits den Tick aus Paris vom jährlichen Empfang für die Forstinspektoren mitgebracht hatte. Diese Damen schmeichelten sich, elegant zu sein, aber wahrer Schick, dachte das junge Mädchen, während Maître Briscards stimmliche Orkane durch die Deckenbalken hindurch gegen ihr Zimmer anrammten, hätte darin bestanden, sich nicht, gegen schlechte Bezahlung von Mademoiselle Adelaïde, in weniger gut, in ärmer, Worthmodelle kopieren zu lassen, sondern darin, eine unabhängige Schneiderin ausfindig zu machen und sich mit ihr zusammen Kleider auszudenken, die einfacher und nicht kostspielig gewesen wären und den Vorteil der Originalität, des Noch-nie-Gesehenen besessen hätten.

Die Wahrheit zu sagen, haßte Adeline vor allem sich selbst. Sie haßte ihre Brüste, die noch klein waren, von der zwangsläufigen südländischen Veranlagung oder der zu reichen, ölhaltigen Küche aber in eine majestätische Büste verwandelt würden, wenn sie sich nicht, wie jetzt, darin übte, sie in einer Art selbstverfertigtem Korsett, an dessen Schnüren sie wütend zerrte, zusammenzupressen. Sie haßte ihren Akzent, den fürchterlichen Akzent von Marseille, dessen muntere, sonnige Musik, würzig wie ein saftiges Aïoli, sie erst viel später entdeckte, als sie nicht mehr das Bedürfnis empfand, ihre Herkunft zu verleugnen. Vor dem Spiegel ihres Louis-Philippe-Schranks aus Mahagoni, den ihr Vater vor zwei Jahren auf der Versteigerung der Hinterlassenschaft Mollard gekauft hatte, steht sie und übt sich darin, mehrmals hintereinander rasch »Polka, Pause, Pappe, Puppe« zu sagen, so schnell wie möglich, indem sie die Lippen rundet, um sich vor der Gewöhnlichkeit eines großen Mundes zu bewahren und vielleicht, wozu ihr Lehrbuch sich aber nicht äußert, ihre Aussprache zu korrigieren. *Wie bringt sich die junge Dame von Stand die Umgangsformen der vornehmen Welt bei* ist ihr Lieblingsbuch, ihre Bibel, doch das kleine hellrote Buch mit dem Perkaleinband, aus dem man lernt, wie man sein Besteck hinlegen muß, je nachdem ob man noch ißt oder die Mahlzeit beendet hat, vor wem und bis zu welchem Alter man knicksen muß, mit welcher Anrede man sich beim Briefanfang an einen Notar, einen Priester, einen Richter, einen Steuerbeamten, an den Vorgesetzten des Ehemanns, an den Erzieher seiner Kinder, an den Konsul eines ausländischen Landes, um einen Paß zu erlangen, zu wenden hat, dieses in Paris erschienene unerschöpfliche Nachschlagewerk in guten Ratschlägen und heilsamen Vorschriften, gibt nicht an, welche Methode es erlaubt, sich jedesmal, wenn man das Wort »mit« benötigt, daran zu erinnern, daß es *mit* und nicht *mitte* wie in Toulon auszusprechen ist. Sie, Adeline, hat bisher nur ein Mittel gefunden: die Bestrafung. Sie zwickt sich unter dem Ärmel bis aufs Blut in den Oberarm, jedesmal, wenn sie sich so weit vergessen hat, *mitte* zu sagen. »*Mitte* meinem Schafspelz ... *Mitte* Vergnügen, Madame ... Nimmst du noch etwas Kraut *mitte* Wurst, Maman?« Jedesmal ein Kneifen, um laut loszuschreien, aber jedesmal zu spät, wenn man sie, besäßen die anderen nur die geringste Feinfühligkeit des Gehörs, den leisesten Begriff von gutem Geschmack – in flagranti bei einem Provinzialismus, bei einer »Pichonität« ertappt hätte.

»Paris ... Nach Paris werden wir gehen«, beschloß das junge Mädchen und nahm sich vor, seine Mutter dazu zu bewegen, daß sie es in die Hauptstadt brachte. Mehr als alles haßte Adeline es, in Toulon geboren, in Toulon herangewachsen zu sein und unwillkürlich die Gewohnheiten Toulons angenommen zu haben, gern zu schwimmen, wodurch man dicke Schenkel und dicke Arme bekommt, die Sonne zu lieben, die den Teint verdirbt und das Erscheinen der Runzeln beschleunigt, Knoblauch zu mögen, der diesen ekelhaften Mundgeruch macht, gern zu lachen, was die Wangenmuskeln ausdehnt, den Mund vergrößert und zu neuen Runzeln führt. »Polka, Pause, Pappe, Puppe ... Polka, Pause, Pappe, Puppe ... Polka, Pause, Pappe, Puppe ...« immer schneller, um die Versuchungen zur Üppigkeit, die in ihrer starken Natur schwelten, zu ersticken, zu bändigen. »Polka, Pause, Pappe, Puppe ... Polka, Pause, Pappe, Puppe ...«

Diejenige, die Du vierzig Jahre später auf dem Höhepunkt ihrer Karriere kennengelernt hast, die schmal, schlank, rassig war, sich ohne die geringste Verlegenheit in der vornehmen Pariser Gesellschaft bewegte und, selbst wenn sie eine Hoheit interviewte, keineswegs eingeschüchtert war, hat diese Gewandtheit um den Preis strenger Selbstzucht erworben, eines unablässigen Kampfes gegen ihre Veranlagung, die sie zum guten Essen und zum Lachen drängte, und gegen ihren Charakter, der zum Frohsinn, zur Offenheit, zur Natürlichkeit eines Mädchens aus dem Süden neigte. Gewiß, ihr konntet einander nicht lieben, aber hat es an Achtung zwischen euch gefehlt? Meine Mutter hatte die Eigenschaften, die zu ihrem Erfolg geführt haben, nicht geschenkt bekommen. Sie hat sich mit Mut und Beharrlichkeit selbst aufgebaut; und wie Du, doch auf ihre Weise, hat sie nie dem Instinkt nachgegeben. Schau sie Dir an, wie sie vor dem Spiegel steht und sich beobachtet, nicht um sich zu bewundern, obwohl ihr Vater sie mit Recht schön findet, sondern um sich zu überwachen, zu kritisieren, um zu entdecken, wo sie eine Nachbesserung anbringen könnte. Erkennst Du nicht jemanden von Deiner Rasse wieder? Indem sie wie eine Besessene seit einer Viertelstunde an den Schnüren ihres behelfsmäßigen Korsetts zerrt, bestreitet sie, daß das Wachstum des Fleisches in ihren Brüsten stärker sei als ihr Wille.

An jenem Tag, wie die anderen Male, hatte sie sich geschworen, nicht im Salon zu erscheinen, aber ein von ihrer Mutter genannter Name kam ihr wieder in den Sinn; sie änderte ihre Meinung und zog sich an, um hinunter zu gehen. Zehn Minuten später trat sie ein, in einem schmalen einfarbigen Kleid ohne Turnüre über dem Gesäß, ohne Fransen, ohne Borten, ohne Perlen. Ihre unerwartete Erscheinung lähmte das Geplauder. Die Damen kniffen die Lippen zusammen und schüttelten ihren Schmuck, Madame Fabre zog ostentativ ihre Kaschmirstola hoch, die Männer aber nahmen angesichts dieser schlichten, ungekünstelten Schönheit, deren Körper sich unter dem leichten Schleier des Musselins erahnen ließ, die Zigarre aus dem Mund und verneigten sich stumm. Sie schritt graziös bis zur Mitte des Raums. Durch den Verzicht auf Wattierungen, Fischbein und andere auspolsternde und plump machende Zutaten, auf die die Gemahlinnen dieser Herren stolz waren, hatte sie, ohne zu wissen – jugendliche Naivität oder fachmännischer Instinkt? – ein neues Bild der Frau kreiert. Ein Ideal der Frische, der unbekannten Freiheit, von dem das kommende Jahrhundert profitieren sollte, das aber, die historische Redlichkeit nötigt uns, dies zu sagen, im Salon von Madame Pichon seinen Anfang nahm, in Nummer 7 der kurzen Rue de la Magnanerie, die ihren Namen von der benachbarten Seidenraupenzucht herleitet.

Maître Briscard bemerkte plötzlich, daß Madame Floriot, mit der er während einer der Abwesenheiten ihres Mannes auf See gern ein *Abenteuer* gehabt hätte, mit ihrer Schärpe um die Hüften, ihren Schnüren und Perlenquasten, ihren Reihen vorgetäuschter Knopfverschlüsse, ihren mehreren Umlegekragen und gekreuzten Einsätzen auf fatale Weise einer uneinnehmbaren Festung glich. Er räusperte sich, und durch seinen Beruf gewohnt, für andere das Wort zu ergreifen, drückte er, dessen Silberhaar und Stellung in der Stadt jeden Verdacht der Unschicklichkeit nahmen, durch den Ausruf: »Ja was! So ein rankes schlankes Ding! In ganz Paris fände man nicht dergleichen!« die Meinung aller aus.

Ohne auf das Kompliment einzugehen, fand Adeline nur gerade Zeit, am Ende des Zimmers, wo er vor Überraschung seinen Bleistift hatte fallen lassen, die freudestrahlende Miene ihres Vaters zu gewahren. Sie wandte sich unwillig ab. Ein einziger Umstand hatte sie bewogen hinunterzugehen: die Anwesenheit des italienischen Konsuls und seiner Frau unter den heutigen Gästen. Ein Graf und eine Gräfin, echte Adelige, sagte sie sich und ging kühn auf das Paar zu, das sie auf den ersten Blick erkannt hatte.

Der Graf, ein Monokel à la D'Annunzio im Auge, erhob sich und überließ dem jungen Mädchen seinen Platz neben dem Stuhl der Gräfin.

»*Mitte* Ihrer Erlaubnis«, sagte Adeline nach einem kurzen Knicks des vierten Grades in der Stufenleiter der Höflichkeiten.

Ein Pluspunkt für den Knicks, das füchterliche *mitte* aber war ihr einmal mehr entschlüpft. Ihr Arm war unbedeckt. Vor dem Konsul würde sie sich nicht kneifen. Sie nahm sich vor, sich später, wenn sie allein in ihrem Zimmer wäre, zu strafen. Die Augenblicke waren gezählt, ihr blieben nur wenige Minuten, um die Gräfin zu beobachten, ihr Parfum in sich aufzunehmen, zu versuchen, seine Marke zu erraten, um dieser Frau, die eines Tages Botschafterin sein würde, einige Bewegungen ihres bis zum Ellenbogen behandschuhten Arms, einige Schwingungen ihrer einschmeichelnden Stimme zu stehlen, bevor Madame Pichon sich von ihrer Verblüffung erholte und ihr verbot, in die Unterhaltung der Gäste einzugreifen.

Gerade aufgerichtet saß sie da, klammerte beide Hände an die Stuhlplatte und sagte sich ein letztes Mal den nach Anleitung des in hellroten Perkal gebundenen Lehrbuchs auf der Treppe präparierten Satz vor. Der Konsul stand hinter ihr. Ohne sich umzudrehen, brachte sie in einem Zuge vor:

»Herr Konsul, ist es wahr, daß Italien zu den Ländern zählt, die den Ausländern eine Paßpflicht auferlegen?«

Die Antwort kam, unerwartet, wunderbar, zuerst in Form eines köstlich parfümierten, in ihren Nacken geblasenen Atems, sodann einer mit einer goldenen Krone geschmückten Visitenkarte, die eine mit Ringen besetzte Hand ihr vor die Augen schob, schließlich einer flötenden, melodiösen, wenig männlichen Stimme, die ihr ins Ohr wisperte, wenn sie die Lust ankäme, das Land Tassos und Ariosts zu besuchen, möge sie sich nur an der in der Ecke der Karte angegebenen Adresse vorstellen.

»Sie werden mir die Ehre und das Vergnugen erweisen, Mademoiselle, mich persönlich in meinem Buro aufzusuchen.«

»*Per favore, Signorina*«, sagte er nachdrücklich, auf Italienisch diesmal, als hätten sie die Grenze schon passiert und er reichte ihr die beringte Hand, um ihr in die Gondel zu helfen.

Mit einer hastigen Geste nahm Adeline die Karte an sich. Ohne zu danken, fuhr sie von ihrem Sitz auf, als ihre Mutter sich rasch näherte, um sich für die Familie Pichon in aller Form zu entschuldigen. Sie glitt zwischen den Tischen hindurch, entwischte Maître Briscard, der sie zurückhalten wollte, trat Madame Tarouille auf den Fuß, prallte gegen Madame Fabre, fand den Ausgang und rannte in ihr Zimmer hinauf. Trotz ihrer Ungeduld, das wappenverzierte Geschenk des Konsuls zu untersuchen, begann sie damit, ihr Versprechen zu erfüllen: nie wurde ein Arm mit pflichtgetreuerer Energie gekniffen. Der Name war graviert, sie fuhr mit den Fingerspitzen darüber hin, bevor sie las: *VALERIO COMTE RIBERI.* Dann in der zweiten Reihe, in kleineren Buchstaben: Cav. di S. Giorgio. Darunter: Konsul Seiner Majestät des Königs von Italien in Toulon. Oben die Krone Savoyens mit ihren liliengeschmückten vier Zacken.

Sie drehte die Karte um und um, erstaunt, Riberi statt di Riberi zu lesen. Erstaunt und enttäuscht. Adel mußte doch durch das Adelsprädikat bewiesen werden. Konnte ein simpler »Riberi« ein echter Graf sein? Sie dachte, daß sie noch viel zu lernen habe, vermutete, daß die Bräuche der Aristokratie von Land zu Land verschieden seien, und beschloß, bei Madame Magali Duperron, der Buchhändlerin vom Cours Pierre-Puget, ein Merkbuch der Adelsbräuche zu bestellen.

9

Das ist ein Stick

Als sie nach Paris kamen, entdeckten sie, daß die aus Toulon geschickte monatliche Pension, die in der Provinz für ein reichliches Auskommen genügt hätte, sie zwingen würde, in beschränkten Verhältnissen zu leben. Monsieur Pichon schien dies gleichgültig zu sein. Kaum waren die Frauen in den Zug gestiegen, hatte er seine Stellung aufgegeben, sich des Hauses in der Rue de la Magnanerie entledigt, sich in das kleine Landhaus an der Felsbucht zurückgezogen, wo er, gestützt auf die durch das mit dem Zucker verdiente Geld erworbene Seelenruhe und wieder frei, sich in dichterisches Schaffen zu versenken, sich vornahm, jeden Monat eine neue Ode zu schreiben.

»Er läßt uns im Stich ... Er hat nicht das Recht, uns das anzutun ... Es gibt Gesetze, um ihn daran zu hindern ...«, stammelte, entmutigt und verwirrt, Madame Pichon. Sie rechnete damit, daß ihre Tochter ihren Mann zur Vernunft bringen werde. Ihre Verblüffung war darum groß, als Adeline ihr in trockenem Ton erklärte:

»Hör auf zu jammern. Wir haben fortgehen wollen, wir sind fortgegangen. Wir können nur auf uns selber zählen.«

Das Gespenst der Armut ängstigte das junge Mädchen nicht. Sie drängte ihre Mutter, die, vom Umzug und der großen Stadt wie betäubt, von dieser jugendlichen Entschlossenheit in Bann geschlagen, sich dem Befehl fügte, den aufgrund der Veränderung ihrer Lage überflüssig gewordenen gelben Chrysoberyll zum Mont-de-Piété zu tragen. Adeline wollte ihren Vater um nichts bitten, was die vereinbarte Summe übertraf. Ihre Eltern, so urteilte sie mit für ihr Alter ungewöhnlicher Härte, hatten in ihrer Lebensführung ganz und gar geirrt. Wenn man Verse schreiben will – sie war fähig, diesen Wunsch anzuerkennen –, muß man sein Dasein entsprechend einrichten. »Der große Künstler muß unverheiratet bleiben« war später einer ihrer Lieblingsgrundsätze; erstmals formuliert hatte sie ihn in ihrem Marcel

Prousts Goncourtpreis gewidmeten Artikel, im Rahmen ihrer im *L'Écho de Paris* erscheinenden Gesellschaftschronik. Indem er sein literarisches Schaffen und das Familienleben miteinander vereinbaren wollte, hatte Monsieur Pichon auf der ganzen Linie versagt. Madame Pichon gab ein noch katastrophaleres Beispiel von mangelnder Vorbereitung und Gedankenlosigkeit ab. Wenn man sich über seine Verhältnisse erheben und in der Welt einen Rang einnehmen will – höchst lobenswerter Vorsatz, aber ihre auf den Koffer, den sie nicht einmal auszupacken vermochte, hingesunkene Mutter schien kaum befähigt, beim ersten Hindernis nicht gleich zusammenzubrechen –, muß man die notwendige Gelassenheit erwerben, sich gegen Gefühlsseligkeit panzern, seine Ziele sehr hoch stecken und die Spitzen der Gesellschaft und nicht die Honoratioren einer Unterpräfektur sich zu Vorbildern nehmen. Sie jedenfalls würde solche Irrtümer nicht begehen. Sie würde sich ein Ziel setzen und die Mittel anwenden, um es zu erreichen. Welches Ziel? Das wußte sie nicht. Fauxpas vermeiden, das war für den Augenblick genug.

Zunächst mußten sie eine Wohnung finden, dabei gleichzeitig die gegenwärtigen Mittel der Mutter und die künftigen Ambitionen der Tochter berücksichtigen. Madame Pichon machte in der Vorstadt von Vaugirard ein zu vermietendes Häuschen ausfindig, gar nicht teuer und von einem Garten umgeben. Adeline erhob Einspruch. Sie hatte Stadtviertel um Stadtviertel den Plan der Hauptstadt studiert, und ihr Finger hatte sich, keinen Widerspruch duldend, in der Nähe des Bois niedergelassen. Für den Preis des Häuschens zeigte man ihnen in der Rue Spontini zwei dunkle Zimmer im zum Hof blickenden Zwischengeschoß eines prächtigen Gebäudes, dessen bauchige Balkone der Fassade im Wechsel olympischen Atlanten und nacktbusigen Karyatiden aufruhten. Adeline klatschte in die Hände und ließ den Eigentümer wissen, er möchte den Mietvertrag aufsetzen.

Ihre Mutter, die bestürzt war, ein gedrucktes Formular unterschrieben zu haben, in dem sie sich verpflichtet hatte, weder Hühner im Hof zu halten, noch dort Wolle zu krempeln, fragte sie, ob sie denn nicht darunter leiden würde, sich, statt in ihrem geräumigen Bad mit Wanne in Toulon, in einer winzigen, nur mit einem Krug und einer auf einem Dreifuß stehenden Schüssel ausgestatteten Kammer waschen zu müssen.

»Mutter, wir hätten nichts Besseres finden können«, erklärte sie ihr heiter, während sie die Blumenhüte, die sie ihr mitzunehmen gestattet hatte, in den zu kleinen Schrank zwängte. »Du wirst hier selbstverständlich nicht einladen können. Aber haben wir denn Freunde? Du wirst auf meine Visitenkarte *RUE SPONTINI* gravieren lassen, und was *RUE SPONTINI* bedeutet, das weiß in Paris jeder: in der Nähe des Bois wohnen. Gravieren, nicht wahr, du hast mich doch verstanden? Maître Briscard läßt seine Karten drucken. In Paris hätte er keinen einzigen Klienten. Du wirst sie bei Butler & Sons, Rue du Louvre bestellen.«

Unter den seit ihrer Abreise zahlreichen von ihrer Tochter beschlossenen Staatsstreichen trug der Ersatz von »Mama« durch »Mutter« nicht am wenigsten zur Verunsicherung Madame Pichons bei; doch diese von ihrer Tochter bestimmte und organisierte Abreise hatte sie aller Willenskraft beraubt; es schien, als sei sie dadurch, daß sie Toulon verlassen hatte, ihrer selbst enteignet worden. Sie merkte, daß sie innig an ihrem Mann hing, und begann den Kittel, die Pfeife, selbst die Zuckerstapel zu vermissen, die sie zu verabscheuen geglaubt hatte. Sie dachte auch mit Wehmut an ihre Küche mit dem Rauchfang, an ihren Pizzabackofen, an ihren Gemüsegarten, ihre Zwiebeln, Bohnen und Kartoffeln, die sie zu beiden Seiten des Wegs, hinter den Nelkenrabatten anbaute. Nie hätte sie sich träumen lassen, daß das Heimweh eine Reihe Kochtöpfe, Gemüsebeete, ein an einem zwischen zwei Pflöcken gespannten Eisendraht trocknendes Nachthemd in den Vordergrund der Erinnerungen zurückholen könnte! Dagegen fehlten ihr weder Madame Tarouille noch Madame Aubanel noch Madame Fabre noch sonst irgendein regelmäßiger weiblicher Gast ihres *Jour*; Maître Briscards Beredsamkeit erschien ihr nicht mehr so unwiderstehlich, und, was noch merkwürdiger war, ihr *Jour* selbst kam ihr, von ferne betrachtet, wie ein leerer Zeitvertreib, die Schrulle einer Müßiggängerin vor. Jetzt, da sie kein Bauernmädchen mehr hatte, das ihr half, da sie alle häuslichen Arbeiten wieder selbst verrichten mußte, vom Gang auf den Markt in der Rue des Belles-Feuilles bis zur Zubereitung der Mahlzeiten, bis zum Spülen, zum Säubern der beiden Zimmer, zum Waschen und Bügeln, empfand sie ein Gefühl des Glücks, der Fülle, wie damals in Toulon, als sie kein Geld gehabt hatten. Sie begriff, daß die Frau dazu bestimmt ist, den häuslichen Pflichten nachzugehen, und war entzückt, weil ihre Tochter, die eine offenbar gegensätzliche Meinung hegte, mit jedem Tag kräftiger und schöner wurde.

Adeline verschwand frühmorgens aus der Zweizimmerwohnung in der Rue Spontini und erschien erst spätabends wieder, froh sodann, das mit drittklassigen, beim Metzger erhandelten Stücken zubereitete, von der Mutterliebe auf kleiner Flamme geschmorte Kalbsragout oder eingelegte Rindfleisch vorzufinden.

»Wie gut das schmeckt, Mutter!« rief das junge Mädchen, das seinen gegen Madame Pichon gehegten Groll vergessen zu haben schien, seit diese darauf verzichtete, auf Literatur versessen zu sein und Dichter einzuladen, und sich auf eine ihren Fähigkeiten besser entsprechende Tätigkeit beschränkte. Ein »Mama« hätte die Zufriedenheit der Köchin vollkommen gemacht, doch seit sie in Paris lebten, hielt Adeline an dieser kälteren, distanzierteren Formel fest, obwohl ein solcher Beschluß nicht verletzen oder betrüben wollte, vielmehr, wie Madame sehr wohl sah, einem allgemeinen Verhaltensplan gehorchte.

»Ich mag dich tausendmal lieber«, sagte ihre Tochter an einem Abend von besonderer Herzlichkeit zu ihr, »in der Küchenschürze, wenn du etwas tust, was du gern tust und was dir gelungen ist, als in deinem aprikosenfarbenen Kleid.«

Adeline hatte im Schneideratelier der Schwestern Poncelet im Faubourg Saint-Honoré eine Lehre für Putzmacherinnen begonnen. Man fand sie reizend, anders als die Pariser Arbeiterinnen, ihr Akzent mißfiel nicht, ganz im Gegenteil. Die Kundinnen schätzten ihre Kunst, unter Berücksichtigung ihrer Haarfarbe, ihrer Persönlichkeit, ihres Stils, eine Änderung der Hutgarnitur vorzuschlagen. »Dieser Veilchenstrauß würde eher einer Braunhaarigen stehen ... Würden ein oder zwei Paradiesvogelfedern statt vieren nicht eine bessere Wirkung erzielen? ... Zu diesem italienischen Stroh passen keine Papageienfedern ...« Zu einer Zeit, als das Renommee der Modistin von der Anzahl der Früchte, Blumen, Blätter, der den verschiedensten Geflügelarten ausgerissenen Federn abhing, mit denen sie einen Hut zu überladen vermochte, überraschten die mit sanfter, melodischer Stimme gemurmelten Ratschläge durch ihren gesunden Menschenverstand, ihre Frische und die Vortrefflichkeit der erzielten Ergebnisse. Sie achtete darauf, die Eifersucht der Lehrherrinnen nicht zu erregen, und ebensosehr Diplomatin wie ehrgeizige Arbeiterin, zeigte sie auch auf diesem Gebiet in bemerkenswertem Maße Takt und Gewandtheit.

Man verlangte nach der »kleinen Provenzalin«, ehe man Filz, Samt oder Stroh auswählte; sie allein hatte die »richtige Hand«, um eine Krempe hochzuschlagen, einem Band Form zu geben. Ihr Können beschränkte sich nicht auf dergleichen. Sie nahm ihren Kundinnen jede Verlegenheit, interessierte sich für ihre kleinen Probleme, ging auf ihre Sorgen ein. Als sie Madame Napoule wegen deren Schatten unter den Augen ihr Bedauern ausgesprochen hatte, daß sie lange habe aufbleiben müssen, warf die über diesen Mangel an gesellschaftlichem Anstand zunächst Empörte der Taktlosen einen niederschmetternden Blick zu. Dann, selbst erstaunt, daß sie weniger erzürnt war, als sie hätte sein sollen, fand sie es im Gegensatz zu der Rolle, die sie in der Welt spielen mußte, sehr angenehm, jemanden zu treffen, dem sie die Wahrheit sagen konnte. Sie ließ eine Bemerkung, darauf eine weitere über ihr Eheleben fallen. Bald gab es nichts mehr, was Adeline nicht über Monsieur Napoules Untreue wußte oder über die langen, schlaflosen, verzweifelten Nächte seiner Gemahlin in dem vom unbeständigen Ehemann verlassenen Bett. Nach diesem Geständnis bestellte die Kundin zwei zusätzliche breitkrempige Hüte und eine Kreation, die sie eine Stunde zuvor nicht hatte haben wollen, und gab dem jungen Mädchen Gelegenheit zu entdecken, daß die beste Methode, Hüte zu verkaufen, nicht darin besteht, sie beharrlich zu loben.

Wenn eine Windstille in den Enttäuschungen ihres Privatlebens den Damen ein wenig Ruhe gönnte, unterhielten sie sich damit, die Neugier des Lehrmädchens durch Tratsch über die letzten gesellschaftlichen Ereignisse zu kitzeln. Während sie die Broschen ansteckte, merkte Adeline sich die Namen, die Familien- und Vermögensverhältnisse. Die Herzogin von Kent war in Le Havre von Bord gegangen; Prinz Georg von Griechenland gab ein Fest im Hotel Meurice; die Houdard de la Motte trennten sich; Monsieur Schneider vom jüngeren Zweig der Familie hatte ein Stadthaus am Cours-la-Reine gekauft; die Herren Michelin mieteten das Marsfeld und annektierten für einen Abend den Eiffelturm, um einen auswechselbaren Fahrradreifen zu lancieren; Madame Ibarruri verheiratete ihre Tochter. Adeline verschlang diese Nachrichten. Auch verstand sie es geschickt, die Namen der besten Lieferfirmen von Paris zu erhalten. Ja, für Visitenkarten und Anzeigen war es immer noch Butler & Sons; sie atmete erleichtert auf. Doch das in hellroten Perkal gebundene Buch war in den meisten Punkten nicht mehr auf dem laufenden. Bei Foucher gab es zur Zeit die beste Schokolade; um Blumen zu kaufen, ging man nicht mehr zu *Au bouquet quotidien*, sondern zu *A la corbeille d'orchidées* in der Rue Matignon; und was die Tischwäsche betraf, dachte wohl niemand daran, sie anderswo als bei Marguerite Dubois in der Rue Guénégaud zu besorgen, trotz der Unannehmlichkeit, die Seine überqueren zu müssen.

Madame Peillart, Modeberichterstatterin beim *Figaro*, von der sie die Adresse des *Caviar de la Volga* hatte, belustigte es, Adeline an Artikeln Interesse nehmen zu sehen, die ihre Mittel offenbar überschritten. Sie zog die Unterredung in die Länge, und da sie feststellte, mit welcher Genauigkeit des Vokabulars das junge Mädchen jedes modische Beiwerk bezeichnete und mit welcher Klarheit der Ausdrucksweise es auf Fragen antwortete, fragte sie Adeline, ob sie nicht einen kurzen Artikel (»selbstverständlich unsigniert, meine Kleine«) über die nächste Hutkollektion schreiben wolle. Sie mache sich anheischig, fügte die allmächtige Journalistin hinzu, ihn am Ende einer ihrer Berichterstattungen unterzubringen.

Adeline verbrachte eine schlaflose Woche. Ihre Mutter brachte ihr jede Stunde eine Tasse Kaffee. Der Artikel wurde von Madame Pichon zum *Figaro* getragen und gegen eine Empfangsquittung in der Portiersloge abgegeben. Täglich kaufte Adeline die Zeitung in der Hoffnung, ihre zwanzig Prosazeilen darin zu finden. Ihre Unterschrift war ihr kaum wichtig: im Gegenteil, es wäre für sie eine Qual gewesen, den Namen Pichon öffentlich zuzugeben. Sie wollte, indem sie sie schwarz auf weiß gedruckt sah, beurteilen, ob ihre Mitteilung fachmännischen Ton hatte. Einen Monat lang, bis zur Vorführung der Kollektion, verschlang sie Madame Peillarts Artikel. Deren Stil schien ihr so überladen, so altmodisch, den durch den Eiffelturm, das Fahrrad und das elektrische Licht symbolisierten Bestrebungen der neuen Welt so wenig gemäß zu sein wie die Blumenpyramiden der Schwestern Poncelet. Im letzten dieser Artikel, der am Tag nach dem Defilee erschien, glaubte sie, was sie selbst geschrieben hatte, wiederzuerkennen, aber in Schwulst verpackt und durch unangebrachte Emphase entstellt. Madame Pichon bereitete mit den letzten Sous aus der Geldkatze eine Drachenkopf-Bouillabaisse zu, damit ihre Tochter diese Enttäuschung vergessen sollte. Doch Adeline hatte nicht den Ehrgeiz, eine Schriftstellerin sein zu wollen: die Mißgeschicke des »kleinen Cabanel« hatten sie über die Lächerlichkeit literarischer Einbildungen belehrt. Wenn sie vom Ausgang ihrer ersten und, wie sie dachte, letzten Einmischung ins Reich des bedruckten Papiers enttäuscht war, so weil sie sah, daß eine zum Nutzen der Leserinnen gut, ehrlich und ohne Anmaßung ausgeführte Arbeit sich in ein Bravourstück verwandelt hatte, das von schlechter Qualität und unnütz war.

Ihre Bestrebungen zielten höher. Der Alltag demütigte sie mit prosaischen Notwendigkeiten. Der Winter war für die beiden Frauen sehr hart. Bald hatten sie kein Geld mehr, um den Kohlenhändler zu bezahlen; das Wasser gefror im Krug; und die Trinkgelder gingen für kostspielige, in einem Beruf, der ihre Hände den Blicken der Kundinnen aussetzte, aber unerläßliche Salben gegen Adelines Frostbeulen dahin. Das Kalbfleisch machte undefinierbaren Ragouts Platz: die mit der gleichen Hingabe zusammengebrauten wurden mit der gleichen Begeisterung gegessen. Madame Pichon nähte für Tageslohn. Nach dem Abendessen arbeitete ihre Tochter mit ihr bis spät in die Nacht. Weit davon entfernt, sich niederdrücken zu lassen, schöpfte sie vielmehr aus dem Unglück gesteigerte Tatkraft. Wer sie nähen und mit der Nadel die doppelte Dicke des Saums glatt durchstechen sah, hätte verstanden, daß sie ihren Plan nicht aufgegeben hatte.

Eines Abends fand sie ihre Mutter in Tränen. Auf dem Bett lag ein Brief, der den Stempel eines Standesbeamten trug. »Nun?« fragte Adeline. Ihre Mutter konnte vor Schluchzen nicht sprechen. Adeline nahm den Brief: der Notar aus Toulon teilte ihnen mit, daß Monsieur Pichons Hinterlassenschaft in seiner Kanzlei zu ihrer Verfügung liege. Adeline blickte in das verwüstete Gesicht ihrer Mutter. »Er ist also ... Er ... Er ...« Neuer Weinkrampf. »Papa ist tot«, sagte Adeline an ihrer Stelle. Wenigstens kann ich mir vorstellen, daß sie einen solchen, ihrem nüchternen Geist gemäßen Satz sagte. Ich laufe auch nicht Gefahr, mich zu täuschen, wenn ich vermute, daß dieser lakonischen Grabrede eine Ermahnung zur Ordnung folgte. Frühe Grausamkeit bei Adeline? Oder genaue Beurteilung der Realität?

»Warum hast du heute nicht gearbeitet?« fragte sie und wies auf die seit dem gestrigen Tag auf dem Deckel des Koffers, der ihnen als Truhe diente, angehäuften Hemdkragen. Und um ein Beispiel zu geben, fädelte sie eine Nadel ein und biß mit einem Ruck den Faden ab.

Madame Fabres Brief traf erst tags danach ein. Der Postbote, erstaunt, weil er vergeblich am Häuschen läutete, war durch das offene Fenster eingestiegen. Der Tod mußte schon mehrere Tage zurückliegen, denn der Zustand des Verstorbenen zwang dazu, ihn sofort zu begraben, nachdem sein Bruder, stellvertretender Bahnhofsvorsteher in La Seyne, den erforderlichen Identifizierungsschein unterzeichnet hatte. Adeline überging die Beileidsbekundungen der Gattin des Regenschirmfabrikanten. Sie brannte darauf, eine Frage zu stellen, die sie aus Respekt vor ihrer Mutter zurückhielt.

»Er wird uns wenigstens so viel hinterlassen haben, daß ich mir das da kaufen kann«, dachte sie am nächsten Tag, als sie auf dem Faubourg Saint-Honoré in das dem Atelier der Schwestern Poncelet gegenüberliegende Geschäft für Reitsportartikel eintrat. Sie verließ es mit dem heißbegehrten Gegenstand, der ihre letzten Francs gekostet hatte. Bis zur Rückkehr ihrer Mutter ernährte sie sich eine Woche lang morgens von einem in Milchkaffee getunkten Hörnchen und abends von einem Brotkanten mit Knoblauch – Knoblauch, dem Gewürz der provenzalischen Tagelöhner, dessen ihr noch vor kurzem widerlichen Geruch sie mit Rührung einatmete. Das am Fensterverschluß über dem Koffer aufgehängte Symbol ihres neuen Lebens hatte ihr die Kraft verliehen, nüchtern zu arbeiten.

Madame Pichon kehrte aus Toulon zurück. Mit dem ersten, von ihrem Erbteil abgezogenen Geld hatte sie sich eine vollständige Trauerkleidung gekauft: Hut, Schleierchen, Kleid, schwarze Handschuhe und Schuhe. Als sie ins Zimmer trat, stieß sie einen Schrei aus: am Fenstergriff hing eine elegante Reitpeitsche, die in einer Schmicke aus zwei geflochtenen Lederriemen endete.

»Das ist ein Stick«, erklärte ihr Adeline, und um ihr dessen Geschmeidigkeit zu zeigen, bog sie den aus einem Haselnußzweig zugeschnittenen Stiel vor ihrer Nase.

»Ach, mein Liebling, könntest du das nicht eine Reitgerte nennen! In Toulon mögen wir die englischen Bezeichnungen nicht. Als wir aus dem Totenamt für deinen armen Vater kamen, hat mich Kapitän Floriot erst wieder daran erinnert. ›Monsieur Pichon hatte sich geschworen, die englischen Worte ins Meer zu werfen, wie Bonaparte die englische Besatzung aus Toulon gejagt hatte. Bei meiner Seemannsehre, Madame Pichon, ich schäme mich für die französische Marine, daß sie in englischen Meilen zählt.‹ Wie sehr muß ich deinem Vater durch den törichten Einfall meines ›Raout‹ weh getan haben, mein Liebling! Wie sehr zu spät werden doch die Dinge für unseren Grips faßbar!«

»In Paris sagt man: ein Stick, Mutter. Monsieur Tarouille ist nicht mehr da, um uns mit seiner Gier nach afrikanischem Kaffee auf die Nerven zu gehen.«

»Weißt du, ich und Politik ... Ich sagte das nur, um ... aus Rücksicht auf deinen Vater ... Er hatte sein Gedicht auf ein in Marseille ausgetragenes Footballspiel *Ode auf den runden Ball* betitelt ...«

In Wirklichkeit kam es Madame Pichon kaum darauf an, ob der von ihrer Tochter gekaufte Gegenstand den oder einen anderen Namen trug. Sie hatte das Gespräch nur deshalb auf Toulon, den Erbfeind der Provenzalen und die lexikographischen Folgen der Anglophobie gelenkt, weil sie sich davor fürchtete zu fragen:

»Eine Peitsche, Gott im Himmel, um was damit zu machen?«

Verblüfft über Adelines neue Unternehmung und wie versteinert sah sie die Lederschmicke über die Möbel knallen und ihr armseliges Heim peitschen, als ob die Hand, die sie lenkte, eine durch ihre elende Existenz enttäuschte Herrschsucht befriedige. Ohne auf die Frage zu warten, antwortete das junge Mädchen von sich aus:

»Der Stick ist nur das erste Stück der Ausrüstung. Wieviel hat er uns hinterlassen?«

Unfähig, die Summe unverblümt mitzuteilen, wies Madame Pichon mit einer abgerundeten Armbewegung, einer anmutigen Erinnerung an ihre Toulonaiser »Halbabende«, auf das Dokument, das aus ihrem klaffenden Handtäschchen hervorsah. Adeline überflog das Papier.

»Nach dem Stick«, sagte sie, »werde ich das vollständige Reitkostüm kaufen. Und Stunden nehmen in Begleitung von Madame Armelle, die mir versprochen hat, mich in die Reithalle mitzunehmen.«

Dieser Beschluß ließ ebensowenig eine Erwiderung zu wie der, in der Nähe des Bois zu wohnen, bildete gewissermaßen seine Ergänzung. Ehe sie das Haus verließ, zog Adeline ihrer Mutter den schwarzen Schleier und Filzhut aus und hißte sie ins höchste Gefach des Wandschranks oben auf den Stapel Blumenhüte, die seit ihrem Einzug in Paris nicht mehr gebraucht worden waren.

10

Begegnung im Bois

An einem schönen Junisonntag wurde ein Reiter, der in leichtem Trab die Allée du Pré-Catelan hinabritt, von einer scheuenden Stute überholt, über die die Reiterin die Gewalt verloren zu haben schien. Der Reiter gab seinem Pferd die Sporen, packte die Stute am Zügel und sprang ab, um ein vor Aufregung ganz bleich gewordenes junges Mädchen in den Armen aufzufangen.

»Danke, mein Herr«, sagte sie mit einem Knicks.

Er war einen Schritt zurückgetreten und hatte seine Mütze gelüftet.

»Sie reiten ein perikuloses Tier«, sagte er, mit Kennerauge die krausen Nüstern der Stute prüfend. »Ich wollte sagen: ein gefahrliches«, fügte er nach einem Augenblick hinzu.

Wiederum bewahrte er ein kurzes Stillschweigen, dann:

»Wissen Sie, Mademoiselle, ich bin transalpinisch und bitte Sie deshalb, Nachsicht zu uben.«

Der Mann, der so zu ihr sprach, mochte fünfundzwanzig Jahre alt sein. Doch angesichts des fahlen Teints, des schweren Kinns, der von dichten vortretenden Augenbrauen in ausdruckslosen Schatten versenkten Augen, des Mundes, den jedes Wort Anstrengung zu kosten schien und der, nachdem er um *Nachsicht* gebeten hatte, offenbar auf andere Mittel als die Gesprächigkeit setzte, um sie zu erhalten, angesichts der langsamen, sparsamen, auf das strikt Notwendige beschränkten Gesten, hatte Adeline weder einen Eindruck von Jugend noch von Italienertum, obwohl sie sich von einem stärkeren Magnetismus als dem des körperlichen Reizes angezogen fühlte. Ähnlich wie die am Portal einer Kathedrale Wache haltenden Statuen aus einem fernen Mittelalter aufzutauchen scheinen, schien auf den kurzen Jahren des Unbekannten die Last mehrerer Jahrhunderte zu liegen. Da ihm nichts mehr einfiel, was er dem jungen Mädchen sagen konnte, blieb er, nachdem er seine Mütze wieder aufgesetzt hatte, wie angewurzelt vor Adeline stehen. Diese in ihrem Lehrbuch des guten Benehmens nicht vorgesehene Situation stimulierte Adeline.

»Oh! ich bin es vielmehr, Monsieur, die eine sonderlich gute Reiterin nicht ist.«

Ein Schimmer des Erstaunens glänzte im trüben Augapfel des jungen Mannes auf, als ob die Hartnäckigkeit seiner Gesprächspartnerin, eine für ihn nach den üblichen Höflichkeitsbezeigungen erloschene Unterhaltung wiederzubeleben, ein Zeichen außergewöhnlicher Energie sei.

»Trägt Ihr Stallbursche dafur Sorge, daß sie jeden Tag geburstet wird?« murmelte er schließlich nach einem langen Schweigen, das er dazu verwandt hatte, seinen Arm in Höhe der Stute zu heben.

Sie wagte nicht zuzugeben, daß sie das Tier im Reitstall der Hortensias mietete.

»Gewiß«, sagte sie dreist.

»Er hätte diesen Ring auswechseln mussen.«

Sie ging näher herzu.

»Der Zaum hat zuviel Spielraum. Erlauben Sie mir, Ihnen einen neuen Ring zu bringen. Wenn Sie mir die Adresse Ihres Stalls geben wollten ...«

»Ach nein, Monsieur!« rief sie. »Ich wohne hier ganz in der Nähe. Der Wächter ist immer in seiner Loge.«

Sie reichte ihm ihre Karte und hoffte, daß die Worte *RUE SPONTINI* die gewünschte Wirkung erzielen würden. Er warf kaum einen Blick darauf, unterließ es, mit dem Finger festzustellen, ob die Buchstaben graviert waren, öffnete seine Brieftasche und brachte die Karte dort kommentarlos unter, was Adeline als ein noch deutlicherer Hinweis darauf erschien, daß er sich in der vornehmen Welt auskannte. Als Ersatz dafür wurde aus der Brieftasche die Karte des Unbekannten gezogen, auf der sie las

DON RAIMONDO VASCONCELLOS

Botschaftssekretär

Sie fürchtete, daß er sie fragen würde: ›Und Sie, Mademoiselle, wo arbeiten Sie?‹, aber der Gedanke daran, daß sie für diesen mit dem Bois Vertrauten die Besitzerin einer englischen Fuchsstute war, zu deren Personal sogar ein Stallbursche gehörte, bewahrte sie vor der Anstrengung, eine neue Lüge vorzubereiten.

Er verneigte sich, sie dankte ihm noch einmal dafür, daß er sie gerettet habe, er saß wieder auf mit einer Gewandtheit, die bei einem so ungraziösen, schwerfälligen Menschen überraschte, dann kehrte er um und entfernte sich, nicht, wie sie von einem von seiner Großtat berauschten Paladin erwartet hatte, in gestrecktem Galopp, sondern im leichten Promenadentrab.

Die Krone von Savoyen fehlte auf der Visitenkarte des Botschaftssekretärs, wie auch die Erwähnung des vertretenen Landes. Zunächst war sie enttäuscht. Sie hätte gewünscht, daß derjenige, der sich für sie in Gefahr begeben hatte, irgendein glänzendes Emblem zur Schau trug. Dann, als sie an den sonderbaren Jungen dachte, der wegen der seine Züge verwischenden und ihn jedes Feuers beraubenden Schlaffheit weder wirklich schön war noch bar eines gewissen, auf seine starken Kinnbacken, die dunkelbraune Höhle seiner tiefliegenden Augen und die ungewöhnliche Dauer seiner Blicke zwischen zwei Lidschlägen beschränkten Charmes, erinnerte sie sich, daß er ihre Stute mit einer einzigen kühnen Bewegung in vollem Lauf aufgehalten und diese Leistung vollbracht hatte, ohne seine schläfrige Miene aufzugeben. Der Nüchternheit seines Mutes entsprach die Einfachheit seiner Visitenkarte. Ganz erfüllt von ihrer Begegnung lief sie nach Hause.

»Er ist nicht adelig«, sagte Madame Pichon sofort. »Er hat kein Adelsprädikat.«

»Und Graf Riberi, hatte der vielleicht ein Adelsprädikat?« entgegnete Adeline, die sich dazu entschloß, die während des letzten »Raouts« in Toulon eroberte Trophäe der Mutter unter die Augen zu halten.

Madame Pichon gab sich nicht geschlagen.

»Was sagt das Handbuch dazu, das Madame Magali Duperron dir verkauft hat?«

Vergeblich blätterten sie das kostbare, über diese schwerwiegende Frage jedoch schweigende kleine Werk durch. Die ungläubige Mutter, die fürchtete, ein Schwindler könne ihr

Kind hintergehen, mußte schließlich zugeben, daß der Vergleich der beiden Karten dem Reiter im Bois nicht zum Nachteil gereichte. Das DON erschien ihnen beiden als eine unerschöpfliche Quelle des Mysteriums: es mußte sich um einen geheimen Ritterschlag handeln, der einen mit der Eitelkeit der üblichen Titel nicht vergleichbaren Ruhm verlieh. Die anderen hatten es nötig, unter der Krone ihres Herrschers Schutz zu suchen: jener, obwohl ebenfalls ein Diplomat, leuchtete allein durch den Glanz dieses entscheidenden Monosyllabums.

Vasconcellos: der Name läßt Adeline an ein großes Kriegsschiff denken, dessen Segel auf dem brausenden Ozean schwellen; ein solcher Familienname würde genügen, um sie für die zwanzig Jahre Küstenschiffahrt unter der beschämenden Flagge der Pichon zu entschädigen; und sie sieht sich unter dem neuen Banner die azurnen Fluten der vollkommenen Glückseligkeit teilen... Die beiden über ihre Arbeit gebeugten Frauen wogen die von Adeline an den folgenden Sonntagen heimgebrachten Hinweise ab. Man erfuhr, daß er Sizilianer war und daß diese Eigenschaft für ihn bei weitem Vorrang hatte vor denen, Diplomat und Italiener zu sein. »Was hat er dir gesagt? Was hat er dir gesagt?« erkundigte sich Madame Pichon besorgt. Aber der *Signore* aus dem Bois (sie konnten sich nicht dazu entschließen, ihn unter sich »Monsieur«, eine zu farblose Bezeichnung, oder »Don Raimondo«, ein zu familiärer Ausdruck für eine so großartige Persönlichkeit, zu nennen) tat kaum den Mund auf, wenn er neben dem jungen Mädchen dahingaloppierte.

Diese Einsilbigkeit, Verachtung der Worte gerade bezauberte sie als der Beweis, daß er die Kraft nicht aus seinen individuellen Eigenschaften schöpfte, sondern aus dem Reservoir einer Tradition der Vorväter. Die Jahrhunderte seiner Insel, seiner Rasse sprachen aus ihm, für ihn anstelle des durch diese wunderbare Bürgschaft überflüssig gewordenen Redetalents. Er hatte es nicht nötig, sich wie der gewöhnliche Sterbliche anzustrengen, um zu gefallen und in sich verliebt zu machen; er schwebte außerhalb der Zeit in einer Art friedvoller Ewigkeit. Seine stets trägen Gesten, seine langsame, gemessene Sprache, sein abwesender, in einer unzugänglichen Träumerei verlorener Blick täuschten diejenige, die Tag für Tag um das Überleben kämpfen, den Trubel des Ateliers ertragen, ihren Kundinnen Märchen auftischen und deren Geschwätz aufmerksam zuhören mußte. Ihr Vater war wie ein Hund gestorben, verlassen wie ein Hund. Sie hatte keinerlei Tradition hinter sich, die ihr den Rücken stärkte, außer dem auf ihrer täglichen mühsamen Arbeit gründenden Beweis keinerlei Gewähr für ihren eigenen Wert. Alles was sie war, verdankte sie nur sich selbst; und wenn diese Überzeugung sie auch manchmal beflügelte, fühlte sie sich doch in anderen Fällen vom gleichen Schwindel gepackt, der den Bergsteiger erfaßt, wenn er sich nach Überwindung einer Steilwand umdreht und nichts als Leere hinter sich sieht. Der Reiter im Bois schien nie Angst zu haben, auf Erden allein zu sein. Er hatte sein Land, sein Haus, seine Eltern, seine Freunde Tausende von Kilometern hinter sich gelassen, aber ihr Murmeln begleitete ihn auf seinen schweigsamen Ritten.

Konnte sie ahnen, daß sie ihn aufgrund einer gegensätzlichen Täuschung faszinierte? Der Nachkomme einer Familie, die von den Jahrhunderten verbraucht, von ihren Privilegien geschwächt, durch Untätigkeit entkräftet, von der afrikanischen Sonne verzehrt war und den Vorrat an Vitalität erschöpft hatte, begann sich einzubilden, daß er durch die Verbindung mit dieser frischen Willensstärke, diesem jungen, lebhaften Blut die eigene Apathie abschütteln würde. Sie würde ihm die Kraft mitteilen, die nötig war, um dem vom Whist, von den Diplomatenbällen und einem Temperament ohne Schwung unterstützten Müßiggang zu entrinnen; die bedrohte Rasse der Vasconcellos würde diesmal noch nicht erlöschen; und bei jedem Galoppsprung ihrer Pferde fühlte er die Unabwendbarkeit des Niedergangs hinter sich zurückweichen.

Erste und einzige Kulisse ihrer Begegnungen: die Alleen des Bois. Sie sahen einander während der ersten Zeit ihrer Geschichte nie anders als jeden auf seinem Pferd. Der Reitsport war die einzige Leidenschaft meines Vaters: er hatte um den Posten in Paris nachgesucht, um den Pferderennen von Longchamp beiwohnen zu können. Das Wort übertrifft die Wirklichkeit jedoch bei weitem. Wer »Leidenschaft« sagt, meint innere Durchdrungenheit, Einsatz, Intensität des Gefühls. Mein Vater war nahezu zu Pferd geboren worden, in seiner frühesten Jugend hatte man ihn auf den Rücken eines Jungtiers aus unseren Ställen geworfen, da das Pferd oder das Maultier in den gebirgigen Gegenden Siziliens das einzige Transportmittel darstellte. Don Raimondo Vasconcellos, perfekter Reiter, galoppierte und voltierte auf den schwierigsten Tieren, doch ohne jegliche Energie und ohne persönliches Vergnügen dabei. Adeline dagegen, für die das Pferd ein finanzielles Opfer darstellte, eine Willensanstrengung und einen Sieg über die Furcht, verwandelte denjenigen, der ihr zu Hilfe geeilt war und sich, ohne die geringste Erregung zu zeigen, auf die scheuende Stute gestürzt hatte, in einen Helden. Nach dem anfänglichen Irrtum bezüglich des »Don« eröffnete die Unklarheit über die Rolle des Pferdes im denkbar unromantischen Leben meines Vaters die lange Reihe der Mißverständnisse zwischen Adeline und dem Reiter im Bois.

Er gab den Ring für die Stute in der Portiersloge der Rue Spontini ab. Einzelheiten, die nicht das Pferd betrafen, interessierten ihn nicht, er bemühte sich nicht darum, in der Wohnung empfangen zu werden. Dieser gänzliche Mangel an Neugier, mit dem Adeline gerechnet hatte, war den beiden Frauen, die eine Bitte um Besuchserlaubnis in Verlegenheit gebracht hätte, nur dienlich. Um ihm für den Ring zu danken, verfertigte das Mädchen eine Margerite aus rotem, weißem und grünem Stoff, den italienischen Farben. Er nahm sie ihr aus den Händen und steckte sie in seine Westentasche, ohne die Blume auch nur anzuschauen. Sie erwartete, Komplimente zu hören. Er sagte kein Wort des Dankes und sprach nie mehr von ihrem Geschenk. Dieses Verhalten erhob ihn noch um einige weitere Grade in ihrer Bewunderung. Trotzdem riet ihr der Instinkt, ihrer Mutter zu erzählen, der *Signore* sei in einen Strom von anerkennenden Worten ausgebrochen. Madame Pichon war zu französisch, zu konventionell, um die höchste Eleganz eines Mannes würdigen zu können, der, darauf bedacht, einen nichtssagenden Austausch von Höflichkeiten kurz abzubrechen, ihr Geschenk außer Reichweite der üblichen Anstandsfloskeln gebracht hatte.

Eines Sonntags fehlte sie im Bois. Obwohl sie sich früh im Reitstall eingestellt hatte, hatte der Tierpfleger den Fuchs schon vermietet. Sie wollte erfahren, wer denn so frühmorgens aufgestanden war. Ihr wurde geantwortet, Madame Armelle, die gewöhnlich den Rappenhengst ritt, habe die Stute verlangt. Adeline begriff, daß sie, indem sie aufhörte, ihre Kundin in den Bois zu begleiten, einen Fehler begangen hatte, und daß diese, neidisch, sie mit einem jungen Mann von so gutem Äußeren reiten zu sehen, ein Mittel gesucht hatte, um sich zu rächen. Wütend auf sich selbst fuhr sie den diensthabenden Reitknecht, der ihr den Braunen mit der Blesse anbot, an und kehrte ganz betreten nach Hause zurück.

Am übernächsten Tag, dem Dienstag, brachte der Concierge ein an sie adressiertes Päckchen herauf. Sie hinderte ihre Mutter daran, das Papier aufzureißen, löste sorgfältig die Verpackung und öffnete mit der gleichen Gelassenheit ein prachtvolles, mit dem Wappen von Van Cleef & Arpels versehenes Etui. Auf der Seidenpolsterung lag ein Halsband aus blauen Steinen, von der Farbe ihrer Augen.

»Ich bitte dich«, sagte sie schroff zu ihrer Mutter, die sich das Halsband probeweise um den eigenen Hals gelegt hatte und einen mit immer geräuschvolleren »Barmherziger!« gespickten Dithyrambus anstimmte.

»He! He! Man macht sich wohl etwas vor, mein Kleines«, sagte Madame in geziertem Ton, als sie sah, mit welcher Gleichgültigkeit Adeline den Schmuck prüfte. »Gib nur acht, daß du nicht zu hoch hinauswillst!«

Doch wenn die von der unerwarteten Sendung überrumpelte Adeline ihre Ruhe bewahrte, so weil sie beim häufigen Zusammenkommen mit dem schläfrigen Reiter verstanden hatte, daß bei ihm die Dinge kamen, wenn sie kommen mußten, zur festgesetzten Zeit mit der ruhigen Notwendigkeit der natürlichen Ereignisse. Nichts wäre unpassender gewesen, als die Weihegabe des schweigsamen *Signore* mit lautstarken Äußerungen entgegenzunehmen.

Es fiel schwerer, die nächste Etappe in der Eskalation der Aufmerksamkeiten gelten zu lassen. Weihnachten rückte näher. »Wird er mir wieder ein Geschenk machen?« fragte sie sich. Das Halsband, es war eine Botschaft der Besorgnis wegen ihres Fernbleibens am Sonntag, ein Bittgesuch, an ihren Begegnungen festzuhalten. Würde er an Weihnachten von den Türkisen zu Saphiren übergehen? Ihre Mutter reichte ihr einen Brief mit dem gedruckten Absender von Van Cleef & Arpels. Sie zögerte, ehe sie den Umschlag öffnete, sie hatte Herzkopfen. Welches Schmuckstück bat man sie abzuholen? Ohrringe, Brosche, Armband oder, noch offenkundigeres Symbol, einen Ring, der sie einer dem anderen verpflichtete? Ein Ring, ein Ring, gebe der Himmel, daß es ein Ring ist!

Sie riß das Papier auf. Es war die Rechnung der Herren Van Cleef & Arpels für das am 2. dieses Monats gekaufte Türkishalsband. Zuerst mochte sie ihren Augen nicht trauen. Die sich auf mehrere hundert Francs belaufende Rechnung war tatsächlich an Mademoiselle Adeline Pichon, 15, Rue Spontini adressiert. »Zahlbar zu einem der Kundin genehmen Termin.« Sie trat auf die Straße hinaus, um den Schimpfkanonaden ihrer Mutter auf die Spaghettifresser, gefolgt von Klagen über ihr eigenes Los, auszuweichen und allein bis zu den ersten Bäumen des Bois zu gehen. In ihrem Kopf vollzog sich ein schnelles Kalkül: auf dieses Kalkül setzte sie ihre Zukunft. Entweder bringe ich als Französin, dazu erzogen, die Korrektheit im Geschäftsleben zu respektieren, das Halsband zur Place Vendôme zurück und löse einen Skandal aus. Oder ich versuche anzunehmen, daß der *Signore*, im Wunsch, mich auf die Probe zu stellen, es darauf anlegt zu sehen, ob ich die triviale Reaktion einer beleidigten Kleinbürgerin zeigen werde. Oder aber, wenn man in Sizilien ein Geschenk macht, ist es Sache des Empfängers, es zu bezahlen: und weit davon entfernt, ihr unsinnig zu erscheinen, erhöhte diese Hypothese den Nimbus der fernen, rätselhaften Insel, wo nichts so geschah wie anderswo.

Sie kehrte nach Hause zurück, entschlossen, keine klägliche Figur abzugeben, sondern das Halsband mit der Restsumme ihres Erbteils zu bezahlen. Auch mißfiel es ihr nicht

– das Argument stellte sich ihrem Geist noch nicht als solches dar, muß aber ihre Entscheidung bereits beeinflußt haben –, daß sie in eine Welt eintrat, in der die Männer sich die Glanzrolle, die hübschen Gesten, die zarten Aufmerksamkeiten vorbehalten, jedoch die durch das Geld bewirkte Macht den Frauen überlassen bleibt. An jenen ist es, den Schmuck auszuwählen, an diesen, die Rechnung zu bezahlen, die ihren Besitz bestätigt. Nach den Monaten harter Arbeit, in denen der Verdienst jedes Franc ihr eine besondere Art von Genuß verschafft hatte, beabsichtigte sie nicht, am Tag ihrer Heirat an ihren Mann, wer der auch sein würde, ein Vorrecht abzugeben, das so stark macht.

Als sie den *Signore* wiedersah, dankte sie ihm für sein schönes Geschenk – und verwirrte sich um so mehr in ihren Worten, als er ihr, ohne zu antworten, zuhörte und mit seinem Blick, der zwischen zwei Lidschlägen minutenlang weit offen bleiben konnte, einen unsichtbaren Gegenstand in der Ferne fixierte. Sie hatte sich geschworen, nichts zu sagen, aber der Drang zu sprechen siegte über ihren Willen, es war gleichsam die Huldigung, die eine geschwätzige, wortreiche, niedrigere der stolzen sizilianischen Kultur darbrachte. Von der Rechnung, dem Geld, um sie zu bezahlen, war nicht die Rede zwischen ihnen – an diesem Tag nicht, noch jemals später. Die Spazierritte unter den Bäumen wurden wiederaufgenommen, so als ob der Transfer eines Schmuckstücks im Wert von sechshundert Francs aus der Auslage auf der Place Vendôme an den Hals der jungen Reiterin ebensowenig ein überraschendes Ereignis sei wie das Fallen der letzten Blätter in den Alleen des Pré-Catelan und die winterliche Entlaubung des Bois.

Sie glaubte, daß sie ihn nie dazu bewegen würde, seine Zurückhaltung aufzugeben, doch er fand die Möglichkeit, sie noch einmal aus der Fassung zu bringen. Ohne Vorankündigung zog er eines Sonntags einen Brief aus seiner Weste und teilte ihr mit der gewohnten Ruhe mit, daß ihre Hochzeit im kommenden Frühjahr stattfinden werde. Seine Mutter hatte ihm gerade geschrieben und ihm gestattet, eine Frau zu nehmen. Die *Signorina Adelina* wurde als Schwiegertochter gebilligt. Seine Schilderung der englischen Fuchsstute, des Türkishalsbandes und der Karyatiden der Rue Spontini hatte über die mütterlichen Einwände gegen die Verbindung mit einer Ausländerin triumphiert. Er mußte Adeline nun seiner Mutter, seinem Vater, seinem Bruder, der ganzen Hausgemeinschaft zuführen und vorstellen, desgleichen der Gesellschaft von Girgenti, wo die Hochzeit stattfinden würde.

»Aber nicht vor dem Sankt-Josephs-Tag.«

»Nicht vor dem Sankt-Josephs-Tag?« stammelte Adeline, die sich an diese kleine Einzelheit klammerte, um ihre Verblüffung zu verbergen.

»Nicht vor dem Sankt-Josephs-Tag«, wiederholte der *Signore* mit ungewöhnlicher Entschiedenheit, als sei das Hochzeitsdatum der einzige Punkt, der eine Diskussion auslösen könnte.

11
An Bord der Elettrico

Am 18. März 1890 fuhr das Dampfschiff *Elettrico*, dessen Geschwindigkeit von acht Knoten und dessen rauchspeiender Kamin, trotz der Kühnheit, mit der es den Gipfel der Wogen erklomm und inmitten von Schaumfontänen wieder in die Wellentäler sank, den herausfordernden Namen Lügen straften, in den Hafen von Sciacca, die letzte Zwischenstation vor Girgenti, ein. Es hatte in Palermo abgelegt, und, da es der kürzlich eröffneten Atlantik-Linie zugewiesen worden war, in Trapani eine Tonne Meersalz übernommen, in Marsala Fässer Süßwein geladen, Cap Lilibeo umfahren und bereits in der Dunkelheit seine Fahrt der Südküste Siziliens entlang begonnen.

In Sciacca, einem ärmlichen Martkflecken von wenigen tausend Einwohnern, warteten im Schein von vier neuen Acetylenkugellampen zwei Männer auf der Mole.

Der eine, der ein Gewehr umgehängt, ein Jagdkostüm aus kastanienbraunem Samt, einen Patronengürtel, einen Dolch, bis zu den Knien reichende staubige Stiefel und auf dem Kopf eine eigenartige, in einer ihm auf die Schulter fallenden Quaste endende Wollmütze trug, stieß auf dem Laufsteg das Halbdutzend Passagiere, die aussteigen wollten, beiseite. Er ging über das Deck, stieg über einen Eierkorb hinweg, prallte gegen zwei schwarzgekleidete, in ihre Tücher eingemummt dahockende alte Frauen, kletterte die zum Heck führende Treppe hinauf und erschien auf dem Hinterkastell.

»*Vossignoria, bacio le mani*«, sagte er, als er sich dem trotz der noch frühen Jahreszeit weißgekleideten Mann näherte, der sich an die Reling lehnte. Der Angesprochene drehte sich um zu dem Neuankömmling, dem er – nicht ohne sich bei den beiden Damen in blaßblauen Toiletten und malvenfarbigen breitkrempigen Hüten, die, als das Schiff landete, zu ihm getreten waren, zu entschuldigen – seine zarten weißen Hände entgegenstreckte.

Derjenige, den Adeline wegen seiner Aufmachung, seiner Waffensammlung, der Dreistigkeit seiner Manieren für einen dieser Räuber gehalten hätte, von denen Madame Pichon ganz Sizilien unsicher gemacht glaubte, nahm seine Mütze ab und verneigte sich demütig vor Ignazio Florio jun. – denn der elegante junge Mann war kein anderer als der Sohn und künftige Erbe des schwerreichen Ignazio Florio aus Palermo, von seinem Vater beauftragt, die Einkünfte aus ihren Ländereien in dieser an Mandelbäumen fruchtbaren Gegend entgegenzunehmen, die vor kurzem in Comitini erworbenen Schwefelgruben zu inspizieren und zusätzlich bei meinem Vater, dem jüngeren Bruder des Verwalters seiner Minen, als Trauzeuge zu fungieren. Der Verwalter seiner Landgüter – der rüde Kerl mit Flinte und Stiefeln – war zu Pferd aus Girgenti herbeigeeilt, um ihm die Abrechnungen über verschiedene Ernten vorzulegen; und jetzt ließ er, tief gebückt vor seinem mit dem Brenneisen gelockten und pomadisierten Gebieter, den Worten die Tat folgen und drückte seine von der Trockenheit und dem Staub schrundigen Lippen auf zwei Hände, die nie eine andere Arbeit kennengelernt hatten als die, eine Zigarre anzuzünden.

»*Bacio le mani*«, wiederholte er und wartete auf die Erlaubnis, sich wieder aufrichten zu dürfen.

»Entschuldigen Sie mich, meine Damen«, sagte der junge Mann auf französisch, »Don Michele muß mit mir über die Angelegenheiten meines Vaters sprechen.«

Die *Elettrico*, Dampfschiff von 800 Registertonnen, das kleinste und überaltertste der Flotte, die Gießerei, die den Kessel des Schiffs hergestellt hatte, die Spinnerei, aus der die Leintücher und die Handtücher in den Kabinen herstammten, die Salinen, die das in Trapani eingeladene Salz geliefert hatten, die Weinberge, in denen der Wein der in Marsala übernommenen Tonnen gereift war, all dies bis hin zu den zu den Mahlzeiten servierten Scheiben Thunfisch gehörte den Florio, doch kein Bild hätte das Ausmaß in Adelines Augen sinnfälliger machen können als die Unterwürfigkeit des Verwalters, das Band zwischen Vasall und Lehnsherrn. Ungläubig sah sie zu, wie die beiden Männer durch das Luk verschwanden.

»Ich glaube, ich lese in Ihren Gedanken«, sagte die Begleiterin zu ihr. »Es ist nicht sehr angenehm für uns Europäerinnen, den totalen Mangel an demokratischem Empfinden in diesem Land zu entdecken. Auf seiten derer, die ihre Dienste verkaufen, sowohl als auch auf seiten jener, die den Reichtum besitzen. Geldbesitz verleiht hier Feudalgewalt.«

Louise Hamilton-Caico war als gute Engländerin von der moralischen Überlegenheit des politischen Systems ihrer Nation überzeugt. Sie hatte einen reichen Landbesitzer aus Girgenti geheiratet, mit dem zusammen sie die sechs Sommermonate verbrachte. Darauf fuhr sie wieder nach London, wo sie unter ihrem Mädchennamen lebte und einen Teil des durch den Verkauf der Ernten erzielten Geldes dazu verwendete, feministische Clubs zu unterstützen. Da Madame Pichon sich zu alt und müde gefühlt hatte, um Adeline zu begleiten – die, aus Angst, das aprikosenfarbene Kleid aus dem Schrank wieder hervortreten zu sehen, nicht darauf bestanden hatte –, und da ein junges Mädchen vor der Ehe nicht allein mit ihrem Verlobten reisen durfte, hatte Madame Vasconcellos, die Mutter, Louise Hamilton dazu ausersehen, ihre zukünftige Schwiegertochter zu begleiten.

Die *Elettrico* bot den Reisenden »von Rang« nur zwei Erste-Klasse-Kabinen. Die eine wurde von Louise und Adeline, die andere von Ignazio Florio und Raimondo belegt. Dieser hatte bereits bei der Abfahrt von Genua die erste Übelkeit verspürt. In Palermo hatte er sich, gleich nachdem er die *Elettrico* bestiegen hatte, vorsichtshalber hingelegt, so daß Adeline, deren Magen robuster war, im Lauf der endlosen Umschiffung Westsiziliens reichlich Muße gehabt hatte, die Wohltaten der auf Gleichheit aller gerichteten englischen Zivilisation rühmen zu hören. Die Wahrheit zu gestehen, verachtete Louise deshalb doch nicht die Gesellschaft Ignazio Florios, der immer bei den Damen auf Deck war, sie an der Kapitänstafel essen und alle – denkbar undemokratischen – mit der Person von *Vossignoria*, wie der junge Mann nicht nur vom Verwalter seiner Ländereien, sondern auch von der Mannschaft, den Offizieren und sogar dem Kapitän, allesamt Gehaltsempfänger der Florio, genannt wurde, verbundenen Vorteile nutzen ließ.

»Machen Sie es wie ich«, fuhr Louise fort, die keine Gelegenheit versäumte, die staatsbürgerliche Reife ihrer Landsleute zu rühmen. »Genießen Sie in der schönen Jahreszeit die Reize Siziliens, deren hauptsächlicher, das versichere ich Ihnen, darin besteht, schlafen zu können, schlafen, soweit es menschenmöglich ist zu schlafen. Sobald ich nach Hause komme, lege ich mich einfach hin... und schlafe auch schon. Ich schlafe sechs Monate, Sie können sich nicht vorstellen, wie wohl mir dieser lange Schlaf tut! Dann, wenn ich wieder in London bin, genieße ich zutiefst die Überlegenheit unserer Demokratie. Sie werden es so machen wie ich, Adeline, Sie werden schlafen... sofern«, setzte sie lachend hinzu, »es Ihnen gelingt, eine Sprungfedermatratze aufzutreiben statt dieser verwünschten sizilianischen Matratzen.«

Ohne um Aufschluß über die sizilianischen Matratzen zu bitten, fuhr Adeline fort, auf das Luk zu starren, durch das Ignazio Florio und sein Verwalter verschwunden waren. Beunruhigt wegen eines Details, das ihr vorhin aufgefallen war:

»Louise«, sagte sie und unterbrach die Ausführungen ihrer Freundin über die moralisch mißlichen Nachwirkungen der Bourbonenherrschaft in Sizilien, »Louise, hat Ignazio Florio nicht ›Don Michele‹ zu dem Mann gesagt, der an Bord gegangen ist?«

»Schon möglich.«

»Ist das ›Don‹ nicht ein Titel?«

»Ein Titel welcher Art?«

»Das frage ich Sie ja! Ein Adelstitel! Ich dachte, daß diejenigen, die sich ›Don‹ nennen lassen, Adelige seien.«

Louise dachte einen Augenblick nach. Auf ihrer rosagepuderten Stirn zeigte sich eine Furche.

»Ja und nein. Je nachdem. Mitunter ja, mitunter nein. Eine ›Respektsperson‹ wird üblicherweise ›Don‹ genannt. Uns Europäerinnen mißfällt es selbstverständlich zunächst zu sehen, daß die geringste Überlegenheit auf der gesellschaftlichen Stufenleiter genügt, um einen Titel zu verleihen. Ja, ›Don‹ ist, wenn Sie so wollen, ein Titel. Die simple Tatsache, daß einer ein Gewehr besitzt, berechtigt ihn, glaube ich, dazu, sich ›Don‹ nennen zu lassen. Das ist eben die Folge des mangelnden demokratischen Empfindens. Es gibt Adelige unter den ›Don‹ und andere, die nicht adelig sind. Sie werden sich an diese bourbonischen Exzesse gewöhnen. Und im übrigen werden Sie es so machen wie ich! Bis Sie wieder nach Paris zurückkehren, schließen Sie die Augen, Adeline, und schlafen!«

›Ja und nein‹: Adeline fragte sich, ob sie nicht sogleich hinuntergehen, an die Kabine ihres Verlobten klopfen und eine eindeutige, unverzügliche Antwort fordern solle, durch die Tür hindurch, da sie nicht das Recht hatte einzutreten, wohl aber das Recht zu erfahren, ob der Mann, den sie heiraten würde, einen Titel, einen wirklichen Adelstitel trug. Entweder die Angst vor einer Enttäuschung oder die in einigen Tagen der Schiffahrt gesammelte Erfahrung, daß jegliche in Sizilien gestellte Frage, zum Beispiel über die Anzahl der den Florio gehörenden Schiffe, den Monat der Mandelernte oder die Dauer der Zwischenaufenthalte, nie mit einer genauen Angabe der Anzahl, des Datums, des Fahrplans beantwortet wurde, oder der Ärger, Don Raimondo einmal mehr von seinem Lager aus, an das ihn die Seekrankheit fesselte, brabbeln zu hören: »*Aiuto! Aiuto! Mamma mia! Mi sento morire!*«, hielten das junge Mädchen davon ab, den Plan auszuführen. Sie befestigte den Steg ihres Huts, dessen Seidenband im Wind klatschte.

Eine pittoreske Szene, die sich am anderen Ende des Decks abspielte, zog die Aufmerksamkeit der beiden Freundinnen auf sich. Der Mann in blauem Mantel und Uniformmütze, der hinter dem Verwalter an Bord gestiegen war, hatte eine kleine Trompete aus der Tasche genommen und blies hinein, um die Passagiere der dritten Klasse zusammenzurufen – außer den zwei Kabinen erster Klasse bestand die *Elettrico* nur aus einer einzigen, der dritten Klasse –, zumeist Tagelöhner, die durch das Versprechen einer Arbeit in den Schwefelminen nach Girgenti gelockt worden waren. Diese schwarzgewandeten, abweisenden, schweigenden Männer, die ein rotes Taschentuch um die Stirn gebunden trugen, hatten sich zum ersten Mal dazu verstanden, auf See, statt auf dem altüberlieferten Maultier zu reisen.

»*Biglietti! Biglietti! Per favore, biglietti!*« rief der Beamte mit der Trompete, während von den Zwischendecks, unter den in der Tramontana schwingenden Laternen, die gefügige Menge der Bauern herbeiströmte.

Sie reichten ihm ihr rechteckiges Papier, von dem der Kontrolleur trotz ihres Protests zwischen Daumen und Zeigefinger ein Endchen abriß. Nachdem sie für einen Talisman gezahlt hatten, der es ihnen erlaubte, sich ohne Anstrengung fortzubewegen, während ihr Maultier sich im Stall ausruhte, verstanden sie nicht, wieso ein Unbekannter es sich erlaubte, diesem Talisman mit der Lochzange ein Stück wegzunehmen und seine Zauberkraft zu schwächen.

»*A che ora si riparte?*« fragte Adeline ihn, nachdem der letzte Passagier, den beschädigten Rest seines Amuletts sorgsam mit der Faust umschließend, sich in die vor einer neuen Beraubung sichernden Tiefen des Schiffs geflüchtet hatte.

»*Alle sette, Vossia.*«

»Aber es ist doch schon acht Uhr!« rief das junge Mädchen, zu ungeduldig, um seine Worte in italienischer Sprache zu suchen, und zeigte mit dem Finger auf die Uhr über der zur Offiziersmesse führenden Tür.

Die Art, wie die Uhrzeit angegeben wurde, lieferte der Französin einen weiteren Grund, sich zu ärgern. Eine anderswo allerorts einfache Sache wurde hier zum Anlaß endloser Schwierigkeiten und Unsicherheiten. Es gab die Zeit der Uhren, die offizielle Zeit, die am meisten vernachlässigte, unbeachtete Zeit. Es gab die sich nach dem Sonnenuntergang richtende und also täglich andere Sonnenzeit. Eine Nachtstunde war die erste Stunde, nachdem die wie eine Kirchenglocke eingesetzte Schiffsglocke im Augenblick der Dämmerung, doch nie pünktlich zum Angelus geläutet hatte. Auf der Uhr konnte den vom Kontrolleur angegebenen »sieben Uhr« Mitternacht entsprechen, da die Sonne heute zwischen Wolken etwa um fünf Uhr untergegangen war. Aber es gab auch die nach dem Segen berechnete religiöse Zeit, welche die Schiffsglocke, immer in Nachahmung der Festlandsglocken, vier Stunden nach Sonnenuntergang anzeigte. Man würde also vielleicht um sieben Uhr der religiösen Zeit, oder acht Uhr der offiziellen Zeit, das heißt nach Angabe auf dem Zifferblatt sofort ablegen, obwohl die *Elettrico* ihren Dampfkessel gelöscht hatte, der Kapitän auf der Mole eine Zigarre rauchte und die Annahme einer unmittelbar erfolgenden Abfahrt fürs erste auszuschließen war.

Am Tag richteten sich die Passagiere nach dem Schatten des Kamins, wie meine Tanten sich nach dem Schatten der Zypresse vor ihrem Haus richten. Wenn das Angelusgeläut erklang, knieten sie sich an Deck der Sonne zugewandt hin und sprachen ihr Gebet: die letzte Stunde des Tages war für sie das Ende der täglichen Mühen und Sorgen. Diese kindliche, rührende Gewohnheit, nach dem Schwinden des Lichts mit der Tagesarbeit aufzuhören, konnte jene nicht rühren, die die Schwestern Poncelet gezwungen hatten, sommers wie winters einen strengen Stundenplan einzuhalten; und die sizilianische Zeit, die Zeit der einfachen, natürlichen Menschen, war die erste der Botschaften unserer Insel, die im Herzen meiner Mutter ihr poetisches Ziel verfehlten.

»Wenn wir erst um Mitternacht weiterfahren«, fuhr sie fort, als sie Louise über die zu den Kabinen führende Gangway folgte, »werden wir nicht rechtzeitig zum Sankt-Josephs-Fest eintreffen!«

»Wenn es morgen stattfindet, vielleicht nicht.«

»Wie bitte: wenn es morgen stattfindet? Was sagen Sie mir denn da? Ist morgen nicht der 19. März? Und ist der 19. März nicht das vom Kalender bestimmte Datum? Ich hätte so gern den Aufmarsch der Musik miterlebt, die Prozession, die feierliche Überführung der Statue, den nicht weniger großartigen Einzug in die Kirche und all die anderen Sehenswürdigkeiten, die Sie mir geschildert haben!«

»Ja, im Prinzip feiern sie den Sankt-Josephs-Tag am 19. März, und es ist selbst für uns, die wir ein demokratisches Empfinden besitzen, tatsächlich der Mühe wert, ihrem abergläubischen Brauchtum zuzuschauen. Aber manchmal, wenn noch kein schönes Wetter herrscht, wird das Datum verschoben. Und mich dünkt«, setzte Louise hinzu und blieb mitten auf der Gangway stehen, um frierend ihren Schal hochzuziehen, »daß es dies Jahr später zum Sankt-Josephs-Fest kommen wird.«

»Sie verrücken die Festtage?«

»Sie werden sich noch über manch anderes wundern, meine liebe Adeline! Für sie ist ein Fest, das nicht im Freien stattfinden kann, kein Fest. Der Sankt-Josephs-Tag kündigt das Ende des Winters, das Ende der Regenzeit, den Beginn des Frühlings an.«

»Heiratet man deshalb nicht vor dem Sankt-Josephs-Tag?«

»Natürlich! Sankt Joseph ist der Patron der Neuvermählten. Man darf erst heiraten, wenn der Heilige mit großem Prunk vom einen Ende der Stadt zum anderen getragen worden ist. Sie wollen doch nicht, daß der Regen die Uniformen der Karabinieri übel zurichtet und die Federn auf dem vergoldeten Helm des Heiligen aufweicht! Und die Knallfrösche würden bei feuchtem Wetter nicht zünden.«

»Das ist wahr«, sagte Ignazio Florio, der lächelnd aus seiner Kabine trat. (Er hatte seinen Verwalter verabschiedet und dem letzten Gedankenaustausch der Damen gelauscht.) »San Giuseppe würde sich gekränkt fühlen, wenn das Fest nicht zum Anlaß würde, den größtmöglichen Lärm zu veranstalten. Verzeihen Sie ihnen diese vorgefaßten Meinungen. Wir haben die Bastille noch nicht gestürmt«, fügte er hinzu und verneigte sich galant vor Adeline. »Aber noch aus einem anderen Grund ist das schöne Wetter absolut notwendig. Die Bauern laufen in Scharen aus ihren Dörfern herbei, wenn es ein Volksfest gibt. Dieses Fest dauert zwei oder drei Tage. Sie schlafen unter freiem Himmel, in einem Winkel des Platzes und um die Tränke herum. Bei schlechtem Wetter könnten sie nicht kommen und wären um das Fest gebracht.«

»Unter freiem Himmel, Monsieur? Wäre es nicht möglich, sie zu beherbergen?«

Diese unvermittelte Frage Adelines schien den jungen Mann außer Fassung zu bringen. Er hatte nie daran gedacht, einem Halbpächter oder Arbeiter der Florio einen Strohballen in deren Ställen anzubieten – und Don Michele, sein Verwalter, erst recht nicht.

»Schauen Sie sich die da an«, sagte er unter kurzem Lachen, das dem Mädchen mißfiel. (Er wies auf die langgestreckt auf dem Deck liegenden Gestalten der Bauern hin, die sich in eine Decke eingerollt und so für die Nacht eingerichtet hatten.) »Die haben immer so geschlafen, und ich sehe nicht ein, warum man sie von dieser guten Gewohnheit abbringen und ihnen anbieten sollte, daß sie sich unter einem Dach einsperren lassen, wo sie sich weniger frei fühlen würden.«

Louise sandte ihrer Freundin einen Blick zu, der deutlich besagte: ›Diskussion nutzlos! Mangel an demokratischem Empfinden!‹, aber Adeline waren die Winter der Not und die in der ungeheizten Zweizimmerwohnung der Rue Spontini ertragenen Leiden noch zu nahe, als daß sie die Selbstsicherheit, mit der dieser geschniegelte, pomadisierte, mit einer komfortablen Erster-Klasse-Kabine, für die er nicht einmal bezahlt hatte, ausgestattete Erbe für das Glück dieser armen, den im Süden so furchtbaren nächtlichen Temperaturunterschieden ausgesetzten Leute bürgte, hätte akzeptieren können.

»Unter ihnen sind weniger widerstandsfähige Frauen und Kinder«, entgegnete sie. »Tagsüber höre ich sie husten. Um drei Uhr morgens sind sie in Gefahr, sich ernstlich zu erkälten und krank zu werden.«

»Na und!« sagte der junge Mann schroff, »würden sie lieber verhungern? Wir geben ihnen Arbeit auf unseren Ländereien. Zwingen wir sie denn, sich zu verdingen? *Cara Signorina Adelina*«, fügte er hinzu, um den groben Ton zu korrigieren, »um drei Uhr morgens schlafen Sie in Ihrer Kabine wie ein Murmeltier. Damit es Reiche gibt, muß es Arme geben. Wenn nicht zahlreiche Sizilianer unter freiem Himmel schliefen, hätte mein Vater weder dieses Schiff bauen lassen noch diese Mannschaft einstellen können, und Sie wären gezwungen gewesen, die Insel auf Maultierrücken zu durchqueren. *Non si preoccupi di questi contadini*«, schloß er in italienischer Sprache, um anzudeuten, daß die Argumente des Herzens an den Unterschieden zwischen Nationen und Bräuchen ihre Grenzen finden. »Kümmern Sie sich nicht um diese Bauern – von denen jeder mindestens einen Verwandten im Gefängnis sitzen hat.«

Louise, die sich wegen ihres Streits Sorgen machte, stieß

einen Seufzer der Erleichterung aus, als sie sah, daß ihre Freundin Don Ignazios Arm annahm. Dann ertönte die kleine Glocke der Offiziersmesse, und sie betraten das Speisezimmer des Kapitäns. Die einer einfachen Familie aus dem Londoner East End entstammende junge Frau billigte den Kastengeist der sizilianischen Großgrundbesitzer zwar auch nicht, indem sie aber jeden Winter einen Teil des von ihrem Mann aus den Mandelplantagen gezogenen Gewinns auf die Konten der englischen Suffragetten einzahlte, hatte sie das Mittel gefunden, das ihr Gewissen beruhigte.

Adeline hätte es mißfallen, ihr Leben in undurchlässige Gefächer zu unterteilen, sich mit einem Kompromiß abzufinden. Zu lebendig blieb im Gedächtnis des jungen Mädchens das Beispiel Monsieur Pichons, seines einsamen Sterbens im »Häuschen«, des Fiaskos seiner mit den Pflichten gegenüber der Familie unvereinbaren dichterischen Ambitionen; und der Schlaf, die Kunst, die Augen zu verschließen – Allheilmittel für Louise –, wäre für Adeline nur einem ruhmlosen Aufgeben gleichgekommen, einer Demütigung. »Doch was rege ich mich auf?« dachte sie. »Welchen gemeinsamen Maßstab könnte es geben zwischen Ignazio Florio und Roberto Caico einerseits, die zu Lasten der anderen Geld verdienen, und meinem zukünftigen Mann, einem Mann von Welt, einem Diplomaten und Kavalier?« Ihrer Mythologie zufolge, in der der Bois de Boulogne und die Botschaftssekretäre mit Adelsprädikat eng zusammengehörten, glaubte sie noch, daß die Vasconcellos nicht allein reich seien, sondern es gewissermaßen kraft eines Gottesgnadentums seien, ohne jemanden aus ihrer Umgebung in seinen Rechten zu beeinträchtigen oder anders als mit einer ihre zahlreichen Tugenden noch vermehrenden zusätzlichen Huld über ihr Vermögen zu verfügen.

Das Schiff fuhr erst am übernächsten Tag ab. Während der Nacht war ein mit geschmuggeltem Whisky beladener Kaik aus Malta eingetroffen. Der Kapitän konnte seiner Mannschaft nicht die Zeit verweigern, über die Teilung der Beute zu verhandeln. Trotz der Verspätung wartete, als die *Elettrico* am frühen Nachmittag des 20. März an der Mole von Porto Empedocle anlegte, am Kai die Menge. Die Blechmusik –

etwa dreißig Männer in roten Mützen und grauen Uniformen mit gelben Posamenten – begann die Arie des Escamillo aus *Carmen* zu spielen. Adeline wurde von ausgestreckten Armen emporgehoben und im Triumph auf einen Karren gehoben, der mit Kampfszenen zwischen karolingischen Kriegern dekoriert war. Bei jeder Bewegung seines mit einem Federbusch geschmückten Kopfs brachte das Maultier die zwischen den Federn verborgenen Schellen zum Erklingen. Der Zug setzte sich in Marsch in Richtung Girgenti, dessen dichte Häusermasse auf der Anhöhe gleich einer stolzen Akropole aufragte.

Hinter dem Karren folgten zu Fuß einige im *Palazzo* Vasconcellos diensttuende Personen, wie Adeline von einer etwa fünfzigjährigen, völlig schwarz gekleideten Frau erfuhr; sie stellte sich ihr als die Mutter einer anderen Frau in Schwarz vor, die damit betraut sei, der *Signorina* jeden Morgen den Kaffee zu bringen. Das war die einzige Auskunft, die Adeline in Erfahrung bringen konnte über die Aufgabenverteilung zwischen einer unbestimmten Zahl von Männern und Frauen, die zunahm, als man zur Stadt hinaufstieg. »*Vossia*«, »*Bacio le mani*«, an diese Redewendungen begann sie sich zu gewöhnen, ohne wissen zu können, ob es sich um Höflichkeitsformeln handelte, die sie zu nichts verpflichteten, oder um eindeutige Zeichen, die das Recht auf eine bezahlte Beschäftigung bewiesen.

Vielleicht bewog nur die Neugier sie, hinter den Hecken von indischen Feigenbäumen aufzutauchen und den Karren eine mehr oder weniger lange Strecke Wegs zu begleiten. Es kam ihr unwahrscheinlich vor, daß die von Louise recht und schlecht übersetzten Angaben ihrer Spezialitäten einen Beruf umfaßten, der anerkannt war und sie zu ernähren vermochte. »Wassermelonen kühl aufbewahren«, »Aufsicht über den Brotschrank«, »Haarknotenflechterin«, »Trocknen des Strohs«. Der Maultierbeschlager oder der Maulkorbflicker übten Berufe aus, die gewiß einträglicher waren. Welchen Beschäftigungen von fraglicher Nützlichkeit aber konnten bei den Vasconcellos oder sonstwo die »Agavenfaserspinnerin«, der »Hundeenthäuter«, der »Sternschnuppendeuter« nachgehen? Es sollte nicht lange dauern, bis sie entdeckte, daß ihre Schwiegerfamilie nicht mehr reich genug war, um Hausangestellte zu bezahlen, aber noch genug Ansehen genoß, um eine Kundschaft von Bettlern anzuziehen. Für wenige Centesimi, für einen Teller Suppe oder eine Schlafdecke beim Ofen leisteten sie kleine Dienste und machten sich, wie zur Zeit seines Glanzes, im *Palazzo* zu schaffen – ein Leben und Treiben, das wenige Jahre später, als ich inmitten leerer Zimmer aufwuchs, verschwunden war.

Auf halber Höhe des Hügels bewillkommneten am Abhang gezündete Knallfrösche die *Francesina*. Unterhalb des Weges ereignete sich um einen Brunnen herum ein Kommen und Gehen schwarzer Gestalten. Hintereinander vor dem Trog stehend, die Füße im Schlamm, warteten die Bäuerinnen gerade aufgerichtet unter dem Gewicht des Krugs, den sie, beide Arme erhoben, um ihn zu stützen, waagrecht auf dem Kopf trugen, bis sie an der Reihe waren. Wenn sie den Behälter gefüllt hatten, hoben sie ihn senkrecht hoch, und er hielt auf dem Tragwulst aus schwarzer Wolle von ganz allein. Die Hände auf den Hüften, um das Gleichgewicht zu sichern, entfernten sie sich über die steinigen Pfade mit der Haltung und der Majestät einer griechischen Statue. Adeline, für die Erinnerung an das Altertum wenig empfänglich, beobachtete gierig jede Einzelheit. Würde es ihr in einem Land gefallen, wo alle Frauen, gleich welchen Alters, eine Mantilla trugen, deren Ende sie so sorgfältig unter dem Kinn banden, daß ihre Nasenspitze kaum aus dem Ausschnitt des schwarzen Schleiers hervorsah? Wie schwer zu tragen diese Krüge sein mußten! Welche Ausdauer erforderte eine so niedrige Aufgabe wie das Wasserholen!

Oben die Stadt, ein Haufen gelber Würfel, der sich an den Gipfel der Schlucht klammerte, wirkte abweisend und ungastlich; in großen Abständen zeichneten sich in der Landschaft, auf den Kämmen oder Steilhängen Männer ab, die ein Gewehr geschultert hatten und ein Maultier am Zügel führten, und selbst das Meer tief unten, dessen Schaumfranse sich an der gelben Front der Dünen brach, mußte seine Ohnmacht bekennen, diese bedrückende Szenerie aufzufrischen. Bei einer Wegbiegung gewahrte Adeline in einer Talmulde einen Hain von Mandelbäumen; es war wie ein reiner Lufthauch; die Blüte war vorüber, und die spitzigen Blättchen, von hellerem Grün als der dunkle Lack der Orangenbäume, glänzten vor frühlingshafter Jugend.

Kurz vor dem Tor schritt eine neue Gruppe, die aus der Stadt kam, der Fremden entgegen. Die Musiker bliesen noch einmal so kräftig in ihre Instrumente, die Posaune spielte die Arie des Torero mit verdoppelter Tapferkeit, der Trommelwirbel verstärkte sich um mehrere Dezibel, die Knallfrösche platzten in unbegrenzter Zahl, als ein von vier Stangen gehaltenes Stück roten Stoffs Adeline wie ein königlicher Baldachin krönte. Drei kleine Mädchen von neun, sieben und fünf Jahren umklammerten die Enden dreier Stangen mit ihren in Spitzenhandschuhen steckenden Patschhänden. Es waren meine drei zukünftigen Tanten, die mit der ersten wichtigen Verantwortung in ihrem Leben betraut waren; sie sollten die Erinnerung an diese unter betäubendem Lärm in ihren Besitzungen empfangene Herrscherin wie ein Bild aus bourbonischer Geschichte stets bewahren.

Calogero, der vierte Träger, umfaßte seine Stange in halber Höhe, um die Mädelchen nicht aus dem Gleichgewicht zu bringen. Seinem jüngeren Bruder Raimondo glich er durch den fahlen Teint, die tiefliegenden Augen, das schwere Kinn, die seltenen, abgemessenen Gesten, die langsame, vorsichtige Stimme, nur daß er seine Pausen zwischen zwei Sätzen länger ausdehnte, seine Lippen seltener öffnete, als ob beim Älteren sich das Mißtrauen gegenüber den Worten in ungemildertem Zustand niedergeschlagen habe, während der Jüngere, weil er der Jüngere und ein weniger beständiger Bewahrer der Tradition war, es sich gestatten durfte, der Regel zuwiderzuhandeln. Sein Bruder hatte die Insel niemals verlassen: Er wurde in Girgenti festgehalten von einer Mutter, deren vorherrschende Tugend nicht die Achtung vor der Freiheit der Mitmenschen war, wie Adeline aus Calogeros wenigen, von Zögern unterbrochenen Anspielungen auf die *Padrona di Casa* entnehmen konnte.

Er unterrichtete sie in seinem ungefähren Französisch davon, daß sie an der Schwelle des *Palazzo* von der mit dem Namen *Signora Madre* bezeichneten Mutter der kleinen

Mädchen empfangen werde. Über der *Signora Madre* throne, als Kusine oder Tante von ihr, das Verwandtschaftsverhältnis ließ sich unmöglich feststellen, eine noch höhere Instanz, eben diese berühmte *Padrona di Casa*, die absolute Autorität im *Palazzo*. Das junge Mädchen werde erst am nächsten Tag bei ihr vorgelassen werden. Inzwischen werde ihr die *Signora Madre* ihr Zimmer zeigen, und sie könne damit beginnen, den *Palazzo* zu besichtigen.

Weder vom Vater der kleinen Mädchen noch vom Ehemann der *Padrona di Casa* war bei diesem ersten kurzen Gespräch die Rede. Als Gegenleistung für die Auskünfte teilte Adeline ihrem zukünftigen Schwager mit, daß Raimondo seit der Abfahrt in Genua an Seekrankheit gelitten habe und daß er in der Kutsche des *Signor* Ignazio Florio folge.

»Ah! die Seekrankheit! *Povero Raimondo!* Jedesmal, wenn er in die Heimat zurückkehrt, überfällt ihn die Seekrankheit.«

Adeline glaubte zu verstehen, daß die Seekrankheit mehr als mit der Prüfung einer solchen Überfahrt mit der Rückkehr ins Elternhaus zusammenhing. Um sich auf die dem männlichen Element in der Regierung des *Palazzo* zufallende Rolle vorzubereiten, legte sich Raimondo vorher hin. Es war dies ein vorweggenommener Akt der Unterwerfung, der der *Padrona di Casa* vorgelegte Beweis, daß er den Aufenthalt in Paris nicht dazu genutzt hatte, eine durch die Katastrophe in seinen Eingeweiden symbolisierte Gehorsamspflicht zu verleugnen.

Das junge Mädchen hütete sich, diese Überlegung preiszugeben, auch hätte es dazu keine Zeit mehr gefunden; sie näherten sich dem Ziel; vom Anfang der Via Atenea bis zur Piazza San Giuseppe läuteten die Glocken, als der Zug vorüberkam.

12

Erforschung des Zimmers

Leer geräumt, kalt, zu groß: dies war der erste Eindruck, als sie in das Zimmer trat, das ihr zugewiesen worden war. Die beweglichen Jalousien, die schräg hochgenommen und mit Stangen an den Rolläden befestigt waren, ließen nur fahles Zwielicht eindringen. Sie wollte die Fenster öffnen, um die Außenläden aufzustoßen und die Frühlingshelle zu nutzen. Angela, eines der Hausmädchen, brachte gerade die letzten Gepäckstücke herauf; sie hatte eines nach dem anderen hereingetragen; unfähig oder nicht willens, sich mit mehreren auf einmal zu beladen, hatte sie ebenso viele Wege gemacht, wie es Gegenstände gab. Keine Ausnahme von der Regel, nicht einmal für den von Madame Fabre gesandten geblümten Sonnenschirm oder das Futteral mit dem Fernglas, das Hochzeitsgeschenk der Schwestern Poncelet. Sie ließ den großen Koffer fallen und faltete die Hände, als sie sah, wie Adeline sich mit dem Drehriegel abmühte.

»*Vossia* hat doch nicht die Absicht, das Fenster zu öffnen?«

»Doch, Angela, und das andere auch. Hilf mir, statt wie ein Ölgötze dazustehen.«

Zur Genugtuung Angelas weigerte sich eines der Fenster nachzugeben. Mit vereinten Anstrengungen gelang es ihnen, das andere zu erschüttern. Der Griff willigte ein, sich im Band zu drehen. Der Fensterrahmen löste sich jäh aus dem Fensterstock, Adeline wäre um ein Haar hintübergefallen, und von der Zimmerdecke kam ein Stück Gips herab. Empört ging Angela davon, über jene murrend, die es sich erlaubte, die im *Palazzo* geltenden Gewohnheiten zu ändern und durch unbesonnene Entschlüsse Schäden anzurichten.

Adeline gewahrte nun, daß das Zimmer keineswegs leer war, sondern eine Fülle von Möbeln enthielt, die aber alle, auch die Stühle und die Sessel, nebeneinander an den Wänden standen. Der einzige Gegenstand in der Zimmermitte: ein auf einen Holzbock gestellter Kessel, der mit zwei Handgriffen versehen war und mehr Duft als Wärme ausstrahlte. Mandelschalen lieferten das Brennmaterial; mit einem flachen Kupferstiel von der Größe eines Teelöffels stocherte man in der Glut. Dann und wann trat jemand ohne anzuklopfen ins Zimmer, um das Kohlebecken in einen anderen Raum zu tragen oder es, nach kürzerer oder längerer Zeit, wieder zurückzubringen. Während der zwei Stunden, die Adeline dazu verwandte, die Räumlichkeit in Besitz zu nehmen, sah sie das Gerät viermal von vier verschiedenen Personen weggetragen und zurückgebracht werden.

Zwei eisernen Gestellen ruhte auf, was ihr das Bett zu sein schien: drei Bretter aus ungehobeltem, grüngestrichenem Tannenholz, auf ihnen ein halbes Dutzend recht harter Matratzen, deren letzte, oberste, zusammengeklappt und mit einem Maultierhalfter verschnürt war. Auf dem Gipfel des Bauwerks lagen die zu einer Kugel zusammengerollten Tücher und Decken. Adeline dachte, daß das kuriose, aus Versehen stehengelassene Möbel den Weg zum Speicher antreten werde. Doch am Abend befand sich das sizilianische Bett immer noch dort: man hatte den Gurt entfernt, die sechste Matratze flach über die anderen fünf gebreitet, die Tücher und Decken aufgerollt und das ganze Zubehör aufs beste für die Nacht hergerichtet. Das junge Mädchen entdeckte außerdem, daß jeder der acht Eisenfüße der Gestelle in einem Steingutnapf stand und daß die Näpfe mit Wasser gefüllt waren.

Am nächsten Morgen bestiegen zwei Dienstmägde das Monument, klappten nicht ohne Mühe die oberste Matratze wieder zusammen und verschnürten sie, rollten das Bettzeug zusammen und schichteten es auf die Spitze der Pyramide, so als ob die Person, die in diesem Bett geschlafen hatte, auf eine lange Reise gegangen sei. Nach dieser ersten Nacht der Schlaflosigkeit und der Kämpfe um eine weniger unbequeme Lage erinnerte Adeline sich an das, was Louise ihr gesagt hatte, und beschloß, sich eine Sprungfedermatratze zu beschaffen. Nach weiterer Untersuchung gab sie den Plan wieder auf. Durch die Löcher in den Fußbodenfliesen, die seit dem Bau des *Palazzo* im vergangenen Jahrhundert, als es ein leichtes gewesen wäre, sie mit Kalk zu füllen, nicht verstopft worden waren, kamen gewisse schwarze Insekten mit glänzendem Panzer, die das Schweigen der Nacht dazu nutzten, im Zimmer einen Spaziergang zu machen. Sollte das Wasser in den Näpfen nicht genügen, ihnen den Mut zu nehmen, so zählte man auf die Höhe des Gerüsts aus Brettern und Matratzen, um sie davon abzubringen, die Besteigung vorzunehmen.

Unter den Tannenbrettern, neben dem Nachttopf, entdeckte Adeline eine ebenfalls grüngestrichene Kiste, darin zerbrochene Nippsachen, eine Puppe ohne Kopf, zwanzig Jahre alte Zeitungen, doch auch eine sehr hübsche Keramikvase und eine Alabasterschale, die dem kahlen, unfreundlichen Zimmer zum Schmuck gedient hätte, wäre sie nicht aufgrund eines für die Vernunft unverständlichen Geheimnisses zum Gerümpel der Ausschußdinge getan worden. Hinter der Kiste schlummerten Papierrollen im Staub. Vor langer Zeit war das Notwendige gekauft worden, um die Wände zu tapezieren, dann aber waren die Rollen aus Nachlässigkeit oder weil, wie auf den anderen, so auch auf diesem Gebiet die Gewohnheiten nicht geändert werden sollten, unter dem Bett geblieben. Die Wände bedeckte nur ein grober, unregelmäßiger Kalkbewurf. Adeline legte die Rollen wieder an ihren Platz, behielt aber die Keramikvase und die Alabasterschale. Um den Riß in der Wand oberhalb des Betts zu verdecken, gedachte sie ihren rotgeblümten provenzalischen Schal darüberzuhängen.

Sie setzte ihre Besichtigung fort und hob einen Behang aus grauem Perkal mit verblaßtem rotem Rankenmuster in die Höhe, der eine kleine Tür verdeckte. Die Tür führte in eine kleine quadratische Kammer, die als Waschraum eingerichtet war. Zwei weitere Türen und ein Fenster teilten die drei übrigen Wände unter sich auf. Das Fenster blickte auf einen Innenhof. Außer einer blauen Steingutschüssel mit gelbem Blumenmuster, die auf einem Dreifuß stand, zwei Krügen, einer Seifenablage und mehreren an Nägeln aufgehängten Handtüchern war nichts da, kein Eimer oder Bekken. Sie mußte deshalb, wie es im *Palazzo* Brauch war, ihr schmutziges Wasser zum Fenster hinausschütten. Ein weiterer und peinlicherer Nachteil: das Vorhandensein der beiden

Türen, die zu den beiden nächsten Gemächern führten, dem von Raimondos Eltern und dem der ständig dort wohnenden Verwandten. Der Waschraum diente allen Gästen des Hauses. Was noch schlimmer war: Dienstboten oder Gäste mußten notgedrungen durch den Waschraum gehen, um von einem der Zimmer ins andere zu gelangen.

Meine Mutter, die seit ihrer Lehrzeit bei den Schwestern Poncelet das Bedürfnis hatte, Gesicht und Hände zu pflegen, verlangte, daß man die fehlenden Schlüssel suchte und sie in die riesigen Schlösser der drei Türen steckte. Gott sei Dank waren die Schlüssel selbst auch voluminös, und so war es möglich, sie am Boden einer der im Hause verstreuten Truhen zu finden. Sie machte es sich zur Gewohnheit, sich jeden Morgen einzuschließen, und löste damit die Feindseligkeit der übrigen Hausgemeinschaft aus. Dieser Wunsch, allein zu sein, sich von den anderen abzutrennen, der dem sizilianischen Wesen völlig fremd ist, mißfiel nicht nur, ihr Entschluß hatte überdies schwerwiegende Folgen für den Lebensstil des *Palazzo*. Es kam vor, daß eine Magd, nachdem sie die Milch zum Kochen aufgesetzt hatte, in den ersten Stock hinaufging, um der in ihren Gemächern verschanzten *Padrona di Casa* einen Zwieback zu bringen, und dann bei ihrer eiligen Rückkehr zur Küche gegen die verschlossene Tür stieß. Adeline erriet sehr wohl den Sinn der hinter der Tür ausgestoßenen Schmähreden, aber da sie im rauhen sizilianischen Dialekt vorgebracht wurden, tat sie so, als verstehe sie sie nicht, und setzte ihre Toilette ohne Eile fort. Von neuem näherten sich Schritte; in den angrenzenden Zimmern begann wütendes Getuschel; man rüttelte an den Türdrückern, um aufgemacht zu bekommen. Der Barbier, dessen Rasierbecken unter dem von ihm geschlagenen Seifenschaum fast zusammenbrach, stellte sich auf einer Seite ein, auf der anderen erwartet von einem der *Signori* Vasconcellos, der in Hemdsärmeln auf der Bettkante saß; die Köchin rief, um zu verkünden, daß das heiße Wasser bereit sei; der Verwalter klopfte respektvoll an, um zu fragen, ob er nicht Zutritt zum Zimmer der *Padrona di Casa* erhalten könne, der er Rechnungen vorlegen müsse.

Adeline ließ sich nicht erschüttern, sondern goß den Rest

aus dem letzten Krug über ihre eingeseiften Hände. Dann, nachdem sie »Avanti!« gerufen hatte, floh sie in ihr Zimmer, verschloß dessen Tür und legte das Ohr ans Schlüsselloch. Die Menge war in den Waschraum eingefallen; die Krüge wurden hochgehoben, die Waschschüssel wurde inspiziert, der Dreifuß verrückt auf der Suche nach dem, was die *Francesina* so lange an einem Ort hatte festhalten können, wo die Herrschaften, schon fertig angezogen, nur einige Minuten verweilten, gerade lange genug, um sich ein wenig Wasser ins Gesicht zu spritzen, ohne sich darüber aufzuregen, daß sie ihre flüchtigen Waschungen vor aller Augen vornahmen.

Die zweite zu liefernde Schlacht: gegen die Garnitur der gegenüber dem Bett zwischen den beiden Fenstern an die Wand gerückten und von einem Kaffeeservice mit übertrieben reichen Vergoldungen gekrönten Truhe. Ein Strauß zinnoberroter Papierblumen, der unter einem Glassturz eingesperrt war, vollendete die Ausstattung.

Das junge Mädchen stellte Glassturz, Tassen und Kaffeekanne auf den Fliesenboden und hob neugierig den Deckel. Die Truhe war leer. Da sich kein Schrank oder sonstiges Kastenmöbel im Zimmer befand, verstand sie sich dazu, ihre Kleidungsstücke übereinander in die Truhe zu legen. Aber würde sie nun jedesmal die zwölf Tassen, die Kaffeekanne und den Glassturz abräumen und wieder hinstellen müssen? Sie lief zur Haupttür und rief. Ein Geräusch widerwillig heranschlurfender Schlappen kündigte Angelas Erscheinen an. Adeline bat sie, das Kaffeeservice und den Strauß falscher Blumen zu entfernen und sie durch einige echte Iris oder Anemonen zu ersetzen, die sie in die Steingutvase stellen wolle. Es war eine gut ausgeführte Caltagirone-Vase, die dem Schaufenster des Geschäfts für Geschenkartikel der Brüder Laprade am Faubourg Saint-Honoré zur Zierde gereicht hätte.

Angela sah das junge Mädchen bestürzt an und nahm im Hinausgehen eine einzige Tasse mit, die sie auf beiden ausgestreckten Armen trug.

»*Chiamo la madre*«, sagte sie.

Kurz darauf erschien eine kräftige Matrone, die Signora

Pia, und begann wortlos, aber unter mißbilligendem Stirnrunzeln die Truhe abzuräumen. Sie mußte mehrmals gehen, um mit dem Abtransport fertig zu werden. Adeline wunderte sich, daß sie nicht auf den Gedanken kam, auf einem Tablett das ganze Service mit einem Mal mitzunehmen. Ein wenig Putzen wäre vielleicht nicht überflüssig, regte das junge Mädchen an und zeigte auf die von den entfernten Gegenständen im Staub der Truhe hinterlassenen runden Stellen. Unwirsch wie zuvor ging die Alte mit dem Glassturz hinaus, ohne zu melden, ob sie die Absicht hatte, mit einem Besen und einem Staubtuch zurückzukehren.

Keineswegs entmutigt führte Adeline den Rundgang durchs Zimmer zu Ende. Eine auf dem Boden stehende Terracotta-Amphore enthielt den Tagesvorrat an Trinkwasser. Sie war mit zwei Henkeln und vier Ausgüssen versehen und ein herrliches Beispiel handwerklicher Töpferkunst, aber wurde für unwürdig gehalten, auf einem Sockel zu stehen. Madame Pichon hatte in ihrem Salon in Toulon auf den Ehrenplatz links und rechts auf dem Kamin ihre beiden Krüge aus Apt, die zwei schönen, schwarzlackierten »Demoiselles«, erhoben.

Am Fußende des Bettes, gegenüber den Fenstern stand das Möbel, das als letztes zu inventarisieren blieb, ein feierliches dunkles Monstrum aus massivem Mahagoni, das mit einer Marmorplatte und einem Kippspiegel ausgestattet war. Ein Frisiertisch, wie es schien, dessen abweisende Miene seiner frivolen Bestimmung widersprach. Nach kurzem Staubwischen legte Adeline schnell ein Handtuch auf die Platte, denn die Berührung mit dem kalten Marmor mißfiel ihr; dann entnahm sie ihrem Gepäck und verteilte auf dem Tuch ihre Kämme, ihre Bürsten, ihre Haarnadeln, einen Handspiegel, eine Schere, das Nagelnecessaire, die Puderquaste, die Schminkdose, den Lippenstift: so daß dort, wo sich noch einen Augenblick zuvor die düstere Masse eines absurden Mausoleums erhoben hatte, sich nun schmuck und schimmernd das ganze Zubehör weiblicher Verführung ausbreitete.

Die erste Magd, die eintrat, um den Heizkessel zurückzubringen, blieb mit offenem Mund vor dieser Ausstellung stehen; sie ging ihre Gefährtinnen rufen; ein Kreis höchlich verwunderter Figuren bildete sich hinter dem Stuhl, den Adeline vor den Frisiertisch geschoben hatte. Nicht daß der Gebrauch von Schminke, von Lippenstift und von Puder in Girgenti unbekannt gewesen wäre, aber wer in Sizilien einen Schatz besitzt, zeigt ihn nicht her, er verbirgt ihn, sperrt ihn in die Truhe – besonders dann, wenn es sich um einen kostspieligen Besitz, einen Luxusartikel handelt, der dem Vergnügen dient. Und außerdem – das war für die Hausmädchen, zu denen die nicht weniger entrüstete *Signora Madre* und ihre Schwestern gestoßen waren, ein zweiter Grund, verblüfft und empört zu sein –, eine Frau »von Stand« frisiert sich nicht selbst. Jeden Morgen geht die Haarknotenflechterin durch die Straße – Adeline erinnerte sich, daß während der Fahrt auf dem Karren sich ihr eine Frau unter diesem Titel vorgestellt hatte. Vom Balkon aus bestellt man sie durch ein simples Kopfnicken. Die Haarvirtuosin kommt alsdann mit ihrem Korb die Treppe herauf, bereit, ihre Kundinnen mit jeder Art von Frisur zufriedenzustellen, von der üblichen glattanliegenden, gescheitelten, zurückgekämmten Haartracht bis zum modischen gedrehten Zopf.

Die *Signora Madre* schwieg zu Adelines anderen Neuerungen, dem Abtransport des Kaffeeservices und des Glassturzes, der herausgefischten Alabasterschale und Keramikvase, aber konnte sich angesichts dieser letzten Laune nicht zügeln:

»Die Haarknotenflechterin wird dir zu Diensten stehen«, sagte sie in strengem Ton. »Sie allein versteht dich kunstgerecht zu frisieren, indem sie dir zuerst das Haar mit Öl einreibt und danach mit Essig behandelt.«

Abgesehen davon, daß Adeline keine Lust hatte, ihr Haar wie einen Salat würzen zu lassen, hatte sie sich im Atelier am Faubourg Saint-Honoré zu lange mit den Köpfen der anderen abgemüht, um sich nicht selbst mit dem eigenen beschäftigen zu wollen. Sie hütete sich, diesen Einwand laut zu äußern, und beschloß, zum gleichen Mittel wie im Falle des Waschraums Zuflucht zu nehmen: sie würde sich den Schlüssel zur Verbindungstür mit den der *Signora Madre* und ihren Schwestern vorbehaltenen Zimmern geben lassen, auf die Gefahr hin, sie durch ihr Bedürfnis nach Absonderung zu beleidigen.

In unterwürfigem Ton bat sie um den Gefallen, ihr eine Putzfrau zu schicken, da ihr erster Versuch, einen Besen und einen Staublappen zu erhalten, sich als fruchtlos erwiesen habe. Die *Signora Madre* zuckte die Achseln und brummte, das Zimmer sei erst am heutigen Morgen gründlich gereinigt worden.

»Falls der Staub noch daliegt, hat Gott es eben so beschlossen.«

Jedoch, wenn die *Francesina* darauf bestehe, fuhr sie fort, »werde man den Staub von neuem züchtigen«, und nach dieser sibyllinischen Formel schob sie ihre Töchter, ihre Schwestern vor sich her und verließ dann ihrerseits das Zimmer.

Adeline ging ans Fenster und trat auf den Balkon. Die Fassade des *Palazzo* nahm eine Seite eines kleinen quadratischen Platzes ein. Das von Bomben getroffene Gebäude ist nach diesem Krieg abgerissen worden. Das Bild, das sich ihr bot, als sie vortrat, um sich umzuschauen, ist jedoch unverändert geblieben. Die Kirche San Giuseppe auf der rechten Seite des Platzes und, unserem *Palazzo* gegenüber, der *Circolo Empedocle*, ein klassizistisches, einstöckiges Bauwerk mit seinen von ägyptischen Säulen eingefaßten acht Fenstertüren, sind immer noch da, unsichere Zufluchtsstätten – der blinden Gottergebenheit die eine, des Freidenkertums die andere. Oft gehe ich, um zu träumen, auf diesen Platz, auf dem ich als Kind gespielt habe und der mich die Eitelkeit aller Ideologien gelehrt hat. Weder San Giuseppe noch Empedokles haben Sizilien vor seinen Leiden bewahrt. Die beiden wettstreitenden Heiligtümer gemahnen in gleichem Maße daran, wie gefährlich es ist, an etwas zu glauben. Heute wie einst von alten Frauen besucht, die in der Hoffnung auf unmögliche Wunder ihren Rosenkranz abbeten, beziehungsweise von ernüchterten Herren, die auf wackeligen Tischen Karten spielen, sind sie gewissermaßen die Zusammenfassung eines Jahrhunderts der Hoffnungen, der Enttäuschungen und der Fehlschläge.

Als er gegen 1850 gebaut worden war, hatten sich im *Cir-*

colo die Freimaurer Girgentis versammelt, eine intelligente, aktive Minderheit, die entschlossen war, die Bestrebungen Cavours und Mazzinis zu unterstützen. Als Adeline vierzig Jahre später in den Palazzo einzog, war vom hitzigen, vornehmlich gegen die weltliche Macht der Päpste – ein Hindernis bei der Einigung Italiens – sich richtenden Atheismus nur eine engstirnige antiklerikale Gesinnung ohne Ziel, Ehrgeiz, Grund übriggeblieben. Der Club war auf die liberale Zeitung der Halbinsel abonniert, deren einziges Exemplar in einer Ecke herumlag und nur dann einen es ostentativ entfaltenden Liebhaber fand – meine Mutter hatte mehrfach Gelegenheit, diesen Trick zu beobachten –, wenn der Pfarrer aus dem Pfarrhaus trat und an den ägyptischen Säulen vorbei zu seiner Kirche ging. *A scopa* spielen oder in den Strohsesseln bis zum Einbruch der Nacht sitzen, den Hut tief in die Stirn gezogen, während die feierlichen Töne des Ave-Maria in der reinen Luft erklangen, stellte die einzige Form staatsbürgerlichen Protests dieser Männer dar, deren Väter die Nation geeint, Rom Pius IX. wieder abgenommen und auf der Engelsburg die Trikolore gehißt, ihnen aber Malaria, chronische Armut und die hoffnungslose Melancholie des Südens hinterlassen hatten.

Ich habe festgestellt, daß an den acht Fenstertüren hohe Klappläden angebracht worden sind. Auf der letzten Etappe ihrer Ernüchterung brüten die Stammgäste des *Circolo* also unter Ausschluß der Öffentlichkeit über ihre Verbitterung, stoßen den Rauch ihrer amerikanischen Zigaretten aus (der einzigen, die man noch rauchen kann, seitdem der italienische Staat die Tabakregie monopolisiert) und plaudern vertraulich miteinander über die Nutzlosigkeit der Revolution.

Die vierte Seite des Platzes öffnete sich einst zum Meer hin; allein das Häuschen des Pfarrers schmiegte sich hinter einen Rosenlorbeer; jetzt versperren moderne Gebäude das unermeßliche ionische Panorama.

Die Via Atenea verläuft vor der Kirche San Giuseppe quer über den Platz. Wenn sie sich nach rechts neigte, konnte meine Mutter ein wenig weiter unterhalb die Piazza Municipio sehen, auf der die Via Atenea endete: wenngleich von bescheidenem Ausmaß, ist sie die wichtigste Straßenkreuzung der Stadt und das Zentrum des städtischen Lebens. Die Gemeindeverwaltung logiert in dem Gebäude, das einst das Dominikanerkloster beherbergte. Die an das Kloster angrenzende Kirche San Domenico ist dem Rathaus eingegliedert geblieben. Meine Mutter wunderte sich noch mehr, als sie erfuhr, daß man, um in die Oper zu gehen, den ehemaligen Klosterhof betreten mußte: das Theater öffnete seine Türen unter der Loggia des Klosters. Gott, die Verwaltung und die Kunst kampierten am gleichen Ort. Das Margherita getaufte Theater trug den Namen der Königin von Italien, so als ob, erklärte ihr eines Tages mit verachtungsvollem Lächeln für diese kindische List die *Signora Madre*, die neuen piemontesischen Behörden geglaubt hätten, eine Frau werde schneller der bourbonischen Rachsucht Meister werden und, auf dem Umweg über ihren liebsten Zeitvertreib, die dem König von Neapel treu gebliebenen Legitimisten auf die Seite des Hauses Savoyen bringen.

Was hätte die *Signora Madre* gesagt, wenn sie 1946 der Umbenennung des Theaters in Pirandello-Theater beigewohnt hätte? Aber da war sie schon vor langer Zeit gestorben, nicht ohne auf ihre Töchter, Eugenia, die Älteste, hauptsächlich, ihren den Thronräubern geltenden Haß zu übertragen, während die Jüngere, Euloquia, einen zusätzlichen Grund fand, um gegen die Schirmherrschaft, dieses schändliche Zeichen der neuen Bestimmung des Hauses, zu wettern: nicht mehr die Oper – die damals regierenden »Roten« verabscheuten sie als eine des didaktischen Zwecks ermangelnde Kunst, prangerten sie als »Klassen«zerstreuung an –, sondern Prosastücke von volkserzieherischem Wert.

Ungeachtet der Fastenzeit – denn deren Verpflichtungen besaßen keine Gesetzeskraft mehr unter der Regierung von Päpsten, die sich für Gefangene der italienischen Monarchie erklärten und den Katholiken die Teilnahme am politischen Leben untersagten – zeigte das Margherita-Theater für den 29. März 1890 *Otelleo*, *novità* (mit nur dreijähriger Verspätung) des *maestro* Giuseppe Verdi an. Die Besetzung der Rollen hatte der Wind abgerissen, sie flatterte über einem an der Mauer des *Circolo Empedocle* angebrachten Aushang.

Unter dem Balkon öffnete sich eine Tür. Ein Hausknecht trat mit dem Stallpferd und den Maultieren aus dem *Palazzo*, um die Tiere zur Tränke zu führen. Ein Alter, der quer über den Platz zum *Palazzo* ging, wich aus, um sie durchzulassen. Mit einem violetten Gewand gekleidet, einen langen Hirtenstab in der einen, einen Terrakotta-Eimer in der anderen Hand, ging er von Haus zu Haus und bat um ein wenig Öl für die Tag und Nacht in der Kirche brennende Lampe des heiligen Joseph. Vor dem Portal angelangt, klopfte er mit seinem Stock an. Adeline war neugierig zu erfahren, wer ihn einlassen würde und ob »Lieferant des Sankt-Joseph-Öls« im Hause als ausreichende Qualifizierung galt, um einen Platz auf der Matte vor dem Feuer zu erhalten. Doch Angela und ihre Mutter, die Signora Pia, waren wieder ins Zimmer gekommen. Jede hielt eine neunschwänzige Katze in der Hand, deren Lederriemen an einem Stiel aus Olivenholz hingen.

»*Chiudere la finestra*«, sagte Angela, die ein paar Worte Italienisch sprach.

Adeline erhob Einspruch: wenn sie saubermachen wollten, müßte vielmehr auch das zweite Fenster geöffnet werden.

Die einzige Antwort der Signora Pia hierauf war, daß sie die Läden schloß und das Zimmer in Dämmerlicht tauchte. Sodann bemächtigte sie sich der beiden Fensterflügel und, als eine Frau, die weder Termiten noch Schimmel, noch die lange Untätigkeit und die anderen natürlichen Feinde des Holzes daran hindern sollten, das Feld zu behaupten, schob sie sie zusammen und stieß sie mit solcher Kraft auf ihren Platz im Fensterstock zurück, daß wieder ein Stück Gips von der Zimmerdecke herunterfiel.

Adeline, die sich in die Nähe des Betts geflüchtet hatte, fragte sich, welcher Art von Arbeit sich die beiden mit derart primitiven Geräten bewaffneten Dienstmädchen ergeben würden. Die kriegerische Raserei, die sie erfaßte, übertraf ihre pessimistischsten Erwartungen, erfüllte sie gleichzeitig aber mit starker Lachlust. Nach rechts, nach links, auf die Stühle, auf die Tische, auf die Truhe, auf den Frisiertisch, gegen die Wände, auf den Boden, in die Luft, ins Leere schleuderten sie die Riemen ihrer Peitschen; trotz ihres Alters und ihrer Korpulenz tobte die Mutter nicht weniger herum als die Tochter; sie drehten sich um sich selbst, bückten sich, streckten sich, schwenkten ohne Unterlaß ihre verschlungenen Ruten und peitschten aufs Geratewohl vor sich hin.

Der aus seiner jahrhundertalten Lethargie gerissene Staub machte sich, so gut er konnte, davon. Er hob sich in kleinen Wolken, stieg an die Decke außer Reichweite der schrecklichen Riemen, schwebte unentschlossen im Halbdunkel, suchte Schutz in den unerreichbaren Spinnweben. Der Ärger, sich einer in den Gewohnheiten des Hauses nicht vorgesehenen Extraarbeit unterziehen zu müssen, schürte die Wut der beiden Furien, Adeline erriet es nur zu wohl. Sie hüpften auf der Stelle, warfen ihre drallen kurzen Arme so hoch wie möglich empor, sprangen, tobten, beschimpften die rebellischen Partikel, um sie zu zwingen, von der Zimmerdecke wieder herunterzufallen und neue Prügel zu beziehen. Der Kriegstanz dauerte so lange, bis sie ihren Rachedurst erschöpft hatten. Als ihnen die Strafe ausreichend schien, verließen sie das Zimmer erhobenen Hauptes und triumphierend lächelnd und erlaubten dem Staub wieder auf die Möbel herunterzusinken und im Dämmerlicht wieder einzuschlafen.

Fast erstickt, betäubt, dennoch über das so unerwartete Ergebnis ihres Vorschlags erheitert, folgte Adeline ihnen halb hustend, halb lachend auf dem Fuße, um den übrigen Teil des *Palazzo* zu besichtigen.

13

Die Bundeslade

In einem Gang begegnete sie der *Signora Madre* und fragte sie, wo der Salon sei.

»Welcher Salon?«

Die *Signora Madre* heftete einen strengen Blick auf sie, so als habe sie eine neue Ungehörigkeit geäußert.

»Der Salon, *Signora*. Das Zimmer, in dem Sie zusammenkommen, der Gemeinschaftsraum, ich weiß nicht, wie Sie es nennen.«

»Wenn du den *Salotto* meinst, so ist das kein Zimmer, in dem wir zusammenkommen. Wenn du den Gemeinschaftsraum suchst, geh in die Küche hinunter.«

Adeline ging in die Küche hinunter und fand dort etwa zehn Personen, von denen ihr manche schon bekannt waren. Ein Vogelschausteller hatte auf die Fensterbrüstung einen Käfig abgesetzt, in dem zwei gelbe Kanarienvögel an einem Schulp herumpickten; für diese Vorstellung belohnte man ihn mit einer halben Pinte Wein. Die sehr geräumige, wenn auch niedrige Küche nahm ein Viertel des Erdgeschosses ein. Aufgerollte, an die Wände gelehnte Strohmatten zeigten die nachts für die Laufkundschaft reservierten Stellen an. Im angrenzenden, mit Kalk beworfenen und mit einem langen Refektoriumstisch, dessen frisch poliertes Holz einen guten Wachsgeruch ausströmte, ausgestatteten Eßzimmer waren zwanzig in einer Reihe an der Wand stehende schwarze Stühle und zwei bemalte Holztruhen zu sehen, die einen Teil des Geschirrs enthielten.

Das junge Mädchen wandte sich an eine der Mägde und wiederholte seine Frage.

»Wo ist der *Salotto*?«

Die Magd schüttelte den Kopf und lief ohne ein Wort davon. Von der Signora Pia, von Angela, von allen, die sich an den langen mit Tomaten und Orangen beladenen Geschirrborden in der Küche zu schaffen machten, erhielt Adeline nur mißtrauische oder ängstliche Blicke. Sie ging wieder in den ersten Stock, den *Piano nobile* hinauf. Eine zweiflügelige Tür lenkte durch die spiralförmigen Zierleisten ihres Rahmens und die Stuckmuschel über dem Türsturz ihre Aufmerksamkeit auf sich. Sie drückte auf die Klinke, stieß den sperrigen Riegel zurück. Die rostigen Angeln quietschten. Rücklings an den Flügel gelehnt, den sie eilig wieder hinter sich geschlossen hatte, mußte sie sekundenlang warten, bis sich ihre Augen an die Dunkelheit gewöhnt hatten. Schwere vor die Fenster gezogene Samtvorhänge hielten das Licht ab. Unter grauen Schutzhüllen nahm sie die bauchigen Formen von Sitzen wahr, die ihr wegen ihrer Gestalt und ihrer Breite prachtvoll erschienen. Das Sofa nahm allein eine Seite des Zimmers ein; sechs Sessel standen in einer Reihe ihm gegenüber an der Wand. Die Anordnung der Möbel und die Länge des Salons hätten eine allgemeine Unterhaltung unmöglich gemacht. Madame Pichon als Dame des Hauses, die vor allem Schweigen und Verlegenheit zwischen ihren Gästen fürchtet, hätte die Sessel in die Nähe des Sofas gerückt und, was sie »einen Cercle« nannte, gebildet.

Adeline nahm einen der Schonbezüge ab und entdeckte einen breiten, tiefen, an Armen und Seitenlehnen mit kostbaren Skulpturen verzierten Lehnsessel; ein bißchen überladen, dachte sie, war sich aber nicht sicher, ob sie nicht mit dem engen Geschmack der Kleinbürger aus Toulon reagierte; ein Prunkstück sicherlich aus dem letzten Jahrhundert, reicher Überrest aus einer vergangenen Zeit. Die unter den Sitz gewölbten Beine ruhten auf Löwenfüßen, und das Laubwerk und die Girlanden der Vergoldungen endeten ganz oben auf der Rückenlehne in einem Geflecht von Reben und Ranken, aus dem, gleich einem Boten der Bourbonenmiliz, ein pausbäckiges Engelsgesichtchen auftauchte.

Von gleicher Pracht waren die beiden vor die Fenster gestellten Konsolen und der Glasschrank, die das Mobiliar vervollständigten. Weder an Marmor noch an vergoldetem Holz war gespart worden. Voluten, Arabesken, Spiralen, Kordeln schlangen sich zu einem Kurvenwirrwarr ineinander, aus dem die gerade Linie verbannt schien. Die Kaffeetassen hinter der Glasscheibe waren nicht weniger kostbar, sagte sich Adeline, ärgerlich, weil sie sich eingestehen mußte, daß sie in einer praktischen Anwandlung, die bei den Vasconcellos nicht mehr angebracht war, deren Wert berechnet hatte. Jeder kleine Henkel stellte einen davonfliegenden Cherub dar. Dank ihrer Aufenthalte vor dem Schaufenster der Gebrüder Laprade erkannte sie ein Muster des seltensten Capodimonte-Porzellans. Um den Rand der Tassen und um die Untertassen lief eine Goldborte, und von Gold waren die Federn, die die Flügel der Cherubim schmückten.

Behutsam drehte das junge Mädchen den Schrankschlüssel im Schloß und öffnete die Tür. Adeline brannte vor Verlangen, eine dieser Tassen in die Hand zu nehmen und an die Lippen zu führen, Vorgeschmack des genußreichen Lebens in Luxus, das sie trotz der nüchternen Strenge der Zimmer im *Palazzo* führen würde. Um von ihrem heimlichen Besuch einen körperlichen Eindruck von Behagen und Wonne mitzunehmen, sah sie sich um und beschloß, einen der so nobel aussehenden Sessel auszuprobieren.

In der Annahme, sie werde in den gepolsterten Tiefen des Samts versinken, ließ sie sich auf den Sitz fallen. Die Polsterung erwies sich als ebenso hart wie die Matratzen ihres Bettes; obwohl das Möbel von ehrwürdigem Alter war, schien es nie gedient zu haben; und die fünf Minuten, die sie in den vergoldeten Armen verbrachte, wurden dazu benutzt, eine erträgliche Haltung zu suchen. Wenn sie sich auf eine Armlehne stützte, blieben zwei Drittel des Sitzes leer; mitten auf dem Sessel sitzend, mußte sie sich starr geradehalten. Sie zog die Schonhülle wieder über den Sessel, fragte sich, welchen Blick man vom Balkon aus hatte, schlüpfte durch den Vorhangschlitz, öffnete nicht ohne Mühe das Fenster, aber kam nicht mehr weiter wegen des am Fensterstock befestigten Metallrahmens.

Sicherlich, sagte sie sich, als sie die Besichtigung des *Palazzo* fortsetzte, habe ich nur den Sommersalon gesehen; ich werde den Wintersalon entdecken, wo die Familie sich versammeln muß. Sie hatte sich jedoch den Tatsachen zu beugen: es gab nur einen einzigen *Salotto*, und das war dieser ebenso düstere wie prunkvolle Raum; weder Wintersalon noch Sommersalon, weil über die niedrigen Dinge der Jahreszeiten hoch erhaben; zeitloses Heiligtum, bewahrt vor den Wechselfällen des Klimas und den Gästen des Hauses verboten.

Der *Salotto* wurde nie geöffnet; die Fenstervorhänge blieben das Jahr über geschlossen. Nie wurde er bei Familienzusammenkünften oder beim Empfang von Freunden benutzt. Benutzen! Ein Wort, verbannt aus der sizilianischen Religion, der zufolge der Glanz eines Gutes desto heller erstrahlt, je nutzloser es ist. Ungehalten über eine derartige Sinnlosigkeit, versuchte Adeline vergeblich, sich erklären zu lassen, wozu der *Salotto* diente. Als Wahrer der Familientradition und Garant des Ansehens seiner Herrschaft nahm er die Mitte des *Palazzo* ein; doch ebensowenig, wie man über die Balustrade des Chors klettern und die Stufen zum Altar emporsteigen darf, war der Zugang zu diesem Tabernakel gestattet. Gleich den Gesetzestafeln im Allerheiligsten illuminierte das Capodimonte-Service mit dem Goldrand, unsichtbar für die Gläubigen, allein zum Ruhm der Besitzer, das Dunkel ihres Salons.

Bis zum Monat Juni stellte die Küche eine angenehme Zuflucht dar. An kühlen Aprilabenden setzte man sich, ehe man ins ungeheizte Eßzimmer ging, um den Herd. Es mißfiel Adeline nicht, sich in einem weniger einschüchternden Rahmen, als es der Salon mit dem barocken Mobiliar gewesen wäre, an ihr neues Leben zu gewöhnen und die Gewohnheiten des *Palazzo* zu studieren. Sie war schlau genug, um zu verstehen, daß das auf zwanzigtausend Einwohner geschrumpfte und durch eine lange Reihe von Katastrophen gedemütigte Girgenti den stolzen Geist einer entthronten Metropole wahrte. Sie, die kleine aus Toulon nach Paris Ausgewanderte, war es, die in den Sesseln mit den vergoldeten Weinreben, in die sie sich nicht zu setzen und in denen sie nicht zu sitzen wußte, die Figur einer Kleinstädterin abgegeben hätte. Trotz ihrer pastellfarbenen Toiletten und ihrer Hüte vom Faubourg Saint-Honoré fühlte sie sich ihrer Eleganz nicht so sicher unter den mit der Würde von Römerinnen des Altertums in ihre Schals gehüllten Frauen. Mehr als eine hätte als Modell dienen können für die Münzen mit dem Bild der Göttin Demeter, die Don Calogero fand, wenn er auf der Suche nach Schwefel im Boden grub.

Die *Signora Madre* und ihre Schwestern schlugen nie eine Zeitung auf, nichts außer ihren häuslichen Beschäftigungen hatte für sie einen Reiz, sie zeigten keinerlei Interesse für das, was sich außerhalb der Gegend von Girgenti zutrug. Adeline hätte tausend Gründe gehabt, sich ihrem engen Interessenkreis überlegen zu fühlen, wäre da nicht diese fortbestehende unwiderstehliche Anziehungskraft eines Hauses, dessen Ursprung sie einer mythischen Vergangenheit zuordnete, auf die Tochter von Monsieur und Madame Pichon gewesen. Sie wurde kaum über ihr Pariser Leben befragt. Auch Paris selbst löste keine Frage aus. Konnte das Alter von zwölf Monaten des Eiffelturms sich mit den fünfundzwanzig Jahrhunderten der von Pindar besungenen Stadt messen? Das zunächst von ihrer Gleichgültigkeit gekränkte junge Mädchen sah in ihr bald etwas wie einen zusätzlichen Adelsnachweis. Sie billigte es, daß die Vasconcellos ihr den Zutritt zum großen Zimmer im *Piano nobile* untersagten. Wer war sie, um ohne eine Probezeit auf eine so großartige Ausstattung Anspruch erheben zu können? In der Küche, wo Hausherrinnen und Gesinde zusammen den Teig kneteten, die Pizza in den Ofen schoben, die Tomaten zum Trocknen vorbereiteten, fühlte sie sich wohl; die Erinnerungen an ihr Leben in Toulon, an den Markt am Hafen vermischten sich mit dem am Herd empfundenen Behagen; da sie nicht mehr fürchtete, gesellschaftlich abzusinken, gab sie sich dem Vergnügen hin, die Gerüche von Piment und Knoblauch in die Nase steigen zu lassen; und solange das maßvolle Frühjahrswetter anhielt, dachte sie nicht mehr an die verbotenen Reize des *Salotto*.

Dann kamen die ersten heißen Tage; vom Monat Juni an zeigte das Thermometer, das Madame Pichon in Adelines Gepäck geschmuggelt hatte, eine Temperatur von fünfunddreißig Grad. Man versammelte sich auch weiterhin in der von Essensgerüchen erfüllten Küche, inmitten von Fliegenschwärmen, die von der Tomatenauslage angezogen wurden. Die Abfälle faulten in den Eimern. Abends mußten zum Schutz vor der Mückeninvasion die Fenster geschlossen werden. Hitze und Gestank wurden unerträglich. Die *Signora Madre* und ihre Schwestern fächelten sich mit behelfsmäßigen geflochtenen Bastscheiben, die an einem weißen Holzstiel befestigt waren, Kühlung zu, während die älteren Hausmägde, um die Last leichter zu machen, mit beiden Händen ihre dicke Brust hoben und stöhnend die Madonna anriefen. Dort oben, über ihren Köpfen, stand der *Salotto* leer. Der einzige Raum, der wegen der Höhe seiner Decke, des Überflusses an Kubikmetern, des Vorzugs, drei Fenster zu besitzen, vor der Gluthitze Schutz geboten hätte, schien einem anderen Universum anzugehören als der Welt der den Hausbewohnern täglich auferlegten Qualen und Nöte.

Gewiß, nach zwei Monaten Ehe verband Adeline den *Palazzo* nicht mehr mit den Vorstellungen von Reichtum, Luxus und Vergnügungen. Sie hätte nur gewünscht, daß man den *Salotto* wegen seiner praktischen Vorteile benutzte. Wenn man die Vorhänge aufgezogen, die Fenster und die Tür geöffnet hätte, wäre ein Luftzug entstanden. Die nackten Füße auf den Marmorboden zu stellen wäre kein Verstoß gegen die strenge Regel der Örtlichkeit gewesen.

Eines Abends, am Ende eines noch heißeren Tages, gab die *Signora Madre* das Zeichen, indem sie ihren Stuhl ins Freie, vor die Tür, auf den Platz trug. Ihre Schwestern, ihre Töchter, die anderen Frauen des Hauses, einige Mägde auch, die nicht an der Reihe waren, die Omeletten für das Abendessen zuzubereiten, folgten dem Beispiel der *Signora Madre*, jede mit ihrem Stuhl unter dem Arm. Und alsbald organisierte sich unter den schönen schmiedeeisernen Balkonen des *Salotto* ein Salon-Ersatz, den sogleich Wolken von Stechmücken orteten.

Adeline begann auf die Insekten Jagd zu machen, die, da ihre Haut einer Nordeuropäerin sich leichter stechen ließ, unaufhörlich ihren Stuhl umsummten. Dann und wann hörte sie neben sich ein weiches Geräusch, das ein versuchtes Totschlagen auf der schlaffen Haut eines Arms anzeigte; die Frauen blieben jedoch friedlich sitzen, sei es, weil ihre stattliche Masse die Angreifer einschüchterte, sei es, weil ihnen die Mühe, die Hand zu heben, im Verhältnis zur Unannehmlichkeit eines Stichs übergroß erschien. Sie ertrugen die

Mücken, wie sie die Hitze und die anderen klimatischen Belästigungen ertrugen, mit der Geringschätzung für ihr eigenes Wohlbefinden, der Verachtung für ein leichteres Leben, der Unerschütterlichkeit gegenüber Zwangsläufigem des Daseins oder der geistigen Entschlußunfähigkeit, deren so viele andere Symptome im *Palazzo* Ausdruck verliehen.

Die Stühle nach draußen zu bringen, stellte das äußerste Hilfsmittel dar, zu dem sich die *Signora Madre* nur ungern entschloß, denn auf der anderen Seite des Platzes erhob sich, viel peinvoller für das Selbstbewußtsein der Vasconcellos, als der Stich der Mücken für ihre Haut schmerzhaft war, der verabscheute *Circolo Empedocle*, Brutstätte der liberalen Ideen, deren Verbreitung schließlich den Thron der Könige von Neapel umgestürzt hatte. Da hatte es wenig zu bedeuten, daß die Herren, die man nunmehr vor den Fenstertüren sah, von der Hitze betäubt, vor dem Glas Mineralwasser, dem einzigen ihren defizitären Geldmitteln gestatteten Luxus, dösend, den unbestreitbaren Beweis erbrachten, daß die historische Mission der Freimaurerei zu Ende war. Mit seinen ägyptischen Säulen, deren Mode Joachim Murat in Neapel eingeführt hatte, blieb der Empedokles-Zirkel eine unerträgliche Herausforderung für den *Palazzo*, dieses bis in seine Architektur und sein Mobiliar treue Bollwerk bourbonischer Rechtmäßigkeit.

»Wirklich«, sagte die *Signora Madre* und zeigte mit dem Fächer auf das über den Fenstertüren angebrachte Reliefmedaillon, »die Ähnlichkeit ist himmelschreiend. Ich habe den Eindruck, *er selbst* beschimpfe uns.«

Die drei Schwestern nickten verständnisinnig lächelnd. Das Medaillon stellte Empedokles dar, umgeben von allen Symbolen der Künste, der Literatur und der Naturwissenschaft, einer Leier, einer Palette, einer Feder, einem Kompaß, doch die *Signora Madre* erkannte in dem schwärmerischen Gesichtsausdruck eines Bärtigen die verhaßten Züge Garibaldis. Alle Bewohner des *Palazzo* hatten diese Schrulle übernommen, die schmeichelhaft für sie war, denn sie machte das Haus Vasconcellos zum unerschrockenen, sich den piemontesischen Invasoren entgegenstellenden Vorposten.

»Welche Unverschämtheit!« fuhr sie fort. »Ist es nicht ein Unglück, daß wir nicht die Nase aus der Tür stecken können, ohne beim Anblick dieses Usurpators in Wut zu geraten?«

»Un vero peccato«, bemerkten die Nachbarinnen und seufzten hinter ihren Fächern.

»Glaube mir, wenn wir ein Wohnzimmer hätten«, fuhr die *Signora Madre* zu Adeline gewandt fort, »würden wir nicht hierbleiben und uns von diesem Makaken verhöhnen lassen.«

Wie an den anderen Abenden ging Raimondo in ausschließlich männlicher Begleitung die Via Atenea auf und ab. Wenn sie vor der Kirche San Giuseppe vorbeikamen, lüfteten er und sein Bruder zu den Damen hinüber den Hut, ohne die Unterhaltung mit den Freunden zu unterbrechen, und setzten sodann ihren Weg fort.

Adeline, die zusammengesunken auf ihrem Stuhl saß, zerschlagen vor Hitze, um jegliche Vergnügungen gebracht, schutzlos den Mücken ausgeliefert, sagte plötzlich erbittert:

»Aber, *Signora*, wer hindert uns daran, den *Salotto* zu öffnen und es uns dort bequem zu machen?«

Die Fächer hielten augenblicklich in ihrem regelmäßigen Hin und Her inne. Die Verwandten drehten sich nach der jungen Frau um, während die Mägde, die nicht wußten, wie sie sich beim Anhören dieser ruchlosen Worte verhalten sollten, den Blick aufs Pflaster senkten.

Um ihre Unbesonnenheit zu korrigieren, fügte Adeline in munterem Ton hinzu:

»Selbstverständlich handelt es sich nicht darum, daß wir es uns im *Salotto* in seiner jetzigen Gestalt bequem machen. Die Sessel sind zu kostbar, das begreife ich auch. Es würde genügen, sie anderswohin zu schaffen, ihnen einen Platz auf dem Speicher zu geben und an ihre Stelle leichtere Möbel...«

Sie begriff, daß sie sich in die Waffe des Gegners stürzte, fuhr aber tapfer fort:

»Korbstühle... was weiß ich... Klappsessel...«

Sie brach ab, denn die sonst so strenge *Signora Madre* gab

sich für einmal, und ihre Schwestern folgten ihrem Beispiel, der freimütigsten Heiterkeit hin.

»Korbstühle! Habt ihr das gehört? Korbstühle! Im *Salotto! Povero Raimondo!*«

Das Mitleid mit dem Unglücklichen, der sich durch das unauflösliche Band der Ehe mit dieser törichten Person verbunden hatte, ließ die *Signora Madre* wieder in der gewohnten Unbeugsamkeit erstarren. Sie runzelte die Brauen und sagte:

»Die Sessel aus dem *Salotto* zu schaffen kommt nicht in Frage.«

»Aber wenn man die notwendigen Vorsichtsmaßnahmen träfe?« versuchte Adeline noch zu argumentieren.

»Schlag dir den Gedanken aus dem Kopf.«

»Aber warum, *Signora*?«

»Gewohnheiten sind Gewohnheiten.«

»Der *Salotto* ist das einzige Zimmer im Hause, das mit Moskitonetzen ausgestattet ist.«

Angesichts des Starrsinns der *Francesina* hielt es eine der Schwestern für ihre Pflicht, sich einzuschalten:

»Wünschst du, wir hätten nicht alle notwendigen Vorkehrungen treffen sollen?« fragte sie hoheitsvoll.

Adeline nahm die Gelegenheit wahr, Abbitte zu leisten.

»Gewiß nicht. Ich wollte die Ausstattung des *Salotto* nicht kritisieren. Nichts ist versäumt worden, um ihn so angenehm wie möglich zu gestalten. Warum jedoch, da er mit einer so hervorragenden Einrichtung versehen ist, soll man nicht Nutzen daraus ziehen?«

»Gewohnheiten sind Gewohnheiten«, wiederholte *Signora* Grazia als Nachbeterin dessen, was ihre ältere Schwester gesagt hatte.

In diesem Augenblick überquerte, von lebhaften und lustigen jungen Leuten umgeben, Ignazio Florio den Platz. Als er seine Reisegefährtin gewahrte, zog er den Hut und grüßte von weitem.

Adeline unternahm einen letzten Widerstandsversuch.

»Entschuldigen Sie«, sagte sie mit einer Stimme, die sich um eine halbe Oktave über ihre natürliche Lage erhob, als ob im selben Moment, da sie die Überlegenheit ihres Gedankengangs feststellen wollte, sie selbst die Ungebührlichkeit eines solchen Anspruchs eingesehen hätte. »Entschuldigen Sie, aber wenn ich finde, daß eine Gewohnheit schlecht ist, versuche ich sie abzulegen.«

»Wir sind immer ohne Wohnzimmer ausgekommen, und wir werden weiterhin ohne eines auskommen, weil wir es immer so gehalten haben«, erklärte die *Signora Madre*. »Der Esel säuft dort, wo er immer gesoffen hat.«

Und um kundzutun, daß nach einer so schlagenden Begründung die Diskussion ein Ende habe, begann sie wieder, sich Kühlung zuzufächeln. Auf ihrem Stuhl gerade aufgerichtet, wölbte sie ihre Brust vor, erwählte einen Stern am Firmament und sah ihn starr an, als wollte sie durch verstärkte Majestät die mit müßigen Streitgesprächen verlorene Zeit wieder einholen.

Die Vasconcellos besaßen den schönsten *Salotto* der Stadt, ihn aber zu praktischen Zwecken zu gebrauchen hätte ihn entwürdigt. Der Ruhm einer Familie wurde nicht allein am Prunk ihrer Möbel, sondern vielmehr am rein idealen zweckfreien Charakter eines Gutes gemessen, das zu benützen degradiert hätte.

Ein vornehmes Desinteresse, das meiner Mutter annehmbarer erschienen wäre, hätten die im Zusammenleben mit Raimondo erlittenen Enttäuschungen ihren Vorrat an Nachsicht mit den Exzentrizitäten Siziliens nicht angegriffen. Der französische nüchterne Sinn gewann allmählich wieder die Oberhand. Sosehr das Pseudogeschenk des Türkishalsbandes sie fasziniert hatte als eine fürstliche Abweichung von den Regeln bürgerlicher Korrektheit, von denen die Würdenträger des diplomatischen Korps, die Meister im Reitsport und anderen Besucher des Bois befreit sind, so sehr reizte sie das dem Pomp eines eitlen Dekorums gewidmete unsinnige Opfer jeder Bequemlichkeit, die Unnatürlichkeit, den schönsten Raum des Hauses leer stehen zu lassen, wenn man des notwendigen Wohnzimmers ermangelte. Jedesmal, wenn sie an der Tür mit den zwei Flügeln und dem mit einer Muschel verzierten Türsturz vorbeikam, dachte sie voller Wut daran, daß ihre in den dunklen Pariser Wintern mit großer Mühe vor Frostbeulen bewahrten Hände und Lippen nun wegen dieses unangebrachten Stolzes der Gier der nächtlichen Insekten ausgesetzt waren.

Im Lauf ihrer ein Dutzend Aufenthalte in Girgenti erlebte Adeline nur zweimal, daß der *Salotto* benutzt wurde. Das erstemal bei ihrer Hochzeit. Die Schonbezüge waren entfernt, die Sitzgelegenheiten jedoch an ihren Plätzen an den äußersten Enden des Salons stehengelassen worden. Auf einer Seite nahm das gewaltige Sofa immer noch eine ganze Wand ein; an der Wand gegenüber pflanzten die sechs üppigen Lehnsessel ihre bauchigen Sitze in einer Reihe auf. Vergeblich versuchte das Mailicht durch den dicken Samt der Vorhänge zu dringen. Die mehreren in goldbronzene Kandelaber gesteckten Kerzenpaare erhellten das erstikkende Halbdunkel nur spärlich. Einzige in der Einrichtung des Salons angebrachte Veränderung: eine Art Buffet erhob sich in der Mitte des leeren Raums. Man hatte die Böcke und Bretter eines der Betten herbeigebracht und über das notdürftige Gerüst eine Damastdecke gebreitet. Auf diesem »Tisch« standen einige mit einer grünen Flüssigkeit angefüllte Karaffen neben Tellern mit Gebäck. Adeline suchte die goldgeränderten Tassen des Capodimonte-Kaffeeservices. Waren sie für einmal aus dem Schrank genommen worden? Würden sie endlich benutzt werden? Nein, sie standen am gewohnten Platz, hinter der Glasscheibe in einer der geflügelten Laune ihrer Cherubim umgekehrt proportionalen Steifigkeit.

In ihrem weißen Kleid, dessen Kauf die Vasconcellos eines ihrer besten Stücke Lands gekostet hatte, wurde die junge Ehefrau zum Sofa geführt und auf die Mitte der Bank gesetzt. Da sie keine Stütze hatte, um sich anzulehnen, mußte sie sich während der ganzen Zeremonie so starr und gerade halten, daß sie fast Nierenkrämpfe davon bekam. Zu ihrer Linken installierte man Don Raimondo in Frack und gestreifter Hose. Dann traten zu zweit die Gäste ein. Ein jedes Mal drei Paare, um die sechs Sessel am anderen Ende des Raums einzunehmen. Sie traten ein und gingen unverzüglich zu ihren Sitzen, ohne an die Neuvermählten das Wort zu richten. Nachdem sie sich hingesetzt hatten, redeten sie ebensowenig, vielmehr begnügten sie sich damit, in ihren steifen Kleidungsstücken starr vor sich hin zu blicken. Adeline, die nicht wußte, wie sie sich verhalten sollte, beobachtete schweigend die Vorgänge. Die ersten, die hereingeführt wurden, waren die wichtigsten Bürger der Stadt: Baron Gangi, Graf Trigona, einige weitere Adelige, doch da die im Rückgang begriffene Aristokratie keine glanzvolle Anzahl von Gästen mehr stellen konnte, hatte sich die Großzügigkeit der Vasconcellos über die Vertreter jener Verwaltung erstreckt, die sie haßten. Der Präfekt, der Gemeinderat, der Postdirektor, die Offiziere des fünfzigsten Husarenregiments, Mitglieder der Ärzteschaft, Anwälte, ein Notar, Gutsbesitzer aus der Umgegend traten der Reihe nach ein und nahmen in den Lehnsesseln Platz, ein jeder in Begleitung seiner Gattin. Louise Hamilton erschien am Arm von Roberto Caico, ihrem Mann.

Die Frack oder Uniform tragenden Männer saßen, den Hut auf den Knien, die Handflächen auf dem Hut, starr auf ihrem Sitz. Die Damen, ganz in Schwarz und in Mantillen, legten die Hände flach auf die Knie. Bewegungslos verharrten alle, ohne zu sprechen, einige Minuten in dieser Haltung, ehe sie wieder aufstanden und sich dem Tisch näherten. Jeder faßte ein Glas, hob es in Augenhöhe und nahm sodann langsam, mit geschlossenen Augen, den Inhalt zu sich; einen klebrigen, lauwarmen faden Likör, wie auch das Gebäck trocken und ohne Geschmack war; doch niemand hätte sich der Verpflichtung entzogen, die Spezialitäten zu kosten, die aus Anlaß der Eheschließung hergestellt worden waren und deren der Pflicht näher als dem Vergnügen kommenden Zweck betonten. Eine Erfrischung, die nicht erfrischt, Naschwerk, das von niemandem genascht werden kann, symbolisieren bei uns den Ehebund.

Während drei um den Tisch stehende Paare mit der gleichen würdevollen Pose den Likör schlürften und das Gebäck knabberten, betraten drei andere Paare den Raum und nahmen in den Sesseln Platz. Die Eingeladenen folgten aufeinander, ohne daß es zu Zusammenstößen oder Unterbrechungen kam. Sobald sie den Ritus in seinen verschiedenen Phasen erfüllt, fünf Minuten in den Lehnsesseln ausgeharrt, ihrerseits den *Rosolio* und die *Sticozzi* zu sich genommen hatten, wandten sie sich zur Türe und gingen, immer gleich starr und schweigend, hinaus, um den nächsten Platz zu machen. Man hätte sie für Gespenster gehalten ohne das Krachen ihrer Lackpumps, die zu eng geworden waren für ihre seit der letzten Hochzeit angeschwollenen Füße und deren Boxcalf des Oberleders unter dem Druck des Fleisches rissig geworden war.

Erkannte meine Mutter unter der Schwerfälligkeit der gesellschaftlichen Konventionen die ganze Größe einer solchen Betrachtungsweise der Ehe? Die neue Verbindung zwischen einem Mann und einer Frau war bei uns zu jener Zeit ein zu feierliches Geheimnis, um durch einen banalen Austausch von Höflichkeiten entwertet werden zu dürfen. Nur die Hausangestellten brachten Leben ins Zimmer: ein unaufhörliches Kommen und Gehen von Mägden, die benutzte Gläser forttrugen, saubere zurückbrachten, wobei sie, getreu ihrer sich gegen jede praktische Neuerung sträubenden Gewohnheit, jedesmal nur ein einziges Glas in die Hand nahmen. Jedoch auch sie unterließen es zu reden und entledigten sich ihrer Aufgabe geräuschlos. Für alle diese Menschen, ganz gleich, welchen Geschlechts, Alters, Standes sie waren und in welchem Grade sie gläubig waren, erlebte die *Francesina* den kurzen Augenblick ihres Frauenlebens, in dem sie, kein Mädchen mehr, doch noch nicht durch die Umarmung des Ehemannes befleckt, die sie der Madonna selbst gleichsetzende doppelte Eigenschaft besaß, Gattin und Jungfrau zu sein.

Würde Ignazio Florio denn nicht kommen? War er, eine der einflußreichsten Persönlichkeiten Siziliens und obendrein der Trauzeuge ihres Mannes, nicht eingeladen worden? Er erschien in einer kleinen Gruppe aus Nachsicht eingeladener Junggesellen. Sie hatte sich gefragt, ob er eine ebenso gezwungene Haltung wie die anderen wahren, ob ein moderner junger Mann sich diesem aus einem anderen Zeitalter stammenden Zeremoniell beugen würde. Er trug wie vorgeschrieben Frack und gestreifte Hose; er setzte sich, ohne die Beine übereinanderzuschlagen, und legte seinen Hut flach auf die Knie, seine Hände flach auf den Hut; er erhob sich nach der vorgeschriebenen Zeit. Er trank den

Rosolio, kaute die *Sticozzi* gemäß der Sitte. Erst später fiel Adeline ein, daß er es so eingerichtet hatte, als letzter sein Glas hinzustellen und sich zum Ausgang zu wenden. Als er an ihr vorüberkam, verneigte er sich plötzlich und so flüchtig, daß sie sich danach nicht erinnern konnte, ob sie ihm die Hand gereicht oder ob er sie gewaltsam gepackt hatte, spürte sie auf der Haut die Hitze eines Kusses. Außer den Dienstmägden waren sie nur noch drei Personen im Salon. Adeline drehte sich schnell zu ihrem Mann um. Don Raimondo lächelte ins Leere, als ob er nichts bemerkt hätte.

Dreizehn Jahre später, als meine Mutter nach dem Tod ihres Mannes zur Beileidszeremonie nach Girgenti zurückkehrte, wurde sie von neuem in den *Salotto* geführt. Man ließ sie, ganz allein, in der Mitte des riesigen Sofas Platz nehmen. Das war der merklichste Unterschied zwischen den beiden Zeremonien. Girgentis gute Gesellschaft marschierte zu je sechs Personen auf und setzte sich in die Lehnstühle; die Männer ein wenig mehr eingezwängt in ihre Fräcke, die Damen stärker beengt in ihren Miedern. Der Präfekt war neu, der Postdirektor ebenfalls. In drei geschlagenen Stunden wurde kein Wort gewechselt. Die Damen saßen da, die Hände auf den Knien, und stießen von Minute zu Minute, in einem vom Protokoll festgesetzten Rhythmus, tiefe Seufzer aus. Das mit demselben gestickten, in den Falzen ein wenig gelber gewordenen Tischtuch bedeckte Gestell bot den gleichen, von denselben Mägden in dieselben Stielgläser eingegossenen sirupartigen Absud an. Manche, die einst noch Mädchen gewesen waren, waren nun Mütter geworden; doch der Wechsel der Generationen hatte ihre Gewohnheiten nicht verändert, und sie brachten die Gläser immer noch eines nach dem anderen herbei. Die winzige Reform, die meine Mutter, indem sie ihnen die Verwendung des Tabletts beibrachte, hatte einführen wollen, war gescheitert.

Meine Mutter dagegen hatte sich verändert; in Paris hatte ihre glänzende Karriere begonnen und gleichzeitig ihre Erfahrung mit der Borniertheit einer Gesellschaft, die jeder Mode nachläuft und, da sie in keiner Tradition verankert ist, improvisiert und vergeudet. Auch fand sie, als im Zimmer die Gäste einander ablösten, ohne das Wort an die Witwe zu richten oder ihr durch irgendein Zeichen, außer den stilisierten, aus der Tiefe der Lehnsessel kommenden Seufzern, ihr Beileid kundzutun, viel Würde und Schönheit in diesem Ritual, das den Tod, außerhalb der Reichweite der verbrauchten Höflichkeitsformeln, in die Kategorie der großen Naturereignisse, wie Erdbeben oder Überschwemmungen, aufnimmt, deren Unabwendbarkeit stumm macht. Es ist wahr, seit langem liebte sie ihren Mann nicht mehr; der Trauerfall fügte ihr nur mäßiges Leid zu; frei von Gefühlen allzu schmerzlicher Erschütterung vermochte sie sich der angenehmen Traurigkeit des Abschiednehmens hinzugeben, nicht von einem ihr gleichgültig gewordenen Toten, sondern von einem Haus, einer Stadt, einer Kultur, in deren Bereich sie gewiß nicht hätte verweilen wollen, die ihr jedoch in der Hektik ihres Pariser Lebens die durch die Ferne geläuterte Erinnerung an ein poetisches Land am Rande der Realitäten hinterließen.

14
Rangordnungen

Wenn man meine Mutter zwanzig Jahre später von ihren ersten Schritten im Hause Vasconcellos erzählen hörte, so war sie damals weder von Zweifeln noch von Befürchtungen befallen worden. Allein, ohne Halt, ohne Freunde, habe sie keine Angst vor der Zukunft, kein Gefühl der Verlassenheit, kein Grauen davor gekannt, von ihrer Mutter und ihrem Land getrennt, in ein Abenteuer geraten zu sein, bei dem ihr alles fremd war, die Gesichter, die Bräuche, die Sprache, das Klima. Der Gedanke, einen Irrtum begangen zu haben, indem sie sich zweitausend Kilometer von Frankreich entfernt einen Ehemann nahm, habe sie nie gestreift; in keinem Augenblick habe sie zu sich gesagt: ›Ich bin ja verrückt! Noch ist es Zeit davonzulaufen!‹ Wahrscheinlich besaß Adeline bereits in früher Jugend die Willensstärke und die Nüchternheit, die zu ihrem Erfolg führen sollten. Wenn sie ihr Fenster öffnete – ihr dies an manchen Abenden gelang –, so nicht, um sich angesichts des unermeßlichen sizilianischen Himmels in die Betrachtung des bestirnten Firmaments zu versenken oder angstvoll die Frage nach dem Platz des Menschen im Kosmos zu stellen. Ihre entschlossene, gerade, starke Natur verleitete sie ganz und gar nicht zu metaphysischen Ekstasen. Das Fernglas von Hermès, Hochzeitsgeschenk der Schwestern Poncelet, diente ihr nicht dazu, »das ewige Schweigen der unendlichen Räume« zu erforschen, sondern dazu, die Arbeit der Bauern auf den Feldern zu beobachten. Von der Terrasse des *Palazzo* aus hatte sie in der Ferne flache gelbe Bodenerhebungen ausgemacht: die berühmten Schwefelminen, die Calogero ihr zu zeigen versprochen hatte. Sosehr sie interessiert war am Besuch der unterirdischen Stollen, der *Calcaroni*, der Gillöfen, nicht aus simpler Neugier, sondern um zu erfahren, wie die Lebensbedingungen der Bergleute waren, deren Arbeit dazu beitrug, den Haushalt des *Palazzo* zu finanzieren, so wenig empfand sie Weltschmerz, Überdruß und Nostalgie.

Ich kann trotzdem nicht glauben, daß sie, wenn sie an die Unsicherheit ihrer Lage dachte, nie einem Gefühl der Verwirrung nachgab. Machte sie sich Vorwürfe, sich leichtfertig auf etwas eingelassen zu haben? Leerte sie auf die Marmorplatte ihres Frisiertischs den Inhalt ihrer Handtasche aus, um auszurechnen, ob ihre Ersparnisse für den Kauf einer Rückfahrkarte reichten?

Die einzige Stütze, auf die sie hätte zählen können, Don Raimondo, war auch die Person, die sie seit ihrer Ankunft in Girgenti am seltensten sah. Er hatte sich, auf sizilianisch, aus dem Staube gemacht, um bei seinen männlichen Freunden zu sein, und Adeline den Frauen des *Palazzo* überlassen.

Weder am Tag nach ihrer Ankunft noch am übernächsten Tag, noch an den folgenden Tagen wurde sie zugelassen zu der *Padrona di Casa*, der höchsten Autorität der Vasconcellos, die seit Jahren in ihrem Zimmer zurückgezogen lebte, selbst der *Signora Madre* übergeordnet, und die zukünftige Schwiegermutter des jungen Mädchens war.

Als sie ihren Verlobten nach dem Grund dieser Verzögerung fragte, senkte er die Stimme und antwortete voller Entsetzen: »*Ha i suoi nervi!*«

Die *Padrona di Casa* machte eine Phase durch, in der sie es *mit den Nerven hatte*, und es schien, daß die unbestrittene Herrscherin im *Palazzo*, während der Dauer dieser Krise auf geheimnisvolle Weise ihrer Macht enteignet, sich in einen Zustand der Niedergeschlagenheit versetzt fand und daß dies noch schrecklicher war, als wenn sie der gehorsamen Hausgemeinschaft ihre Befehle erteilte.

Während Adelines Fahrt hinauf nach Girgenti hatte eine schwarzgekleidete Frau ihr angekündigt, daß sie jeden Morgen der *Signorina* den Kaffee bringen werde. Wenngleich sie an der Wirksamkeit des Versuchs zweifelte, war die *Signorina* denn auch schon am frühen Morgen des ersten Tages auf die Idee gekommen, eine kleine Glocke zu schwingen, die sie unter dem Bett entdeckt hatte. Zu ihrer Verwunderung waren keine fünf Minuten vergangen, als sie im noch schlafenden Haus ein fernes Klappern von Sandalen vernahm. Jemand trödelte durch die Gänge und klopfte an den Schlafzimmertüren.

»*Ha suonato Vossia?*« fragte eine unterwürfige Stimme.

Da sie keinerlei Antwort erhalten hatten, stellten sich die Sandalen bei der nächsten Tür ein.

»*Ha suonato Vossia?*«

»Warum hätte ich läuten sollen, *bestia*? Habe ich jemals morgens geläutet?« antwortete im letzten Zimmer vor dem Adelines die wütende Stimme der *Signora Madre*.

In der Folgezeit bemerkte Adeline, daß sie die einzige war, die morgens nach einem Kaffee verlangte – die Gepflogenheit zu frühstücken war im *Palazzo* unbekannt –, doch Maddalena, das mit dem Bringen des Morgenkaffees betraute Mädchen, konnte sich nie daran gewöhnen, direkt zu ihr zu kommen. Sie pochte zuerst an allen anderen Zimmern: »*Ha suonato Vossia?*« und erhielt zur Antwort entweder ein gleichgültiges Schweigen oder eine Flut von Schimpfwörtern. Auf der Türschwelle zögerte sie, bei Adeline einzutreten.

»Haben Sie da eben geläutet?« wiederholte sie, um einer neuen Enttäuschung zuvorzukommen.

»Wer soll es denn sonst gewesen sein? Schnell, Maddalena, bring mir den Kaffee.«

Dieses »schnell« war eine rein rednerische Vorsichtsmaßnahme, denn kein Zeichen von Zorn oder Ungeduld hätte das von Maddalena bestimmte Tempo auch nur um eine halbe Minute beschleunigen können. Sie ging wieder in die Küche hinunter, zündete das Feuer an, setzte den Kaffee auf und machte sich dann auf die Suche nach einer Tasse, einer Untertasse und einem kleinen Löffel: Dingen, über die der *Palazzo* im Überfluß verfügte, die aber nicht an einem bestimmten Ort untergebracht wurden. Man zog es vor, sie, manchmal sehr weit von der Küche entfernt, bunt durcheinander mit den verschiedensten Gebrauchsgegenständen, in Truhen zu verteilen.

Wenn sie die drei Teile des unerläßlichen Zubehörs endlich beisammen und die Kaffeekanne vom Herd genommen hatte, machte Maddalena sich auf den Rückweg. Doch nun erhob sich eine neue Schwierigkeit. Da im Haus kein einziges Tablett vorhanden war, trug Maddalena in einer Hand die dampfende Kaffeekanne und in der anderen die Untertasse mitsamt der Tasse und dem kleinen Löffel: aber was tun mit der viereckigen Dose aus Weißblech, die den Puderzucker enthielt? Sie klemmte sich die Dose unter den Arm, ein System, das völlig zufriedenstellte, bis sie an die erste der zahlreichen, ihren Parcours absteckenden Türen stieß. Sie ließ daraufhin mit vorsichtiger Bewegung die Dose bis zur Truhe hinabgleiten, die sich in der Nähe der Tür befand – ein weiterer Nutzen dieser so großzügig über das Haus verteilten Möbel –, öffnete, stellte die Kaffeekanne auf der Truhe ab, die auf der anderen Seite der Tür stand, kehrte um und holte die Zuckerdose, klemmte sie sich wieder unter den Arm, schloß die Tür hinter sich, nahm die Kaffeekanne in die freie Hand und setzte sich wieder in Bewegung – bis zum nächsten Hindernis. Mit dem unvermeidlichen Ergebnis, daß der Kaffee, der die Küche kochend heiß verlassen hatte, kalt war, wenn Adeline ihn zum Munde führte.

Vergebens versuchte sie, den Gebrauch des Tabletts einzuführen. »Wir haben nie Tabletts benutzt, warum also sollten wir damit anfangen, welche zu benutzen?« Das allmächtige Argument der Vasconcellos wurde bei dieser Gelegenheit wieder einmal hervorgeholt. Adeline fand das Mittel, die Schwierigkeit zu umgehen, sie leerte ihre Stecknadeldose und erhob sie zur Würde einer Zuckerdose, bewahrte ihren Zuckervorrat also in ihrem Zimmer auf. Sodann sagte sie Maddalena, daß eine Tasse Kaffee ihr genüge und daß es nicht nötig sei, die Kaffeekanne zu bringen. Da es hinsichtlich dieser beiden Punkte keine festgelegten Regeln gab im *Palazzo*, setzte sich meine Mutter durch.

Die Heiterkeit, mit der sie mir von dem einen und anderen kleinen Verdruß erzählte, überzeugt mich nicht davon, daß ihr das Leben im *Palazzo* nur unter seinem originellen und vergnüglichen Blickwinkel erschienen sein muß. Sie erinnerte sich an eine Menge Einzelheiten – vielleicht um mir zu verbergen, welch tiefe Entmutigung sie packte, wenn der komische Augenblick vorüber war und sie sich fragte, ob ihre Energie, durch liliputanische Maßnahmen gegen die Trägheit von Jahrhunderten anzukämpfen, noch lange standhalten würde.

»Danke, Maddalena. Sage Angela nun Bescheid, daß sie

mir das warme Wasser bringen soll. Sage ihr, sie soll sich beeilen.«

Sie legte Wert darauf, sich so früh wie möglich zu waschen, bevor das Kommen und Gehen im Hause die Benutzung der kleinen Kammer problematisch machte. Nach einer Viertelstunde noch nichts zu hören, weder von Angela noch von sonstjemandem. Sie schwenkte die Glocke. Am Geräusch ihrer Schlappen erkannte sie Angela. (Sandalen sind Maddalena, Schlappen sind Angela, sagte sie sich zu Anfang immer wieder vor, um diese Mädchen, deren Gesichter keinerlei individuelles Gefühl ausdrückten und die gleich in Schwarz gehüllten Schatten im Haus umherschlichen, voneinander unterscheiden zu können.)

»*Ha suonato Vossia?*«

»Hat dir Maddalena nicht gesagt, du möchtest das warme Wasser bringen?«

»*Vossia* soll sich nicht ärgern, aber heute morgen hat der Wind geblasen.«

»Warum sollte ich mich ärgern, weil der Wind geblasen hat? Ist das warme Wasser noch nicht fertig?«

»Ja also, ich habe das Stroh im großen Küchenherd nicht anzünden können. Maddalena hat den Kaffee auf dem kleinen Kohleherd aufgesetzt. Man schaut gerade nach, ob Vincenzo nicht in der Nähe ist.«

Vincenzo war einer der Hausdiener, der nie von der Stelle kam mit der Arbeit.

»Wozu brauchst du Vincenzo?«

»Wenn *Vossia* warmes Wasser wünscht, könnte Vincenzo in den Holzschuppen hinuntergehen und Holz spalten. Mit dem Holz könnte man im Ofen ein Feuer anzünden und mit dem Feuer ...«

»Aber jetzt hat sich der Wind gelegt, Angela! Kehre in die Küche zurück und zünde den Herd an! Schnell, beeil dich!«

»Im Herd wird das Feuer nicht angehen.«

»Weshalb wird es nicht angehen?«

»Der Wind hat Wolken mitgebracht, aus diesen Wolken ist Regen gefallen, und der Regen hat das Stroh feucht gemacht.«

»Da kann man nichts machen«, sagte das junge Mädchen schließlich erbittert. »Heute morgen werde ich auf warmes Wasser verzichten. Danke, Angela, du kannst gehen.«

»Wie Sie wollen«, murmelte das Dienstmädchen, als es sich zurückzog. »Aber *Vossia* sollten sich nicht über den Wind ärgern.«

»Verstehst du«, sagte mir meine Mutter zwanzig Jahre später, »es wäre dem Mädchen nicht in den Sinn gekommen, statt dem Wind die Nachlässigkeit seiner Herrschaft zu beschuldigen, die nie daran gedacht hatte, das Dach des Heubodens ausbessern zu lassen.«

Da sie sich in ihrem Zimmer langweilte, ging Adeline alsbald hinunter. Allein auf der Straße zu spazieren war einem jungen Mädchen verboten. Don Raimondo, der sie hätte ausführen können, forderte sie nie dazu auf, denn, so sagte er, dann hätte eine Tante oder eine Kusine, vielleicht die *Signora Madre* persönlich sie beide begleiten müssen. Die einzigen möglichen Zerstreuungen erwarteten sie in der Küche. Santo, der Neffe der Signora Pia, dessen Aufgabe es war, die lange Reihe der im Anrichtezimmer kühlgestellten Krüge zu füllen, brachte die tropfenden Schläuche vom Brunnen zurück. Eine alte Frau, die einerseits Maddalenas Tante, andererseits Signora Pias Kusine war, entnahm dem eichenen Brotschrank die Menge Mehl, die zum täglichen Backen benötigt wurde. Angela und ihre Mutter wühlten in den Truhen, auf der Suche nach einem unauffindbaren Gegenstand, Maddalena dagegen saß auf der anderen Seite der Tür auf der ersten Treppenstufe und lauschte aufmerksam für den unwahrscheinlichen Fall, daß in der oberen Etage eine Glocke läutete. Es unterhielt Adeline allein schon, in die verschiedenen Verwandtschaftsbande sowohl zwischen dem Personal des *Palazzo* als auch zwischen den Mitgliedern ihrer zukünftigen Schwiegerfamilie Klarheit zu bringen, zumal sie selbst als Vorfahren und Anverwandte alles in allem nur Madame Pichon und den Onkel, den stellvertretenden Stationsvorsteher in La Seyne, besaß. Bauern, die von den Bergen kamen, der eine mit einem Huhn, der andere mit einer Stiege Auberginen, Geschenke zur Ablenkung von nie bezahlten Pachtabgaben; bis an die Zähne bewaffnete Aufseher, die herbeiliefen, um zum Beweis ihres Pflichteifers den Apfeldiebstahl in einer Scheune zu melden; als Verwalter bezeichnete Schwindler mit ihren Aufstellungen, in denen die Liste der Ausgaben viel länger war als die der Einnahmen, traten jeden Augenblick ein oder verließen die Küche. Dieses Kommen und Gehen, das ununterbrochene Eintreffen von Früchten, Eiern, Geflügel, das muntere Stimmengewirr ließen Adeline im Glauben, die Vasconcellos zögen aus ihren Ländereien reichliche Gewinne, die sozusagen ganz von selbst, zur gewünschten Zeit, dank der Macht der Gewohnheit hereinkämen, da der gute Wille der Untertanen die Tatenlosigkeit der Herrschaft ausgliche.

Andere Besucher stellten sich unerwartet ein: der Maler von Votivbildern für den Fall, daß sich im Hause ein Unfall mit glücklichem Ausgang ereignet hätte. Ein solches Wunder hätte er in einem auf Glas gemalten Bild verewigt, das dazu bestimmt war, durch die Lebhaftigkeit seiner Farben den heiligen Joseph in der Kirche zu erfreuen, zu dessen Füßen es gestellt worden wäre. Die Wahrsagerin; die Hausierer mit den bebilderten Kalendern; die Kräuterfrauen; die Verkäufer von Schnecken, Puffbohnen, Basilikum; die Straßenhändler, die ihre Kinkerlitzchen aus Weißblech auf dem Brotschrank ausbreiteten.

Durch einen Trommelwirbel angekündigt, hielt der *Cantastorie* seinen aufsehenerregenden Einzug. Für ein mit Knoblauch bestrichenes Stück Brot erzählte er eine ganze Episode aus den Kriegen Karls des Großen. Keine meiner Erinnerungen ist lebendiger, und keine hat mich tiefer geprägt als diese emphatischen Schlachtbeschreibungen. Welches Gebrüll, um die Paladine nachzuahmen, wenn sie sich mit ihren Stoßdegen auf die verängstigten Ungläubigen stürzen! Welch wütendes Schwertergeklirr! Welche erhebende Verherrlichung der mannhaften Kraft und des Triumphs der Waffen! Ich wartete voller Bangen, ob der Wandersänger zurückkehre, bereit, mich von neuem in die Zauberwelt der Ritter und Helden entführen zu lassen. Wundere Dich nicht mehr darüber, daß Dein Land, als ich im Alter von neunzehn Jahren hinkam, mir grau, kalt, gewöhnlich erschien. Eine noch ernstere Folge meines einstigen Entzückens über die Großtaten solcher Kämpen: Vernunft, Demokratie, Gleichheit, Gerechtigkeit dünkten mich glanzlose Ideale zu sein, denen der Helmbusch des Ruhms fehlte. Vielleicht ließe sich in dieser anfänglichen Enttäuschung der Keim für meine politischen Verirrungen finden. Denke daran, welche außerordentliche Macht eine naive, oberflächliche Dichtung auf eine kindliche Phantasie ausübt. Selbst meine Mutter, so französisch sie auch war, erlag ihrem Charme. Die Herausforderungen, die Duelle, die Wutschreie des gereizten Roland, die Begeisterungsausbrüche nach dem Sieg klangen ihr herrlich in den Ohren. Wieviel mehr Allüre hat das doch als die neoprovenzalischen Gänseblümchen des kleinen Cabanel, dachte sie fasziniert.

Doch nun mußte man daran denken, das Essen zuzubereiten. Dem Abendessen, der *Cena*, kam viel weniger Bedeutung zu als dem Mittagessen, dem *Pranzo*. Abends begnügte man sich mit gedünstetem Salat und Omeletten, das *Pranzo* hingegen mußte ein Teigwarengericht, ein Fleischgericht mit Beilagen, außerdem Salat und Früchte auffahren. Grundsätzlich begann man damit, wenn der aufs Fenstersims gestellte Krug keinen Schatten mehr warf, das heißt um zwölf Uhr mittags, hatte Adeline entschieden, die sich nicht damit abfand, nach sizilianischer Uhrzeit zu rechnen. Die Zahl der Tischgäste wechselte von Tag zu Tag: die Familienzweige der *Padrona di Casa* und der *Signora Madre* umfaßten mindestens fünfzehn Personen, zu denen sich mehr oder weniger zeitweilige Vettern gesellten, durchreisende Gäste, politische Notabeln, deren eifrigster der Gemeinderat von der umstürzlerischen Bourbonenpartei war, ein armer Teufel, der im *Palazzo* den doppelten Vorteil genoß, sich umsonst ernähren und die Argumente seiner Wahlkampagne gegen den savoyisch gesinnten Bürgermeister aufwärmen zu können.

Um Viertel vor zwölf näherte Adeline sich schüchtern der *Signora Madre* und fragte sie, indem sie ihr auf ihrer Uhr die Zeit zeigte, ob alles für das Mittagessen fertig sei.

»*Non preoccuparti.*«

Stets gleichbleibende Antwort, gefolgt von der nicht minder rituellen Bemerkung:

»Ich werde die Makkaroni, das Fleisch und einige weitere Kleinigkeiten einholen lassen.«

»Wann werden wir dann essen?« rief Adeline, als sie entdeckte, daß alle Einkäufe noch gemacht werden mußten und daß nicht einmal das Feuer angezündet war. Wieder einmal würde das Essen nicht vor zwei Uhr nachmittags fertig sein. Es ist nicht so, daß eine Uhrzeit auf die Minute genau eingehalten werden muß, sagte sie sich im Bewußtsein, daß eine Familie von so hohem Adelsrang wie die Vasconcellos sich nicht die peinliche Genauigkeit einer kleinen französischen Provinzlerin zu eigen machen konnte. Dennoch erschreckte eine so gewaltige Verspätung sie unwillkürlich.

Ohne sich aufzuregen, trat die *Signora Madre* auf die Türschwelle, legte die Hände trichterförmig an den Mund und stieß einen langgezogenen Schrei aus.

»Ist Maddalena denn nicht im *Palazzo*?« fragte sie und täuschte eine Besorgnis vor, die ihr schalkhafter Blick widerrief.

»Eben kommt sie zurück«, antworteten die Signora Grazia oder die Signorina Lina oder die Signorina Carmela und zeigten durch das Fenster auf eine schwarze Gestalt, die, ohne sich zu eilen, den Platz überquerte.

Maddalena, die die beiden Enden ihrer Mantilla unter dem Kinn zusammen faßte, hielt zwischen dem Daumen und dem Zeigefinger der anderen Hand ein Papiertütchen, in das der Krämer drei Unzen Salz geschüttet hatte. Mit schleppendem Schritt trat sie durch die Eingangstür des *Palazzo*, befreite ihren Kopf von seiner Bedeckung und überreichte die Tüte.

»Siehst du«, sagte die *Signora Madre* in triumphierendem Ton, »das Salz ist da.«

»Aber alles übrige fehlt noch!«

»Das übrige kommt auch.«

Maddalena packte wieder die beiden Enden ihres Schleiers, humpelte auf ihren Sandalen bis zum Bäcker und brachte nach unbestimmter Zeit von dort ein großes Landbrot zurück (der Niedergang im *Palazzo* war derart, daß dort weder mehr Brot gebacken noch Teig zubereitet wurde). Sie ging abermals aus, um ein Stück Fleisch für den

Hauptgang zu besorgen; dann waren die Kartoffeln an der Reihe, die, wie auch die anderen Lebensmittel, in ein Blatt Zeitungspapier eingewickelt waren. Ein höchst ärgerlicher Mangel an Logik: die Makkaroni trafen zuallerletzt ein. Schon lange hatte der einzige Schlag der großen Glocke mit seinem tiefen Ton den Turm der Kirche San Giuseppe erbeben lassen.

»*Signora*«, sagte Adeline eines Tages, »könnte man sie nicht zuerst die Makkaroni einkaufen schicken? Während sie dann das Fleisch einholt, würde man die Makkaroni kochen; und die *Pasta* würde man servieren, während das Fleisch kocht.«

Eine zu fremdländische Überlegung für die *Signora Madre*, denn der Gedanke, auf dem sie fußte: Zeit zu gewinnen, war für ein sizilianisches Gehirn nicht nachvollziehbar. Keine Eßware ist bei uns so wenig rar wie die Zeit: das Problem besteht nicht darin, wie sie einsparen, sondern im Gegenteil, wie sie mit allen erdenklichen Mitteln ausfüllen.

»*Signora*«, fuhr Adeline fort, um das mißbilligende Schweigen zu unterbrechen, mit dem ihr Vorschlag aufgenommen worden war, »das beste wäre es vielleicht, Körbe anzuschaffen, in die sie ihre Einkäufe legen könnten, statt unaufhörlich nach Hause kommen und wieder gehen zu müssen. Mit einem Korb an jedem Arm hätten sie keine Mühe, alles auf einem Weg zu erledigen.«

»Maddalena würde sich schämen, mit Körben auf der Straße gesehen zu werden.«

»Aber wieso würde sie sich denn schämen?«

»Allein die Esel tragen Körbe auf der Straße. Eine Frau hat niemals Körbe getragen und wird niemals Körbe tragen.«

Adeline, die diesen Gedankengang erwartet hatte, wies auf die Spinnweben in den Ecken der Küchendecke hin.

»Die bei den Einkäufen eingesparte Zeit«, seufzte sie, »könnte ihnen dazu dienen, die Küche zu putzen.«

»Was du nicht sagst! Und wenn sie keinen Arm frei haben, wie wollen sie da die Mantilla halten?«

Sobald die Einkäufe beendet waren, deckten die Frauen

den Tisch. Eine rhetorische Figur, ungeeignet dazu, die Wirklichkeit wiederzugeben, denn »den Tisch decken« bedeutete, sich auf die Suche nach den in den Truhen und Schubladen des ganzen Hauses verstreuten Tellern, Gläsern, Gabeln und Messern zu begeben, eine lange verwegene Forschungsreise, die dazu führte, nicht nur das Eßzimmer, die Küche und die Nebenräume, sondern auch die Zimmer im ersten Stock zu durchsuchen. Alle Mägde brachten ihre Beute herbei und legten sie zu einem Haufen mitten auf den Tisch ab. Die Männer hatten sich mittlerweile im Eßzimmer versammelt, standen an der Wand und warteten. Die *Signora Madre* trug den Kessel voll *Pasta* auf und stellte ihn auf die ungeordnete Tafel. Daraufhin zog ein jeder seinen Stuhl herbei und setzte sich, wie es sich ergab, vor die Ansammlung von Bestecken und Geschirr. Jeder entnahm dem Haufen einen Suppenteller, bemächtigte sich eines Glases, fischte nach einer Gabel, fuhr mit dem Schöpflöffel in den Kessel und begann, die Stirn über den Teller geneigt, stumm zu kauen, nachdem er ein hastiges *Buon appetito* vor sich hingemurmelt hatte.

Der Fremden hatte man das Ende der langen Tafel zugewiesen, einen Ehrenplatz, glaubte sie zuerst. Die männlichen Tischgenossen, Dauerpensionäre oder durchreisende Besucher, saßen auf der linken Seite, die Kinder des Hauses, Knaben wie Mädchen, auf der rechten Seite. Die *Signora Madre* und ihre drei Schwestern blieben um den Tisch herum stehen. Eingeladene Kusinen, zu Besuch weilende Freundinnen teilten dieses Vorrecht, hinter den Männern und über den Männern zu thronen. Denn es handelte sich wirklich um ein Sonderrecht. Adeline verstand dies sofort, ohne der Täuschung zu verfallen, der ihr angebotene Platz verleihe ihr die geringste Überlegenheit. Im Eßzimmer der Vasconcellos saßen nur zwei Kategorien von Tischgästen: einerseits die Männer, im Auge behalten von den Frauen, denen sie ihren Nacken zeigten, wodurch sie ihre Unterordnung anerkannten; andererseits die Kinder. Diese trieben sich in der übrigen Zeit auf der Straße herum und kehrten nur zu den Mahlzeiten in den *Palazzo* zurück, unter der Aufsicht von Mägden, die mehr als Nachsicht zeigten für ihre schmutzigen Nägel, ihre Unverfrorenheit, ihre schlechten Manieren: ein Fehler, versprach sich das junge Mädchen, den sie bei ihren eigenen Kindern nicht dulden werde. Nicht aus eitler Unterwerfung unter die Anstandsregeln, sondern weil in der Welt, in der sie sie vorwärtsbringen wollte, und das war die Welt einer Madame Napoule, einer Madame Peillart, die Welt der Leserinnen des *Figaro*, eine korrekte Erscheinung, ein vornehmes Benehmen Trumpfkarten von unschätzbarem Wert sind.

Die Dienstmädchen, die so viel Zeit benötigt hatten, um das Mittagessen vorzubereiten, entwickelten aufgrund einer weiteren Sinnlosigkeit des Speiseprotokolls nun ein rasches Tempo. Im Gänsemarsch traten sie hinter der *Signora Madre* ein und stellten alle Schüsseln gleichzeitig ab. Fleisch, Kartoffeln, Salat, Früchte, alles wurde durcheinander in die Mitte der Tafel geschoben. Woraufhin erneutes Durcheinander herrschte. Die leeren Schüsseln mit Resten von Tomatensauce oder einem Bodensatz von erstarrtem Fett blieben bis zum Ende des Mahls unter den Augen der Essensteilnehmer stehen. Niemand beschwerte sich, weil das Fleisch, wegen der Zeit, die man gebraucht hatte, um mit der *Pasta* fertig zu werden, erst auf die Teller kam, wenn es in seinem erkalteten Bratensaft hart geworden war.

Alle aßen schweigend; keinerlei Unterhaltung bei Tisch. Diese in Paris so wichtige Kunst und unerläßliche Voraussetzung für gesellschaftlichen Erfolg schien im *Palazzo* unbekannt zu sein. Nicht ein Wort wurde gesprochen. Kaum, daß sie die Nase von ihrem Teller hoben, um unter zufriedenem Knurren ein Glas Racalmonte zu trinken, Wein vom letzten Weinberg im Besitz der Familie. Der Pflicht enthoben, zu sprechen und zu antworten, die ihr Madame Pichon eingeschärft hatte, konnte Adeline mit Muße ihre Nachbarn beobachten. Unter den Kindern erkannte sie die drei kleinen Mädchen wieder, die sie am Stadttor empfangen hatten. Sie bemerkte, daß die beiden kleineren, Eusebia und Euloquia, emsig aßen, wie Kinder, denen die Stunde der Mahlzeit heilig ist. Die Älteste, Eugenia, kaute nur widerwillig. Voll Begier schaute sie auf ihre Mutter und ihre Tanten. Ach, wenn doch die Zeit käme, wo sie Zutritt zur anderen Seite des Tischs erhalten würde! Sie konnte es kaum erwarten, zur Reihe der Frauen zu gehören und ebenfalls ihre Herrschaft über die Männerwelt zu errichten. Diesen Wunsch las Adeline in dem kleinen, von einem schwarzen Wust krausen Haars gekrönten Gesicht mit den glänzenden Augen. Um dieses Vorrecht zu genießen, mußte man entweder verheiratet sein oder ein gewisses Alter erreicht haben, wie die *Signorine* Lina und Carmela.

So fremd Sizilien ihr auch blieb, in einem wichtigen Punkt enthüllte unsere Insel meiner Mutter Bestrebungen, die sie sich nicht einzugestehen gewagt hätte. Die Liebe? Bei ihrem Mann sollte sie sie nicht finden. Doch was bedeutete es ihr im Grunde schon, zu lieben oder geliebt zu werden? Sie fühlte sich für ein höheres Ziel bestimmt. Leere Träume, dummes Geschwätz, zu schön, um wahr zu sein, waren für sie die schmachtenden Romanzen, hingebenden Gefühle, Wunschvorstellungen eines stillen Glücks zwischen Mann und Frau, denen sie manchmal selbst auch geglaubt hatte in schwachen Augenblicken oder unter dem Eindruck der Groschenromane aus der Stadtbibliothek von Toulon. In Wirklichkeit verfälschte die Erinnerung, die sie an Monsieur Pichon bewahrte, ihr Weltbild. Gedemütigt, ihren Vater in einer Ecke des Salons mit Hilfe eines Farbstifts, dessen Spitze er mit der Zunge anfeuchtete, die Ballen Zucker zählen zu sehen, hatte sie ihre Verachtung auf die Gesamtheit der Männer ausgedehnt. Allesamt Kinder und Memmen. Sie bilden die feige und kriecherische Hälfte der Menschheit, und es ist Sache der geschickten Frau, denjenigen, den sie sich gewählt hat, ihrem Gesetz zu unterwerfen.

Der unter der Regierung von Müttern herangewachsene Raimondo zeigte nicht mehr Willensstärke als die übrigen männlichen Vasconcellos. Eine andere als Adeline, eine Durchschnittsfranzösin, dazu abgerichtet, sich dem Gatten unterzuordnen, oder bestrebt, sich in männlichen Schutz zu begeben, hätte gezögert, sich einem Ehemann solcher Art zu verbinden. Adeline war weder eine Durchschnittsfranzösin noch eine schutzsuchende Frau. Es hatte sie nicht entmutigt, die farblose Persönlichkeit ihres Verlobten zu entdecken, weit davon entfernt. Der Platz der Speisenden bei Tisch, das

Kräfteverhältnis zwischen den Geschlechtern, das ihr eine solche Anordnung verriet, bestärkten sie in ihrer Überzeugung: Als der Frau eines Sizilianers käme ihr die Macht zu.

15

Unter dem Schutz des heiligen Joseph

Adeline war kaum in das Zimmer der *Padrona di Casa* geführt worden, als sie auch schon das Gewicht dieser drei Wörter ermaß. In Frankreich trägt die *Maîtresse de maison* diesen Titel nur der Form halber. Ihre Rolle besteht darin, ihre Gäste zu empfangen, ihnen in jeder Hinsicht entgegenzukommen, sich um sie zu bemühen, darauf zu achten, daß ihnen nichts fehlt, die Unterhaltung wieder in Schwung zu bringen, wenn sie zu stocken droht – kurz, ihnen gänzlich zu Diensten zu sein. »Welche vollkommene Maîtresse de maison!« sagte man von Madame Pichon und bezeichnete damit das, was nach Adelines Dafürhalten die Bedeutungslosigkeit ihrer Mutter ausmachte. Nach ihren Empfängen rief sie, während sie den Chrysoberyll in den blauroten, die Buchstaben PERNOD zeigenden und von der Firma für jeden Einkauf von zwölf Flaschen offerierten Aschenbecher legte: »War das nicht ein Erfolg, mein kleines Raout! Ich weiß nicht einmal mehr, worüber gesprochen wurde!« In der Tat, die perfekte *Maîtresse de maison* muß sich zurückhalten, ihre eigene Persönlichkeit vergessen, sich auf ihre Gäste einstellen, von einem Thema aufs andere springen, damit jeder zu Wort kommen kann. Sie hofiert die Eingeladenen, regt sie an und hält sie dann wieder im Zaum, den Blick starr auf ein imaginäres Thermometer gerichtet, das ihr die richtige, in ihrem Salon zu wahrende Temperatur anzeigt.

Donna Maria Vasconcellos saß am Ende des Zimmers in einem Sessel und winkte das junge Mädchen zu sich heran. Gerade aufgerichtet, ohne eine Bewegung, die beiden Hände auf den Armlehnen, musterte sie schweigend die Fremde. Unter diesem sie lähmenden Blick mußte Adeline den ganzen Raum durchqueren. Der Ehemann und die beiden Söhne, die hinter dem Sessel standen, waren im Halbdunkel nur schwach zu erahnen.

Seit langem hatte meine Mutter die einst in Toulon so eifrig studierten Regeln des Lehrbuchs des guten Benehmens verworfen. Im ungewissen, für welche Art Knicks sie sich entscheiden sollte, entschied sie sich für die Lösung, die ihr zu der im Hause waltenden Strenge zu passen schien: kurze Kniebeuge, leichtes Neigen des Kopfes.

Die alte Dame ließ sich nicht dazu herbei, Anerkennung oder Neugier auf die Französin zu äußern.

»Adelina«, fragte sie unumwunden, »bist du entschlossen, meinen Sohn Raimondo zum Manne zu nehmen?«

Wie? Kein Wort der Begrüßung? Keine einzige Frage über ihre Reise? Kein Wunsch zu erfahren, ob sie sich in Girgenti eingewöhnt habe, ob es ihr im *Palazzo* gefalle? Mit welcher Geringschätzung wurde sie behandelt!

Bestürzt, gekränkt, hörte sie sich in einem Hauch antworten: »Ja.«

»Ja«, wiederholte die *Padrona di Casa* machtvoll. »Das freut mich. Komme her. Auf die andere Seite. Gut.«

Das junge Mädchen trat vor bis zur angegebenen Stelle.

»Adelina, warum drischt man die Erde mit einem Flegel, ehe man sät?«

Sie hatte die rechte Hand von der Armlehne gelöst und einen auf ihren Knien liegenden Kupferstab aufgenommen.

»Zeige mir deine Handfläche, Adelina.«

Das junge Mädchen streckte den Arm hin.

»Nein, die andere, die rechte Hand.«

Adeline gehorchte.

»Gut«, sagte die Alte. »Man drischt die Erde mit einem Flegel, um sie fruchtbarer zu machen.«

Sie hob die Kupferlamelle, und mit der Schneide des Stiels versetzte sie der vertrauensvoll vor sie hingehaltenen Handfläche einen Hieb. Adeline konnte einen Schrei nicht unterdrücken. Ohne sich um das zu kümmern, was die Seele ihrer zukünftigen Schwiegertochter bestürmte, klopfte Donna Maria auf die Armlehne. Auf dieses Zeichen hin kam Raimondo und stellte sich rechts neben seine Mutter.

»Raimondo, bist zu entschlossen, die Signorina Adelina zur Frau zu nehmen?«

Raimondo antwortete mit einem festen, unterwürfigen *Ja*, wie es seinem Charakter entsprach.

»Gut«, sagte die alte Frau wieder. »Von heute an, Adelina, trennst du dich von deiner Familie, und« – sie befahl ihr, sich ihr entgegenzuneigen – »ich gebe dir eine Ohrfeige, um die Trennung zu erleichtern.«

Auf das Wort folgte die Tat: eine nur leichte Ohrfeige vielleicht, doch Adeline, die, was ihr gesagt worden war, kaum verstanden hatte, schätzte dieses Zeichen des Wohlwollens nur sehr mäßig. Sie begann sich gerade wieder zu fassen, als sie sich bei einer Hand gepackt und vor den Sessel gezerrt fühlte, Raimondo gegenüber, der auf Geheiß seiner Mutter sie nun mit seinen dicken braunen Lippen auf die nämliche Stelle küßte, wo ihr die Wange brannte.

Ohrfeige und Kuß, die beiden überlieferten Symbole der Ablösung von der alten familiären Gruppe und der Aufnahme in den neuen Stammesverband, doch Adeline sollte die Bedeutung dieser Sinnbilder erst viel später begreifen, als sie ihren ersten Eindruck nicht mehr rückgängig machen konnte.

Sizilien kennt keine individuellen Gefühle. Die historischen Wechselfälle und die Naturkatastrophen haben uns zu übel mitgespielt, um uns zu gestatten, das, was ihr das »Ich« nennt, zu entwickeln. Um welches »Ich« könnte es sich denn auch wohl handeln? Um das griechische »Ich«? Das römische »Ich«? Das arabische »Ich«? Das spanische »Ich«? Das piemontesische »Ich«? Selbst unsere Flüsse, deren Lauf die Erdbeben verändern oder deren Bett sie austrocknen, besitzen keine deutliche Identität. Eine sizilianische Eheschließung ist nicht die Verbindung zweier Individuen, sondern ein Ritus des Wandels und der Befruchtung. Die Vasconcelos hatten eine Ausländerin gewählt, um die durch Calogeros sich hinziehendes Zölibat bedrohte und durch Dünnblütigkeit geschwächte Rasse fortzupflanzen und zu verjüngen. Meine Mutter ahnte, daß sie nicht von einem Mann geküßt wurde, der sie um ihrer selbst willen liebte; Raimondos persönlicher Wille hatte an diesem Kuß keinerlei Anteil gehabt; sie empfand diese ohne eigenen Antrieb und ohne Begeisterung ausgeführte Geste wie eine Demütigung.

Als sie viele Jahre später mit mir in Pompeji die Villa der Mysterien besuchte, entdeckte Adeline, wovon sie verschont geblieben war. Eine geflügelte Frau schwingt eine Peitsche über dem bloßen Rücken eines ihr zu Füßen knienden jungen Mädchens. Im Altertum war eine Geißelung Teil der Hochzeitsriten. Dieser Prüfung wurde eine geheimnisvolle erneuernde Wirkung zugeschrieben, sie galt als Quelle der Gesundheit und des Glücks. Meine Mutter sah die Freske nur einige Augenblicke an und wandte sich mit Widerwillen von ihr ab. Ich hätte nicht gedacht, daß die Erinnerung an die Ohrfeige und an das, was sie als Beleidigung empfunden hatte, lebendig genug in ihr geblieben war, um sie daran zu hindern, die Schönheit einer Geste zu bewundern, die so deutlich von einem mystischen Vertrauen in die erneuernde Macht der Ehe geprägt war.

Der Kuß brachte die Verlobten einander nicht näher. Sie sah Raimondo nur bei den Mahlzeiten. Er gab ihr kein einziges Liebespfand mehr – wenn eine von seiner Mutter befohlene Anordnung ein Liebesbeweis genannt werden darf. Gleich nach dem *Pranzo* verschwand er in seinem Zimmer, wo er bis um fünf Uhr die Siesta hielt. Sodann zog er sich an, um auszugehen und auf dem Corso seine Freunde zu treffen. Von ihrem Balkon aus hörte Adeline sie lachen und schwatzen. In ihrer Gegenwart dagegen sagte er nichts, er drehte seinen Hut in den Händen, kratzte sich am Ohr und zog an den Enden seiner Weste, ebenso ungesprächig wie am Tag ihrer ersten Begegnung im Bois.

Sie hätte gern mit ihm über die Ländereien gesprochen, über die Schwefelgruben, die am *Palazzo* vorzunehmenden Reparaturen, die bei der Verwaltung ihres Vermögens vorzunehmenden Reformen. Wäre französische Vernünftigkeit ihrer Nachlässigkeit großer Herren zu Hilfe gekommen, so hätte sie sie vielleicht vor dem Ruin bewahrt. Er hörte ihr kaum zu, so als hätten, nachdem er in dieser lebhaften, entschlossenen Pariserin ein Mittel gegen den Verfall seiner Familie zu finden gehofft hatte, die Rückkehr nach Girgenti, den Anblick der unveränderten Stadt, die Wiederaufnahme der unveränderlichen Gewohnheiten im noch ein wenig mehr verkommenen *Palazzo*, ja sogar die Pracht der Natur und die Unfruchtbarkeit dieser großartigen Wüste ihn von der Unausweichlichkeit des Niedergangs überzeugt.

Da Fastenzeit war, konnte die Hochzeit nicht sogleich stattfinden. Und da die Vollmondtage der Frühlings-Tag-undnachtgleiche in diesem Jahr in die zweite Aprilhälfte fielen, wurde das Datum auf den 2. Mai festgesetzt, den Tag nach dem von den kirchlichen Autoritäten vorgesehenen, durch die Regenfälle verspäteten Sankt-Josephs-Fest. In die Regelung der Zeremonie schaltete sich die *Padrona di Casa* nicht ein. Sie hielt wieder an ihrer verachtungsvollen Absonderung fest und überließ es ihrem Mann und ihrem ältesten Sohn, sich um die praktischen Einzelheiten zu kümmern. Nachdem alle beide die letzten Anordnungen getroffen hatten, teilten sie sie Raimondo mit. Adeline, die an der Wand lehnte, eine Hand an die Wange gelegt hatte, vernahm, daß ihre Hochzeit auf den Tag nach San Giuseppe, in der Kirche San Giuseppe anberaumt war.

Es war dies wie ein Lichtblick für sie, wie ein Anlaß der Stärkung, und bestimmte sie, in diesem Hause zu bleiben. Sie zog die Hand von der Wange zurück und vergaß im Augenblick die erlittene Kränkung. Wie dumm von ihr, nicht früher daran gedacht zu haben! Der Segen des heiligen Joseph machte sie ihrerseits zur *Padrona di Casa.* Nicht zu einer *Maîtresse de maison* der lächerlichen französischen Art, sondern zu einer starken, energischen, kraftvollen *Padrona di Casa*, einer Palastherrin auf sizilianische Art. Madame Pichon war, um sich an einem unfähigen Ehemann zu rächen, nichts als das lachhafte Mittel der »Raouts« eingefallen. Sie, Adeline, würde nicht in diese Falle geraten; der unbestimmte Wunsch, die Bedeutungslosigkeit ihres Vaters wettzumachen, der seit der Kindheit in ihr schlummerte, erwachte mit schrecklicher Macht – wofür ich in der Folgezeit und später sogar mit unserer Ehe zahlen mußte –, während sie ihren Verlobten mit Calogero über einige im Hinblick auf die Gäste zu treffende Maßnahmen, über die Blumen für die Kirche, den roten Teppich, die Blasmusik reden hörte. Sie rechneten mit Restvorräten vom Fest her, um den Goldpapierschmuck, die bunten Luftballons, die übriggebliebenen Knallfrösche mit Rabatt zu bekommen; und die Musiker, denen die Pfarrei zweihundert Lire zahlte, wofür sie drei Tage lang zu Ehren des Heiligen spielen mußten, wären bereit, für eine Zuzahlung von zwanzig Lire beim Verlassen der Messe Gounods Hochzeitshymne anzustimmen.

Adeline schenkte diesen Zahlen kaum Gehör. Ihre Gedanken schweiften um die mit einem neuen Nimbus umgebenen drei Wörter: *Padrona di Casa*!, die sie mit einer nicht nur fingierten Autorität bekleiden würden.

Ihr fiel wieder ein, was die Freundin Louise Hamilton ihr auf dem Schiff gesagt hatte: in Sizilien darf niemand heiraten, ehe der heilige Joseph die Erlaubnis dazu erteilt. San Giuseppe, Schutzheiliger der Ehen und dabei doch der bescheidenste, der unbedeutendste aller Ehemänner! Der südliche Männlichkeitskult und -mythos sind also nur Fassade; die mittelländische Kultur ruht auf ganz anderen Grundlagen. Was sie bei der Beobachtung der Zeremonie des *Pranzo* vermutet hatte, erfuhr eine deutliche Bestätigung, und nicht durch einen untergeordneten Gewährsmann, sondern durch den wichtigsten Heiligen des katholischen Pantheons, der die höchste Verehrung genoß, am häufigsten in Statuen abgebildet wurde, den an Kirchen reichsten, den Gemahl von Maria persönlich! Sie würde in einer San-Giuseppe-Kirche heiraten, am Tag nach dem San-Giuseppe-Feiertag; vom Turm von San Giuseppe würden alle Tage auf ihren Balkon die munteren Töne des Sechseläutens oder die feierlichen des Angelus tropfen; und derjenige, der in den Annalen der Ehe als ein Muster der Ergebenheit, nicht aber als ein Mann von despotischen Instinkten angeführt werden konnte, würde an ihrer Hochzeit und an ihrem Eheleben teilhaben.

Welch ein Vorzeichen! Welch eine Ermutigung! Etwas wie Zärtlichkeit erwachte in Adelines Herzen. Sie betrachtete ihren Verlobten mit mehr Nachsicht, und als er ihren Arm nahm, um sie in ihr Zimmer zurückzuführen, faßte sie zum erstenmal die Möglichkeit in Betracht, glücklich zu werden.

16

Die Karwoche

Am Palmsonntag stellten sich Ignazio Florio und Louise Hamilton im *Palazzo* ein und fragten Raimondo, ob er erlaube, daß sie ihn und die *Francesina* zur Palmprozession begleiteten. Ignazio Florio trug wie auf dem Schiff einen weißen Anzug von erlesenem Stoff und Schnitt. Auf sein mit der Brennschere gewelltes Haar hatte er einen honigfarbenen Panamahut schief aufgesetzt, der seine schwarzen Stirnlokken frei ließ. Sein Knopfloch schmückte eine rote Nelke. Schräg über seine Brust lief eine rote Schärpe mit schwarzen Streifen: das Emblem der Bruderschaft vom Allerheiligsten Altarsakrament, deren Schirmherr er war.

Eine glückliche Selbstgefälligkeit ging von seiner Person aus. Jung, schön, reich, schien er davon überzeugt zu sein, daß sein bloßes Auftreten denen Freude bereiten müsse, die die Chance hatten, ihm beizuwohnen. Die Natur hatte alle ihre Gaben versammelt, um sie ihm in Verwahrung zu geben. Kann ich etwas dafür, sagten seine mandelförmig geschnittenen Augen, wenn die sizilianische Jugend in mir ihr bestgelungenes Modell besitzt?

»Ist es nicht so«, fragte er Adeline im Augenblick, als sie unter ihrem geblümten Sonnenschirm aus der Tür trat und ihm entgegenging, »daß die Sonne nie angenehmer gestrahlt hat und daß der Tag sich so gut wie möglich anläßt?«

Er begleitete seine Worte mit anmutigem Lächeln, das augenscheinlich sagen wollte: Selbst das Wetter macht mit. Welch hübsche Beleuchtung für meinen schönen Alpaka-Anzug! Wie doch alles zu unserem Glück mitwirkt! Nach einem Monat Aufenthalt im schmucklosen *Palazzo* fühlte Adeline sich geschmeichelt, von einem so eleganten jungen Mann eingeladen zu werden, dessen Eitelkeit ganz und gar nicht unsympathisch wirkte: denn all diese Koketterie, diese Sorgfalt, sich im liebenswürdigsten Licht zu zeigen, stach vorteilhaft ab von der bäuerlichen Einfachheit der in ihr ewiges weißes Hemd und ihre nicht weniger ewige schwarze

Hose gekleideten Männer um sie herum. Konnte man es ihm zum Vorwurf machen, daß er der Sohn seines Vaters war und von Kind auf, ohne sich im geringsten anzustrengen, die Annehmlichkeiten gekannt hatte, die andere erst nach langer Plage erreichen und die sie, falls überhaupt, erst dann genießen, wenn sie über die Mühe, die sie gekostet haben, glanzlos, farblos geworden sind? Er hätte sich nur dann schuldig gemacht, wenn er ohne Strapazen erzielte Gewinne eigennützig behalten hätte. Er war jedoch ganz im Gegenteil von offenem, fröhlichem, großzügigem Wesen, und es schien ihm angelegen zu sein, die empfangenen Sonderrechte zu verdienen. Er war zufrieden mit sich selbst, noch mehr aber befriedigte es ihn, daß dank ihm, dank all dem, was er den anderen mitteilen konnte, sich in der Welt ein wenig mehr Freundlichkeit, Schönheit und Vergnügen ausbreiteten.

Hinter seinem scheinbaren Dünkel verbarg sich somit eine Form von Bescheidenheit, für die Adeline empfänglich war. Im Vergleich zu Don Raimondo, der sich nie im geringsten bemüht hatte, ihr zu gefallen, und sich seit ihrer Ankunft in Girgenti nur noch jeden zweiten Tag rasieren ließ, fand sie Ignazio Florios Alpaka-Anzug, honigfarbenen Strohhut, frischrasierte Wangen, sein Duftwasser schätzenswert. Verfolgte diese Galanterie bestimmte Absichten? Sie hätte diese Frage nicht beantworten können, fühlte sich aber stark genug, allen Eventualitäten zu begegnen. Gewissermaßen instinktiv erkannte sie, daß es dem jungen Mann, um glücklich zu sein, genügte, seinen Charme zu verbreiten.

Mit welchem Geschick, sagte sie sich, als sie ihre Hand auf den ihr gebotenen Arm legte, stellte er die Vorteile, die er seit seiner Geburt genoß, in den Dienst der anderen! Sogar die Schärpe des Allerheiligsten Altarsakraments, die auf der Brust eines anderen einem Gemeindeabzeichen geglichen hätte, hob sich von der seinen mit einer ansteckenden Fröhlichkeit ab; die roten und schwarzen Streifen leuchteten auf seinem weißen Hemd wie die Farben einer Oriflamme; und als er seine Begleiter mit sich zog ins Labyrinth der Gassen von Girgenti, sah er aus wie ein für das Turnier geschmückter Ritter.

Seit Beginn der Fastenzeit stiegen die Gläubigen jeden Freitagabend zum Kalvarienberg hinauf, der oberhalb der Kathedrale, hinter der Apsis die höchstgelegene Stelle des Stadtgebiets einnimmt. Ein vor einer Schlucht in der Mitte eines mit Kies belegten freien Platzes aufgerichtetes großes Kreuz hebt seine düsteren Arme vor dem Himmel. Am Fuß des Kreuzes zündeten die Gläubigen in Glasnäpfen Dutzende von Lämpchen an. Durch die von Totenlitaneien summenden Straßen begleitete Adeline die Frauen des *Palazzo*. Girgentis beste hohe Bässe durchzogen die Stadt mit einem langsamen, trübseligen Singsang. Wenn Adeline, noch erfüllt von der Feierlichkeit des Schauspiels, vom Kalvarienberg hinabstieg, vernahm sie vieldutzendfachen fröhlichen Trommelwirbel und das Zerplatzen von Knallfröschen, die das Dunkel mit Rauchsäulen durchsetzten. Sie bat um eine Erklärung dieses Gegensatzes und erhielt die Antwort, daß die Freitage in der Fastenzeit Trauertage seien, die Samstage, und zwar alle Samstage, hingegen Feiertage zu Ehren der Madonna. Ein Feiertag ist nun aber nicht vollständig, wenn ihm nicht eine Vigil vorausgeht. Es war also nicht weiter verwunderlich, daß der Freitagabend in der Fastenzeit zur Hälfte der Trauer und zur Hälfte der Freude gewidmet wurde.

»Ich langweile dich wohl mit diesen Einzelheiten?« fragte mich meine Mutter, ihren Bericht unterbrechend. »Diesen Festen gelten heutzutage wissenschaftliche Studien; ich habe den Eindruck, ein Kapitel Völkerkunde herzusagen. Zur damaligen Zeit, das kann ich dir versichern, erlebten die Leute die Ereignisse der Karwoche intensiv mit. Ich erinnere mich der Ankunft des Franziskanermönchs, der die Fastenpredigten halten sollte. Alle Glocken läuteten, die Trommeln fielen in den Lärm ein; der Franziskaner stieg von seinem Maulesel und mahnte die Zuhörer zur Buße, indem er ihnen die Strafen schilderte, die sie in der Hölle erwarteten, sofern sie nicht durch Frömmigkeit und Mildtätigkeit ihr Leben besserten. In einem bestimmten Augenblick löste er den Strick seiner Kutte, öffnete sein Gewand und begann sich öffentlich zu geißeln mit einer seiner riesigen Statur und seinem Bart von mosaischem Ausmaß entsprechenden Kraftanwendung. Von seiner Heiligmäßigkeit überzeugt, gingen die Frauen zu ihm hin und knieten nieder, um den Saum seiner Kutte zu küssen. Woran wurden Frömmigkeit und Mildtätigkeit der Gläubigen sodann gemessen? An ihrem Eifer, die kleine, in der Menge herumgereichte Amphore aus gebranntem Ton zu füllen. Und wozu waren die Almosen bestimmt? Zum Kauf von Gehänge aus Goldpapier, von roter Farbe und anderen Bestandteilen der Festdekoration, vor allem aber von Knallfröschen, die man zum Ruhme Jesu Christi und der Madonna explodieren lassen würde. Während also der Mönch sich ausgiebig auspeitschte und der hingerissenen Menge seine mit roten Striemen überzogenen Beine und seine vom Strick zerrissene Brust zeigte, hörte man in der Urne fröhlich die Münzen klingeln und jedermann verkünden, welch ungeheurer Jubel die Frucht dieser Kasteiung sein werde. Aber langweile ich dich auch wirklich nicht?«

Ich versicherte ihr, daß mich ganz im Gegenteil nichts stärker interessiere, als durch ihre Erzählungen aufs neue so manche meiner einstigen kindlichen Gemütsbewegungen zu erleben. Ich hatte sie in einem Alter empfunden, als ich noch zu jung war, um die Seltsamkeit der Vorstellungen zu begreifen, die Teil unserer Daseinsgewohnheiten waren. Nun, da die Lévy-Bruhl, die Durkheim, die Frazer Melanesien und die Neuen Hebriden in Mode gebracht hatten, erschien es mir nützlicher zu erfahren, daß nur zweitausend Kilometer von der Rue de Bac entfernt, in der wir wohnten, bis vor kurzem Bräuche in Kraft geblieben waren, die bis auf die Eingeborenen des Pazifiks zurückreichen sollten.

Meine späteren, auf der Kritik der parlamentarischen Regierungsform und der demokratischen Öde fußenden politischen Bindungen wurzeln zum Teil in der Erinnerung an diese bunte Folklore. Wenn ich die Einflüsse zu entwirren versuche, die in besonders verhängnisvollem Maße meine Wahl beeinflußt haben, kann ich die Sehnsucht nach diesen Festen, Prozessionen, diesem Kindlich-Pittoresken nicht unerwähnt lassen. Hätte ich mich gegen die Erzählungen meiner Mutter wehren sollen? Ahnte sie, daß sie die Fehler eines durch die von meinen Tanten erhaltene Erziehung verdorbenen Charakters aufstachelten? Oder muß ich sie für unschuldig erklären an den Giften, die sie mir einträufelte? Jedenfalls sprach sie mir viel davon, und ich hörte ihr andächtig zu.

Zudem drängte mich die Neugier, herauszufinden, ob meine Mutter, die ihre Illusionen über Don Raimondo so schnell verloren hatte und deren Fachkenntnis und berufliches Können, als ich nach Frankreich kam, ganz Paris lobte, nie der Schwäche eines menschlicheren Gefühls nachgegeben hatte, dazu, jedesmal, wenn sie Ignazio Florio erwähnte, auf das Beben ihrer Stimme, eine unmerkliche Pause zu lauern, die mir verraten hätte, daß sie nicht immer die zielstrebige, selbstbeherrschte Frau gewesen war und unempfindlich für die Gefühlsregungen, die eine junge Person gern in ihr Herz einläßt, besonders dann, wenn sie eine Zeitgenossin der Heldinnen von D'Annunzio ist.

Am Arm ihres Kavaliers ging sie festen Schrittes durch die schlechtgepflasterten Straßen. Sie hatte als vorsorgende Frau, deren Koketterie sie nicht den gesunden Menschenverstand vergessen läßt, solide Wanderstiefeletten angezogen. Von Zeit zu Zeit mußten sie stehenbleiben, um auf ihre beiden Gefährten zu warten. Don Raimondo war vollauf damit beschäftigt zu verhindern, daß Louise, die unbesonnenerweise Sandalen mit hohen Absätzen trug, sich auf dem unebenen Kies des Fahrwegs die Knöchel verstauchte. Als sie vor dem Oratorium des Allerheiligsten Altarsakraments ankamen, fanden sie dort die Mitglieder der Bruderschaft versammelt. Weiße Jacke, ärmelloser roter Seidenmantel und weiße Kapuze bildeten ihre Gala-Uniform. Ignazio Florio wurde aufgefordert, den roten Mantel anzulegen. Mit berechneter Lässigkeit warf er ihn sich über die Schultern. Die übers Ohr fallende Quaste der Kapuze fügte seinem Anzug die noch fehlende schelmische Note hinzu. Was könnt ihr doch von Glück sagen, mich bei euch zu haben! schien seine schmale, graziöse und ironische Person zu erklären. Er bat Adeline um ihren Taschenspiegel, damit die anderen sich nicht allein an der vorteilhaften Wirkung dieser Metamorphose erfreuen sollten.

Der Präsident der Bruderschaft gab ihm einen Palmzweig

in die Hand. Und sogleich hob Ignazio Florio ihn, stolzer als ein Paladin Karls des Großen, über den Kopf und schwang ihn gleich einer Lanze. Die Prozession setzte sich in Bewegung; der Bruderschaft voraus gingen die Priester, gefolgt wurde sie von einem Schwarm Kinder, jedes hatte einen ebensolchen Palmzweig, trug ihn aber bescheidener. So gelangte der Zug zur Kathedrale, wo die in ihre schwarzen Mantillen gehüllten Frauen ihn kniend erwarteten. Die Messe wurde im Eiltempo gelesen, begleitet von lautem Stimmengewirr, Palmenschwenken und vom Kauen der extra für den Palmsonntag zubereiteten Leckereien.

Die Geschehnisse am Gründonnerstag waren abwechslungsreicher und sonderbar. Iganzio Florio, immer gleich selbstzufrieden, vor allem aber überzeugt, die anderen zu beglücken, indem er ihnen seine Begleitung anbot, hatte Adeline wieder abgeholt. Im Inneren des Oratoriums des Allerheiligsten Altarsakraments war ein Tisch mit den zwölf Gedecken der Apostel aufgestellt worden. In der Erwartung, den Gewinn aus ihren Mandelbaum-Plantagen einziehen zu können, kritisierte Louise unablässig die abergläubischen Vorstellungen des sizilianischen Volks.

»Machen Sie es wie ich?« tuschelte sie vertraulich mit ihrer französischen Freundin. »Schlafen Sie bis zur Rückreise? In dieser Stadt gibt es nichts zu tun. Ist es nicht ein Jammer«, seufzte sie, auf die Vorbereitungen im Oratorium weisend, »daß wir als Unterhaltung nichts als diese einer zivilisierten Nation unwürdigen Kindereien haben?«

Von Don Raimondo war in den Berichten meiner Mutter nicht mehr die Rede. Nahm er an den verschiedenen Zeremonien der Karwoche teil? Blieb er im *Palazzo*? Aus diesem Schweigen hätte ich einen Hinweis auf die Wirkung herleiten können, die der Charme des jungen Mannes in weißem Anzug ausgeübt hatte. Ich mußte diese Piste wieder aufgeben, denn auch Ignazio erwähnte sie nicht häufiger als zwei- oder dreimal.

In Wirklichkeit hätte sie, wenngleich die Liebe ihr ganzes Leben lang in den Hintergrund dessen verwiesen wurde, was sie hauptsächlich beschäftigte, mit zwanzig Jahren weniger als in jedem anderen Alter dem launenhaften, unbeständigen Gott nachgegeben, der sie vom angestrebten Ziel abgelenkt hätte. Würde sie im Augenblick, da sie alle ihre Kräfte versammeln mußte, einen bedeutenden Teil von ihnen abziehen, um sie in den Dienst eines Hirngespinstes zu stellen? Entweder Ehrgeiz oder Liebe: nie besaß dieser Sinnspruch größere Wahrheit als im Fall von Adeline Pichon. Zwanzig Jahre danach finden wir sie und Ignazio in Palermo wieder, unter Umständen, die zu einem anderen Abschluß führen können. Ich habe jedoch den Eindruck, daß selbst damals die Furcht, sie werde zu altern beginnen, ohne das von Millionen Frauen, denen sie durch ihre Willenskraft und ihr Talent so sehr überlegen war, geteilte süße Gefühl gekannt zu haben, die eigentliche Ursache der Ausnahme darstellte, die sie sich erlaubte, weniger von einer unwiderstehlichen Anwandlung getrieben als vom Wunsch, bevor es zu spät sein würde, einen Teil dessen nachzuholen, was sie ihrer Karriere geopfert hatte.

Von diesen in Ignazio Florios Gesellschaft verbrachten Tagen der Karwoche behielt Adeline den für die geringe Achtung, die sie für ihren Verlobten noch bewahrte, verhängnisvollen Verdacht zurück, Raimondo hätte gegen eine Liebschaft nichts einzuwenden, aus Gefälligkeit gegenüber dem Eigentümer der Schwefelgruben, deren von Florio senior bezahlte Leitung einen Teil des auf schlechte Erträge oder die miserable Verwaltung ihres Landbesitzes zurückzuführenden Defizits der Vasconcellos ausglich. Allerdings folgte Louise Hamilton dem Paar auf Schritt und Tritt, und auch falls er den *Palazzo* nicht mehr verließ, konnte Don Raimondo sich sagen, daß er die beiden jungen Leute nicht ohne Aufsicht gelassen hatte. Ein weiterer Akt der Feigheit seinerseits nach Ansicht meiner Mutter; denn Louise Hamilton, die es gewohnt war, vor dem Elend der von ihrem Mann unter Druck gesetzten Bauern die Augen zu verschließen, da sie sich in London ja mit den an die Suffragetten geleisteten Zuwendungen weißwusch, war keine Person, die vom Ehrgefühl erstickt wurde.

Selbst wenn ein Abenteuer für sie eine Verlockung gewesen wäre, hätte, so glaube ich, meine Mutter die bequeme Gelegenheit nicht genützt. »Zu siegen ohn' Gefahr, Triumph ist ohne Ruhm«: diese Überzeugung teilte sie mit Deinem Dir teuren Corneille. Es hätte ihr mißfallen, mit gezinkten Karten zu siegen. Worin sie sich irrte, das kann ich mit Gewißheit zur Entlastung meines Vaters sagen. Er wußte sehr wohl, daß ein junger Sizilianer viel zuviel Angst hat, sich ernstlich an die Verlobte eines anderen heranzumachen. Es gäbe zu viele Hindernisse zu überwinden, zu viele beunruhigende Risiken. Die Lässigkeit des insularen Temperaments errichtete zwischen Ignazio und Adeline eine Barriere, höher als die strengste moralische Trennwand. Nach meiner Ansicht glaubte Don Raimondo, da er die jungen Leute am Palmsonntag begleitet und Ignazios Hofieren als harmlos erkannt hatte, daß seine Ehre nichts zu fürchten habe und daß er weiterhin »aus dem Eimer trinken« werde, wie das sizilianische Sprichwort sagt, um den Verlobten oder Ehemann zu bezeichnen, der nicht an der Stirn von sperrigen Verzierungen belästigt wird. Daher sein Entschluß, zu Hause zu bleiben, obwohl die auf elf Uhr vormittags anberaumte Zeremonie des letzten Abendmahls seine Siesta nicht beeinträchtigt hätte.

Der in der Mitte des Oratoriums auf zwei Böcken stehende Tisch bot den Anblick einer üppigen Festtafel. Den Platz eines Apostels zeigte jeweils ein mit Nüssen, Mandeln, Saubohnen und trockenen Keksen garnierter Präsentierteller an. Rechts von jedem Teller hatte man einen Fenchelzweig gelegt und eine Karaffe mit Wein gestellt. Links von den Tellern lagen von Orangen gekrönte Anisbrote. Von jeder Orange ragte ein Büschel Taubenfedern auf. Zwischen den beiden Kristallgläsern – reinstes Muranoglas, erkannte Adelines geübtes Auge – trug ein mit bunten Bändern geschmücktes und mit Kupferstreifchen überzogenes kleines Zuckerlamm zwischen seinen Ohren eine rosa Fahne zur Schau. Zwischen den beiden Reihen der Gedecke bildeten mehrere ganz gleiche künstliche Blumenbuketts die Tischdekoration. Aus der gefirnißten Amphore auf dem Altar sproß ein Blumenstrauß, auch er aus Papier, obwohl das Land in diesem regnerischen Monat April Anemonen und Schlüsselblumen in Hülle und Fülle bot.

Kurz nachdem die Turmuhr elfmal geschlagen hatte –

Adeline prüfte die von ihrer Armbanduhr angegebene Zeit –, erfolgte der Einzug der zwölf Apostel zum Ostermahl. Sie trugen jeder ein weißes Gewand, eine rote Seidenschärpe, eine an der linken Schulter angebrachte Schleife aus rosa Bändern und hinten am Kopf einen, Gott allein weiß wie, in ihrem Kraushaar befestigten Heiligenschein aus vergoldeter Pappe. Von ihren braunen Gesichtern stach das Weiße im Auge und das Weiß der Zähne ab. Adeline erkannte Santo, den für die Wasserkrüge zuständigen Burschen, und einen Stallknecht, der die Maultiere zu tränken hatte. Sie setzten sich in gewisser Entfernung vom Tisch auf die zwölf Stühle. Ein Priester tat so, als wüsche er ihnen die Füße. Er schob vom einen zum nächsten eine Waschschüssel aus blauem Steingut mit gelbem Blumenmuster – aber ja doch, die Waschschüssel aus ihrem Kabinett! stellte meine entsetzte Mutter fest. Um diese Aktion zu erleichtern, waren die zwölf Apostel in Pantoffeln geschlüpft. Ihre in einer Reihe hinter ihnen stehenden Frauen – Maddalena für Santo und die »Haarknotenflechterin« für den Stallknecht – hielten die Stiefel in den Händen, die sie beim Eintreffen ausgezogen hatten.

Der Priester erteilte den Segen. Auf dieses Signal hin zog jeder der Apostel eine Serviette unter seinem Gewand hervor, faltete sie auf dem Tisch auseinander, leerte den Inhalt des Präsentiertellers darauf aus und fügte die Orange, den Brotlaib, das Zuckerlamm und die Fenchelknollen hinzu. Nachdem die vier Zipfel der Serviette verknotet worden waren, wurde das Paket mit der gleichen Hurtigkeit an die Gattin weitergegeben, die es bei den Ohren packte und unter ihre Schals steckte. Alle standen auf und umarmten einander, darauf folgte ein allgemeines Durcheinander, Stimmengewirr und fröhliche Ausrufe; die zwölf auserwählten Familien und die erregte Zuschauermenge gaben sich lautstarken Gefühlsausbrüchen hin. Sodann entledigten sich die Nutznießer des Himmelsbrotes ihrer apostolischen Attribute; die weißen Gewänder, roten Schärpen, rosa Schleifen blieben mit den Papierblumen auf dem Tisch liegen; sie zogen ihre Stiefel wieder an; begleitet von ihren Frauen, die die Pantoffeln wieder an sich genommen hatten, und von ihren

Kindern, die versuchten, den Heiligenschein aus Pappe ihrem widerborstigen Haarschopf anzupassen, brachten sie ihren kleinen Vorrat an Leckereien triumphierend nach Hause.

Da am Karfreitag die Glocken nicht mehr läuteten, rief ein Kanonenschuß die Gläubigen zum Oratorium des Allerheiligsten Altarsakraments. Die Sakristei beherbergte eine hölzerne Statue, die Unseren Herrn darstellte. Sie mußten sie in einer gläsernen Lade bis zum Kalvarienberg transportieren, wo sie vor den am selbigen Morgen auf dem Platz aufgerichteten schwarzen Fahnen ans Kreuz geschlagen werden sollte. Die Prozession bewegte sich durch die steilen Gassen. An der Spitze fünfzig junge Knaben, die in regelmäßigen Abständen, auf das Zeichen eines Mitglieds der Bruderschaft hin, ihre nur bei diesem Anlaß gebrauchten hölzernen Klappern schüttelten; dann ein einziger Musiker mit einer langen Trombe, der er, Minute um Minute, wenn die Klappern schwiegen, einen schrillen Ton entlockte, einen einzigen immer gleichen Ton; darauf die mit Krepp verhüllten Trommeln, deren gedämpfter Wirbel von einer Hauswand zur anderen zurückhallte.

Zwölf schwarzgekleidete kleine Mädchen gingen hinter den Trommlern her. Der schwarze Schleier ihres Kopfputzes hing an einem künstlichen Blumenkranz von schreienden Farben. Mit übertriebener Würde trugen sie auf Silbertellern die Nägel, den Hammer, die Dornenkrone und die übrigen Zubehörteile der Passion. Hinter ihnen quälten sich die Mitglieder des Klerus den Hang hinauf vor der auf den Schultern von vierzig starken Männern getragenen Lade, während andere, die sich, so gut sie konnten, an den Hausmauern entlangdrückten, mit Hilfe gewöhnlicher Stöcke einen rotseidenen Baldachin aufgespannt hielten. Auf einer seidenen Matratze lag die Christusfigur: eine grell realistische spanische Statue aus dunklem, auf der ausgemergelten Brust mit blutigen Striemen gefärbtem Holz. Ein langer Zug von Klageweibern folgte der Lade; sie waren in ihre Mantillen gehüllt und hatten nicht einmal einen Schlitz für die Augen.

Zuletzt kamen die Neugierigen, die einfachen Zuschauer.

Ihnen waren Kutten aus derber Leinwand zugeteilt worden. Während sie die ihre anzog, fragte sich Adeline, ob Ignazio sie nicht in eine Falle gelockt habe. Würde er die Karfreitagskutten und die durch sie gewährleistete Anonymität dazu benutzen, seine Annäherungsbemühungen voranzutreiben? Hatte er auf diese in einem Land, wo jungen Menschen ein Zusammensein zu zweit verboten ist, unschätzbare Erleichterung gebaut?

Ignazio schien mit seiner Kutte recht zufrieden zu sein. Er lieh sich von einem der kleinen Mädchen einen Nagel aus, um die Leinwand ein Stück einzureißen und die Schlitze so zu vergrößern, daß alle Welt durch die Löcher, die ihn zur Geltung brachten, den mandelförmigen Schnitt seiner Augen bewundern konnte. Baron Gangi, Graf Trigona, der gesamte adelige Heerbann waren überzeugt, daß Don Ignazio Florio das hübscheste Augenpaar auf Erden zugefallen war. Doch – wie ich meiner Mutter sagen mußte, entsprechend Don Raimondos Erwartungen – ließen seine Verführungsbemühungen es dabei bewenden. Wie allen eingebildeten Menschen war es ihm wichtiger, beim Publikum Eindruck zu schinden, als einen individuellen Sieg zu erringen. An Adelines Seite machte er sich auf den Weg und versuchte nicht einmal, sie bei der Hand zu fassen.

Auf dem Platz des Kalvarienbergs angelangt, kniete die Menge nieder. Die Priester nahmen die Statue aus der Lade, paßten die abnehmbaren Arme dem Rumpf ein, trieben die Nägel in Hände und Füße, setzten die Dornenkrone aufs Haupt und banden Christus ans Kreuz, während die Trommeln einen Trauermarsch schlugen. Der zum Schutz vor Regengüssen gefirnißte abgezehrte Körper Unseres Herrn glänzte in der Nachmittagssonne; eine flachsblonde Perücke hing von seinem geneigten Haupt herab, und der Wind, der die drei Fahnen bewegte, hob die Bahnen der blauen, um seine Lenden geschlungenen Seidenschärpe.

Unaufhörlich strömten Gläubige auf den Platz und fielen vor dem Kreuz auf die Knie. Wenn sie wieder aufstanden, drückten sie sich einen Kuß auf die Fingerspitzen, stellten sich auf die Fußspitzen und hoben die Arme über den Kopf im Versuch, den Fuß der Statue zu berühren. Die Frauen stemmten ihre Kinder in die Höhe; sie spornten sie an, den Mund auf die Wunde zu legen, und schrien den Kindern »Bravi« zu wie im Theater, wenn diese mit letzter Anstrengung ihre Lippen auf den Blutfleck hefteten.

Zur großen Entrüstung Louises, die ausrief, diese Heiden achteten nicht einmal die Chronologie der Evangelien, feierte Girgenti am Karsamstag die Auferstehung Christi. Mitten im Hochamt, das in der Kathedrale zelebriert wurde, sah man eine von einem System von Seilen und Seilscheiben gezogene riesige bemalte Holzfigur Unseres Herrn hinter dem Altar aufsteigen; ihre Füße ruhten auf einer weißen Wolke, und in die Hand war ihr der Schaft einer roten Fahne gesteckt. Als die über dem Chor pendelnde Statue den höchsten Punkt ihres Aufsteigens erreicht hatte, gab eine Auslösevorrichtung plötzlich einen Strahlenfächer aus vergoldetem Holz frei, der sich hinter dem Haupt des Erlösers zum Glorienschein anordnete. Die Anwesenden, die das Hebemanöver mit Besorgnis verfolgt hatten, brachen in wilden Beifall aus, während der Bischof ein triumphales Tedeum anstimmte, die Glocken der Stadt voller Lust läuteten und die von ihrem Krepp befreiten Trommeln den Lärm durch einen ununterbrochenen Wirbel steigerten. Auf dem Kirchenvorplatz brachten Knallfrösche, Raketen und Schwärmer ihren Freudentribut dar.

17

Der Scheiterhaufen Siziliens

Adeline schrieb den wöchentlichen Brief an ihre Mutter. Sie hatte eine Kerze angezündet und auf denjenigen der beiden Tische gestellt, den sie in einen Schreibtisch umgewandelt hatte. Draußen ging das Spektakel weiter, und durch die Öffnungen in ihren Fensterläden sah sie die Funkensäulen im schwarzen Himmel als vielfarbige Garben herabsinken.

»Ich glaube, ich fange an, mich in meinem Zimmer wohl zu fühlen. Am schwersten fällt es mir, mich daran zu gewöhnen, daß ich kein Privatleben habe, ein hier unbekannter Begriff. Als ich mich eben hinsetzte, um Dir zu schreiben, hörte ich lauten Lärm im Hause. Ein Priester, der über sein rotes Gewand ein Chorhemd aus weißer Spitze angezogen hatte, stürmte, ohne anzuklopfen, ohne um Erlaubnis zu bitten, wie ein Wirbelwind in mein Zimmer, gefolgt von einem kleinen Jungen, der einen Eimer Wasser trug. Er hatte kein Wort für mich! Im Eiltempo hat er meine Möbel mit Weihwasser besprengt und ist dann ebenso schnell, mit dem gleichen Mangel an Scheu und in der gleichen unbekümmerten guten Laune wieder davongerannt, um sich in den anderen Räumen des *Palazzo* der gleichen Übung zu widmen. Dies nennen sie hier ›das Haus einsegnen‹. Wenn die Priester am heutigen Tag, der der inneren Sammlung geweiht sein sollte, schon so wenig Rücksicht auf die *privacy* nehmen, wie meine liebe Louise sagt, kannst Du Dir denken, daß man zu gewöhnlichen Zeiten alle Hoffnungen fahrenlassen muß, ruhig daheim sein zu können ...«

Blieb noch der Ostersonntag. Eine letzte Überraschung erwartete Adeline, der bei dieser Gelegenheit der Zweck von Ignazio Florios beharrlichen Bemühungen eindeutig bewiesen wurde.

Auf dem länglichen Rathausplatz war an jedem seiner Enden mittels Baumstämmen und Zweigen eine Art Zelt errichtet worden, das zum Platz hin durch einen roten

Baumwollvorhang geschlossen wurde. Vor der Kirche und dem einstigen Dominikanerkloster, um den Brunnen, unter den gegeneinander versetzt stehenden Korkeichen drängte sich die Menge. Die Männer trugen ihre Festtagsanzüge aus kastanienbraunem Samt und Stiefel, die bis zur halben Höhe der Schenkel reichten. Die Frauen hatten ihre üblichen schwarzen Kleider mit buntbestickten Röcken vertauscht und hielten an die Brust gedrückt ihre Säuglinge, deren kleine Gesichter unter mit Bändern und künstlichen Blumensträußen überladenen, gefältelten und rüschenbesetzten Hauben verschwanden. Alle zeigten sich umgänglich, begrüßten einander mit leiser Stimme, wechselten Blicke schweigenden Einverständnisses mit der erregten und gierigen Miene von Leuten, die sich auf ein erfreuliches Ereignis gefaßt machen, dabei aber einen Rest von Besorgnis bewahren.

Adeline verfolgte von einem Balkon des Rathauses aus das Kommen und Gehen dieser bunten Menge, als plötzlich eine Madonna aus bemaltem Holz auf den Schultern von zwanzig Burschen durch eine Querstraße herangetragen wurde. Ein langes Gewand aus blauer, mit goldenen Blumen durchwirkter Seide und ein mit silbernen Sternen besetzter weißseidener Mantel bildeten ihren prächtigen, durch eine Silberkrone, Ohrringe, goldene Halsketten, Medaillons auf der Brust, Armbänder an den ausgestreckten Armen und Ringe an jedem Finger vervollständigten Putz. Doch ein Spitzenschleier bedeckte sie von Kopf bis Fuß mit einer schwarzen Gaze und dämpfte den Glanz ihrer Kleinodien.

Als man sie an das eine Ende des Platzes brachte, um sie unter einem der Laubzelte zu verstecken, wollte Adeline Ignazio fragen, was der schwarze Schleier bedeute. Der junge Mann war verschwunden. Die *Signora Madre* antwortete an seiner Stelle:

»Die Madonna trägt Trauer, weil sie von der Auferstehung ihres Sohnes noch nicht benachrichtigt worden ist.«

In einer anderen Querstraße erschien Unser Herr. Es war die Holzfigur vom Vortag, die aus ihrer akrobatischen Position im Chor der Kathedrale herabgeholt und auf einem tragbaren Podest befestigt worden war. Der vergoldete Strahlenkranz schimmerte um ihren Kopf, die rote Fahne wogte in ihrer Faust; nur die kleine weiße Wolke war abmontiert worden. Die Statue verschwand unter dem zweiten Zelt hinter dem Baumwollvorhang.

Und was nun? fragte sich Adeline. Aus dem Portal des Rathauses unter ihrem Balkon sah sie einen jungen Mann in der Tracht der Bruderschaft vom Allerheiligsten Altarsakrament treten: weiße Jacke und roter Seidenmantel; statt der Kapuze umschloß ein Heiligenschein aus vergoldeter Pappe seine schwarzen Locken. Er schritt bis zur Mitte des Platzes, dann drehte er sich um und grüßte die Anwesenden in der Runde mit einer deutlicher bekundeten Aufmerksamkeit für den Balkon der *Francesina*. Adeline erkannte Don Ignazio und fragte sich, was all dies wohl zu sagen habe. Er strahlte, der Ausdruck »sich wie im siebenten Himmel fühlen« schien für ihn erfunden worden zu sein, und kein Symbol hätte seinem Entzücken besser entsprochen als der schimmernde Heiligenschein auf seinem Kopf. Von der ganzen Stadt bewundert zu werden und in wenigen Augenblicken vor der aus Paris, der Hauptstadt der Mode, hierhergekommenen jungen Fremden nicht nur sein natürliches schönes Aussehen, sondern überdies sein Schauspieltalent demonstrieren zu können! Denn er blieb nicht lange unbeweglich stehen unter den ungeduldigen Blicken der Menge, sondern begab sich, wie der Torero nach dem Rundgang durch die Arena, sogleich an seine Aufgabe.

Er faltete die Hände und ging zum Versteck der Madonna, hob den Vorhang und bewegte, zur Statue gewandt, die Lippen, blieb einige Sekunden regungslos stehen mit flehendem Blick, als erwarte er eine Antwort; dann drehte er sich auf dem Absatz um und überquerte schnellen, geschmeidigen Schrittes den Platz in Richtung zum zweiten Zelt, nicht ohne den roten Seidenmantel, indem er ihn sich bauschen ließ, zu seinem Vorteil zu nutzen. Am Ende des Platzes angelangt, hob er den Vorhang, der Jesus Christus verbarg, und begann wieder mit dem gleichen Mienenspiel: seine Lippen bewegten sich, als spräche er zu dem Erlöser, sodann horchte er und neigte den Kopf, um zu sagen, daß er die Botschaft überbringen werde. Er kehrte zur Madonna zurück, dann wieder zu Jesus Christus, der ihn abermals zum anderen Zelt schickte, von woher er ein weiteres Mal zurückkam: immer mit seinem federnden Gang, begleitet von einem sanften Wogen von roter Seide und schwarzen Locken, während die Menge den Atem anhielt.

Geheiligtes Mysterienspiel, frei nach den Evangelien. Ein von der Bruderschaft des Allerheiligsten Altarsakramentes ausgewählter junger Mann, jährlich ein anderer, erhält die Rolle des heiligen Johannes. Christi Lieblingsjünger ist der erste, dem sein Meister nach der Auferstehung begegnet. Unverzüglich eilt er zu Maria, um ihr die Nachricht zu bringen. Aber wie könnte ihr vom Todeskampf des Heilands noch blutendes Mutterherz einer so wenig begründeten Meldung Glauben schenken? Aus Vorsicht schickt sie Johannes zu Christus zurück, damit er sich vergewissert, nicht das Opfer einer Täuschung gewesen zu sein. Dreimal verlangt sie von Johannes, ihr sichere Beweise zu bringen, dreimal eilt der Jünger zum Zufluchtsort Unseres Herrn, dreimal zerbricht er sich auf dem Rückweg den Kopf nach Gründen, die Maria zu überzeugen vermöchten.

Dies war das einfältige und poetische Wunder, das die Zeremonien der Karwoche krönte, zu einer Zeit, da der Fußverkehr die einzige Art der Nachrichtenübermittlung gewährte, nicht weil es keine Zeitungen gegeben hätte, sondern weil die zu fünfundachtzig Prozent aus Analphabeten bestehende Bevölkerung nur die mündliche Sprache als Verbindungsmittel kannte. Als sie zusah, wie der junge Ignazio Florio von der Mutter zum Sohn und vom Sohn zur Mutter lief, überließ sich die Menge abwechselnd den Wonnen der Hoffnung und den Qualen des Zweifels. Würde seine Beredsamkeit obsiegen? Würde es ihm gelingen, die Skeptische zu überzeugen, deren Mißtrauen ja nur allzu verständlich war? Würde sie sich bereit finden, ihren schwarzen Schleier zu lüften? Dies war die wichtigste Frage, denn von der Antwort hing es ab, ob das Gold und das Silber und die Edelsteine, die sie schmückten, in voller Pracht erstrahlen und durch ihren Reichtum alle anderen Dekorationen des Platzes in den Schatten stellen würden oder ob sie, eifrig darauf bedacht, ihrer Trauer Achtung zu verschaffen, ihre Schätze ungesehen wieder mitnahm. So wanderten denn auch alle Blicke ängstlich vom einen zum anderen Punkt des Platzes. Ermunternde Zurufe hätten den Boten begleitet, hätte nicht die Befürchtung, durch unangebrachte Zuversicht die schwierigen Verhandlungen zu gefährden, allen feierliches Stillschweigen auferlegt. Gekränkt, weil man ihre Verzweiflung nicht ernst nahm, hätte Maria sich vielleicht zurückgezogen, ohne darin einzuwilligen, sich mit ihrem Geschmeide zur Schau zu stellen.

»Ein hübscher Aberglaube, aber deshalb doch nicht weniger Aberglaube!« sagte Louise Adeline ins Ohr, die vom Schauspiel gefesselt war und auf diesen Kommentar hätte verzichten können.

Außer dem ständigen Groll, den die staatsbürgerliche Unreife der einstigen bourbonischen Besitzungen ihrer englischen Freundin einflößte, glaubte Adeline verletzte Eitelkeit zu ahnen. Der Gedanke, daß Don Ignazio diesen ganzen Auftritt nur angezettelt habe, um vor der *Francesina* zu brillieren, reizte die junge Frau.

»Es ist Brauch, die Rolle des heiligen Johannes entweder einem Jungen, der im Lauf des Jahres seine Mutter verloren hat, oder einem besonders verdienstvollen Grubenarbeiter anzuvertrauen. Ich wüßte nicht«, fuhr Louise bissig fort, »daß Don Ignazio eine dieser beiden Bedingungen erfüllt! Aber er ist Don Ignazio Florio, *Schirmherr* der Bruderschaft vom Allerheiligsten Altarsakrament. Verfügung von hoher Hand, meine Liebe! Immer wieder Feudalherrschaft! Ich habe es Ihnen ja gesagt. *My God*, selbst die Königin Victoria würde sich keine solche Mißachtung der demokratischen Regeln gestatten!«

Im Vertrauen auf den dritten Bericht des Boten war die Madonna endlich bereit, sich überzeugen zu lassen. Die Menge wogte, Rufe erschallten, zunächst noch im Zaum gehalten, doch dann erhob sich ein rückhaltloses gewaltiges Geschrei, als Maria, von ihrem Schleier befreit, auf der Schwelle ihrer Zufluchtsstätte in allem Glanz ihres Schmucks erschien. Ignazio Florio, der wie ein Schauspieler mitten auf der Bühne stand, erhielt Beifall. Die Glocken fingen zu läuten an, die Knallfrösche und Trommeln traten in Aktion, während die beiden hastig wieder auf die Schultern geladenen Statuen aufeinander zustürzten. Die Begegnung fand neben der Tränke statt. *Figlio* und *Mamma* vergaßen, daß sie nur Holzfiguren waren, sie ließen sich von ihrem Schwung mitreißen und stießen ihre hölzernen Wangen aneinander. Christi rote Fahne blieb im verwickelten Zierat von Marias silberner Krone stecken. Die blonde Perücke der Madonna rutschte zur Seite und drohte herunterzufallen.

Dennoch verspürte Adeline keine Lust zu lachen. Sie fühlte sich ergriffen, ohne zu wissen, warum. Hätte die Maskerade nur den Zweck verfolgt, ein Kapitel der Bibel wiederzugeben, so hätte man die Achseln zucken müssen. Doch was sie sah, war eine lebendige Szene der Gegenwart, der die Heilige Schrift, um sie zu verschönern und zu verherrlichen, lediglich als mythischer Hintergrund diente. *Figlio! Figlio mio!* Es war dies nur noch ein einziger Schrei auf dem Platz, ein einziger Gefühlsausbruch, eine einzige wollüstige Erschütterung. Auf das durch den Zusammenprall der Figuren gegebene Signal hin entfesselten sich alle Spielarten der Mutterliebe zugleich: die der kürzlich Niedergekommenen für ihre Säuglinge, die sie an sich preßten, als wollten sie sie ersticken; die der jungen Mütter für ihre Knäblein, die sie hochhoben, um ihre Wangen mit Küssen zu bedecken; die der reifen Frauen für ihre schon großen Söhne, die sie fest wie einen Geliebten an ihr Herz drückten; die der Matronen für kräftige Burschen, die sie um Haupteslänge überragten und deren Hals sie mit klagendem Ungestüm umklammerten; die der alten Frauen schließlich für ihre ebenfalls alt gewordenen Söhne, ohne daß das Alter der einen oder der anderen die besitzergreifende Heftigkeit der ersteren oder die resignierte Fügsamkeit der letzteren gemindert hätte.

Den periodischen Festen kommt es zu, einem vom Alltag abgestumpften Gefühl neue Kraft zu verleihen. Die Mutterliebe hatte im Lauf des vergangenen Jahres nicht aufgehört, im Herzen der Frauen zu wohnen, aber zwangsläufig sich mit anderen Sorgen und Leidenschaften vermischt. An diesem Tag entdeckten sie sie wieder in ihrer ursprünglichen Reinheit; mit wilder Stärke, die jedes andere Gefühl vernichtete, brach sie aus ihnen hervor. *Figlio! Figlio mio!* Die Ausrufe kreuzten sich, überlagerten sich, bald Murmeln, bald Schreien, bald Seufzen, bald Toben, abwechselnd schmerzliche Bitten, hitziges Flehen und despotischer Befehl, sie durchliefen alle Nuancen der Gefühlsskala, von der Zärtlichkeit bis zur Feurigkeit, von der Fiebrigkeit bis zur Erhabenheit, von der Demut bis zur Herrischkeit, vom Rasen bis zur Verzückung. Für diese Frauen zählte nur eines, und nichts auf Erden sollte sie mehr davon abhalten: die ewige Anbetung, das Opfer ihres Lebens, dargebracht dem Geschöpf, das sie in ihrem Schoß getragen, genährt und zur Welt gebracht hatten. Sollten sie die Priesterinnen eines weniger absoluten Kultes sein, wenn die Mutter Gottes ihnen mit gutem Beispiel voranging?

Zügellos, grenzenlos, maßlos, grundlos: diese Mutterliebe packte Adeline und senkte den ersten Keim der Unordnung und des Wahnsinns in sie, die uns, Dich, Constance, und mich, ins Unglück und in den Ruin treiben sollten. Welch ein Unterschied, überlegte sie, zu der schlaffen Zärtlichkeit, die sie von Madame Pichon erhalten hatte! Eine fade, abgeblaßte Liebe, herabgewürdigt zu einem Wechselspiel zwischen »kleinen Aufmerksamkeiten«, welche die Sorge, sich nicht genug als gute Mutter zu erweisen, diktierte, und Beschwerden, wenn sie meinte, ihre Aufopferung werde nicht genügend erkannt! Sein Kind »lieben« bedeutet in Frankreich, es auf die richtige Spur zu bringen, die es dazu führt, zum gewünschten Zeitpunkt eine gesicherte Stellung und einen Platz in der Gesellschaft zu erringen. Seit dem Tage, da die Schwestern Poncelet Adeline eingestellt hatten, war ihre Mutter weniger nervös gewesen; im gleichen Maße, wie das junge Mädchen in ihrem Beruf an Selbstsicherheit gewann, stieg das Niveau der Mutterliebe in Madame Pichons Gefühlsthermometer um etliche Grade. Wie war dies alles zuwenig altruistisch, wie war es kleinlich, niedrig, eigennützig!

In Sizilien strahlte die Mutterliebe mit unvergleichlicher Glut, denn sie verfolgte kein praktisches Ziel. Sie hatte nicht die Schonung der Mütter im Auge – wie in Frankreich, wo sie für Liebe halten, was nichts als der ängstliche Drang ist, die Zukunft der Söhne zu sichern, und als die Hast, sich der Last des Erziehens zu entledigen –, sie erstrebte auch nicht den gesellschaftlichen Erfolg der Söhne, und nicht einmal, o Widersinn gegen alle Vernunft, das menschliche Glück der Söhne war ihr erstes Ziel. Nein, sie entzündete sich an sich selbst grundlos, sinnlos und zerstörerisch wie alles wahrhaft Schöne. Einen Sohn zur Welt gebracht haben und sich vor ihm niederwerfen in einem Akt bedingungsloser Verehrung, das war die gleichzeitig primitivste und höchste Form sizilianischer Mutterliebe.

Warum hatte die Madonna so lange gezögert anzuerkennen, daß Jesus Christus auferstanden war? War es möglich, daß sie ihn lieber tot gewußt hätte? Der tote Sohn erfüllt besser die Voraussetzungen für die ideale Mutterliebe als der lebende Sohn. Wenn sie verzweifelt und ruhmreich am Fuße des Kreuzes steht, verkörpert Maria das vollkommene Bild, das unerreichbare Beispiel abgöttischer Verehrung im Reinzustand. Adeline wagte es nicht, im eigenen Herzen zwischen Entzücken und Entsetzen zu unterscheiden angesichts der Ansprüche eines solchen Kults, dem der ans Kreuz geschlagene Sohn gefällt, der das hilflose Opfer bewundert und die Hingabe und Opferbereitschaft der Mutter in vernichtende, tödliche Gewalt verwandelt.

Mysterium, geheiligtes Mysterium gewiß, so schwer, so tief, so undurchdringlich, daß kein konkretes Bild seine Größe hätte wiedergeben können. Auch hatte man sich nicht die Mühe gemacht, die beiden Figuren anders als mit derben Pinselstrichen anzumalen oder der Ungeschicklichkeit zuvorzukommen, die nun in einem unentwirrbaren Durcheinander Perücken, Heiligenschein, Fahne und Krone miteinander verfing, was, wenn es sich um eine realistische Darstellung gehandelt hätte, ein lächerliches Zwischenspiel gewesen wäre. Von einem Ende der Insel bis zum anderen, in der Mitte jeder Stadt, jeden Dorfs Siziliens, auf jedem, um ihn theatralisch zu erhöhen, zur öffentlichen Bühne gemachten Kirchenvorplatz verbrannte zur selben Stunde das Feuer der Mutterliebe in den Flammen eines grandiosen Scheiterhaufens alle anderen Leidenschaften zu Asche.

Adeline riß sich von dem Anblick los, verließ den Balkon

und traf unter dem Portal wieder mit Ignazio Florio zusammen. Er fand, daß das junge Mädchen nachdenklich aussah, tief bewegt, und billigte das Verdienst zu zwei Dritteln dem Eindruck zu, den ihr das Schauspiel gemacht hatte, und zu einem Drittel der roten Seide seines schönen Mantels vom Allerheiligsten Altarsakrament.

18

Die Enthüllungen der Oper

Als sie verheiratet war, wurde Adeline Vasconcellos einer weniger strengen Bewachung unterzogen. In der Mantilla (um nicht aufzufallen, hatte sie sich zu dieser Kopfbedekkung verstanden) ging sie durch die Marktgassen. Seit der Zeit in Toulon hatte sie keine Gelegenheit mehr gehabt, sich unter das Volk zu mischen. Als starkes, gesundes Mädchen aus dem Süden Frankreichs freute sie sich, wenn die mondänen Heldensagen ihr nicht den Kopf verdrehten, den kräftigen Geruch der überhitzten Fleisch- und Wurstwaren wiederzufinden, die Fülle der Suppenkräuter, die heiseren Rufe der Marktfrauen, das dröhnende Geschrei über die Berge von Eßwaren hinweg, das malerische Feilschen, das vom Kreischen der jungen Bengel durchwirkt war, das Gackern der Truthähne und die Anrufungen der Heiligen im Paradies.

Welcher Unterschied jedoch zu einem französischen Markt! Nirgends war der Preis angeschlagen, er hing vom persönlichen Kontakt mit dem Kunden ab. Hinter seinem schief auf einem Dreifuß stehenden blechernen Ofen rief der Verkäufer von Fettgebackenem nicht wie in Toulon: »Kauft meine Krapfen!«, sondern: »Ah! wie sie rauchen!« Adeline wollte wissen, wieviel sie kosteten. Statt zu antworten, bot der komische Kerl ihr einen an. »Versuchen Sie erst, ob er Ihnen schmeckt!« Sie entfernte sich verlegen. Die Wassermelonen-Händlerin schwenkte ihr auf beiden Händen eine halbe Frucht entgegen. »Wie rot sie ist! Wie schön sie ist!«

Überall die gleiche Szene: der jungen Frau, die nach dem Preis der Lebensmittel fragte, wurde die Farbe, die Frische der Ware angepriesen. Unempfänglich für solche Überschwenglichkeiten, fürchtete sie, daß man sie hereinlegen wolle. Wir Sizilianer suchen durch die dichterische Emphase das Elend und den Verdruß des Lebens zu beschönigen. Adeline war zu sehr Französin, um zuzugeben, daß eine lebhaft empfundene Sinnenlust mit größerer Sicherheit zum

Glück führt als das Ermessen der wirklichen Verhältnisse: hätte sie in einen für einen Sou gekauften Pfirsich gebissen und festgestellt, daß man sie um einen Centime betrogen hatte, so wäre ihr der Pfirsich weniger saftig erschienen.

Der Fischhändler, der mit dem gewaltigen Kopf eines Schwertfischs kämpfte, erkannte die junge Herrschaft aus dem *Palazzo* und versetzte seinem Gehilfen einen Rippenstoß. Der Junge hatte sich einen Finger wund gerissen und saugte das Blut aus der Wunde. »*La Francesina!*« Sie sah sich von spöttischen Blicken umgeben, die ihre Verlegenheit vertieften. »Sie haben uns Tunesien geklaut«, rief der Fischhändler, der ebenfalls lachte, »und jetzt haben uns Ihre Fischer diese teuflischen Angelhaken gebracht!« Die französischen Angelhaken, so erfuhr sie, werden aus einem weichen Metall hergestellt, das es möglich macht, sie von neuem zu krümmen und ein zweites Mal zu benutzen, nachdem man sie aus dem Fisch entfernt hat. Es kommt vor, daß der Fisch mit einem Metallhaken im Rücken sich davonmachen kann. Wenngleich Opfer eines dieser Haken, schien der Gehilfe nicht im mindesten wütend zu sein. Er zog es vor, über den Geiz der Franzosen zu lachen, statt über seinen schmerzenden Finger zu jammern.

Adeline machte sich davon. Ihr war heiß unter ihrer Mantilla, aber sie wagte nicht, sie sich auf die Schultern herabzuziehen. Um ihren Durst zu löschen, beschloß sie, Pflaumen zu kaufen. Der Händler wog die Früchte auf einer römischen Schnellwaage. Als das Laufgewicht, ein simples mit einer Schnur befestigtes Stück Granit, schlecht über den Balken glitt, leerte der Mann mit einer großzügigen, großmütigen Geste plötzlich den Inhalt der Schale in eine Papiertüte.

»Fünf Centesimi!« erklärte er. »Ein reines Profitgeschäft für Sie. Nach Gewicht berechnet, hätte das vielleicht sechs Centesimi gemacht!«

»Und warum nicht vier Centesimi?« entgegnete sie kühl. »Wiegen Sie mir die Pflaumen genau ab.«

Nachdem er sich unter dem mißtrauischen Auge Adelines mit dem Stück Granit und der Schnur abgemüht hatte, mußte er zugeben, daß es nicht mehr Pflaumen als für drei Centesimi waren. Er stieß Seufzer aus, beschuldigte seine

Waage, rief die Madonna an, wetterte gegen seine Pflaumen, erging sich in Schmähreden über die Pflaumenbäume und steckte die drei Centesimi schließlich mit der Herablassung eines großen Herrn ein, als erwiese er ihr eine Gnade, indem er sie annahm. So war das Recht gewahrt worden; wütend, weil man versucht hatte, sie zu foppen, merkte meine Mutter jedoch weder, wie komisch der ganze Vorfall gewesen war, noch, von welchem Lebenskünstler und Komödianten sie getäuscht worden wäre. »Glaubte der vielleicht, ich würde mich einseifen lassen?« sagte sie zwanzig Jahre später zu mir, und der Stolz darüber, die Betrügerei vereitelt zu haben, ließ in ihrer Stimme einen deutlichen Anflug von provenzalischem Tonfall anklingen. Ich sah sie erstaunt an: volkstümliche Redewendungen kamen ihr wieder auf die Lippen in Erinnerung an die Zeit, da sie, von Madame Pichon zum Einkaufen geschickt, die darauf baute, daß Adelines zartes Alter die Händler rühren werde, Preisnachlässe zu bekommen verstand. »Er hielt mich wohl für einen Trottel, oder was?« Sie gewann zwei Centesimi, verlor aber eine Gelegenheit, sich kostenlos zu amüsieren.

Die nächste Szene meines Berichts versetzt uns ins Teatro Margherita. Vier Lampen mit Schirmen aus Porzellan, die an Ketten von der Decke herabhängen, liefern die kärgliche Beleuchtung. Von dieser Einzelheit abgesehen, kann der Saal mit jeder Oper der Halbinsel wetteifern. Auf einem blauen Grund fährt der Sonnenwagen Apollos, begleitet von Nymphen und Satyrn, quer über die Decke; über den Pfeilern der Logen machen *Putti* aus Stuck ihre Luftsprünge; und rechts und links vom Eingang zum Parterre stützen zwei bronzene Telamons die Königsloge.

Die Logen des ersten Rangs breiten sich zu beiden Seiten dieser Gebälkträger aus, deren Turban, Schnurrbart und unter der Last gebeugte Schultern ihre doppelte Eigenschaft, Mauren und Sklaven zu sein, betonen, da in Sizilien keine Gelegenheit verpaßt wird, für die zwei Jahrhunderte arabischer Besetzung Rache zu nehmen. Die darüberliegenden Logen des zweiten Rangs rahmen die Königsloge ein. Ganz oben der dritte Rang schließt den inneren Bau des Hauses ab. Drei Logenränge für eine Stadt von zwanzigtausend Einwohnern: wir brauchten das San Carlo Neapels oder die Mailänder Scala nicht um ihre fünf Ränge zu beneiden. In der Menge, die am Abend des 15. Mai 1890 zur letzten Aufführung in der Saison strömte, wechselten die Colliers, die Diademe, die seidenen Schleppen, die Ärmelaufschläge aus Spitzen, die Hermelinverbrämungen mit den Dekorationen und vergoldeten Besatzlitzen an den Uniformen des fünfzigsten Husarenregiments ab. Einige bei 25 Grad Celsius nicht angezeigte Nerzstolen ließen auf die provinzielle Besorgnis schließen, nicht genug *bella figura* zu machen.

An der Spitze des kleinen Vasconcellos-Clans, den, auf den bloßen Schultern Adelines, das Halsband von Van Cleef & Arpels auszeichnete, ging die *Signora Madre* zur Treppe, in der Hand den Schlüssel zur Familienloge, zur selben Loge, in der ich im Alter von acht Jahren *Der Troubadour* hören sollte, lange Zeit meine Lieblingsoper wegen des Tenors, dieses Musters tenoraler Tapferkeit, dessen aus voller Kehle geschmetterte hohe Töne für mich das Feuer und die Reinheit der Jugend symbolisierten. Einige Jahre später schloß ich mich allein in dieser Loge ein, um an den Aufführungen teilzunehmen, von denen meine im Turm des Leutnants in Gefangenschaft lebende Tante Euloquia einen bis ins einzelne gehenden Bericht erwartete.

Adeline, der Madame Napoule zwei Orchesterplätze für *Lohengrin* geschenkt hatte, war einmal mit ihrer Mutter in der Pariser Oper gewesen. Da sie wußte, daß in Italien die Parterreplätze nicht die besten Plätze sind, wunderte sie sich nicht, eine Etage hoch steigen zu müssen. Die Vasconcellos gelangten auf den Treppenflur und wandten sich nach links von der königlichen Loge. Zwölf mit ungeraden Zahlen markierte Logen teilten sich die linke Seite des Theaters. Die *Signora Madre* stürmte in ihrem Kleid mit dreifachem, schwarzem Spitzenvolant an den ersten sechs Logen vorbei und blieb erst vor Nummer 13 stehen. Sie steckte den Schlüssel ins Schloß und öffnete mit so viel Ungezwungenheit, als träte sie in den Schuppen, wo sie die Schinken aufbewahrte. Für die Vasconcellos war ihre Loge im Margherita nur ein Nebengebäude des *Palazzo*. Die Damen setzten sich in die erste Reihe. Auch wenn sie den Hals reckte, vermochte meine Mutter nur die Hälfte der Bühne zu sehen. In die Loge Nummer eins, neben der Königsloge, über ihr die Bourbonenkrone, neben dieser kostbaren Samtschatulle, die seit dem Sturz der neapolitanischen Monarchie zum Zeichen der Trauer nicht mehr geöffnet wurde und in die sich niemand unter die Spiegel zu setzen gewagt hätte, die Ferdinando II. und Maria Teresa widergespiegelt hatten, sah sie Baron Gangi eintreten. In der Loge Nummer vier zur Rechten der Königsloge musterten der Graf und die Gräfin Trigona durch das Opernglas eine Gruppe von Offizieren, die in einer Loge im ersten Rang saßen.

»Sie sind noch schlechter daran, meine Liebe«, sagte Adeline und neigte sich über die Brüstung, um die Aufmerksamkeit Louise Hamiltons, die gerade auf der anderen Seite der Trennwand, in der Loge Nummer fünfzehn, Platz genommen hatte, auf sich zu lenken.

Dieses »meine Liebe«, das ihr in Madame Pichons Mund so lächerlich erschien, war ihr unwillkürlich über die Lippen gekommen wie eine natürliche Ergänzung ihrer dekolletierten Robe und ihres Türkisschmuckes. An diesem Zeichen hätte man erraten können, daß sie keinerlei wahre Neigung für die Musik hegte; das Vergnügen, in der Oper zu sitzen, schmeichelte nur dem Hang meiner Mutter zum mondänen Leben.

»Was wollen Sie?« antwortete Louise. »Die ersten sechs Logen links und rechts von der Königsloge sind den adeligen Familien Girgentis vorbehalten. Die Caicos wie die Vasconcellos dürfen nur auf die letzten sechs Logen Anspruch erheben. Wohlgemerkt«, fuhr sie fort, ohne zu beachten, daß eine plötzliche Blässe das Gesicht ihrer Nachbarin entfärbte, »das Recht auf die Logen im zweiten Rang zu haben ist bereits eine besondere Ehre! So werden zum Beispiel« – sie wies auf die bunten Uniformen der Militärpersonen und die mit Kreuzen und Bändern geschmückten Fräcke der hohen Würdenträger der Stadtverwaltung unter ihnen – »der Oberst, der die Garnison kommandiert, und selbst der Präfekt niemals in den zweiten Logenrang gelangen können.«

»Und ... dort ... unten?« fragte Adeline mit erloschener Stimme.

»Im Parterre? Jeder x-beliebige geht ins Parterre, die Leute, die niemand in Girgenti kennen, die Handlungsreisenden, die Ausländer ohne Beziehungen, die durchreisenden Touristen. Aber die haben immerhin noch eine gute Entschuldigung. Das übelste Los wird den im dritten Logenrang Sitzenden zuteil – nein, nicht denen da«, fügte sie hinzu, da sie bemerkte, daß Adelines Blick auf die Logen gerichtet war, die von der Mitte am weitesten entfernt, dem Bühnenhalbrund am nächsten waren. »Sie können einen achtenswerten Vorwand anführen, der sie den Logen im zweiten Rang fernhält. Ihr zeitweiliges Exil ist nicht schmählich. Jener Mann, der so tut, als zählte er die Nymphen und Satyrn an der Decke, der aber, geben Sie es zu, eine vornehme Allüre bewahrt hat, ist kein anderer als der Baron Malfitano, den die Überschwemmung seiner Schwefelgrube ruiniert hat. Verarmte Adelige, Jugendliche, die noch nicht in Gesellschaft gehen, Trauerfamilien teilen sich diesen Bezirk des Theaters. Die wahre Schande ist es, in den mittleren Logen des dritten Rangs, über der Königsloge zu sitzen. Dort finden sich die Intriganten, Paare, die eine Mesalliance eingegangen sind, die unehelichen Kinder und alle die, denen es, obwohl sie aus Girgenti stammen, nie gelungen ist, Zutritt zur guten Gesellschaft zu erhalten. Auch die Lohnklatscher nehmen in diesen Logen Platz.«

Louise bemerkte, daß der Fächer in der Hand ihrer Nachbarin zitterte.

»Sie sind empört, meine liebe Adeline? Das Kastenwesen lebt unberührt weiter. Da jedes demokratische Empfinden fehlt, nimmt es nicht wunder, daß auch in der Oper … Aber ich sehe schon«, sagte sie nach einer Pause mit verdrossenem Ausdruck. »Sie fragen sich, wo der schöne Don Ignazio nur sein kann. Don Ignazio wird nicht kommen, denn die Florio haben, trotz all ihres Geldes, ebensowenig Recht auf eine Adelsloge wie die Caico und die Vasconcellos. Don Ignazio, der in allem der Erste ist, hat keine Lust, im Theater der Zweite zu sein. Glaubt er, daß er den Sizilianern auf diese Weise Demokratie beibringen kann?« rief sie in rachsüchtigem Ton, froh, den Ostersonntagshelden in den Augen ihrer Freundin zu erniedrigen.

Um nicht antworten zu müssen, zeigte diese auf den Orchestergraben, wo, trotz des beharrlichen Lärms der Unterhaltungen, unter den Bögen der Violoncelli die ersten wehmütigen Töne der Ouvertüre erklangen.

Warum schwieg man nicht? Wie alle Personen, die nicht die Musik selbst, sie vielmehr wegen der Andacht lieben, mit der man ihr lauscht, hatte Adeline *Lohengrin* sehr genossen. Die Karten, die Madame Napoule ihr geschenkt hatte, hatten das junge Mädchen für das Bayreuther Evangelium gewonnen, und mit geschlossenen Augen, um sich besser von ihnen durchdringen zu lassen, gab sie sich nun den von den Streichern entwickelten langen Phrasen hin. Das schönste an diesem Werk werde die Ouvertüre sein, sagte Adeline sich, als gute Französin und zugleich glühende Wagnerianerin von der natürlichen Inferiorität der italienischen Oper überzeugt. Aber das Schlagen der Türen, die ohne Behutsamkeit geöffnet und wieder geschlossen wurden, das Krachen der Sessel, die über das Parkett der Logen geschoben wurden, das Knistern des eingewickelten Zuckerwerks, das Rauschen der Fächer, das Stimmengewirr, die jähen Lachsalven, das Ächzen der in ihren Sessel zurückgelehnten *Signora Madre* hinderten sie daran, sich zu sammeln. Als sie die Augen wieder aufgeschlagen hatte, bemerkte sie, daß niemand zuhörte.

Der Vorhang ging in die Höhe, und das Publikum schwieg einige Augenblicke, um die Schweizer Landschaft zu betrachten und zu entscheiden, ob es die in der Zugluft sich wellenden bemalten Leinwände auspfeifen oder ihnen lieber Beifall spenden wolle. Ein Wasserfall, eine Brücke und ein Nachen nahmen eine Hälfte der Bühne ein. Auf der anderen Seite schickte der Titelheld, Wilhelm Tell, auf eine Holzfälleraxt gestützt, zwischen seiner Frau, die Binsen in einem Korb sammelte, und seinem Sohn, der sich im Bogenschießen übte, sich an, Holz zu hacken.

Einer Hälfte des Saals gelang es nicht, den Wasserfall zu sehen, der anderen Hälfte nicht, die Personen der Familie zu unterscheiden. Von einer Loge zur anderen redete man sich laut an, um Auskünfte einzuholen. Als dann der Eröffnungschor in Aktion trat, wurden die Unterhaltungen wieder gemütlich aufgenommen. Der Chor, Tells Gattin, der Sohn, Tell selbst sangen in italienischer Sprache, der junge Arnold dagegen, ein weiterer Schweizer Vaterlandsliebender und eine wichtige Person in der Oper, sang auf französisch. Man hatte den berühmten Anatole Delaporte für sehr teures Geld aus Paris kommen lassen. Um die Romanze aus dem letzten Akt, »Asile héréditaire«, in der Originalfassung zu hören, in der sich die vor Tamagno beiden größten Tenöre des Jahrhunderts, Adolphe Nourrit, der die Rolle in der Pariser Uraufführung sang, und dann Gilbert Duprez, ausgezeichnet hatten, wäre keine Aufwendung übertrieben erschienen. Diese Disparität zwischen den Sprachen verschärfte Adelines Verärgerung. Während der Chor sein Entzücken äußerte über *il ciel sereno* und *le pure gioie d'amor*, wiederholte der abseits stehende Arnold traurig: »Des tyrans qu'a vomis l'Allemagne / Le cor sonne sur la montagne.« Weit davon entfernt, an dieser Sprachwidrigkeit Anstoß zu nehmen, schien das Publikum in ihr einen zusätzlichen Anlaß des Vergnügens und der Unterhaltung zu erblicken.

In der Loge Nummer vier hatten der Graf und die Gräfin Trigona ihre Sessel so weit herumgedreht, daß sie sich einander gegenüber befanden und ihr Gespräch fortsetzen konnten, ohne von dem Bühnengeschehen gestört zu werden. Die Gräfin versetzte ihrem Stuhl eine weitere Vierteldrehung, um die zu ihnen in die Loge kommenden Nachzügler zu begrüßen. Ein Angestellter des Theaters in Lakaiuniform brachte der kleinen Gesellschaft Eis, und alle begannen ihre Sorbets zu kosten. Raimondo berührte Adeline am Arm und sagte mit lauter Stimme zu ihr:

»Keine Sorge, er wird auch uns welche bringen.«

Zwei einzige Sänger interessierten die Zuhörer: der Tenor und die Sopranistin. Die anderen brachten ihre Arien im Eiltempo hinter sich, so als wollten sie sich entschuldigen, soviel Geräusch zu machen und den Frieden der Unterhaltungen zu beeinträchtigen. Minuten bevor Anatole Delaporte auf die Bühne trat, klatschte die Claque bereits wie besessen. Um den Auftritt Ester Mazzolinos, einer weniger bedeutenden Hauptdarstellerin, anzukündigen, genügten die Beifallsbekundungen, ohne ebenso stark zu sein, um im

Saal wieder eine kurze Beruhigung eintreten zu lassen. Die Zuschauer korrigierten die Stellung ihrer Sessel, sie hörten auf zu sprechen, die Löffelchen klirrten nicht mehr an den Tassenrändern, und als Kenner der Schlingen der Partitur bereitete sich jeder darauf vor, zu applaudieren oder auszupfeifen.

Auch jetzt, dachte Adeline, sammeln sie sich nicht der Musik wegen, sondern um ihre Meinung abzugeben über Monsieur Anatole Delaportes *rubamenti di tempo* oder um Madame Ester Mazzolinos Triller zu zählen.

Sie fand, daß eine solche Gewohnheit die Würde der Kunst beleidige, und in ihrem durch die Enthüllung, daß die Vasconcellos nicht zum Adel gehörten, verwundeten Herzen wuchs der Groll gegen ihren Mann. »Wo bleibt bei dieser gänzlich äußerlichen Neugier auf die akrobatischen Glanzleistungen dieser beiden Nachtigallen die musikalische Andacht und Ehrfurcht?« fragte sie sich. Doch ohne daß sie es sich eingestehen wollte, quälte sie ein anderer Grund zur Bitterkeit, seit sie wußte, daß der Sohn der *Padrona di Casa*, auch wenn er sich *Don* nennen und auf seine Visitenkarten *Don Raimondo* gravieren ließ, immer nur den Anspruch auf die siebte Loge nach der Königsloge haben würde.

Er hatte seinen Stuhl näher gerückt und seine Hand auf Adelines Schulter gelegt. Sie spürte – und das verstärkte ihre Gereiztheit –, daß er stolz darauf war, eine Französin geheiratet zu haben. Einen Teil der Zurufe, mit denen die erste Arie des Pariser Tenors begrüßt wurde, bezog er auf sich.

Wilhelm Tell, eine patriotische Oper, erfüllte das Publikum unserer Stadt mit besonderer Begeisterung. Im Kampf des Schweizer Helden und seiner Freunde gegen den österreichischen Tyrannen Geßler lebten für die garibaldinische Faktion die Ereignisse der Befreiung der Insel durch Garibaldi wieder auf. Die bourbonische Faktion, für die diese »Befreiung« nichts als eine Invasion, gefolgt von einer Besetzung, gewesen war, identifizierte Geßler mit den piemontesischen Behörden. Die Leidenschaften erhitzten sich wieder, da Arnold in Mathilde, eine habsburgische Prinzessin, verliebt ist. Wird der Recke der Liebe nachgeben? Wird er seiner Pflicht folgen? Innerhalb jeder Faktion waren die

Meinungen geteilt: manche hätten es lieber gesehen, daß die kriegerische Ader von keinerlei Schwäche angekränkelt wurde; die meisten jedoch, ohne deshalb weniger gute Patrioten zu sein, wollten nicht, daß die politische Treue ihnen das Vergnügen verdarb, ihn mit der Mazzolino im Duett singen zu hören.

Daraus ergab sich am Rand der szenischen Handlung eine ununterbrochene, die Stimmen der Sänger oft übertönende Unruhe, Gemurmel, Bewegungen, Streit innerhalb der Logen und von Loge zu Loge. Die Logen im ersten Rang, Refugium der Behörden und der Armee, trällerten *Fratelli d'Italia*, die Hymne der Garibaldiner, bei jedem Auftritt des Tenors. Mitten in dessen Kavatine rief der Oberst »*Italia e Vittorio Emanuele!*«, die Devise des Aufrührers der »Tausend« bei der Landung in Marsala. Um ihm nicht nachzustehen, antwortete ihm der Präfekt mit einem schallenden »*Roma o la morte!*«. Dies führte zu geräuschvollem Protest in den Logen des zweiten Rangs, die politisch, aber auch musikalisch weniger stark waren, da das verflossene Königreich beider Sizilien nie eine Nationalhymne gehabt hatte. Um diesen Nachteil wettzumachen, stellten sie eine Ähnlichkeit zwischen Geßler und dem Präsidenten des italienischen Ministerrats, Francesco Crispi, fest, einem Menschen, der ihnen um so verhaßter war, als er aus dem in der Nähe von Girgenti gelegenen Ribera stammte und weil die Bourbonentreuen ihn für einen Verräter hielten. Zudem verdoppelte die Claque, angeblich um Schweigen zu fordern, den Lärm mit ihrem Geschrei. Zu Adelines Entrüstung schienen alle sich köstlich zu amüsieren bei diesem Radau, der gegen die letzten Spuren an Wert, die in Rossinis Musik zu finden gewesen wären, so schwer verstieß.

»Erschrecken Sie nicht«, flüsterte Raimondo ihr zu, da er ihre verkrampfte Miene mißverstand. »Schauen Sie, die haben nicht aufgehört, Eis zu essen, während sie sich Schimpfworte zurufen. Auf jeden Fall wird es im letzten Akt zur Versöhnung kommen wegen des hohen c von Anatole. Wird er es mit Falsettstimme bringen? Oder wird er es, wie Duprez, mit Bruststimme singen können? Für sie handelt es sich nur darum. Glauben Sie mir, für ein schönes Bruststimmen-hohes-c würden die sowohl den König von Neapel als auch Garibaldi hingeben.«

In der Pause fühlte sie sich gedrängt, ihrem Mann zu sagen, was sie von dem Benehmen der Zuschauer hielt.

»Ihr, in Italien, liebt nicht die Musik.«

»Im Gegenteil, wir lieben sie abgöttisch.«

»Nein, ihr interessiert euch für die Großtaten der Sänger, aber der Musik selbst hört ihr kaum zu.«

»Für uns, liebe Adeline, ist Musik höchstes Vergnügen.«

»Wirklich, man sollte es nicht glauben!« erwiderte die junge Frau mit einer Heftigkeit, die Raimondo überraschte.

»Vielleicht ist unsere Auffassung von Vergnügen eine andere. Ich verstehe sehr wohl, worauf Sie anspielen, wenn Sie das, was Ihnen als ein Mangel an Sammlung, an Ernst erscheint, kritisieren. Auch ich habe Opern von Wagner gesehen und befand mich in einem Saal, wo jeder den Atem anhielt, um keinen Ton zu versäumen. Während der ganzen Aufführung *mußte* man schweigen, und es war *verboten* zu klatschen! Eine Versammlung von Gläubigen hört nicht andächtiger die Messe. Alle langweilten sich, waren aber überzeugt, eine höhere Pflicht zu erfüllen. Glauben Sie, daß wir uns mit einer solchen Religion zufriedengeben könnten?« fuhr Raimondo fort, der an jenem Abend zeigte, welch geistreicher Mann er hätte sein können, wäre er nicht von seiner Mutter erdrückt und von seiner Frau gezügelt worden. »Auch für uns ist die Kunst eine Religion, aber eine lebende Religion, nicht die tote Religion der Deutschen. In den lebenden Religionen herrscht die familiäre Ungezwungenheit, die Ihren Anstoß erregt. Wenn Sie in Paris die Oper besuchen, *untersagen* Sie sich alles, was nicht ein frommes Sichbefleißigen mit Musik ist. Für uns hingegen ist die Oper der Ort, wo alles *erlaubt* ist. Haben wir Lust zu reden? So reden wir. Haben wir Lust, Eis zu essen? So essen wir Eis. Haben wir Lust, auf unseren Stühlen hin und her zu rutschen? So rutschen wir auf unseren Stühlen hin und her. Haben wir Lust, uns ungehörig zu benehmen? So benehmen wir uns ungehörig. Alle sind zum Vergnügen da, und Vergnügen bedeutet nicht nur, dem, was auf der Bühne gesungen wird, Gehör zu schenken, es bedeutet auch, selber Geräusche zu veranstalten, zu schwatzen, zu essen, zu schnauben, zwanglos all das zu treiben, was imstande ist, glücklich zu machen ...«

»Sie geben also zu, daß Rossini ein Künstler von minderer Natur ist, da seine Musik Sie nicht gänzlich zu erfüllen vermag.«

»Nein, Adeline. Rossini besaß die Klugheit einzusehen, daß drei Stunden *großer Musik* seine Zuhörer einer zu strengen Disziplin unterziehen würden. Ist es nicht gegen die Natur, drei Stunden hintereinander sitzen zu bleiben, ohne sich zu bewegen, ohne zu sprechen, zu trinken, zu essen? Man lauscht mit Vergnügen einer sehr schönen Arie zwischen zwei gewöhnlichen Passagen, die man kaum beachtet.«

»Die Bewunderer Wagners sind nicht dieser Ansicht«, widersprach Adeline, »und alle, die ein angeborenes Gefühl für Größe haben ... Ja«, fuhr sie fort und ereiferte sich, »für Größe und Adel ...«

Doch sie hielt abrupt inne, errötete und wandte den Kopf ab, um Raimondo ihre Verlegenheit zu verbergen. Das verhängnisvolle Wort war ihr entschlüpft, das Wort, das sie nicht eingestehen durfte: »Adel«. »Adelig«, sie hatte davon geträumt, »adelig« zu sein, und zur Enttäuschung darüber, einen ebenso bürgerlichen Namen wie den ihres Vaters zu tragen, fügte sich nun die Scham, einem Hirngespinst nachgejagt zu sein, das einer jungen Frau des Jahres 1890 unwürdig war.

»Wenn Sie sich nicht lieben«, fuhr Raimondo leise fort, »werden Sie auch die Musik nicht lieben. Wagners Bewunderer lieben nicht Wagner, sie lieben die Anstrengung, die er ihnen abverlangt, sie bewundern sich selbst, weil sie eine solche Anstrengung aushalten. Wenn sie gezwungen waren, drei, vier, fünf Stunden lang regungslos und schweigend sitzen zu bleiben, so hassen sie Wagner entweder für immer und schwören, sich nie mehr von ihm blenden zu lassen, oder aber sie bringen ihm eine fanatische Verehrung entgegen. Ihr Wagner ist ein Hochmütiger, der die Menschen über sie selbst hinausheben wollte. Es werden sich immer genug Leute finden, die sich selbst nicht leiden können und deshalb eine Musik zu lieben behaupten, die sie zwingt, über sich hinauszuwachsen. Der Hauptcharakterzug von uns Italienern, wenn es denn ein Zug von Charakter ist, besteht darin, menschlich zu sein und es bleiben zu wollen. Rossini war der italienischste aller Italiener und der menschlichste aller Menschen. Er wußte, daß Selbstüberwindung stolz, doch nicht glücklich macht. Er hat Musik geschrieben im Sinne der menschlichen Natur, das heißt Musik, die das Publikum von Zeit zu Zeit bis zu den Gipfeln großer Kunst erhebt, dann aber auch wieder Rücksicht nimmt auf seine Lust, zu schwatzen, sich zu bewegen, zu essen, die seinen Schwächen entgegenkommt und einen Opernabend nicht in eine heroische Strafarbeit verwandelt.«

Als sich der Vorhang zum letzten Akt hob, verstummten die Gespräche. Anatole Delaporte befand sich allein auf der Bühne. »Wie klein er ist!« sagte sich Adeline. »Nahezu ein Zwerg.« Die Statur des kleinen französischen Tenors dämpfte die Begeisterung seiner Bewunderer in keiner Weise. »*Sei grande!*« wurde ihm von allen Seiten zugerufen. Er nahm vor den Rampenlichtern eine vorteilhafte Pose ein, mit dem Rücken zu dem Schweizerhaus, an das er angeblich seine pathetische Anrufung einer an die Stätte ihrer Kindheit zurückgekehrten Waise richten sollte.

Nachdem Geßler den Vater Arnolds umbringen ließ, hält der junge Mann vor dem Haus der Familie innere Einkehr, um, ehe er dem Tyrannen entgegentritt, neue Kräfte zu sammeln. Es ist die berühmte Romanze »Asile héréditaire / Où mes yeux s'ouvrirent au jour«, die ich sechzig Jahre später vor dem Einzug zur *Palazzina* anstimmen sollte, um meiner Tante Euloquia meine Rückkehr anzukündigen. Eine der bekanntesten Arien des Repertoires lautet: »J'appelle en vain, douleur amère! / J'appelle, il n'entend plus ma voix! / Murs chéris qu'habitait mon père / Je viens vous voir pour la dernière fois.« Adeline fand die Musik sehr schön, sie fiel in den Applaus ein, mit dem das Ende der Reprise begrüßt wurde. Der Zwerg trat noch einen Schritt vor. Ungeachtet der Ermahnungen der Eidgenossen, die in den Kulissen »Vendetta!

Vendetta!« riefen, nahm er sich die Zeit, sich vor dem Saal zu verbeugen und die Hand graziös ans Herz zu führen mit einem Ausdruck, als wolle er seinen Bewunderern sagen: »Moment mal! Was Sie eben gehört haben, ist nichts im Vergleich zu dem, was Sie nun hören werden!« Welche Meinung die gesamte Zuhörerschaft teilte: die Beifallsäußerungen hielten sich in vernünftigen Grenzen. Der große Augenblick war noch nicht gekommen.

Die Eidgenossen stürmten auf die Bühne: »Camminiamo . . . Corriamo!« riefen sie Arnold entgegen, aber für Arnold wie für das Publikum war klar, daß sie den jungen Mann zu etwas ganz anderem als der Rache an Geßler anstachelten. Man erwartete von dem kleinen Tenor eine Glanzleistung, die mit patriotischer Pflichterfüllung nicht vergleichbar war. Garibaldi, die Bourbonen, das Haus Savoyen, alles schien vergessen. Die Begeisterung für den Belcanto hatte die politischen Leidenschaften vertrieben. Würde es Anatole Delaporte gelingen, das hohe c der Stretta im Sturm zu nehmen? Würde er diesen für eine männliche Kehle fast unerreichbaren Ton erklettern? »Camminiamo/Corriamo«, wiederholte der Chor, während der durch die doppelsinnigen Worte ermutigte winzige Tenor sich für das heldenhafte Unternehmen bereitmachte.

Nicht ohne ein schreckliches Risiko einzugehen, wie Raimondo Adeline mitgeteilt hatte. Adolphe Nourrit, der die Rolle in Paris kreiert hatte, hatte das hohe c im Falsett vom Stapel gelassen, was eine so übermäßige Anstrengung gewesen war, daß er sie nicht mehr als dreimal hatte erbringen können. In der vierten Vorstellung hatte er die Stretta weggelassen. Diese Kürzung war in allen Theatern, die *Wilhelm Tell* aufführen, üblich geworden, bis zum Tage, da Nourrits Nachfolger, auch er ein französischer Tenor, Gilbert Duprez, die Herausforderung annahm, die Stretta wieder sang und ein blendendes hohes c nicht mit Falsett, sondern, eine noch schwierigere Heldentat, mit Bruststimme schmetterte. Einige Jahre danach öffnete der seit dieser Leistung seines Rivalen untröstliche Adolphe Nourrit das Fenster seines Hotelzimmers in Neapel und stürzte sich aus dem vierten Stockwerk in die Tiefe.

»Amis, amis, secondez ma vengeance«, antwortete Arnold nun auf die Ermahnungen des Chors. Es war der Anfang der Stretta, die ihren Höhepunkt erreicht in den Versen: »Suivez-moi! Suivez moi! d'un monstre perfide / Trompons l'espérance homicide; / Arrachons Guillaume à ses coups!« Das hohe c, sowohl Zenit des kriegerischen Eifers als auch Höhepunkt der Muskelanspannung, trifft auf die Silbe »chons«, ihm gehen anderthalb Tonleitern voraus, die in zwölf regelmäßigen Stufen vom *g* bis zum unerreichbaren *c* ansteigen. »Trom-pons-l'es-pér-ance-ho-mi-ci-de-ar-ra-«: *g* auf »trom-«, dann *a* auf »-pons«, sodann entspricht der Reihe nach jede Note einer Silbe: *h, c, d, e, f, g, a, b* (»ar-«), *h* (»-ra-«), elf Töne beschreiben eine aufsteigende Parabel, Abbild sowohl des kämpferischen Crescendo als auch der stimmlichen Eskalation, die ersten sieben Töne sind Viertelnoten, die vier folgenden halbe Noten, das heißt, sie werden doppelt so lange ausgehalten, wie es nur natürlich ist, wenn man sich dem Gipfel nähert und der Aufstieg immer steiler wird. Endlich beim »-chons« angekommen, holte der Tenor tief Luft, packte das hohe *c*, erfüllte es mit Wärme, überflutete es mit strahlendem Licht und schleuderte es in den Saal, wo es wie ein bengalisches Feuer explodierte, sich mit der Majestät einer reichlich in die Länge gezogenen ganzen Note entfaltete und dann als schillernder Regen auf das hingerissene Publikum niederging.

»*Bravo! Bravissimo!*« schrien wie aus einer Kehle die zwölfhundert Zuschauer im Teatro Margherita. »*Sei grande veramente!*«

Es schien unglaublich, daß es einem Mann von so kleiner Gestalt gelungen sein sollte, sich in diese schwindelnde Höhe emporzuschwingen. »*Non suicidarti mai!*« rief eine aus dem dritten Logenrang, aus der Richtung der Trauerfamilien und noch nicht in die Gesellschaft eingeführten Jugendlichen kommende heisere Stimme, Sprachrohr der – bis zum sieghaften Schmettern des himalajahohen Tons – alle jene in Atem haltenden Angst, die nicht vergessen hatten, welch unheilvolle Verlockung ein ins Leere geöffnetes Fenster auf einen unglücklichen Tenor ausüben kann.

19

Die Schwefelgrube

Adeline und Ignazio ritten an der Spitze; der junge Mann hatte meiner Mutter eine braune Stute aus dem Stall der Florio geliehen. Dann folgte Don Raimondo auf dem einzigen Pferd der Vasconcellos in Begleitung von Louise Hamilton; die junge Engländerin stellte sich auf einem Rappen zur Schau, dessen schweißige Kruppe in der Sonne glänzte. Don Calogero und Don Vincenzo Vizzini, die Bergwerksleiter, beschlossen den Zug auf den beiden kräftigen Maultieren des *Palazzo*. Die Gruppe zog sich über die Länge des Pfads hin, der zwischen mit dürren Stoppeln bedeckten gelben Hängen den Berg hinanstieg. Es war erst sieben Uhr morgens, doch schon lastete die Hitze über den Feldern. Die Tiere hatten vor der Sonne Schutz gesucht; weder ein Vogel noch ein Insekt waren zu sehen; die Blätter der Mandelbäume hingen leblos in der glühenden Luft. Der Dampf, der dem schmelzenden Schwefel entweicht, hätte die Getreidefelder und die noch zarten Mandeln vernichtet; mit dem Schmelzen wurde denn auch erst im Juli begonnen, nach der Ernte und wenn der Kern der Mandeln hart geworden war.

Vergeblich hatte mein Vater seiner Frau von einem solchen Unternehmen abgeraten: die Hitze würde mörderisch sein, selbst dann, wenn sie sehr früh aufbrächen ...

»Haben Sie die Grube jemals besichtigt?« fragte meine Mutter ihn. Von der Höhe aus richtete sie das Fernglas der Schwestern Poncelet auf die Berge im Landesinneren, von denen gelbe Dampfspiralen aufstiegen.

Aus der Fassung gebracht stotterte Raimondo:

»Mein Bruder Calogero kümmert sich um die Schwefelgrube.«

»Aber Sie selbst, waren Sie denn nie neugierig zu sehen, woher das Geld kommt, das den größten Teil der Einnahmequellen Ihrer Familie darstellt?«

Eine so unumwundene Sprache war bei den Vasconcellos

nicht üblich. Lieber ließen sie zahlreiche Mittelsmänner auf ihre Kosten sich die Taschen füllen, als daß sie sich so weit entehrten, die finanziellen Fragen offen anzugehen.

»Warum sollte ich mich in die Angelegenheiten meines Bruders Calogero einmischen?« antwortete mein Vater.

Adeline lachte laut auf.

»Als ob Sie nicht wüßten, daß sein Sozius ihn ausnimmt!«

»Don Vincenzo Vizzini!« protestierte Raimondo mit schwacher Stimme.

»Man sagt«, fuhr meine Mutter fort, »Kinder von sieben, acht Jahren arbeiten im Bergwerk, zehn Stunden täglich und unter so schrecklichen Bedingungen, daß ihre Gesundheit zerstört wird.«

»Kinderarbeit hat es bei uns schon immer gegeben.«

»Ist das ein Grund, sie zu billigen?« rief Adeline und vergaß das eherne sizilianische Prinzip, dem zufolge eine Sache allein deshalb weiterhin gemacht werden muß, weil sie immer schon gemacht worden ist.

»Sie hat es schon immer bei uns gegeben, die Kinderarbeit«, wiederholte mein Vater.

In Frankreich hatte er gelernt, europäisch zu reden und zu urteilen. Vom Angriff seiner Frau überrascht, nahm er Zuflucht zu unserer alten Gewohnheit, die darin besteht, einen und denselben Satz zu drehen und zu wenden, alle seine musikalischen Möglichkeiten spielen zu lassen, ihn in eine Art Kantilene zu verwandeln, die das Ohr einwiegt und davon entbindet, nach Argumenten zu suchen.

Adeline hingegen verstand eine Diskussion als einen Austausch von Erwiderungen, deren jede einen Schritt vorwärts anzeigen muß.

»Haben Sie nie von sich aus feststellen wollen, ob, was da geredet wird, der Wahrheit entspricht? Mir scheint«, fuhr sie fort, »ich würde mich schämen, mein Brot zu essen, wenn ich wüßte, daß Kinder es für mich verdienen, durch täglich zehn Stunden Arbeit in gesundheitsschädlichen unterirdischen Stollen.«

Raimondo sah seine Frau verblüfft an. In der italienischen Botschaft in Paris hatte er im Presseamt volontiert und die

Existenz mehrerer Arbeiterverbände entdeckt und sogar die einer französischen Arbeiterpartei, die die Verkürzung des Arbeitstages und die Festsetzung eines Mindestlohns forderte: welchen gemeinsamen Maßstab konnte mein Vater zwischen der hübschen Pariserin, die er geheiratet hatte, und den Kumpeln entdecken, die auf dem Bergwerksgelände brüllten und die Faust gegen die »Eigentümer« erhoben (so bezeichnete mein Vater die besitzende Klasse)? Eine Modepuppe, die ein von nacktbusigen Karyatiden bewachtes Haus bewohnte und ihre Fuchsstute im Bois de Boulogne bewegte, mußte die sozialistischen Ideen und den von Jules Guesde und seinen Freunden veranstalteten Trubel verabscheuen. Darin irrte sich Raimondo nicht, doch da ihm die Vergangenheit seiner Frau unbekannt war, ahnte er nicht, daß das Los der Armen sie persönlich berührte. Vierunddreißig Jahre später erwacht in mir das Gefühl für die Arbeiter; mein Freund Angelo, Arbeiter im Gaswerk von Saint-Denis, entdeckt mir die rauhe Welt der Vorstädte; von Adeline habe ich eine angeborene Empfindlichkeit gegen soziale Ungerechtigkeit geerbt.

»Ich will mit eigenen Augen sehen, wie in der Grube gearbeitet wird«, fuhr sie fort. »Ihr Bruder hatte mir zudem versprochen, daß er mich hinbringen würde.«

»Wenn mein Bruder ...«

»Erinnern Sie ihn an sein Versprechen. Sie werden mitkommen. Wie können Sie ständig Geld ausgeben, dessen Herkunft Sie nicht kennen?«

»Sie vergessen wohl«, entgegnete Raimondo, »daß wir nur ein Pferd im Stall haben?«

»Na und? Ich werde Don Ignazio bitten, mir eines von seinen zu leihen. Ich bin sicher«, setzte sie hinzu, ließ das Fernglas sinken und blickte ihrem Mann in die Augen, »daß er mir diesen Gefallen gern tun wird.«

Gemäß dem sizilianischen Ehrenkodex hätte mein Vater sich gegen diese Unverfrorenheit wehren müssen. Die Entschlossenheit seiner Frau und der Gedanke daran, daß der Unterhalt des *Palazzo* zum großen Teil vom guten Willen der Florio abhing, aber bewegten ihn dazu, wortlos den Kopf zu neigen. Meine Mutter sah in dieser Einwilligung einen neuen Beweis seiner Feigheit. Sie seufzte, denn sie hatte in ihrer frühen Jugend davon geträumt, von einem starken, männlichen Mann entführt zu werden. Obwohl ein vollendeter Kavalier, war Raimondo für sie nicht vom rechten Schlag.

Übrigens auch Ignazio nicht, der an diesem glühendheißen Tag im Zeichen des Löwen ihr zu seiten sein Pferd tänzeln ließ. Da er nicht ihr Ehemann war, redete sie mit ihm in freundlichem, scherzhaftem Ton, der ihn hinters Licht führte. Seit dieser Zeit nahm sie Männern gegenüber das Verhalten an, das ihrer Karriere so nützlich werden sollte: nach außen hin Koketterie und übertriebene gesellschaftliche Freundlichkeit, im Innern Mißtrauen und Verachtung.

»Sie waren nicht in der Oper, um den *Wilhelm Tell* von Rossini zu hören?« fragte sie ihren Begleiter.

Der junge Mann fing an zu lachen.

»Warum lachen Sie?« wollte die gekränkte Adeline wissen.

»Weil Sie die einzige sind, die sagt: den *Wilhelm Tell* von Rossini. Eine Sizilianerin hätte mich gefragt: ›Sie waren nicht in der Oper, um Anatole Delaporte zu hören?‹ Was er gesungen haben mag, interessiert sie überhaupt nicht. Das Werk, der Komponist sind ihnen vollkommen gleichgültig.«

»Das ist wahr. Gewiß aber werden Sie ...«

»Oh! ich, wenn ich nicht in die Oper gehe, so hat das einen anderen Grund. Die innere Anordnung des Theaters spiegelt eine erstarrte Gesellschaftsstruktur wider. Eine unveränderliche Hierarchie bestimmt die Zuteilung der Logen. Sie werden nicht aufgrund von Verdiensten, sondern aufgrund vom Alter und vom Wappen der Familie dem einzelnen zuerkannt. Mein Urgroßvater, Paolo Florio, betrieb vor den Toren von Palermo einen Kolonialwarenladen. Das ganze Mobiliar bestand aus ein paar Regalen, einer hölzernen Ladentheke, einem Hocker und zwei Zinnleuchtern. Er bediente sich zweier Mörser, dreier Schnellwaagen und einer kupfernen Roberval-Waage und trug mit der schrägen Schrift eines Menschen, der bis zu seinem zwanzigsten Jahr Analphabet war, die Einnahmen und Ausgaben in ein großes Register ein. Als er gestorben war, wurden für die Trauerkleidung seiner Witwe, seines Sohnes, seiner zwei Mägde, seines Ladengesellen und seines Laufburschen zwölf Unzen ausgegeben. Warum erzähle ich Ihnen das alles? In Palermo versuchen wir mit allen Mitteln die Bescheidenheit unserer Herkunft zu verbergen, aber Sie sind eine Französin, und ich denke, daß Ihr Land gezeigt hat, welche immensen Vorteile die soziale Mobilität ihrer Söhne einer Nation erbringt.«

Adeline stimmte mit einem Kopfnicken zu. Niemals hätte sie ihrem Mann, dem Sohn der stolzen, wenngleich wappenlosen *Padrona di Casa*, eingestanden, daß Monsieur Pichon, um für den Unterhalt seiner Familie aufzukommen, Zuckerballen geschleppt hatte. Das Bild des Zwischenhändlers, der im Arbeitskittel, hinter jedem Ohr einen Bleistift, durch den Salon ging, erfüllte sie plötzlich mit Mitleid. Sie fragte sich, ob sie ihren Vater nicht unterschätzt hatte. Der junge, muntere Reiter, der bei schwierigen Übergängen vom Pferd sprang und ihre Tiere am Zügel führte, schien sich seines Drogisten-Vorfahren überhaupt nicht zu schämen.

»Mein Großvater Vincenzo«, fuhr er fort, »erweiterte das Geschäft seines Vaters; er kaufte Aktien verschiedener Gesellschaften, erwarb die *Tonnara* von Favignana, vertrieb Marsalawein, baute eine Gießerei, eröffnete eine Spinnerei, gründete eine Schiffahrtslinie. Bei seinem Tod erbte mein Vater ein auf zwölf Millionen Lire geschätztes Vermögen, doch heute noch müßte er, wenn er sich in das Teatro Bellini mit seinen fünf Logenrängen begäbe, in einer Loge des dritten Ranges Platz nehmen. Der Mann, von dem die wirtschaftliche Entwicklung Siziliens abhängt und der die Macht in Händen hat, seine Landsleute reicher zu machen oder sie einer afrikanischen Armut preiszugeben, wird nicht für würdig erachtet, die Vorrechte einiger Müßiggänger zu teilen, die sich nur die Mühe gemacht haben, geboren zu werden, wie es Ihr Bonmarché sagt ...«

»Beaumarchais«, berichtigte Adeline lächelnd. »Sie verübeln diesen Adeligen demnach so mancherlei?«

Sie schwankte zwischen der Achtung für eine allein kraft

ihrer Arbeit reich gewordene Familie und einem Rest von Verachtung, die sie sich selbst zum Vorwurf machte, gegenüber Leuten ohne wahrhafte »Noblesse«: ein Widerspruch, von dem sich meine Mutter nie zu befreien vermochte. Obwohl sie bereit war, die ganze Nacht beim Umbruch zu bleiben, um den Satz ihrer Artikel zu überwachen, bewahrte sie den Hoheiten, Fürsten und anderen Adelspersonen gegenüber eine respektvolle Haltung, die mit ihrem illusionslosen Urteil über deren Mängel unvereinbar war.

Bevor er antwortete, hieb der junge Mann mit dem Peitschenende auf den Hals seines Hengstes.

»Mein Vater hat die Baronin Giovanna d'Ondes Trigona geheiratet«, sagte er.

»Ah!«

»Täuschen Sie sich nicht. Die Trigona brauchen uns nötiger als wir die Trigona.«

»Ich verstehe. Sie selbst wird eine Gräfin zu heiraten suchen.«

»Hören Sie, *Signora* Vasconcellos. Die Herzogin Monteforte di Trabia wollte mich mit ihrer Tochter verheiraten. Der Herzog ist, weil er einem alten Ritterorden angehört, gehalten, sich einmal im Jahr ins Heilige Land zu begeben. Da er nicht mehr die Mittel besitzt, die Reisekosten zu bestreiten, macht er sich jeden Morgen auf und geht, begleitet von seinem *Cameriere*, mehrere Stunden lang die Wege seines Gartens mit großen Schritten auf und ab. Er notiert sorgfältig die zurückgelegten Kilometer, und solange die Entfernung von Palermo bis Jerusalem und zurück nicht erreicht ist, kommt er seinen religiösen Verpflichtungen durch einen solchen endlosen täglichen Marsch nach. ›Schauen Sie ihn sich an‹, sagte die Herzogin zu mir und wies auf den auf seinen Pilgerstab gestützten Herzog, der unter den breiten Ästen der Araukarie Atem schöpfte, neben seinem ungezwungen im hohen, seit Jahren von keinem Gärtner mehr geschnittenen Grase sitzenden Diener. ›Sie haben gerade erst mit der Rückreise begonnen. Kürzlich hat der Herzog zu ihm gesagt: ›Giovanni, wir sind im Heiligen Land angekommen. In zwei Tagen kehren wir nach Palermo zurück.‹ Giovanni steht seit fünfzig Jahren in unseren Diensten. ›Exzellenz‹, hat er geantwortet, ›ich möchte lieber im Heiligen Land bleiben. Nach Palermo kehre ich nicht zurück, nicht nach Palermo.‹ Mein Mann hat darauf bestanden. ›Giovanni, auf wieviel beläuft sich die Summe, die ich dir schulde?‹ – ›Auf achttausend Lire, Exzellenz.‹ – ›Und seit wie langer Zeit erhältst du deinen Lohn nicht mehr?‹ – ›Seit einhundertvierundvierzig Monaten, Exzellenz.‹ Der Herzog stieß seinen Pilgerstab in den Kies, begann nachzudenken, im Kopf zu rechnen und erklärte schließlich: ›Giovanni, du bist im zehnten Rang in der Liste meiner Gläubiger.‹ – ›Wenn Sie es sagen, Exzellenz.‹ – ›Wohlan denn, wenn du dich mit mir wieder auf die Reise nach Palermo begibst, verspreche ich dir, dich, um dich zu belohnen und um dir zu zeigen, wie sehr ich dich schätze, in den achten Rang vorzurücken, wenn du dich mit mir wieder auf die Reise nach Palermo begibst. Darum‹, schloß die Herzogin, ›müssen wir ihre Rückkehr abwarten, ehe wir Ihre Hochzeit feiern.‹ Sie zweifelte nicht daran«, fügte der junge Mann hinzu, »daß die Ehre, in die Familie der Monteforte di Trabia einzuheiraten, mich über die Schrullen des alten Narren hinwegsehen lassen würde!«

»Sie haben auf die Verbindung verzichtet?« fragte meine Mutter. Sie sagte sich, daß sie nicht sicher gewesen wäre, einen solchen Mut zu beweisen.

»Die Vasconcellos sind bourbonentreu geblieben«, antwortete Ignazio, »und ich möchte nicht . . .«

»Oh! reden Sie unbesorgt. Ich habe mir, wie Sie sagten, die Ideen einer Französin bewahrt.«

»Es ist sinnlos, heute noch bourbonentreu zu sein, da haben Sie meine Meinung. Diese alten Adeligen sind unfähig, zu arbeiten und Geld zu verdienen. Als mein Großvater gestorben war, spendeten die Arbeiter der Gießerei Oretea jeder einen Tageslohn, um dem Mann, der sie aus der Not befreit hatte, eine Statue zu errichten. Die einzige Möglichkeit, Sizilien zu retten, ist, es dem Konzert der modernen Nationen einzugliedern, indem man um piemontesisches und lombardisches Kapital nachsucht, Fabriken errichtet, den Handel entwickelt, die von Natur aus faulen Einheimischen zur Arbeit zwingt, sie dazu anspornt, zu Geld zu kommen. Ich bin umhergereist, wissen Sie. Ich bin nach Turin, nach Paris, nach London, nach Wien gefahren, und ich schämte mich, jedesmal, wenn ich zurückkehrte, festzustellen, daß zwischen der Klasse der abgebrannten – so sagt man doch bei Ihnen? – Herzöge und der der stumpfsinnigen Bauern bei uns eine Klasse verantwortungsvoller Geschäftsleute fehlt, die Sinn für Initiative und Erfolg haben, wie es sie in Frankreich gibt, in England ... wie es sie in Norditalien gibt!«

»Und ich habe geglaubt«, rief Adeline unüberlegt aus, »Sie dächten nur daran, sich zu amüsieren!«

»Entschuldigen Sie, wenn es so aussieht, als wollte ich Ihnen eine Lektion erteilen ... Wahrscheinlich ziehen Sie es vor, daß ich mit Ihnen über weniger ernste Dinge rede ... Was mich angeht, so müssen Geschäft und Vergnügungen miteinander verbunden sein. Ich muß leben, leben! Geld verdienen und es ausgeben, das wäre mein Credo. Ich habe nicht die geringste Lust, in die Kreise des Hochadels einzuheiraten, wenn ich als Schwiegervater einen wirklichkeitsfremden Schwärmer haben soll, der täglich vier Stunden um die brachliegenden Beete seines Gartens wandelt!«

Die beiden jungen Leute lachten noch, als ein Anblick, der sich ihnen bot, Adeline erstarren ließ. Aus einem schwarzen, unter die Erde führenden Schacht kamen, unter Erzblöcken gebückt, die ihre Kräfte überforderten, im Gänsemarsch fast unbekleidete kleine Jungen, deren Gesichter von vorzeitiger Erschöpfung gezeichnet, deren Schultern gekrümmt waren und deren Wirbelsäule die auf ihren Rükken geladenen Lasten verformt hatten. Vom Licht geblendet, blinzelten sie; der Schweiß rann ihnen das Rückgrat hinab; barfuß mußten sie noch hundert Meter zurücklegen bis zu einer Art abgerundetem, haushohem Hügel. Sie leerten ihre Bütte oben auf dem Hügel aus und stiegen dann wieder hinab in die Mine. An dieser Stelle des Berges wuchs weder Baum noch Strauch mehr; nicht einmal ein Grashalm reckte sich zwischen den rauhen Schlacken und dem verbrannten Gestein.

Adeline brachte ihr Pferd zum Stehen und bedeutete Ignazio, auf die anderen zu warten.

»Wie viele Kilo transportieren sie auf dem Rücken?« fragte sie Calogero, der auf seinem Maultier herankam.

Calogero mißverstand den Sinn ihrer Frage.

»Oh! die Kräftigsten bis zu dreißig Kilo!«, antwortete er so, als ob die Ausdauer seines Personals ihm Grund gebe, stolz zu sein. »Die anderen benügen sich mit zwanzig oder fünfundzwanzig Kilo. Sie gehen dreißigmal am Tag hinab. *Bravo! Su!*« feuerte er einen Knaben an, der unter seiner Last schwankte.

»Ist das Bergwerk tief?«

»Dieser Schacht wurde vierundvierzig Meter unter die Erde getrieben. Sie verdienen um so höhere Anerkennung, als das Gefälle sehr stark ist. Die Stufen sind glatt und ungleich.«

»Man muß bedenken«, Don Vincenzo schaltete sich ein, »daß es in ihrem Interesse liegt, auf dem Weg nicht zu trödeln. Sie gehören den Untertagearbeitern, die sie für hundertfünfzig Lire ihren Familien abkaufen. Die Summe wird nicht zurückbezahlt, es sei denn, der Junge verläßt seinen Hauer, um mit einem anderen zu arbeiten, was aber so gut wie nie vorkommt. Das Kind hat weder die Möglichkeit, seinen Herrn zu wechseln, noch sich dem Dienst bei dem zu entziehen, der es gekauft hat. Jeder Hauer nimmt drei oder vier dieser *Carusi* unter seine Fuchtel – so nennen wir sie«, erklärte Calogeros Sozius, als ob er die Mine auf Auskünfte neugierigen Touristen zeigte und die Vorzüge seines Unternehmens anpriese. »Die *Carusi* stehen dem Hauer ganz und gar zur Verfügung; er packt ihnen die Last auf den Rücken, er zahlt ihnen den Lohn aus, er teilt ihnen das Mittagbrot zu, er verabreicht ihnen die Ohrfeigen oder nimmt im Falle von Ungehorsam, von Saumseligkeit in der Arbeit, von bösem Willen zu allen möglichen anderen Strafmethoden Zuflucht. So arbeitet denn auch jede Kolonne in beispielhaftem Zusammenhalt. Die Hauer sind ihrerseits vom Vorarbeiter abhängig, der ihnen das zum Kauf des Materials, zur Versorgung mit Öl für die Lampen, zur Bezahlung der *Carusi* notwendige Geld vorschießt. Da der Hauer nie imstande ist, dieses Darlehen zurückzuzahlen, bleibt er seinem Gläubiger in unbedingter Solidarität verbunden. Sie können sich nicht vorstellen, welch hervorragende Resultate dieses System erbringt. In den zehn Jahren, die ich dieser Mine gewidmet habe, erlebte ich es nie, daß ein Hauer oder ein *Caruso* seinen Posten verließ oder um seine Entlassung bat. Das Arbeitstempo läßt nie nach. Man darf sagen, daß die Organisation unserer Mine vorbildlich ist«, schloß Don Vincenzo.

»Setzen Sie Ihren Hut wieder auf«, sagte Adeline jäh zu ihm.

In Gegenwart Don Ignazios, des bartlosen Eigentümers, hatte er ihn abgenommen. Auf seinen zerfurchten Wangen perlte der Schweiß in dicken Tropfen. Er sah die junge Frau verwirrt an und drehte den Hut in seinen Händen. Schließlich wandte er sich mit einem leichten Neigen des Kinns an Don Ignazio, sagte: »*Con il vostro permesso*« und stülpte den schwarzen Filz wieder auf den Kopf.

»Wieviel verdienen sie?« fragte Adeline.

»Die Kleinsten eine Lira fünfundzwanzig, die Größten dagegen können bis zu zweieinhalb Lire täglich verdienen. Je nach Quantität des Erzes, das sie transportieren.«

»Zweieinhalb Lire, das ist der Lohn, den mein Vater den Arbeitern der Gießerei Oretea ausbezahlt«, kommentierte Don Ignazio.

»Während die Untertagearbeiter«, fügte Don Vincenzo hinzu, der die Gelegenheit nutzte, die Vorzüge der Schwefelgrube ins rechte Licht zu setzen, »bis zu drei Lire fünfundzwanzig verdienen, wenn sie kaum mehr als einen Kubikmeter Erz abbauen!«

»Besteht das Mittagessen dieser Kinder nur aus einem Brotkanten?«

»Und einem Stück Käse, *Signora*!« protestierte der Leiter. »Glauben Sie, sie würden nicht gut behandelt? Abends gehen sie nach Hause und finden eine Gemüsesuppe vor und dann und wann sogar ein Teigwarengericht.«

Die Reisegesellschaft hatte sich wieder in Bewegung gesetzt. Louise flüsterte ihrer Freundin ins Ohr:

»Ich, meine Liebe, wenn ich nicht wüßte, daß ein Teil des Profits an meinen Feministinnenclub in Landsdowne Gardens zurückfällt, würde niemals zugeben, daß mein Mann sich an der Schwefelmine in Racalmuto beteiligt!«

Sie kamen zum Hügel: einem *Calcarone*, erklärte ihnen Don Vincenzo, der sich beeilte, ihnen das Verfahren zu schildern. Man zündet die zuoberst liegende Masse an: der Schwefel selbst brennt und dient als Brennmaterial. Der Teil des Schwefels, der durch die erzeugte Verbrennungswärme schmilzt, wird durch Abflußkanäle abgeleitet und an deren Ausgang in Metallformen gesammelt, wo er erkaltet. Bei diesem Vorgang verdampft eine große Menge Schwefel.

»Glücklicherweise«, fügte Don Vincenzo speziell für Don Ignazio hinzu, »werden wir bald einen Gill-Brennofen haben.«

Adeline hörte kaum zu. Raimondo murmelte: »Welche Verschwendung in der Tat!« Während der ganzen vorausgehenden Diskussion hatte er kein Wort gesagt, nicht einmal, um sich gegen das Lob der Ohrfeigen und der Gemüsesuppe zu äußern.

»Von welchem Alter ab steigen die Knaben in die Mine?« fragte sie, Don Vincenzos technisches Referat unterbrechend.

Don Ignazio und die beiden Leiter blickten einander an.

»Eben um mich mit diesem Problem zu befassen, bin ich nach Girgenti gekommen«, antwortete Don Ignazio. »Der Herr Handelsminister hat uns von einem Gesetzesentwurf Mitteilung gemacht, zu dem er uns um unsere Meinung ersucht. Nach diesem Gesetz hätten wir nicht mehr das Recht, Kinder von unter zwölf Jahren arbeiten zu lassen. Wir wissen, daß es sich in Ihrem Land und in England so verhält. Mein Vater denkt, in Sizilien wäre dies höchst unvernünftig. Er hat mich hierhergeschickt, damit ich an Ort und Stelle die Meinung dieser Herren einhole, und alle haben mir bestätigt, daß die Arbeit der Kinder ab einem Alter von sieben oder acht Jahren absolut notwendig ist, nicht für das Bergwerk, sondern für die Kinder selbst und ihre Familien. Nicht wahr, Don Raimondo?« fügte er hinzu und zwang meinen Vater, der sich aus Furcht, dem Blick seiner Frau zu begegnen, abgewandt hatte, durch Kopfnicken zuzustimmen.

Don Ignazio, der Adelines Gefühle sehr wohl erriet, machte sich ein Vergnügen daraus, den Mann der hübschen Französin vor aller Augen zu demütigen.

»Nicht wahr, Don Raimondo?« wiederholte er. »Auch Sie haben mir geraten, dem Herrn Minister mit aller Offenheit und Bestimmtheit zu antworten.«

»Ist das wahr?« rief Adeline. »Ich kann es nicht glauben!«

»Verstehen Sie«, fuhr Don Ignazio fort, »die humanitären Gründe sind eine Sache, und die wirtschaftlichen Gründe eine andere. Zahlreiche Familien überleben nur dank der Kinderarbeit. Die Eltern selbst flehen uns an, ihre Söhne anzustellen. Wir alle würden es selbstverständlich lieber sehen, daß diese Jungen in die Schule gehen. Doch das hieße, sie und ihre Eltern zum Hungertod zu verurteilen.«

»In Comitini«, beeilte sich Don Vincenzo, der seinen Hut wieder abnahm und sich vor dem Erben der Florio verneigte, hinzuzufügen, »sind alle Familien von *Carusi* dem Vater von *Vossignoria* ewig dankbar.«

Louise warf meiner Mutter einen verständnisinnigen Blick zu. Meine Mutter sah ihren Mann an. Raimondo wendete sein Pferd dem Tal zu und betrachtete die Landschaft. Dann machte sich die kleine Kavalkade wieder auf den Weg. Adeline dachte an ihre erste Begegnung und die Spazierritte, die ihr gefolgt waren. Zu Pferd hatten sie einander kennengelernt; zusammen waren sie durch die Alleen des Bois de Boulogne galoppiert, und jetzt, im Augenblick, als sie die Zaghaftigkeit eines Mannes ermaß, der es weder wagte, dem Eigentümer zu widersprechen, noch sich offen zu dessen Ansicht zu bekennen, waren sie wieder zu Pferd und bewegten Seite an Seite ihre Tiere. Die Erinnerung an ihre Ritte stimmte sie weich. Ein einziges Wort von Raimondo hätte das erste Gefühl wieder erweckt. Oh! sie verlangte nicht einmal von ihm, daß er Don Ignazios Überlegungen verurteilte, die seitens eines sizilianischen Großgrundbesitzers nur verständlich klangen; sie hoffte nur, er verstehe, daß eine in Frankreich erzogene Frau sie nicht billigen konnte. Da er weiterhin schwieg, gab sie ihrer Stute die Sporen und schloß sich dem an der Spitze des Zuges reitenden Don Ignazio an.

20

Witwe und Königin

»Du hast Dich im Leben stets als eine Römerin erwiesen«, schrieb ich 1908 in einem Brief an meine Mutter. Ich war siebzehn Jahre alt, und um meine Bitte um eine geldliche Zulage zu rechtfertigen – die Gießerei Oretea hatte soeben das Modell einer Lokomotive in verkleinertem Maßstab für drei Lire fünfzig, den Preis von fünf Sonzogno-Libretti, zum Kauf angeboten –, fügte ich hinzu: »Herrliche Seelenstärke! Obwohl ich wenig darüber spreche, vermag keiner sie besser als ich zu bewundern, doch es ist nicht meine Schuld, wenn ich Dir darin sehr unterlegen bin. Ich bin, glaube ich, südländischer, machtlos gegenüber den Regungen des Herzens und der schmerzhaften Schönheit des Augenblicks ...« Wo hatte ich diese Phrasen hergenommen? Von D'Annunzio, dem Gott unserer Jugend? Wie dem auch gewesen sein mag: wenn diese Formulierung auch nicht aufrichtig war, drückte ich damit doch ein in meinem Herzen tief eingewurzeltes Gefühl aus. »Ich bin Dir sehr unterlegen.« Das Schicksal hatte mir eine »Römerin« zur Mutter gegeben – eine Frau, die mich durch ihre Willenstärke, ihren Mut, ihre Energie beherrschte –, und meine spätere Freiheit sollte die Wahl des Schicksals nur bestätigen, indem sie mir eine zweite »Römerin« zur Gattin erkor, vor der ich, wie vor der ersten, um meine Identität zu wahren, nur meine Schwäche, meine »Südlichkeit« geltend zu machen brauchte. Ihr Frauen von zu hohen Verdiensten, allzu hohe Vorbilder, überlegt einmal, ob nicht ihr es wart, die mich feige gemacht haben!

Das *Gelato*, das ich am Ende der Via Atenea, am stets von Jungen belagerten Kiosk kaufte, gibt am besten eine Vorstellung von dem, was für einen »Südländer« Vergnügen ist. Pure Naschhaftigkeit? Nein. Die Empfindung von Kühle, die Vorliebe für diesen oder jenen Geschmack, der Reiz der Süße zählten weniger für uns als die Verlockung des Vergänglichen. Man mußte das Eis höchst geschwinde verspeisen, bevor es einem über die Hand rann. Wir veranstalteten Wettkämpfe und erklärten den als Sieger, der alles aufgegessen hatte, ohne sich die Finger zu beschmieren. Genuß des Flüchtigen, dessen, was nur einige Sekunden entzückt und verschwindet. Für den »Römer« ist das gut, was dauert, für den »Südländer« das, was vergeht, Speiseeis, harmloses Symbol rasch verfliegender Wonne; für mich weniger harmlos, als es scheinen mag. Die Kuppe, die schneller schmolz, als meine Zunge ihre Auflösung aufhalten konnte, hätte mir, sofern ich die Warnung verstand, das Bild jener Selbstzerstörung geboten, die *croce e delizia* meines Lebens wurde.

Würde mir meine Mutter den erbetenen Zuschuß gewähren? Zweitausend Kilometer von ihrem Sohn entfernt, ermaß sie die Gefahr, sich unnachgiebig zu zeigen. Mit der nächsten Post schickte sie mir einen Zehn-Francs-Schein. Was wäre geschehen, wenn sie mein Ansuchen abgelehnt hätte? Entweder hätte ich meine Tanten zu meinen Gunsten beeinflussen müssen, die aber eher geneigt waren, ihre Zuneigung in Zärtlichkeiten zu bekunden als in Liren, deren sie selbst ermangelten; oder aber ich hätte mir mittels einer geschickten Kriegslist die Summe ganz allein verschaffen oder schließlich darauf verzichten müssen, meinen Wunsch zu befriedigen. Jedenfalls hätte ich, mit Anstrengung, Zweifel, Unsicherheit konfrontiert, mich bemühen müssen, mich beweisen, mich kennenlernen, beurteilen müssen, was ich taugte. Ein mehr oder weniger großer, aber sicherer Schritt hin zur Unabhängigkeit. Meine Mutter stoppte ihn sofort. Ich kaufte mir die gußeiserne Lokomotive von Oretea. Das Imperium der Florio kolonisierte sogar die Kinder. Hätte dieses schöne massive Spielzeug aus seinem Kamin einen Dampfstrahl ausspucken können, so hätte man ein wenig von meinem Charakter in Rauch aufgehen sehen.

Adeline, eine »Römerin«, ja, obwohl ich Dich dagegen protestieren höre, dieses Epitheton auf eine Modeberichterstatterin anzuwenden. Ihr Mann war für ein Jahr beurlaubt worden; sobald sie sich vom Kindbett erholt hatte, verlangte sie, nach Paris zurückzukehren. Ich war am 2. Februar 1891 auf die Welt gekommen, auf den Tag genau neun Monate nach der Hochzeit meiner Eltern: eine Pünktlichkeit, die dem ganzen Haushalt als ein glückliches Vorzeichen erschien. Meine Mutter suchte mir eine Amme und vertraute mich den Frauen des *Palazzo* an, zu denen sich bald meine kaum der Kindheit entwachsenen drei Tanten Eugenia, Eusebia und Euloquia gesellten. Dann packte sie ihre Koffer und ging, gefolgt von ihrem Mann, an Bord der *Elettrico.*

Die ganze Stadt glaubte, sie hätte mich in Girgenti zur Welt bringen wollen, um mich in Sizilien Wurzeln fassen und so recht zum Sohn meines Vaters werden zu lassen. Sie wurde wegen dieses Entschlusses gelobt, der auf persönliche Bescheidenheit, Unterwerfung unter den Gatten, Achtung des ungeschriebenen Gesetzes der Vasconcellos hindeutete, dem zufolge eine Ausländerin dem Land ihres Mannes zugehört und ihrer beider Kinder als Sprößlinge der väterlichen Sippe ansehen muß. Die Entscheidung, mich in Obhut einer Amme auf der Insel zu lassen, erhöhte noch das Ansehen meiner Mutter. Wie! eine *Mamma*, die bereit war, sich von ihrem Fleisch und Blut zu trennen, um es nicht der Erde der Vorväter zu entreißen! Welche Selbstverleugnung! Die *Padrona di Casa* ging höchstpersönlich auf den Balkon, um im Augenblick, da Adeline die Kutsche nach *Porto Empedocle* bestieg, eine Schwiegertochter, die ein solches Opfer auf sich nahm, zu segnen.

Hätte sie Adelines Beweggründe durchschaut, so würde die Mutter Don Raimondos sich dieser Geste enthalten haben. Aus Abscheu vor den biologischen Funktionen hatte meine Mutter in Girgenti niederkommen wollen. Sie liebte Sizilien nicht, sie liebte die körperlichen Angelegenheiten nicht. Von allem, was sie anwiderte, entledigte sie sich auf einmal. Und wenn sie mich fern von sich aufwachsen ließ, so ebenfalls, weil ein Säugling, zwischen Schnuller und Windeln, ihr Gefühle einflößte, die mit Begeisterung wenig zu tun hatten. Im Gegensatz zu den sizilianischen Müttern, die sich ihre Macht über das Kind mittels einer durch ständige Berührung gespeisten Liebe sichern, hatte Adeline nur die moralische Herrschaft im Auge. Vielleicht war ihr Plan schon fertig, als sie Girgenti verließ. Bin ich im Unrecht, wenn ich glaube, daß dieses Meisterwerk an besitzergreifender Diplomatie seit langer Zeit vorbereitet war?

In den Briefen, die sie mir aus Paris schrieb, verweilte sie bei den Schwierigkeiten ihres Berufslebens, den Eifersüchteleien, die in Pressekreisen herrschen, bei ihrer Mutlosigkeit mitten im »Dschungel« einer großen Hauptstadt; und ich, der Eugenio Salgaris Indianerromane verschlang – er war die italienische Entsprechung von Fenimore Cooper in Amerika und von Gustave Aimard in Frankreich –, verstand den Ausdruck »Dschungel« wörtlich. Gleich einer großen Heroine hieb sich meine Mutter mit dem Buschmesser ihren Weg durch undurchdringliches Gestrüpp, belauert von tausend Feinden, über die sie nach sagenhaften Glanzleistungen triumphierte. In Wirklichkeit reüssierte sie sofort und durchschlagend mit ihren ersten Artikeln im *Paris-Journal*, wo sie von der Journalistin beim *Figaro*, Madame Peillart, eingeführt worden war. Diese bereute, daß sie Adeline einst ausgenutzt hatte, und fand so Gelegenheit, ihre Rücksichtslosigkeit wiedergutzumachen.

Ihre bescheidene Herkunft, arme Kindheit und ihre Anfänge bei den Schwestern Poncelet, als sie nicht mehr genug Geld hatte, um Kohlen zu kaufen, und ihre Ersparnisse für Salben gegen die Frostbeulen dahingingen, verleiteten Adeline dazu, in der Mode jener Wandlung Vorschub zu leisten, die ihren Namen bekannt machen sollte. Vereinfachung der Kleider, Demokratisierung der Garderobe, Wahl von schmiegsameren und billigeren Stoffen als den in Toulon von den Freundinnen ihrer Mutter zur Schau gestellten Satins und Samten, Verbreitung von Woll- oder Seidenjersey, von Crêpes de Chine, von leichten Musselinen, das waren die Glaubensartikel des neuen Evangeliums, dessen drei andere Verkünder Paul Poiret, Callot Sœurs und Caroline Reboux hießen. Es ist nicht zu leugnen, daß sie diesen drei Modehäusern half, den Stil durchzusetzen, der innerhalb weniger Jahre die weibliche Silhouette völlig veränderte. Auch in ihrer Berichterstattung führte sie einen neuen Ton ein. Sie wandte sich an ihre Leserinnen nicht mehr wie ein weitentfernter Schiedsrichter, der die Geschmacksrichtungen und Farben bestimmt, sondern als Freundin. »Sie sind moderne Frauen, Sie streben nach bequemen Schnitten, Sie wollen sich frei bewegen können, die Zeit der vestimentären

Zwangsmittel ist vorüber«, sagte sie ihnen. »Machen Sie es wie ich, kleiden Sie sich einfach, die wahre Eleganz liegt in der Zurückhaltung.« Im Ton einer vertraulichen Mitteilung geäußert, erreichte diese Sprache ihren Zweck. Man erlebte, wie die Frauen ihren Panzer abwarfen, die Korsetts, die Tournüren, die Halbstiefel, und wie sie entdeckten, furchtsam zunächst (es bedurfte des Weltkriegs, damit die Revolution eintrat), daß sie einen Körper hatten.

Berühmt wurde meine Mutter wahrscheinlich erst 1910, nach ihrer Reise nach Palermo und der Begegnung mit dem Kaiser, Ereignisse, die auch in mein Leben eine Wendung brachten. Doch ich habe Grund zur Annahme, daß sie lange vor diesem Datum, einzig dank ihres Talents, einen Wohlstand erreicht hatte, der es mir erlaubt hätte, meine Schulzeit in einem Pariser Gymnasium zu verbringen. Ihre Mutter war tot; kurz danach starb auch ihr Mann. Die Wohnung in der Rue du Bac, die sie, gerade Witwe geworden, bezog, hätte mich ebensogut im Jahr 1903 wie im Jahr 1910 aufnehmen können. Nur hätte ich mir, wenn ich von meinem zwölften Jahr an in Paris gelebt hätte, wie alle Schuljungen, allmählich einen Kreis von Kameraden geschaffen und Gewohnheiten zugelegt, die zum Einfluß meiner Mutter ein Gegengewicht gebildet hätten. Um weiterhin meine Zukunft bestimmen zu können, zog sie es denn auch vor, unsere Trennung zu verlängern, und rechtfertigte sie mit ihrer ungesicherten Lage. Ich landete schließlich in Paris, aber so verwirrt durch die neue Umgebung, so bar jeglicher Beziehungen, so unfähig, mich allein zurechtzufinden, daß sie mich ganz nach Belieben ihrem Gesetz unterordnen konnte. Ohne ein in Frankreich anerkanntes Diplom, ohne Abitur, zu jeglichem Berufsleben untauglich, war ich ihr auf Gedeih und Verderb ausgeliefert. Als ob sie von einer Eroberung in der Ferne einen Sklaven mitgebracht hätte, entschied sie alles an meiner Stelle, regelte sogar die Höhe des Taschengelds, das meine ersten Auftritte in der Gesellschaft unterstützte.

Schon bevor die Gesundheit meines Vaters nachließ, hatte meine Mutter begriffen, daß sie nie Botschafterin werden würde. Außer am Adelstitel fehlte es Don Raimondo an

Ehrgeiz. Sie schob dieses Trugbild beiseite, lachte, weil sie daran geglaubt hatte, nahm wieder einen Dienst in der Haute Couture an und behauptete sich beim *Paris-Journal*. Mein Vater nahm seine alten Gewohnheiten wieder auf: diplomatische Kreise, Whist, Reithalle, Bois de Boulogne. Er ritt seither allein in den Alleen des Bois. Meine Mutter hatte das Pferd dazu benutzt, sich einen Ehemann zu beschaffen. Als Frau, der mehr an ihrem Einfluß als an Zerstreuungen gelegen war, und da es für sie auf dem Rücken eines Vierfüßlers kein Ziel mehr zu verfolgen galt, ritt sie nicht mehr, ausgenommen dann, wenn sie im Damensattel an einer gesellschaftlichen Veranstaltung des Pré-Catalan teilnehmen und ihre Mitschwestern vom *Figaro*, vom *Journal du Matin*, vom *Echo de Paris* ausstechen konnte. Die Farben der Bäume, der Erdgeruch, der Wechsel der Jahreszeiten, das heimliche, wechselhafte Leben der Natur hätten sie nur erfreut, wenn sie sich Muße gegönnt hätte.

Als Don Raimondo seit vier Jahren in Paris wohnhaft war, ließ man ihn wissen, daß er seinen Posten wechseln müsse. Er konnte entweder nach Rom zurückkehren als diplomatischer Berater in einem Ministerium oder mit einem höheren Rang nach Mexiko berufen werden. Meine Mutter, der er die Wahl ließ, antwortete ihm mit einem einzigen Wort:

»Demissionieren!«

Über den Herausgeber ihrer Zeitung fand sie für ihn einen Posten in der *Banco di Roma*, die in Paris eine Zweigstelle eröffnete. Frau eines subalternen Diplomaten im Ausland? Niemals. Diese dumme Rolle war nichts für sie. Aufhören zu arbeiten? In keinem Fall. Nachdem sie finanzielle Unabhängigkeit gekostet hatte, wollte sie von niemandem mehr abhängen. Als Du sie kennengelernt hast, Constance, war sie nahezu reich geworden, und dies war gewiß einer der zahlreichen Gründe, die sie in Deinen Augen verdächtig gemacht haben. In Wirklichkeit liebte sie nicht das Geld, sie liebte nur die Arbeit. Ihre Artikel ausfeilen, einen Satz zehnmal neu formulieren, ein Wort nachschlagen, dadurch blieb sie der Anonymität der Pichon, der Dürftigkeit ihrer Herkunft treu. Darin liegt ihre Ehre und ihr Ruhm. Wenn sie eine ganze Nacht unter der Lampe gearbeitet hatte und ihren Vikunjawollschal, für den sie dreihundert Francs bezahlt hatte, über den vor Müdigkeit gebeugten Schultern hochzog, bereitete ihr dieser Kontrast Vergnügen. Ich betone diese Einzelheit, denn Du hast meine Mutter stets falsch beurteilt. Du hast sie für frivol und mondän gehalten, weil sie sich mit Kleidern und Ausstellungen befaßte. Glaubst Du, daß sie das nicht durchschaute? Euch war die Religion der gut ausgeführten Arbeit gemein. Statt euch zu verstehen, habt ihr als Gegnerinnen miteinander rivalisiert – Du aus Vorurteil gegen das »Parisertum«, sie aus Ärger, ein intelligentes junges Mädchen bei dieser Voreingenommenheit beharren zu sehen. Wärest Du klarblickender gewesen, wäre sie großzügiger gewesen, so wäre heute alles anders: ich hätte es nicht nötig, mich auf der anderen Seite des Mittelmeers zu verstecken, Du würdest nicht fern von mir dahinsterben, unsere Kinder würden sich ihres Vaters nicht schämen.

Die *Banco di Roma* war ein noch geruhsamerer Posten als die italienische Botschaft. Mein Vater ließ sich in eine träumerische Lethargie abgleiten, in der die schon kraftlosen Fibern seines Körpers erschlafften. Wann erkrankte er? Ich erinnere mich, daß meine Mutter 1901 allein nach Girgenti fuhr. Ich war gerade zehn Jahre alt geworden, ich wuchs heran, ich war die einzige Leidenschaft meiner Mutter, in ein paar Jahren würde ich ein Mann sein: mein Vater begriff, daß er im Hause zuviel war, eines schönen Morgens legte er sich ins Bett. Weniger aufgrund von organischer Schwäche als im Wunsch, sich zurückzuziehen. Meine Mutter rief einen Arzt, dann einen anderen. An welcher Krankheit siechte er dahin? Mattigkeit, Auszehrung, »sizilianischem Übel«: die Diagnosen blieben unbestimmt, die Arzneien wirkungslos. Mit der ihr eigenen Entschlossenheit nahm meine Mutter die Sache in die Hand. Krankenwärterin, Pflegerin, Nachtwache, alle diese Rollen übernahm sie und widmete sich selbstlos dem Mann, den sie, als er gesund war, nie geliebt hatte. Er war bereit zu verschwinden, um für den gemeinsamen Sohn den Platz frei sein zu lassen: als Gegenleistung für dieses Opfer, dessen Ausmaß sie zu würdigen wußte, verpflichtete sie sich dazu, ihm den Tod zu erleichtern. Durch diesen heimlichen Pakt vereinigten sich zwei Menschen und halfen sich gegenseitig, die in den entscheidenden Augenblicken ihres Lebens einander fremd geblieben waren.

Sie wachte ein ganzes Jahr an seinem Krankenbett. Sein Sterben war lang und friedvoll. Er übereilte sich nicht. Zum ersten Mal fühlte er sich von seiner Frau nicht verachtet. Was hatte sie seit Beginn ihrer Ehe anderes getan als ihn beiseite geschoben, ihn aus dem Leben gedrängt? Er störte sie in ihren Zukunftsplänen: nun denn! als vollkommener Kavalier beschloß er, sich zurückzuziehen. Er starb schließlich, weniger aus physiologischer Erschöpfung denn angesichts einer höheren Willensstärke als der seinen. Ein fairer Akt der Liebe, der erste, der seiner Frau annehmlich sein konnte, der einzige, dessen Andenken sie wachhielt in Form einer auf die Kommode im Salon gestellten schwarzgerahmten Photographie.

Mit meinem Vater ging der letzte Mann meiner Familie dahin. Ich hatte ihn nicht oft gesehen; ich kannte ihn kaum, aber er war doch mein Vater, jemand, auf den ich mich stützen konnte, ein Mann, in den ich ein um so stärkeres Vertrauen setzte, als es nicht durch täglichen Umgang mit ihm abgestumpft worden war. Seine Abwesenheit erhöhte sein Ansehen. Fern von mir, im Strahlenkranz, den ihm der magische Name Paris und die Lockungen des Pariser Lebens verliehen, kam er mir wie ein Gott vor, dessen Wohlwollen mir sicher war, auch wenn ich noch keine Gelegenheit gehabt hatte, darum zu bitten.

Um mich von seinem Tod zu benachrichtigen, sagte man mir: »Du wirst ihn nie mehr wiedersehen.« Meine Tante Eusebia fügte hinzu: »Er ist für immer dahingegangen.« Er hat dich verlassen! dachte ich bei mir. Zwei Jahre nach deinem Onkel hat er dich seinerseits im Stich gelassen! Ich fühlte mich verstoßen, verachtet, verraten. Mein Vater verweigerte die Liebe, die ich ihm vorbehielt, ohne einen Hinweis zu geben, ging er fort, vielleicht hatte er sich um mein Dasein überhaupt nie Gedanken gemacht. Wenn ich meine Erinnerungen zurückverfolgte, fand ich kein einziges persönliches Wort, das er an mich gerichtet hätte. Er hatte mich nie beiseite genommen, um mir einen jener langweiligen und schmeichelhaften kleinen Vorträge zu halten, die Väter ihren Söhnen zuteil werden lassen. Er hatte mich nie gescholten, mich nie gelobt. Weder Ohrfeigen, mich zu strafen, noch Geschenke, mich zu belohnen. Nichts. Ich war nichts in seinen Augen. Eine Belanglosigkeit. Eine Null.

Das war meine erste Reaktion: Trotz, Zorn. Dann wendeten sich meine Gefühle, und ich sagte mir: die beiden Männer, auf die du gezählt hast, sind geflüchtet und haben dich dabei vergessen, das heißt also, daß du ihre Zuneigung nicht zu gewinnen vermocht hast. Durch deine Bedeutungslosigkeit hast du den Tod deines Vaters verursacht. Er ist dahingegangen, weil du nicht der Mühe wert warst zu bleiben. Wer war ich, in der Tat, um die Aufmerksamkeit eines so hohen, herrlichen Mannes wie Don Raimondo Vasconcellos auf mich zu lenken? Gewiß, ich war auf der Welt nicht allein. Die Frauen im *Palazzo* zeigten sich noch liebevoller und aufmerksamer mir gegenüber, das Haus tönte wider von wohlklingenden, von klagenden *Poverino!*, aber ich war mir nun bewußt, daß diese Fülle sanfter Beteuerungen nur dazu diente, die Wahrheit über den jungen Porfirio wie hinter einem Rauchschleier zu verbergen. Sein Vater und sein Onkel überließen ihn den Frauen, weil er ihnen nicht interessant genug war!

Ich wurde trübsinnig, zurückhaltend, ungesellig, verschlossen, was man meiner Trauer zuschrieb und was mir ein Nochmehr an Mitgefühl einbrachte. »Ein so empfindsamer Junge! Er hing so sehr an seinem Vater!« In Wirklichkeit quälte mich ein Leid anderer Natur. Niedergedrückt, von mir selbst enttäuscht, fühlte ich mich schuldig, durch persönliches Ungenügen die Zuneigung verwirkt und die Flucht des Menschen verursacht zu haben, den ich für den kostbarsten, den mir teuersten hielt, dessen Verlust keine Liebe oder Freundschaft ausgleichen könnte – und vergaß dabei, wie wenig wir einander gekannt hatten.

Die Traurigkeit, die Neigung, allein zu sein, vergingen, nicht aber das Gefühl eines Scheiterns oder das Bedürfnis nach Trost. Meine Tanten hatten mir gezeigt, daß die Personen des anderen Geschlechts ihre Zuneigung mit blinder

Bereitwilligkeit austeilen, ohne sich zu fragen, ob derjenige, der sie erhält, ihrer würdig ist. Frauen nach dem Beispiel der drei Schwestern werde ich immer finden und werde ihr Gott sein, sagte ich mir. Tatsächlich haben mich viele Frauen geliebt; diese Überzeugung hat mich nicht getäuscht. Sie haben mich – zu sehr – umschmeichelt, ich habe ihre Gunst mißbraucht, hiermit erzähle ich Dir nichts Neues. Doch wie hätte ich mich mit dem, was sie mir gaben, begnügen können, da keine mir das, was ich von Anfang an leidenschaftlich gesucht hatte, zu gewähren vermochte: männliche Anerkennung und Achtung. Vergnügungen, Anhänglichkeit, Zärtlichkeiten, nichts, was ich von den Frauen gehabt habe, bereicherte mich auf die Dauer. Ich bin denn auch von einer zur anderen gegangen, ohne je zu vergessen, daß ich versuchte, mich mit ihnen für den verlorenen Schatz zu entschädigen. Von Beginn an entwertet, konnten unsere Beziehungen für mich nicht befriedigend sein. Mit zwanzig Jahren, mit dreißig Jahren, bis zu unserer Heirat blieb ich der junge Porfirio, dessen Vater ihn aus Verachtung für seine Bedeutungslosigkeit den Frauen ausgeliefert hatte.

Ein Ersatzvater, einer, der stark genug war, um die Prüfungen des Lebens zu bestehen und um nicht mitten im Lauf aufzugeben, ein Stellvertreter desjenigen, der mich durch seine Flucht für meine Wertlosigkeit bestraft hatte: seit meinem zwölften Jahr habe ich nicht aufgehört, auf ihn zu hoffen, auf ihn zu warten. Zuerst in der Person meiner Lehrer (eine gewöhnliche Phase, die mich nicht von meinen Artgenossen unterschieden hätte), dann, je mehr ich heranwuchs und selbst zum Mann wurde, in Individuen, die ich oft wegen unsinniger Eigenschaften erwählte, so muß es scheinen, wenn man den symbolischen Anklang verkennt, den sie in mir hervorriefen. Sie mußten entweder hervorragende intellektuelle Fähigkeiten zeigen (den bescheidenen Begabungen Don Raimondos weit überlegene, sicherlich! doch so, wie für seinen zwölfjährigen Sohn der dümmste Vater ein As ist, mußte ich, um für meinen Ersatzerzeuger Zuneigung zu empfinden, ihn schrankenlos bewundern können) oder eine gesellschaftliche Position innehaben, die hoch genug war, um zwischen uns einen ausreichenden Abstand zu schaffen (wie jene reichen Müßiggänger, die ich eine Zeitlang stärker hofiert habe, als ich daran zu verzweifeln begann, einem wirklichen Meister zu begegnen, und bezüglich des Gegenstandes meiner Suche weniger anspruchsvoll geworden war), oder auch (Triumph eines im Lauf der Enttäuschungen irrational gewordenen Bedürfnisses) von außergewöhnlicher körperlicher Erscheinung sein, eine weit überdurchschnittliche Fülle und Muskulatur aufweisen, etwas vom Menschenfresser oder vom Riesen an sich haben.

So kam es, Constance, daß ich von einer gewissen Zeit an mein Schicksal mit Fanatikern verband, von denen ich meinen natürlichen Neigungen zufolge mich abgewendet hätte; und besonders mit einem von ihnen, dem Chef der französischen Faschisten, Verfechter einer Politik, die in ihrer Grobheit und Vulgarität seiner derben Gestalt entsprach, Stiernacken, Schlachterhände, Vollblütigkeit, rüde, primitive Redeweise: für mich beruhigende Anzeichen einer Gesundheit, die ihn gegen einen plötzlichen Tod feite, um so wahrscheinlicher, als der Energiekult, die Verherrlichung der Muskelkraft und die Religion der Mannhaftigkeit zu seinen Slogans gehörten.

Mein Verstand sagte mir: »Siehst du nicht, daß dieser Rohling der Gegensatz all dessen ist, was du liebst, was du achtest?« Doch etwas weit Stärkeres in mir als der Verstand, eine seit meiner Kindheit unterdrückte Sehnsucht, ein vereiteltes Bedürfnis, mich einem mächtigen, beherrschenden Menschen anzuschließen, ketteten mich an diesen Mann, dem gesunden Menschenverstand, meinen Überzeugungen zum Trotz, zum Schaden meiner Interessen. Ich versuche mich nicht zu rechtfertigen, sondern versuche zu verstehen, warum ich nicht nur einer Partei beigetreten bin, deren Programm ich hätte kritisieren und deren Machenschaften ich hätte verurteilen müssen, sondern überdies einspruchslos Anweisungen befolgt habe, die ich mißbilligte. Um desjenigen Achtung zu verdienen und Aufmerksamkeit zu erregen, den ich auf den durch die väterliche Abdankung leeren Thron erhoben hatte, war ich zu allen Gefälligkeiten bereit. Und Gemeinheiten, »Schweinereien«, um mit diesem Jean-

Paul Sartre zu reden, der auf den ersten Seiten eurer Zeitungen erscheint, habe ich auch begangen, aus Furcht, seine Gunst zu verlieren. Einer unbewußten Angst, einer kindlichen Angst, der Furcht zu erleben, daß er, wie seinerzeit Don Raimondo, einen zu lauen Anhänger zurückstieß oder sich eines zu unbedeutenden Jüngers entledigte. Und mich von neuem verwaist zurückließ.

Für meine Mutter hatte der Tod Don Raimondos alles andere als düstere Folgen. Vielleicht möchtest Du glauben, daß ihre Schwiegerfamilie sie nach dem Tod ihres Mannes als eine endgültig aus der Sippe auszuschließende Ausländerin ansah? Wie die Sitten in Sizilien nun einmal sind, wurde ihr im Gegenteil nie ein so triumphaler Empfang bereitet als am Tage, als sie in ihrem schwarzen Kleid wieder in Girgenti erschien.

Wenn ich in den Straßen der Stadt spazierenging, ist mir oft die hohe Anzahl an Witwen aufgefallen. Eine von vier Frauen in unserem tiefen Süden trägt Trauerkleidung. Sehr gerade aufgerichtet unter ihren schwarzen Schleiern gehen sie mit der Majestät von Herrscherinnen vorüber. Dagegen sieht man wenig Witwer. Ein alleinstehender Mann bleibt bei uns nicht lange am Leben: Steckenpferd seiner Mutter zuerst, dann Spielzeug seiner Frau, wie sollte es ihm gelingen, aus eigener Kraft fortzubestehen? Für jeden Mann ist es Ehrensache und ein Zeichen der Auserwähltheit, als erster zu sterben. Gott hat ihn zur Welt kommen lassen, um der Gattin zu erlauben, daß sie ihm die Augen schließt, ihn in ein Leichentuch hüllt und ihn in den Sarg legt. Zu einem Christus verklärt, wird er unter Tränen und Wehklagen zu Grabe getragen, und sie, zur Mutter schlechthin geworden, bleibt unter dem Kreuz stehen, um den Opfertod des Unschuldigen zu beweinen.

Indem er für Adeline den Platz frei machte, bewies mein Vater sein treues Festhalten an der süditalienischen Mythologie. Zudem war er, ohne den Lebensabend abzuwarten, der Regel vorausgeeilt, er hatte, um sich hinzuopfern, das fast ideale Alter gewählt. Sechsunddreißig Jahre: nahezu Christi Alter! Ein gewissermaßen exemplarischer Tod, ein Meisterwerk des Gehorsams gegenüber dem Vorbild des Evangeliums. Als eine junge Witwe stieg meine Mutter in den Rang der *Mater dolorosa* auf, wie im Gemälde von Antonello de Messina, in dem der Maler, um die heilige Jungfrau am Fuß des Kreuzes darzustellen, sie nicht in ihrem wirklichen Alter zwischen fünfzig und sechzig Jahren zeigt, sondern als junge Mutter, ewig jung, ewig jugendlich, so wie sie zur Zeit ihrer Niederkunft war. Der Wunsch jeder sizilianischen Frau ist es, ihren Mann in ihren Sohn zu verwandeln; das beste Mittel hierzu besteht darin, ihn in die Erde zu betten und die Grabplatte über ihm zu schließen, gemäß dem von Maria von Nazareth in Palästina vor bald zweitausend Jahren gegebenen Beispiel.

Donna Adeline Vasconcellos, Witwe des *fu* Raimondo (wir sprechen von einem Toten nicht als von einem Verstorbenen, sondern als von demjenigen, der gewesen ist, der »war« – demjenigen, der die Lebenden seinen Abgang beweinen läßt), hatte endlich Anspruch auf die Achtung ihrer Schwiegerfamilie. Man schätzte, daß sie etwa fünfzig Jahre im Ruhm ihrer Witwenschaft zu leben haben würde: diese Berechnung hob sie auf eine beträchtliche Höhe in der öffentlichen Meinung. Als junges Mädchen hatte man sie unter einem Baldachin empfangen; diesmal ragte am Eingang zur Via Atenea ein Triumphbogen, eine massive Eichenholzkonstruktion, gekrönt von Engelchen aus Pappe und geschmückt mit Ölzweigen. Meine Mutter nahm beim Seelenamt in der Kirche San Giuseppe den Ehrenplatz ein, sie segnete mit dem aus den Händen des Bischofs empfangenen Weihwasserwedel den auf einen Katafalk gestellten leeren Sarg: drei Stunden hintereinander blieb sie, ohne sich anzulehnen, auf dem gelben Samtkissen des Sofas sitzen, während die Eingeladenen einander im *Salotto* ablösten; gewissenhaft erfüllte sie die Pflichten ihres neuen Königtums. Wenn sie in Girgenti geblieben wäre, hätte sie ihre Trauerkleidung unter keinen Umständen jemals wieder ablegen können. Ganz andere Beweggründe drängten sie, ihren Aufenthalt abzukürzen und dann ihre Besuche immer seltener werden zu lassen. Sie hatte keine Lust, keine Veranlassung dazu, die mystische Witwe eines Mannes zu sein, den sie nicht geliebt hatte. Wartete sie, bis sie in Marseille von Bord ging, um wieder eins ihrer hübschen geblümten Kleider anzuziehen?

Gegen ihren Willen jedoch, gegen unseren Willen hatte das Vorbild des Evangeliums uns den Weg vorbestimmt. Ich war ihr einziger Sohn. Ich war *der* Sohn, sie war *die* Mutter. Sie richtete es so ein, daß sie mir den Zugang zum Erwachsenenleben verwehrte, und meinerseits bin ich, ebenso kindlich in meinen politischen Entscheidungen wie hilflos angesichts der ehelichen Probleme, völlig auf die Rolle eingegangen, die mir zugedacht war.

Obwohl geographisch und in Gedanken weit von Sizilien entfernt, was haben wir anderes getan, als unbewußt das südliche Golgatha-Pathos zu wiederholen? Mein Vater ruht auf dem Friedhof Montparnasse. Sankt Joseph Folge leistend, hat er sich frühzeitig entfernt. Ich habe seinen Platz eingenommen. Nicht minder folgsam als Sohn, als er als Ehemann gefügig gewesen war, habe ich mir die Dornen für meine Krone geflochen.

21

Ich werde Tenor!

»Alles Unglück der Menschen kommt von einem einzigen her: daß sie es nämlich nicht verstehen, in Ruhe in einem Zimmer zu bleiben.« Wie oft hast Du mir diesen Satz Pascals nicht zitiert! Er sagt für Dich die »Wahrheit« aus. Die absolute, metaphysische Wahrheit: derjenige, der es nötig hat, auszugehen, sich zu »zerstreuen«, ist ein verlorener Mensch. Mit einem Gesichtsausdruck, in dem sich der Kummer, der mich zur Umkehr hätte bewegen können, mit der Mißbilligung, die mich aus dem Hause trieb, vermischte, sahst Du mich zur Rallye jagen: wenn sich unsere Schulden von Monat zu Monat häuften, wenn ich diese verhängnisvolle politische Ausrichtung genommen hatte, wenn meine Zügellosigkeit unsere Liebe bedrohte, wenn es mit meinem Leben bergab ging, so weil ich nicht in meinem Büro bleiben noch mir die Disziplin regelmäßigen Bemühens beibringen mochte. Niemals ist es Dir in den Sinn gekommen, daß Pascal der Wortführer einer Gesellschaftsschicht von gesichertem Einkommen und häuslicher Veranlagung war, jener damals im Aufstieg begriffenen französischen Bourgeoisie, in der es die Regel darstellte, über ein eigenes Zimmer zu verfügen, so daß die Vorschrift, sich in seinen vier Wänden aufzuhalten und dort dem Studium zu obliegen, nicht allein einer geistigen Forderung entspricht. Zuvörderst ist sie die Auswirkung eines wirtschaftlichen Privilegs, eine soziale Gewohnheit, sie spiegelt die Anordnung der Zimmer in der Wohnung wider, sie ist das materielle Zeichen der Dauerhaftigkeit der Einkünfte und des Hangs zur Stabilität.

Seit vierhundert Jahren ist Frankreich stabil. Jedem wird von Geburt an ein bestimmter Platz zugeteilt. Deine Philosophie, Constance, Deine Wertskala, auf die Du zuoberst die geistige Sammlung, das Studium, den Verzicht auf nutzlosen Zeitvertreib stellst, das ganze (in den höheren Schulen von den Tragödien Corneilles und Racines ab gelehrte) französische Programm individueller Askese und der Vervollkommnung durch Anstrengung gründen auf der Einteilung der Familienunterkunft und der Zuteilung eines Raums an jedes Kind. Bis zu meiner Ankunft in Paris war mir der Brauch eines »eigenen Zimmers« unbekannt. Vor meinem neunzehnten Lebensjahr habe ich nie über einen Winkel verfügt, wo ich meine Sachen unterbringen konnte. Ich dürfte sogar hinzufügen, ich habe nie *Sachen* besessen, nichts, was ich als Privatbesitz beanspruchen konnte.

Das Palais Vasconcellos stellte mir seine Räume zur Verfügung. Ich schlief einmal hier, einmal dort. Niemand sah nach, wo ich mich schlafen gelegt hatte. Niemand kam, um mich in *meinem* Bett zuzudecken, denn was die Betten anging, so fiel mir keines zu, keines mir im besonderen. Wenn der Vogelsteller mit seinem Kanarienkäfig oder der Geschichtenerzähler das abendliche Beisammensein verlängert hatten, kam es vor, daß ich in der Küche, auf dem Boden, auf einer für die auf der Durchreise befindlichen Gäste hingelegten Matten schlief. Die Liebe meiner Tanten war überströmend, überwältigend, übertrieben, doch statt sich auf einen Ort im Hause zu beschränken, wie in den französischen Familien, wo das Schlafzimmer des Kindes das Heiligtum für die »Gutenachtkuß« genannte und von euren Romanciers unsterblich gemachte Zeremonie ist, breitete sie sich durch den ganzen *Palazzo* aus, stieg hinter mir her die Stockwerke hinauf oder hinab, holte mich ein, wo ich auch sein mochte, brachte mir die Schokolade in jedes Versteck, das ich ausfindig gemacht hatte, ohne mir je eine Frage zu stellen oder meine Freiheit des Platzwechsels einzuschränken.

Wenn meine Mutter bei mir in Girgenti geblieben wäre, hätte ihre Liebe, die eifersüchtiger war, mir vielleicht ein ständiges Zimmer zugewiesen. Sie hätte mich mit mehr Sorgfalt beaufsichtigt, über mein Kommen und Gehen Rechenschaft gefordert. Aber sie befand sich weit fort, in Paris. Ich hatte nicht *eine* Mutter, ich hatte deren drei und dazu die übrigen Frauen des *Palazzo*; ich verteilte mich unter alle diese Zärtlichkeiten, gehörte keiner; und dieser Umstand, zusammen mit der Struktur des Gebäudes und der sizilianischen Sitte, die Türen offenzulassen und die Häuser aus

Furcht vor der Einsamkeit in zugige Karawansereien zu verwandeln, hinderte mich daran, auch nur einmal mich in der fruchtbaren und schwierigen Übung im Alleinsein zu versuchen.

Sowenig wie ein eigenes Zimmer hatte ich ein Arbeitspult oder ein Regal für meine Bücher oder eine Schublade für meine Bleistifte. Keine der zahlreichen Truhen im *Palazzo* war für meinen persönlichen Gebrauch reserviert. Meine Libretti von Ricordi oder Sonzogno legte ich bald hierhin, bald dorthin, in eine Truhe, in eine andere, neben das Geschirr oder auf den Boden, in einen geschützteren Winkel. Die einzige regelmäßige Beschäftigung, die meine Jugend ausfüllte – ich werde auf sie zu sprechen kommen –, benötigte weder einen geschlossenen Raum noch einen Tisch.

Eine weitere, wichtigere Folge: ich bin herangewachsen, ohne die für Dich so wesentliche Unterscheidung zwischen *innerem Wesen* und *sozialem Wesen* zu machen. Du glaubst, die Wahrheit des Menschen liege in dem, was er zu sein entdeckt, wenn er abseits der anderen, fern dem Gelärm (stets als »eitles Gelärm« bezeichnet), vor dem geschäftigen Treiben durch die ihn umschließenden Mauern bewahrt, seinen eigenen Standort bestimmt. Da ich in meiner Jugend nie einen Ort für mich hatte, wo ich mich sammeln konnte, gelangte der Begriff geheime Wahrheit, ewige Wahrheit nie in mein Bewußtsein. Das ewige Wesen, das von allen Zugeständnissen an die Welt reine Wesen, hat nie für mich existiert. Ich habe nie gedacht, daß es eine Wahrheit, tiefe Wahrheit, unter dem äußeren sozialen Anschein, den ich den anderen zeigte, verborgene ontologische Wahrheit geben könnte. Alle Orte waren mir gleichermaßen recht, alle Zimmer im *Palazzo*, aber auch die Straße, die Öffentlichkeit, die Felder, der Strand: ich kannte keinen Platz, wo ich hätte *wahrer* sein können als anderswo. Ich war überall der gleiche. In meinem Denken gab es niemals einen Einschnitt zwischen dem Inneren und Äußeren meines Wesens, und von den Anlässen abgesehen, da das Porträt der *Madre* Juana im Sprechzimmer von Santo Spirito in mir die Neugier auf ein anderes Leben weckte, hatte ich nie den Eindruck, mich zu verzetteln, weil ich jeden Abend das Zimmer wechselte, weil ich keinen speziellen Gegenstand allein besaß, nie mit mir allein blieb.

Pensée 160 Deiner kleinen Brunschwicg-Ausgabe, des Breviers Deiner Jugendzeit, behauptet, »die Arbeit« nehme alle Funktionen der Seele völlig in Anspruch. Eine seltsame Art, von etwas zu sprechen, an dem zunächst der Körper beteiligt ist. Brunschwicg, sonst so weitschweifig in seinen Anmerkungen, schweigt sich über diese Stelle aus, die die Schüler verständnislos lesen. Ich wette, Du hast sie in Deinen Unterrichtsstunden nie erklärt. Die große Gesamtausgabe in vierzehn Bänden enthält die Varianten. Pascal hatte zuerst »die Lust« geschrieben. Dann hat er sich dieses Worts geschämt und es in »Arbeit« verwandelt. Arbeit, Fron, mühevolle, demütigende Aufgabe. Eine vielsagende Korrektur, zugleich Eingeständnis seiner persönlichen Schwierigkeiten und Urteil über das Elend der Stellung des Menschen im Universum. Die Sexualität, da wir die Sache beim Namen nennen müssen, konnte sich uns, mir und meinen Kameraden, weder unter dem mühseligen Aspekt einer Arbeit noch unter dem angenehmen einer Lust darstellen. Unbestimmt, ziellos, lediglich Traumgeschehen, wie sie es für uns war, legte sie in unsere Seele Keime der Verderbtheit, die in weniger trägen Körpern als den unseren nicht aufgegangen wären.

Welches sexuelle Leben hätten wir führen können, wir, die wir über keinerlei privaten Ort verfügten? Ohne eigenes Zimmer, ohne Geld, um ins Hotel zu gehen (und selbst mit dem nötigen Geld, wer von uns hätte den Mut gehabt, an der Tür eines Hotels zu läuten und dem Wirt entgegenzutreten?), war es unmöglich, das kleinste Abenteuer zu wagen. Zur damaligen Zeit gab es keine Kraftwagen: das Mittel, sich beim Eingang zum Strand in ein kleines Auto einzuschließen, entdeckten die jungen Leute erst nach dem Zweiten Weltkrieg. Im übrigen, geben wir es offen zu (offener als Pascal), fürchteten wir uns vor dem Geschlechtsakt. Im Ausdruck *fare all'amore* unterschieden wir zweierlei: *amore*, ein erfreulicher Begriff, der unsere Phantasie reizte, jedoch auch das Zeitwort *fare*, das uns viel weniger gefiel. Wir hätten die Initiative ergreifen, uns anstrengen, unseren Willen einsetzen müssen. Da blieben wir lieber beisammen, unter uns, und sahen auf dem gegenüberliegenden Bürgersteig der Via Atenea die Röcke vorbeiziehen. Die Sexualität von uns Halbwüchsigen war kollektiv, undifferenziert, ziellos, ergebnislos. Ich bemerke, daß ich spontan »wir« sage, wenn ich diesen Gesichtspunkt meiner Jugend erinnere. Da ich kein Privatleben hatte, hatte ich auch keine Liebesgeheimnisse. Den Mädchen den Hof zu machen war eine Gruppengepflogenheit, die keinen von uns im besonderen verpflichtete. Durch die Straße schlendern, die Vorzüge dieser Fräuleins im einzelnen erörtern, einander um den Hals fassen, unter Knaben die ruhige, keusche Gemeinschaft genießen, die uns das notwendige Minimum an körperlicher Berührung und Zärtlichkeit brachte, ohne uns dazu aufzufordern, die Natur unserer Erregung zu untersuchen, das war trotz des undeutlichen Gefühls, uns zum Narren zu machen, unsere Art des *fare all'amore*, und sie war viel interessanter und köstlicher als eine einsame, gefahrvolle, zufällige Konfrontation mit dem anderen Geschlecht.

(Im Grund hätte ich, als ich nach Paris kam, sehr gut die Vorschläge annehmen können, die meine Mutter, um mich den Frauen fernzuhalten und für sich zu behalten, mehr oder weniger bewußt für mich ausklügelte. Die Mode jener Jahre, die Kreise, in die ich eingeführt wurde, Adelines mehr weibliche als mütterliche Eifersucht hätten eine Neigung begünstigt, die die südländische Erziehung für alle Knaben vorsieht und der die Mehrzahl, ohne die gesellschaftliche Verpflichtung, sich als »Männer« zu erweisen, nachgeben würde. Das Schicksal hat anders über mich verfügt, nach dem Willen Heras wahrscheinlich: die Göttin der Ehe und der Ehefrauen mahnte mich, daß ich als ein Kind Agrigents und weil der Gerichtsbarkeit ihres Tempels unterworfen, mich ihrem Gesetz fügen müsse. Warum hat sie Dich nicht besser geschützt, die Patronin des Ehebundes! Du bist die Ehe eingegangen, jung, rein, glücklich, Dich für den ersten Mann, den Du liebtest, bewahrt zu haben. In demjenigen, den Du geheiratet hast, steckte eine von den ungemachten Erfahrungen und verlorenen Jahren aufgestachelte kindische

Lust auf Abenteuer. Die Gunst der Frauen, die er nach seiner Ankunft in Paris erhalten hatte, hatte seinen Durst nicht gestillt, denn sie war ihm, so dachte er, zu spät im Leben zuteil geworden. Er fühlte sich, der Dummkopf, von früher Jugend an benachteiligt und mußte, um sein Selbstvertrauen und das Vertrauen in seine Manneskraft zu stützen, mehr aus Selbstachtungspflicht, als weil der Instinkt sich ergab, die geschworene Treue verachten und uns beide unglücklich machen.)

Meine Studien? Ohne ein Zimmer, in das man sich zurückziehen kann, wird Lesen zu einem heroischen Unternehmen. Auch ist die Lektüre bei uns nicht stark entwickelt. Ich erinnere mich Deiner Überraschung, Deines Entzükkens, als Du entdecktest, daß ich *Polyeucte* kannte, die von Dir bevorzugte Tragödie Corneilles, einen der Texte, denen Du einen ersten Rang in der französischen Literatur zubilligst, zwischen den *Pensées*, *La Maison du berger* und *Le Soulier de satin*. Mit Pauline, dieser jungen Frau, die nur in vollkommener Klarheit des Geistes und des Gewissens handeln will und die sich im Zweifelsfall dazu entschließt, den Weg einzuschlagen, der ihren Gefühlen am wenigsten gefällt, weil er möglicherweise ihrer Pflicht am ehesten entspricht, hattest Du Dich heimlich identifiziert. Sie war Dir ein Vorbild und eine Führerin. Du wußtest das Stück auswendig, und da kam plötzlich ein junger Fremder aus einem fernen Land, wohin, wie Du angenommen hattest, nicht einmal Corneilles Name gedrungen war, und zeigte sich mit Pauline, Polyeucte, Félix, Sévère, Néarque bekannt! Du schenktest demjenigen Dein Zutrauen, der für eine solche Heldin eine grenzenlose Bewunderung zu hegen schien; Du, die so Schüchterne, begannst Mut zu fassen und zu denken, daß wir füreinander bestimmt seien; so kam es, daß Deine Liebe Sicherheit gewann und daß Du einwilligtest, meine Frau zu werden.

Aufgrund eines Mißverständnisses, eines der ersten unter denen, die unsere vielen Illusionen zur Folge hatten. Ich hatte *Polyeucte* nie gelesen. Ich hatte dem Namen Corneilles keine Beachtung geschenkt. Ich kannte nur *Poliuto*, Oper von Donizetti, aus dem Textbuch von Salvatore Cammarano. Die Legende, nicht des christlichen Märtyrers, sondern des Tenors Francesco Tamagno, verfolgte mich. Mit zwanzig Jahren, als er in der Herberge seines Vaters in Turin noch die Gäste bediente, hatte er sich von den Trinkgeldern Plätze auf dem Olymp des Reggio gekauft. Nach einem Vorsingen vor dem *Maestro* Pedrotti, dem Direktor des Konservatoriums, wurde er wegen mangelnder musikalischer Ausbildung abgewiesen. Eines Abends, als *Poliuto* auf dem Programm stand, war der zweite Tenor indisponiert. Das Theater bat *Maestro* Pedrotti, ihm einen Ersatz zu verschaffen. Der Direktor des Konservatoriums erinnerte sich an den Sohn des Gastwirts. »Kannst du die Rolle des Néarque bis um neun Uhr lernen?« Tamagno übte den ganzen Nachmittag das hohe ais des Duetts mit Sévère. Eine einzige Note, und er hatte triumphiert! Die Geschichten von in Adonisse verwandelten Buckligen, von Waisen, die sich als Königssöhne entpuppen, schienen mir abgeschmackt neben einer solch märchenhaften Begebenheit. Meine literarische Bildung, ich gestehe es Dir ein, war ausschließlich eine Opernbildung. Lady Macbeth und Othello (für mich Otello) kannte ich nur durch Verdi: Ich liebte Schiller, Victor Hugo und Alphonse Daudet wegen *Don Carlo*, *Ernani* (ohne *H*) und *L'Arlesiana*. Mascagni machte mich mit Erckmann-Chatrian, Bizet mit Mérimée, Puccini mit dem Abbé Prévost, Giordano mit der Französischen Revolution, Gounod und Boïto mit Goethe bekannt.

Lesen ist ein einsames Vergnügen, das die Vermittlung des Intellekts in Anspruch nimmt und nur durch eine Anstrengung erlangt wird, während man die Oper in der Wärme eines vollen Saals und mit den Sinnen genießt. Was wir nicht singen gehört haben, existiert für uns Menschen des Südens nicht. Mehr als jeder andere meiner Kameraden war ich für die Schönheit der Stimmen, den Zauber des Gesangs empfänglich. Auch wenn die Suche nach Textbüchern für meine Tante Euloquia, das Geheimnis, das ihr Einsiedlerleben im Turm umgab, und die elegische Süße des Lieds der Weide, das ich sie hinter dem Schalter summen hörte, mich nicht in dem, was ich für meine Berufung hielt, ermutigt hätten, würde ich doch, ganz allein, mit sechzehn Jahren beschlossen haben, was ich werden wollte. Wenn, wie man in Frankreich sagt, jeder Soldat den Marschallstab in seiner Patronentasche hat, gibt es keinen jungen Italiener, der sich nicht einbildet, in seiner Kehle die magische Triebkraft zum Ruhm zu besitzen. Ich werde Operntenor! Du glaubtest mich für die starre, strenge Welt Corneilles gewonnen, als Polyeucte, Pauline nur im Schmuck von Vokalisen und Fiorituren meinen Augen reizvoll erschienen; Paladine des Moralgesetzes für Dich; für mich Wahrzeichen der köstlichsten aller Vergnügungen; Beispiele für Dich der reinen Vernunft und des Mutes, die ihren Charme auf mich nur durch die Fülle der überflüssigen Verzierungen ausübten, mit denen die Musik sie aufputzt. Als ich unseres Irrtums gewahr wurde, war es zu spät, Dich über ihn aufzuklären. Und in der folgenden Zeit habe ich es nie gewagt, Dir zu sagen, welchem Traum ich im Alter von sechzehn bis neunzehn Jahren nachgehangen habe.

Ich werde Tenor! Die Rolle der Liebhaber, der Rebellen, derjenigen, die sich in einer Leidenschaft verzehren oder die Ungerechtigkeit anprangern, ist immer Tenören anvertraut, deren helle, aushaltende Stimme die erste Jugend des Mannes symbolisiert, die diesem Alter eignende Herzensreinheit, die Loyalität, die Großmut und die Selbstlosigkeit. Romeo oder Don José, Alfredo aus *La Traviata* oder Manrico aus dem *Trovatore*, Rodolfo aus *La Bohème* oder Cavaradossi aus *Tosca*, ich würde mich zur Eroberung der hohen Töne aufmachen, die, mit voller, vibrierender Stimme ins gebannte Theater geschmettert, der Liebesglut, dem Freiheitsdurst, der Hingabe an das Vaterland Ausdruck verleihen. An welches Vaterland, in meinem Fall? Es wäre mir schwergefallen, das zu sagen. Aber ich hatte bemerkt, daß die Tenöre, wenn sie sich allein dem Gefühl der Liebe hingeben, es beim mittleren Register bewenden lassen: wehmütige Ergüsse, Schmelz des *Legato*-Gesangs; um sie der moralischen Bequemlichkeit der Innerlichkeit zu entreißen, um sie zum heldenhaften Sprung zu veranlassen, der sie bis zum eingestrichenen *b* emporhißt – in Ermangelung des *c* von Duprez, dem höchsten und nahezu unerreichbaren Ziel, brauchen sie den Stachel einer großen zu verteidigenden Sache, Errettung des Vaterlands, Kampf gegen Tyrannei, Erlösung eines jungen Mädchens aus der Sklaverei. Die Brust schwellen, einen hohen Ton anstimmen, ihn mit Licht und Wärme erfüllen und, wenn er voll entfaltet ist, ihn in den Saal loslassen, wo er in bunten Funken zerplatzt, dies würde, so sagte ich mir, mein Beitrag zum moralischen und sozialen Fortschritt der Menschheit sein.

Meine Stimme umfing erst anderthalb Oktaven, aber ich war zuversichtlich. Mit dereiundzwanzig Jahren hatte Caruso, um in Livorno *la Bohème* zu singen, Puccini – der sie ihm gewährte – um die Erlaubnis gebeten, die Partitur um einen halben Ton tiefer zu setzen, denn er fühlte sich nicht fähig, das hohe *c* in *Che gelida manina* (»Wie eiskalt ist dies Händchen«) zu singen. Mein Lieblingstenor hatte diese Anekdote einem Journalisten aus Rom anvertraut und bei derselben Gelegenheit ihm die Liste der kleinen Schliche und Zauberformeln verraten, zu denen er als in einem *Basso* geborener Neapolitaner und neunzehntes Kind eines Gießereiarbeiters, bevor er auf die Bühne trat, Zuflucht nahm. Er füllte sich den Mund mit Salzwasser, das er bis in die Bronchien inhalierte; dann reinigte er sich die Nasenflügel mit schwedischem Schnupfpulver. Ein Apfelviertel und ein Glas Whisky vervollständigten das Ritual. Die Taschen mit Talismanen beladen (eine Korallenzacke, ein Schlüsselbund, vom Bischof geweihte Medaillen, eine Knoblauchzehe), war er bereit zu singen. Meine Tanten sahen mit Verwunderung, wie die Pubertät mich zu einem maßlosen Verzehr von Äpfeln trieb. Weder am Salzwasser, von dem ich mir am Strand einen Vorrat besorgte, noch an Amuletten fehlte es mir. Was den Whisky betrifft, erwies sich Hauptmann Hardcastle als unverhofft hilfreich.

Durch ständige Ausgrabungsversuche im Hügel und das Aneinanderreihen von nicht mehr zusammenfügbaren Fragmenten von Abaken und Triglyphen in praller Sonne fing er an, den Verstand zu verlieren. Immer häufiger fand ich ihn erschöpft rittlings auf einem umgestürzten Säulenschaft sitzen, immer in tadelloser Kleidung, das blonde Haar mittels der von ihm selbst hergestellten Pomade an die Schläfen geklebt, wie er die Reste seiner Ehre dazu verwandte, das

Aussehen eines Gentlemans zu wahren, obwohl ihn der nutzlose Kampf gegen die zerstörerische Gewalt der Jahrhunderte und die vergebliche Bemühung, dem Staub das Geheimnis der zerfallenen Tempel zu entreißen, quälten. Seinem aus der Indienarmee mitgebrachten Köfferchen entnahm er für mich die Whiskyphiole und bot mir an, einen Schluck zu trinken – ein Vorwand, um sich selbst eine zusätzliche halbe Pinte einzugießen. Die Gastlichkeit eines Freundes, das Schwinden seines Stolzes und die Preisgabe des britannischen Dünkels vermehrten die genehmigten Gläser. Ich zog ein Maß aus Birkenrinde aus der Tasche, das ich aus dem Laboratorium Donna Eusebias entwendet hatte, und bat ihn, es mir zu füllen. Als Gegenleistung wünschte er von mir eine meiner Arien zu hören. Ich wählte sie im Zusammenhang mit den uns umgebenden Ruinen aus den Opern mit antiken Themen wie *Medea*, *Die Vestalin* oder *Norma* aus. Auf eine der acht Säulen des Heraklestempels gestützt, die er wieder aufgerichtet hatte, deklamierte ich auch den Monolog des Kaisers aus *La Clemenza di Tito*, obwohl mir Mozarts Musik wegen ihrer Einfachheit, die ich für veraltet hielt, ungeeignet schien, einen modernen Tenor zur Geltung zu bringen. Es war bedauerlich, daß Verdi nicht und auch keiner seiner Nachfolger eine ihrer Opern in die Antike versetzt hatten. Um mein Repertoire zu variieren und die Aufmerksamkeit des Hauptmanns nicht überzustrapazieren, lieh ich mir manchmal seinen Umhang aus: in diesem exotischen Kostüm schien es mir weniger verwegen, unter dem Himmel Siziliens und vor den Überresten griechischer Kunst Walter Scotts schottische Helden zu zitieren. Nie beteuerte Edgardo mannhafter Lucia di Lammermoor seine Liebe, nie scheiterte Arturo aus den *Puritanern* deutlicher an den beiden hohen *d* aus seinem leidenschaftlichen Duett mit Elvira als der in die karierte Decke des Hauptmanns Hardcastle gehüllte Erbe der Vasconcellos.

Was er von meinen vokalen Darbietungen hielt, habe ich nie erfahren. Kopfnickend führte er die Flasche an die Lippen. Habe ich nicht unwillkürlich dazu beigetragen, seine Tatkraft zu zerrütten? Selbst wenn er davon absah, daß ich mit meinem unbesonnenen Geplärre die Regeln der Kunst verletzte, mußte er feststellen, daß das hauptsächliche, vielleicht das einzige Ergebnis von zwanzig Jahren archäologischer mühsamer Arbeit, die sein Vermögen verschlungen und seinen Organismus geschwächt hatte, darin bestand, für den nichtigsten aller Zeitvertreibe eine Kulisse zu liefern. Worüber man in der Tat verrückt werden konnte, was denn auch bald geschah, kurz nachdem ich aufgehört hatte, meine Karrierehoffnungen auf meine Versorgung mit Whisky zu gründen.

Das schwedische Schnupfpulver ließ sich weniger leicht beschaffen. Trotz der Hilfe meiner Tante war es unmöglich, die kleinste Messerspitze davon in den Näpfchen, Fläschchen, Kannen ihrer Pharmakopöe aufzutreiben. Worüber ich mich mit der den Künstlern eigenen Unehrlichkeit tröstete, indem ich mir sagte: wenn ich Tamagnos *ais* nicht erreiche, dann weil mir dieses magische Ingrediens fehlt.

Viel Bedeutung maß ich dem Kostüm bei. Als welche Person wollte ich auftreten? Als Romeo: Samtmütze mit Feder, besticktes Wams mit Keulenärmeln, enganliegende Hose mit Streifen in verschiedenen Farben, Schwert an der Seite, seidene Arabesken auf der Brust, wie ich auf einer Photographie im selben Zeitungsblatt Caruso gekleidet gesehen hatte? Oder als Nemorino aus *L'Elisire d'amore*: Barchenthosen, in Kniehöhe in dicke Wollsocken gesteckt, Filzjacke, schottischer Gürtel, bauschige Krawatte, Tirolerhut, Weidenkorb am Arm? Der Weidenkorb kam mir recht gewöhnlich vor, aber um die Romanze *Una furtiva lacrima* singen zu dürfen, hätte ich einen Schubkarren geschoben. Radames' ägyptischer Waffenrock und blauer Khepresch reizten mich auch sehr. Bevor ich sie anziehen konnte, hätte ich jedoch das himalajahohe Hindernis des eingestrichenen *b* überwinden müssen, das *Celeste Aida* abschließt. (*Maestro* Platania mochte mir, die Partitur in der Hand, noch so oft zeigen, daß Verdi für diese Note *pp* (*pianissimo*) und *morendo* angibt, alle Tenöre, Caruso als erster, sangen sie aus voller Brust, und derart, gleich einer Fanfare geschmettert, elektrisierte sie das Publikum.) Ich begann sogar zu bezweifeln, daß auch nur das bescheidenere Barett eines Doktor Faust sich je auf meinem Haupthaar niederlassen würde, und nicht nur, weil es, unempfänglich für die stärksten kosmetischen Mittel, in rebellischen Wirbeln hoch stand.

Meine Tanten waren leicht dazu zu bewegen, mich Gesangsstunden nehmen zu lassen. Da Adeline diese Unternehmung mißbilligt hätte, waren die drei Schwestern zu dem finanziellen Opfer bereit, um ein weiteres Geheimnis mit mir zu haben, ihren Einfluß zu verstärken und die Oberhand über meine Mutter zu gewinnen.

22

Aus dir wird nur ein Bariton!

Maestro Platania wohnte in einem am Ende der Via Empedocle über dem Abgrund gelegenen Haus. Er hatte sich vor etlichen Jahren, als seine Karriere als zweiter Baß im Teatro Massimo von Palermo aus Altersgründen zum Abschluß gekommen war, dafür entschieden, um allein am Rande der Schlucht zu leben. Eine kluge Wahl in Anbetracht seines Berufs und der Zweckmäßigkeit, zwischen seinen Mitbürgern und den stimmlichen Heldentaten seiner Schüler einen vernünftigen Abstand bestehen zu lassen. Seit langem aber hatte die Stadt sein Refugium eingeholt, so daß er sich nun nicht mehr nur mit der Neigung der Tenorlehrlinge Girgentis, falsch zu singen, sondern überdies mit den Beschwerden seiner Nachbarn herumschlagen mußte. Sein von einem Fries silbernen Haars gekrönter kahler Schädel, sein schneeiger Bart von mosaischen Ausmaßen, seine Grabesstimme, die dreißig Jahre zuvor durch den Mund des Großinquisitors Philipp II. erfolgreich geschmäht hatte, sein geringer Wuchs und untersetzter Rumpf schienen dem Jungen, der gekommen war, um an der flüchtigen Kunst der Töne gemessen zu werden, ein gutes Omen zu sein.

»*d . . . d . . . c . . .* und jetzt von neuem *d . . . d . . . d . . .* Hhm!« sagte er und schnitt eine Grimasse. »Fangen wir wieder von vorne an!«

Ich hatte in einem Winkel seines mit Theaterrequisiten vollgestopften Salons Zuflucht gesucht. Zwischen dem Klavier, den geborstenen Sesseln, den hölzernen Notenständern, den auf den Boden geworfenen Partituren, den auf kleinen Satztischen stehenden Fläschchen mit Gurgelwasser, den Federhüten, den Dolchen, den Kruzifixen war kein Quadratmeter freier Platz. Am Fuß der einzigen Wand, die nicht mit Diplomen, Medaillen, künstlichen Blumengirlanden und Zeitungsausschnitten unter Glas tapeziert war, lag eine Matratze ohne Überzug oder Tagesdecke auf dem Boden und zeigte ihre grauen und weißen Streifen.

»*d* . . . *d* . . . Versuchen wir das *es* anzugehen, *Giovanotto!*«

Er unterbrach mich scharf, steckte in mein linkes Ohr eine Wattekugel, zog aus der Weste eine dicke Repetieruhr und schickte mich ans andere Ende des Zimmers, zum Fenster, das ich erreichte, indem ich um ein Samtkissen herumging, auf das er, wie auf ein Friedhofsgrab, neben einen papiernen Kamelienstrauß ein ovales Medaillon mit dem Bild einer Frau gelegt hatte.

»Stopp! Können wir die Uhr gut hören?«

Er ließ das Schlagwerk erklingen, dessen Ton mich nur ganz gedämpft erreichte.

»Kaum, *Maestro.*«

»Ausgezeichnet!« sagte er. »Dachte ich es mir doch. Kommen wir näher, kommen wir näher.«

Er nahm die Watte aus meinem linken Ohr und steckte sie mir in das rechte Ohr, wiederholte sodann das Experiment, wobei er mir befahl, den Mund gut zu schließen, um zu verhindern, daß der Ton durch die Eustachische Röhre befördert wurde. Ich kehrte an den angezeigten Platz zurück; er drückte auf die Feder seiner Uhr; ich vernahm einen durchdringenden Ton.

»Ausgezeichnet! Der alte Platania versteht noch einen Kehlkopf zu erkennen! Alles Übel rührt von den Ohren her! Du hast keine falsche Stimme« – er frohlockte –, »in deinen Ohren herrscht Ungleichheit der Stärke. Wir werden den kleinen Faulpelz arbeiten lassen«, fuhr er fort und ersetzte die Wattekugel durch einen Kieselstein. »*d* . . . *d* . . . *c* . . . *d* . . . Durch Üben wird es sich kräftigen . . . Gut . . . Wollen wir das *es* versuchen, *Giovanotto*?«

Am Ende der zweiten Unterrichtsstunde gestand ich ihm, daß ich ein weit höheres Ziel als das *es* anvisierte.

»Auf welche Höhe gedenken wir zu gelangen?« fragte er.

Ohne auf seinen spöttischen Ton zu achten, antwortete ich: »*Maestro*, ich will Don José sein, Manrico, Rodolfo, Turiddu . . . Ich werde Alfio ins Ohr beißen . . . Ich werde Manon in die Wüste folgen und Mimi in meinen Armen wärmen!« rief ich, von meinen Erinnerungen an das Teatro Margherita entflammt.

»*Bravo! Bravo il giovanotto!* Wir wollen ein Stimmathlet werden! In Rodolfos Mansarde bis zum unerreichbaren *c* klettern. Sich bis zum *f* von Caruso aufschwingen!«

Diesmal aus der Fassung gebracht, sah ich ihn verständnislos an.

»Aber Caruso ...«, stotterte ich.

»Caruso«, knurrte er, »Caruso ist auf dem Weg, uns den Belcanto zu ruinieren. Er schmettert so, als hätte er einen elektrischen Schlag erhalten. Hat er vergessen, daß man die Töne vokalisierend gleiten lassen muß, um sie miteinander zu verbinden« (er ahmte eine aufsteigende Tonleiter nach, *mo-mo-mo-mo*, eher ein Gemuhe, meiner Ansicht nach), »oder umgekehrt, sie aus der Höhe in die Tiefe ziehen muß, mit Sanftheit« (wie ein heranziehendes Gewitter), »um eine schöne chromatische Stufenleiter zu erzielen? Wo bleiben seine Verzierungen, seine Appoggiaturen, seine *rubamenti di tempo*? Weiß er überhaupt zwischen pathetischem und expressivem Stil zu unterscheiden? In der neuen Gesangsausbildung« – er breitete seinen Bart über der Brust aus, wie um die Majestät der durch die veristische Generation verhöhnten Kunst zur Geltung zu bringen – »gibt es nur noch gemeine Grobheiten, unpassende Stimmritzenverschlußlaute, Krämpfe, Schluckauf, Schluchzen. Du möchtest dir Don Josés roten Fes aufs Haupt setzen, aber weißt du, wie Bizet sich seine Gestalt vorgestellt hat? Sehr differenziert, nuanciert, in Halbtönen. Er ist ein schwacher Held, wird er nicht im Kampf um die Liebe von seinem Rivalen Escamillo besiegt? Das eingestrichene *b*, das die Blumenarie beendet, muß im Falsett, fast gedämpft gesungen werden, so« (er brachte mit seiner Grabesstimme einen Ton hervor, der dem Summen einer Stechfliege ähnelte), »aber Caruso setzt auf Emphase und schmettert es mit voller Kraft, nämlich so.«

Obwohl um zwei Oktaven tiefer transponiert, ließ der Ton das Haus von oben bis unten erzittern. Ein Schlag mit dem Besen unter dem Fußboden setzte uns davon in Kenntnis, daß die von den Mitbewohnern zugelassene Toleranzschwelle überschritten worden war. Ohne zu bedenken, daß die Sorge, mit seinen Nachbarn in Frieden zu leben, den ästhetischen Vorlieben des *Maestro* eine andere Richtung gab, sagte ich ihm, daß Puccini zum mindesten von seinen Sängern einen begeisterten Einsatz fordere. Rodolfo müsse die Kerze in seiner Mansarde ausblasen, nicht aber vor Mimi seine Stimme unterdrücken.

»Vier Minuten neunzehn Sekunden für *Che gelida manina*!« erwiderte Anastasio Platania. »Vier Minuten zweiunddreißig Sekunden für *Mi chiamano Mimi*, drei Minuten neunundfünfzig Sekunden für *E lucean le stelle*«, fuhr er fort und zog die Uhr abermals aus der Westentasche, zum Zeichen dafür, daß er die Dauer jeder Arie selbst nachgeprüft hatte. Er schien entrüstet, warum, verstand ich nicht. Er beruhigte sich wieder und fuhr fort:

»Nie mehr als vier Minuten fünfunddreißig Sekunden und, als Folge der Regel, die er sich vorgeschrieben hat, die Notwendigkeit, die Effekte zu vergröbern und die Kürze der Arien durch Ungestüm, durch Hysterie wettzumachen . . . Gewiß! Man hatte gerade die Schallplatte erfunden. Auf einer Seite von zwölf Zoll lassen sich nicht mehr als viereinhalb Minuten Musik unterbringen, und *questo furbetto* (den Schöpfer von *Tosca*, von *Madame Butterfly* so zu bezeichnen!) hat begriffen, wie sehr er, wenn er dem Publikum unzersägte Arien lieferte, die Oberhand über Bellini, über Verdi, über alle alten Meister gewinnen könne, die nicht aufs Klingeln in der Ladenkasse hörten, wenn sie schrieben, sondern sich der Flut der heiligen Inspiration hingaben . . . Da«, fügte er hinzu und bückte sich zu einem Apparat, dessen riesiger Schalltrichter auf einer Holzkiste befestigt war. »Tamagno hat noch den Tod Otellos aufnehmen lassen können, du wirst nun hören, wie man früher gesungen hat.«

Er drehte das Grammophon auf. Von der Platte mit dem rotgoldenen Etikett der Gramophone Company erhob sich ein knatterndes Geschrei – zu jener Zeit war es unmöglich, die Lautstärke des Phonographen zu regulieren –, das im Hof Proteste hervorrief. *Maestro* Platania wiegte mit geschlossenen Augen den Kopf hin und her, ohne den zunehmenden Radau zu beachten. Die *Tempi* des berühmten Tenors kamen mir übertrieben langsam vor. Fähig, mühelos lange Phrasen auszuhalten, mißbrauchte er diese ihm von der Natur gewährte Begabung. Wann wird er sich endlich dazu entschließen, wirklich zu sterben? fragte ich mich. »*Un bacio ... Un bacio ancora* ... Die Besenstöße gegen Zimmerdecke und Fußboden verstärkten sich. Ich fürchtete, die erbosten Nachbarn könnten in die Wohnung einfallen. Nach dem letzten Ton stieß Tamagno noch einen gewaltigen absteigenden Seufzer aus: »Aaah ...«, dem ein nicht weniger geräuschvolles Lufttholen folgte, so als fülle er sich die Lungen, ehe er von der Erde Abschied nahm. Diesen beiden Seufzern gesellte ich den meinen hinzu, als die Platte unter einem letzten Klopfen des Motors ihr Rotieren aufgab.

»Die Mittellage! Die Mittellage! Alles hängt von der Mittellage ab!« murmelte der *Maestro*, den die plötzliche Stille um uns her aus seiner Ekstase gerissen hatte.

Die Spöttelei war seine bevorzugte Methode im Andenken an die Zeit, da er, ins Wams des Mephisto gezwängt, Marguerite zynisch apostrophiert hatte.

»Wie ist das Befinden unseres Stimmathleten?«

Mit diesen Worten empfing er mich seither. »Unser Alpinist, der die Ebene der Mittellage verachtet.« Er klemmte mir den Kieselstein ins Ohr und half mir, mehr oder weniger barsch, den steilen Abhang der Töne zu erklimmen, ärgerlich, weil ich trotz des Mißlingens meiner Versuche, auch nur das bescheidene *g* über dem Liniensystem zu erreichen, nur von den Schneegipfeln des Bruststimmen-*c*, heldenhaften Aufschwüngen zu den Bergspitzen und aufsehenerregendem Wiedererreichen der von Duprez ereichten Latte träumte. Heute verstehe ich, daß es ein arger Verdruß sein mußte, nur Tenoranwärter zu Schülern zu haben, für diesen Mann, der in den Rollen eines Oberpriesters, Königs, Propheten, als Sarastro, Moses, Gurnemanz, indem er mit seiner bronzenen Stimme die Töne hämmerte, versucht hatte, in den oberflächlichen Abonnenten des Teatro Massimo ein wenig ernstere Gefühle zu wecken. Als er mir jedoch in der vierten Unterrichtsstunde, glaube ich, die Eröffnung machte, die mich erschütterte und mein Leben verändern sollte, gehorchte dieser loyale Pädagoge keinem anderen Beweggrund als dem Gedanken an mein persönliches Interesse.

»*Giovanotto*«, sagte er zu mir und glättete seinen Bart,

»wir müssen die Stimmathletik aufgeben. Aus uns wird niemals ein Tenor!«

»Niemals ein Tenor?« stammelte ich.

»Unsere natürliche Stimme ist eine Baritonstimme.«

»Bariton?«

Ich wankte niedergeschmettert. Bariton? Verurteilt, die Alten, die Verräter, die Eifersüchtigen zu spielen? Ich, Bariton? Ich würde nicht der junge Held sein, der die Heroine in die Arme schließt und angesichts der ganzen Welt dem Stolz einer aufrührerischen Liebe Ausdruck gibt, sondern derjenige, dem das Alter, das Geld, die eheliche Gewalt oder offizielle Funktion des Ehemannes nur unsympathische Rollen zubilligen?

»Bariton, ich?«

Ich würde im *Trovatore* nicht der heißblütige Manrico, sondern der hassenswerte Graf Luna sein? Was *Tosca* betraf, so müßte ich mich mit Scarpia, dem nichtswürdigen Polizeipräfekten, identifizieren? In *Cavalleria rusticana* wäre ich nicht Turiddu, der ruhmreiche unvergessene Geliebte, sondern Alfio, dessen einzige Autorität die des Ehemannes ist? Alle Überläufer, Spione, Verräter des Repertoires zogen vor meinem geistigen Auge vorbei: Jago, der die reine Desdemona verleumdet; Gérard, der einstige Lakai, der vor dem Revolutionstribunal André Chénier denunziert; Barnaba, Spitzel der Inquisition in *La Gioconda*; Macbeth, Verräter an seinem König und feiger Mörder. Alles Baritone!

Ich versuchte, Einspruch zu erheben:

»*Maestro*, ich werde nie einen Bariton abgeben können ... Meine psychologische Stimme ist die Stimme der Jugend, der Liebe ... Ich will Manrico sein ... Alfredo ... Violetta wird mich lieben und für mich auf die Bälle und Feste in Paris verzichten ... Ich habe die psychologische Stimme eines Tenors, *Maestro* ...«

Ich wollte *Dei miei bollenti spiriti* anstimmen, doch zu aufgewühlt von dem, was sie gerade vernommen hatten, weigerten sich meine »Geister«, die entsprechende Temperatur zu erklettern. Weit davon entfernt, zum Siedepunkt zu gelangen, begnügten sie sich mit einem Vibrieren tief in der Kehle und erstickten unter beschämendem Gurgeln.

Er versuchte mich mit den Beispielen von Baritonen zu trösten, die, statt sich als Halunken aufzuführen, einen denkbar edlen Charakter beweisen: der Marquis Posa, bis in den Tod Don Carlos treu ergeben; Marcello und Schaunard, die bereit sind, ihre Bilder und Manuskripte ins Feuer zu werfen, damit Mimi es wieder warm hat. Und Sharpless in *Madame Butterfly*? Tut der Konsul nicht recht daran, diesen Gecken von Pinkerton vor der Unbesonnenheit seines Verhaltens zu warnen? Ruft die todbringende Liebelei des Marineleutnants nicht Entsetzen hervor?

»Ja ... ja«, sagte ich und versuchte, die aufsteigenden Tränen zurückzudrängen. Pinkerton war gewiß kein Muster an ehelicher Treue, aber er sah so gut aus in der tressenbesetzten Uniform der amerikanischen Offiziere, und in der weißen Mütze! Sharpless: ein höchst empfehlenswerter Mann allerdings; aber er verstand nur Ratschläge zu geben. Hätte er im Herzen der kleinen Japanerin Liebe zu erwecken vermocht? Hätte sich seinetwegen eine Frau den Tod gegeben? In allen Opern sind die *Prime Donne* in die Tenöre verliebt und bereit, für sie zu sterben. Nie wird ein Bariton einen solchen Sieg erringen. Wenn sie keine ausgesprochenen Kanaillen sind, stehen sie auf der Seite der Ordnung, der Macht, der Moral; sie erwecken keine Sehnsüchte, beflügeln nicht die Phantasie. Ihrer farblosen Stimme entsprechen langweilige Verwendungen: und ich wollte Opernsänger werden, um eine Frau in meinen Armen zu halten, die fähig war, mir aus Liebe ihr Leben zu opfern.

»*Auf die Gipfel ... Auf die Gipfel!*« (Er fing wieder an, sich über mich lustig zu machen.) »Und wer wird dich *auf die Gipfel* heben, *Giovanotto*? Deine *psychologische* Stimme vielleicht? Welche ist die schönste Rolle, die Verdi je schrieb?«

»Manrico, Otello, Alfredo ...«, schluchzte ich.

»Nein, es ist Rigoletto, Possenreißer am Hofe von Mantua.«

»Ein Hofnarr! Ein Buckliger!«

»Ja, aber der einzige Mensch, der an diesem lasterhaften Hof Edelsinn bewahrt hat, der einzige, der sich dem Herzog nicht verkauft hat ... *Rigoletto*«, fuhr er in strengem Ton fort, »ist die einzige Oper, in der Verdi es gewagt hat, indem er dem Tenor eine unsympathische Rolle gab, seine Landsleute wegen ihrer maßlosen Bevorzugung der hohen Stimmen, der heroischen Aufschwünge und sonstigen leichtfertigen Akrobatenstückchen zu tadeln ... Du wirst mir nicht behaupten wollen, der Herzog von Mantua sei nicht der letzte Schurke?«

Mit einem Kopfnicken bestätigte ich dieses Urteil; widerstrebend, denn es hieß einräumen, daß ich ihn nie bitten würde, *La donna è mobile* mit mir einzustudieren. Ade Hoffnung, je das unfehlbare Mittel zu besitzen, um die Theater unter den Beifallsstürmen zusammenstürzen zu lassen!

»Verdis ganze Sympathie«, erklärte er grausam hartnäkkig weiter, »gehört dem vom Hofe verachteten Possenreißer, dem verhöhnten Familienvater ...«

Possenreißer, Familienvater! Waren das etwa erhebende Eigenschaften für denjenigen, der den Ehrgeiz hatte, unter Romeos Samtmütze zu brillieren, der Welt zu trotzen, indem er sich aufs Land zurückzog mit einer Kurtisane? (Ein noch unverständliches Wort für mich, das aber sicherlich keine *Padrona di Casa*, keine sizilianische *Casalinga* bezeichnete.) Und obendrein bucklig! Ich mit dem Buckel Rigolettos? Niemals!

«Niemals!« schrie ich in einem Ansturm von Protest und ließ mich dann in Tränen auf die Matratze fallen.

Ich war noch nicht am Boden angelangt, als ich mich an den Haaren gezogen und grob wieder auf die Beine gestellt fühlte.

»Rühre nicht an diese Matratze! Setze dich niemals hierhin!«

Er tobte, er schäumte, er riß sich mit beiden Händen an seinem Bart, im Andenken an die Rollen, in denen er einst geglänzt hatte. Gleich Oroveso, dem Oberpriester der Druiden, der die Entweihung des Heiligtums durch seine Tochter Norma entdeckt, drängte er mich wie einen Ruchlosen zurück. Ich wurde ans andere Ende des Zimmers gestoßen und in einen Sessel geschleudert. Welches Verbrechen hatte ich verübt? Der Hohepriester Zacharias hätte sich Nabuchodonosors Betreten des Tempels von Jerusalem nicht heftiger widersetzen können.

»Elender! Weißt du nicht, daß diese Matratze heilig ist? Als Gemma Bellincioni nach Palermo kam, um *Tosca* zu singen, wurde dieses Polster eigens mit Gänsefedern angefertigt und hinter den Kulissen ausgebreitet, damit sie ohne Angst über die Brüstung der Engelsburg klettern sollte. Ich war auf der Bühne anwesend, ich gab den Sciarrone, den Gendarm, der den Mord an Scarpia entdeckt hat und mit seinen Soldaten gelaufen kommt, um die Schauspielerin festzunehmen. ›Du hast mich gezwungen, ins Leere zu springen‹, sagte sie nach der Vorstellung zu mir. ›Da, um dich für die Antipathie, die du in dieser Rolle erntest, zu entschädigen, nimm diese Matratze und bring sie zu dir nach Hause. Tosca vergibt dir‹, fügte sie großzügig hinzu, indem sie mir ein Requisit, das dem Theater gehörte, zum Geschenk machte. ›Sie will, daß du jede Nacht von ihr träumst.‹ Aber ich hätte niemals die Kühnheit besessen, die Federn, die ihren Sturz aufgefangen hatten, auf mein Bett zu legen und zum Schlafen zu benutzen.«

Alle meine Bemühungen, die Meinung des *Maestro* zu entkräften, schlugen fehl. Kaum versuchte ich, über das letzte *f* des Liniensystems hinauszugelangen, spürte ich sein Urteil auf mir lasten, stürzte ab und fiel wieder, wie ein Vogel mit gestutzten Flügeln, zwischen die Notenlinien zurück. »Du wirst ein Bariton!« Die schicksalhaften Worte verfolgten mich unablässig und verwandelten sich in meinem Kopf in: »Aus dir wird nur ein Bariton!« Um mir Mut zu machen, erklärte Anastasio Platania sich bereit, mit mir das von Bariton und Baß gesungene kriegerische Duett aus dem zweiten Akt der *Puritaner* zu üben: *Suoni la tromba.* »Die Trompete erschalle!« Meinetwegen, aber unter den zahlreichen Requisiten, die er in den dreißig Jahren seiner Laufbahn zum Geschenk erhalten oder aus den Kulissen entwendet hatte, befand sich keine Trompete. Die einzigen Sänger, deren Reliquien zu Kultgegenständen wurden, waren die Tenöre.

Nun, da er, durch meine scheinbare Resignation milder gestimmt, mich mehr als Sohn denn als Schüler behandelte und mir gestattete, in seinem Trödelkram zu wühlen, hoffte ich unter seinen Schätzen Jagos roten Fes, Scarpias Tabakdose, Alfios Messer, was weiß ich, irgendeinen Gegenstand aufzustöbern, der mir bewies, daß auch im Kielwasser der Baritone unsterblich die Attribute ihres Ruhmes schwimmen.

Der *Maestro* zeigte mir das Brathuhn, das – zum Zeichen seiner Freßgier – der Herzog von Mantua im Gasthof verzehrt, das Taschentuch Desdemonas, Symbol ihrer Unschuld, den Veilchenstrauß von Adrienne Lecouvreur, Emblem ihres Opfers, mehrere Degen, die Faust, Otello, Romeo, Don Carlo, Graf Almaviva gedient hatten. Ich sah den Federhalter des Poeten Rodolfo, nicht aber den Pinsel des Malers Marcello. Es versteht sich von selbst, daß der von Schaunard in die Mansarde gebrachte geräucherte Hering ebenfalls fehlte, wie auch Valentins Medaille und Figaros Gitarre. Als wir mit Hilfe des Rapiers, das Ernani gehört hatte, einen Haufen Kleidungsstücke abtasteten, spießten wir Werthers Haarschleife, Don Alvaros Pelerine, Turiddus Soldatenmantel auf. Wegen dieses Mantels und weil ich mich an das Duett aus den *Puritanern* erinnerte, sagte ich mir, daß bei der Wahl der Stücke in diesem Museum vielleicht das militärische Merkmal bestimmend gewesen sein mochte. Im Alter von fünfzehn Jahren hatte der mit seinen Kameraden auf dem Turm der Kathedrale sitzende Platania die Truppen Garibaldis in Palermo einziehen sehen. Er war mit der Rhetorik des Risorgimento genährt worden, hatte seine erste musikalische Erziehung mit den patriotischen Chören aus *Nabucco*, *Macbeth* und aus der *Sizilianischen Vesper* erhalten und war politischen Ansichten treu geblieben, die, was ich ihnen geflissentlich verheimlichte, denen meiner Tanten radikal entgegengesetzt waren. Ich entdeckte Don Josés mit Litzen besetzten Plastron, wohingegen die Capa des Torero fehlte. Und ach, ich sah auch – meiner Hypothese erteiltes Dementi –, ländlich und harmlos, Nemorinos Henkelkorb, obwohl ein Trophäensammler doch eher die Trommel des Sergeanten Belcore gewählt hätte. Und wenn in der gesamten Geschichte des lyrischen Theaters je ein Symbol der Tapferkeit des kämpferischen Feuers hervorragte, war es nicht der Pfeil Wilhelm Tells? Keine Spur eines Pfeils bei *Maestro* Platania: welches Nichtvorhandensein sich zu meiner Beschämung nur durch den in Verruf geratenen subalternen Beruf des Baritons erklärte.

Ich fand die zum Andenken an die dreißig Jahre, da er in den Grabeshöhlen seiner Kehle die Zornausbrüche des Großinquisitors, die Sarkasmen Mephistos geschmiedet hatte, aufbewahrte weiße Dominikanersoutane und die falschen spitz zulaufenden Augenbrauen des gefallenen Engels. In dem Wust der Verkleidungen figurierte sogar die gewöhnliche, durch die Arie *Vecchia zimarra* geadelte Redingote Collines, eine Beleidigung angesichts der Armut meiner Stimmlage. Meine Stimme war zu tief, um mich in den siebenten Himmel der Tenöre zu erheben, zu leicht jedoch für die geheimnisvollen Tiefen, in die der Baß vorstößt.

Auf das granatrote Samtkissen hatte das einstige Mitglied des Opernensembles des Massimo neben einen papiernen Kamelienstrauß Adelina Pattis Porträt gelegt. Auf die Kissen, sagte er mir, hatte sich die *Divinissima* persönlich im dritten Akt von *La Traviata* auf die Knie fallen lassen. Arme Violetta! dachte ich unwillkürlich. Durch die Ansprache von Monsieur Germont ums Leben gebracht! Monsieur Germont, der edle Vater, der vorbildliche Bariton, hatte sie angefleht, auf seinen Sohn Alfredo zu verzichten, um den Ruf der Germonts nicht zu beflecken und der Schwester Alfredos nicht die Aussicht auf einen Ehemann zu rauben. Die gefügige »Kurtisane« hatte gehorcht: sie hatte sich der bürgerlichen Ehre zum Opfer gebracht. Ritualmord des Individuums durch die Familie, des Soprans durch den Bariton: und ich, ich müßte mich damit zufriedengeben, Monsieur Germont zu singen, der *Prima Donna* Moral zu predigen, das Publikum mit meinen faden Ermahnungen zu verstimmen und allen Ruhm dem aufsässigen Paar zu überlassen? Nein, nein und nochmals nein! Ich nahm mir vor, Beharrlichkeit zu beweisen, ganz allein, wenn es sein mußte. Die Fahne der Jugend und des Umsturzes auf den Gipfel der steilsten Oktave zu pflanzen, aufrecht, im Angesichts des Meeres leistete Porfirio Vasconcellos mehrfach diesen Schwur.

Ich ließ meine Besuche immer seltener werden, stellte sie bald ein. Meine Stimmübungen machte ich am Strand, dem

Vertrauten meines heroischen Entschlusses. Der Wind zerstreute, ehe sie mir die Ohren zerrissen, meine Funkenregen an Trillern, Rouladen, Chandelles, das Krachen der Wellen erstickte meine Stretten, die um so streitbarer klangen, je mehr meine Zuversicht schwand. »Du wirst ein Bariton!« Mochte ich auch noch so sehr meinen Lehrer verleugnen, sein in meinem Kopfe verschärftes Urteil »Aus dir wird nur ein Bariton!« besiegte schließlich meinen Starrsinn. Nach dreijährigen Anstrengungen gab ich den Gesang für immer auf.

Für immer? War es nicht aufgrund eines wehmütigen Festhaltens an der Oper, daß ich, viele Jahre später, die Richtung einschlug, die mich ins Verderben geführt hat? Da ich kein Theatertenor sein konnte, wollte ich ein führender Kopf in der Politik, ein politischer »Tenor« sein, wie die ebenfalls von der Analogie frappierte öffentliche Meinung sagt. Eine ernsthafte Tätigkeit, staatsbürgerliche Verantwortung in des Wortes höchster Bedeutung, dachte ich erleichtert, nachdem der Aufenthalt in Frankreich es mir hatte beschämend erscheinen lassen, daß ich einen Großteil meiner Jugend damit verbracht hatte, dem Hirngespinst der eingestrichenen *b* und der hohen *c* nachzujagen. Stand ich nicht gewissermaßen auch im Rampenlicht und rief Beifallsstürme hervor, und dies nicht, ohne mich sozial nützlich zu machen, wenn ich auf den Zusammenkünften auf der Tribüne sprach?

In zwanzig Jahren haben die Form und der Inhalt meiner Reden sich geändert, wie es nur natürlich ist. Die Veränderung wäre nicht im geringsten erstaunlich, ließen sich nicht in meiner politischen Entwicklung, ohne daß ich es gewollt hätte, die gleichen Phasen erkennen wie in der Geschichte des Gesangs. Im Anfang ließ ich es bei einer nüchternen, maßvollen Rhetorik innerhalb der von der sogenannten »humanistischen« Bildung gezogenen Grenzen bewenden. Nach und nach habe ich den Ton anschwellen lassen, die Halsmuskeln gebläht, meine Reden mit stürmischen Dezibeln befrachtet; genauso wie sich an die Stelle der romantischen Tenöre, der Erben der eleganten Tradition des *Belcanto*, die dramatischeren, heftigeren Verdi-Tenöre gesetzt hatten. Verdis Nachfolger überspitzten die Tendenz noch: sie verlangten von den Sängern Schreie, Zuckungen, Schluchzen, sardonisches Gelächter und jenes ganze forcierte Deklamieren, das Platania als Hysterie bezeichnete. Auf die gleiche Weise fing ich an, mit der Faust auf die Tische zu schlagen und in die Lautsprecher zu brüllen. Im diskreten, gemäßigten Stil Léon Blums hatte ich begonnen, um bei der aggressiven Manier Jacques Doriots zu enden und mir nicht nur seine Thesen, sondern auch seine Sprache zu eigen zu machen. Mein Eifer wurde keineswegs von der gemeinen Flamme seiner Doktrinen gespeist, sondern von einer alten Kindheitssehnsucht, dem Wunsch nach dem Paroxysmus, der mir gekommen war, wenn ich Zenatello als Cavaradossi, Fernando De Lucia als Bajazzo, Roberto Stagno als Turiddu hörte.

Tief innerlich jedoch gehorchte ich weiterhin dem verleugneten *Maestro.* Er hatte mich mit einem Zauberbann belegt, von seiner Voraussage war ich wie behext. Das Programm der Faschisten, ihre Stellungnahmen im spanischen Bürgerkrieg, ihre verbissene Ausschaltung jeder romantischen Illusion, ihre Religion der Ordnung, der Disziplin, ihr gehässiger Wille, die Züge »pünktlich abfahren« zu sehen, kein Zweifel, dies Programm war keines der von einer hochherzigen Erregung aufgewühlten Tenöre, es war ein Programm der Baritone. »Du wirst ein Bariton!« Hätte er mir, der Geschichte um dreißig Jahre vorgreifend, gesagt: »Du wirst die moralische und die soziale Ordnung verteidigen, du wirst Faschist werden!«, er hätte sich nicht geirrt. »Spiele nicht den Empörer, den Häretiker, den Dissidenten; träume nicht davon, Manricos heldenhafte Revolte oder Alfredos noble Herausforderung auf die Bühne zu bringen: Graf von Luna und Monsieur Germont werden deine wahren Verwendungen sein, und nicht nur deshalb, weil es dir in deiner Kehle an den für die ersten Rollen erforderlichen hohen und sonoren Tönen fehlt.«

Dachte er wirklich so? Hat man das Recht, im Herzen eines Menschen zu lesen, bevor er seine Bestimmung vollendet hat? Oder hegte er die Überzeugung, daß ein Vasconcellos, selbst einer mit französischer Mutter, immer auf seiten der Bourbonen stehen würde? Ich habe Opernsänger werden wollen, um in meiner Stimme die Ideale der Jugend zum Erklingen zu bringen: kein anderer hat sich in reifem Alter eines solchen Erzverrats schuldig gemacht.

23

Großes Wiedersehen in Palermo

Am 3. September 1909 ließ der Chefredakteur des *Paris-Journal* Adeline zu sich rufen. Der Laufbursche hatte auf Monsieur Mornands Schreibtisch einen Leder imitierenden Pappkasten abgestellt, der mit Goldbuchstaben bedruckt war und einen Griff und einen Verschluß aus Messing hatte.

»Dies wird mir aus Palermo zugeschickt. Was halten Sie davon, Madame Vasconcellos?«

Der Kasten enthielt einen von der Verwaltung der sizilianischen Eisenbahnen herausgegebenen Fahrplan, ein von der Firma Curzon Robey & Co. in London in englischer und italienischer Sprache abgefaßtes Reklameblatt, das die touristischen Sehenswürdigkeiten der Insel anpries, schließlich eine kurze Monographie, ebenfalls englisch und italienisch, über »Sizilien als Luftkurort«. Ein Dr. Jack Lindsay aus London legte darin dar, wie sehr günstig sich das Klima Palermos bei der Behandlung der Tuberkulose auswirken könne. Eine Visitenkarte vervollständigte die Sendung: *Omaggio dell'Associazione per il Bene Economico di Palermo*, Vereinspräsident: Giuseppe Lanza Graf von Mazzarino. Bevollmächtigter: Joseph Whitaker. Adeline warf einen Blick auf die anderen Namen: einige weitere Engländer (Ingham, Woodhouse, Domville), mehrere Vertreter des Hochadels (Moncada, Trigona, Sant'Elia). Sie fragte sich, ob Ignazio Florio, der die Liste beschloß, wohl noch der gleiche sei wie derjenige, der ihr neunzehn Jahre zuvor, am Tag ihrer Hochzeit, im *Salotto* die Hand geküßt hatte.

Ohne abzuwarten, ob meine Mutter eine Meinung äußern würde, hatte Monsieur Mornand sich erhoben. Die Hände hinter dem Rücken verschränkend, ging er unter den ängstlichen Blicken seiner Mitarbeiter mit großen Schritten im Raum auf und ab. Der Chef drehte die Daumen, und zwar immer schneller: ein Zeichen dafür, daß einer seiner berühmten »Ausbrüche« fällig war.

»Ganz klar!« schrie er plötzlich. »Die Redaktionen sämtlicher Pariser Tageszeitungen haben heute morgen das gleiche Paket erhalten. Wir müssen sofort Stellung nehmen. Indem es das nationale Interesse unseren persönlichen Überzeugungen voranstellte, hat *Paris-Journal* die Entente Cordiale verteidigt, was uns bereits eine Reihe von Abbestellungen eingebracht hat. Gestern haben wir« – er nahm von seinem Schreibtisch einen Brief und schwenkte ihn hin und her – »die Fischereiliga von Neufundland verloren wegen der Hummerfrage. Ich verbiete Ihnen zu lachen, Monsieur Cotard! Der Hummer ist ein Krustentier, kein Fisch, Monsieur Delcassé hat Lord Landsdowne nicht vom Gegenteil überzeugen können. Meine Herren! Wollen wir, daß *Le Matin* *Paris-Journal* zuvorkommt? Ganz klar! Wir haben Ägypten den Engländern überlassen, wir können ihnen nicht auch noch die übrigen Mittelmeerländer überlassen! Es muß etwas getan werden, un-ver-züg-lich! Die öffentliche Meinung würde es uns nach dem militärischen Faschoda nie verzeihen, wenn wir uns einem touristischen Faschoda beugten!«

Er pflanzte sich vor meiner Mutter auf.

»Madame Vasconcellos, warum sind diese Reklamen englisch abgefaßt?«

»Die Whitaker und die Inghams haben seit langem den Handel mit Marsalawein fest in der Hand, Monsieur Mornand.«

»Sagen Sie besser, daß sie sich der Einnahmequellen Siziliens bemächtigt haben! Im übrigen ist der Wein nur ein Vorwand, ganz klar! Sizilien hat eine strategische Position von allererster Bedeutung. Es darf nicht dazu kommen, daß England sich auch noch mit Tanger amüsiert! Augen auf, meine Herren! Was schlagen Sie vor?«

Alle verhielten sich still, aus Furcht, vor dem Chef einen Gedanken zu äußern, an dem er die Vaterschaft verlöre.

»Madame Vasconcellos«, fuhr er fort, »Sie werden den Fehdehandschuh aufheben. Morgen werden wir bekanntgeben, daß Sie nach Palermo fahren. Organisieren Sie eine Ausstellung französischer Mode. Unsere Leser sollen feststellen, daß ihre Zeitung im Kampf um Frankreichs Weltwirkung an der Spitze steht.«

Es wurde an die Tür geklopft. Ein Bote der Agentur Havas überreichte Monsieur Mornand ein Bündel Depeschen. Der Chef bedeutete meiner Mutter, sie möge sich zurückziehen. Er kehrte zu seinem Sessel zurück und begann, die Depeschen zu prüfen.

Statt hinauszugehen, trat Adeline einen Schritt zum Schreibtisch vor.

»Eduard VII. wird im Dezember in Palermo sein, Monsieur Mornand.«

Um ihn nicht zu reizen, hatte sie mit schüchterner Stimme gesprochen. Er schätzte es nicht, daß ein Mitarbeiter ihm mitten in einer Redaktionssitzung eine wichtige Mitteilung machte.

»Hm? ... Was sagen Sie? ...«, knurrte er und tat so, als wäre er in seine Lektüre vertieft.

Meine Mutter wurde kühner.

»Wenn Sie mir gestatten wollten, bei gleicher Gelegenheit den Besuch des Königs einzuschließen ...«

»König Eduard VII. in Palermo?« rief Monsieur Mornand.

Er stand auf und fing wieder an, hin und her zu gehen.

»Was meinen Sie dazu, meine Herren?«

Meine Mutter, deren eheliche Enttäuschungen ihrer Schwärmerei für die gekrönten Häupter keinen Abbruch getan hatten, verfolgte deren Reisen und Kreuzfahrten. Im Bestreben, die Empfindlichkeit des Chefs zu schonen, behauptete sie, eine Nachricht, die sie in der Gesellschaftsspalte des *Figaro* gelesen hatte, von ihren sizilianischen Verwandten erhalten zu haben. Monsieur Mornand verstand seine Mission als hohen politischen Auftrag. Er wollte nicht zugeben, daß die Leser des *Paris-Journal* die den Franzosen natürliche Anglophobie beiseite lassen und, weil größere Snobs als Patrioten, den Bericht über die zu Ehren des englischen Königs stattfindenden Festivitäten mit Leidenschaft lesen würden.

»Achtung!« sagte er nach einer Pause und zeigte mit dem Finger auf Adeline, die eine bescheidene Miene bewahrte, obwohl sie innerlich frohlockte, »lassen Sie sich von diesem Besuch in politischer Hinsicht nicht täuschen. Unter dem

Anschein eines touristischen Zwischenaufenthalts ist dies ein Staatsbesuch. Ein Staatsbesuch!« wiederholte er, die Worte skandierend, um meine Mutter davon zu überzeugen, daß sie die Tragweite des Ereignisses nicht ermessen hatte. »Der Kaiser ist nicht der einzige, der es auf Marokko abgesehen hat, und wer beweist uns zudem, daß England mit Deutschland nicht unter einer Decke steckt? Wilhelm II. ist der Enkel von Königin Viktoria, Eduards VII. eigener Neffe, vergessen Sie das nicht, Madame Vasconcellos.«

Meine Mutter erhielt zum ersten Mal einen Auftrag von solcher Bedeutung. Sie sagte sich, daß sie durch eine Unterredung mit Eduard VII. für ihre weitere Karriere eine großartige Trumpfkarte erhalten und daß es ihr vielleicht gelingen würde, die alte Madame Peillart vom *Figaro* in Berühmtheit zu schlagen.

Seit langem wollte sie mich nach Paris kommen lassen. Meine Neigung zum Gesang, die sie lächerlich fand, war bis zu ihr durchgesickert; es war an der Zeit, mich der Atmosphäre des *Palazzo* zu entziehen; zu diesen Beweggründen kam nach dem Erdbeben in Messina die Angst vor einer neuen Naturkatastrophe in Sizilien. Die Möglichkeit, mit einem regierenden Herrscher zusammenzutreffen, beschleunigte ihren Entschluß. Sie schrieb mir, daß unser lange gehegter Traum in Erfüllung gehen werde. Ich solle mich zum 15. Dezember in Palermo einfinden. Sie werde mich nach den Festtagen mitnehmen. Beim Abschied von meinen Tanten verhehlte ich ihnen meine Begeisterung. Palermo bedeutete für mich: 1. Mich mit meiner Mutter zu treffen, von der ich nie mehr getrennt sein würde. 2. Zwischen den steinernen Löwen die feierlichen Propyläen des Teatro Massimo hinanschreiten.

Im Hôtel des Palmes, wohin sie mich bestellt hatte, fand ich eine Nachricht vor, die mich anwies, mich zu ihr zu begeben in ein Haus, das den geheimnisvollen Namen Villa Igiea trug. Welche Menschenmenge in den Straßen! Welcher Reichtum in den Auslagen der Geschäfte! Welcher Unterschied zu Girgenti! Ich nahm eine Droschke; im Hin und Her der Wagen auf dem Viale Libertà fragte ich mich, was die Champs-Elysées mir wohl Glänzenderes bieten könnten.

Da der Kutscher merkte, daß er es mit einem Provinzbewohner zu tun hatte, bezeichnete er mir die Equipagen und ihre Eigentümer je nach der Farbe der Räder der Gefährte. Gelb waren die der eleganten Viktoria des Grafen von Toledo, hellgrün die des luxuriösen Zweisitzers, des Ducde-Dame, des jungen Fürsten von Trabia, blau mit weißen Speichen die des vierspännigen Daumont der Fürstinnen von Valdina. Zwischen den Deichselstangen der Tilburys trabten winzige Ponys. Kaum hatte ich den Herzog von Mirto in seinem schnellen Einspänner vorbeiflitzen sehen, als der Kutscher meine Aufmerksamkeit auf den von zwei Rappen mit schimmerndem Fell gezogenen Phaeton des Grafen von Caltanissetta lenkte. Die Postillione des Grafen von Mazzarino trugen Zylinder mit goldenen Borten. Der hinter dem mit Wappen geschmückten Kutschkasten seines Herrn sitzende Lakai des Herzogs von L'Arenella trug eine Livree in Blau und Silber zur Schau. Ich bemühte mich, die Namen zu behalten, da ich dachte, daß meine Mutter sie gern in ihren Berichten anführen würde. Ganz Palermo hatte sich, um Eduard VII. zu empfangen, aufs beste präsentiert. Seine Majestät war gerade auf der Jacht *Victoria and Albert* eingetroffen und schickte sich an, bei seinem Landsmann Joseph Whitaker, in der prunkvollen Villa Malfitano des Weinhändlers, abzusteigen. Ich wollte wissen, wem die französischen Kniehosen und die Zweispitze mit Kokarde der beiden Diener gehörten, die zu Fuß neben einer Kalesche mit zinnoberroten Rädern einherliefen, als ein Plakat, auf dem die Namen *Aïda* und »Arturo Toscanini« sich in zwei Fuß hohen Buchstaben breitmachten, meine Neugier reizte, dann bog die Kutsche in eine Querstraße ein, und wir gelangten nach einem viertelstündigen Galopp auf ein unbebautes Gelände vor der Villa Igiea.

Es war ein zinnenbewehrter, imposanter, abweisender Wohnsitz, in maurischem Stil gehalten, wenngleich ganz neu. Livrierte Diener öffneten mir die Tür und schritten mir voran durch einen endlos langen Gang. Wir traten in einen Saal von so gewaltigen Ausmaßen, daß mir unser *Salotto* in Girgenti wie eine lächerliche Nichtigkeit vorkam. Die Decke war mindestens zwei Stockwerke hoch. Die Tische, die Stühle, die Wandschirme, die oberen Teile der Türen wiesen Formen vor, die mir völlig neu waren, Formen zudem von verführerischer Sonderbarkeit, so als hätten die windungsreichsten Pflanzen des botanischen Gartens den Kunsttischlern als Modell gedient. Ein Gewirr von Lianen bildete die Rückenlehnen, und sogar die Armlehnen selbst täuschten Bewegungen pflanzlichen Sichschlängelns vor! An den Wänden wiegten sich Reigen fast nackter junger Frauen. Sie bückten sich, um auf Wiesen am Rande von Seen Blumen zu pflücken, oder entrollten Girlanden im sanften Streicheln des Windes. Diese verschwenderische Fülle von Arabesken und Weichlichkeit verwirrte mich. Ein lautes Auflachen ließ mich zusammenfahren. Meine Mutter, die ich zuerst nicht bemerkt hatte, zeigte mich unter Lachen einem sehr eleganten Herrn, der mir mißfiel.

Seit wie langer Zeit vernachlässigte (wie wir zu sagen pflegen) Adeline Girgenti? Ich erkannte sie kaum wieder. Sie war eine große Dame geworden. Sie trug ein mit Volants besetztes, weites weißes Musselinkleid, einen breitrandigen Hut aus malvenfarbenem Stroh und schützte sich mit einem kleinen Sonnenschirm aus weißer Seide, dessen Griff sie in ihren in Handschuhen aus Flockseide steckenden Fingern drehte. Dieser in einem Salon geöffnete Schirm, die in einem Privathaus unpassende Nymphenszenerie, die Anwesenheit des Mannes, der mich anstarrte und dabei seinen Schnurrbart zwirbelte, das Lachen meiner Mutter, aus dem, wie ich instinktiv begriff, etwas ganz anderes klang als die Freude, mich wiederzusehen, all das trug dazu bei, mich befangen zu machen. Anstatt auf Adeline zuzueilen, blieb ich stumm am anderen Ende des Zimmers stehen.

Sie ging mir entgegen. Ich wollte ihr um den Hals fallen: im letzten Augenblick hielt ich ihr meine Stirn hin. Sie drückte nur einen flüchtigen Kuß darauf, nahm mich sodann beim Arm und führte mich mit gespielter Lässigkeit demjenigen zu, den sie mir als Monsieur Ignazio Florio vorstellte. Unter anderen Umständen hätte ich meine Überraschung gezeigt, mich dem reichsten und berühmtesten Mann Siziliens gegenüber zu finden. Ich wahrte meine bockige, gleichgültige Miene. Meine Mutter fügte hinzu:

»Monsieur Florio erweist uns die Gunst des Angebots, für die Dauer unseres hiesigen Aufenthalts in seinem herrlichen Haus zu logieren. Freut dich das nicht? Er hat mir auch seinen Salon geöffnet, damit ich hier die Pariser Kleider ausstellen kann«, fuhr sie fort, in der Hoffnung, mir ein Wort zu entlocken.

Dem Ton ihrer Stimme entnahm ich, daß sie weniger versuchte, mir einen Grund zur Freude zu geben, als vielmehr ihrem Gastgeber eine weitere Schmeichelei zuzuwerfen. Ich schwieg denn auch beharrlich.

Monsieur Florio trat hinzu und zeigte mit der Spitze seines Stocks mit Elfenbeinknauf auf die verschiedenen Gegenstände in den Vitrinen.

»Negligé von Lanvin ... Etuikleid von Paquin ... Halbtrauer von den Schwestern Callot ... Nachmittagskleid von Worth ... Pumps von Helstern ... Fächer von Duvelleroy ... Morgentoilette von Poiret ... Hut von Caroline Reboux ... Kristallgarnitur von Lalique ... Mein Kompliment, Madame. Sie haben Palermo auf die Pariser Zeitrechnung eingestellt. Sizilien schmachtet nur noch nach dem Faubourg Saint-Honoré.«

Er nahm ihre Hand und neigte sich, um sie mit einem leichten Kuß zu berühren. Sie beobachtete mich, runzelte die Brauen und befreite sich, ehe er seine Geste zu Ende führen konnte. Überrascht wich er zurück, warf ihr einen fragenden Blick zu. Sie fand ihre Gewandtheit sofort wieder, richtete ihre Schirmspitze auf Ignazio Florio und begann, die Teile seines Anzugs, die sie kommentierte, anzustoßen.

»Aber diese Krawatte stammt von Moulengham ... der Gehrock ist von Locke & Tuss ... die Weste von Meyer & Mortimer ... die Schuhe sind von Bloomburry ... Ihr kauft ausschließlich in London ein, ihr Männer«, sagte sie und verzog das Gesicht.

Eine kleine Komödie, die sie sich seit langem gegenseitig vorspielen, dachte ich unwillkürlich. Um dem Schirm auszuweichen, hüpfte er nach rechts und nach links. In der Absicht, mich heiterer zu stimmen, sagte mir meine Mutter, daß »Monsieur Florio«, wie sie ihn mit ostentativer Höflichkeit nannte, die ihn mir noch verdächtiger machte, der Impresario des Teatro Massimo sei. Falls ich einen Platz in der Oper haben wollte, wäre es für ihn ein Vergnügen, ihn mir zu beschaffen.

»Aber selbstverständlich, junger Mann!« sagte er und zog aus seiner Brusttasche zwei rosafarbene Billette, auf denen *Aïda* gedruckt stand.

»Mit Toscanini?« rief ich, ohne zu überlegen.

Ich hatte zuviel Begeisterung bekundet. Ich mußte die Billette annehmen, die er mir reichte, »weil Ihre Frau Mutter es befiehlt«. Ich war wütend, ihm die Gelegenheit geboten zu haben, ihm dankbar sein zu müssen. Trotzdem schlug mein Herz, als ich an den Löwen vorüberging und zwischen einer Doppelreihe von Soldaten in Habtachtstellung die Treppen hinaufstieg, nur so vor Ungeduld, den neuen, vom *Maestrissimo* entdeckten Radames zu hören.

Kaum hatte Toscanini den Stab erhoben, um den Einsatz zur Ouvertüre zu geben – die wir in Italien *Sinfonia* nennen, welches viel weniger nachlässige Wort, trotz des negativen Urteils der Ausländer über unseren Sinn für Musik, beweist, welchen vollen Wert wir den rein instrumentalen Passagen einer Oper zuerkennen –, kaum also hatten sich die Geigenbogen auf die Saiten gelegt, um die ersten Takte der Symphonie zu spielen, als sich aus mehreren, an den äußeren Enden der Logenränge sitzenden Zuschauergruppen, beinahe über dem Orchestergraben, aus resoluten Kehlen der skandierte Ruf »*Inno! Inno!*« erhob. Sie verlangten nach der Garibaldi-Hymne: eine Prüfung, der sie jeden aus dem Norden kommenden Dirigenten unterzogen, und besonders dann, wenn er eine Verdi-Oper dirigierte, um sein Festhalten an den Idealen des Risorgimento zu testen. Eingenommen gegen die in Rom betriebene Politik, enttäuscht über die Verarmung der Insel seit Abschluß der Einheit, verärgert über die fiskalischen Folgen der Angliederung an Italien, erwachte in Palermo das sizilianische Nationalgefühl, nicht in der Form einer nostalgischen Trauer um die Bourbonen, wie in Girgenti bei den Vasconcellos, sondern in der Form eines dem Helden ohne Fehl, der nach seinem Tod von den Politikern verraten worden war, gewidmeten Kults.

Da der *Maestro* so tat, als ob er das Geschrei nicht hörte, wurde es nur noch heftiger. Er hielt mit Taktschlagen inne, kreuzte die Arme über der Brust und verharrte sekundenlang in nachdenklicher Stellung, den Kopf vorgeneigt, das Kinn in die Künstlerschleife versenkt. Das Theater hielt den Atem an. Toscanini richtete sich langsam wieder auf, breitete die Arme aus, gab den Einsatz: statt der kriegerischen Töne von *Fratelli d'Italia*, die alle erwarteten, erklangen auf den Saiteninstrumenten aufs neue die zarten Akkorde der Symphonie und wurden alsbald von Geheul und einer Flut von Schimpfwörtern zugedeckt. Der *Maestro* stieg vom Pult und verließ das Theater.

Zweiundzwanzig Jahre später spielte sich eine fast gleiche Szene in Bologna ab, die Aufrührer waren diesmal die Faschisten, und *Giovinezza* war die geforderte Hymne. Toscanini weigerte sich, sie zu Beginn der Aufführung zu dirigieren; der Rebell wurde aus dem Theater verwiesen; der Vorfall bestimmte ihn, Italien zu verlassen. Er emigierte in die Vereinigten Staaten, von woher er erst 1946 zurückgekehrt ist. Heute noch bedauere ich es, *Aïda* nicht unter Toscaninis Stabführung gehört zu haben, um so mehr als die Folgen des Ereignisses für mich nicht harmlos waren.

Die Erinnerung an meinen mißglückten Abend in Palermo war eine der kleinen Ursachen, die meinen Beitritt zum Faschismus herbeiführten. Ich hatte genug davon, die Pariser Antifaschisten den Skandal von Bologna als Beispiel der Mussolinischen Barbarei anführen zu hören. Toscanini, sagte ich ihnen, hatte sich geweigert, *Giovinezza* zu dirigieren, nicht aufgrund einer feindseligen Einstellung gegenüber dem Faschismus, sondern aus Abneigung gegen jede Einmischung der Politik in die Kunst. Sohn eines Garibaldiners, hatte er mit der gleichen Unnachgiebigkeit gegen das garibaldinische *Fratelli d'Italia* opponiert. Der Faschismus hatte mich noch nicht für sich gewonnen, als ich meinen Kameraden diese historische Angabe machte. Ihre Weigerung, mir zu glauben, ihre Voreingenommenheit empörten mich. So kam es, daß ich, um eine kleine Ungerechtigkeit zu beheben, auf eine große verfiel und mich zugrunde richtete.

24

Die Ohrringe der Donna Franca

Man hatte mir ein Zimmer neben dem meiner Mutter gegeben. Von einer ebenso zahlreichen wie überflüssigen Dienerschaft abgesehen, schien sonst niemand das riesige Haus zu bewohnen. Ein Garten fiel in Terrassen bis zum Meer ab: ich liebte es, unter den Bäumen einherzuschlendern und in der Ferne die Lichter des Hafens blinken zu sehen. Monsieur Florio hatte seinen ständigen Wohnsitz in der Stadt, in der Villa Florio, die von bescheideneren Ausmaßen war, in der der neue Zeitgeschmack jedoch in nicht geringerer Fülle Zierate in der Form von Lianen, Algen, Lotosblumen, Schwänen, Pfauen ausgeschüttet hatte. Alle Linien mußten sich schlängeln und weiche Arabesken bilden, zu Ehren des Lebensdrangs und des Perpetuum mobile der Schöpfung. So hatte es unser poetischer Augur bestimmt, der nationale *Vater*, der *Arbiter elegantiarum*, Gabriele D'Annunzio. Weder gerade Linien noch Winkel waren mehr erwünscht, da sie für Hemmnisse der freien Entfaltung der Natur gehalten wurden. Und weil das Schmiedeeisen sich mehr als jeder andere Werkstoff zur Nachbildung von Pflanzlichem eignete, bedeckte sich Palermo mit Balustraden, mit Gartenhäuschen, mit »Chalets«, Veranden, Vordächern, Markisen.

Die im Besitz der Florio befindliche Gießerei Oretea fabrizierte immer weniger Heizkessel für Schiffe und immer mehr dekorative Einzelteile. Für den öffentlichen Park auf der Piazza Marina wurde ein neues Gitter geschmiedet. Ich war bei der Einweihung anwesend. Die Stäbe waren wellenförmig, die Lanzenspitzen und die stilisierten Blätter und Blumen schlängelten sich in pflanzenhaften Windungen vor dem nüchternen Palais Chiaramonte, das in den barbarischen Jahrhunderten das Inquisitionstribunal beherbergt hatte. In seiner Ansprache, die nicht weniger blumig war als die mineralischen Stickereien des Gitters, verzichtete der Bürgermeister nicht darauf, die graziöse Laune des Jugendstils der Gefängnisstrenge der einstigen Festung gegenüberzustellen. Niemals, erklärte er, habe der Stil des zwanzigsten Jahrhunderts seinen Namen »Liberty« deutlicher verdient als im Vergleich mit diesem Gebäude, das ausschließlich dazu angelegt gewesen war, zu verstecken, zu strafen und von der Welt abzutrennen. Jemand in der Menge murmelte, daß der junge Ignazio das Imperium der Florio zugrunde richten werde, wenn er sich in seinen industriellen Entscheidungen ebenso leichtsinnig wie frivol in seinem Lebenswandel erweise.

Er war mit Donna Franca verheiratet. Der »*schönen Donna Franca*«, deren Porträt von Boldini sie im Schmuck einer sieben Meter langen Perlenkette zeigte und die Gäste im Vestibül der Villa Florio empfing. Ich hörte nie von dieser Frau sprechen, ohne daß ihrem Namen das Epitheton *schön* beigefügt und von einem Seufzer begleitet wurde: des Bedauerns vielleicht, im Gedanken daran, daß die Eigenschaft der Schönheit nicht genügt, um einen flatterhaften Ehemann zurückzuhalten; des Mitleids auch mit einem von chronischer Schwermut befallenen Opfer; und der Dankbarkeit, weil sie ihr Unglück schweigend trug. Wenn man mich anredete und mir sagte: »Sie kennen doch gewiß *la bella Donna Franca*?«, bemerkte ich eine weitere Nuance: der Bewunderung gleichsam für den Jungen, dessen Mutter genügend Vorzüge besaß, um die Zuneigung des Besitzers einer so seltenen Frau zu gewinnen. Ich lief ohne zu antworten davon: meine Voreingenommenheit gegen Monsieur Florio nahm zu, je dringlicher seine Huldigungen wurden, aber ich war stolz, weil meine Mutter ihn nach dem Abendessen, das er im riesigen, leeren Salon der Villa Igiea unter den galanten Fresken in unserer Gesellschaft einnahm, zu seiner Familie zurückschickte, um mit mir allein zu bleiben. Manchmal in ihrem, manchmal in meinem Zimmer plauderten wir bis spät in die Nacht und gingen nur ungern auseinander.

Die Florios hatten eine zwölfjährige Tochter mit Taufnamen Igiea, einem ebenso schwülstigen und blumigen Namen, wie es die Möbel ihres Kinderzimmers waren. Sie war lungenkrank. Die Villa Igiea sollte ein Sanatorium werden und wurde auf Anraten Dr. Lindsays, des Arztes der englischen Kolonie von Palermo im Norden der Bucht, gebaut. Als das Gebäude vollendet und fertig eingerichtet war, erwies sich der Ort als für die Heilung der Kranken zu feucht. Es wurde beschlossen, die Villa Igiea in ein Hotel umzuwandeln. Inzwischen beherbergte Monsieur Florio dort durchreisende Freunde. *La bella Donna Franca* kam von Zeit zu Zeit dorthin, um eine Ausstellung zu eröffnen, in dem Raum mit den Tänzen und den Najaden, deren Abbildungen den Schwindsüchtigen Vertrauen in die unbegrenzte Kraft des Lebens zurückgeben sollten, die mir aber nun, da kein Tuberkulosekranker durch sie neuen Mut fassen würde, aufgrund ihrer Sinnlichkeit anstößig vorkamen. Mir schien, daß Monsieur Florio sie in einer viel weniger edlen als der ihm unterstellten Absicht in Auftrag gegeben hatte. Ich haßte es, meine Mahlzeiten im Beisein dieser nackten Frauen einzunehmen, die auf die Dauer den Widerstand meiner Mutter schwächen konnten, obwohl ich nicht daran zweifelte, daß sie die unredlichen Machenschaften unseres Gastgebers durchschaut hatte.

Und allerdings bedurfte es eines stärkeren Anlasses als der Anregung dieser sich biegenden Waldnymphen, die inmitten von Schwertlilien und Klatschmohn ihre Reigen abwickelten, damit sie kapitulierte. Als ich sie eines Tages in die Villa zurückkommen sah, war sie nicht wiederzuerkennen. Sie hatte unter ihrem Gesichtsschleierchen geweint, ein unerhörtes Ereignis bei einer Frau von ihrem Charakter. Alle Vorstöße, die sie unternommen hatte, um von König Eduard VII. empfangen zu werden, waren gescheitert. Nicht einmal eine Einladung zu der Soirée, die die Whitaker zu Ehren des Monarchen veranstalteten, hatte sie erhalten können. Persönliche Demütigung, darüber hinaus aber auch erster ernsthafter Rückschlag in ihrer Karriere. Sie würde vor ihrem Chef das Gesicht verlieren. Ihre Kolleginnen in der Pariser Modeberichterstattung würden sich über ihre fehlgeschlagenen Ambitionen lustig machen.

Das berühmte, im *Paris-Journal* bereits angekündigte Alleinveröffentlichungsrecht würde in die Binsen gehen, erklärte sie mir und fand in dieser dramatischen Situation zu einer Wendung zurück, die ihrer Mutter geläufig gewesen war, die sie selbst aber, da sie sie für provinziell und gewöhnlich hielt und bedacht war, alle Spuren ihrer Herkunft zu verwischen, seit ihrer Abreise von Toulon nicht mehr gebraucht hatte. Dieser Verstoß gegen die sprachliche Disziplin, in der ich sie nie lässig erlebt hatte, würde mir allein die Tiefe ihrer Bestürzung bewiesen haben.

»Sie haben uns Ägypten weggenommen, das wundert mich nicht mehr!« sagte sie mit plötzlich wiedergefundener Entschiedenheit zu mir. »Sie werden immer unsere Feinde sein!« Bei diesem Anlaß war es, daß sie mir von meinem Großvater erzählte: er hatte, neuprovenzalischer Dichter, wenn ihm der Zuckerhandel einmal Muße ließ, eine »Ode auf den runden Ball« geschrieben, um nicht das verhaßte Wort »football« anzuwenden. »Mein armer Vater, ich habe ihn verkannt, unterschätzt. Er hatte nur zu recht, unseren Erbfeinden zu mißtrauen.« Ich hatte Adeline niemals ihre Eltern derart bemitleiden hören: wahrscheinlich fürchtete sie an diesem Abend beruflichen Mißerfolgs, zum unbedeutenden Los der Pichons gezwungen zu sein. Die Anglophobie des Touloneser Bürgertums lebte in ihr wieder auf, viel giftiger als die harmlosen, in Pastellfarben über die Wände der Villa Igiea verbreiteten Mohnblumen. Dreißig Jahre später, als mein Gewissen vor der großen Entscheidung stand, sollten sich die verheerenden Wirkungen des Giftes zeigen.

Monsieur Florio traf erst zum Dessert bei uns ein. Er schien sehr geschäftig, so als setzte er seine Ehre darein, Adelines Niederlage zu rächen, und als plane er eine geheimnisvolle Vergeltung. Zum erstenmal seit unserem Wiedersehen schickte meine Mutter mich fort. Sie müsse mit unserem Gastgeber reden, sagte sie mir. Ich tat so, als ginge ich in mein Zimmer hinauf. Im ersten Stockwerk angekommen, schlich ich wie ein Fuchs über die Dienstbotentreppe wieder hinunter. Sie waren in den Garten gegangen und hatten auf der Bank in der Laube Platz genommen. Ich schlüpfte zwischen den Bäumen hindurch, und von meinem Beobachterposten hinter der Magnolie aus sah und hörte ich, was kein Junge von achtzehn Jahren sehen oder hören sollte, wenn die Frau, über die sich ein ihm verhaßter Herr beugt, seine eigene Mutter ist. Derjenige, den sie noch zehn

Minuten zuvor »Monsieur Florio« genannt hatte, überhäufte ihren Mund mit seinen Küssen. Wie kann sie die Berührung mit seinem gräßlichen hochgezwirbelten Schnurrbart nur ertragen? fragte ich mich, eine törichte Frage, die vermutlich dazu diente, mich von meiner Angst abzulenken. Ich lief davon, ohne die Fortsetzung abzuwarten. In meinem Zimmer lag ich sodann auf der Lauer und fing an, die Minuten zu zählen. Die Uhr im Salon schlug alle Viertelstunden. Kummer, Groll, Sorge vor der Zukunft hinderten mich daran, Schlaf zu finden. In jener Nacht kehrte meine Mutter nicht in ihr Zimmer zurück.

Doch wenn Monsieur Florio glaubte, daß sein hübsches Gesicht, sein kecker Haarwuchs und der goldene Funke in seinen kastanienbraunen Augen meine Mutter bezaubert hätten, so irrte er sich ganz und gar. Er sollte schon bald entdecken, daß sie, statt einer aufwallenden Liebe nachzugeben, sich selbst verleugnet und nur aus Bedrängnis ihm ein erniedrigtes Herz dargeboten hatte. Als ehrgeizige und nicht vergnügungssüchtige Frau hatte sie am Tag, als sie erfuhr, daß ihr eine Unterredung mit dem König von England verweigert wurde, sich vorrechnen müssen: ich bin vierzig Jahre alt, ich habe die Liebe der Karriere geopfert, wenn ich keinen Erfolg habe, was bleibt mir dann? Ist es denn richtig, daß ich nicht wenigstens einmal im Leben diesen Taumel, diesen Rausch genossen habe, mit dem alle anderen Frauen, insbesondere die einfältigsten, so unverfroren prahlen? Was sie wirklich empfand, werde ich nie erfahren. Ich meine jedoch, daß sie die Person war, der die von D'Annunzio in Mode gebrachte erotische Emphase am fremdesten blieb: die »Umarmung« durch Monsieur Florio muß ihr wie ein mühseliges Aneinanderreiben von Epidermen vorgekommen sein.

Unerbittlich, wie man in diesem Alter ist, zeigte ich meiner Mutter die kalte Schulter, als sie wieder erschien, geschmückt mit herrlichen, aus von einem Kranz von Rubinen eingefaßten Diamanten bestehenden Ohrringen. Ohne mir Zeit zum Grollen zu lassen, redete sie mich mit der ihr eigenen Offenheit an:

»Verbohre dich nur ja nicht in falsche Gedanken«, sagte

sie. »Wenn du glaubst, ich würde nicht alles an deiner Miene erraten! Monsieur Florio hat ernste Absichten. Er ist bereit, seine Ehe in Rom annullieren zu lassen und mich zu heiraten. Dummkopf, du!« fügte sie hinzu, als sie sah, daß ich kreidebleich wurde. »Das kann noch einige Zeit dauern. Auf jeden Fall werde ich keine Entscheidung treffen, die gegen deinen Willen wäre.«

Sie umarmte mich. Ich erwiderte ihren Kuß nur widerstrebend. In schweigendem Einverständnis schränkten wir unsere Zusammenkünfte ein. Durch Monsieur Florios Vermittlung, der dessen Präsident war, ließ sie mich im sehr exklusiven Segelklub einschreiben, wo ich seither die Mahlzeiten einnahm. Von mir selbst angeekelt, nahm ich die Vergünstigung an. Diese Feigheit fiel mir weniger schwer, als an den Ohren meiner Mutter das schimmern zu sehen, was ich mit der puritanischen Rhetorik meiner achtzehn Jahre den Lohn ihres Verrats nannte.

Jedoch schienen weder ihre Liaison mit dem meistbegehrten Mann Siziliens noch die Geschenke, mit denen er sie überhäufte, sie glücklich zu machen. Eduard VII. war auf seiner Jacht wieder abgereist; die erlittene Kränkung nagte weiterhin an ihr. Und außerdem, so sagte sie mir Jahre später, hatte sie, als sie mich leiden sah, begriffen, daß ich derjenige war, den sie liebte, ich, dessen Glück sie unbedacht geopfert hatte, indem sie sich einem Mann, den sie verachtete, überließ, ich derjenige, dessen Achtung und Liebe sie zurückerobern wollte. Sie suchte eine aufsehenerregende Tat zu vollbringen, die in meinen Augen den Glanz ihres mütterlichen Königtums wiederherstellen würde. Warum hatte sie Palermo nicht unverzüglich verlassen? Weil sie Wert darauf legte, erhobenen Hauptes abzufahren, als Gegenstand des Stolzes und der Bewunderung ihres Sohns. Warum hatte sie so lange gewartet, bis sie mit Monsieur Florio brach? Weil sie ohne ihn sich niemals hätte Genugtuung verschaffen können. »Ich mußte realistisch sein, Fifi.«

Der deutsche Kaiser Wilhelm II. hatte seinen Besuch angekündigt. Vierzehn Tage nach dem König von England ließ er die *Hohenzollern* am Fuße des Monte Pellegrino ankern. Monsieur Mornand irrte sich demnach nicht gar so sehr, wenn er den Vergnügungsreisen der Monarchen einen politischen Hintergedanken unterstellte. Italien zögerte zwischen dem Bündnis mit Frankreich und England und dem Bündnis mit Deutschland und Österreich. Trotz seiner leichtfertigen Triebe hatte Ignazio Florio von seinem Vater einen Rest von Geschäftssinn geerbt (nicht robust genug allerdings, um zu vermeiden, daß die auf der Piazza Marina vernommene Vorhersage sich einige Jahre später bewahrheitete, als die Wirtschaftskrise der Nachkriegszeit einen Industriekapitän von mehr Format erfordert hätte). Er wollte den Besuch Wilhelms II. dazu benutzen, seinen Thunfischexport nach Hamburg auszudehnen. Er verausgabte sich in immer gleich geheimnisvollem Kommen und Gehen und gab sich den Anschein, mit meiner Mutter nur von seinen Thunfischen und seinen Verkaufshoffnungen nach Deutschland zu reden.

Schließlich, eines Abends, ohne Umschweife:

»Sie haben den Onkel nicht bekommen, Sie werden den Neffen bekommen!« sagte er zu meiner Mutter am Ende einer kleinen Stegreifansprache und zog aus seiner Brusttasche (derselben, aus der er die Karten für *Aïda* genommen hatte) zwei Einladungen zu der zu Ehren des Kaisers in der Villa Florio gegebenen Soirée.

»Eine für Sie, eine für Ihren Herrn Sohn.«

»Aber er besitzt keinen Frack!« rief Adeline.

»Der erste Angestellte von Monsieur Mortimer wartet im kleinen Salon, sofern Monsieur bereit ist, sich Maß nehmen zu lassen.«

Er hatte an alles gedacht!

»Geh schon, mein Liebling«, flüsterte mir meine Mutter ins Ohr.

Sie stieß mich beinahe, aus Befürchtung, wenn sie erst darüber nachzudenken begänne, ein Anerbieten ablehnen zu müssen, das Monsieur Florio in die Rolle des Stiefvaters einsetzte. Die unverhoffte Freude darüber, *Paris-Journal* mit einer Unterredung mit dem Kaiser zu versorgen, den Mann zum Sprechen zu bringen, der unlängst in Tanger gelandet war, damit die Marokkokrise eröffnet und Europa an den Rand des Krieges gebracht hatte, überwog ihr Bedenken, ihren Sohn zu verletzen, indem sie ihn an einen Mann band, für den er so wenig Sympathie zeigte.

Nur bei dieser einzigen Gelegenheit bin ich ins Innere der Villa Florio vorgedrungen, doch die Bedeutung, die diese Begegnung für meine Mutter hatte, steigerte meine Neugier so sehr, daß ich nichts von dem, was mein Gedächtnis aufnahm, vergessen habe. Adeline hatte mir die Aufgabe anvertraut, die größtmögliche Zahl von Details zur Kenntnis zu nehmen, während sie sich mit dem Kaiser in dem Hause unterhielt, das sie wegen der Anwesenheit Donna Francas und trotz des Rufs dieser Stätte, über die so viele Legenden kursierten, noch nie betreten hatte. Die Liste der hohen Gäste der letzten zehn Jahre reizte die Schaulust des Volkes. Der Herzog von Aosta, Prinz Ludwig von Battenberg, der Großherzog von Oldenburg, Amelia von Portugal, Ferdinand von Bulgarien, Oskar von Schweden, Kaiser Pedro II. von Brasilien und erst kürzlich als letzte Unterzeichner im Goldenen Buch, das in das Leder des von einem Maharadscha aus Jodhpur mitgebrachten Krokodils eingebunden war, der amerikanische Bankier Vanderbilt und der frühere Präsident der Vereinigten Staaten, Theodore Roosevelt, waren gekommen und hatten Tee getrunken aus den vom König von Siam zum Geschenk gemachten Tassen, deren Porzellan filigrane Buddhas und Pagoden trug.

Woher wissen, ob der Gotha des Adels, der Politik und der Finanz sich damit begnügte, die Vorzüge der bei Caflisch, dem seit kurzem in der Avenue Libertà installierten Schweizer Konditor, gekauften Naschereien mit denen der herkömmlicheren Petits fours aus Marzipan wie der in Girgenti von den Dominikanerinnen von Santa Caterina hergestellten zu vergleichen? Manche dynastische Intrige, mancher Bündnisplan, manche Hoffnung auf politische Vergeltung waren wohl auf dem braunen Schafsleder der Sofas gereift, die auch Herrscher im Exil aufgenommen hatten, Emire auf der Jagd nach einer zweifelhaften Legitimität, Anwärter auf Throne, die ihnen entglitten, wie Eugénie, Exkaiserin der Franzosen (aber doch immer noch einer Mehrzahl von Leserinnen lieb und teuer), den Sultan von Sansibar oder den Großfürsten Cyril Romanow, Vetter des Zaren Nikolaus. Wurde nicht auch gemunkelt, daß Anna Gould, die reichste Erbin der Welt, hier heimlich Elie de Talleyrand-Périgord, den Sohn des Fürsten von Sagan, getroffen hatte, den sie im folgenden Jahr um den Preis des unerhörten Skandals ihrer Scheidung von Boni de Castellane, dem betörendsten Mann von Paris, der so oft auf der Titelseite von *Paris-Journal* erschienen war, heiraten sollte?

Die Villa Florio gefiel mir wegen eines Stilgemisches, das der gute Geschmack verurteilt: der florentinischen Renaissance entliehenes Bossenwerk, zinnenbewehrter mittelalterlicher Turm, schmiedeeiserne Veranda, dem der englischen Landhäuser nachgeahmtes Schrägdach statt des in Sizilien üblichen Terrassendachs. Der kaiserliche Aufzug brach durch das eiserne Tor herein, und eine Menge herausgeputzter Offiziere stiegen aus Isotta-Fraschini- und Lorraine-Dietrich-Automobilen, hinter dem Kaiser und der Kaiserin Augusta, denen die Florio ihren Packard et Levoyer mit vierzig PS zur Verfügung gestellt hatten. Zum ersten Mal ersetzten die Kabrioletts die Gespanne: ich verwandte denn auch Sorgfalt darauf, mir die Marken, die Farbe der Wagen und die Livreen der Chauffeure zu merken.

Ignazio Florio und Donna Franca waren auf die Freitreppe getreten. Endlich erblickte ich diese Frau von wirklich außergewöhnlicher Schönheit. Sie trug keinerlei Schmuck, und dies brachte das regelmäßige Oval ihres Gesichts, aber auch die melancholische Blässe ihres Teints zur Geltung. Hinter den Florio sah ich kurz meine Mutter; sie machte einen tiefen Knicks vor dem Herrscherpaar und mischte sich dann unter das Gefolge, das in die Salons trat. Ich frohlockte, da Monsieur Mornand ein zu gewitzter Zeitungsunternehmer war, um seinen Lesern nicht auf der ersten Seite des Blatts, trotz ihres herausfordernden Festhaltens an Elsaß-Lothringen, den exklusiven Bericht vom Besuch des Kaisers zu bieten. Im Licht des Ruhms, den diese Glanzleistung über Adeline ausgießen würde, erschien mir bei den Florio alles schön, die Kopenhagener Porzellantiere, die Zigarren rauchenden Schnurrbärte von Bouguereau, die vom russischen Kronprinzen erhaltenen goldenen Tabatieren, die Teller mit Elefantendekor, deren Rüssel ein von Lianen umwundenes I und deren Schwanz ein ebenfalls dem botanischen Geschmack angepaßtes F trug.

Auf einer Konsole mit Pantherfüßen thronte, unüblich in einer Ansammlung kostbarer Nippfiguren, eine gewöhnliche, aus einem Gummiball und einer kupfernen Stürze bestehende Autohupe. Der Kaiser hielt vor diesem ausgefallenen Requisit erstaunt inne. Donna Franca erzählte, daß sie es in Wien von Seiner Majestät, dem Kaiser Franz-Joseph, zum Geschenk erhalten habe. Seine persönlichen Wagen waren mit gleichen Hupen ausgestattet; es war dies das dem Kaiser vorbehaltene Modell. Als Donna Franca danach in den Straßen der Hauptstadt spazierenfuhr und ihr Chauffeur die Hupe betätigte, traten die Fußgänger beiseite, die Männer zogen den Hut, die Frauen knicksten, der Verkehr kam zum Stillstand, die Soldaten präsentierten ihre Waffen, so als säße der Kaiser persönlich im Wagen.

Die Geschichte gefiel dem Kaiser ausnehmend. Ein solches Geschenk, behauptete er Ignazio Florio gegenüber, sei das Unterpfand dafür, daß Italien im Dreibund auf seiten Deutschlands und Österreichs verbleiben werde. Dann verneigte er sich galant vor Donna Franca und sagte zu ihr:

»Nein, es war nicht Franz-Joseph, der vorüberfuhr, es war die Venus von Palermo, zu der mein Vetter sich durch ein Gefühl der Begeisterung hingerissen fühlte. Da er sich nicht öffentlich erklären konnte, setzte er die schönste Frau Italiens der Bewunderung seiner Untertanen aus.«

Zufrieden, dieses Kompliment gedrechselt zu haben, fügte Wilhelm II. hinzu:

»Wir hoffen, daß Sie Uns in Berlin besuchen und Uns die Gelegenheit geben werden, Ihnen ebenfalls ein Geschenk zu überreichen.«

Diese Anwandlung von guter Laune kam meiner Mutter zustatten. Der Kaiser, dem sein Adjutant ein Wort zugeflüstert und dabei mit dem Kinn auf sie gewiesen hatte, wandte sich zu ihr um und sagte so, daß alle es hören konnten, zu ihr:

»Ein weiterer Unserer innigsten Wünsche ist es, die Eintracht zwischen Frankreich und Deutschland wiederherzustellen. Wir garantieren dafür, daß das Reich keine imperialistischen Ziele im Mittelmeerraum verfolgt, und Wir dementieren die irreführenden Deutungen, die Unserer kürzlichen Landung in Tanger beigelegt worden sind. Zu keiner Zeit waren die deutsch-französischen Beziehungen so ruhig wie heute.«

Kaum im Druck erschienen, machte diese Erklärung die Runde in allen Ministerien. Sie begründete das Ansehen einer Journalistin, die sich bisher nur in der Modeberichterstattung einen Namen gemacht hatte. Adeline stand seither im Ruf, »das Ohr« der Staatsmänner zu haben, da die politischen und die gesellschaftlichen Angelegenheiten in jener glücklichen Epoche noch enge Verbindungen unterhielten, die zwei Weltkriege zerstört haben. Monsieur Mornand verdoppelte das Gehalt seiner Mitarbeiterin. Ach! Wäre sie doch auch vom Kaiser abgewiesen worden! Eduard VII. hatte sie nicht empfangen: Wilhelm II. hatte sie nicht nur empfangen, sondern ihr überdies einen hohen Anklang zuteil werden lassen, der eine Wendung in ihrer Laufbahn ankündigte. Das erste Erlebnis machte sie endgültig allem Englischen abgeneigt, das zweite glühend deutschfreundlich. Vom herzlichen Empfang des in Europa meistgefürchteten Monarchen berauscht, glaubte sie allen Ernstes, daß er keinerlei kriegerische Absichten hege; fünf Jahre später, noch immer verblendet, hinderte sie mich daran, meine Wehrpflicht zu erfüllen; dreißig Jahre später schrieb sie mit der gleichen Leichtgläubigkeit Deutschland friedliche Absichten zu; und als Hitlers Panzer über die Ardennen brandeten, als sie in Paris einzogen, als unser Land die Invasion und die Schmach hatte hinnehmen müssen, wartete sie vertrauensvoll darauf, daß die deutsch-französischen Beziehungen wieder zu der von Wilhelm II. versprochenen »Ruhe« zurückfanden.

»Weißt du noch«, sagte sie zu mir – und dies war im Juli 1940, in jenem entscheidenden Augenblick meines Lebens, da es in der Hauptsache von mir und ein wenig von ihr abhing, ob ich zum Helden oder zum Schweinehund wurde –, »weißt du noch, wie gut ihm die Uniform stand? Eduard VII. war im Grund nur ein dicker Spießbürger mit Melone, Wilhelm II. dagegen, welch wahrhafter Aristokrat!«

Ignazio Florio erbrachten das Wohlwollen des Kaisers und

Adelines Erfolg nicht den erhofften Gewinn. Am Tag nach dem denkwürdigen Ereignis sahen wir ihn im großen Salon der Villa Igiea im Frack, mit feierlichem Seidenzylinder, weißen Handschuhen erscheinen. Ich sage »wir«, denn noch bevor er seinen Hut abnahm, hatte ich verstanden, daß meine Mutter künftig mit ihrem Sohn solidarisch sein und mit mir Front machen würde gegen den, der für sie zum unerbetenen Gast geworden war. Sie nötigte ihn zum Sitzen, nicht auf dem gewohnten Platz unter den Nymphen, deren träge Wellenlinien seinen Seufzern und verliebten Blicken nicht mehr ihr anregendes Schmachten hinzufügen sollten, sondern in einem kleinen gewölbten, behaglicheren Raum, der als Bar diente und in dem man, um die Diener herbeizurufen, an einer über den Lehnsesseln hängenden Seidenschnur zog.

Er wandte den Kopf verlegen in meine Richtung, wie um meiner Mutter anzuzeigen, daß er sie unter vier Augen zu sprechen wünschte.

»Mein Sohn wird hierbleiben«, erklärte sie in befehlendem Ton. »Ich denke nicht, daß ein Ehrenmann mir etwas zu sagen hat, das er nicht hören dürfte.«

Monsieur Florio unterdrückte, was er hatte sagen wollen.

»Nun gut«, sagte er gezwungen lächelnd. »Ich bin froh, mein Herr, daß Sie der erste sein werden, der vom Ziel meiner Demarche erfährt. Es ist sechs Jahre her, daß Ihre Frau Mutter das Unglück hatte, ihren Mann zu verlieren. Sie hat mich hoffen lassen, daß ich ihr behilflich sein könnte, diese Grausamkeit des Schicksals wiedergutzumachen. Mein Los, Madame, hängt heute von Ihrer Antwort ab. Ich hätte mir nie erlaubt . . . wenn . . . kurz gesagt . . .«

Er stotterte einige unverständliche Wörter und verstummte jäh vor dem kalten, verachtungsvollen Blick Adelines. Der erst jüngst vergangene Abend, an dem er im Garten ihre Niedergeschlagenheit ausgenutzt hatte, schien einer vergangenen Epoche anzugehören. Er mußte sich fragen, ob diese Frau, die gerade aufgerichtet dasaß und ihn ohne Nachsicht musterte, wirklich dieselbe sei, die vor kaum einem Monat unter seinen Küssen dahingeschmolzen war. Er saß in unsicherem Gleichgewicht auf dem Rand des Sessels, mit offenem Mund, eine Hand auf dem Herzen, war aber aufgrund meiner Anwesenheit seines bevorzugten Verführungsmittels beraubt, das, wie ich es ihn in der Laube tun gesehen hatte, darin bestand, auf ein Knie zu fallen und die Arme auszubreiten, und er wurde zusehends bleicher. Hätte ich ihn weniger komisch gefunden, so hätte er mein Mitleid erregt.

»Kurz gesagt«, wiederholte Adeline, »warum sind Sie gekommen?«

Er sammelte seine Kräfte, preßte beide Hände auf die Brust und sagte mit bebender Stimme:

»Madame, ich habe die Ehre, Sie um Ihre Hand zu bitten.«

»Meine Hand ... Sie bitten um meine Hand ...«

Der Ton ihrer Stimme war so eigenartig, daß wir sie erstaunt ansahen. Sie löste die beiden Diamanten aus ihren Ohren, legte sie auf ihre Handfläche und streckte Monsieur Florio ihre offene Hand entgegen.

»Geben Sie sie Ihrer Frau zurück, mein Herr.«

»Aber ... was soll das ... sie gehören Ihnen!« stammelte er.

»Mein Herr, Sie hatten mich gebeten, in die Villa Florio ohne diese Ohrringe zu kommen, die Sie, wie Sie behaupteten, von einer Erbschaft her besaßen. Als ich Ihre so schöne, blasse, melancholische Frau gesehen habe, mußte ich ihr einfach meine Bewunderung aussprechen. ›Werden Sie mir erlauben, da ich Modeberichterstatterin bin und es mein Beruf ist, mich für den Geschmack der Frauen zu interessieren, in meiner Zeitung zu schreiben, daß ich zum ersten Mal einer Frau begegnet bin, deren Gesicht kein einziges Juwel schmückt und die dennoch alle anderen an Schönheit übertrifft?‹ Ein leichtes Rot färbte ihre Wangen. Ohne zu wissen, hatte ich eine der seltenen lichtvollen Erinnerungen ihres Lebens geweckt. Sie lächelte und gestand mir im Vertrauen, daß sie früher Ohrringe aus Diamanten und Rubinen getragen habe, die bei Cartier zu ihrer Hochzeit bestellt worden waren. ›Gabriele D'Annunzio hat eines Tages in der Villa Florio Tee getrunken. Ins Goldene Buch schrieb er zu meinen Ehren ein Sonett, in dem er mich bat, auf Ohrringe zu verzichten, da ihm zufolge jedwedes Schmuckstück die klassische Harmonie meines Gesichts stören würde. Schmeichelworte eines Dichters, nicht wahr, aber ich bin so schwach gewesen, ihnen zu glauben. Seit jenem Tag habe ich die Ohrringe in einer Schublade liegen.‹ Dies hat mir die wunderbare Frau, die Ihre Frau ist, erzählt, mein Herr. Nehmen Sie diese Schmuckstücke zurück, lassen Sie sie zu einer Brosche oder einer Schließe verarbeiten, und schenken Sie sie Donna Franca zum Zeichen der Versöhnung.«

»Adeline!« rief er, meine Anwesenheit vergessend, und ließ sich vom Sessel auf die Knie gleiten.

Sie winkte ihm ab.

»Haben Sie im Ernst geglaubt, Monsieur, daß ich durch eine Wiederverheiratung meinem Sohn das Herz brechen würde? Eine Frau in meinen Verhältnissen darf nur ihrer Pflicht folgen. Diese Pflicht ist die einer Mutter, sie befiehlt mir, mich rückhaltlos meinem Sohn zu widmen. Ich werde mein Leben Porfirio weihen«, fuhr sie emphatisch fort, »und niemand wird mir vorwerfen können, daß ich sein Glück meinen persönlichen Interessen geopfert habe.«

In einer weniger unbequemen Lage hätte Monsieur Florio entgegnen können, daß sie von mir wie von einem kleinen Jungen sprach, während ich auf die Neunzehn zuging und es für mich nur von Nutzen sein konnte, mich selbständig zu machen. Doch durch seinen seidenen Zylinder behindert, den er ans Herz gedrückt hielt, wußte der Unglückliche nicht mehr, ob er auf dem Teppich knien bleiben oder sich wieder in den Sessel setzen und die Diskussion fortführen sollte. Er sandte Adeline einen flehentlichen Blick zu, sie preßte sich in eine Ecke des Lehnsessels und bedeutete mir mit einem Zeichen, zu ihr zu kommen und mich an sie zu schmiegen. Mir war, als sei nichts auf der Welt süßer, als so, in der mütterlichen Wärme und Geborgenheit, meinen Sieg über Monsieur Florio auszukosten. Ich brauchte Jahre, um zu begreifen – und da war es zu spät, um mich ihrer zerstörerischen Wirkung zu entziehen –, daß ein Zusammentreffen von für sie glücklichen, für mich jedoch verhängnisvollen Umständen mich an jenem Tag dem freien Ermessen meiner

Mutter ausgeliefert hatte. Hätte der Kaiser nicht in Italien das Terrain sondieren wollen, ehe er den »Panthersprung« nach Agadir wagte, hätte die Villa Malfitano, die prächtiger war als die der Florio, nicht Engländern gehört, hätte Hamburg nicht den Thunfisch aus Favignana eingeführt, hätte Franz-Josephs Hupe den deutschen Herrscher nicht in heitere Laune versetzt, wäre meiner Mutter nicht dieser sensationelle berufliche Aufschwung gelungen, so hätte sie gewiß nicht eine Verbindung verschmäht, die sie vor Not gesichert und in die vornehme Welt eingeführt hätte. Und statt mit ihr allein zu bleiben und sie mit dem Menschen zu versorgen, der bis zum Ende ihrer Tage ihr einziger männlicher Partner bleiben sollte, hätte ich mich auf einen Stiefvater stützen und dem Monopol ihrer Zuneigung entgehen können.

Meine Mutter konnte es kaum erwarten, daß wir mit unserem neuen Leben zu zweit begannen. Da sie nicht wußte, wie sie sich von dem Besucher befreien sollte, zog sie an der Klingelschnur, die in Reichweite ihrer Hand herabhing. Beim Geräusch der herbeieilenden Schritte sprang er auf, steckte mit einer raschen Bewegung die Ohrringe in seine Tasche, zog seine Uhr hervor und tat so, als wolle er nach der Zeit sehen.

»Bringen Sie Monsieur seinen Mantel«, sagte meine Mutter im Ton einer Königin, die nach einer Audienz entläßt. Gleichzeitig reichte sie ihm ihre Hand zum Kuß vor dem strammstehenden Diener.

Zwei Tage danach gingen wir, ohne ihn wiedergesehen zu haben, an Bord der *Leonardo da Vinci*. Die Ozeandampfer der Schiffahrtsgesellschaft der Florio machten nun Propaganda für die italienischen Berühmtheiten. Die Zeit des bourbonischen Sizilien war vorbei. Auch für mich begann ein neues Blatt der Geschichte. Am Heck des Schiffes stehend, sah ich, wie die Insel sich entfernte und die kahlen Rücken der Berge im goldenen Staub des Sonnenuntergangs verschwanden.

Zweites Buch

Die vier Evangelien

I

In den Bergen des Livradois

Während die *Leonardo da Vinci* Palermo in Richtung Marseille verließ und in einer Kabine erster Klasse Adeline Vasconcellos und ihren Sohn davontrug, sie, entschlossen, ihm ihr persönliches Glück zu opfern, sich schwor, ihm in die elegante Pariser Welt zu verhelfen, jetzt, da das Aufsehen ihres Interviews mit dem Kaiser der Leitartiklerin des *Paris-Journal* die Pforten zur ersten Gesellschaft öffnen würde, ging ein kleines scheues Mädchen von zwölf Jahren in einem für die Jahreszeit zu dünnen Baumwollkleid hinter einem Schubkarren die Hauptstraße des auvergnatischen Dorfs Saint-Arverne hinunter. Sein ganzes Leben lang sollte es sich an diesen Tag erinnern: nicht nur, weil es der seines Geburtstags war und weil seine Eltern, statt sich um es zu versammeln und es zu feiern, auf dem abschüssigen Weg einige Meter weiter unten an den Rüstleitern die beiden Wagen festhielten, auf die sie die Möbel aus dem großen verkauften Haus gestapelt hatten, sondern auch, weil dieser Umzug zudem ein Absturz, eine Schande, eine Verdammnis war.

Sie gaben den schönen Wohnsitz in der Hauptstraße, dessen die ganze Länge des Erdgeschosses einnehmende mit Kerben verzierte hölzerne Fensterläden und Sockelleiste aus massiver Eiche der Stolz der Rageblanc gewesen waren, für ein Häuschen auf, dessen Türen und Fenster keine Türstürze und keine Fensterstürze hatten und dessen Quadersteine kaum ausgefugt waren, da der Kalk, der auf den Rücken von Maultieren herbeigetragen werden mußte, zuviel kostete. Schlimmer noch, eure neue Wohnung lag tiefer als das Dorf, am Ausgang nach Saint-Clément, auf gleicher Höhe mit dem Fluß, an einer symbolisch niedrigeren Stelle, sie lag unterhalb der Brücke, über die die auf der anderen Seite nach La Chaulne und Marandière hin aufsteigende Straße führt.

Du hattest mich nie in Dein Geburtsdorf mitgenommen, Du selbst warst nie dahin zurückgekehrt. Als ich mich weigerte, unsere Trennung als endgültig hinzunehmen und, begierig darauf, Deine Vergangenheit zu erkunden, in der unsinnigen Hoffnung, dort Zuflucht und Rat zu finden, nach Saint-Arverne fuhr, schien mir das Haus, das Du in so schauderhafter Erinnerung hast, eher freundlich auszusehen. »Ort des Absturzes und der Schande«, fügtest Du zwanzig Jahre später zwanghaft hinzu, eine Umschreibung, die die Lektüre Deines Lieblingsschriftstellers zu Deinen Kindheitseindrücken beigetragen hat.

Am Zugang zur Brücke bemerkte ich eine alte Bäuerin, die den im Bergland des Livradois noch üblichen schwarzen Strohhut trug. »Ist dieser Fluß wirklich die Hölle?« fragte ich sie. – »Nein doch, der Herr, die Hölle fließt bei Les Pradeaux, das hier nennt man die Ance.« Die Ance, ein hübscher, an Quellwasser gemahnender Name, und nicht die finstere Hölle! Du mußtest sehr jung den Gedanken gefaßt haben, daß eine Ehrenstrafe auf Deiner Familie lastete, um zu glauben, der Fluß, an dem ihr künftig wohntet, sei die Hölle, die in Wirklichkeit fünf Kilometer entfernt, im Wald, von den Bergen herabstürzt! In Deiner frühzeitigen Unglückslaune wolltest Du von einem tröstlichen, sanften Namen wie die Ance nichts wissen. Du wolltest die Hölle, und Du prägtest Deinem Gedächtnis, wie einen dem Los der Rageblanc aufgedrückten Stempel, diesen rauhen, fluchbeladenen Namen ein.

Dein Lieblingsweg damals führte dich oberhalb von Saint-Arverne, über die Straße nach Montbrison, bis zum Paß des toten Mannes. Auch hier wieder der Reiz einer Benennung, die Deinem Geschmack an Drama und Untergang gefiel. Ich bin auf den Paß gestiegen. Ich habe dort nur lichte Wiesen und Tannengruppen von dunklerem Grün gesehen. Ich habe erfahren, daß dieser unpassende Name für eine Gegend, die, weit davon entfernt, unheimlich zu sein, vielmehr zu reizvollen Wanderungen einlädt, auf eine lang vergangene Geschichte zurückweist. Thomas Richard, Arbeiter in der Papiermühle von Richard de Bas, wurde 1793 ermordet, als er sich auf dem Rückweg aus Lyon befand, wo er sechs mit dem Wasserzeichen von Joseph Viala markierte Stöße zu je hundert Blatt Papier verkauft hatte. Ein von Straßenräubern begangenes Verbrechen oder ein Racheakt von Royalisten?

Da die Affäre in Vergessenheit geraten war, wäre die Ortsbezeichnung für niemanden mit Vorstellungen von Untat und Sünde verknüpft geblieben, außer im Hirn eines seit seinem frühesten Alter davon überzeugten kleinen Mädchens, *sotto maligna stella* geboren zu sein.

Ob Dein Pessimismus geographischen Ursprungs ist, ob die Häßlichkeit oder Traurigkeit der Umgebung in Deiner Kindheit dazu beigetragen haben, Deinen Charakter zu verdüstern, das zu erfahren lag mir am Herzen. Da ich meine Meinung nicht aufgrund einer einzigen Besichtigung des Dorfs und einiger Ausflüge in die umliegende Gegend bilden wollte, bin ich dreimal, in drei verschiedenen Jahreszeiten, nach Saint-Arverne gegangen. Der Inhaber des Hôtel des Voyageurs, Monsieur Fougerouse, erinnerte sich sehr gut an Dich und Deine Eltern. Er ließ sich nicht lange bitten, mir von Deiner Familie zu erzählen.

Ich habe Dein Dorf im Herbst gesehen, wenn die Blätter der Buchen gelb zu werden beginnen und sich Purpurfarbe über dem Heideland ausbreitet zwischen den Feuern von Dickicht und Stoppeln, die dem Strohgeruch den scharfen der verbrannten Insekten beimischen. Ich habe es im Winter gesehen, wenn Schnee den Boden bedeckt, die Wege auslöscht und in der Sonne stäubt und wenn die blauen Eiszapfen an den Dachwinkeln glitzern; im Frühling, wenn auf dem geschützten Grund der Erosionstäler die gelben und weißen Narzissen aufblühen. Nichts reizender als diese Anhöhen und Täler, die eine üppige Vegetation mit bunten Farben schmückt. Der gelbe Enzian steckt seinen goldenen Stab zwischen zwei Granitblöcke. Der Gesteinsschutt dient der blauen Flockenblume, den Riesengräsern und den Skabiosen mit ihren mondgroßen Blüten als Schmuckkästchen. Der Eisenhut erhebt sich auf seinem schwachen Schaft. Von Alter und Erosion abgenutzt, sind die Berge von geringer Höhe und zeigen nicht die unbeugsame Erhabenheit, der wir in den Alpen begegnen. Hier wird der Blick nie von einer feindseligen Wand aufgehalten. Die Umrisse verschwimmen zart bis zu den Gipfeln, die nicht als einzelne Spitzen emporragen, sondern eine ununterbrochene, kaum gewellte Hochfläche bilden. Man kann dort oben stundenlang wandern, einen Ginsterzweig in der Hand, von einem nach allen Seiten weiten Gesichtskreis umgeben.

Vor dem, was Du als euren »Absturz« bezeichnest, in einem Alter, wo es unmöglich war, daß die Schönheit der Landschaft und der Schmuck der Erde Dir nicht wie ein unendlicher, durch einen wohlwollenden Gott fruchtbar gemachter Garten erschienen, zogst Du, mit den Herden Deines Onkels, nach Frühjahrsbeginn zur Sömmerung. Du bliebst bis zum Herbstbeginn auf der Alm. Die Frauen, die mit der Zubereitung der Fourmes beschäftigt waren, ließen Dich frei in den Wiesen umherlaufen. Du triebst die Kühe morgens hinaus und holtest sie abends wieder herein: andere Dienstleistungen wurden kaum von Dir verlangt, und dennoch habe ich Dich die in den Sennhütten mit den spitzen Dächern verbrachten Monate immer nur als Zeiten der Armut und der Enge schildern hören. Gab es keinerlei Unterschied in den Lebensumständen Deiner Familie zwischen der Zeit, als der Käsehandel ihr zusätzliche Einkünfte verschaffte, und der, als die Herden ebenfalls hatten verkauft werden müssen und euch diese Versorgungsquelle genommen war?

Ich vergesse, daß Du das Gebirge liebtest und mir gern davon sprachst: aber Du liebtest es wegen der Anstrengung, die es Dich kostete. Je rauher ein Abhang war, desto mehr Vergnügen bereitete es Dir, ihn zu erklimmen. Ein verkehrtes, in gewissem Sinne abartiges Vergnügen. Du liebtest das Gebirge, das Leben in den Bergen, wie der Schuldige seine Strafe liebt. Dich im kalten Wasser der Pumpe waschen, Dich von altbackenem Schwarzbrot ernähren, auf einem mit ein wenig Stroh bedeckten Brett schlafen müssen, das konnte Dich nicht erschrecken. Eher hättest Du Dich wie über eine Ungerechtigkeit beklagt, wenn man Dich gut behandelt hätte.

Woher rührte ein so strenges Gefühl für Mühe und Disziplin? Von welcher Zeit ab fingst Du an, in den Tannen kostbare Schildwachen zu sehen, die an den Abhängen Posten standen? Ihre in regelmäßiger Abstufung aufeinanderfolgenden Äste, die in jeder Jahreszeit grün bleiben, das Zurückgehen der sommergrünen Pflanzen nicht kennen, bürgen in der labilen Natur für eine unwandelbare Ordnung. Ah! wie gerne wüßte ich, wie Dir solche Gedanken in den Kopf gekommen sind: ob sie Dir von den Bauern Deines Dorfes weitergegeben wurden, einem rauhen Menschenschlag, gewohnt, ohne zu klagen eine undankbare Erde zu bearbeiten, einem harten Klima unterworfen, vom Staat ignoriert, der sich ihnen nur wegen der Steuern und des Militärdiensts in Erinnerung bringt, darein ergeben, sich mit dem Wenigen, was ihm gewährt ist, abzufinden, und entschlossen, das Beste aus den unfruchtbaren Feldern herauszuholen, nicht aus Eigennutz, sondern weil die Dinge so gemacht werden müssen und weil es eine Verletzung der verborgenen Weltgesetze wäre, bevor die eigenen Kräfte bis zur äußersten Grenze angespannt wurden, die Arme hängen zu lassen. Oder ob Du vor dem Konkurs Deines Großvaters und dem Skandal seines Untergangs das Bewußtsein der Kleinheit des Menschen angesichts des Universums, des Unwerts unseres Lebens angesichts des Mysteriums der Schöpfung, aus Dir selbst geschöpft hast.

Der Zufall, in einem alles in allem angenehmen Dorf geboren worden zu sein (wie oft fließen mir diese Worte: Annehmlichkeit, angenehm aus der Feder! und verraten den Wunsch, bei jedem Ding den gefälligsten Gesichtspunkt zu suchen, und die nicht weniger italienische Fähigkeit, ihn auch zu finden), das Glück, an einem für die Auvergne sehr hübschen Ort aufzuwachsen, hätten Deine Jugend gelindert, hättest Du nicht dekretiert, daß Deine Verhältnisse so erbärmlich wie überhaupt nur möglich seien und kein Trost sie erleichtern könnte. Wie groß war meine Überraschung, als ich in Saint-Arverne einen der freundlichsten Marktflekken des Livradois entdeckte.

Er ist tausend Meter hoch gelegen, in einer von sanften Hängen eingefaßten und nach den vier Himmelsrichtungen hin sichtfreien Mulde. Selten habe ich in Frankreich oder Italien ein so gut geplantes Dorf gesehen. Zwei Straßen führen von der hohen gotischen grauen Steinkirche hinauf bis zur Kapelle und zum Friedhof am anderen Dorfende. Die eine, gerade, verläuft durch das alte Viertel von Saint-Arverne; die andere zieht eine Kurve und mündet unter dem

Wallfahrtskreuz in die erste. Sie beschreiben das Dorf in die verzogene Ellipse einer Mandel ein. Auf der trotz ihrer Enge Hauptstraße genannten Innenstraße stehen die Häuser der Handwerker und der Bauern von einigem Wohlstand. Sie sind mit diesen Fensterläden und eichenen Sockelleisten ausgestattet, die, wenn die Fensterläden geschlossen sind, im Erdgeschoß der Fassaden so etwas wie einen hölzernen Zierat bilden. Am Tag klappt man die Läden auf; das Licht fällt durch breite Fenster ein: genug, um den Glauben zu entkräften, die Auvergnaten zögen sich gern zurück, verkröchen sich gern in den Schatten. Es sind auch Südländer, Constance, und obwohl die langen Gebirgswinter und der Schnee sie zwingen, sich während sechs Monaten einzuschließen, wollen wir doch den Kelten, die nur bis in den Norden von Moulins gekommen sind, die Vorliebe für Nebel und Stürme überlassen. Das Provenzalische und die Sonne wären Teil Deines Erbes gewesen, wenn Du nicht anders entschieden hättest.

Die Außenstraße ist von der Landstraße geschluckt worden, die von Ambert nach Montbrison führt. Dort finden sich die Läden, die Cafés, das Kohledepot, das Rathaus, das Hôtel des Voyageurs: alles, was Saint-Arverne der Welt öffnet. In den Querstraßen wohnen die Landarbeiter, die Schnittholzsäger, die Köhler, die Frachtfuhrleute. Die Topographie des Dorfs zeigt deutlich die beiden Möglichkeiten sozialen Aufstiegs an: entweder durch handwerkliches Können, berufliche Kompetenz, Talent (das ist der schmale, schwierige, aristokratische Weg) oder durch Handel oder öffentliche Ämter (das ist der breite, gewöhnliche, republikanische Weg). Am einen Ende die Kirche, wo man getraut wird und seine Kinder taufen läßt, am anderen Ende der Friedhof, wohin man seine Toten trägt, ziehen die metaphysische Grenze des menschlichen Reichs. Lange Zeit, so erfuhr ich von Monsieur Fougerouse, hatte man die Verstorbenen unter den Fliesen der Kirche bestattet. Er wußte mir nicht zu sagen – aber Du hättest die Erklärung gewiß sofort parat –, warum man, als ein Friedhof angelegt werden mußte, als Platz den höchsten Punkt des Dorfs gewählt hatte, von dem aus die Toten die Lebenden überragen.

Außer den mit regelmäßigen Einkerbungen verzierten hölzernen Fensterläden und den mit Profilstäbchen umgebenen Sockelleisten entdeckte ich eine Menge kleiner Schmuckelemente, immer die gleichen, denn sie gehen eher aus dem Brauchtum als aus privater Initiative hervor. Bescheiden und unpersönlich zeugen sie vom Sinn für die Einzelheit und von der Liebe zur wohl ausgeführten Arbeit. Kacheln, die als Fries unter der Dachrinne angebracht sind, wie auch am Dachfirst des einst Deinem Großvater gehörenden Hauses, wo sie das einzige Motiv einer stilisierten Lilienblüte wiederholen; weißgestrichene Tür- und Fensterstürze; Rundziegeldächer, in regelmäßigen Abständen mit großen Steinen eingefaßt, den Chablats, die dem Wind widerstehen; manchmal eine Bedachung aus Schieferplatten, wenn der Besitzer reich genug gewesen war, um sie aus den vulkanischen Monts Dore kommen zu lassen. Überall schöne Granitmauern, nur mit Erde zusammengefügt, die der Herrenhäuser ausgenommen. Keine besondere Eleganz in der Bauweise, sondern ein gleichförmiger, sicherer Geschmack ohne die geringste Verirrung.

Wenn ich an die Nachlässigkeit in unseren sizilianischen Dörfern denke, wo die Häuser verfallen, bevor sie fertig sind, ermesse ich, wie sehr jeder von uns ohne sein Wissen von der Umgebung, in der er aufgewachsen ist, geprägt wurde. Auch wenn Dein Großvater kein Zimmermann gewesen wäre, hätte Dein Dorf Dir die beiden Eigenschaften vererbt, um die ich Dich beneide: einen Sinn für richtige Einteilung und den genauen Sinn für die Einzelheit. Ebenso wie der Plan von Saint-Arverne jedem seinen Rang zuweist und wie ein Haus mit seinen Ziegeln oder Schieferplatten, dem Kalk oder der Erde vom Grad des Wohlstands oder der Armut seines Eigentümers zeugt, finden in der Landschaft Deines Geistes weichliche Verstrickungen und verschwommene Perspektiven keinen Platz. Dank schnurgerader Wege und in Abständen aufgestellter Orientierungsmarken herrschen dort zeitsparende Ordnung und die für langfristige Vorhaben nötige Disziplin.

Du hast nie vergessen, daß am ersten Haus Deines Großvaters neben der Toreinfahrt, die zur Werkstatt führte, ein

Eisenring angebracht war, an dem das Maultier festgebunden wurde. Eisen, ein Zeichen des Reichtums im Dorf, wo man nichts kaufte, was sich unmittelbar aus der Natur beziehen ließ. Gras und Kräuter im Graben dienten dazu, die Ziege zu ernähren, das Johanniskraut dazu, Augenleiden zu behandeln, die getrocknete Schweinsblase dazu, den Maistabak aufzubewahren, der Eschenschößling dazu, einen Werkzeugstiel anzufertigen. Die Buchecker lieferte das Öl, das dürre Laub die Füllung der Strohsäcke. Das Brot wurde zu Hause gebacken, Hanf und Wolle wurden gesponnen, das Schwein versorgte die Küche mit dem Fett; zwei Produkte aber waren ohne Geld unmöglich zu bekommen, Eisen und Salz. Als er heruntergekommen war, formte Dein Großvater auf der Drechselbank einen hölzernen Ring, den er neben dem Eingang ohne Türsturz oder Toreinfahrt des neuen Hauses an der Brücke anbrachte.

Zum Ausgleich für die landesübliche peinliche Genauigkeit und geldliche Gewissenhaftigkeit schenkte Dir die Auvergne Deiner Kindheit die Luft und die Weite der Almen. Die Notwendigkeit, mit jedem Geldstück zu rechnen und jede geringste Einnahmequelle zu nutzen, hatte nicht die Macht, Deinen Geist verkümmern zu lassen, indem sie seinen Horizont auf die kleinlichen Überlebenssorgen begrenzt hätte. Von Saint-Arverne aus gelangtest Du jeden Sommer über durch den Tannenwald ansteigende Wege in einer Stunde auf die Hochfläche. Als Du älter warst und nicht mehr mit auf die Sommerweide geschickt wurdest, behieltest Du die Gewohnheit bei, bis nach Prabouré hinaufzugehen und über den Kamm zu wandern, auf dem Fußpfad, der zwischen den Käsehütten hindurch über Kleefelder und Heideland führt, in der Mitte der Torfmoore sich gabelt und am Narrenstein endet, einem Felsen, dessen bizarre Form in Mondnächten die Runde der Kobolde, Unholde und Werwölfe anzieht.

Oberhalb der Bäume ist die mit kurzem dornigem Gebüsch, wilden Blumen und Heidelbeergesträuch bewachsene Landschaft grenzenlos und begünstigt Sagen und Ängste. Nichts unterbricht den Blick, der vergeblich in der Unermeßlichkeit der Natur nach einem Orientierungspunkt sucht. Vor sich hat er nichts als die Folge von Abhängen, die sich ins Unendliche dahinwellen. Alles flieht, alles entgeht seiner Festnahme. Am Himmel verändern die vom Wind getriebenen Wolken die Formen und verschwinden gleich Phantomen. Dein Urgroßvater sputete sich eines Tages auf der Heide, um vor dem Unwetter nach Hause zu gelangen. Der Teufel versperrte ihm in Gestalt eines Hundes mit gelben Augen den Weg und nahm seinen Hut mit.

Solche Aberglauben passen schlecht zur pedantischen Mentalität und der engen Anlage des Dorfs. Dennoch zeigt sich in ihnen ein Aspekt der Auvergne, der nicht weniger wahr ist als die Beschränktheit und der Geiz des Marktflekkens. Der Auvergnate aus dem Tal rechnet, wiegt ab, mißt; die leere Weite und das Fehlen von Geländemarken erschrekken den Auvergnaten vom Hochplateau. Hat nicht der größte eurer Schriftsteller dieses Schwindelgefühl empfunden? »Das ewige Schweigen dieser unendlichen Räume macht mir angst.« Ich stelle mir vor, daß ihm dieser Satz eines Tages entschlüpfte, als er in Clermont-Ferrand in seinem Haus aus schwarzem Lavagestein seine Geometerzirkel und -reißschienen liegengelassen hatte und auf die Höhen des Forez und des Livradois gegangen war, um zu wandern, zu träumen, seinen Hirngespinsten nachzujagen. Weder an Neugier noch an Kühnheit fehlte es Dir, als Du die Gelegenheit wahrnahmst, Dich aus der schwierigen Lage herauszuarbeiten, in die Dich Deine Vorfahren gebracht hatten. Als erste Deines Stammes, die vom Unbekannten angezogen wurde, bist Du dem Teufel tapfer entgegengegangen.

Wir traten auf den Friedhof. Der Hotelier schritt zwischen den Gräbern vor mir her. Daß er die Lebenden speiste, hinderte ihn nicht daran, sich für die Gestorbenen zu interessieren. Sein bis in den Nacken gerade abfallender Schädel, seine hochroten Ohren, sein von einem Fettwulst verdickter Hals, seine von einem Netz roter Äderchen durchzogenen Wangen wiesen auf eine freundliche auvergnatische Natur und ein reichliches Kochtalent hin.

»Sehen Sie«, sagte er mir, »der erste bezeugte Rage wurde 1715 geboren, Jean-Pierre Rage, der 1748 Marie Jarrafoux heiratete, fünf Kinder mit ihr hatte und 1781 starb. Fuhrmann seines Zeichens, wie Sie feststellen können, wenn Sie die Brombeerranken zurückschieben. Das zweitälteste seiner Kinder, Barthélemy, nahm, wer weiß, warum, den Namen Rageblanc an. Er hatte sich mit einer Chaput verbunden. Deren Kinder heirateten Ortsansässige, lebten und starben in Saint-Arverne. Alles Hirten, Schnittholzsäger oder Fuhrleute. Der Älteste übernahm das Gewerbe seines Vaters, dessen Haus und dessen Vornamen.«

Ich sah, daß auch die Familiennamen sich auf wenige beschränkten: Quinquandon, Gagnaire, Thévenon, Rochette, Guillot, Chauve, Nigon außer Rageblanc, Chaput und Fougerouse. Eine vor kurzem gestorbene Adéline Quinquandon hatte ihren Mann, Claudius Rageblanc, Deinen Großvater, um zwanzig Jahre überlebt.

»Er starb kurz vor dem Krieg.«

Ich fragte mich, was mich an den so einfachen Sätzen des Besitzers des Hôtel des Voyageurs erstaunte, als mir plötzlich bewußt wurde, daß er mit Vorliebe das Imperfekt statt des Perfekts anwandte. Er sagte nicht: »Der erste Rage ist 1715 geboren worden, Claudius Rageblanc ist vor dem Krieg gestorben«, gemäß dem französischen Sprachgebrauch, sondern: »er wurde geboren, er starb«, welche Wendung in seinem Mund weder etwas Gesuchtes noch etwas Literarisches hatte. Sie leitete sich unmittelbar vom Lateinischen her. Die Römer haben die Auvergne lange besetzt. Sie haben den Vornamen Deines Großvaters dorthin gebracht, und als weitere Spur ihres Durchzugs fand ich in der Sprache eines Gastwirts Titus Livius' und Cäsars Präteritum wieder. Sie führten bei euch auch den Schwingpflug ein, die Zäune, den kleinen Grundbesitz, den bürgerlichen Rechtsanspruch des Individuums, Rücksicht auf die Privatperson, im Gegensatz zu den Kelten, die den Radpflug propagierten, die uneingezäunten Felder und das Gemeinschaftsleben. Die Kelten breiteten sich in den Tälern der Seine und der Loire aus und überließen der Auvergne die Bestellung der kleinen Anbauflächen.

Auf dem Gipfel des Puy-de-Dôme errichtete Rom einen Merkur geweihten Tempel. Ich hatte seine Ruinen besichtigt, bevor ich nach Saint-Arverne kam. Der Gott, den die

Römer ehren wollten, indem sie ihm auf dem höchsten Punkt der Auvergne ein Heiligtum bauten, war weder Jupiter, der Gebieter der Blitze, noch Apoll, der Gott der Schönheit, sondern Merkur, der Herr der Grenzsteine, der die nicht zu überschreitenden Schranken kennzeichnet, die Gehege am Feldrain aufstellt und die Erbteilungen sichert. Der Gott Hermes, gemäß einem anderen seiner Epitheta, da die Befestigung einer Grenzsäule in der Erde für euch eine geheiligte Geste ist.

Dieser römische Merkur, der Schutzheilige der Auvergne, dem die Bauern mehr vertrauen als der Heiligen Jungfrau du Puy, ist das gründliche Gegenteil der griechischen Demeter, unter deren Schutz die ersten in Girgenti gelandeten Ansiedler ihre Niederlassung gestellt hatten.

Ironie des Schicksals! Die Getreidespenderin, deren Wagen eine Fülle von Ähren hinterläßt, die Göttin der Ernten und des Überflusses, die großzügige Geberin schlechthin, die große Mutter, die weder die Zahl ihrer Kinder kennt noch die Ausmaße der Flächen, die sie fruchtbar macht, hatte über meine Jugend geherrscht, als Du unter der Ägide eines pedantischen Feldmessergottes heranwuchsest.

2
Der Sturz

Deinen Reden nach hat es in der Geschichte Deiner väterlichen Familie nur einen einzigen erwähnenswerten Vorfall gegeben: die etwa in Deinem elften Jahr verübte mysteriöse Unredlichkeit, die den Umzug vom einen ins andere Haus, die Schande und die auf dem Namen der Rageblanc lastende Schmach zur Folge hatte. Ein Ereignis, das um so unbegreiflicher war, als es unerwartet eingetreten, wie ein Sturm bei heiterem Wetter ausgebrochen war, ohne Verursachung oder Vorbereitung, und das bezeugte, wie die menschliche Vernunft versagt und das ehrliche Wollen verachtet wird, wenn Gott beschließt, ein Geschöpf zu züchtigen und seinen Stolz zu erniedrigen. Du hast mir nie gesagt, was eigentlich geschehen war: gleich der achten, dem ungläubigen Volk gesandten ägyptischen Plage genügte allein das Wort »Morphium«, um Dich in nervöses Zittern zu versetzen, wonach Du wieder in Schweigen verfielst. Vielleicht hast Du nie gewußt, wie es dazu gekommen ist. Vielleicht hast Du es sogar nie zu erfahren getrachtet und lieber aus den Zufällen der Geschichte ein reines Zeichen der himmlischen Allmacht herausgelöst, der Not, die uns nach des Ewigen Ratschluß beschieden ist.

Claudius Rageblanc war am 21. November 1852 geboren worden, am Tag, als die Franzosen für die Wiederherstellung der Kaiserwürde in der Person Louis-Napoléon Bonapartes stimmten, mittels eines freien Volksentscheids, der im Département Puy-de-Dôme 63 000 Jastimmen und 915 Neinstimmen, in der Gemeinde Saint-Arverne 780 Jastimmen und 15 Neinstimmen versammelte. Ein Jahrhundert später hatte Frankreich wenigstens die Entschuldigung, militärisch geschlagen zu sein, als es sich mit der gleichen Frömmigkeit Pétain hingab.

Der junge Knabe hatte zuerst in den Bergen die Kühe gehütet wie sein Vater, dem der Teufel mit den gelben Augen in einer Sturmnacht den breitrandigen schwarzen

Filzhut des Hirten im Livradois gestohlen hatte. Bis zum Krieg, versicherte mir Monsieur Fougerouse, hatte der Verdingmarkt immer am Montag nach Aschermittwoch stattgefunden. Alle, die in Stellung gehen wollten, versammelten sich auf dem Platz vor der Kirche. Die Dienstmägde setzten sich auf die Stufen, sie hatten sich eine Blume ins Mieder gesteckt, die sie wegwarfen, sobald sie in Sold genommen worden waren; die kleinen Hirten warteten stehend und stützten sich auf ihren Stab; zur Feldarbeit boten sich kräftigere, in neue Kittel gezwängte Jugendliche an. Das nannte man »auf Meistersuche gehen«. Ein Bauer trat näher, befragte die jungen Leute, verhandelte den Preis mit der Mutter und zog mit dem, den er sich ausgewählt hatte, ab. 1914 zahlte man für die fünfmonatige Saison von Mai bis September einem Hirten vierzig Francs. Ein Paar Holzschuhe erhielt er kostenlos. Er schlief auf dem Hängeboden der Sennhütte, unter dem Strohdach, und erhielt als Verköstigung das »Companage«, das heißt das Brot und das, was man zum Brot, *cum pane* ißt: Käse, Zwiebeln oder Speck.

»Companage, ein schönes ausgestorbenes Wort!« seufzte Monsieur Fougerouse, der, als Erfinder von Gerichten, für die es in der französischen Sprache keine Namen gibt, oder einfach als Liebhaber von Lokalfarben und -würzen, die mit den Wörtern, die sie bezeichnet hatten, vergehen, in Saint-Arverne Präsident der Gesellschaft zur Verteidigung des Dialekts war.

Um ein Haar hätte ich ihm gesagt, daß wir in Sizilien die aus einem großen Stück Brot mit Öl oder Tomatensauce bestehende Mahlzeit des Tagelöhners immer noch *Companatico* nennen, aber ich hatte Angst, mich zu verraten. Ich hatte mich dem Hotelier (was übrigens nur eine halbe Lüge war: hegte ich doch noch die Hoffnung, Dir zum Zeichen der Versöhnung ein durch meine Vermittlung zurückerhaltenes Familieneigentum mitzubringen) als der von Deinem Bruder damit beauftragte Jurist vorgestellt, ihm nach Indochina eine Kopie der berühmten notariell beglaubigten Akten zu schicken, von denen er Dir sprach, wenn er wieder einmal in Frankreich auftauchte, Zeugnisse eines alten Prozesses, den er wiedereröffnen wollte, und ich fürchtete, daß Monsieur

Fougerouse, falls ich ihm von Sizilien erzählte, mich als Mademoiselle Rageblancs Ehemann identifizieren könnte, einen Menschen, der im Dorf gewiß nicht in gutem Ruf stand, und wenn auch nur, weil er ein junges Mädchen aus ihrer Gegend, ihrer Familie, ihrem Milieu entführt hatte.

»Ja«, antwortete ich, »auf Meistersuche gehen ist auch ein prächtiger Ausdruck. Ist er noch gebräuchlich?«

Er wischte sich mit einem großen karierten Taschentuch sein krebsrotes Gesicht ab.

»Die Jungen heutzutage sind zu eingebildet. Ihnen fehlt die Bescheidenheit von einst.«

Dein Großvater war bis zu seinem zwanzigsten Jahr »auf Meistersuche« gegangen; eine Gewohnheit, die er auf Dich vererbte, mußte ich unwillkürlich denken. Du hast sie lediglich auf Dein Gebiet übertragen, als Du, Mittelschülerin, dann Schülerin der Oberstufe, dann Studentin an der Pädagogischen Hochschule von Sèvres, aber ebenfalls zutiefst bescheiden geblieben, in den Büchern und bei Deinen Lehrern die »Meister« suchtest, denen Du, gemäß dem alten auvergnatischen Brauchtum des Sich-Verdingens, gänzlich ergeben sein würdest und von denen Du als Gegenleistung für einen pflichteifrigen Gehorsam nur das »Companage« einiger Leitgedanken erwartetest, eine, wie das Brot und der Speck für den Leib, für den Geist genügende Kost.

Danach, erwachsen, als er es satt hatte, auf den Dorffesten »sich ein Glas Wein zu versagen« (eine hübsche Wendung, um zu bedeuten: »sparen«), war der junge Rageblanc, der »mehr Umwege kannte als seine Kühe«, Fuhrmann geworden. Seither transportierte er, nicht ohne mit Säge und Axt unter den Buchen umherzustreifen, von Ambert nach Thiers, von Issoire nach Brioude und bis nach Saint-Étienne einerseits, und andererseits bis nach Clermont-Ferrand die Käse aus den Sennhütten, die auf den Dreschböden der »Bories«, das heißt der Höfe, die mindestens ein Paar Ochsen besitzen, im Strohfeuer geflämmten Geschirre, die Messer aus der Durolle, die Aprikosen aus der Limagne, den Kohl des Lembron, die Stoffreste für die Papiermacher der Mühle von Richard de Bas und alle mit dem Ton der Dore gefertigten Arten von Töpfen, die Käsesiebe zum Abtropfen der geronnenen Milch, die Becher mit nur einem Henkel und von verschiedener Größe für jedes Familienmitglied, die anstelle der zu teuren Gläser als Trinkgefäße benutzt wurden, die Olitoux für das Nußöl, die bauchigen, zweihenkeligen Mélards, die Bugeadins, riesige Waschzuber, und sogar die mit drei seitlichen Öffnungen versehenen Charpeneires, die als Wärmeplatten dienten, um die Wolle zu krempeln.

Dein Großvater hatte die Sattelbäume seines Karrens blau angestrichen, welche Farbe die Mücken abhalten sollte. Als ein Rad des Wagens zerbrochen war, setzte er es sich in den Kopf, selbst ein neues zu machen. Auf seinen Wanderungen durch die Wälder hatte er die Bäume genau betrachtet, Äste abgehauen, Stämme gesägt, ihre Eigenschaften studiert, dabei auf das Saftsteigen geachtet, an dem sich der verborgene Reichtum der Natur erkennen läßt, und in der Nähe von Quellen angehalten, um die mit der Dexel, dem kurzen Beil mit der gleich der Hermelinschnauze gekrümmten Schneide, viereckig behauenen Bretter in reines Wasser zu tauchen.

Für jeden Bestandteil des Rades wählte er eine andere Baumart: für die Nabe Rüster, für die Speichen Akazie, für den Radkranz Esche: ein Meisterwerk an Rad, mit dem sein Erfolg begann. Alle wollten das gleiche haben, so solide, so widerstandsfähig, daß diejenigen, die sich auf die Kosten eines Eisenreifens für ihren Kippkarren eingelassen hatten, vor Neid fast barsten! Er gab das Geheimnis seiner Erfindung nicht preis und kaufte sich mit seinen ersten Einnahmen ein Paar Stiefel. Seither flüsterte die Magd, wenn er sich in der Herberge an den Tisch setzte, der Wirtin hastig zu: »Hat Stiefel an!«, zum Zeichen dafür, daß für ihn das Tischtuch aufgelegt und er mit einer weißen Serviette geehrt werden mußte. Keine Stiefel, kein Tischtuch!

»Ich weiß nicht«, fuhr Monsieur Fougerouse fort, »ob der Erfolg ihm den Kopf verdrehte und ob man von ihm, der ein neues Rad entwickelt hatte, sagen konnte, daß er schlechterdings ›ein Rad schlug‹ wie der eitle Pfau. Ermaß er sein Unglück, als er vierzig Jahre später für das kleine Haus an der Brücke einen hölzernen Ring formte? Letzte, lächerliche Anwendung seines Talents, ›ein Rad zu schlagen‹! Nachdem er der beste Zimmermann gewesen war, verdiente er nicht eine solche Veränderung seiner Verhältnisse. Denken Sie, ein Mann, der, wenn er es gewollt hätte, Bürgermeister hätte sein können!««

Wir waren wieder vor dem ersten Haus Deines Großvaters angelangt, jenem, das er durch seine Arbeit erworben hatte. Vom Fuhrmann war er zum Zimmermann geworden und hatte sich auf den Bau von Sennhütten spezialisiert, aus Treue zur Zeit seiner Kindheit, als er die Herden auf der Alm gehütet und auf dem Stroh der Speicher geschlafen hatte.

Monsieur Fougerouse stieß den Flügel zur Toreinfahrt auf. Der wurmstichige Pfosten gab nach. Das Haus war verwahrlost. Wir traten in die einstige Werkstatt: auf dem Arbeitstisch entdeckte ich einige zerbrochene Geräte, ein Breitbeil mit schartiger Schneide, den verbogenen Griff einer Ramme, ein Sägeblatt. Endlich sollte ich die Wahrheit erfahren über diesen geheimnisvollen Menschen, dem der neue Eigentümer das Haus abgekauft, es aber nicht zu beziehen gewagt hatte. Wie ein zartes Leichentuch übersäten Spinnennetze die Kisten mit den rostigen Nägeln und Ringschrauben. Nachtvögel, die durch die scheibenlosen Fenster eingedrungen waren, schlummerten auf den Querbalken des Dachstuhls. Seit Monsieur Rageblancs Auszug hatte niemand mehr Staub gewischt. Im angrenzenden Wohntrakt, auf der anderen Seite der dünnen Trennwand, lag alles nicht minder verlassen da. Mußte ich, wie Du, glauben, daß das Morphium, zu dessen Sklave der Zimmermann eines Tages geworden war, auf einen schwereren, düsteren Fluch hinwies?

»Seit langem bearbeitete Monsieur Rageblanc das Holz nicht mehr selbst«, sagte der Hotelier, um das Vorhandensein dieser nicht mehr gebräuchlichen Werkzeuge zu erklären. »Wie alle Zimmermannslehrlinge war er anfangs in den Wald gegangen, hatte die Bäume gefällt und das Holz zugerichtet. Dann war er zum Rang des Concepteur aufgerückt: er machte die Trassierung des Tragewerks, was höhere Fähigkeiten erfordert als das simple Fällen. Aber das eigentliche Können des Zimmermannsmeisters wird an der Kunst der Fertigstellung des Dachstuhls gemessen. Monsieur

Rageblanc war der angesehenste Richtmeister im Livradois. ›Orient gibt den Ausschlag‹, pflegte er mit Stolz zu sagen. Orient, das ist das Talent, das Heben der Bohlen zu organisieren, die horizontalen Pfetten im Schrägbalken der Dachstuhlsäule genau einzupassen und sodann, nach Berechnung des Gewichtes des Firsts, die Sparren zu verteilen.«

»Orient!« murmelte ich, über die Bezeichnung staunend. Verwies dieses Bild auf den Schmelz der Perle, auf den rosigen Punkt am Horizont, wo die Sonne aufgeht, oder auf die Freimaurerloge, deren Schimären die Zimmermannsgesellen oft teilen? Jedenfalls eine Metapher, die von Handwerkerstolz zeugte.

»Ah! das Richtfest war ein schönes Fest! Ein Fest, das Hebeschmaus genannt wurde und das die Bewohner der Nachbardörfer herbeilockte. Monsieur Rageblanc stieß mit jedem Arbeiter an, nicht ohne vorher auf beiden Knien, neben dem Priester, der gekommen war, um das Haus zu segnen, ein Pater noster, ein Ave-Maria und ein Glaubensbekenntnis gesprochen zu haben. Er war ein Freigeist, aber er achtete die Sitte. Kein Richtfest ohne Pfarrer für ihn, der nie einen Fuß in die Kirche setzte.«

»Wäre er doch nur immer bei seinen Arbeitern, den Menschen aus seinem Dorf geblieben«, sagte ich mit einem Seufzer, um Monsieur Fougerouse aufs Thema Morphium zu bringen. Im Glauben an Deine Erinnerungen war ich davon überzeugt, daß eine jähe, unbegreifliche Verderbnis seines bisher wie das Eichenholz seiner Tragewerke starken Charakters Deinen Großvater in den Ruin gestürzt hatte. Ein Mann auf dem Gipfel seines Erfolgs gibt plötzlich der Verlockung des Abgrunds nach: Gott wählt dieses Mittel, um ihn in seiner Nichtigkeit zu zeigen.

»Ohne den Unfall, den er erlitt, wäre er gewiß ...«, begann der Hotelier. Ich fiel ihm sofort ins Wort.

»Welcher Unfall?« fragte ich verblüfft.

»Was, Sie wissen nicht, daß er vom Gerüst fiel und sich das Bein brach? Ein Unfall, der in gewissem Sinn auf seine allzu große berufliche Gewissenhaftigkeit zurückzuführen ist. Er fuhr fort, die Binder gemäß der Technik der Vergabelung zusammenzufügen, als Zapfen und Zapfenlöcher schon weitum in Mode waren. Die Vergabelung besteht darin, daß am Ende des Stücks zwei Gabelarme angebracht werden, nicht ohne die Gefahr, daß sie sich trennen und daß die Verbindung zusammenbricht. Die Methode von Zapfen und Zapfenlöchern wurde erfunden, um dieses Risiko zu beseitigen. Monsieur Rageblanc, ein Feind von Neuerungen, wollte nicht von der Vergabelung abgehen, einer alten Bezeichnung und Verfahrensweise nach hiesigem Geschmack. Trotz seiner Achtsamkeit gab die Gabel eines Sparrens nach, er stürzte sechs Meter tief und brach sich das Bein so unglücklich, daß die Knochen nie wieder zusammenwachsen konnten. Er litt wie ein Verdammter und mußte zu Beruhigungsmitteln auf Morphinbasis greifen. Wußten Sie tatsächlich nicht, daß er hinkte?«

Nein, diese Einzelheit, die das Bild, das Du von Deinem Großvater in Erinnerung trugst, ganz und gar hätte verändern müssen, war mir nicht bekannt. Dir zufolge hatte ihn eine unerklärliche Katastrophe bei voller Lebenskraft niedergeworfen. Du sahst ihn noch vor Dir, wie er, ein vertrocknetes, wie ledern aussehendes Phantom, dem die Haut auf den Knochen klebte, dessen Blick geweitet und leer war, darum bettelte, daß man ihm seine Spritze zurückgab. Über seinen Unfall, seinen Beinbruch, sein unheilbares Gebrechen nie ein Wort der Erwähnung. Wie sehr mußtest Du vom Unwert aller menschlichen Kreatur überzeugt sein, um in dem redlichen Handwerker, der Dein Großvater gewesen war, den lebenden Beweis der Erbsünde zu erblicken! Ein *Morphinist* (zumal bei dem Klang, den das Wort damals hatte) als Vorfahr, der in seinen schlaffen Händen ein Ende der Kette hielt, an dessen anderem die jüngste Absolventin der Pädagogischen Hochschule von Sèvres und dann jüngste Gymnasiallehrerin Frankreichs bewies, daß man sich durch Intelligenz und Fleiß über den Stand seiner Herkunft erheben kann, welch ständige Erinnerung an das Elend der Stellung des Menschen! Der Engel, der an der Paradiesespforte Wache hält, hätte Dich nicht härter angefahren.

Dein Großvater aber, Constance, hatte sich mit keiner Unehre befleckt; man kann ihn nicht einmal als »drogensüchtig« bezeichnen. Ich erfuhr, daß sein »Sturz« nicht im entferntesten einem geistigen Schiffbruch geglichen hatte; er war nur ganz einfach von einem Dach gefallen. Weit davon entfernt, sich selbst zerstören zu wollen, hatte er im Morphium nicht allein ein Schmerzlinderungsmittel gesucht, sondern außerdem die Möglichkeit, sich wieder an die Arbeit zu begeben. Es ist die reine Mythologie Deinerseits, ihn in der Gestalt eines von der Nemesis verfolgten Gespenstes vergöttlicht zu haben.

Wir gingen eine Weile schweigend weiter.

»Die Dorfbewohner«, begann ich wieder, da ich noch zögerte anzunehmen, daß sich die Dinge anders begeben hatten als in der Vorstellung seiner Enkelin, »haben gleichwohl einen Mann verachten müssen, der feige genug war, ein in wenigen Monaten zum Verfall seiner Willensstärke führendes Mittel zu wählen. Ich vermute, daß der Gebrauch von Morphium vor dem Krieg nichts weniger als üblich war. Was für ein Anblick, den besten Zimmermann des Dorfes zu einem Wrack werden zu sehen! Von der Bevölkerung abgelehnt, von allen gemieden, muß er wie ein Geächteter gestorben sein.«

»Was erzählen Sie mir denn da?« sagte Monsieur Fougerouse nun seinerseits überrascht und ärgerlich. »Das Dorf ist für seinen Zimmermann eingestanden. Man wußte, daß das Morphium teuer war und daß er sich ruinieren müßte, wenn kein weniger kostspieliges Mittel gefunden wurde. Die Hexe versuchte einen neuen Wundbalsam auf Enzian- und Arnikabasis. Als der schöne Wohnsitz verkauft werden mußte, halfen ihm die Nachbarn, sich im neuen Haus an der Brücke einzurichten. Fragen Sie den Lehrer, Monsieur Gagnaire«, fuhr der Hotelier fort, ohne zu verbergen, daß er meine Worte mißbilligte, »ob Saint-Arverne nicht fähig ist, am Unglück eines seiner Kinder Anteil zu nehmen! Als die Kleine nach dem Abgangszeugnis auf das Gymnasium von Saint-Étienne geschickt wurde, legte das Dorf zusammen, um ihr einen neuen Mantel zu bezahlen.«

Wem sollte ich glauben? Dir oder Monsieur Fougerouse? Welches gesicherte Indiz würde mir das Geheimnis Deines Großvaters preisgeben? Auch wenn er sich zu Anfang aus berechtigtem Grund Spritzen gab, überließ er sich nicht, in der Folge, wie der von seinem Laster verführte Opiumraucher, dem Rausch der Erniedrigung? Es fiel mir schwer anzunehmen, daß der ehemalige Senner, der darin geübt war, einen halben Tag hindurch die entstehende Form des Hartkäses zwischen den Knien zu pressen, wobei er die Hose bis in halbe Schenkelhöhe aufkrempeln und sich vollkommen ruhig verhalten mußte, um nicht zwei volle Bütten Milch zu vergeuden, den festen Traditionen der Auvergne nicht treu geblieben war, deren bedeutende Männer Vercingétorix und Antoine Arnauld heißen, der eine Führer des gallischen Aufstands gegen Caesar, der andere wichtigstes Mitglied der intellektuellen Opposition gegen den Absolutismus Ludwigs XIV. Den ersten mußte man in Ketten legen, um seine Rebellion niederzuschlagen, den zweiten in die spanischen Niederlande verbannen, um zu verhindern, daß er an der Sorbonne wetterte. Von rauhen Sitten, wie sie einmal sind, hätten die Einwohner von Saint-Arverne einem der Ihren verziehen, was sie als eine Kapitulation bewertet hätten? Monsieur Fougerouse hatte mir nur von einem »Unglück« und von einer »Veränderung der Verhältnisse« gesprochen: mit keinem Wort angedeutet, daß es sich um eine Zerrüttung handelte.

In dieser mysteriösen Angelegenheit werden immer Zweifel bestehenbleiben. Für mich war dies schließlich von geringer Bedeutung: worauf es mir ankam, war, das Funktionieren Deines Geistes zu verstehen. Von mehreren Schlußfolgerungen, die sich aus einer selbst auch ungewissen Tatsache ziehen lassen, hast Du immer, mit dreißig Jahren so gut wie mit zwölf Jahren, diejenige gewählt, die Dir am meisten weh tat, und hast Dich mit der Fieberhaftigkeit des Mystikers, der fürchtet, man könne ihm sein Stimulans entziehen, an sie geklammert.

Nachdem der Hotelier mich verlassen hatte, um an seinen Herd zurückzukehren – ich hatte ihm versprochen, sosehr es mich auch ängstigte, an seinen Nackenwülsten die Folgen einer allzu typischen auvergnatischen Küche zu erkennen, an seinem Tisch die echte Patia des Livradois, den Tischwein des Cantal und die Anceforelle mit Speck zu versuchen –, legte ich mehrmals den Weg zurück, den Du am Tag Deines zwölften Geburtstags hinter Deinem Schubkarren gegangen warst. Die Straße, die man einschlagen muß, fällt zum Fluß hin ab: für Dich erstes Zeichen der Vertreibung aus dem Paradies, beredtes Bild eines nicht nur finanziellen Absturzes.

Am anderen Ende von Saint-Arverne, ganz oben im Dorf, steht im Notre-Dame-Viertel die Kapelle du Bon-Rencontre. Im sechzehnten Jahrhundert waren die Dörfler unter Anführung des Seigneur de la Roue nach Le Puy gepilgert, um die Heilige Jungfrau zu bitten, sie möchte sie vor den Hugenotten beschützen. Vom Bischof von Le Puy hatten sie eine Marienstatue weihen lassen. Als sie auf dem Rückweg um den Schutz der Statue vor den Unbilden des Weges beteten, verliehen sie ihr diesen Beinamen. Blieb die Frage, wo die Statue du Bon-Rencontre ihren Platz erhalten sollte. Sie beschlossen, sie nicht in der Kirche, sondern am Rand des Dorfs aufzustellen, an der Kreuzung der Straßen, die Saint-Arverne mit dem Forez verbinden und von wo aus die Haudegen des Admirals de Coligny, die Saint-Étienne verwüstet und das Kloster von Valbenoîte geplündert hatten, ungestraft einfallen konnten. Es ist seltsam, daß die Religion der Reformierten, als deren Reinprodukt Du erscheinen würdest, nie in diesem am katholischen Glauben festhaltenden Dorf Fuß fassen konnte. Woher kommt Dir der so calvinistische Gedanke, Gott hätte, um Deine Familie zu strafen, beschlossen, sie zu verdammen, indem er sie ans Ufer der Hölle schickte? Nicht in den vornehmen Teil des Marktfleckens, in den Schutz Unserer Lieben Frau, sondern nach unten, vor den Gebirgsbach mit dem entsetzlichen Namen.

Das neue Haus lag zudem an der Ausgangsstraße und war den Blicken der Vorübergehenden ausgesetzt. Als letztes der Dorfgemeinde befand es sich fast außerhalb der bewohnten Zone.

Keine Fensterläden, um euch verschanzen zu können, die Kosten wären übermäßig gewesen. Es war die Behausung von Landarbeitern gewesen, und da sie bei Tagesanbruch aufstanden, hatten sich ihre früheren Bewohner dieser überflüssigen Ausgabe enthalten. Doch wie viele Annehmlichkeiten bot euer neuer Aufenthalt! Eine andere hätte den Vorteil zu schätzen gewußt, ein freier gelegenes Haus zu bewohnen, das in allen vier Richtungen über das Land blickte, nur wenige Meter von einem hübschen, über drei Steinplatten zu überquerenden Fluß entfernt. Am anderen Ufer begannen die Felder. Für Deinen jüngeren Bruder und Dich bereitete sich ein Leben vor, um das euch alle Robinson-Lehrlinge beneidet hätten. Zusammen auf der Suche nach Krebsen Steine umdrehen; stromaufwärts gehen, der Gebirgsforelle oder der schwarzen, rotgefleckten Forelle entgegen in der Ance, die so fischreich war, daß der Vertrag der Tagelöhner die Bestimmung enthielt, es dürfe ihnen nicht mehr als zweimal pro Woche Forelle vorgesetzt werden; Preiselbeeren und Brombeeren suchen; am Himmel den Flug der langschwänzigen Weihe beobachten; auf der Wiese Kastanien rösten; die Reisigbündel binden, die ihr unter dem Wetterdach stapeln würdet; die Leiter hoch in den Heuschober klettern, das waren die Freuden eines freien, ländlichen Lebens, eines idealen Lebens für einen Bruder und eine Schwester, die einander zugetan waren.

Du wußtest, daß man die goldlackierten Sumpfdotterblumen, die am Flußlauf glänzten, Juwelen nennt, so als ob diese dicken goldenen Knospen im Vergleich mit dem einfachen Goldschmiedeschmuck ein königliches Geschmeide seien. In Saint-Arverne gibt man Dingen die weibliche Form, um ihnen mehr Fülle zu verleihen: eine Kleinodie ist mehr als ein Kleinod; ein Sou ist ein Sou, eine Soune dagegen ist das Doppelte. La prée ist größer als le pré, la montagne höher als le mont. Das kleine Mädchen aber, das seinen Schubkarren vorsichtig vor den Stufen zur Eingangstür abstellt – Jahre später habe ich mir die Szene so genau vorgestellt, als wäre ich dabeigewesen: Dich, deren Herz damals wie später von bitterer Verzweiflung erfüllt ist, die aber gewissenhaft ihre Pflicht tut –, tritt beiseite und verschränkt mit düsterer Miene die Arme, während die Karren abgeladen werden. Sie sieht weder die Sumpfdotterblumen noch die wilde Rose, die in der Hecke erblüht. Wirft keinen Blick auf die Büsche hellroten Flieders, den der Monat April am Straßenrand entfaltet. Ohne Interesse für ihre Umgebung, unfähig, die guten Seiten einer Situation zu erkennen, von der Vorstellung der Allmacht des Unheils gelähmt, besitzt sie nur ein Hilfsmittel gegen den Kummer, nur eine Trostquelle: sich auf Pierres, des vielgeliebten kleinen Bruders, des einzigen Menschen in der Familie, dem sie sich nahe fühlt, Zuneigung zu verlassen.

Da kommt er gerade angerannt. Er möchte Dich zum Fluß mitnehmen, und er hüpft vor Ungeduld in seiner zu großen Jacke, deren Ärmelaufschläge seine kleinen Hände verschlukken. In seiner einfältigen Gutherzigkeit und Freundlichkeit hat er die Bestürzung seiner Schwester beobachtet und zerrt sie nun am Ärmel, obwohl er weiß, was er riskiert. Du, Lust haben zu spielen? Du stößt ihn zornig zurück. Daß er glaubt, Du brauchtest Zuspruch, beleidigt Dich in Deinem Willen, einsam und unglücklich zu sein. Er läßt nicht locker, denn für ihn ist es undenkbar, daß diejenige, die er so ratlos sieht, keine Hilfe erwartet. Darauf, mit harten Worten, die Du alsbald bereust und die Deine Verzweiflung vertiefen:

»Laß mich in Ruhe! Laß mich allein! Geh spielen, da Du ja doch nichts verstehst! Zieh ab!« sagst Du zu ihm, zufrieden erst, als es Dir gelungen ist, ihn zu vertreiben.

3

Die drei Talismane

Der Schubkarren war nicht leer. Drei Deiner Angehörigen hatten Dir jeder einen Gegenstand anvertraut. Du warst so erfüllt von der Bedeutung Deiner Mission, daß Du noch lange diese drei Gegenstände aufbewahrtest, von denen Du mir noch zwanzig Jahre später mit der abergläubischen Angst erzähltest, die man zauberkräftigen Dingen entgegenbringt. Deine Großmutter, die zu Hause klöppelte, hatte Dir von den Insignien ihrer Arbeit dasjenige ausgehändigt, was sie für das kostbarste erachtete; Deine Mutter, Lehrerin im Dorf, hatte für diese symbolische Reise ein Küchengerät gewählt; Dein Vater, gleichfalls Lehrer, hatte sich für ein nobleres Wahrzeichen entschieden. Diese drei Dinge zeigen, welche Vorstellung sich die Personen Deiner Umgebung von Dir machten und welche Hoffnung sie auf Dich setzten. Sie weisen auch auf den Charakter einer jeden hin und auf das, was Du jeder verdankst.

Eine Spitzenklöpplerin arbeitete dazumal vor ihrem Klöppelkissen sitzend, einem tragbaren Rahmen, auf den sie das Muster steckte. Während der langen Abendstunden sorgte die von Cäsars Legionen hinterlassene römische Lampe für die Beleuchtung, das Chaleil aus Schmiedeeisen, das mit Hanföl versehen wurde. Um das schwache Licht des Chaleil auf das minuziöse Muster des Kissens zu konzentrieren, stellte die Spitzenklöpplerin zwischen den Rahmen und die Lampe eine dicke mit Wasser gefüllte, die Linse bildende Glaskugel. Die ganze Poesie ihrer Arbeit lag in dem Lichterspiel, das die durchsichtige Kugel des Doulhi auf die hin- und herwandernden Klöppel warf.

Deine Großmutter hatte Dir weder ihr Klöppelkissen noch ihre Lampe anvertraut, sondern ausgerechnet ihre Glaskugel, ihren Doulhi. Sie wurde nur mit Regenwasser gefüllt, damit kein Makel die Reinheit des Strahlenbündels trüben sollte. Indem sie Dir ihr Kissen anvertraute, hätte Deine Großmutter Dir ihr Berufswerkzeug übergeben und auf eine Weise, wie Du später Deinen Lebensunterhalt verdienen konntest, hingewiesen. Es ist sonderbar, daß sie eine andere Wahl traf zu einer Zeit, als sich Spitzen gut verkauften und als es nach dem Konkurs des Bauunternehmens nötig war, daß jeder, auch die Kinder, seinen Beitrag zu den Einkünften der Familie leistete. Der Doulhi war allerdings kein nutzloses Requisit. Seit dem Jahr 1910 jedoch ließ sich voraussehen, daß er durch die neuen Beleuchtungsmittel früher oder später außer Gebrauch kommen würde. Deine Großmutter hatte Dir einen in praktischer Hinsicht völlig veralteten Gegenstand überantwortet, der aufgrund seines geistigen Werts aber von unschätzbarer Bedeutung war. Mit diesem Talisman erhieltest Du die Gabe der Reinheit, der Willkür, der Selbsttäuschung. Dein ganzes Leben lang trugst Du die mit himmlischem Wasser gefüllte Glaskugel bei Dir und stelltest sie, wie ein magisches Prisma, das die Welt verklärt, zwischen die Wirklichkeit und die Intensität Deiner Träume.

Hast Du nicht auch mich zuerst durch einen Doulhi betrachtet? War es nicht die zwischen uns gestellte Glaskugel, die Dich die Unterschiede unserer Rassen, Heimatländer, gesellschaftlicher Umwelt, Erziehung geringachten und glauben ließ, zwischen einem Jungen aus dem Süden und einem Mädchen aus dem Norden gäbe es kein zu fürchtendes Hindernis? Du hast mich losgelöst von der Wirklichkeit geliebt, ohne Dich um meine Herkunft zu kümmern, als sei auch ich vom Himmel gefallen und als hätten eine Familie, Sitten, Gepflogenheiten, die mit den Deinen in keinem Verhältnis stehen, den Säugling der drei Tanten Vasconcellos nicht für eine französische Ehe ungeeignet gemacht. Soziales ist Dir immer niedrig, kleinlich, unbedeutend erschienen. In meiner wahren Natur war ich so schwach und schwankend wie die zitternde Flamme der römischen Lampe: in der vollkommenen Glaskugel Deines inneren Doulhi gebrochen, erschien sie Dir in ein Licht getaucht, das nicht von ihr ausging und uns beide über unsere Anpassungsfähigkeiten täuschte.

Deine nicht weniger an den Dingen aus der Vergangenheit hängende Mutter hatte Dir die Padelle à matefaim, die Eierkuchenpfanne, anvertraut. Lange Zeit habe ich geglaubt, das Wort schreibe sich *Matefin*. Drei satte, kraftvolle Silben, gewählt, dachte ich, wegen ihres runden, üppigen, prallen Klangs. Der dicke, in Wasser angerührte, aus Roggenmehl bestehende Pfannkuchenteig, der euch als Grundnahrungsmittel dient, hätte sich kaum wirkungsvoller schmücken können. Für einen Italiener ist es unvorstellbar, daß ein Nahrungsmittel, und wäre es auch noch so bäuerlich einfach, stopfend, talentlos zubereitet, keine andere Rolle haben soll, als den Hunger zu bändigen. Wir unterhalten ein zärtliches Verhältnis zum Essen. Selbst ein Gericht Spaghetti ist, obwohl nicht weniger einfach als der Roggenpfannkuchen, für uns zunächst ein Wink, uns in der Wärme ihrer Spiralen zusammenzurollen. Wir sehen im Hunger nicht einen zu bezwingenden Feind. Der heroische Kampf, den ihr gegen die Natur geführt habt, um den Abhängen die mageren Produkte des Granitbodens zu entreißen, prägt eure Betrachtungsweise der Mahlzeiten. Nach einem Teller Eintopf sagt ihr nicht: »Das hat geschmeckt!«, sondern: »Ich bin *coufle*.« *Coufle*: ein regionaler Ausdruck, der die Zufriedenheit darüber anzeigt, den Magen gut gefüllt, gut verdübelt zu haben, gemäß einer weiteren bei euch üblichen Wendung. Zweifellos eine Erinnerung an die Zeiten der Not, als ein frisches Stück Obst ein Luxus war, als Rübenkraut eine geschätzte Zusatzkost darstellte, als die Kinder als Weihnachtsgeschenk in ihren Holzschuhen eine Orange fanden. Aber auch die Voreingenommenheit, nur essen zu wollen, um sich zu sättigen, und jede Absicht, an den Gerichten Geschmack zu finden, ablehnen zu wollen.

Zwar gab es alljährlich einige Feste, die mit gastronomischen Spezialitäten verbunden waren. Um jedes Quentchen Nachsicht zu vereiteln, belegtet ihr diese mit unpassenden Namen, die jede Lust entmutigen konnten. Wenn die jungen Männer am Fastnachtsdienstag verkleidet loszogen, um bei den Nachbarn zu sammeln, trugen die Krapfen, die sie erhielten, den wenig appetitlichen Namen *Lumpen*. Du hast mir von dem Brauch berichtet, ohne auch nur zu ahnen, daß die Entwertung alles dessen, was Nahrung ist, Teil eines Komplotts mit dem Ziel war, euch eurer Sinne zu berauben.

»Vierzehn Tage unter einem Kipper!« sagtest Du, wenn eines unserer Kinder Miene machte, was Du ihm auf den Teller gelegt hattest, nicht gut zu finden. Ich glaubte immer, Du sprächest von den Kippern der Bergleute und dieser Vergleich sei Dir von Deinen Mädchenjahren in Saint-Étienne her und Deinen in dieser Stadt erlittenen Qualen gekommen. Durch Monsieur Fougerouse habe ich erfahren, daß man im Livradois *Kipper* die großen Haselkörbe nennt, in denen auf den Rücken der Maultiere die Erzeugnisse aus den Töpferwerkstätten auf die Märkte gebracht werden. Unter den ländlichen Kipper des Töpfers hättest Du gern unsere der Naschhaftigkeit verdächtigen Kinder gesteckt, bis der Hunger sie reuig gemacht hätte. Deines Erachtens – und Du hast diese Meinung von Deiner Mutter und einer langen Ahnenreihe übernommen, die ebensosehr aufgrund der gewohnten Armut wie aus religiöser Überzeugung daran festhalten, die Ansprüche jener, für die sie sorgen, geringzuschätzen – muß eine Familienmutter, die das Mittagessen auf den Tisch stellt, sich nicht um den persönlichen Geschmack ihrer Tafelrunde kümmern.

Sein Vergnügen suchen ist ein Übel, den anderen helfen, ihr Vergnügen zu finden, ist ein Übel: längst bevor ihr berühmtester Sohn Dir die moralische Unterstützung seines Genies brachte, hatte Dir die Auvergne die Eierkuchenpfanne übertragen, um Dich für den Krieg gegen Leichtigkeit, hedonistische Befriedigung, Lockerung der Zucht anzuwerben – die üblichen Folgeerscheinungen des ersten Sündenfalls, Münzgeld der Sünde Adams. Indem er sich weigert, egoistische Wünsche zu befriedigen, arbeitet der Mensch am Werk der Erlösung. Diese Methode hat auch den Vorteil, überflüssige Ausgaben zu vermeiden.

In den Schubkarren hatte Dein Vater ein französisch-auvergnatisches Wörterbuch gelegt. Eine doppelsinnige Botschaft, ganz der Persönlichkeit dessen gemäß, der, Staatsschullehrer, bedingungsloser Jünger von Jules Ferré, Anhänger des Republikanischen Fortschritts, deshalb doch im Schatten seiner Mutter lebte, die noch den hanfleinenen Rock und die Kopfbedeckung aus gefältelter Spitze trug, und im Schatten seiner auf die Einhaltung der Traditionen um so strenger bedachten Frau, als sie ihnen zuwidergehandelt hatte, als sie sich das den Frauen die Lehrtätigkeit eröffnende Gesetz von 1880 zunutze machte. Pierre-Auguste Rageblanc hätte befürchtet, in der Familie Streit hervorzurufen, wenn er seine Tochter zu offen dazu ermuntert hätte, sich von den Traditionen frei zu machen. »Die Provenzalen sprechen kein Französisch, weil sie nicht die Chance gehabt haben, in die Schule zu gehen«, lehrte er in seinem Unterricht. Du, die Du diese Chance hattest, solltest keine Auvergnatin, sondern eine Französin werden, und um Dir zu helfen, Dich von den provinziellen Banden freizumachen, ohne daß Du es an der nötigen Rücksichtnahme fehlen ließest, gab er Dir als Wegzehrung ein Buch, in dem gegenüber jedem lokalen, nur innerhalb der Grenzen des Puy-de-Dôme verständlichen Wort die Übersetzung in die allgemeingültige Sprache stand.

Es war die Zeit, in der der schulische Optimismus mit den Sonderbestrebungen staatlicher Teilgebiete fertig zu werden und, im Hinblick auf die Revanche an Deutschland, durch die Planifikation des Wortschatzes das Land zu einen dachte. Wenn die Bauern der Dore anfingen, die Kühe zu melken (traire), statt sie zu »moudger«, wenn die Pfanne (Poêle) die »Padelle« ersetzte, der Kochtopf (Marmite) den »Puirond«, die Schublade (Tiroir) die »Tourtière«, das Messer (Couteau) die »Laguiole«, wenn die Frauen nicht mehr die Bendel ihres »Devantier« (Weiberschürze) knoteten und sich nicht mehr in der Ofenecke in den »Cantou« setzten, wenn die Kinder nicht mehr im »Cros« gewiegt wurden, welcher Feind könnte dann noch über eine durch die sprachliche Solidarität gefestigte Nation triumphieren? Das Wörterbuch würde Dich lehren, unter den Wörtern die, deren Sprachgebrauch beschränkt ist und die den Geist auf die Maße einer Provinz begrenzen, von jenen zu unterscheiden, die es ihm erlauben, sich zu den Gipfeln der hohen Kultur zu erheben, zu der Tür – und dies war für Deinen Vater keine nebensächliche Überlegung –, die den Hoffnungen auf sozialen Aufstieg offensteht. Der Sohn eines Fuhrmanns erstrebte für seine Tochter einen noch höheren als den von ihm im staatlichen Schulwesen erreichten Rang, welche Rechnung vollkommen aufgegangen ist, obwohl er, dessen eigene Lektüren sich auf Voltaire, Hugo und Zola beschränkt hatten, nicht voraussehen konnte, daß Du Deinen Schülern als ein Leitbild literarischer Meisterschaft die ausgeklügelte Wörtersammlung Racines angeben würdest, dem achthundert Wörter das Material für zwölf Stücke geliefert hatten.

Das Wörterbuch konnte jedoch gleichermaßen, im Fall eines von den Frauen geäußerten Argwohns, als gegenteilige Mahnung dienen: nämlich, daß Du nie Deine Herkunft verleugnen dürftest und daß es Verrat am Besten in Dir wäre, die Wendungen, die Du in der Wiege gelernt hattest, zu vergessen. Jedesmal, wenn Dich die Versuchung ankäme, Dich Deiner Vergangenheit ledig zu glauben, würden Dir die alten Redensarten von einst wie die Urahnen unter ihren Spitzenhauben zuwinken.

Die typographische Anordnung des franco-auvergnatischen Vokabulars unterstützte die Unschlüssigkeit und die Charakterschwächen Deines Vaters. In der linken Spalte befanden sich die französischen Wörter, in der rechten die auvergnatischen. Diese Gliederung schien ihm die Teilung seines zwischen einer Ideologie der Linken, wonach die Menschenrechte und Bürgerrechte einer abstrakten, universellen Sphäre zugehören, und einer Klugheit der Rechten, wonach in der Familie Frieden herrschen muß, hin- und hergerissenen Geistes widerzuspiegeln. Da die beiden Spalten nebeneinanderstanden, konnte es Dich sowohl dazu ermutigen, die Tradition zu kritisieren (durch Übernahme der Wörter links), als auch dazu anspornen, die Bräuche zu achten (durch Nachschlagen der Wörter rechts). Die rechte Seite war die Deiner Großmutter und Deiner Mutter; die linke Seite die seiner persönlichen Überzeugungen. So daß er sehr gut mit einem Widerspruch fertig wurde, der ihn weder daran hinderte, in seinem Haushalt Eintracht zu wahren, noch daran, seine republikanischen Pflichten zu erfüllen.

Für Dich war das französisch-auvergnatische Wörterbuch leider weit davon entfernt, ein Glück zu sein: statt einigend auf Deine Persönlichkeit einzuwirken, führte es ein zusätzliches Moment der Trennung, der Zerrissenheit in Dein Leben ein. Mehr noch als der Doulhi Deiner Großmutter und die Eierkuchenpfanne Deiner Mutter trug es dazu bei, unsere Ehe zu untergraben. Du fingst an, es von rechts nach links zu lesen, entschlossen, die Vorteile zu nutzen, die Dir eine gründlichere Kenntnis der Nationalsprache bringen würde: Ausgangspunkt eines intellektuellen Abenteuers, das Dich dazu führte, weit vollkommenere Wörterbücher, wissenschaftliche Sprachlehren und mehrbändige Enzyklopädien zu erforschen, Morgenröte einer unvorstellbaren Schul- und Universitätslaufbahn für eine gebürtige Saint-Arvernerin. Wer hätte, als Du in Pontigny erschienst, auf den Gedanken kommen können, daß Du aus einem Bergdorf der Auvergne stammtest? Das brillante junge Mädchen, dessen Bekanntschaft ich machte, bezauberte den Barbaren, der ich war, dessen Rüstzeug aus einigen Melodien von Donizetti bestand, während Du fast den ganzen *Polyeucte* auswendig kanntest. Wenngleich ungebildet, hatte ich dagegen zu leben gelernt, mit der Veranlagung der Sizilianer für diese Kunst, zu der nur Wendigkeit, Selbstvertrauen, Nachsicht für die eigenen Fehler, Duldsamkeit für die der anderen nötig sind.

Du, Gefangene Deiner Studien, hattest in Saint-Étienne nur den Weg von Deiner Wohnung zu Deinem Gymnasium und von Deinem Gymnasium zu Deiner Wohnung zurückgelegt, sodann als Internatsschülerin in Versailles, bevor Du Zögling in Sèvres wurdest, warst Du zu sehr am Rand der realen Verhältnisse aufgewachsen, um zu wissen, wie es auf der Welt zugeht. So geistig reif und sicher in Deinem Urteil Du warst, so mittellos standest Du da, als Du entdecktest, was das übliche Dasein ausmacht. Du hattest geglaubt, daß die Menschheit, gleich Deinen Eltern, sich zum Guten und Wahren zu erheben trachtete, durch viele der geistigen Arbeit gewidmete Nachtstunden und drakonisches Sparen, und Du sahst in Paris nur mit unnötigen Tätigkeiten beschäftigte oder ihre Zeit mit müßigen Leidenschaften vergeudende Menschen. Vor Adeline Vasconcellos verlorst Du völlig die Fassung. Meine Mutter bewegte sich in Kreisen der Gesellschaft, wo die kleine Provinzlerin, die Du geblieben warst, keine Aussicht hatte, Staat zu machen.

Zwei Lösungen boten sich Dir an. Die bessere hätte darin

bestanden, zuzugeben, daß Dir alles, was notwendig ist, um sich in der Gesellschaft richtig aufzuführen, unbekannt war, daß Du in den Büchern nichts dergleichen gelernt hattest und daß Deine Erziehung von vorne beginnen mußte. Ein mutiger und schwieriger Weg, der Dich ans Ziel gebracht hätte, wenn Du nicht den Hochmut besessen hättest, ihn Deiner für unwürdig zu halten. Hierbei brachte sich das französisch-auvergnatische Wörterbuch Dir wieder in Erinnerung und diktierte Dir ein Benehmen, das sich als schädlich erwies. »Laßt mich in Ruhe, ich bin die Enkelin eines Fuhrmanns des Puy-de-Dôme, ich habe mit euren Mätzchen nichts zu schaffen.« Flugs gingst Du im Geist die Spalten wieder durch, aber diesmal in der Gegenrichtung, von links nach rechts, um Dein Wappen mit ländlichen Bräuchen neu zu vergolden. Vom Pariser Französisch fielst Du wieder ab und zurück in den Dialekt; nicht einen Dialekt der Wörter in jenem Stadium Deines Lebens, sondern der Geisteshaltung, der moralischen Einstellung, des Betragens anderen gegenüber. Indem Du das Gefühl Deiner Andersartigkeit in Dir verankertest, fandest Du wieder einen Grund, stolz zu sein. Angesichts des »Parisertums« und um gegen die Farce des gesellschaftlichen Lebens zu protestieren, warst Du künftig die Auvergnatin und machtest sogar aus Deiner Steifheit eine Tugend und ein Vorbild.

Bewunderswerte List, um Deine Eigenliebe zu verteidigen: denn Deine Schüchternheit, unter der Du in Gegenwart meiner Mutter und in den Salons, in die ich Dich schleppte, so sehr littest, galt daraufhin als Merkmal Deiner – erdichteten – auvergnatischen Verwurzelung. Sie war nicht mehr eine lächerliche Schwäche, sondern der Wille, Widerstand zu leisten, der Entschluß, Dich inmitten der allgemeinen Verseuchung rein zu erhalten.

Immer mehr verweigertest Du Dich den Zugeständnissen, die erlaubt hätten, die Schwierigkeiten unseres Zusammenlebens, die Unstimmigkeiten, die aus der Ungleichheit unserer sozialen Umgebung entstandenen Reibereien beizulegen. Aus Furcht, in Deinen Bemühungen zu versagen, hörtest Du auf, welche anzustellen. Von Tag zu Tag ärgerlicher über eine solche Unaufrichtigkeit, sah ich, wie Du darauf verzichtetest, meinen Freunden zu gefallen. Du hattest ein für allemal dekretiert, daß Du einem anderen als ihrem Universum angehörtest, Deine Art, die Lehre der linken Spalte zu leugnen, der zufolge dank der Sprache, dem Seinsgrund der Universalität, die die Menschen unterscheidenden speziellen Sitten transzendiert werden können. Gegen das, was Du, aus Unfähigkeit, ihnen auf dem unsicheren Boden der raschen mondänen Konversation zu folgen, ihren Klatsch und ihre Grimassen nanntest, brachtest Du die stolze Gewißheit vor, einer älteren, ungeschliffeneren, das heißt einer rechtschaffeneren und besseren Rasse anzugehören. Wie hätte ich Dich über Deinen Irrtum aufklären können? Du hattest Dich in dieser Überzeugung verschanzt wie die Katharer in ihren Festungen.

4

Das Lied vom Ochsenhirten

Monsieur Fougerouse hatte mir eine prachtvolle Mahlzeit gerichtet, nach reinster auvergnatischer Tradition. Obwohl Kartoffeln und Speck die vornehmlichsten Bestandteile seiner Küche waren, erschien sie mir weder schwer noch eintönig. »Es gibt vier Arten des Kochens auf der Welt«, sagte er, als er sich im Speisesaal zu mir setzte. Ich mühte mich mit den Spiralen einer sämigen, aus Kartoffelbrei und geschmolzenem Hartkäse zubereiteten Teigware ab – dem Aligot, das mit einer Spur Knoblauch pikanter gemacht wird und, um zu geraten, eine erhebliche Kunstfertigkeit erfordert.

»Mit Butter, mit Sahne, mit Öl und mit Speck. Wir sind beim Speck geblieben, und das war unser Glück, mein Herr. Nie hat es einem Auvergnaten an einem Schwein gefehlt. Während die Kleine ihre Schubkarre schob, zog ihr Bruder das Schwein.«

Dein jüngerer Bruder zog ein Schwein am Tag des Umzugs? Es war das erste Mal, daß ich davon reden hörte.

»Ja, Monsieur, das aus dem Verkauf genommene Schwein der Rageblanc. Kein Auvergnate ohne sein Schwein.«

Pierre war damals neun Jahre alt.

»Aber er war doch noch ein Kind!« rief ich unwillkürlich.

»Nun ja! Das Nadelholz muß man im jungen Mond hauen, das Laubholz im alten Mond. Sie glauben, ein Kind besäße nicht die Kraft, um ein gutgemästetes Schwein zu bändigen? Weit gefehlt. Niemand verstand es so gut wie Monsieur Pierre, ein hundertzwanzigpfündiges auf den Rücken zu werfen, zu töten und abzustechen. Und seine Schwester erst! Sie war nicht sehr kräftig, das ist wahr, sie war eher schmächtig für ihr Alter, die Arme. Aber was für eine Willenskraft in ihren kleinen Armen! Sie rührte das Blut im Becken, um die Blutwurst zu machen. In den Bergen ist alles zu et was nütze. Bereitwilligkeit ist nie überflüssig. Aus

Verlust zieht man Gewinn: Ziege, die keine Milch gibt, hüpft gut.«

Ich konnte Dich mir bei dieser abstoßenden Pflichtübung kaum vorstellen und erst recht mir nicht denken, daß Du sie ohne Widerwillen ausführtest. Monsieur Fougerouse versicherte mir, er habe gesehen, wie Du die rote leimige Masse am Boden des Kessels wacker rührtest, während der Blutstrahl stoßweise aus der durchschnittenen Kehle strömte. Er erinnerte sich sogar, daß ihr, Dein Bruder und Du, euch angesichts des sterbenden Schweins vor Lachen geschüttelt hattet. Eure Mutter war herbeigelaufen und hatte mit euch gezankt. Das Lachen war ihr so barbarisch vorgekommen, daß sie befürchtete, es sei euch ein Unglück zugestoßen. »Wißt ihr nichts Besseres zu tun, als den armen Leuten angst zu machen!«

»So ist Monsieur Pierre also immer noch in Indochina?« fing Monsieur Fougerouse wieder an und ließ mir keine Zeit, mich von meiner Überraschung zu erholen.

Eine liebevolle Wißbegier klang in seiner Frage an. Ich hatte in der nächsten Zeit mehrmals Gelegenheit festzustellen – in erster Linie bei Monsieur Gagnaire –, daß man es Dir verargte, Dein Studium in Paris abgeschlossen und dort in andere Kreise geheiratet zu haben – und welche Schuldgefühle diese heimliche Mißbilligung des Dorfs in Dir genährt haben kann und unser Verhältnis dadurch noch schwieriger gestaltet hat, stelle ich mir unschwer vor –, wohingegen man es ganz natürlich und sogar höchst lobenswert fand, daß Dein Bruder mit seinem von der Bergakademie in Saint-Étienne ausgestellten Diplom nach Tonkin gefahren war, um sich in Hon Gay niederzulassen.

Ist es nicht sonderbar, daß die Auvergnaten der Abwanderung feindselig gegenüberstehen, daß sie jedweden, der ihnen entwischen will, scheel ansehen, daß sie es für moralischer halten, im Land zu krepieren, als das Glück anderswo zu versuchen – ausgenommen, es handelt sich um den Orient? Zur Zeit der Flußschiffahrt auf dem Allier legten jedes Frühjahr Flottillen von flachen, aus Tannenholz gebauten Schiffen in Blassac, Issoire, Montpeyroux ab und brachten eine Ladung Kohle, Kartoffeln und Volvicsteine nach

Paris. Die Schiffer löschten ihre Fracht am Quai de la Rapée, verbrannten selbst die Kähne und kehrten zu Fuß zurück, ohne in Versuchung zu geraten, auf der Seine Küstenschiffahrt zu betreiben.

Drei auvergnatische Kreuzfahrer aus dem Gefolge des heiligen Ludwig, die in Tunis gefangengenommen worden waren, arbeiteten in Damas in einer Papiermühle. Das Geheimnis der Papierherstellung war aus dem China Tsai-Luns auf die beim Kampf um Samarkand siegreichen Muslims übergegangen. Aus Syrien kam es durch diese drei Kreuzfahrer zum ersten Mal nach Europa. Neben der über die Dore führenden Brücke in Valeyre hatte ich die Reste einer verwitterten Mauer gesehen, die noch heute la Dame et Escalon genannt werden – Erinnerungen an Damas und Ascalon? – und die Ruinen der ersten Papiermühlen Frankreichs sein sollen. Werden Leute, die ihre Reisen auf solche zu den Märkten von Ambert und Thiers beschränken und die, um mit Monsieur Fougerouse zu sprechen, sich darauf etwas einbilden, »beim Speck geblieben zu sein«, durch das Tonkin Deines Bruders an das erstaunliche und einträgliche Abenteuer der Papierfabrikation gemahnt? Gestehen sie einem Menschen zu, sich nach China einzuschiffen, weil die Mühle von Richard de Bas heute das einzige prosperierende Unternehmen der Gegend ist? Oder bin ich es, der alles durchdenken will, sich zu »auvergnatisch« benimmt, indem er ihnen eine derartige Berechnung unterstellt? Vielleicht ist der Orient für sie, frei von jeder Logik und jedem Eigennutz, wie Ali Babas Höhle für die Kinder, eine ungereimte poetische Erfindung, die Butter und die Sahne, die sie nie an die Kartoffeln des Patia tun werden.

Jedesmal, wenn ein Schwein geschlachtet wurde, verlangte der Brauch, daß man den Nachbarn einen Ringel Blutwurst und einen Teil der Lende brachte. Diese Aufgabe fiel den Kindern zu. Ihr gingt von Haus zu Haus mit euren Geschenken. Wenn die Nachbarn ihrerseits ein Mastschwein schlachteten, erhielten alle Umwohnenden die gleiche Aufmerksamkeit. Von November bis Februar verstrich keine Woche ohne Austausch von schweinernen Höflichkeiten. Die Portion Blutwurst und Fleisch war so berechnet, daß sie stets peinlich genau gleich war. Kein Wetteifern in Großzügigkeit zwischen den Familien: es handelte sich um einen Ritus des gesellschaftlichen Lebens, der streng befolgt werden mußte.

In Saint-Arverne, fuhr Monsieur Fougerouse fort, gerührt durch das Gedenken an Bräuche, die der Krieg dahingerafft hatte, verlegen jedoch, weil er mir von einer alten Sitte erzählte, die als ein Zeichen von Geiz gelten konnte, erwiderte man die Einladungen auf gewissenhafte Weise. Man mußte die gleiche Menge Bugnes auftragen, die es bei den anderen gegeben hatte, ebenso viele Gläser Chanturgue eingießen wie zuvor die anderen. Die Regel erlaubte keine Ausnahme, und hätte sich einer hervortun wollen, so wäre er als Flegel angesehen worden. Am Dreikönigsfest mußte der Bohnenkönig einen Kuchen »zurückgeben«, in dem ebenfalls eine Bohne versteckt war: die Kette der Kuchen reichte bis Ostern. Alle von gleicher Größe und von gleicher Qualität des Mehls.

»Auf diese Weise brauchten die Ärmsten im Dorf die Vergleiche nicht zu fürchten. Angesichts ihrer Verpflichtung waren alle gleich. Wir stellten eine Art Demokratie der guten Manieren her«, schloß mein Gesprächspartner, froh, ein Argument gegen die Bezichtigung der Knickerigkeit gefunden zu haben.

Das Wort machte mich nachdenklich. Die »guten Manieren« der Auvergne schienen mir nicht vergleichbar mit dem, was meine Mutter mit diesem Ausdruck bezeichnete. Messer und Gabel in einem rechten Winkel auf den Teller legen, solange man noch ißt, sie sodann nebeneinander legen, und zwar mit umgedrehter Gabel, um anzuzeigen, daß man fertig ist, stellt für sie den höchsten Grad an Lebensart dar. Sie riet meinen Tanten dringend, darauf zu achten, daß ich diese Vorschrift genau befolgte. Das erste Mal, als sie Dich zu Hause empfing, benahmst Du Dich bei Tisch, wie Du es stets getan hattest, Du dachtest nicht einmal daran, daß es eine andere Möglichkeit des Verhaltens bei Tische gäbe, und noch weniger, daß Du aufgrund einer so unbedeutenden Einzelheit beurteilt würdest. Der Verweis trieb Dir die Röte ins Gesicht, und in Deiner Verwirrung stießest

Du das Salzfäßchen um. Ich kehrte das Salz auf dem Tischtuch zusammen und warf mir, nach sizilianischer Mode, eine Prise hinter die Schulter. Adeline fing über meine Abergläubischkeit an zu lachen, der Vorfall war erledigt, aber er hatte in Deiner Seele eine tiefe Spur hinterlassen. Ich war zu abhängig von meiner Mutter, um Dich zu verteidigen und darauf aufmerksam zu machen, daß es eine überflüssige Kränkung und von unangebrachter Härte ist, von einem jungen Mädchen, das die schwierigsten Staatsexamina bestanden hat, eine elegante Handhabung der Bestecke zu fordern.

Im übrigen begriff ich den Kern der Sache nicht: nämlich, daß die »guten Manieren«, die das Bürgertum seinen Kindern einzutrichtern bemüht ist, nur ein lächerlicher Zwang sind und eine krasse Parodie im Hinblick auf die feinsinnige Höflichkeit, deren sich die Bauern Deines Dorfs bedienten. Auf dem Höhepunkt der Glanzzeit Deines Großvaters gingst Du reihum, um die gleiche Menge Blutwurst zu bringen, die ihr von euren Nachbarn erhalten hattet. Es bedurfte einer großen Herzensvornehmheit, dies Mittel zu erfinden, um Verletzungen der Selbstachtung jener zu vermeiden, die nicht in der Lage gewesen wären, eine bedeutendere Gabe zurückzuerstatten.

Adélie Quinquandon, Deine Großmutter väterlicherseits, war plötzlich Familienoberhaupt geworden nach dem finanziellen Ruin und dem Zusammenbruch von Claudius Rageblanc. Er hatte viele Schulden gemacht, was in Girgenti, wo die *Ehre* verlangte, über seine Verhältnisse zu leben, nicht weiter peinlich gewesen wäre, im auvergnatischen Moralkodex aber den höchsten Grad an Schändlichkeit darstellte, eine üblere Schandtat war als selbst der Diebstahl. Deine beiden Eltern verdienten jeder nicht mehr als etwa hundert Francs monatlich: einen Hungerlohn. Die Einführung eines mechanischen Klöppelrahmens rief einen Preissturz hervor. Adélie räumte ihr Klöppelkissen fort und ließ sich im neuen Büro, das die PTT im zum Hauptort des Kantons ernannten Saint-Arverne gegenüber eurem neuen Haus, fast unter euren Fenstern eröffnet hatten, anstellen.

Dieser Entschluß, der heute so einfach erscheinen würde, kostete sie eine heroische Anstrengung. In ihrer Jugend hatte sie wie alle armen Mädchen des Livradois die Gewohnheit angenommen, auf dem Markt von Ambert ihr Haar zu verkaufen, um Stoffe und Kinkerlitzchen einhandeln zu können. Die Haube, die sie ständig trug, ein dunkles, von gefältelter Spitze eingefaßtes und auf dem Kopf durch einen drei Finger breiten kupfernen Halbreif festgehaltenes Tuch, war keineswegs ein folkloristischer Bestandteil der Kleidung, sondern ein Hilfsmittel, um ihren Schädel zu verbergen, den sie in regelmäßigen Zeitabständen kahlschor. Man nannte diesen kupfernen Halbreif »heimliches Gewächshaus«: ein vielsagender Name, der darauf hinweist, daß die menschliche Findigkeit aus der ersten Gabe der Natur Profit zieht. Wenn sie hinter dem Schalter saß, mußte Deine Großmutter ihre Haube abnehmen. Mit fünfzig Jahren war sie noch eine schöne Frau. Sie mußte die Demütigung schlukken, fast haarlos inmitten junger Angestellter zu erscheinen, die sich über ihren in der Taille in Falten gelegten gestreiften Rock, ihre weißgepunktete schwarze Bluse, ihre Pantinen aus Erlenholz lustig machten.

Keines dieser Fräulein stammte aus Saint-Arverne. Eine kam aus Ambert; zwei andere im Ausleseverfahren Eingestellte aus Clermont-Ferrand. Was den Briefträger anging, so war er ein wenig beschränkt und hatte den Posten angenommen, ohne sich etwas dabei zu denken. Die Dorfbewohner nahmen keine Arbeit bei den PTT an, da im Jahr 1910 die Feindseligkeit der Landbewohner gegen die Beamten dem Ausbruch nahe war. »Feste Arbeitszeit und garantierter Lohn! Nicht nötig, euch anzustrengen, ihr Freunde! Am Monatsende kommt Geld ins Haus!« Die Bauern – alle in Saint-Arverne waren Bauern, alle hatten ein Schwein und ein Feld – begriffen nicht, daß eine Arbeit zu einer bestimmten Tagesstunde beginnen und enden konnte, sie, die jede Stunde ihres Lebens ihrem Boden widmen mußten und denen es nichts genützt hätte, auf die Uhr zu schauen, um bei Unwetter, Trockenheit oder Frost zurechtzukommen. Am 1. Mai 1910 hatten sich die Postbediensteten der in ganz Frankreich organisierten Manifestation angeschlossen, um den Achtstundentag zu fordern. Der Achtstundentag sollte erst nach dem Krieg erreicht werden, aber die Unpopularität eines solchen Anspruchs blieb an den Postangestellten haften. Deine Großmutter arbeitete täglich elf Stunden und schämte sich, so wenig zu arbeiten.

Eine weitere brennende Frage in jener Zeit: der wöchentliche Ruhetag. Dein Großvater, einstiger Wanderbursche, der von diesem körperschaftlichen Brauch her eine dauerhafte feindselige Einstellung gegenüber dem Klerus hegte, wußte, daß der arbeitsfreie Sonntag, der 1789 abgeschafft, 1814 von der Restauration wieder eingeführt und von der Revolution von 1830 im Namen der Gewissensfreiheit und der Freiheit der Arbeit aufs neue aufgehoben worden war, eine Erfindung der Pfaffen war. Nun verlangten die Sozialisten seine Wiedereinführung, und das brachte das vom Morphium bereits getrübte Gehirn des Kränkelnden völlig durcheinander. Sein Sohn hätte ihn dazu bewegen können, die Rechtmäßigkeit der Forderung anzuerkennen, wenn die Katholiken nicht begonnen hätten, sie ihrerseits zu unterstützen. Zum ersten Mal beobachtetest Du, wie unzuverlässig die scheinbar wohlbegründeten politischen Ansichten sind. Beide, Dein Großvater und Deine Großmutter, hofften auf die Wiedereinführung des Sonntags, jedoch aus entgegengesetzten Gründen; dem einen lag am Herzen, den Arbeitern Freizeit zu verschaffen, der anderen, die Kirchen zu füllen. Da, wo sie hätten übereinstimmen sollen, fanden sie Anlaß zum Streit, weil jeder fürchtete, den Eindruck zu erwecken, daß er seinen eigenen Standpunkt nicht entschieden genug verteidigte, wenn er ein Gesetz unterstützte, das den anderen glücklich machte. Als das Gesetz verabschiedet wurde, fing Dein Großvater, der dem Eintritt seiner Frau in einen Dienst des bekenntnisneutralen Staats zugestimmt hatte, an, im Dorf herumzuschreien, es sei nicht der Mühe wert gewesen, den alten Combes zu unterstützen, das Konkordat aufzuheben, Kirche und Staat zu trennen und die Kirchengüter zu inventarisieren, wenn die Dienstvorschrift der Post nur dazu tauge, die Postangestellten in die Kirche zu schicken.

Für Deine Großmutter wurden, unabhängig von der

ideologischen Spaltung, die Dinge deshalb noch schwieriger, weil die Bauern von Saint-Arverne die Gewohnheit hatten, die Dienste der Post ausgerechnet sonntags in Anspruch zu nehmen. Am Sonntag kamen sie von den Bergen herunter, um eine Einzahlung in die Altersversorgungskasse oder auf ihr Sparbuch vorzunehmen. Am Sonntag hatten sie Muße, einen Brief zu lesen oder in der Zeitung zu blättern: auf welchen anderen Tag wäre der Besuch des Briefträgers günstiger gefallen? Um sich zu erlauben, ihn zu verabscheuen, stellte man fest, daß der alte Nigon nicht nur geistig beschränkt, was auf dem Land Mitleid erweckt, sondern überdies ein Zwerg war, und das galt als ein im höchsten Maße unheilvolles Zeichen.

Deine Großmutter wagte sonntags nicht mehr auszugehen. Nachdem sie ans Postbüro geklopft hatten, überquerten die Bauern die Straße und trommelten gegen eure Tür. In Schrecken versetzt, hörtest Du sie Flüche murmeln. Mit welch dunklem Verbrechen hatte sie sich belastet, daß sie vom Haß des Dorfs verfolgt wurde? Sie antwortete nicht: für Dich der Beweis, daß es für ihr Vergehen keine Rechtfertigung gab. Das Böse, das absolut Böse, das sich bereits Deines Großvaters bemächtigt hatte, hatte eine neue Beute gefunden, und Du ordnetest den Morphinisten und die Postexpedientin derselben Sünderkategorie zu. Deine Eltern horchten ängstlich, wenn die Tür von Schlägen widerhallte; sie ermahnten ihre Kinder, keinen Lärm zu machen, damit man annehmen mußte, es sei niemand zu Hause. Der Kohlenbrenner von Pradeaux, der gekommen war, um eine Postanweisung abzuholen, warf einen Stein und zerbrach die Fensterscheibe in dem Raum, in dem ihr euch schweigend verhieltet.

Die Ehre einer Auvergnatin verbot ihr, sich zu beklagen. Bei euch hatte eine Frau das Recht, krank zu sein, nicht aber das Recht, traurig oder kleinmütig zu sein. Um Dich in Heimsuchungen stark zu machen, lehrte Adélie Dich das Lied vom Ochsenhirten, der, nachdem er die Ochsen über die Wege getrieben hat, nach Hause kommt und seine Frau niedergeschlagen vorfindet.

Quand Jean s'en vint de bouviérer,
Planta son aiguillade,
Ha!
Planta son aiguillade.

Trouva sa femme au foyer
Toute déconsolade
Ha!
Toute déconsolade.

O femme, voulez-vous un potage
Ou bien de la pourrade?

Si vous sentez en maladie,
On vous soignera, femme.

Et femme si vous en mourez
Vous enterrera, femme!

Nicht alle Lieder der Auvergne neigen sich sanft oder steil dem Tode zu, aber vom reichhaltigen Repertoire Deiner Großmutter hast Du nur dies eine behalten. »Und Frau, wenn Ihr dran sterbet, wird Euch begraben, Frau!« Bevor sie begraben wurde und um zu zeigen, daß sie erst von den biologischen Gesetzen besiegt kapitulieren würde, bot sie ihren jungen Kolleginnen aus Clermont-Ferrand die Stirn. Diese dummen Liesen hatten aus dem Flachland die Ambitionen und die Nachlässigkeit des Kleinbürgertums mitgebracht, die Dauerwelle, die Lockenwickler, den Hosenrock, das Fahrrad, die Unkenntnis des Vokabulars. Sie triumphierte, wenn sie ihnen ihre Ausdrucksweise vorwerfen konnte. »Sie haben mir gesagt, sie wollten in *die Blaubeeren* gehen! Als ob es in Prabouré andere wildwachsende Früchte als die Preiselbeeren gäbe!« Und sie entrüstete sich, wenn sie von einem Brathuhn mit *Eierschwämmen* reden hörte, da diese Pilze doch *Pfifferlinge* genannt werden mußten – mit der gleichen Heftigkeit, wie ich sie bei Dir wiederfand, als Du die Blätter meiner ersten politischen Rede zerrissen hast, worin ich die Wähler aufforderte, sich auf die *emeritierten*

Fähigkeiten von X. zu verlassen. Und Dir zufolge bedeutete dies, daß ich gleichzeitig die französische Sprache und den Kandidaten lächerlich machte, da *émérite* nur von einem aus dem Dienst ausgeschiedenen Soldaten gesagt und nicht unüberlegt angewendet werden dürfe, statt *eminent* oder *verdienstvoll*.

Der sicherlich lebhafteste Eindruck, den Adélie Quinquandon Dir hinterließ, war, zu sehen, welche Hände in Deiner Familie das Steuer übernommen hatten. Ein wahrer Staatsstreich, verübt auf Kosten der Sitte. Eine Frau tilgte die Schulden des entthronten Großvaters, eine Frau glich das defizitäre Budget Deiner Eltern aus, eine Frau bewahrte die Rageblanc vor dem Bankrott. Ohne für das Dorf eine Neuheit zu sein – dort gab es keine Frau, die, auf dem Feld oder an ihrem Klöppelkissen, ihren Mann nicht unterstützte –, beschränkte sich die Frauenarbeit darauf, eine zusätzliche Einnahmequelle darzustellen. Zum ersten Mal in der Geschichte Saint-Arvernes ruhten die Lasten eines Haushalts, die damit verbundenen finanziellen Verantwortlichkeiten und die moralische Autorität nicht mehr auf den Schultern des Mannes.

Es war mein Schicksal, daß ich, nachdem ich bei einer Mutter groß geworden war, die für alle meine Geldnöte aufkam, in die Hände einer Ehefrau übergehen sollte, der es nicht unnatürlich erschien, die Haushaltskosten zu bestreiten.

5
Das Salz und der Zucker

Zur Ergänzung der Lehre von den vier Arten des Kochens hätte ich Monsieur Fougerouse sagen können, daß es vier Arten des Backens gibt: mit Butter (vorwiegend französische Art), mit Sahne (Wiener Art), mit Mandeln (die meine, die Art Girgentis und Siziliens), mit Honig (auf der anderen Seite des Mittelmeers, in Nordafrika). Hätte er mich gefragt, welcher Kategorie das Backwerk des Livradois zuzuteilen sei, so hätte ich ihm antworten müssen: einer fünften, der Kategorie des Fehlens von Backwerk. Da ich keinerlei Grund hatte, den trefflichen Mann zu betrüben, tat ich so, als schmecke mir sein »Apfelprunk«, den er mir auf den Teller getan hatte, eine Art mit dunklem Mehl zubereiteter Eierkuchen, der ebensowenig Ähnlichkeit hat mit dem, was ich eine Nachspeise nenne, wie die Kleidung eines Galeerensträflings mit einem Ballkleid.

Gegen Nachspeisen hegt ihr Auvergnaten eine unbezwingliche Feindseligkeit, bei der in gleichem Maße jansenistische Angst vor der Lust, bäuerlicher Argwohn gegen Frivoles und die Überlegung, daß ein süßes Gericht eine unnötige Ausgabe darstellt, mitspielen. Wie das Salz müßt ihr auch den Zucker kaufen. Während aber das Salz als notwendiges Lebensmittel gilt, kann man den Zucker sparen. Aus den Aprikosen von der Limagne, den Pflaumen von der Dore macht ihr keine Konfitüren, ihr laßt sie unter dem Vordach trocknen. So sehr wie Du zu einer Salz-Kultur gehörst, so sehr gehöre ich zur Zucker-Kultur: hätten wir diesen Unterschied früh erkannt, so hätten wir es vielleicht vermieden, einander zu heiraten.

Ist es allein Naschhaftigkeit, daß die Zisterzienserinnen von Santo Spirito in ihren frommen Küchen so köstliche Leckereien herstellen? Wenn sie allmorgendlich in ihre Klosterkirche treten, sehen sie an den Wänden eine üppige Entfaltung plastischer, ihre Phantasie anregender Formen: gipserne purzelbaumschlagende Cherubim, akrobatische

Engel, ekstatische Heilige auf Wolken; über dem Altar *Putti* und Palmen inmitten eines Strahlenkranzes. Die Pracht und die Unordnung dieser Dekoration erfreuen ihren Blick nicht minder, als die salbungsvolle Geistigkeit der Psalmen ihre Seele erhebt. Gewohnt, unter der Maßlosigkeit, Überladung, dem Wirbel einer Umgebung zu leben, die sie von den Zwängen der Klosterregel befreit, würden sie befürchten, engstirnig zu erscheinen, wenn sie in ihre Kuchen nicht das Maximum an süßen Einfällen legten. Kaum wieder zu ihren Backöfen zurückgekehrt, machen sie es sich zur Pflicht, der Unruhe der Vergoldungen und der Marmore, die während des Gottesdienstes um sie her brodelt, durch eine Überfülle von Ingredienzen und ein Aufflammen von Würzen zu antworten. Ihr habt kein ergötzliches Backwerk in der Auvergne, denn in allen Bereichen habt ihr eurer Phantasie die Flügel beschnitten. Nach der Mahlzeit hatte Monsieur Fougerouse mir eine Überraschung bereitet: er führte mich in ein Zimmer, dessen getreu wiederhergestellte auvergnatische Innenausstattung vom Anfang des Jahrhunderts mich in die Zeit Deiner Kindheit zurückversetzte.

Im Hintergrund erblickte ich ein Wandbett, dessen hölzerne Rahmen mit Vorhängen geschmückt waren. Das Bett schien mir sehr hoch und sehr kurz zu sein. »Weil man darin nicht ausgestreckt liegend schläft«, sagte mir Monsieur Fougerouse, »sondern fast sitzend. Man schlüpft hinein zwischen einen Stapel Federbetten und einen Haufen Kissen.« Deine Eltern hatten in einem solchen Bett geschlafen: nie hatten sie die Entspannung der liegenden Stellung kennengelernt. Diese Entspannung hätte als Verweichlichung gegolten. Du selbst schliefst als kleines Kind in dem über den Köpfen Deiner Eltern quer über das Bett gestellten Cros, und sie brachten es mittels einer Schnur zum Schaukeln. In der Auvergne kann eine Mutter sich nicht über die Wiege ihres Neugeborenen neigen.

In einer anderen Stelle des Raums, vor dem Kamin, hatte man die Haushaltsgeräte zusammengestellt: das Grugeoir, um das Salz zu zerkleinern, es besteht aus zwei großen runden Steinen, die aneinander gerieben werden; die langstieligen Pfannen, eine mit Löchern für die Kastanien, die andere für die Eierkuchen; das Bousset genannte Weintönnchen; den an der Feuerstelle aufgehängten Kessel für den Eintopf. Alles Gegenstände von schöner, solider Beschaffenheit. Im rechten Winkel zum Fenster ein langer Bauernhaustisch mit quadratischen Füßen, auf jeder Seite zwei Bänke; ein Tellerbord, ein Schrank für die Kleider, Stühle aus geflochtenem Roggenstroh vervollständigten das Mobiliar. Alles war nüchtern, stabil, streng, rechteckig zugeschnitten. In dem Cantou mit geradem Rücken ohne Kissen und Polster, wo die Großmutter saß, mußte sie, eine knotige, knorrige Gestalt, einem hölzernen Götzenbild gleichen.

Aus Girgenti waren mir jene Truhen bekannt, in denen die Dienstmädchen aufs Geratewohl die Dinge anhäuften, von denen sie nicht wußten, wo sie sie hinstellen sollten. Uns in Sizilien gefällt die Truhe, weil sie keine Gefächer und keine besondere Zweckbestimmung hat und man das aus dem Durcheinander des Hauses aufgelesene Gerät stets dort hineinstopfen kann. Monsieur Fougerouse ging zu der vor das Bett gestellten massiven Bank, die er Arche nannte. Die Arche dient als Tritt, über den man ins Bett steigt, am Tag als Sitz und als Truhe. Der Gastwirt hob den Deckel und zeigte mir die von einer beflissenen Hand stufenförmig gestapelten Bettlaken.

Die Mehrzahl dieser Möbel stammte aus dem achtzehnten Jahrhundert, sagte er mir: Während wir in Sizilien, bei den Lehnsesseln aus vergoldetem Holz mit geschnitzten Engelchen und Voluten, bei den gelben Samtsofas, den goldgerandeten Kaffeetassen angekommen waren, hatte die Auvergne die rustikalen, primitiven Formen des Mittelalters beibehalten. Einem einzigen anderen Stil ist es gelungen, sich dort einzuführen: die geraden Louis-XIII-Buffets und starren Sessel waren wegen ihrer asketischen Einfachheit und ihrer mäßigen Kosten euren Krautjunkern genehm. Bevor der letzte Nachkomme der Grundherren de La Roue nach Amerika auswanderte und sein Schloß verfallen ließ, hatte Monsieur Fougerouse ihm, um das Möbel unter den Treppenaufgang seines Hotels zu stellen, einen Sessel mit hoher Lehne, geraden Armen, steifen Polstern abgekauft, einen Zeitgenossen und Nacheiferer der Corneilleschen Tragödien. Weder die Sprossenschränke François I. noch die Schemel mit gedrehten Beinen, die den Hof von Fontainebleau zierten, noch in späterer Zeit die Baluster mit Spiralen, die außerordentliche Kunsttischlerei, die eleganten Schreinerarbeiten im Jahrhundert Voltaires haben sich bei euch eingebürgert. Ihr hättet mehr Holz gebraucht, um sie herzustellen, hättet den Handwerkern mehr bezahlen, zugeben müssen, daß ein Möbel auch ein ästhetischer Gegenstand sein kann. Immer wieder die Salz-Kultur, die sich gegen die Zucker-Kultur wehrt.

Ich konnte es kaum erwarten, die Kirche anzusehen. Hoch, schmal, streng, die Spitzbogen mit geometrischen Motiven bemalt, schien sie mir weder alt noch authentisch zu sein. Eine schlanke, von einem spitzen Turm gekrönte Kirche steht in einem Umkreis von Bergen nicht am ihr gemäßen Platz: die Ebene muß sie beherrschen, sie ist dazu da, von weitem gesehen zu werden. Sie war einem gotischen Modell nachgebildet worden, das der Auvergne fremd war. Du gingst oft hin, um Dich innerlich zu sammeln. Weil Dein Vater es so wollte, der sich in diesem Punkt den Frauen der Familie widersetzte, warst Du ohne religiöse Erziehung, aber Du liebtest die Kälte und die Stille dieser kahlen Kirchenschiffe. Die unter den Fliesen liegenden Toten gemahnten Dich daran, daß der Mensch ein flüchtiger Gast auf Erden ist und sich eilen muß, seine Aufgabe zu erfüllen. Mit zehn, zwölf Jahren träumtest Du schon von Opfertaten und hättest den schweifenden Schatten der Verstorbenen beschwichtigen wollen. Diesseits der Pyrenäen Tragödie, jenseits Komödie! In Mexiko habe ich mich damit über mein erstes Exil hinweggetröstet, daß ich am Allerseelentag den Kindern zusah, die Gerippe aus Karamel lutschten und Schädel aus Nougat knabberten.

Ich rechnete nicht damit, interessante Entdeckungen zu machen, als ich im Dunkel des Seitenschiffs zwei Bilder gewahrte, die mich erstaunten. Das eine ist die Kopie eines Deiner beiden Lieblingsbilder, des *Johannes der Täufer* von Leonardo da Vinci aus dem Louvre, von dem ich stets eine Reproduktion auf Deinem Schreibtisch stehen sah. Wie auf der Kupfertafel, die den Vermerk »Zueignung des Staates 1894« trägt, zu lesen ist, hat ein Herr Bussy die Kopie angefertigt. Ich hätte mir nie vorgestellt, daß Du in Saint-Arverne an einem solchen Gemälde Gefallen gefunden hätttest! Nichts war verwirrender für mich als diese Annäherung in Deinem persönlichen Museum, wo sie Seite an Seite standen, von Leonardos *Johannes der Täufer* und Philippe de Champaignes *Mère Angélique Arnauld*. Dieser junge Mann mit dem zweideutigen Lächeln, der mit dem Finger geheimnisvoll ins Unbekannte weist, was hat er mit der strengen Frontkämpferin der jansenistischen Hilfstruppen gemein? So naheliegend es war, daß Du Dir diese als Vorbild gewählt hattest, sowenig paßte der Erstgenannte in Deine Welt. Vier Jahre vor Deiner Geburt hatte der französische Staat die mittelmäßige Kopie dieses Gemäldes nach Saint-Arverne geschickt. Es war der Zucker, mit dem er eine den schönen Künsten unzugängliche Provinz bestreute, es war der Same der Schönheit, den er in Deiner Seele aufgehen ließ.

Die andere, einem Herrn Blanc zu verdankende Kopie reproduziert die *Grablegung* von Daniele da Volterra, die Delacroix in Rom bewunderte und zum drittschönsten Werk der Welt nach Raphaels *Himmelfahrt* und der *Kommunion des heiligen Hieronymus* des Domenichino erklärte: ein originelles Urteil, besonders von seiten eines Franzosen, aber Du hast Dich ihm nicht angeschlossen. Die *Grablegung* von Daniele da Volterra hat Dir gewiß nur einen negativen Eindruck gemacht: zu »barock«, das heißt von schlechtem Geschmack Deinem Maßstab nach, dem zufolge alles Überflüssige weggelassen werden muß.

Nach einem Besuch der schönsten Kirchen der Gegend scheint mir, daß die Renaissance keinen anderen Vorstoß in die Auvergne gemacht hat als mit dieser späten Kopie des Herrn Bussy von Leonardos *Johannes der Täufer*. Das Gemälde ist sogar das einzige Beispiel von *Kunst* (wenn unter »Kunst« das gewisse Etwas an Unberechnetem, Willkürlichem zu verstehen ist, das die Nutzfunktion transzendiert), das Dich während Deiner Kindheit erreicht hat. Dem unwissendsten kleinen Jungen in Girgenti ist das Tal der Tempel vertraut; er vermag zwischen den Lekythen mit schwarzen Figuren und den Kratern mit roten Figuren der Dorier zu unterscheiden, die hufeisenförmigen Arkaturen erzählen ihm von den Heldentaten der Araber, an den zinnenbewehrten Bergfrieden erkennt er die Sueben, an den runden Kuppeln die Normannen, er verbindet das bauchige Kunstschmiedewerk der Balkone mit dem Prunk der spanischen Niederlassung. Ich bin mit dem Gedanken groß geworden, daß jede Kultur die vorangehende an Erfindungsgeist und Einfallsreichtum zu übertreffen sucht und daß sich die Lebenskraft eines Menschen, wie die einer Stadt, eines Landes, an seiner Fähigkeit mißt, sich zu ändern und sich zu erneuern. Wie hast Du Leonardos lieblichen Hirten beurteilt? In nichts entsprach er der Umgebung Deines Dorfs. Dein Vater wird Dir erklärt haben, daß sein Autor eine wissenschaftliche Größe gewesen war, daß die Anatomie, die Physiologie, die Astronomie ihm ihre Geheimnisse preisgegeben hatten, daß er sich als Militäringenieur, als Ballistiker und Verfasser einer Farbentheorie ausgezeichnet hatte und daß man einen Künstler, der vor allem ein Gelehrter gewesen sei, schließlich gelten lassen könne.

Nach Saint-Arverne habe ich die Kathedrale des Puy besichtigt, von woher der Seigneur de La Roue die Heilige Jungfrau du Bon-Rencontre zurückgebracht hatte: mit ihren schwarzen Kuppeln, ihren schwarzen Mauern, ihrem schwarzen Stein, ihren in ständiges Dunkel getauchten Schiffen ist sie mir unheimlich erschienen. Darauf bin ich nach Orcival, Clermont-Ferrand, Saint-Saturnin, Saint-Nectaire, Issoire, Mozat, das ihr auch Mozac nennt, gegangen: wenn ich, nach dem vergeblichen Versuch, für Santo Spirito in Girgenti oder das Gesù Palermos, deren Pracht meine vergilbten Ansichtskarten nur schwach wiedergaben, Deine Nachsicht zu erlangen, Dich fragte, was Dein Architekturideal darstelle, nanntest Du mir stets Notre-Dame-du-Port in Clermont, Saint-Austremoine in Issoire und diese vier Dorfkirchen. Gut, habe ich mir gesagt, ich muß durch eine Pilgerfahrt zu den Quellen Deines Charakters einer Deiner Seiten, die ich verkannt habe, Genugtuung leisten.

Ich habe sechs in jeder Hinsicht gleiche Kirchen vorgefunden, außer in der Länge ihrer Schiffe, der Anzahl ihrer Gewölbefelder und der Nuance des unterschiedlichen Gesteins, das vom grauen Andesit von Orcival bis zum dunklen Trachyt von Saint-Nectaire und zur hellen Arkose von Clermont und Issoire reicht. Im übrigen zeigen alle den gleichen Plan, die gleiche Gliederung der Teile, den gleichen niedrigen Narthex, das gleiche Tonnengewölbe, die gleichen Emporearkaden, den gleichen achteckigen Glockenturm mit den gleichen Fenstern, die gleichen abgerundeten Chorkapellen, die in einer Gruppe von vieren die Apsis umgeben. Mehr noch: von einem Bauwerk zum anderen sind die Säulen des Chorumgangs in gleicher Anzahl vorhanden. In Orcival wie in Notre-Dame-du-Port habe ich achtunddreißig gezählt. Das äußere Gesims um die Fenster der Apsis zeigt im Erdgeschoß immer einen Rollenfries und glatte Zierleisten im Obergeschoß, nie umgekehrt. Die flache strenge Stirnseite der Kirchen liegt zur Straße hin, dem Verkehr und dem Jahrhundert zugewandt; die Apsis mit ihren rundlichen Kompositionen und ihren kleinen Säulen blickt auf den Friedhof: den Toten, der Ewigkeit und Gott zugewandt. Während im übrigen Europa die romanische Architektur für jedes Gebäude eine neue Lösung erfand, hielt die Romanik der Auvergne an ein und demselben ohne Abwandlungen wiederholten Modell fest. Die Mönche der wunderbaren Collection du Zodiaque würden meine Worte nicht mißbilligen. Jede dieser Kirchen ist die Anwendung einer Formel und nicht das Ergebnis einer eigenständigen schöpferischen Bemühung. Deshalb gefallen sie Dir: einem für richtig erkannten, bewährten Grundsatz treu zu bleiben ist immer die Forderung eines Deiner Moralartikel gewesen. *Nicht ändern* würde ein Vers Deines Credos lauten. In dieser Vorschrift vernehme ich das Echo des den granitenen Köpfen teuren *Standhaltens*! Entschuldige, daß es in meinem immer nur den goldenen Tuffstein Girgentis gegeben hat. Die Kirchen der Auvergne bieten Dir einen Anschauungsunterricht in Willenskraft. Selbstbesonnen, gedrungen, in den mageren Boden gestemmt, haben sie allen Neuerungen widerstanden. In Deinen Augen ist dies einer der Gründe ihrer Schönheit.

In ihrer Nüchternheit und Strenge erblickst Du einen weiteren. Als ich zur Zeit der Abessinien-Affäre nach Rom reiste, um den Duce zu interviewen, hatte ich einen französischen Freund mitgenommen, einen Diplomaten von der Art brillanter junger Leute, die, von anpassungsfähigem Geist, weltoffen, am Quai d'Orsay Karriere machen. Am Abend trafen wir uns in der Bar auf der Piazza del Popolo, und er berichtete mir von seinen Eindrücken. Am ersten Tag hatte er das Forum, den Palatin, die antiken Ruinen besucht. Am zweiten Tag war er auf die Suche nach den ersten Kirchenbauten des christlichen Rom gegangen – San Clemente, San Stefano Rotondo, Santa Sabina, Santa Maria di Trastevere entlockten ihm Seufzer der Bewunderung. Nach dem zwölften Jahrhundert zählte Rom für ihn nicht mehr. Er überquerte die Piazza Navona, ohne den Berninischen Brunnen zu bemerken. Wir beide, Du und ich, sind zusammen nicht weiter südlich als Siena gekommen: hättest Du nicht auf ähnliche Weise voreingenommen reagiert wie jener Freund? Er betrat weder Il Gesù noch San Ignazio, noch San Andrea della Valle, oder falls er eintrat, ging er sofort angewidert wieder hinaus. Er sagte mir, in einem überladenen, zu reich ausgeschmückten Bauwerk könne man sich nicht sammeln. Der Sinn für geistige Klarheit sei gegen Ende des Mittelalters verlorengegangen. Ein um so überraschenderes Urteil, als Jacques sich zu einem friedlichen Atheismus bekannte. Er stammte nicht aus der Auvergne, sondern entstammte einer nach Paris verpflanzten Familie aus dem Berry. Auch wenn sie nicht religiös sind, verlangen die Franzosen von einem Sakralbau, daß er nackt und bloß aussieht. Als Rezeptakulum des Ewigen Wortes laßt ihr nur ein leeres Heiligtum gelten. Eine unsinnige vorgefaßte Meinung, wenn man sie auf das einzige Motiv zurückführt, das ihr eingesteht. Inwiefern sollte es Gott zwischen kalten, ernsten Mauern besser gefallen, als wenn ihn die Freudenrufe eines Haufens von *Putti* und einer Schar von Cherubim empfangen? Indem sie sich für die romanische Kunst, die niedrigen Gewölbe, die einfachen geometrischen Formen als für Beispiele vollendeten Geschmacks und unübertrefflicher Vorbilder entschied, hat eure knauserige Nation die Möglichkeit gefunden, glauben zu machen, das, was am wenigsten kostet, käme der Vollkommenheit am nächsten, Geld verderbe die Schönheit und an Ausgaben zu sparen gewährleiste ewige Dauer.

Kommen wir zu den romanischen Marienstatuen, einem weiteren Anlaß zum Stolz für euch. Notre-Dame von Montvianeix, Notre-Dame von Saint-Rémy, Notre-Dame von Orcival, Notre-Dame von Saint-Gervasy, Notre-Dame von Montpeyroux, Notre-Dame von Vernouillet, Notre-Dame von Saint-Flour, Notre-Dame von Aubusson: ich glaube, keine einzige ausgelassen zu haben, da ich daran interessiert war, in diesen Statuetten aus Eichenholz einen weiteren Aspekt von Dir zu entdecken. Daß sie alle gleich sein würden, hatte ich erwartet. Die Mutter sitzt steif auf einem Thron, sie schaut gerade vor sich hin, über den Kopf ihres Sohnes hinweg, der nicht weniger steif auf ihrem Schoß sitzt und ebenso gerade vor sich hin schaut. Es ist unmöglich, auch nur in den Einzelheiten nennenswerte Abwandlungen zu finden: der Thron ruht immer auf vier kleinen Säulen, die Rückenlehne und die Armstützen sind mit Rundbogen verziert, die Kleidung der heiligen Jungfrau besteht jeweils aus den gleichen drei Teilen: einer sehr langen talarähnlichen Tunika, über der Tunika einem weiten, langärmeligen Mantel, ähnlich der Dalmatika der ersten Diakone, und einem Schleier, der den Kopf bedeckt und auf der Stirn eine Haarfranse sehen läßt. Mit ihren langen Händen hält die Mutter das Kind auf ihren Knien fest; diese Gebärde ist die einzige Verbindung zwischen ihnen. Sie blickt es nicht an, sondern auf einen unsichtbaren Punkt in der Ferne. Kein Lächeln auf ihren Lippen, in ihren Augen keine Sanftmut. Die feierliche Pose läßt nur an Majestät und Ruhm denken.

Das Konzil von Ephesus hatte die göttliche Mutterschaft Mariens verkündet. Maria, die als Frau das Konzil betritt, verläßt es als Instrument der Menschwerdung, geheiligte Trägerin des Wortes, das sie den Gläubigen zur Anbetung darbietet. Der heilige Johannes von Damaskus legte für mehrere Jahrhunderte das ikonographische Programm der westlichen Gottesmütter fest: »Ihre Hände tragen den Ewigen, und ihre Knie sind ein Thron, erhabener als die Cherubim.« Um ihre Madonnen ferner erscheinen zu lassen, um sie endgültig unerreichbar zu machen, haben die Auvergnaten sich ausgedacht, sie ganz schwarz anzumalen. Mit dieser übernatürlichen Farbe bekleidet, herrschen die Madonnen in einem unzugänglichen Himmel. Lange hat die Meinung bestanden, diese Rußfarbe sei eine Ablagerung der Jahrhunderte, der Rauch der Kerzen habe das Holz der Statuen geschwärzt. Der Pfarrer von Montvianeix, der seine Statue abbeizen ließ, hat mir bewiesen, daß dies nicht zutraf. Unter der später hinzugefügten schwarzen Farbschicht erschien vor dem staunenden Priester ein Gesicht mit rosigen Wangen und zartem Teint. Aus den Händen des ursprünglichen Künstlers war ein menschliches Antlitz hervorgegangen, das der Wunsch, es in ein Idol zu verwandeln, mit Teer und Geheimnis bestrich.

Ich behaupte nicht, die mittelalterlichen italienischen Darstellungen der Jungfrau mit dem Kinde seien von äußerster Vielfalt: in Florenz, in Siena haben wir Hunderte gesehen, die sich liebevoll über den Neugeborenen neigen. Es gibt ein Stereotyp der italienischen Mutter, wie es ein Stereotyp der auvergnatischen Mutter gibt. Man könnte sich keine verschiedeneren Vorstellungen der Mutterschaft ausdenken. Die italienische Maria ist Frau geblieben; den in Ephesus versammelten Gelehrten ist es nicht gelungen, sie mit Pech zu überziehen. Nestorius hat über Cyrill von Alexandrien gesiegt.

Den Blick zum Kind hinabzusenken, das man zur Welt gebracht hat, es sich seitlich auf die Knie zu setzen, um seinen Blick auf sich zu ziehen, es zu streicheln, es zu herzen, den sinnlichen, zärtlichen Kontakt einer Nährmutter mit ihrem Säugling mit ihm zu bewahren, ist das ein so sündiges Verhalten? Ihr behauptet jedenfalls, die italienische Kunst sei *profan*, diese heiligen Jungfrauen böten einen *zu menschlichen* Anblick, sie entbehrten der nötigen Majestät. Es belustigt die Franzosen, daß sie auf der Straße zwischen Müttern und Kindern das gleiche Gebaren wiederfinden, das sie an den Wänden der Pinakothek beobachtet haben, und diese Ähnlichkeit läßt sie befürchten, als Werke der Kunst bewundert zu haben, was nur eine kaum beschönigte Projektion der Wirklichkeit ist. Unser wunderbares ungezwungenes Vertrautsein mit unseren Bildern, unseren Statuen wird euch immer entgehen. Als Du erfuhrst, daß Filippo Lippi seine Geliebte als Madonna gekleidet und gemalt hat, blicktest Du verlegen beiseite. Der Italiener will unter den Windeln des Jesusknaben, unter dem Mantel der Jungfrau seinen Sohn, seine Mutter, seine Frau, seine Geliebte sehen. Heilig ist für ihn nur das, was sein Herz liebt, was seine Hände berühren. Die Engel, durch deren Vermittlung Gott unsere Nöte lindert, zeigen das Lächeln unserer Kinder.

In Saint-Pierre de Mozat, am dritten Pfeiler des nördlichen Seitenschiffs, sitzen auf den Ecken des Kapitells ein Mann und ein Affe auf kleinen Akanthusblättern. Der Mann trägt kreuzweis geschnürte Gamaschen. Er zieht an einem um den Hals des Affen gelegten Strick. In Italien wäre dies Paar für einen Jahrmarktskünstler und sein Tier gehalten worden. Der Mann ruht sich aus, nachdem er ein Kunststück gezeigt hat; der Affe wird schon bald wieder aufspringen, seinen Schwanz recken, hüpfen, tanzen, sich mit Kapriolen, Purzelbäumen, Grimassen vergnügen: so träumte ich vor dieser fein und schalkhaft ausgearbeiteten Skulptur. Der Sakristan zog mich am Ärmel und stürzte mich aus den Höhen dieser Visionen des Fests, des Spiels, der Lustbarkeit in die Härte des auvergnatischen Imaginären hinab. »Der menschliche Geist bändigt die Natur«, sagte er zu mir und machte mich auf die Dicke des Stricks aufmerksam. Ich hatte vergessen, daß Mozat weniger als eine halbe Stunde von Riom entfernt liegt, der in schwarzem Lavagestein des Volvic erbauten Heimat des großen Arnauld. Man spielt nicht mit einem Makaken, man legt sein tierisches Wesen in Ketten, in der Nähe dessen, der den Klosterfrauen von Port-Royal zuredete, auf das Blumenpflücken zum Schmuck des Altars zu verzichten.

6

Die Abrechnungen des Lehrers

Monsieur Gagnaire empfing mich im ersten Stock der Schule, hinter dem Schreibtisch, an dem er jeden Abend dreißig Hefte korrigierte. Er war ein Mann von etwa sechzig Jahren, hochgewachsen, klobig, sein pfeffer-und-salzfarbenes Haar trug er im Bürstenschnitt, seine Pupillen ertranken in einer wäßrigen Gallerte, die Haut seiner Wangen zeigte erweiterte Äderchen.

»Ich bin dem Vater Ihres Klienten im Amt nachgefolgt, nachdem sich die Familie wegen des Studiums der Kleinen nach Saint-Étienne begeben hatte«, sagte er mir. »Die Mutter war schon krank. Die Notwendigkeit, ihr eine bestimmte Pflege angedeihen zu lassen, trug zum Entschluß der Familie bei zu gehen. 1912 verließen sie Saint-Arverne. Wenn der Krieg«, fügte er stolz hinzu, »mich nicht vier Jahre in den Gräben festgehalten hätte, wären es jetzt sechsundzwanzig Jahre, daß das Dorf den Lehrer nicht gewechselt hat. Sie trinken doch einen kleinen Enzian ... Herr ...?«

»Mori«, beeilte ich mich zu antworten. »Angelo Mori.«

Ich mußte für das, was mir an italienischem Akzent verblieben war, eine Rechtfertigung geben. Er würde mich für einen exilierten Antifaschisten halten, von welcher Spezies es in Frankreich wimmelte, seitdem die westlichen Demokratien aufgehört hatten, Mussolini zu unterstützen. Churchill war nicht mehr der Ansicht, daß das autoritäre Regime des Duce der Menschheit einen Dienst erweise, indem es ein Bollwerk gegen den Bolschewismus errichte, und Blum ... Doch auf Blum werde ich später zu sprechen kommen.

»Monsieur Mori«, fing der Lehrer wieder an, der vornehme Redewendungen schätzte, »ich bin entzückt, einen Nachkommen der Quiriten in einem Dorf zu empfangen, durch das Cäsars Gefolge vielleicht einst gezogen ist. Verfügen Sie über mich bezüglich aller Auskünfte, um die mich zu fragen es Ihnen beliebt. Die Schule hat sich seit ihrer Gründung vergrößert, befindet sich aber immer noch im selben

Gebäude. Es ist um diese Wohnung aufgestockt worden; Monsieur Pierres Eltern wohnten bei seinem Großvater. Wenn Sie bitte mit mir hinunterkommen wollen, zeige ich Ihnen das Schulzimmer, in dem Monsieur Rageblanc unterrichtete, wo Pierre und seine Schwester ihre Buchstaben gelernt haben. Nehmen Sie Ihr Glas mit«, fügte er hinzu und klemmte sich die Flasche unter den Arm.

Welches der dreißig Pulte hattest Du mit Deinen Zöpfen gestreift? dachte ich. Monsieur Gagnaire zog einen Schlüsselbund aus der Tasche und öffnete die Tür zu einem kleinen Raum am Ende des Klassenzimmers.

»In dieser Kammer hat Monsieur Rageblanc einige Möbel und Papiere zurückgelassen. Er ist nie gekommen, um sie zu holen. Oh! ich bin ihm deshalb nicht böse! Wir hatten ein ausgezeichnetes Verhältnis. Er führte den Vorsitz in der Gesellschaft zur gegenseitigen Hilfeleistung gegen die Mortalität der Tiere der Rinderrasse, als ich nach meiner ersten Berufung nach Viverols ihr Sekretär wurde. Haben Sie Nachricht von ihm? Man sagt, er habe sich nie wieder gefangen, trotz seiner Wiederverheiratung ... Monsieur Pierre wohnt zu weit entfernt, um sich um seinen Vater zu kümmern, aber seine Schwester immerhin ... Nein! Veranlassen Sie mich nicht, von Mademoiselle Constance zu reden, sonst sage ich Dummheiten!«

»Erinnern Sie sich an die beiden Kinder?« rief ich.

Monsieur Gagnaire lehnte sich an den Türstock der Kammer, steckte einen Daumen unter jede Achselhöhle und stieß einen langen Seufzer aus.

»Ich will so unparteiisch wie möglich bleiben, Monsieur Mori, und Ihnen nur sagen, was jeder hier weiß. Der Kleinen mangelte es nicht an Aufgewecktheit, das nicht! Sie war die erste in Saint-Arverne, die ihren Schulabschluß bestanden hat. Und in Saint-Étienne, als sie in die höhere Schule gekommen ist, hat man sie sogar eine Klasse überspringen lassen! So etwas hatte man hier noch nie gesehen, Monsieur Mori. Wie die alte Marie, die Witwe des Kohlenhändlers, zu sagen pflegte, das ist nicht eine, die bloß gackert und kein Ei legt! Nehmen Sie sie mit, nehmen Sie sie mit«, fuhr er fort, als er sah, daß ich aus einer Schublade einen Stoß liegengelassener Papiere herauszog. »Sie werden sie im Hotel in Ruhe durchsehen. Sie können Ihnen von Nutzen sein. Was soll ich damit anfangen? Monsieur Rageblanc hat sie nie von mir zurückverlangt. Und seine Tochter ...«

Er runzelte die Brauen und verstummte, besorgt, es möge so aussehen, als falle er aus der Rolle des objektiven Zeugen, auf die er sich festgelegt hatte.

»Nun denn!« fing er wieder an, so als machte er sich Mut, die richtigen Worte zu finden. »Henri Pourrat zitiert folgendes Sprichwort aus unserer Gegend: ›Wir müssen nur heiraten, damit übel geredet wird, und sterben, damit gut geredet wird.‹ Mademoiselle Constance hatte keine Kalbshirnbrühe im Kopf, und es ist verständlich, daß sie ihr Studium fortsetzen wollte... Und trotzdem, Monsieur Mori, nichts wird mich von der Meinung abbringen, daß eine Frau sich unnütz herumtreibt, wenn sie zu viele Kenntnisse erwirbt. Wenn sie nicht das Abitur hätte machen wollen, wäre Mademoiselle Constance sodann nach Paris gegangen? Man sagt nichts Gutes über die Ehe, die sie dort geschlossen hat.«

Ich hätte nie vermutet, daß sich Dein Land so lange ablehnend verhalten hat gegenüber der Emanzipation der Frauen. Auch nicht, welcher Argwohn, welche Vorurteile sich gegen Dich erhoben, sobald die Rede davon war, Dich in die Fremde zu schicken. Hätte man Dir zu gehen erlaubt, wenn Deine schon kränkelnde Mutter nicht besonderer Pflege bedurft hätte? Adelines Beispiel, dies begriff ich, als ich Monsieur Gagnaire zuhörte, hatte mein Urteil nur irreleiten können. Meiner Mutter wurde ihr Erfolg verziehen, weil sie sich kraft ihres Talentes als glänzende Journalistin behauptet hatte. In Frankreich, der Republik der schönen Literatur, ist derjenige, der sich mit seiner Feder durchzuschlagen weiß, der allgemeinen Achtung sicher. Du jedoch, der ein solcher Ehrgeiz fehlte, die nur Lehrerin zu werden versuchte, Du begingst einen Verstoß gegen Dein Milieu. Ich hatte geglaubt, daß der den gebildeten Frauen entgegengebrachte Argwohn, ihr Verruf eine der traurigen Spezialitäten Siziliens sei, aber nun entdeckte ich, daß es bei euch in der französischen Provinz, jedenfalls bis zum Krieg, nicht anders war. Der Mann, der mir diese vertraulichen Mitteilungen machte, war weder ein des Lesens und Schreibens unkundiger Bauer noch ein verspäteter Anhänger des Klerikalismus, sondern der Lehrer des Dorfs, der Delegierte des bekenntnisfreien Unterrichtswesens. Welchen üblen Nachreden hattest Du trotzen müssen, als Du nach Saint-Étienne zogst! Welche Verdächtigungen hatten Dich gequält in einem Alter, als Du Deine Selbstzweifel überwinden mußtest! Mit vierzehn Jahren trugst Du das Gewicht einer ersten Zuwiderhandlung auf Deinen Schultern.

»Niemand, Monsieur Mori, dürfte mir vorwerfen, kein guter Republikaner zu sein. Wenn man einem jungen Mädchen den Geschmack an einiger Lektüre und die Möglichkeit vermittelt hat, mit ihrem künftigen Mann über interessantere Dinge als die Fragen des Haushalts zu sprechen, wenn man sie mit einem gewissen Rüstzeug ausgestattet hat, das sie davor beschützt, von ihren Kindern verachtet zu werden, hat man, glaube ich, genug für sie getan. Täte man mehr, so würde man sie in eine gefährliche Bahn lenken, die ihr nicht zum Vorteil gereicht. Genug davon, noch ein kleiner Enzian?« fügte er mit der Feigheit der Franzosen hinzu, die sich stets ein Glas Alkohol genehmigen müssen, um ihren Frauenhaß abzureagieren.

Ich hob mein Glas, und wir stießen an.

»Für das, was geschehen ist, trägt Monsieur Rageblanc zweifellos sein Teil Verantwortung. Er hat die Kleine dazu verleitet, höher zu furzen, als es der Hintern erlaubt.« (Entschuldige den Ausdruck: um seine innerste Meinung auszusprechen, verzichtete Monsieur Gagnaire auf vornehme Wendungen.) »Seine Frau Lehrerin, das geht ja noch; aber seine Tochter ins höhere Lehramt drängen! Er schätzte auch sonderbare Lektüren. Ich werde diese Bücher für Sie aufstöbern«, sagte er, da er meinen fragenden Blick bemerkte. »Sie müssen sich irgendwo in diesem Durcheinander finden. Also, ich möchte Ihnen zwar nicht den Eindruck machen, altmodisch zu sein, aber unter uns gesagt, halten Sie es für nützlich, den Frauen das Stimmrecht zu verleihen? Die meinige, Monsieur Mori, versteht Ihnen einen gefüllten Kohl zuzubereiten wie niemand sonst, aber wenn es darum ginge zu wählen, würde sie ihre Stimme den Pfaffen geben!«

Ich konnte es kaum erwarten, ins Hotel zurückzukehren und meine Jagdbeute zu untersuchen. Ein erster Umschlag enthielt aus einem Ringheft gerissene Blätter aus gekästeltem Papier. Soweit ich verstehen konnte, hatte Dein Vater die Gewohnheit, jeden Monat die Bilanz seines Haushalts aufzustellen. Die Zahlenkolonnen, die die Seiten des Hefts füllten, berichteten vom schlechtbezahlten Leben eines Lehrerpaars zu Beginn des Jahrhunderts. Ende Dezember war mit roter Tinte eine zusammenfassende Schlußabrechnung des ganzen Jahres gemacht worden. Die Abrechnungen hörten im Jahre 1908 auf. Danach hatten wahrscheinlich die Krankheit seines Vaters, die Ausgaben für das Morphium, die Schulden den Haushaltsplan der Rageblanc in den Strudel eines unergründlichen Defizits gestürzt und jeglichen Mut zu einer vernünftigen Buchführung gelähmt.

Ich schreibe die Bilanz des Jahres 1908 für Dich ab: um, wenn ich so sagen darf, Abbitte zu leisten wegen des Ärgers, den ich so oft empfunden habe, wenn ich sah, wie Du allabendlich auf den Centime genau die Tagesabrechnung machtest.

Die *Einnahmen* leiteten sich aus drei Quellen her: *Restbetrag 1907*: 18,80. *Gehalt*: 2230,10. *Papa*: 400. *Total der Einnahmen*: 2648,90. Unter der Rubrik *Ausgaben* folgte ein ebensosehr wegen der Sorgfalt der Zahlen wie wegen der Aufzählung der Posten erschütternder Aufzug eurer Nöte: *Nahrung*: 551,80. *Licht, Heizung*: 70,25. *Kleidung und Instandhaltung*: 371,85. *Waschen, Bügeln*: 81,80. *Geschenke*: 99,95. (Für seine Kinder? Welche geheimnisvolle Furcht hatte Deine Eltern davon abgehalten, die schicksalhafte Summe von 100 Francs zu erreichen?) *Bart*: 22,60. *Zeitungen*: 28,25. *Unnötiges (Kaffee, Tabak, Spiel)*: 39. (Oh! dieses *Unnötiges*, es hat mich mehr über die Auvergne gelehrt als meine Gespräche im Hotel oder in der Schule!) *Schriftlicher Verkehr*: 70,15. *Reisen*: 463,50. (Ein Posten, der mir unverhältnismäßig groß vorkam und der seine Berechtigung erhielt durch das Hin und Her von und nach Saint-Étienne. Deine Mutter stammte aus dieser Stadt, und nach dem Eisenbahnunglück des Jahres 1908, das ihre beiden Eltern das Leben kostete, den einen Elternteil sofort, den anderen nach einmonatigem Krankenhausaufenthalt, war sie gezwungen, allein oder mit Deinem Vater, sich sehr oft dorthin zu begeben.) *Medikamente*: 71,20. *Diverse Unterhaltsverpflichtungen*: 534,20. *Steuern*: 22,50. *Wahrheitsunion*: 6. *Calendrier manuel*: 1,50. *Weitere Beitragszahlungen (Verband der Mitglieder des Unterrichtswesens, Gewerkschaft, Zukunftsvorsorge, Republikanisches Komitee, Liga der Menschenrechte, Verein der Festtagsveranstaltungen, Schützenverein, Pädagogische Bibliothek)*: 50,05. (Überflüssig, Dir zu sagen, daß mein Interesse um mehrere Grade stieg, als ich die intellektuellen und politischen Mitgliedschaften Deines Vaters entdeckte: war Monsieur Desjardins mittels der *Wahrheitsunion* bereits ein erstes Mal in Deinem Leben in Erscheinung getreten?) *Bücher*: 16,10. *Mobiliar*: 151,25. *Total der Ausgaben*: 2631,95. *Restbetrag für 1909*: 17,05.

Folgte die trostlose Feststellung: »Etwas weniger als der Restbetrag für 1908 – 1,75 weniger –, und immer noch keine Möglichkeit, Geld auf die Sparkasse zu tragen.«

Gewiß wurde bei Tisch über diese Zahlen gesprochen und zerrissen diese Klagen Dir die Ohren. Der Neujahrstag verband sich in Deinem Geist seither mit einer Beerdigungszeremonie: Wie ein Totengeläut beendeten diese Abrechnungen jegliche Hoffnung auf Sanierung des Budgets.

Um so mehr nahmst Du an den Diskussionen über Deine Zukunft teil. Die außergewöhnliche Note, die Du im Abschlußzeugnis erhieltest, änderte die Pläne Deines Vaters. Bevor er die große Entscheidung traf – für die er Deine in Saint-Étienne wohnende Großtante, die Dich vorübergehend beherbergen sollte, um Zustimmung bat –, Dich im Gymnasium der Stadt anzumelden, hatte er aus Dir eine Lehrerin machen wollen und die Möglichkeit in Betracht gezogen, Dich auf die Pädagogische Hochschule des Departements zu schicken. Da die dortigen Schülerinnen Stipendiatinnen waren, kam der Staat für ihr Studium und ihren Unterhalt auf, doch mußte jede eine Garderobe und einiges Zusätzliche mitbringen, deren Kosten sich, gemäß einer in den Papieren Deines Vaters aufbewahrten Rechnung, auf 265 Francs beliefen. Die Ausstattung bestand pflichtgemäß aus: einem versilberten Besteck, einem Tafelmesser und einem Serviettenring; drei Bürsten, einer Kleiderbürste, einer Schuhbürste und einer Schuhcremebürste; zwölf Taghemden ohne Verzierungen und Zäckchen; sechs Hosen aus Madapolam; vier Nachthauben; achtzehn Tischservietten und Handtüchern; einem Paar Stiefel mit Uniformknöpfen, das allein bereits 24 Francs kostete; einem Kleid aus schwarzem Wollcroisé für den Winter, einem einfarbigen Rock und Mieder ohne Spitze für den Sommer; einer blauen Sergeschürze mit hoher Passe, schließlich für die Sonntagsspaziergänge einem schwarzen Strohhut, einer Garnitur weißer Krägelchen und Handschuhen aus Florettseide.

»Onkel Jacques«, hatte Dein Vater an den Rand geschrieben, »schlägt mir vor, eine seiner Kühe zu verkaufen. Für eine gute Milchkuh kann man 190 Francs erzielen, aber wie soll ich sie Onkel Jacques zurückzahlen?«

In einem älteren Schriftstück aus dem Jahr 1901 fand ich einige Bemerkungen über die Zwänge seines Berufs: *Tageslauf des Lehrers*: »Aufstehen 6 Uhr morgens. Schulstunden bis mittag. Von zwölf bis vierzehn Uhr: Sekretariat des Vereins der Bücherfreunde. Nachmittags: Schulstunden bis 16 Uhr. Darauf: Sekretariat des Musikvereins. Schulbibliothek. Erwachsenenkurs (gratis). Ich verdiene 100 Francs im Monat. Der Landarbeiter verdient 3 Francs pro Tag, der unselbständige Tischler 3 Francs 50, der Setzereiarbeiter 7 Francs. Sie heißen mich einen Müßiggänger, weil ich sonntags nicht arbeite und weil sie glauben, die zwei Sommermonate seien für mich eine *Ferien*zeit. Wenn die wüßten! Neuer Anzug zu kaufen: 60 Francs. Antoine Sylvère rät mir, ich solle mich als Gemeindeamtssekretär bewerben. Monatslohn: 90 Francs. Aber der Bürgermeister ist der französischen Vaterlandsliga beigetreten. Gegen meine Überzeugungen.«

Seinerseits Mitglied der Menschenrechtsliga, war Dein Vater also Dreyfus-Anhänger, und zwar militanter Anhänger. Ich habe unter seinen zahlreichen Mitgliedsbeiträgen auch den der *Gewerkschaft* gespendeten Obolus erwähnt. Zweifellos ein Mutbeweis, denn die Gewerkschaft war illegal. Der Staat erkannte nur die Hilfsorganisationen und Vereine an. Aus Achtung vor dem republikanischen Gesetz wollten viele Lehrer von sich aus weder der CGT beitreten noch zum Streik Zuflucht nehmen.

Ob das Bewußtsein einer zu erfüllenden Aufgabe, einer zu schlagenden Schlacht Deinen Vater in seinen Alltagsnöten stärkte? Es scheint nicht so gewesen zu sein, und beim Anblick der Presseausschnitte, die er in einem Ordner gesammelt hatte, glaube ich eher, daß er zögerte, sich in den widerspruchsvollen, von den Zeitungen jener Tage angebotenen Lehrer-Bildern zu erkennen.

Le Libertaire (Anarchisten) vom 3. Oktober 1909: der Lehrer ist der Urheber der Willenlosigkeit und Unterwürfigkeit des französischen Volkes (der »Wachhund der Bourgeoisie«, wenn diese Formulierung bereits erfunden gewesen wäre). *La République française* (Gemäßigte Rechte) vom 15. Dezember 1908: der Lehrer setzt das französische Volk unter den Druck einer revolutionären antipatriotischen Drohung. *Le Socialiste* vom 9. Januar 1909: der Lehrer verkörpert den gesunden Aufstand »nicht allein gegen die entthronten Faktionen, den Klerikalismus, den Royalismus, den Obskurantismus, sondern auch gegen die Mächtigen der Gegenwart, die Könige der Steinkohle und des Tuchs, die Finanzbarone, die Millionäre, die täglich einen großen Teil des Erlöses der Lohnempfänger von vornherein einbehalten.« Angesichts dieses Beispiels von Beredsamkeit hatte Dein Vater mit roter Tinte wie an den Rand der Klassenarbeiten seiner Schüler »4/10« vermerkt.

Dieser Zug stellt ihn mir vollends dar: überzeugter Republikaner, rechtschaffener Mann, Vertreter für Recht und Vernunft, jedoch von geringer Willensstärke, von Mutter und Ehefrau ständig im Auge behalten, verbirgt er seine Schwäche hinter Ironie, skeptisch gemacht durch das schreiende Mißverhältnis zwischen den Verantwortlichkeiten, mit denen die französische Regierung ihn ausstattet, und den zu seiner Verfügung gestellten materiellen Mitteln. Welch ein Unterschied zwischen seiner Generation und der Generation von Monsieur Gagnaire, in der die Schule, nicht einmal mehr halb so ehrgeizig in ihren Zielsetzungen, ihre Lehrer doppelt so gut bezahlte! Beauftragt, ein Urheber der Erneuerung des Landes zu sein, die Kinder für die Revanche an

Deutschland vorzubereiten und über diese erste Aufgabe hinaus eine neue Gesellschaft heranzubilden, in der allen unentgeltlich erteilter Unterricht mit einem Zauberschlag die Wirkungen der sozialen Ungleichheit auslöschen würde, schloß Dein Vater ein Jahr erdrückender Arbeit mit einem Restbetrag von 17 Francs und 5 Centimes ab, nachdem er sich alles versagt hatte, was nicht absolut erforderlich war.

Ich bin ihm nur einmal begegnet, am Tag unserer Hochzeit. Er war, ohne seine zweite Frau, aus dem Dorf Thil im Département Aïn gekommen, wohin er sich nach der Trennung von seinen Kindern hatte versetzen lassen. Befangen, weil er sich in einer ihm so fremden Gesellschaft befand, vermochte er mir nur einen einzigen Satz zu sagen: »Während des Ancien Régime hätte ich mich als *Magister* bezeichnet. Vor dem Jules-Ferry-Gesetz wäre ich *Schulmeister* gewesen. Jetzt trage ich den Namen *Lehrer.*« – »Ah ja?« sagte ich, keineswegs begierig, das Gespräch fortzusetzen. Ich hielt diese Lektion in Fachsprache für reine Pedanterie. Der gute Mann hatte vergessen, seinen Hut in der Garderobe abzugeben; vielleicht hatte er ihn absichtlich behalten. Im Salon der Rue du Bac drehte er ihn nun zwischen den Fingern: die wahre Kopfbedeckung eines Auvergnaten, breit, rund, schwarz, ebenso fehl am Platze zwischen den Boullemöbeln und Galléglässern meiner Mutter, wie es eine Sardine in einem exotischen Aquarium gewesen wäre. Du selbst schienst recht verlegen zu sein, unter der Menge von Adelines illustren Gästen denjenigen zu sehen, der ihnen nur wie ein Bauernklotz erscheinen mußte.

Erst als ich, Jahre später, seine Abrechnungen und Notizen durchlas, habe ich verstanden, was er mir hatte sagen wollen. Die Entwicklung des Vokabulars von *Magister* zu *Schulmeister*, dann von *Schulmeister* zu *Lehrer* verdeutlichte nur den Autoritätsschwund. Da er nun sah, wie seine Tochter den Aufschwung in die Pariser vornehme Gesellschaft nahm, war es nur natürlich, daß er seinen Schwiegersohn daran erinnerte, welches Opferleben er selbst auf sich genommen hatte, um Constance den Aufstieg zu ermöglichen, den diese Heirat krönte. Aber er tat es auf seine Weise, ohne Angeberei oder Eitelkeit, ohne Klagen oder Nörgelei, ohne

Mitleid zu heischen, mit jener feinen Ironie, die ihm eigen war und die er hier auf die Sprache anwandte. War er in seinem eigenen Hauswesen fähig gewesen, irgend etwas zu *schulmeistern*? Das Kruzifix, das vom Gesetz von 1883 aus den Klassenzimmern entfernt worden war, hängte Deine Mutter allabendlich wieder über dem Podium auf! Und wie den Pfarrer von Saint-Arverne daran hindern, daß er sich von den Familien das Lehrbuch für Geschichte zeigen ließ, dessen die Revolution betreffende Seiten er ihnen auszureißen riet?

Deine Eltern haben vielleicht nur eines gemeinsam gehabt: diese Leidenschaft für Abrechnungen und Zahlen, die buchhalterische Version der protestantischen Gewissenserforschung. Das Frankreich des Gewohnheitsrechts und das gesetzgeberische Frankreich, die Sprache der Dialekte und die Sprache des Littré, das Königreich des heiligen Ludwig und Mariannes Republik schlossen Frieden unter dem Strich der Additionen. Einer Notiz in der Handschrift Deiner Mutter entnahm ich, daß die Kosten für ein Dutzend Eier sich im Jahr 1910 auf 2 Francs erhöht hatten, aber daß das weniger als die Eier vorteilhafte Kalbfleisch zum selben Preis nur für drei statt sechs Portionen reichte. In einem letzten Umschlag fand ich eine farbige Vignette der Waffen- und Fahrradmanufaktur von Saint-Étienne: darauf war ein Fahrrad zu sehen und unter ihm in Kinderschrift (der Deines Bruders?) die einzige Bemerkung von hoffnungsloser Kürze: 240 Francs!

Nicht weniger auffallend als die peinlich genaue detaillierte Aufstellung der Ausgaben und Einnahmen erschien mir der Wunsch, der Regel war in Deiner Familie (wie Du selbst auch nie das Notizbuch des verflossenen Jahres wegwirfst), diese Abrechnungen ewig aufzubewahren. Ich hätte Punkt für Punkt die Aufstellung der Eingänge und Ausgänge in den zwölf Jahren zwischen der Hochzeit Deiner Eltern und des Bankrotts des Zimmermanns nachprüfen können. Pascal hatte ins Futter seiner Jacke das »Mémorial« eingenäht, seine Aufzeichnung über den Tag der Gnade, den 23. November 1654, an dem ihn der Gott Abrahams, Isaaks und Jakobs mit seinem Strahl durchdrungen hatte. Um die Erinnerung an das aufzubewahren, was ihr immer vor

Augen und im Kopf behalten wolltet, hobt ihr bei Dir zu Hause in einer Schublade die Liste eurer finanziellen Demütigungen auf.

War gegen Ende meines Aufenthalts in Girgenti die Lage im *Palazzo* Vasconcellos besser? Ich glaube nicht, daß wir ein reichlicheres Auskommen hatten. Doch es gibt zwei Arten von Armut, wie es auch zwei Arten von Dämmerung gibt. Wenn die Sonne im Westen von Kap Lilibeo unterging, bespritzte eine lange Lichtschleppe das Meer mit Goldverzierungen; hinter dem Kirchturm von Saint-Arverne erlischt das Gestirn in einem farblosen Dunkel. Die Unkenntnis der Einkünfte, auf die wir zählen konnten; die Hoffnung, daß aus einem vergessenen Gehöft ein weniger diebischer Bauer uns einen Korb Eier oder zwei Hühner schicken würde; die Gewohnheit, bei den Ladenbesitzern auf Kredit zu kaufen; das ständige Improvisieren und die Unordnung der Haushaltsführung; vor allem aber eine grenzenlose Lebenszuversicht, die, vom heiligen Joseph und den Engeln unterstützt, nie zugelassen hat, daß man verhungerte: das waren die Mittel, unsere chronische Bedürftigkeit in ein stetiges Märchen zu verwandeln. Gleich einem vom Kuß eines Prinzen aufgeweckten Dornröschen füllte sich der *Palazzo* nach einer Zeit des Mangels plötzlich mit einer Fülle von Vorräten, die ein reuiger Verwalter aus einem fernen Dorf herbefördert hatte. Inzwischen verbuchtet ihr mit quälender Genauigkeit, was in die Kasse einging, was aus der Kasse ausging; in Saint-Arverne rechnete jeder nur mit seinen eigenen Einkünften; ihr machtet nie eine Anleihe aus feierlicher Angst vor Schulden; ihr tauschtet nie mit den Nachbarn ein Lebensmittel gegen ein anderes, aus Sorge, dabei zu verlieren; ihr mußtet, ehe ihr zu Bett gingt, wissen, was ihr am nächsten Tag zu essen haben würdet. In diesem System, wo alles vorausgeplant war, hätte der Himmel keine Möglichkeit gefunden, euch eine Gnade zu erweisen: wäre der Mannaregen über euch niedergegangen, ihr hättet ihn in eure Buchhaltung eingetragen und unter *Restsumme* vermerkt.

Ich habe die Poesie, die Sorglosigkeit, die Leichtigkeit ausgekostet, die Not verleiht. Du hast nur die mit ihr verbundene Angst und Scham erfahren. Wenn in den Mauern des *Palazzo* ein Riß erschien, führten wir ihn auf den unvermeidlichen, geheimnisvollen Lauf der Dinge zurück; man durfte nicht daran rühren; er wurde zu einer zusätzlichen Schönheit. Das kleinste Stück Verputz, das herabfiel, bedeutete für euch die Kostenaufstellung für einen Liter Kalk, eine Stunde Maurerarbeit, die Angst vor den Rechnungen. Eure Häuser waren dürftig, tadellos, saubergehalten, langweilig. Die Baufälligkeit der unseren umgab sie mit einem unsagbaren Zauber.

7
Das erste Evangelium

Der Rest meines Abends wurde mit der Lektüre eines kleinen Buches verbracht (nicht gar so klein: 322 Seiten, geschmückt mit 212 »lehrreichen Gravüren für den Anschauungsunterricht« und 19 Landkarten), das Monsieur Gagnaire mir zusammen mit den Papieren Deines Vaters übergeben und als »Lieblingsbuch« (»Ich sage Ihnen nicht: Katechismus, und Sie werden sehen, warum«, hatte er in geheimnisvollem Ton hinzugefügt) der Schüler Frankreichs bis zum Kriegsbeginn und noch heute bezeichnet hatte. Oberhalb des Titels *Le Tour de la France par deux enfants* hattest Du mit violetter Tinte in schrägen Buchstaben Deinen Namen: »Constance Rageblanc« und ein Datum: »1. April 1908« hingeschrieben. Dieses »vielgelesene Buch«, das in der Librairie classique Eugène Belin, 8, Rue Férou erschienen war (derselben Straße, in der Athos in *Die drei Musketiere* wohnt, aber von der Mannigfaltigkeit der Abenteuer abgesehen, ist es das einzige, was Alexandre Dumas' Helden und die beiden Kinder G. Brunos, des pseudonymen Autors dieses absoluten Bestsellers, gemeinsam haben), war beim 6 369sten Tausend (das heißt bei fast sechseinhalb Millionen Exemplaren) angelangt, als es 1908, am Tag Deines zehnten Geburtstags, in Deine Hände kam.

Ich wende absichtlich diese neutrale Formulierung an, denn es ist erstaunlich (und ich konnte es mir nicht versagen, Monsieur Gagnaire hierüber eine Bemerkung zu machen), daß ein zehnjähriges Kind sich selber ein Buch kauft. Falls ein Erwachsener es Dir zum Geschenk gemacht hatte, warum hatte er dann nichts auf das Vorsatzblatt geschrieben? Weder eine Widmung noch ein aufmunterndes Wort? Wurde Dir so wenig Zuneigung entgegengebracht, daß man Dir ein Buch überreicht hätte, ohne diese stiefmütterliche Gabe durch drei freundliche Worte zu versüßen?

»Ah, Sie wissen nicht Bescheid, Monsieur Mori? Nach hiesigem Brauch mußte der Pate eines jeden Kindes ihm zu seiner Geburt *Le Tour de la France* kaufen und das Buch zu den übrigen Taufgeschenken legen. Wenn das Kind zehn Jahre alt wurde, überreichten ihm die Eltern, die das Buch in Verwahrung genommen hatten, oder überreichte ihm der Pate selbst das Geschenk in aller Förmlichkeit. Es war dies eine Art zweite Taufe, ein weltliches Tauffest der Einführung ins Leben, die Schwertleite, die das Kind zum Ritter der Republik erhob. Monsieur Claudius hatte einen jüngeren Bruder Jacques Rageblanc, den Landwirt. Monsieur Jacques' Sohn wurde zum Paten bestimmt. Monsieur Antoine, wie man mir gesagt hat. Bedenken Sie, ich bin erst 1912 hierhergekommen. Man hat mir erzählt, wie es geschehen ist. Monsieur Antoine war sechzehn Jahre alt und hütete die Kühe seines Vaters unten im Tal. Er hatte das Buch für die Kleine gekauft. Am Tag vor dem Tauffest stieg er wieder zum Dorf hinauf, als bei La Chaumette ein Gewitter losbrach. Der Blitz tötete Monsieur Antoine auf der Stelle. Drei Tage nach der Tauffeier hat man den armen Jungen begraben.«

»Und wer wurde darauf Pate von Mademoiselle Constance?«

»Sie erhielt keinen Paten. Sie erhielt nur eine Patin, die im Gebirge wohnte und gleich nach der Feier dorthin zurückkehrte. Bei uns spielt die Patin nur eine geringfügige Rolle. Träume sind Schäume. Da Monsieur Antoine einmal zum Paten bestimmt war, konnte er unmöglich von einem anderen ersetzt werden. Haben Sie von einer anderen unserer Sitten gehört?« fügte er leise hinzu. »Die Rolle des Paten hatte in der einstigen Auvergne eine so große Bedeutung, daß man einen Mann nicht für eine fertige Person halten mochte, ehe er diese Aufgabe erfüllt hatte. Monsieur Antoine war gestorben, ohne Pate gewesen zu sein: ehe er in den Sarg gelegt wurde, band man ihm die Hände auf dem Rücken zusammen, um anzuzeigen, daß er keine Gelegenheit gehabt hatte, seine Liebe zu beweisen.«

Wußtest Du, Constance, daß ein junger Mann für Dich auf der Straße gestorben ist und daß er, mit einem Strick an den Handgelenken gefesselt, seinen Weg in die Ewigkeit fortsetzte? Ihr räumtet einem Paten einen so großen Einfluß ein, weil er allein das Kind in die Arme nahm, es in den Armen wiegte. Den Eltern fehlte die Zeit dazu, es gehörte nicht zu ihren Pflichten. Sie legten das Neugeborene in den über ihren Köpfen angebrachten Cros und zogen an der Schnur, damit es einschlafen sollte. Nur dem Paten war die Möglichkeit zuerkannt, Zärtlichkeit zu spenden, körperliche Nähe und Wärme. Niemand, arme Constance, hat Dich je in den Armen gewiegt. In welchem Alter hast Du erfahren – denn ich kann mir nicht denken, daß Dir Antoines Tod und die Umstände seiner Beerdigung verschwiegen wurden –, daß derjenige, durch den Dein Leben einen anderen Anfang nehmen konnte, unter den Schatten des Limbus war, verdammt dazu, sich unter ihnen zu bewegen, ohne sie anfassen zu können. Ich dachte bestürzt über diesen barbarischen und großartigen Brauch nach, blickte dabei auf das Titelblatt des *Tour de la France*, und mir fiel das Erscheinungsdatum am Fuß der Seite auf: 1906.

»Schauen Sie einmal!« sagte ich zu Monsieur Gagnaire. »Sie erzählen mir, Monsieur Antoine« (da ich die Leute in Saint-Arverne so reden hörte, nannte ich nun auch jeden »Monsieur«) »sei im Geburtsjahr von Monsieur Pierres Schwester gestorben, das Buch, das er ihr angeblich gekauft haben soll, aber ist 1906 gedruckt worden!«

»1906«, antwortete der von meinem Einwand keineswegs verunsicherte Lehrer, »ersetzte Monsieur Rageblanc das von Monsieur Antoine gekaufte Exemplar durch eines der neubearbeiteten Ausgabe. Ich bin neugierig zu sehen«, fügte er hinzu, »ob Sie erraten werden, warum mein Vorgänger in Saint-Arverne es für notwendig hielt, diesen Ersatz vorzunehmen.«

Die so formulierte Bemerkung Monsieur Gagnaires schnitt mir die Frage ab, die ich auf den Lippen hatte. Mir blieb nichts anderes übrig, als das Buch mitzunehmen, es zu lesen und mich auf die Versetzungsprüfung am nächsten Tag vorzubereiten. Monsieur Gagnaire schien entzückt, einen Pariser Rechtsanwalt auf die Probe zu stellen. Er zündete seine Pfeife an, und seine gelben Pupillen im wäßrigen Augapfel blinkten hinter einer Rauchwolke.

Du hattest manche Passagen des Buchs mit violetter Tinte

unterstrichen, manche Sätze sogar zweimal. Mehrere Jahre, bis zum Umzug nach Saint-Étienne, muß es Dir als Brevier gedient haben (auch wenn, wie Monsieur Gagnaire behauptete, ein religiöses Epitheton ein solches Buch denkbar schlecht charakterisiert), der Zahl der am Rand angebrachten Kreuze, der umgeknickten Seiten und der Abnutzung des Buchdeckels nach zu urteilen. Ich verstand sofort, warum Du Dich angeschickt hattest, es mit leidenschaftlicher Aufmerksamkeit zu lesen. André und Julien sind zwei Brüder, der Ältere ist vierzehn, der Jüngere sieben Jahre alt. Ihr Vater gibt sterbend den Jüngeren in die Obhut des Älteren. »Vater«, antwortet André, »ich werde Julien erziehen und so für ihn sorgen, wie Ihr selbst es getan hättet.« Dein Vater war nicht gestorben, und auch Deine Mutter lebte noch, doch bestrebt, Dich zu opfern, wie Du warst, maltest Du Dir sogleich aus, Dein Bruder und Du befänden sich auf einer Welt allein und Du müßtest Dich seiner Erziehung widmen. Ein Phantasiegebilde, das der Wirklichkeit übrigens sehr nahe kam: keine Vertrautheit verband Dich mit Deinen Eltern, die zu sehr mit ihren Sorgen zu tun hatten, um Dir Zuneigung zu erweisen. Dein Vater war in seine Abrechnungen vertieft. Deine Mutter lief nur herbei, um zu sehen, was ihr anstelltet, als ihr das Blut des Schweins im Kessel rührtet und dabei zu laut lachtet. In Saint-Étienne dann, als Deine Mutter gestorben und Dein Vater an die Front geschickt worden war, blieb die Erziehung Deines Bruders allein Dir überlassen. Die Phantasie hatte das Geschehnis gewissermaßen erzeugt. Nachdem er sein Leben damit verbracht hatte, brennende Städte zu malen, starb der Maler Lucas van Leyden im sechzehnten Jahrhundert bei der Explosion eines Pulvermagazins.

Verwaist und in eine fast völlige Mittellosigkeit gestürzt (was ihr Schicksal für Dich noch fesselnder machte), verlassen André und Julien zu Fuß das im von Deutschland annektierten Lothringen liegende Phalsbourg auf der Suche nach einem nach Marseille ausgewanderten Onkel, dem einzigen Menschen, von dem sie Hilfe erwarten könnten. Das Buch berichtet von ihrer Wanderung durch Frankreich. Nach vielen Abenteuern und Zwischenfällen, die den

Zweck haben, ihnen die moralischen Schönheiten und materiellen Schätze ihres Vaterlandes zu entdecken, nicht ohne sie in der Achtung von Ehre und Pflicht zu bestärken, werden sie, für ihre Nöte solchermaßen entschädigt und durch diesen Ausgang getröstet, in einem Bauernhof im Orléanais ansässig. Sie sind von Osten nach Westen gegangen, entsprechend der Strecke, die die Wanderburschen Frankreichs zurücklegten. Dein Großvater hatte die gleichen Etappen in seiner Jugend zurückgelegt, und während er, ein aschgraues verstörtes Phantom, bald hier, bald dort um Dich herumirrte und mit den Fingern seine Spritze umkrampfte, fragtest Du Dich mehr als einmal, warum er seinen Verpflichtungen so wenig treu geblieben war.

Das Buch schien mir von köstlicher Frische zu sein. Ich las es in einem Zug aus. Unter dem Eindruck des Unglücks, das über Deinem Hause schwebte, hättest Du es zu erbaulich, zu einseitig gefunden, hätten diese Kinder, deren Schwierigkeiten nur vorübergehend sind und die leichtfüßig durchs Leben gehen, bald aufgehört, Dich zu interessieren, wenn Du nicht ab Seite 8 (umgeknickt und mit Kreuz am Rande versehen) Gelegenheit gefunden hättest, Dich daran zu erinnern, daß Du im Unterschied zu André und Julien, den wackeren, von unverwüstlichem Optimismus beseelten Jungen, das verlorenste, unseligste aller Geschöpfe warst.

»Ja«, antwortet André einem Freund der Familie, der ihn nach seinem Vater fragt. »Seit dem Krieg war sein bei der Belagerung von Phalsbourg verletztes Bein nicht mehr kräftig: bei seiner Arbeit als Zimmermann ist er von einem Gerüst gestürzt und hat sich tödlich verletzt.« Zimmermann, wie Dein Großvater! Und, wie er, von einem tragischen Geschick ereilt! Hier endete die Ähnlichkeit: denn auf S. 8 hattest Du einen Pfeil und die Bemerkung angebracht: S. 134. Ich übersprang alle Seiten bis zu dieser. Doppeltes Kreuz am Rand vor der Stelle, wo Julien von der Belagerung Alesias erzählen hört (Vercingétorix, die Auvergne: für Dich den Symbolen, an denen diese Episode reich war, hinzuzufügende neue Konnotationen) und er ausruft: »Oh! eine Belagerung, ich weiß, was das ist: das ist wie in Phalsbourg, wo ich geboren bin und wo ich war, als die Deutschen es eingeschlossen haben. Papa, der Zimmermann und Feuerwehrmann war, wurde am Bein verletzt, als er einen Brand löschte und ein Kind rettete, das ohne ihn in den Flammen umgekommen wäre.«

Du konntest Dich also in den beiden Kindern, deren Vater Zimmermann gewesen war, wiedererkennen, mußtest aber gleichzeitig den Abgrund ermessen, der einen heldenhaften Zimmermann, Retter eines Kindes, von einem morphiumsüchtigen Zimmermann trennt. Dem einen wird Würde und Ruhm zuteil, dem anderen Skandal und Ruin. Dieser Unterschied hatte einen weiteren zur Folge: Du konntest Dir den günstigen Ausgang, der das Schlußwort der Odyssee der beiden Jungen bildet, auf keinen Fall zu eigen machen. Du würdest nicht, wie André und Julien, die reinen Freuden eines friedlichen Landlebens vor Dir haben; Deine Leiden würden nie enden; Du müßtest durch Mittel und Wege, die Dir später kundgetan würden, für die Erbsünde der Rageblanc, diesen unerklärlichen Sturz in die Schande, Buße leisten.

Alles, was in diesem Buch hübsch, frisch, ländlich ist, hast Du ausgelöscht. Für den Autor steht fest, daß André und Julien sich auf der Wanderung nur deshalb so brav benehmen, in den Prüfungen nur deshalb so große Standfestigkeit beweisen, um am Ende belohnt zu werden. Glück krönt Verdienst, das wäre die Moral der Geschichte. Du aber, die Du die Möglichkeit, glücklich zu werden, ausgeschlossen hattest, ließest nur die Idee des *Verdienstes* gelten. Diesem Buch, glaube ich, hast Du das Muster der allein unter dem Gesichtspunkt der Pflicht, ohne ihr Gegengewicht an Vergnügen, Annehmlichkeit, Fröhlichkeit gesehenen Tugenden entnommen, das Muster der dürren Tugenden, die schließlich unsere Gefühle vergiftet haben.

S. 42. Von der unwirschen, feindseligen kleinen alten Madame Gertrude, einer ehemaligen Lehrerin, aufgenommen, beschließen die beiden Jungen, der Bäuerin, die sie auf ihrer vorhergehenden Wegstrecke beherbergt hat, einen Dankesbrief zu schreiben. Wie aber sich Briefpapier beschaffen? Sie werden es mit einem der beiden Fünffrancsstücke kaufen, die sie besitzen. »Halt!« ruft Julien, »wir wollen ein Blatt aus meinem Heft nehmen.« André stimmt seinem Bruder bei: »Die Mutter Étienne weiß recht gut, daß wir nicht reich sind, sie wird nicht auf das Papier achten, sondern auf die Gedanken, die darauf stehen werden.« Aber die Tinte? Und die Briefmarke? Sie müssen sich entschließen, ein Geldstück wechseln zu lassen. Madame Gertrude, die das Gespräch mit angehört hat, hält sie zurück. »Nein, nein«, sagt sie, »Wechselgeld ist schnell ausgegeben. Wir wollen sparen, Kinder, das ist besser. Ich habe da ein altes Tintenfaß, in dem noch ein bißchen Tinte ist; wir wollen einen Tropfen Wasser hineingeben und umrühren... Seht ihr, das geht ausgezeichnet. Was die Briefmarke anbelangt, so habe ich noch eine in meinem Schrank, die werde ich euch geben; wir regeln das später.« In den Träumen schütteten mir die Feen meiner Kindheit ganze Füllhörner, so weit wie die Schalltrichter der ersten Grammophone, aus, mit Ätnas an Windbeuteln mit Schlagsahne und ganzen Eryxen an Rosinenkuchen mit Sirup. Sie hätten dieses böse Weib, das, indem es einen Tropfen Wasser in ein ausgetrocknetes Tintenfaß gab, es wagte, euch ein Vergnügen zu bereiten, als eine schändliche bucklige böse Fee angeprangert. »Und umrühren...« Alte Hexe!

S. 48. Die beiden Brüder besichtigen in Epinal eine Papierfabrik und staunen, als sie sehen, wie komplizierte Maschinen ganz von selber laufen. Das ist jedoch kein Zauberwerk! Die Lösung des Rätsels: das Wasser der unter der Fabrik verlaufenden Mosel dreht, wie in einer Mühle, die Räder. Und die Moral des Kapitels: die menschliche Erkenntnis ist mächtiger als die angeblichen magischen Kräfte, mit denen man die Leichtgläubigkeit der Kinder täuscht. Homer, der sagte, ein Sturm bereite sich vor, wenn Aiolos in den Höhlen des Stromboli seine Schläuche aufbläst, war demnach ein Dummkopf, und ich bin bloß ein geistig Zurückgebliebener, weil ich jedesmal, wenn ich einer schwarzen Katze oder den Zwillingsfederbüschen zweier patrouillierender Carabinieri begegne, in meiner Tasche nach dem schützenden Stück Büffelhorn taste.

S. 102. André und Julien klettern in den Wagen eines Hausierers. »Unterwegs werde ich euch dabei helfen, eure kleine Ersparnis durch günstige Verkäufe zu vermehren.« Ersparnis! Pécule! ein Wort, das Du liebtest. Als ausgezeichnete Latinistin kanntest Du die ursprüngliche Bedeutung des Wortes ganz genau: der Sparpfennig des Haussklaven im alten Rom, den er ansammelte, um sich freizukaufen. Heute: eine nach und nach gesparte Geldsumme. Das »nach und nach« verlieh ihr in Deinen Augen den Nimbus.

S. 196. André lehnt die Summe ab, die ein über den Mut der Kinder staunender Schiffseigentümer ihnen vorstrecken will. »Sehen Sie, mein Vater hat mich schon früh gelehrt: sich Geld borgen, wenn man von seiner Arbeit leben kann, heißt sich eine Kette der Not und Knechtschaft schmieden.« Diese Regel machtest Du Dir zu eigen, mit welchem Ergebnis? daß wir von den Gerichtsvollziehern meines Automechanikers bedrängt wurden und daß unser weiteres Zusammenleben unmöglich wurde.

S. 229. »Jeder Beruf hat seine Sorgen«, erklärt der Lotse des Schiffes, das die Kinder von Bordeaux nach Nantes bringt, »aber ich habe diesen einmal gewählt und daran festgehalten: die Ziege grast da, wo sie angepflockt ist.« Du: um ein Vierteljahrhundert das Wochenpensum Deiner Schüler zu korrigieren, um 1000 Donnerstage, 7000 Stunden Dir über dummem Zeug die Augen zu verderben!

S. 282. Im Jardin des Plantes mögen die Affen das Stück Brot, das André ihnen zuwirft, nicht fressen. »Sie haben wenig Appetit«, bemerkt der Onkel Frantz, »sonst würden sie das Brot schon schmackhaft finden.« Grober formuliert käme dies Deinem Grundsatz gleich: »Vierzehn Tage unter einen Kipper!«

Als unser Arzt Armelle und Vincent auskultierte, riet er zu einem Aufenthalt am Meer. Ich war verblüfft, als ich erfuhr, daß Du sie in die Nähe von Granville bringen würdest. Warum nicht an die Côte d'Azur, wo ich mich euch vielleicht angeschlossen hätte? Antwort auf S. 239: »Alle Jahre kommen zur Sommerzeit Tausende von Personen in die Küstenstädte und -dörfer der Normandie, um im Meer zu baden, denn das Salzwasser des Meeres wirkt kräftigend, besonders dann, wenn man sich nicht länger als fünf Minuten darin aufhält.« Wahrhaftig! wie sollte man auch länger als fünf Minuten im eiskalten Wasser des Ärmelkanals bleiben! Niemals hat Frankreich seinen Haß auf das Vergnügen deutlicher zum Ausdruck gebracht als durch diese Wahl der normannischen Küste für die Meerbäder. Als man die Tugenden des Salzwassers entdeckte, mußte der allzu große Geschmack, den man am Strandleben fand, bestraft werden. André und Julien kommen durch Marseille und Sète, doch es ist nirgends davon die Rede, daß die lauen Fluten des Mittelmeers den Organismus kräftigen könnten oder davon, die beiden Brüder diese Fluten ausprobieren zu lassen. Die fünf Minuten, in denen unsere Kinder das Recht hatten, nackt zu sein, waren Dir noch zu viel. Die anderen Urlaube: stets im Gebirge! An zwischen zwei Bergspitzen eingeklemmten Ferienorten machtest Du Pensionen ausfindig, vor denen mich schauderte. Wandern, wandern: Gebirgspässe, Gipfel erklettern, kein Tag ohne Bergpartie. Auf daß das Stählen der Muskeln und die Härte der geleisteten Anstrengungen die Trägheit der Ferien beseitigen!

Anscheinend nahmst Du keinen Anstoß daran, als Du erfuhrst, daß kleine Kinder in den Fabriken arbeiteten. S. 110, im Creusot, vor den Hochöfen: »Sieh einmal, mein kleiner Julien, da sind Kinder, die kaum älter sind als du und die von ganzem Herzen arbeiten; aber sie müssen sehr achtsam sein.« – »Ja, wirklich«, sagte der kleine Junge, er richtete sich wieder auf und bezwang seine Erregung. »Wie tapfer sie sind!« Vor dem Abschnitt hattest Du am Rand der Seite dieses Zeichen ↓ gemacht, einen auf die Spitze gestellten Pfeil. Das gleiche Zeichen hat Dir später dazu gedient, in der kleinen Brunschvicg-Ausgabe bestimmte Gedanken Pascals zu unterstreichen. Ich erkläre es mir als eine Aufforderung, Dich zu beherrschen. Im Creusot-Kapitel wirst Du Dir in Deiner ersten Regung gesagt haben: wie abscheulich! Dann hast Du nachgedacht und hast Dir gesagt: es gibt eine höhere Ordnung, die ich nicht begreife, die Kinderarbeit fordert. Unter dieser Überlegung kam ein weiterer Gedanke von viel größerer Tragweite zum Durchbruch: warum sich darüber entrüsten, daß Kinder gestraft werden? Sünde ist keine Frage des Alters. Es ist eine Torheit unserer heutigen Zeit zu glauben, es gebe unschuldige Kinder.

Aber ich greife vor. Du hattest Pascal noch nicht gelesen. Vielleicht suchtest Du nach einer Möglichkeit, Dich mit der Vorstellung abzufinden, daß Du, um in der Bergbau-Stadt, einer lichtlosen, unbarmherzigen Hölle zur Schule zu gehen, Deine schönen Berge des Livradois verlassen würdest, wo die Türkenbundlilie ihre geschürzten purpurfarbenen Glöckchen zwischen Granitblöcken hochtreibt, wo der mit einer Handvoll in den Brunnen getauchten Grases feuchtgehaltene Wetzstein im Kumpf hin- und herrüttelt, den der Mäher sich in der Hüftgegend befestigt hat, wo die Höfe nach dem Rauch des trockenen Ginsters riechen, der in den großen bäuerlichen Kaminen brennt. Nur zu deutlich hast Du zwischen den Zeilen des Buchs gelesen, in welcher Stadt der Verdammten Dir zu leben bestimmt sein würde. »In diesem Augenblick fuhr man in Saint-Étienne ein und sah dort große, von schönen Häusern gesäumte Straßen, doch all das war vom Rauch der Fabriken geschwärzt; das Erdreich sogar war schwarz vor Kohle, und wenn der Wind wehte, wirbelte er schwarze Staubwolken auf.«

In Moulins beauftragt der Hausierer André damit, einem Kaufmann einen Ballen Stoff abzuliefern. Er empfiehlt ihm, sechs Francs nachzulassen, sofern der Kunde bar bezahlt. André läutet an der Tür, ein junger Handlungsgehilfe öffnet ihm. Das Geld liegt auf dem Ladentisch bereit. André sagt zum Handlungsgehilfen: hier sind sechs Francs, geben Sie die Ihrem Herrn. Mit »spöttischer« Miene und unter »verstecktem derbem Lachen« tut der Bursche so, als würde er beistimmen, dann plötzlich läßt er die Maske fallen. »In Wahrheit sind diese sechs Francs kaum gewinnbringend; mein Herr rechnet nicht mit ihnen, und sie wären sehr viel besser zur Hälfte in Ihrer und zur Hälfte in meiner Tasche untergebracht.« Entrüstung seitens André. Der Betrüger enthüllt daraufhin gänzlich seine Meinung, die das einzige Moment der Gesellschaftskritik im Buch wäre, wenn derartige Worte nicht einem Dieb und Lügner in den Mund gelegt wären. »In der heutigen Zeit wird das Geldverdienen den Angestellten leider schwergemacht. Man läßt sie bis zur Erschöpfung arbeiten, bezahlt sie schlecht, und dabei haben die Arbeitgeber Geld in Hülle und Fülle. Doch mit ein wenig

Geschick läßt sich der Geiz der Geschäftsinhaber glücklicherweise aufwiegen.« Drei Kreuze am Seitenrand, um Deine Solidarität mit dem abermals entsetzten André anzuzeigen. Du hast mir nie zugestehen wollen, daß ich mich politisch betätige; eine Politik der Rechten oder der Linken, das galt dir gleich; Du erkennst nur eine einzige Wiedergutmachung für soziales Verschulden, für Ungerechtigkeiten an: die innerliche Arbeit, die jeder an sich selbst leisten muß. Die Menschen können nur durch den guten Willen einzelner und ihre individuellen Läuterungsbemühungen erlöst werden.

Als sie Paris besichtigen, macht die Länge der Straßen den größten Eindruck auf die beiden Jungen. Am Ende ihres Aufenthalts erklärt Julien: »Ich liebe Paris von ganzem Herzen, weil es die Hauptstadt Frankreichs ist« (eine Liebe aus Pflicht also, nicht aus Neigung); »aber hören Sie, Onkel, die Wahrheit zu sagen, bin ich es so müde, so vielen Leuten zu begegnen und so viel Lärm zu hören, daß ich mich darauf freue, bald nur noch Felder, Ochsen und Kühe zu sehen.« In dieser kindischen Ausdrucksform behandelt der Kleine nichts Geringeres als die alte Debatte über die städtische Verderbtheit und die Reinheit des Landlebens. Die in Verruf gebrachte Großstadt, das in Verruf gebrachte Paris: hast Du Dich von diesem Vorurteil je kuriert?

Jede durchwanderte Provinz gibt Gelegenheit, das Porträt der Lokalgröße zu zeichnen, die ihr zum Ruhme gedient hat. Für ein kleines Mädchen von lebhaftem, scharfem Geist, dem es, wie Monsieur Gagnaire mir gesagt hatte, »nicht an Aufgewecktheit mangelte«, war es natürlich, daß sich sein Interesse zunächst auf die Geschichte dieser bedeutenden Männer richtete. Ich achtete darauf, gleichzeitig mit den Namen die Gründe festzustellen, aus denen sie genannt worden waren. Die erste intellektuelle Landkarte Frankreichs, die Du Dir an die Wand gehängt hattest, nahm unter meinen Augen Form an.

Ich sah darauf in der Hauptsache Erfinder, Ingenieure, Physiker, Mediziner. Das war vorauszusehen gewesen: große Männer sind die Männer, die dem Menschengeschlecht die Wohltaten der Erkenntnis ausgeteilt haben. In

Savoyen verneigt man sich vor der Unerschrockenheit des Geologen Saussure, der den Montblanc bestiegen hatte, um die Verdünnung der Luft zu studieren; in Beaune vor dem Scharfsinn des Mathematikers Monge; in Chalon-sur-Saône vor dem Weitblick Niepces, des Erfinders der Photographie. Auf der Reise durch das Limousin entdecken die Kinder die Verdienste des Chirurgen Dupuytren; in Lyon die des Erfinders des Rahmens, um Seide zu weben, Jacquard, und die des Botanikers Jussien; im Languedoc die des Ingenieurs Riquet, der den Canal du Midi baute, und des Seefahrers La Pérouse; in Toulouse die des Rechtskundigen Cujas; im Département Maine die des Chirurgen Ambroise Paré (eines der wenigen, Gott weiß, warum, dessen Vorname erwähnt wird). In der Normandie erfahren sie, daß der Physiker Fresnel die Lichtquelle der Leuchttürme vervollkommnete, so daß »von der Oberfläche unserer Meere die Finsternis schwand«, in Lille, daß diese Stadt ihren Wohlstand Philippe de Girard verdankt, der eine das Spinnen von Flachs erlaubende Maschine erfand, in der Champagne, daß der Tiefbauingenieur Lebon die Gasbeleuchtung erfand. Paris, das diesem Buch zufolge mit großen Männern geizt (wahrscheinlich, weil es der gesunden Fühlung mit dem Rindvieh beraubt ist), hat immerhin den Chemiker Lavoisier hervorgebracht. Pasteur, dem ich zu meiner Verwunderung in dem dem Jura gewidmeten Abschnitt nicht begegnet war, erscheint im Nachwort, wie auch das Telefon, der Phonograph, das Unterseeboot, die Metro und der Film: war dies der Grund, weshalb Dein Vater das vom unglücklichen Antoine gekaufte Exemplar durch eines der neuen Ausgabe ersetzt hatte, die aufgefrischt worden war, um dem Impfstoff gegen die Tollwut und den Erfindungen des neuen Jahrhunderts Platz zu schaffen?

Die Wahl der Schriftsteller belustigte mich. Um in *Le Tour de la France* lobend erwähnt zu werden, mußte ein Schriftsteller entweder selbst ein Gelehrter (Buffon) oder ein Philosoph sein (Descartes, Montesquieu). Der Abbé de Saint-Pierre, der, als sie durch das Dorf Barfleur ziehen, genannt wird, ist nicht (wie ich, wegen dieser verwünschten Manie, die Vornamen wegzulassen, zuerst irrtümlich glaubte) Bernardin de Saint-Pierre, der Autor von *Paul et*

Virginie, sondern Castel de Saint-Pierre, »Philanthrop«, Autor eines *Projet de paix perpétuelle*. Die »reinen« Schriftsteller habe ich an den Fingern einer Hand abgezählt: vier insgesamt. Zudem wird jeder aufgrund von Eigenschaften angeführt, die nichts mit Literatur zu tun haben. Boileau, weil er seinen Freunden half, wenn sie in Geldverlegenheiten waren, und weil er gern mit seinem Gärtner plauderte. Racine, weil er Waise war, weil ihn sein Großvater aufgezogen hatte und weil er sich die Ungnade des Königs durch eine Schrift zuzog, in der er Ludwig XIV. ehrerbietig darlegte, wie der Machtmißbrauch, unter dem das Volk litt, zu verringern wäre. La Fontaine, weil er von einfachen Lebensgewohnheiten war und seine Zeit in den Wäldern verbrachte (öfter in Gesellschaft von Wölfen und Löwen, die Wahrheit zu sagen, als von Ochsen und Kühen).

Corneille wegen dreier Vorzüge, von denen zwei mich überraschten. 1. Er hat »erhabene Empfindungen« in »edlen Leitsätzen« ausgesprochen. 2. Er teilte mit seinem Bruder, den er innig liebte, ein Häuschen. Die beiden Brüder bewohnten jeder ein Stockwerk und teilten einander über eine Bodenklappe die Wörter mit, die sich reimen. 3. Er war arm und ertrug seine Armut, ohne zu erröten. Eines Tages, als er in Paris mit einem Schriftsteller spazierenging (»sie unterhielten sich über Dichtung«), ließ Corneille den Arm seines Gesprächspartners plötzlich los, trat in die Bude eines Schuhflickers und ließ für einige Sous einen Flicken auf seinen beschädigten Schuh aufsetzen. Ich will nicht behaupten, daß Du seither keine starken, einleuchtenden Gründe gesammelt hast, um den Verfasser des *Polyeucte* zu bewundern, aber gib zu, daß diese kleine Lehrfabel in Dir Spuren hinterlassen hat. In Deinen Geist waren die auch später unausrottbaren Keime mehrerer Voreingenommenheiten gelegt worden: gegen Paris einmal mehr, gegen die Unterhaltungen über Literatur, denen der Umgang mit einem bescheidenen Handwerker bei weitem vorzuziehen ist, und besonders gegen die Vorträge über Poesie, Stoff der Träume und Irrungen, von denen der prosaische Gedanke an ein zu reparierendes Paar Schuhe reinigt.

Auf der Liste der ausgezeichneten Auvergnaten: zwei

Kriegsführer, Vercingétorix und der bei Marengo gefallene General Désaix, und ein Mann der Politik, Michel de l'Hôpital, Kanzler Frankreichs unter Karl IX. Pascal hätte ein zweifaches Recht besessen, dort zu erscheinen. Doch weder als der eines Schriftstellers noch als der eines Gelehrten wird sein Name dort genannt. Ähnlich jenen Tragödienhelden, die erst im zweiten Akt auftreten und die Komparsen in den Schatten stellen, erschien er Dir erst einige Jahre später. Es ist ein großes Unglück für Dich, für uns, daß der so typisch auvergnatische, so deutlich von seiner Heimatgegend und seinem Milieu in seinen Verhaltensweisen bestimmte Autor der *Pensées* sich Dir aus dem Zusammenhang mit seiner Provinz gerissen, ohne Wurzeln, ohne Bande, losgelöst von der Wirklichkeit, in seinem Genie gleich einem aus den dichten Wolken herabgestiegenen Fürsten entdeckt hat. Mir wäre es sehr viel lieber gewesen, wenn Du ihn wie einen gewöhnlichen Sterblichen vom Gipfel des Puy-de-Dôme in seiner Geburtsstadt hättest herabsteigen sehen, ein Röhrchen Quecksilber in der Hand, mit dem biederen Aussehen eines Physikers, der von einem Versuch zurückkehrt.

Die Andrés und Juliens Verehrung empfohlene Liste bedeutender Männer enthält nicht einen einzigen Poeten. Weder Villon noch Baudelaire, selbstverständlich, aber nicht einmal Chénier oder Hugo, eure beiden großen bürgerlichen Barden. Victor Hugo, und in *Le Tour de la France* nicht genannt sein! Ich glaubte eine Seite übersprungen zu haben, doch nein: das Mißtrauen gegen das, was »poetisch«, das heißt illusorisch, eigenwillig, nutzlos ist, hatte über die dem in der Verbannung in Guernesey Lebenden, dem Kämpfer für Freiheit und Vaterland geschuldete Dankbarkeit gesiegt. Auch keinen Romanschriftsteller: diese Erzähler von Schwindeleien, Sudelköche ohne Glauben und Moral, waren erbarmungslos ausgeschlossen worden. Weder Balzac noch Flaubert, noch Zola. Wie hatte Dein Vater, Mitglied der Liga der Menschenrechte und Dreyfusianer, Dir ein Buch in die Hände legen können, das die Größen Frankreichs Revue passieren ließ, ohne den Verfasser von *J'accuse* zu erwähnen? Ich nahm mir vor, mir von Monsieur Gagnaire das Geheimnis einer solchen Ächtung erklären zu lassen.

Was die bildende Kunst angeht, so sah ich sie durch ganze drei Namen vertreten: Claude Gellée, genannt le Lorrain, weil er der Sohn einfacher Dienstboten war und, mit zwölf Jahren Waise, einem Konditor in die Lehre gegeben wurde, doch »niemals lernte, gute Konditorwaren zu machen« (so etwas! Dabei war er kein Auvergnate, sondern ein Lothringer). Aufgrund von Bescheidenheit und Geduld wurde er berühmt. Seine Werke, so lernen die beiden Jungen, haben in der heutigen Zeit einen solchen Wert erlangt, daß »vier Gemälde, die den Palast von Sankt Petersburg zieren, auf eine halbe Million geschätzt werden«. Sonderbar diese Art, ein Loblied auf Geld und Reichtum anzustimmen, Werte, die *Le Tour de la France* streng verpönt, sie aber in ein fernes, mythisches Land abzuschieben, damit sie in den Kindern keine schlechten Gelüste erwecken.

Ich war überrascht, eine Lobrede auf Puget zu lesen. Den einzigen großen Barockbildhauer eurer Nation habt ihr daran gehindert, in Frankreich zu arbeiten. Ludwig XIV. hatte Einspruch erhoben gegen die Barockisierung der Cannebière, und so ging Puget, um sein Talent auszuüben, nach Italien. Begreiflicherweise wurde im Buch nicht dies über ihn gesagt: als Sohn eines Maurers war er in armen Verhältnissen geboren und hatte tapfer gekämpft, um sich durchzusetzen. David d'Angers entstammte ebenfalls einer bedürftigen Familie; sein Leben war ein Lehrstück an Ausdauer und Tatkraft; höchster Ruhmestitel: die Statuen großer Männer, die zahlreiche Plätze in den französischen Städten zieren, sind von seiner Hand gemacht.

Ein einziger Maler und obendrein Lothringer (vor allem angeführt, um der verlorenen Provinz, und weniger, um der Malerei eine Huldigung darzubringen) gegenüber zwei Bildhauern, da die Bildhauerei als »verdienstvoller« gilt wegen der körperlichen Anstrengung, die sie erfordert, und wegen ihres Kampfs gegen den Widerstand der Materie. Ich war in der Schule ein Faulpelz, aber im Alter von fünfzehn Jahren konnte ich im Regenbogen Giottos Rot, Piero della Francescas Blau, Veroneses Gelb wiedererkennen. Ich kannte die Opern auswendig, von denen André und Julien ihr Leben lang nicht wissen werden, daß sie den Ruf ihres

Landes in die Ferne getragen haben. Ihre Wanderung durch Frankreich hält sich nicht bei Gounod, Massenet oder Saint-Saëns auf. Ein Musiker wird nie genannt, nicht einmal der mürrische Rameau in Dijon.

Kampf der Vorstellungskraft, dem Traum, der Phantasie! Die Republik, die Dich erzogen hat, verbannte die Kunst. Statt dessen verlieh man Dir den Sinn für das zutreffende Wort und für die gute schriftliche Ausdrucksweise. »Gern ist man jenen hilfreich, die dessen würdig sind, dagegen fürchtet man, jenen gefällig zu sein, die durch ihre Trägheit und Faulheit zu einer Last werden könnten.« Du hattest *hilfreich* und *gefällig*, *Trägheit* und *Faulheit* unterstrichen: Sinnverwandte Wörter, die es nicht gänzlich sind, feine Nuancen ein und desselben Gedankens, die ins Abstrakte übertragenen *Heidelbeeren* und *Preiselbeeren*, *Pfifferlinge* und *Eierschwämme* Deiner Großmutter. Der gewöhnliche Sterbliche sieht da keinen Unterschied, aber euch subtile, schwierige Seelen verletzt ein schlecht angewandter Ausdruck.

Um sich darin zu üben, richtig zu sprechen wie auch richtig zu leben, heißt es nur *strebsam*, *betriebsam*, *sorgsam*, *arbeitsam* zu sein, Schlüsselworte des Buchs, von Dir jedesmal doppelt unterstrichen. Niemals wird der Zauber einer Landschaft oder der Reiz einer Stadt erwähnt. Als über dem Montblanc die Sonne aufgeht, geraten die Kinder beim Anblick der aufleuchtenden Schneemassen unwillkürlich in Entzücken. Doch so als fühlte er sich schuldig, einer ästhetischen Regung nachgegeben zu haben, berichtigt André sogleich seinen ersten Ausruf: »Wie schön ist dieses Erwachen! Es erinnert mich an einen anderen Morgen, den ich nie vergessen werde: den unserer Ankunft auf französischem Boden.« Anspielung auf das bewegte, schwere Heldenepos der beiden Brüder. Nachdem sie aus Phalbourg und Lothringen geflohen waren, um den von ihrem Vater auf seinem Totenbett geäußerten Wunsch zu erfüllen, waren sie heimlich auf den Boden Frankreichs zurückgekehrt, im Grau eines nebelverhangenen Tagesanbruchs: eine Episode, deren Schönheit rein moralischer Art ist.

8

Friedensrichter und höchster Richter

»Nun!« sagte Monsieur Gagnaire zu mir, als ich ihm das Buch zurückbrachte, »war die Lektüre aufschlußreich?«

»In höherem Maße, als ich erwartet hatte, Monsieur Gagnaire.«

»Und trotzdem, Monsieur Mori«, fuhr er fort, »bin ich sicher, daß Ihnen so einige Dinge entgangen sind.«

»Zweifellos«, gab ich zu, da ich seine schulmeisterliche Eitelkeit dazu nutzen wollte, ihm noch weitere Auskünfte zu entlocken.

»Sind Sie beispielsweise hinter das Geheimnis des Austauschs einer Ausgabe gegen eine andere gekommen?« (Er hielt also an seinem Vorhaben fest.)

»Es fiel mir auf«, sagte ich, »daß Zola nicht erwähnt wird.«

»Gut beobachtet, Monsieur Mori, gut beobachtet.«

Er machte eine Pause, zog an seiner Pfeife und blies eine Rauchwolke an die Zimmerdecke, griff dann plötzlich wieder an:

»Zola, ja. Aber Sie dürfen wegen eines Baums den Wald nicht übersehen. Da gibt es viel erstaunlichere Auslassungen.«

Da ich nichts sagte, fuhr er fort:

»Diese Reise dauert ein Jahr, nicht wahr?«

»Es scheint mir so.«

»Finden Sie nicht, daß es diesem Jahr, besonders für zwei Kinder, ganz verteufelt an Festtagen fehlt?«

»Sie feiern den Neujahrstag.«

»Aber Weihnachten nicht. Und Ostern auch nicht.«

Mit pfiffiger Miene öffnete er die Schublade seines Schreibtischs und entnahm ihr ein Exemplar des *Tour de la France*, schlug es auf der Titelseite auf, auf der ich die Angabe 1880 las.

»Die erste Ausgabe ist in Wirklichkeit 1877 erschienen. Sie wurde bis 1905 unverändert nachgedruckt. Und welches

Ereignis hat Frankreich 1905 erschüttert?« (Er redete so, als ob er seiner Klasse Stunde gebe.) »Die Trennung von Kirche und Staat, Monsieur Mori. Darum, Einstampfen des *Tour de la France*, Austrocknung der Weihwasserkessel und Schließung der Kirchen. Schauen Sie«, fügte er hinzu und reichte mir den Band von 1880, »wenn Sie ihn mit dem Exemplar, das Sie gelesen haben, vergleichen, werden Sie die 1906 angebrachten Streichungen und Änderungen feststellen. Zwischen die interessantesten Seiten habe ich Lesezeichen gelegt.«

Monsieur Gagnaire hatte nicht wie Du die Stellen bezeichnet, die ihn besonders bewegten, sondern als eifriger Pädagoge, der es in früherer Zeit nicht verschmäht hatte, seine Kenntnisse in den Dienst der Rinderrasse zu stellen, solche, an denen die phrygische Mütze die Priesterkappe ersetzte. Bossuet, Fénelon und der heilige Vincent von Paul verschwanden 1906 von der Liste der Schriftsteller, deren gedacht wurde; aus der Zahl der Pariser Denkmäler wurden Notre-Dame und das Hôtel-Dieu gelöscht; innerhalb eines Jahres wurde Frankreich zu einem Land ohne Kirchtürme, Geistliche, liturgischen Zyklus; schließlich hatte man jedesmal, da André und Julien »mein Gott!« gesagt hatten, ihnen unverzüglich ein über jeden Zweifel erhabenes »ach!« in den Mund gelegt.

»Sehr merkwürdig«, sagte ich und gab Monsieur Gagnaire sein Buch zurück. »Aber ich verstehe um so weniger, warum, wenn man Gott aus der Schule verbannte, man nicht Zola an seine Stelle setzte.«

»Wie kommen Sie darauf, Monsieur Mori? Die Schule war nicht so töricht antiklerikal, wie Sie zu glauben scheinen.« (Ich hatte Monsieur Gagnaire also falsch beurteilt.) »Gott wurde aus dem *Tour de la France* ausgeschlossen, weil Gott die Franzosen entzweite. Jaurès und Albert de Mun opponierten in der Kammer wild gegeneinander, die Debatte über die religiöse Neutralität des Staates verschärfte sich täglich, Frankreich war am Rand des Bürgerkrieges. Der *Tour de la France* verfolgte nur ein einziges Ziel: das Vaterland nach der Niederlage von 1871 wieder zusammenzuschweißen. Alles was zu Auseinandersetzungen führen, Reibereien zwischen den verschiedenen geistigen Gruppierungen Frankreichs verursachen konnte, mußte also weggelassen werden. Gab Zola Anlaß zu Zwistigkeiten? Dann würde man den Namen Zola nicht aussprechen. Haben Sie darum«, fuhr er fort, überglücklich, mit seinem Scharfblick zu prahlen, »nicht bestimmte weitere, wahrhaft schreiende Auslassungen bemerkt? Von der ersten Ausgabe an kein Wort über Voltaire und Rousseau, Spalter der französischen Nation. Und die Französische Revolution? Schauen Sie in Ihrem Buch nach, bei der Notiz über Lavoisier, Seite 291.«

Wie ein Schüler las ich laut vor: »Es war in der blutigen Zeit von 1794, wo das von außen wie von innen von allen Seiten angegriffene Frankreich nicht mehr zwischen Freund und Feind zu unterscheiden wußte. Lavoisier, der eine Stelle im Finanzwesen bekleidet hatte, wurde mit vielen anderen angezeigt. Seiner Unschuld gewiß, stellte er sich stolz, statt zu fliehen. Doch von einer Verurteilung erfaßt, die sowohl Schuldige wie Unschuldige traf, starb er auf dem Schafott.«

»Na? Was sagen Sie dazu?«

Er goß mir ein Glas von seinem geliebten Enzian ein, als wolle er mir helfen, mich von einer etwas herben Enthüllung zu erholen. Ich dachte darüber nach, daß, wenn Du die erste Ausgabe besessen hättest mit Andrés und Juliens Besichtigung der Kathedrale von Chartres, wenn Du mit ihren Augen den Stammbaum Jesses und ihr blaues Licht, die schönen Kirchenfenster, die spätgotischen Rosetten betrachtet hättest, die Gnadengabe der Farbe Deine Seele vielleicht erfüllt hätte und Du gelernt hättest, einem Menschen zu mißtrauen, der zu schreiben gewagt hatte: »Wie eitel ist doch die Malerei, die Bewunderung auf sich zieht durch die Ähnlichkeit mit Dingen, deren Urbilder wir keineswegs bewundern!«

»›Sowohl Schuldige wie Unschuldige...‹«, sagte Monsieur Gagnaire nach einer Pause. »Die Revolution ist ein zu heißes Thema, man wird also nicht das Horn zur *Marseillaise* ansetzen, man wird vermeiden zu sagen, wer unrecht und wer recht gehabt hat. Danton, Robespierre, Marat, Saint-Just? Völlig unbekannt! In Aix-en-Provence war es schwierig, vor Mirabeau nicht wenigstens den Hut zu ziehen: aber er hat nur Recht auf eine Zeile: ›der bedeutendste unserer Redner während der Revolution‹; sein gleichfalls aus Aix stammender ›Rivale‹ Portalis, dem wegen seines Beitrags zum Zivilgesetzbuch Anerkennung gezollt wird, erhält dagegen zwanzig Zeilen. Das war verdammt gut überlegt, wie? Und was die Politiker, Generäle, Kriegsführer, ein besonders gefährliches Kapitel, angeht, wurde mit nicht geringerer Schläue vorgegangen. Bezüglich Colberts wundert man sich, daß er, obwohl Sohn eines einfachen Tuchhändlers, sich Frankreich so nützlich gemacht hat. Napoleon wird mit ein paar Worten abgetan: ein korsischer Matrose, dem sie in Marseille begegnen, kann es sich nicht verkneifen, die Jungen daran zu erinnern, daß ›Frankreich uns den geschicktesten Feldherrn der Welt verdankt‹. Doch von den Feldherren, so scheint es, ist nur widerwillig die Rede in einem Buch, das dennoch seine Leser auf die Vergeltung einstimmen soll. Über Vercingétorix, über Jeanne d'Arc, über Bayard, über Duguesclin allerdings läßt man sich in einem freimütigen Wortschwall aus, das ist alte Geschichte, die regt niemanden mehr auf. Bei der Neuzeit aber, Achtung! Sie darf man nur sachte angehen. Es werden nur drei Generäle genannt, und nicht wegen ihrer militärischen Fähigkeiten, sondern wegen ihrer menschlichen Eigenschaften. Turenne ›schonte das Blut seiner Soldaten, die ihn glühend verehrten‹. In Deutschland, wo er lange Krieg führte, wurde Desaix von den Deutschen *der gute General* und in Ägypten von den Moslems *der gerechte Sultan* genannt. Würde der in der Schlacht bei Wagram verstümmelte Daumesnil ohne sein Holzbein Erwähnung gefunden haben, Monsieur Mori?«

Ich nickte unbestimmt, denn dieser Daumesnil war mir völlig unbekannt oder doch nur durch eine Metrostation bekannt, an der ich ein Meeting veranstaltet hatte. Der Kopf schwoll mir unter dieser Lawine von Namen, die mir alle nicht vertraut waren. Durch drei Gläser Enzian gestärkt, hielt Monsieur Gagnaire daran fest, mir seine Rede ganz zu verpassen.

»Monsieur Mori, das Entscheidende war, Frankreich zu

einen, auf das, was allen Franzosen gemeinsam war, Nachdruck zu legen, und vor allem, sie mit ihrem Land bekannt zu machen. Die Unkenntnis seiner Geographie hatte die Niederlage von 1871 herbeigeführt. Sedan war verloren worden, weil unsere Generäle nicht wußten, in welche Richtung die Mosel fließt. *Le Tour de la France* – und deshalb gebe ich sie meinen Schülern immer zu lesen auf – unterstreicht deutlich die Eigentümlichkeit jeder Provinz und hebt unter den örtlichen Erzeugnissen stets jenes hervor, das für die ganze Nation zu einem Symbol des Stolzes geworden ist: die bretonische Kuh, die Uhr aus Besançon, die Schneidwaren von Thiers, die Spitzen von Puy, die Serviettenringe aus dem Jura, die Suppennudeln aus Clermont.«

Ich hätte gern gelacht, mußte aber, wenn ich mich noch länger bei ihm aufhielt, befürchten, daß Monsieur Gagnaire mich nach meiner Ansicht der derzeitigen politischen Lage Frankreichs fragen würde, und dies hätte mich in Verlegenheit gebracht. Deshalb erinnerte ich ihn an sein Versprechen, mir die »sonderbaren Lektüren« Deines Vaters zu zeigen. Wir gingen wieder zur Kammer im Erdgeschoß hinunter, wo er nach langem Suchen mehrere verfärbte Hefte aufstöberte, auf denen weder der Name des Autors noch der des Verlegers angegeben waren. Der Umschlag trug nur eine Adresse (6, Impasse Ronsin), eine Jahreszahl (von 1905 bis 1912) und einen für Monsieur Gagnaire sibyllinischen Titel, nicht aber für mich, der ich wußte, in welchem Maße Du in Deinem letzten in Saint-Arverne verbrachten Jahr von Monsieur Desjardins' Botschaften und Prosa gezehrt hattest, die im blaßblauen Gewand des *Bulletin de l'Union pour la Vérité* und dem hellbeigen des *Calendrier manuel des serviteurs de la vérité* zugestellt wurden.

So hielt ich denn ein unschätzbares Kleinod in Händen: die Publikationen, in denen Du jenem zum ersten Mal begegnetest, der in einigen Jahren Dein Lehrmeister werden sollte. Wie oft hatte ich Dich es bedauern hören, daß Dein Vater sie in der Hast der Abreise in Saint-Arverne liegengelassen hatte: sie waren, so sagtest Du, Dein erstes geistiges Brot gewesen (als Du eine Reife erlangt hattest, der die Liebenswürdigkeiten des *Tour de la France* nicht mehr genügen konnten), die kräftige und stärkende (eine von Monsieur Desjardins' Lieblingswörtern) Nahrung, die Dich nach dem sozialen Absturz vor dem Verzweifeln bewahrt hatte. Es waren in sehr kleiner Auflage erschienene, nur für die Abonnenten bestimmte Hefte (mir fiel ein, daß Dein Vater 1908 an die »Wahrheitsunion« einen Beitrag von sechs Francs und an den *Calendrier manuel* einen von einem Franc fünfzig entrichtet hatte), die nie wieder aufgelegt, in den Buchhandlungen nicht zu finden waren und deren Vorrat Monsieur Desjardins selbst erschöpft zu haben behauptete, sei es, daß er die Wahrheit sagte, sei es, daß er die Zeit vor dem Krieg für vorbei hielt, in der er seinen Unterricht auf diese Art halbgeheimer Freimaurerei beschränkt hatte, oder sei es (und ich neige eher zu dieser letzten Annahme), daß er, als manche seiner Schülerinnen in Sèvres Exemplare zu erhalten wünschten, sie euch aus Demut, aus Koketterie, aus Grausamkeit verweigerte, um euch auf die Probe zu stellen, um euch zu enttäuschen, kurz aufgrund eines der tausend intellektuellen Kniffe und Tricks, die er bei seinen Jüngern anwandte. War es beispielsweise allein Bescheidenheit, was ihn veranlaßt hatte, sowohl das *Bulletin* als auch den *Calendrier manuel* ohne Autorennamen herauszugeben? Oder hatte er darauf spekuliert, daß anonyme, mit der geheimnisvollen Kraft eines Orakels geäußerte Botschaften das Vertrauen und die Anhänglichkeit seiner Leser stärken würden?

Da diese Hefte Deinem Vater und nicht Dir gehörten, hattest Du sie nicht mit Randbemerkungen versehen können. Ich werde also auf Vermutungen angewiesen sein, sagte ich mir, als Monsieur Gagnaire, der in der Rumpelkammer ein wenig Ordnung gemacht hatte, wieder ins Klassenzimmer kam. Wir kehrten in sein Arbeitszimmer zurück.

»Was für drollige kleine Bücher!« sagte ich in gleichgültigem Ton, da ich die mißtrauische Miene Monsieur Gagnaires bemerkt hatte und mich darauf besann, daß ich aus Paris nicht gekommen war, um die Bibliothek Deines Vaters zu besichtigen, sondern um den Kataster zu konsultieren und in den Archiven des Rathauses ein Dossier durchzugehen. »Wissen Sie, ob es in Saint-Arverne noch andere Abonnenten gab als Monsieur Rageblanc?«

»Bestimmt nicht«, antwortete er, »und das behaupte ich mit Entschiedenheit. Monsieur Rageblanc hat mir eines von den Dingern geliehen, einmal. Vielen Dank! Nichts für mich, nichts für uns Auvergnaten! Zu kompliziert, zu pariserisch. Immer das Pro und Kontra auf demselben Präsentierteller dargeboten. Eine Ziege wüßte nicht mehr, auf welcher Seite sie grasen soll. Sie werden ja sehen. Wohlgemerkt, das wird Ihnen zu verstehen helfen, warum Monsieur Rageblanc sich dieses Land entgehen ließ, das Sie für seinen Sohn wiederzuerlangen versuchen.«

Ich faßte die Gelegenheit beim Schopf.

»Was meinen Sie, Monsieur Gagnaire, wenn Monsieur Rageblanc sich, wie Sie sagen, zu einer gewissen Zeit nicht mehr mit der gleichen Aufmerksamkeit den Familienangelegenheiten gewidmet hat, war es nicht auch vielleicht wegen dem, was seinem Vater passiert ist?«

»Was wollen Sie damit sagen, Monsieur Mori?«

»Nun!« (unwillkürlich senkte ich die Stimme), »als Monsieur Claudius angefangen hat, sich zu spritzen ... die Droge ...«

Monsieur erhob sich, richtete sich zu seiner vollen Höhe auf, nahm die Pfeife aus dem Mund und sagte in feierlichem Ton:

»Halt, Monsieur Mori! Sprechen Sie niemals dieses Wort aus! In Saint-Arverne hat man niemals Drogen genommen und wird man niemals Drogen nehmen!«

»Er hat sich aber doch ruiniert«, wandte ich ein, »seinem Sohn diese Schulden hinterlassen ...«

»Ach! Wer sagt denn, daß dies nur wegen der Arzneien war, die er seit seinem Unfall einnehmen mußte? Sie sollten darüber besser Bescheid wissen als ich, Monsieur Mori. Während er im Krankenhaus lag, hat einer Ihrer Kollegen, entschuldigen Sie, daß ich Sie daran erinnere, seine Abwesenheit dazu benutzt, um einen alten Rechtsstreit wegen eines Stücks Land bei Saint-Clément zugunsten eines benachbarten Grundbesitzers, dessen Anwalt er war, entscheiden zu lassen. Es wäre nur billig, wenn es Monsieur Pierre mit den Akten, die er Sie im Gemeindeamt einzusehen beauftragt hat, gelänge, wieder in den Besitz des legitimen

Eigentums der Rageblanc zu gelangen. Mit demselben Grundbesitzer hatte es auch eine Auseinandersetzung wegen der Gemeindewiese gegeben. Das kostete viel Geld. Monsieur Jacques mußte seine Kühe verkaufen, und die Familie mußte ihren Lebensstil ändern. Wir ruinieren uns leicht durch Händel und Gerichtsverfahren, Monsieur Mori, das ist unsere Schwäche.«

Sollte ich dieser für mich völlig neuen Auslegung der Tatsachen Glauben schenken? Daß nie die geringste Anspielung auf einen Nachbarschaftsstreit oder einen verhängnisvollen Prozeß über Deine Lippen gekommen war, bewies mir nicht, daß der Lehrer mir ein Märchen erzählte. Dein Gedächtnis selbst hatte wohl die Erinnerung an diese dunklen Schikanen verdrängt. Viel zu stolz, um den Bankrott der Familie und den Umzug an die Brücke einem niedrigen Disput wegen einiger Morgen steinigen Lands zuzuschreiben, hättest Du nie zugegeben, daß ein menschliches Tribunal die Rageblanc in Not gebracht hatte. Die Verurteilung mußte von höherem Ort kommen, und ihre Urkunde konnte nicht die Entscheidung des kleinen Friedensrichters des Unterbezirks sein, sondern nur ein Erlaß des höchsten Richters in Person.

»Durch Händel und Gerichtsverfahren«, wiederholte Monsieur Gagnaire. »Es gibt nichts Streitsüchtigeres und Schikanöseres als einen Auvergnaten. Wenn sie zwischen zwei Feldern einen Grenzpfahl aufstellen, dann unter peinlich genauen Vorsichtsmaßnahmen. Auf jeder Seite des Pfahls begräbt man die Hälfte eines groben Kiesels, der mit der Hacke zerschlagen wurde. Die Hälften dienen als Zeugen, sie verhindern, daß der Grenzpfahl verrückt wird. Monsieur Claudius ist das Opfer der Schurkereien seines Gegners geworden. Er war der achtbarste und bestgeachtete Mann des Kantons; seine Anständigkeit hat ihn zugrunde gerichtet. Da könnte man ebensogut ein Haar auf einer Eierschale suchen wie einen Schatten auf seinem Gewissen. Ihn ich weiß nicht welcher Schandtat verdächtigen? Wie die alte Marie, die Witwe des Kohlenhändlers, zu sagen pflegte, ich möchte ebensogern die eigene Leber in der Pfanne sehen wie mir solche Lügen auftischen lassen.«

Er blies einen nachdrücklichen Rauchkringel in die Luft und schloß dann, wieder beruhigt:

»Es gibt gewisse Dinge, sehen Sie, die zwischen Ambert und Montbrison einfach nicht vorkommen können. Auch in unseren Tagen, Monsieur Mori, nachdem der Krieg so viele Gewohnheiten über den Haufen geworfen hat, nachdem überall Mißwirtschaft eingekehrt ist und die sittlichen Werte verkommen sind, werden Sie, wenn Sie samstags abends in den Festsaal gehen, niemals einen unserer Jungen einen Tango fordern hören. In Saint-Arverne gibt es keinen Einlaß für den Tango!«

Nach diesem patriotischen Glaubensbekenntnis schüttelte er mir kräftig die Hand, und nach einem letzten Glas Enzian verabschiedete ich mich von ihm.

9
Das zweite Evangelium

Am 1. April 1529 – auf den Tag genau dreihundertneunundsechzig Jahre vor Deiner Geburt – untersagte der Große Rat des Kantons Basel unter dem Einfluß von Ökolampad die Ausübung der katholischen Religion und ließ die Bilder stürmen. Kommentar: »Fanatismus gegen Fanatismus.«

An einem anderen 1. April – 1764 – Sonnenfinsternis über Paris, zum erstenmal in der Geschichte ohne Angst erwartet. Die *Gazette de France* forderte die Geister zur Gelassenheit auf und ermahnte die Pfarrer, die Gläubigen zu beruhigen. Kommentar: »Sieg der Vernunft.«

An einem dritten 1. April – 1766 – schrieb Voltaire seinem Freund Damilaville: »Ich glaube, daß wir zu keiner Verständigung kommen in puncto Volk, das Sie für würdig erachten, eine Bildung zu erhalten. Ich verstehe unter Volk den Pöbel, der, um zu leben, nur seine Arme hat. Ich bezweifle, daß diese Ordnung von Staatsbürgern jemals Zeit oder Fähigkeit hat, sich zu bilden; sie würden Hungers sterben, bevor sie weise würden. Es scheint mir von entscheidender Bedeutung, daß es ein unwissendes Lumpengesindel gibt. Wenn Sie gleich mir ein Gut bewirtschaften würden und wenn Sie Pflüge hätten, wären Sie gewiß meiner Ansicht. Nicht der Handlanger muß eine Bildung erhalten, sondern der brave Bürger, der Bewohner der Städte; dieses Unternehmen ist gewagt und groß genug. Wenn der Pöbel darauf verfällt nachzudenken, ist alles verloren.«

Kommentar: »Eine Stelle, die man immer wieder lesen sollte.«

An einem vierten 1. April – 1898, genau am Tag Deiner Geburt – eröffnete Georges Deherme nach dem Plan eines Kunsttischlers namens Mereaux und einiger Arbeiter, die sich im Hinterraum eines Weinhändlers in Montreuil-sous-Bois versammelten, die erste Volkshochschule. Ehrenamtliche Lehrer, Gymnasialprofessoren, Ärzte, Anwälte sprachen auf den Veranstaltungen dieser »dem höheren Unterricht und der ethisch-sozialen Erziehung des Volks« dienenden Unternehmung. Man hatte im Faubourg Saint-Antoine einen Saal gemietet, in dem »bürgerliche Lehrer und proletarische Schüler« zusammenkamen. Die Arbeiter des Viertels bezahlten einen monatlichen Beitrag von 50 Centimes. Erste Vortragsthemen: »Der Wahnsinn, seine Formen und seine Ursachen«, »Die Gewerkschaftsbewegung in Frankreich«, »Neufundlandfischer«, »Der Begriff des Rechts«, »Literatur und Politik in Frankreich seit 1789«. Als der Abbé Denis über das Christentum sprechen wollte, hinderte ihn ein Tumult daran. Georges Deherme brachte deshalb oberhalb des Podiums den Schlußsatz des zwölften Briefs Pascals an einen Provinzial an: »Wenn Gewalt gegen Gewalt kämpft, zerstört die mächtigere die geringere; wenn man Reden gegen Reden erhebt, werden die wahrhaften und überzeugenden die widerlegen und verscheuchen, die nur Eitelkeit und Lüge enthalten: aber die Gewalttat und die Wahrheit vermögen nichts übereinander.«

Ich habe die Hefte des *Calendrier manuel* Monsieur Gagnaire nicht zurückgegeben. Ich habe sie behalten, sie sind hier auf meinem Tisch, während ich Dir schreibe, Constance, vor dem Fenster, durch das mein Blick über das bis zum Meer abfallende Geröll von Tuffsteinen schweift und sich auf die einsame Kiefer auf dem Grab Pirandellos heftet. Pirandello hing seit den ersten Jahren des Regimes dem Faschismus an und sprach Mussolini seine Bewunderung aus. Heute lese ich in der Zeitung, daß eine junge Triebkraft des Volkstheaters namens Giorgio Strehler, Sympathisant des Kommunismus, ein Stück Pirandellos für das Publikum des Piccolo Teatro von Mailand gewählt hat. Es wäre instruktiv, wenn Pirandellos schriftliche Beitrittserklärung und die Premiere der Aufführung nach einer Zeitspanne von einem Vierteljahrhundert auf den gleichen Tag fielen.

Welchen Eindruck machte Voltaires Brief auf Deinen Vater, Lehrer im ländlichen Umfeld, Missionar bei dem Lumpengesindel, der bei der *Pädagogischen Bibliothek* Beitrag bezahlte und kein anderes Lebensziel hatte, als den »Pöbel« des Livradois nachdenken zu lehren? Diesen Brief habe ich auf ein loses Blatt abgeschrieben, das ich stets in meiner

Tasche mitnehme. Sollten sich je mein Schlüsselbund und der Talisman, den mir meine Tante Eusebia aus Agavenfasern und zu Pulver zermahlenen Schwertfischknochen gemacht hat, als unzureichender Schutz erweisen, sollte es den Carabinieri gelingen, mich am Schlafittchen zu packen, sollte die Regierung Monsieur De Gasperis mich ausweisen, um mich der Regierung Monsieur Plevens auszuliefern, so werde ich ihn vor dem Tribunal auseinanderfalten und meinen Richtern vorlesen. Was wissen Sie schon, werde ich ihnen sagen, von dem, was gut ist, und von dem, was nicht gut ist für das Volk? Sie werden mich verurteilen, weil ich Faschist gewesen bin und während des Kriegs mit dem Italien Mussolinis kollaboriert habe. Dieses Verhalten war, Ihnen zufolge, das eines Volksfeindes: das Glück Frankreichs und das der Menschheit verlangten, daß man die Faschisten unaufhörlich und unbedingt bekämpfte. Wer sagt Ihnen, ob diese Auffassung bezüglich des Glückes der Menschheit in zwanzig Jahren nicht irrig erscheinen wird? Fragen Sie sich einmal, ob Stalin die Macht, seine Verbrechen zu verüben, nicht aus dem Ansehen schöpft, das er sich durch seine Rolle im Kampf gegen den Faschismus verschafft hat, und ob diese Verbrechen nicht blutiger und bestialischer sind als die gutmütige Diktatur Mussolinis. Vor allem aber, werde ich ihnen sagen, sollten Sie befürchten, daß, was Sie Recht nennen, nur das Recht derer ist, die den Krieg gewonnen haben, das heißt die als Recht verkleidete Macht. War die Bombardierung Dresdens, die im Februar 1945, als die Deutschen den Krieg praktisch schon verloren hatten, in einer einzigen Nacht zweihundertfünfzigtausend Zivilisten tötete, notwendig zum Glück der Menschheit? Wenn die Alliierten besiegt worden wären, wäre Churchill, der diesen überflüssigen Bombenangriff befohlen hatte, vor das Kriegsverbrecher-Gericht geschleppt und verurteilt worden.

Das werde ich ihnen sagen und als Beweisstück den Brief Voltaires zitieren. Voltaire war der Meinung, daß eine allen Klassen der Nation gewährte Volksbildung katastrophale Folgen hätte. Wer diese Meinung heute wiederaufzunehmen wagte, würde von den Politikern zurechtgewiesen, von den Intellektuellen gescholten, von der Menge gelyncht werden.

Und doch, wer könnte bestreiten, daß Voltaire das Wohl des Volkes mit mindestens ebenso großer Ehrlichkeit und Sachkenntnis wünschte wie diejenigen, die nun das gleiche Ziel, aber mit gegensätzlichen Mitteln verfolgen? Und, Gipfel der Ironie, von Voltaire selbst, seinen Ideen über den Fortschritt der Menschheit und die Befreiung des Geistes leiten sich die gegenwärtigen Verurteilungen dessen her, was man mit dem verachtungsvollen Neuwort Elitismus bezeichnet. Was für Voltaire ein Übel war, ist für die Voltairianer zum Wohl geworden und für die Allgemeinheit zum Gemeinwohl. Nichts garantiert uns, daß diese Auffassung in fünfzig Jahren nicht wieder umgestoßen wird. Bezüglich dessen, was für ein Volk gut oder schlecht ist, ändern sich die Meinungen in jeder Generation.

Am Tag des 6. November berichtet der *Calendrier manuel* (für 1906) folgenden Vorfall. Bei einer Veranstaltung der Volkshochschulen im Vorort Villeneuve-Saint-Georges interpretierte ein junger Philosophiedozent *Brand*, das in höchstem Maße antireligiöse, dogmenfeindliche Schauspiel Ibsens. Ein Maschinenschlosser stand auf und sagte: »Wir sind nicht hierhergekommen, damit man uns vom lieben Gott, von der Jungfrau Maria und den Heiligen erzählt. Das Problem in Villeneuve-Saint-Georges ist die Kommunalisierung des Milchdienstes und die Einrichtung des fließenden Wassers.« Was Ibsen und der eifrige Adept der Volkshochschulen für eine vorrangige Aufgabe, eine heilige Pflicht gegenüber dem Volk hielten, erwies sich als den Interessen und Bedürfnissen dieses selben Volkes entgegengesetzt. Das Wohl war zum Übel, aus Weiß war Schwarz geworden.

Indem er für jeden Tag des Jahres Erinnerungen an ein, zwei oder mehrere besondere Ereignisse anführte, versuchte Monsieur Desjardins – Großbürger und bedeutender Pariser Intellektueller (er war Sohn eines Professors der Inschriftenkunde am Collège de France und Mitglied des Institut de France und selbst Schüler der Pädagogischen Hochschule gewesen, wo Jaurès und Bergson zu seinen Mitschülern gezählt hatten), Erbe des Wissens von Jahrhunderten und als solcher nicht an der Verwirrung interessiert, die er im Gewissen eines Lehrers aus den Bergen anrichten konnte, wenn dieser erfuhr, es wäre besser gewesen, gute Landarbeiter aus den Bauernkindern zu machen als im Lesen und Schreiben unterwiesene Schlingel – durch unerwartete Vergleiche den kritischen Geist seiner Leser zu wecken zu einer Zeit, da die Folgen der Dreyfus-Affäre und die Trennung von Kirche und Staat, indem sie beiden Parteien rudimentäre Slogans lieferten, den Haß gesteigert hatten. In diesem Kampf, wo sich, bis in Deine Familie hinein, Vater und Mutter, Großvater und Großmutter feindlich gegenüberstanden, warst Du auf dem Vorposten: auch nahmst Du, unter dem Branden der Leidenschaften leidend und jeden Morgen von einem bestimmten Zweifel gequält (solltest Du ins Klassenzimmer gehen und das Kruzifix entfernen, bevor Dein Vater eintrat?), mit tiefer Dankbarkeit die Botschaft jenes Mannes auf, der nicht die Notwendigkeit, zwischen zwei Clans zu wählen, zu einer der ersten Bürgerpflichten erklärte, sondern im Gegenteil den Kampf gegen die plumpen parteilichen Vereinfachungen.

Würdest Du den *Calendrier manuel* heute mit anderen Augen lesen? Oder würde er auf Dich immer noch jene befriedigende und reinigende Wirkung ausüben? Mir scheint, Monsieur Desjardins würde, nach einem halben Jahrhundert, sein Werk selbst nicht wiedererkennen; mit der Zeit hat es den Charakter gewechselt; er wäre erstaunt festzustellen, aus der Impasse Ronsin, deren strenger Name vielleicht das einzige der erzieherischen Absicht seines Projekts entsprechende Element ist, in alle vier Ecken Frankreichs der kleinen auserwählten Zahl seiner Abonnenten etwas vom ausdrücklich bekundeten Vorhaben stark Abweichendes ausgeteilt zu haben, ein ungewöhnliches Objekt, das viel stärker auf das Empfindungsvermögen als auf den Verstand einwirkt, ein Lehrbuch über Wunderdinge, das ebenso bizarr und fesselnd ist wie die von meiner Tante Eugenia auf dem Speicher angehäuften wappenkundlichen Abhandlungen.

In diesen Dokumenten, die zusammengestellt worden waren, um darzutun, daß es keine absolute Wahrheit gibt und daß es unsere einzige Pflicht ist, unvoreingenommen nach dem Für und Wider zu forschen, entdecke ich fasziniert ein phantastisches Kaleidoskop der verschiedenartigsten Ereignisse, einen malerischen Bilderbogen der Jahrhunderte. Ja, während ich beim ersten Lesen in meinem Zimmer im Hôtel des Voyageurs nur die moralische Bemühung und die Sorgfalt bemerkt hatte, fern vom Lärm und Druck der Menge das Urteil zu schulen, finde ich heute, daß diese Hefte etwas Verrücktes, Unsinniges, Verstiegenes, in einem Wort etwas Sizilianisches haben. Rührt dies vom Einfluß meiner Tanten her, die, jede mit ihrer Manie, im Haus um mich herumscharwenzeln? Soeben hat Eugenia ihren Krauskopf durch den Türspalt gesteckt und mir zugerufen, daß sie zum Schloß Donnafugata fährt, wo sie den endgültigen Beweis des Adels der Vasconcellos aufzutreiben glaubt. Ist es, weil ich empfänglicher geworden bin für die Ironie der Dinge, für die komische Verkehrung jeder Wahrheit? Was ich zuvor für ein genau überlegtes Unternehmen hielt, eine strenge Einführung in die Weisheit, eine Lehre im vernünftigen Beherrschen der Handlungen, erscheint mir nach einem zweiten Weltkrieg und einigen Revolutionen nur noch als drollige Übung von höchst erfreulicher Eigenwilligkeit.

In seinem dem Januarheft vorangestellten Geleitwort präzisiert Monsieur Desjardins seine Methode: jeden Leser, sagt er, täglich für fünf Minuten an einen Punkt zu stellen, von wo aus er einem Ereignis beiwohnt, das seinen Sinn für Recht und Gerechtigkeit auf die Probe stellt. Im übrigen soll der Leser mit seinem freien Urteil allein gelassen werden. Wie eine Zeitung pünktlich jeden Tag will der »Kalender« die alte Gewohnheit der vom astronomischen Rhythmus geregelten und von Tag zu Tag durch die Erinnerung an um mehrere Jahre, mehrere Jahrhunderte zurückliegende Ereignisse anders gestalteten Viertelstunde der Meditation wieder einführen. Die an einem gleichen Thema beobachteten Ähnlichkeiten und Unterschiede werden einem nach Unabhängigkeit strebenden Geist helfen, sich sein eigenes Urteil zu bilden. Keine Orthodoxie, keine Vorschriften, keine Richtlinien. »Achten Sie vor allem nicht auf uns, achten Sie auf sich.«

Die Wahrheitsunion bekämpfte, obwohl Dreyfus-Anhängerin, das Sektierertum der Dreyfus-Anhänger. Mit gleicher

Entschiedenheit hätte sie einer Ungerechtigkeit den Kampf geliefert, die jemanden »von der Gegenpartei« getroffen hätte. (Beachte die Geziertheit des Ausdrucks: kennen wirklich politisch Aktive solche Rücksichtnahmen?) »Diejenigen, die sich aus Philosemitismus oder Anarchismus oder aus grundlegendem Anarchismus erhoben haben, sind nicht zugelassen, sie sind abzuweisen, sie sind keine der fundamentalen Philalethen« (auf griechisch: ›Freunde der Wahrheit‹: welcher Hellenismus mir zusätzlich verstiegen erscheint), »zu denen die Justitia spricht: Ihr seid Petrus, der Fels, und auf diesen Felsen will ich meine Kirche bauen.« Kritische Zurückhaltung, Desillusionierung, ein heilsames Mißtrauen gegenüber allen leidenschaftlichen Parteinahmen: das war der Dreyfusismus, den Monsieur Desjardins Dich lehrte, ein ganz anderer als der, den Du durch Deinen Vater kennengelernt hattest. Erkanntest Du den Lehrer aus Saint-Arverne in den »emphatischen mutigen Herzen« wieder, über die sich der *Calendrier manuel* lustig machte? Das »beifällige Nicken«, von dem es hieß, es gäbe keine in höherem Maße einschläfernde Geste, sahst Du es bei Deinem Vater, wenn er den Bericht der Liga der Menschenrechte las? Und fingst Du, nachdem der Briefträger ihm eine Nummer der sozialistischen *Humanité* unter die Tür geschoben hatte, damit an, Dich von einem Mann zu distanzieren, der ihre »begeisterten Banalitäten« genoß, ohne sie ernstlich zu prüfen, doppelt froh, weil er sich zusammen mit Zehntausenden Pilgernden auf dem Marsch fühlte und weil er sich über die Ansichten seiner Mutter und seiner Frau, die den *Almanach de la Croix* abonnierten, hinwegsetzte?

Gegen jede Propaganda feindlich gesinnt, wollte der *Calendrier* vielmehr allen helfen, ihr zu widerstehen und nur der Vernunft zu gehorchen. Eine ideale Brüderlichkeit würde seine Abonnenten verbinden ohne die Unannehmlichkeiten von engem Zusammenleben und Herdenbetrieb. »Kein Saal, in dem eine von einer Rede erhobene Menge sich für eine Stunde einig fühlt; nur Leser, die allein in der ernsten Stille ihres Zimmers mit Augen und Verständnis lesen.« Eine ruhmreiche Vereinigung, eine Blüte der Humanität würden sie, um den Mächtigen als Vorbild zu dienen und der lautere Beginn einer Zeit zu sein, die Ritterschaft König Arthurs zu neuem Leben erwecken. Gleich der Taube des heiligen Geistes würde der Kalender sie dort, wo sie leben, aufsuchen und sie jeden Tag mit dem Licht einer oder mehrerer einstiger Morgenröten erleuchten. Als Zeitgenossen von Menschen und Geschehnissen, die um eine oder zehn oder tausend Drehungen des Planeten entfernt waren, sollten sie, ohne daß ihr Urteil beeinflußt wurde, die Bestimmungen des Gesetzes vom 17. September 1793 über die Verdächtigen und die des Gesetzes vom 28. Juli 1894 über die Anarchisten kennenlernen. Sie würden die Artikel des Gesetzes vom 22. Prairial des Jahres II, die die Verteidigungsreden der Anwälte und die Zeugenvernehmungen vor dem Revolutionstribunal abgeschafft hatten, mit den gesetzlichen oder ungesetzlichen Proskriptionen vergleichen, welche die drei Restaurationen gegen die revolutionären Parteien gerichtet hatten. Man würde sie an einige 1871 von den kommunalistischen Aufständischen ohne vorhergehendes Gerichtsverfahren vorgenommene Erschießungen erinnern und an mehrere weitere, die diese zu erleiden hatten (wohingegen der *Tour de la France* die Kommune mit keinem Wort erwähnt); und nachdem sie solchermaßen die Treppe der Zeit hinab- und hinaufgestiegen wären, würden sie sich vom nur Örtlichen und Anekdotischen lösen, um dem allein Beständigen anzuhängen.

Die Seiten, die ich vor mir habe, widersprechen frischfröhlich dem Ernst des Vorhabens. Schließlich sind es gerade die Anekdoten, die durch ihre Kraft und Würze die Aufmerksamkeit fesseln; die astronomische Utopie: ohne Berücksichtigung von historischen Gegebenheiten und sozialer Umwelt die Jahrhunderte aufeinanderprallen zu lassen, ist nicht sinnvoller, als es die Bemühungen meiner Tante Eusebia sind, ohne Vermittlung der Bienen, indem sie direkt den vom Himmel gefallenen Schweiß der Sterne einsammelt, einen idealen Honig zu erhalten. Der Einfall, jeden Monat unter das Zeichen einer besonderen Tugend zu stellen (der April, Dein Monat, berief sich auf »ewige Neubelebung«, der Februar, mein Monat, auf »Vernunftannahme«, der Juli auf »Kampf um das Recht«, der Oktober auf »Sammlung,

Gewissenhaftigkeit«, und so weiter), ist zwar romantisch, aber ebenso wunderlich wie die Gepflogenheit meiner Tante Euloquia, die Küchengeräte nur mit ihren Opernnamen zu bezeichnen, das Messer in »Eisen«, das Trinkglas in »Humpen« und ihre Batterie von Kochtöpfen in »Urnen« umzutaufen. Kurz, die Komik zu sehen, wie ein antireligiöses Stück von Ibsen zu einer Debatte über die Kommunalisierung der Milch führt, und viele andere Beispiele des gleichen Schlages lassen es mich bedauern, daß ich diese Texte nicht früher gekannt habe, als Du mir sagtest, wenn ich unbedingt Politik machen wolle, so müßte sie wenigstens »vernünftig« sein. Und noch früher, in meiner Kindheit bei den Frauen des *Palazzo*, die offenen Mundes lauschten, wenn er von den Heldentaten Karls des Großen und seiner Paladine erzählte, hätte ich mit den Faseleien des *Cantastorie* wetteifern können. Aber das werde ich bei meinen Tanten nachholen. Sie werden entdecken, daß sie nicht verschrobener sind als andere und daß die größte Unsinnigkeit, die jemals auf Erden begangen wurde, darin besteht zu glauben, man könne aus dem als Geschichte bezeichneten Tohuwabohu von Widersprüchen, Wahnsinnstaten, Gewaltakten eine Lehre in intellektueller Redlichkeit und moralischer Klugheit ziehen.

8. Juni (1809): Tod des amerikanischen Philosophen Thomas Paine. Nachdem er durch seine Schrift *Common Sense* zum Ausbruch der amerikanischen Revolution beigetragen hatte, verschonte er Washington nicht mit seiner Kritik und verlor seinen Posten in der Bundesregierung. Er emigrierte nach London, verspottete dort die englischen Traditionen, indem er sich weigerte, an die Göttlichkeit Christi zu glauben, und unterstützte die Prinzipien der Französischen Revolution. Nachdem er aus England ausgewiesen worden war, in Paris Zuflucht gefunden hatte, Franzose und Mitglied des Konvents geworden war, protestierte er gegen die Hinrichtung Ludwigs XVI. Von allen verleugnet, in seinem Geburtsland und in seinen beiden Wahlheimatländern, da er sich den Haß dreier Völker zugezogen hatte, starb er, wegen seiner freien Bibelauslegung von den Quäkern beschimpft, in New York. Wenn ich den Lebenslauf dieses Mannes lese, dessen Rechtschaffenheit so kompromißlos war, daß er je-

desmal sein persönliches Interesse seiner Gewissenhaftigkeit opferte, bin ich bereit, in ihm einen echten Freiheitshelden zu erkennen. Das zusätzliche Detail, das ich dem *Calendrier manuel* entnehme, nämlich daß die französischen Bürger den Nägeln ihrer Schuhsohlen die Initialen T. P. aufmalen ließen, um den vaterlandslosen Gesellen, den Häretiker, den Verteidiger des Capet, des Tyrannen, mit Füßen zu treten, dieses Detail der Nägel auf den Sohlen gewinnt für mich plötzlich ungeheure Bedeutung: wenn diese Geschichte eine Wahrheit enthält, liegt sie dort, im Geräusch der genagelten Schuhe, die auf das Pflaster von Paris hämmern. Eine derart kindische Gehässigkeit in dieser führenden Kulturstadt verweist mich zurück in eine Welt, die so bar aller politischen Vernunft, so entmutigend für eine fortschrittliche Geschichtsauffassung, so verrückt ist wie das Sizilien meiner Kindheit, als die bourbonentreue *Signora Madre* an den erstickend heißen Augustabenden mit den Mägden in der Küche blieb, den Vorteil des Balkons verschmähte, um nicht auf der anderen Seite des Platzes am Frontgiebel des *Circolo Empedocle* die Büste des griechischen Philosophen ansehen zu müssen, die sie wegen der Ähnlichkeit der Gesichtszüge und der Bärte für die Darstellung Garibaldis hielt.

Die Lehrfabel von den zwei Zoologen, die sich an einem schönen Maiabend unterhalten (der Mai trägt das Kennzeichen »Bewunderung, Freude«, vor dem nicht weniger bizarr unter der Schirmherrschaft von »Objektivität, Einfachheit« stehenden Monat Juni), eignet sich mit erfreulicher Deutlichkeit für eine doppelte Lesart, wovon die eine erbaulich, die andere barock ist. »Nach einem Tage mühsamen Baggerns, das von einer besonders reichen Ausbeute belohnt wurde, hatten wir uns noch lange im Laboratorium in den Allées de Meillan in Marseille aufgehalten, im staunenden Betrachten der wunderbar angepaßten Formen der Meeresfauna. ›Meinen Sie nicht auch‹, sagte Marion zu mir, ›daß wir im Grunde Egoisten sind und daß all die Mühe, die wir auf uns nehmen, nur in der Hoffnung auf ebenso lebhafte ästhetische Befriedigung von uns ertragen wird, wie wir sie soeben empfunden haben und jedesmal empfinden, wenn wir das Werk der schöpferischen Natur von neuem erleben?‹ – ›Vielleicht‹, entgegnete ich ihr. ›Gewiß stumpfen uns derartige Wahrnehmungen für viele Dinge ab, die das Glück der meisten ausmachen, und sogar für die schönsten Ausdrücke menschlicher Kunst, die den Anblicken, die uns entzücken, so sehr unterlegen sind. Es wäre dies unsere Strafe, hätten wir nicht das Recht zu denken, daß der Kult des Schönen in der Natur uns dazu führt, Gutes zu tun, und daß wir solchermaßen teilhaben am großen Werk der gegenwärtigen Stunde, der Gründung der Religion der Zukunft.‹«

Erbauliche Lesart (Deine, ohne jeden Zweifel): 1. Wenn man in irgendeiner wissenschaftlichen Arbeit ästhetische Befriedigung sucht, so ist man ein Egoist. 2. Doch die (willkommene) Strafe folgt auf dem Fuß in Form der Abgestumpftheit für viele Dinge, die das Glück der meisten ausmachen. 3. Der Kult des Schönen rechtfertigt sich nur dann, wenn er dazu führt, Gutes zu tun.

Barocke Lesart: »mühsames Baggern ...«, »Wunder der Meeresfauna ...«: ich stelle mir lebhaft meine Tante Eusebia vor, wie sie mit ihrem Gang einer dürren Witwe die ionische Küste durchmißt auf der Suche nach Schulp und nach gummiartigem Kalmar, die sie sodann mit einer Messerspitze geriebenen Ziegenhufs zu einer Heilsalbe bei Bissen tollwütiger Hunde kocht. Und außerdem, hat man je zwei Wissenschaftler derart geschwollen miteinander reden hören? »All die Mühen, die wir auf uns nehmen ...« Diese Wissenschaftler sprechen wie die *Précieuses ridicules* von Molière, wenn diese von den »Foltern« der »Konversation« ermattet zu sein behaupten. Entweder irre ich mich, oder wir haben da ein Beispiel des jesuitischen, gekünstelten, geschwätzigen Stils, gegen den Pascal in den *Provinciales* losgezogen ist. »Oh, welch richtiger Weg, um in dieser und der anderen Welt glücklich zu sein!« Wir sind keine Sünder, denn wir haben nicht die Absicht zu sündigen ... Um Himmels willen, meine Herren, laßt eure Skrupel und Scheinheiligkeiten, greift zu, amüsiert euch mit dem rostroten schnauzbärtigen Drachenkopf, dem bartfädigen Katzenfisch, dem roßköpfigen und sirenenschwänzigen Seepferdchen, und wenn ihr heidnisch seid, so seid es nicht halb!

Ein weiterer Sizilianismus des *Calendrier manuel*: das Wohlgefallen am Leichenbegräbnis. Die Mehrzahl der Gedächtnisfeiern geschehen am Todestag des in Erinnerung gerufenen bedeutenden Mannes. In Sizilien legt eine Frau mit dreißig Jahren ein schwarzes Kleid, einen schwarzen Schleier, schwarze Schuhe und Strümpfe an: ihr Leben lang trägt sie nun Trauer um einen der unzähligen Verwandten ihrer Familie oder der ihres Mannes. In unseren Dörfern ist an den Haustüren ein schwarz umrändertes Schild mit dem Namen und den Verdiensten des Verstorbenen angebracht; kaum haben Regen und Staub seine Farbe verwischt, schon wird es von einem ganz neuen ersetzt. Desgleichen fühlt sich der fleißige Leser des *Calendrier manuel* ständig in Trauer um eines der berühmten Vorbilder, zu dessen Zeitgenossen er gemacht wird. Er schreitet wie auf einer Friedhofsallee zwischen diesen großen Namen einher.

Nachdem ihm das Leid widerfahren war, seinen jungen Sohn zu verlieren, gab der Naturforscher Jean-Henri Fabre drei Arten von Hautflüglern, die er gerade entdeckt hatte, den Namen des Toten. Monsieur Desjardins scheint diese Geste hochzuschätzen, er lobt an ihr »die Umwandlung eines schmerzlichen Gefühls in eine wissenschaftliche Tätigkeit oder, wenn man will, der Emotion in Intelligenz«. Ich würde sie mit einem einzigen Epitheton bezeichnen: makaber. Gleichfalls makaber sind die Begleitumstände der Erfindung des Stethoskops durch den Doktor Laennec am Bett eines an Lungenschwindsucht sterbenden Freundes. An Allerseelen ging die *Signora Madre* mit der ganzen Hausgemeinschaft auf den Friedhof von Girgenti. Wir picknickten auf den Gräbern unserer Entschlafenen, und als das Mitglied der Familie, das am wenigsten schlecht buchstabierte, mußte ich mit lauter Stimme stotternd die Zeitung vorlesen, damit unsere Verstorbenen nicht ohne Nachrichten aus unserer Welt bleiben sollten. Die *Signora Madre* nickte mit dem Kopf dazu und unterbrach mich, um ihnen die Einzelheiten der wichtigsten Vorfälle mitzuteilen oder die Vorgeschichte eines Verbrechens zu erklären, das sie, im unterirdischen Reich ohne Gazetten, nicht von Anfang an hatten verfolgen können. Hätte ein solcher Brauch den Redakteur des *Calen-*

drier manuel entzückt? Hätte er behauptet, wir würden den Schmerz in Geistestätigkeit, die Emotion in Intelligenz umwandeln?

2. April (1791): Tod Mirabeaus. Sehr schöner Tod, à la Plutarch, aber war er »wahr« gewesen, das heißt absolut schön? Hat der Volkstribun das Recht auf ein Marmormausoleum? Oder genügt eine gewöhnliche Stele? Der *Calendrier manuel* fordert seine Leser auf, die Frage zu untersuchen, und gibt ihnen zu diesem Behuf todernst einige weitere Informationen. So ähnlich, wie wenn am Tag nach einem Todesfall der Beauftragte des Bestattungsunternehmens der versammelten Familie die Besonderheiten jedes Sarges zusammen mit der Preisliste unterbreitet. Von »den pomphaften Worten eines Tragöden«, die Mirabeau vor seinem Tod sprach, lautete das, was er zu Frochot sagte: »Ich nehme die Trauer um die Monarchie mit ins Grab.« Zu Talleyrand sagte er: »Für das Volk ist der Tag, an dem man stirbt, stets ein großer Tag.« Kommentar: »Was muß man in diesem Sterbenden sehen? Einen standhaften Menschen, der sich an seiner Tapferkeit berauscht, oder einen derart verdorbenen Redner, daß er nicht einmal im Augenblick, da die Nichtigkeit aller Rollen zutage tritt, zur Natürlichkeit zurückzufinden vermag?« Wir bei uns machen nicht so ein Getue: als Francesco, der Mann meiner Tante Eugenia, der an seinem Hochzeitstag verhaftet und dann im Gefängnis gestorben war, zur Beisetzung nach Girgenti zurückgebracht wurde, fragte man sich nicht, welchen Grad der Schändlichkeit er erreicht hatte oder welche verschiedenen Verbrechen er im kleinen Juwelierladen in der Via Atenea angezettelt hatte. Man überdeckte seinen Bleisarg mit drei Lagen Seide, der Bischof segnete den Katafalk, und die Witwe ließ am oberen Ende des Grabsteins einen in Tränen zerfließenden Engel aushauen.

Die schreiendsten Mißachtungen des gesunden Menschenverstands, die ungerechtfertigtsten Schlenker zum Unsinn hin sehe ich in den gänzlich zufälligen Zusammenstellungen, die diese Tageskalender bieten. Ist es nicht eigenartig, daß auf den Tag genau hundertzweiundzwanzig Jahre, nachdem Voltaire den Bauernlümmeln das Recht auf Schulwissen abgesprochen hatte, Deherme die erste Volkshochschule im Faubourg Saint-Antoine eröffnet hat, wenige hundert Meter von der Bastille entfernt, die im Namen der Voltaireschen Prinzipien gestürmt worden war? Vom 1. April, Deinem Geburtsdatum, bin ich zum 2. Februar, meinem Geburtstag, übergesprungen. 2. Februar 1858: Abstimmung über das Gesetz zur allgemeinen Sicherheit, das die Garantien abschafft und eine legale Diktatur begründet; ins Innenministerium wird ein General berufen, um das Gesetz militärisch anzuwenden. 2. Februar 1903: ein Brief Alfred Loisys, eines modernistischen Priesters und unerschrockenen Bibelexegeten, dem vom Papst die Exkommunikation angedroht wurde, an den Erzbischof von Paris, Kardinal Richard. Er weigerte sich, den geforderten Widerruf vorzulegen: »Wenig ruhmreicher Anblick für die Kirche Frankreichs, der Anblick dieser Verfolgung, bei der die uneigennützigen Arbeiter wie gefährliche Tiere gehetzt zu werden scheinen ... [...] Von Zeit zu Zeit sieht man den Bischof seinen Krummstab ausstrecken, nicht um den sich plagenden Exegeten zu leiten, sondern um ihn feierlich zu schlagen. [...] Jedesmal, wenn er niedergeworfen worden ist, hat sich die Idee sogleich wieder erhoben, lächelnd und stark. [...] Mit Stockschlägen tötet man Ideen nicht.«

Keine Chance für mich: ich werde diese Seite verschwinden lassen, die den Staatsanwalt zu meinem Schaden mit einem Stück Redekunst versehen könnte. Kein Wunder, würde er im Gerichtssaal rufen, daß der 2. Februar, der bereits einem reaktionären General das Schwert in die Hand und in die Faust eines rückständigen Bischofs den Krummstab gab, mit dem Knüttel der Faschisten (den ich nie gehandhabt habe, weder von nahem noch von weitem) den Angeklagten bewaffnet hat, den Sie verurteilen werden.

Mit dem Phlegma eines Buchhalters (welche Aktionsart Dich als eine Rechtfertigung der mühsamen Haushaltsabrechnungen Deines Vaters abends unter der Lampe erfreuen mußte) führt der Redakteur des *Calendrier manuel* seine Funde in Kolumnen auf und zieht schwindelerregende Bilanzen. Ich halte es für pikant (eine barocke Reaktion), eher als für betrüblich (Standpunkt der »Vernunft«), daß im Abstand von hundertzwanzig Jahren am gleichen Tag, einem 6. Juli, die römische Kirche Jan Hus, für schuldig befunden, die Irrtümer des Katholizismus kritisiert zu haben, verbrennt und die anglikanische Kirche Thomas More enthauptet, um ihn dafür zu bestrafen, daß er gegen die Politik Heinrichs VIII. opponierte. Es belustigt mich, daß Zola, ohne es zu wissen, den Brief *J'accuse* auf den Tag genau fünfzehn Jahre nach der Uraufführung von Ibsens *Ein Volksfeind* publiziert hat, in welchem Stück Ibsen darstellt, welchen Schikanen seitens der Promotoren eines Kurbads ein anständiger Arzt sich aussetzt. Vom 17. Oktober datiert der berühmte Brief Pascals an seine Schwester über den Tod ihrer beider Vaters, und wiederum an einem 17. Oktober ist ein Brief Tolstois über den Tod seines Bruders Nikolas geschrieben. Am 9. März 1762 wird Calas aufgrund der falschen Bezichtigung, seinen Sohn getötet zu haben, gerädert; am 9. März 1901 exkommuniziert der Heilige Synod, der oberste Rat der russischen Kirche, Tolstoi, der beschuldigt wird, die Jungfräulichkeit Marias zu leugnen und den religiösen Frieden zu verletzen. Am 19. März 1314 wird Jacques de Molay, Großmeister des Templerordens, auf einer Seineinsel auf kleinem Feuer geröstet. Vierhunderteinundfünfzig Jahre später, am 19. März 1765, verfügt das Pariser Parlament, daß Voltaires *Dictionnaire philosophique* und Rousseaus *Lettres de la montagne* vom Scharfrichter zerrissen und verbrannt werden sollen. (Wahrhaftig, viele Scheiterhaufen, viele Hinrichtungen auf diesen Seiten: ich dachte, nur noch in Sizilien und in den andalusischen Sierras würden die Geißelbrüder der Karwoche ihre Wunden offen zur Schau stellen.) Ernest Renan wurde am selben Kalendertag geboren, an dem Luther zweihundertzweiundsiebzig Jahre zuvor gestorben war. An einem 8. Juni publiziert der französische Humanist Lefèvre d'Étaples die erste französische Übersetzung des Neuen Testaments: die Quellen des Glaubens sind allen zugänglich gemacht worden. An einem anderen 8. Juni, hundertvierzehn Jahre später, publiziert Descartes den *Discours de la méthode*: allen ist das Instrument der Vernunft angeboten.

Welche Leidenschaft in allen diesen Kalkülen für die reine Arithmetik! Welch übertriebene Lust, mit den Zahlen zu spielen! Da ich die Zahlenreihen durchsehe, die Additionen verifiziere, fühle ich mich mitten ins spanische, gongorische siebzehnte Jahrhundert zurückversetzt. Welcher Unterschied besteht zwischen dem Fakturisten der Geschichte, der in den Registern der Vergangenheit nach runden Summen sucht, und dem Panegyriker der *Madre* Juana, der sich bemüht, den Zahlenwert der lateinischen Buchstaben in den zum Ruhm der Äbtissin geschriebenen Vierzeilern mit ihrem Geburtsdatum und ihrem Sterbedatum übereinstimmen zu lassen? Daß man mir diese Übungen in arithmetischen Zauberkünsten als ein anregendes Spiel für den Geist anbietet, lasse ich mir gefallen. Aber daß Du in dieser eigenwilligen, unseriösen Buchführung für die Erziehung des Urteilsvermögens geltende Regeln zu finden geglaubt hast, daß diese zufälligen und vielleicht sogar da und dort mit etwas Nachhelfen erreichten Zusammenstellungen Dir »erleuchtend«, »einschlagend« (ein weiteres Lieblingswort von Monsieur Desjardins) erschienen seien, daß Du mit entzücktem Staunen gesehen habest, wie unter der Asche der Ungerechtigkeit und der Unterdrückung gleich einem nicht zu löschenden Feuer das Streben der Menschheit nach dem Guten und nach dem Recht sich durch die Jahrhunderte seinen Weg bahnte, erscheint mir ebenso ungereimt wie der Versuch, ähnlich dem anonymen Autor am Hofe des Vizekönigs Don Pedro de Alvarez, die Heiligkeit der Priorin von Santo Spirito mit der Überlegung zu begründen, daß die I und die V der über ihrem Kopf angebrachten Kartusche zusammengezählt die gleiche Summe ergeben wie die Zahl ihrer Lebensjahre.

Von den numerischen Akrobatenstücken abgesehen, bei denen ein geübter Geist ähnlich einem von Gerät zu Gerät voltigierenden Trapezkünstler die Kraft seiner Muskeln und ihr geschmeidiges Funktionieren empfindet, wo ist die Gewißheit, auf die sich der Leser des *Calendrier manuel* berufen könnte? Geködert zunächst von der Hoffnung, die »Meditationsthemen«, die ihm angeboten werden, würden sein Urteil reifen lassen und festigen, erhält er bald den Beweis, daß jede Bemühung, sich an eine begründete Meinung zu halten, vergeblich ist, da die Wahrheit sich mit den Wandlungen der

Epochen verändert. In einem Jahr wird ein Humanist verbrannt, weil er den Papst kritisiert, in einem anderen Jahr ein anderer Humanist, weil er den Feind des Papstes kritisiert. In einem Jahr gilt es als Einfalt, das Volk indoktrinieren zu wollen, in einem anderen Jahr gilt es als Pflicht. In einem Jahr trifft das Lob den, der die Bibel übersetzt hat, in einem anderen Jahr den, der lehrt, man solle sich der Bibel enthalten.

Hat sich die Welt seit 1912 verbindlichere Regeln gegeben? Man macht den Deutschen den Vorwurf, 1938 die Tschechoslowakei unterworfen zu haben. Aber wie geht es dieser selben Tschechoslowakei heute, sechs Jahre nach der Zerschlagung des Reichs? Die Amerikaner hätten 1945 als erste in Prag einziehen können; da sie freiwillig an der Grenze zum Böhmerwald stehengeblieben sind, haben sie Böhmen Stalin ausgeliefert, der dort eine nicht weniger grausame Diktatur ausübt als zuvor die Nazis, was nichts daran hindert, daß man die Amerikaner dafür beklatscht, Europa befreit zu haben. Dein Vater ist vor Kummer gestorben, als er erfuhr, daß die Frontsoldaten des Ersten Weltkriegs, mit denen er im Schlamm der Gräben vier unmenschliche Jahre durchgestanden hatte, dieses Martyrium nicht gelitten hatten, um das Vaterland zu retten, sondern um die Interessen einiger Industrietrusts zu verteidigen. Wagner, den der *Calendrier* neben Ibsen und Tolstoi als einen Urheber der moralischen Regeneration Europas anführt, wird heute als Antisemit, Chauvinist, Pangermanist gebrandmarkt: aus dem Kelch der Gralsritter hat Hitler seine schändlichen Überzeugungen geschöpft. Die koloniale Expansion Frankreichs, die bisher als Muster eines großzügigen Unternehmens und selbstlosen Idealismus galt, beginnt Zweifel zu wecken in einer Linken, die angeschlagen ist, weil sie, als sie mit Léon Blum an der Macht war, die Anhänger Francos die spanischen Republikaner hinmorden ließ.

Ich leugne nicht, daß ich politische Fehler begangen habe. Ich bin bereit, die Notwendigkeit einer Sühne anzuerkennen, aber aus anderen Gründen als denen der Tribunale des Frankreichs von Monsieur Vincent Auriol. Handelt es sich um Vergehen gegen meine Wahlheimat und gegen das Glück der Menschheit oder Vergehen gegen die im Hinblick auf das Interesse meiner Wahlheimat und das Glück der Menschheit im Frankreich Monsieur Vincent Auriols vorherrschende Meinung? Tolstoi, auf den sich der *Calendrier* so oft beruft, stellt im Nachwort zu *Krieg und Frieden* eine Frage, die er selbst nicht zu beantworten weiß: »Weshalb war Napoleon III., als man ihn in Boulogne gefangennahm, ein Verbrecher, weshalb waren später diejenigen Verbrecher, die er gefangennahm?«

Es ist nun ein Jahr her, daß ich nach Girgenti – pardon: Agrigent, da die Städtenamen genausowenig wie alles übrige vor Meinungsumschwüngen sicher sind – zurückgekehrt bin, seit einem Jahr verstecke ich mich bei meinen Tanten. Einem Jahr, in dem ich viel über meine Tätigkeit im Krieg nachgedacht habe. Kommunismus, Faschismus, Besatzung, Résistance: nach dem mißtönenden Spektakel dieser chaotischen Jahre befinden sich die einen auf dem Gipfel der Ehren, die anderen sind in den untersten Rang der Ehrlosigkeit abgesunken. Ich lese die Zeitungen, verfolge die Polemiken, ich stelle mir Fragen, und das Ergebnis meines Nachdenkens ist, daß ich mich mehr und mehr bourbonentreu fühle.

1861 hat die Geschichte, vielleicht zum ersten Mal mit so deutlicher Offenkundigkeit, einen echten Fall von politischem Fortschritt vorgeführt. Eine zu industrieller und staatsbürgerlicher Reife gelangte, große moderne Nation (das Italien Cavours) entriß eine ferngelegene Provinz (Sizilien) der wirtschaftlichen Stagnation, dem klerikalen Obskurantismus, der materiellen und moralischen Not, um die Wohltaten der Zivilisation über ihr auszugießen. Sehr wenig Leute, außer den für verdreht erklärten Frauen des *Palazzo*, hätten damals diese Art, die Dinge zu sehen, bestritten. Beim Datum des 11. Mai hätte der *Calendrier manuel* als Thema einer Betrachtung über das unwiderstehliche Vordringen einer großen hochherzigen Idee die Landung Garibaldis in Marsala angeben können.

Was ist heute aus Sizilien geworden? Eine Gegend, in der das Pro-Kopf-Einkommen dreimal geringer ist als im Norden, in der ohne das Geld der Rockefeller-Stiftung weiterhin die Malaria wüten würde, in der meine Tanten während der Sommermonate mit ihren Krügen am Brunnen Schlange stehen müssen, da das Wasser aus den städtischen Leitungen täglich nur eine Stunde fließt, ein koloniales Reservat, aus dem die Industrien von Turin und Mailand billige Arbeitskräfte schöpfen und in das sie ihren Produktionsüberschuß abladen. Wer könnte die Richtigkeit dieser Diagnose bestreiten? Vom Bahnhof Agrigent fahren zur gleichen Zeit, wie dort die Güterwagen mit Galbani-Würsten, mit Barilla-Teigwaren, Sanpellegrino-Orangeaden, hergestellt aus unseren zu einem Spottpreis gekauften Zitrusfrüchten, mit Fiat-Nutzfahrzeugen, Zanussi-Kühlschränken eintreffen, mit Auswanderern beladene Züge nach den nördlichen Metropolen ab.

In Wirklichkeit ist Sizilien nicht im Lauf von neunzig Jahren zu diesem traurigen Überschußladen geworden. Koloniales Reservat ist es seit 1861 gewesen, nachdem die Piemontesen Garibaldi beauftragt hatten, es mit Gewalt einzunehmen und ihnen einen günstigen Handelsplatz zu verschaffen, genauso wie die Juli-Monarchie General Bugeaud losgeschickt hatte, damit er Frankreich in Algerien einen Absatzmarkt sichern sollte.

Man soll aufhören, vor unseren Augen die Fahne des Vaterlands zu schwenken. Die Angliederung Siziliens an Rom ist weit davon entfernt, Dantes alten Traum erfüllt zu haben. In dieser Unternehmung, die den Schülern als ein Werk moralischer Erlösung dargestellt wird, haben wir eine von prosaischen Geldinteressen ermittelte Kalkulation von Geschäftsleuten entdeckt. Die Kanonen donnern nicht in Sizilien wie für euch in Kaobang. Die Entkolonialisierung findet ganz allein in unseren Köpfen statt. Der Wind der Rhetorik weht nicht mehr über den Feigenbäumen, den Kakteen, den blütenlosen Rosen Siziliens, von denen ihm nur die Stacheln bleiben. Ich fühle mich zunehmend bourbonisch, selbstverständlich nicht so wie meine Tanten, aus sentimentaler Anhänglichkeit an die einstigen Könige von Neapel, oder weil ich denke, daß die Wirtschaftslage der Insel zur Zeit der Bourbonen weniger katastrophal gewesen sei. Die Piemontesen haben nicht ans Wasser gedacht, aber Wasserhähne installiert. Bourbonisch zu sein bedeutet für mich, daß ich mich weigere, Ansichten zu haben über das, was für ein Volk im besonderen und die Menschheit im allgemeinen gut oder nicht gut ist, daß ich willentlich eine anachronistische Stellung beziehe und mich auf einen idealen Beobachtungsstand begebe, von dessen Höhe aus es mir nicht mehr auszumachen gelingt, ob ein Humanist verbrannt wird, weil er zu katholisch oder weil er zuwenig katholisch war.

10
Die Hexe

Im Rathaus mußte ich anstandshalber mehrere Stunden im Archiv zubringen. Ich hatte alle Unterlagen über die Familien Rage und Rageblanc angefordert. Unter dem Vorwand, die Akten der Affäre einsehen zu wollen, die Monsieur Gagnaire zufolge Deinen Großvater und seinen Nachbarn zu Gegnern gemacht hatte, beabsichtigte ich, Deine Ahnenreihe bis zu jenem ersten Jean-Pierre Rage zurückzuverfolgen, dessen unter Brombeergestrüpp verstecktes Grab ich aufgesucht hatte.

Die Morgensonne fiel auf die Register, die der kriegsversehrte Monsieur Rochette mir brachte. Die Republik hatte ihm einen Arm ausgerissen und eine mit Tressen besetzte Livree und eine Fliegermütze zum Geschenk gemacht. Er nahm jeweils ein Register aus den Regalen, hielt es unter seinem einzigen Arm fest und ließ es mit einer Schulterbewegung auf meinen Tisch gleiten. Er bemerkte meinen Blick und seufzte.

»Ich darf sagen, daß ich gut davongekommen bin, mein Herr! Mein ältester Bruder ist bei Verdun gefallen, der Mann meiner Schwester ist bei der Sommeschlacht umgekommen.«

»Sie hassen die Deutschen wohl sehr?« sagte ich, um die Gelegenheit zu nutzen und die Ansichten eines städtischen Angestellten ein wenig zu erforschen.

»Aber nein! Die Deutschen sind Christen wie wir. Der Leutnant hatte uns zwar geraten, wir sollten uns vor den verirrten Kugeln in acht nehmen. ›Eine verirrte Kugel ist nie für jedermann verirrt‹, hat er uns gesagt, der Leutnant. Und den Arm hat mir denn auch eine verirrte Kugel zerschmettert. Man kann sich noch so in acht nehmen. Wenn das Unglück es auf uns abgesehen hat, kommt es von der Seite, von der wir es am wenigsten erwartet haben.«

Während er mir seine Kriegserinnerungen erzählte, unterhielt ich mich damit, Deinen Stammbaum zu zeichnen.

Meine Tante Eugenia hatte mich in die Geheimnisse dieser Kunst eingeweiht, deren Reichtum und Kompliziertheit für die Verzweigungen einer alteingesessenen, wie eine Tanne geraden, starren, gut aufgeteilten auvergnatischen Familie überflüssig sind. Du gehörst zur siebenten Generation. Die Kinderzahl pro Generation variierte von fünf bis neun. Ausnahmsweise hatte Dein Großvater Claudius nur einen Bruder gehabt namens Jacques, der selbst Vater eines einzigen Kindes gewesen war, jenes im Alter von sechzehn Jahren getöteten Antoine, während einer der Brüder ihres Vaters, namens Jean, sechs Söhne und drei Töchter gezeugt hatte. Zwei dieser Söhne hatten Jean geheißen. Der erste hatte zwei Kinder gehabt, der andere, dreizehn Jahre nach seinem Bruder Geborene, hatte nur wenige Tage gelebt. Zwei weitere hatten Jacques geheißen: der erste war im Kindesalter gestorben, der zweite war der Vater von sieben Kindern geworden.

Dein Großvater hatte vier Kinder gehabt. Annette, die Älteste, die im Alter von fünfzehn Jahren starb; dann Deinen Vater; dann Henri-Auguste, der noch lebte, verheiratet und Vater des 1901 geborenen Marc-René und der 1902 geborenen Annette-Jeanne war; schließlich Marie-Louise, die nach einem Jahr gestorben war. Weder von Deinem Onkel Henri-Auguste noch von Deinem Cousin Marc-René und der Cousine Annette-Jeanne hattest Du mir je gesprochen. Ich wußte nicht einmal, daß es sie gab. Indem ich vorgab, sie wegen zusätzlicher Informationen über die Angelegenheiten meines Klienten aufsuchen zu müssen, unterbrach ich den Einarmigen und fragte ihn, ob sie noch in Saint-Arverne wohnten. Er nahm seine Fliegermütze ab, legte sie auf den Tisch, um sich mit der einen Hand den Schädel zu kratzen, dann, nachdem er sie wieder aufgesetzt hatte, korrigierte er erst noch den Sitz des Mützenschilds, bevor er mir das Ergebnis seines Nachdenkens mitteilte. Der Zweig der Familie war während des Krieges nach Lyon übergesiedelt, wonach man – wahrhaftig, nie mehr was von ihnen gehört hatte.

Ich schrieb mir die Namen in ein Notizbuch. Warum hattest Du mir verschwiegen, daß Deine nähere Verwandtschaft sich auf eine Anzahl von Personen erstreckte, die zwar gewiß nicht sehr groß war, aber doch dem französischen Durchschnitt entsprach? Vielleicht waren dieser Onkel und seine Frau nicht von besonders herzlichem Wesen, und beim Bankrott Deines Großvaters und beim Umzug Deiner Eltern hatte der Egoismus der Gebirgsbewohner obsiegt. Wegen der Stärke der verwandtschaftlichen Bande in der Auvergne war es unmöglich, daß sie von einem Tag auf den anderen verschwunden waren. Henri-Auguste lebte bis nach Deiner Abreise nach Saint-Étienne in Saint-Arverne. Die Streitereien, die die Erwachsenen einander entfremdet haben mochten, konnten in jedem Fall nicht auch die Kinder einschließen. Ihr habt bestimmt zusammen gespielt, seid zusammen spazierengegangen, zusammen zur Sömmerung aufgebrochen, habt mit vereinten Kräften durch einen Damm aus Steinen und Erdklumpen den Gebirgsbach verstopft, bevor ihr versucht habt, in den Wasserlöchern zwischen den Felsen, wohin sie flüchtet, die gewandte Forelle, die auch mit der Gabel harpuniert wird, mit der Hand zu fangen. Dein Bruder Pierre war genauso alt wie Marc-René. Am Abend des ersten Fastensonntags springen die Vettern als erste in die aus den Schlehen- und Ginsterhaufen aufsteigenden Flammen; in der Karwoche sind es wieder die Vettern, die von Tür zu Tür gehen, um die Eier einzusammeln für die riesige Osteromelette, die auf dem Vorplatz der Kirche für das ganze Dorf gebacken wird.

Später stürzte Dein Bedürfnis, sich die einstige Kindheit traurig und ernst vorzustellen, die Familie Deines Onkels ins Gestaltlose, wo diese vier Personen spurlos verschwanden. Mehr oder weniger bewußt griffst Du zu gewissen Maßnahmen, um die Tatsachen Deiner Mythologie anzupassen: die Erinnerungen an das leichte Glück, die Plaudereien, die Angelpartien zu viert, die Feste mit den anderen Dorfkindern, die Holzstöße, über die ihr Hand in Hand gesprungen wart, die Honigwaben, die ihr vor den Flammen gekostet hattet, unterdrücken; zum Spielgefährten nur Deinen Bruder behalten, dem gegenüber Du Pflichten der älteren Schwester zu erfüllen hattest. Du Dich mit den anderen Rangen amüsieren wie eine x-beliebige Gleichaltrige? Der Ausdruck »Range« war Dir übrigens peinlich; Du fandest ihn zu leicht, zu verspielt; mit Deinem Bruder begnügtest Du Dich nicht zu spielen, oder wenn Du spieltest, so um Dich aus Täuschung auf sein Niveau zu begeben, ohne Deine erzieherische Aufgabe aus dem Blick zu verlieren. Du hattest Dir geschworen, ihn zu beschützen, ihn zu leiten, ihn dem Bösen zu entreißen.

Ist es möglich, daß später, in Saint-Étienne, während des Kriegs, der Onkel Henri-Auguste euch, Dich und Deinen Bruder, gänzlich im Stich gelassen hat? Daß er nie auf den Gedanken gekommen ist, euch zu besuchen oder euch eine Unterstützung in Geld oder Naturalien zu schicken oder euch in den Ferien einzuladen? Du hast es vorgezogen zu glauben, daß das Schicksal Dir nie barmherzig war, Dich mit Sorgen und Mühen überhäufte, über die zu klagen Du Dich geschämt hättest mit Rücksicht auf den kleinen Jungen, den Du erziehen mußtest.

Ich war im Begriff aufzubrechen, als mein Blick auf eine in kleinerer Schrift geschriebene Zeile fiel. Ein Jahr vor Dir hatte Deine Mutter ein kleines Mädchen zur Welt gebracht, das bereits Constance genannt wurde und nach wenigen Tagen gestorben war. Ein unheilvolleres Vorzeichen hätte Deine Geburt nicht begleiten können. Trotzdem hatte ich auch von dieser Schwester nichts gewußt. Ein ähnlicher Fall hatte sich in Deiner Verwandtschaft schon einmal ereignet bei den beiden Jacques getauften Vettern Deines Großvaters. Gewiß kommt es in der Auvergne vor, daß man, um ein in der Wiege gestorbenes Kind zu ersetzen, dem nächstfolgenden seinen Namen gibt. Für die anderen lediglich eine Sitte, für Dich aber vielleicht ein weiterer Grund, Dir Selbstvorwürfe zu machen. Hast Du Dich schuldig gefühlt, den Cros besetzt, den Geist vertrieben und Dir die Identität einer Constance Nummer 1 widerrechtlich angeeignet zu haben?

Die ersten Wolken zogen am noch klaren Himmel auf, als ich aus dem Rathaus trat. Die Schule nahm einen Flügel desselben Gebäudes ein. Monsieur Gagnaire wartete auf der Türschwelle auf mich. Ich sagte ihm, daß meine Untersuchung ergiebig gewesen sei und daß ich nun einen letzten kleinen Ausflug in die Berge machen wolle vor meiner für den morgigen Tag vorgesehenen Abreise. Er prüfte den Himmel und warnte mich vor einem möglichen Wetterumschlag.

»Bei Ihnen ist immer schönes Wetter, Monsieur Gagnaire.«

»Sie haben Glück mit dem Wetter, Monsieur Mori. Selbst in dieser Jahreszeit kommt es zu plötzlichen Temperaturstürzen, die von Stürmen und Gewittern begleitet werden. Nun gut, wenn Sie darauf bestehen . . .«

Er klemmte die Pfeife in den Mundwinkel, kehrte in seine Wohnung zurück und holte ein Cape, das er mir um die Schultern warf.

Ich verließ das Dorf auf dem Weg, der zum Prabouré führt. Nach der Wegbiegung sah ich den Friedhof mit den Reihen der Gräber. Sie glänzten in der Sonne, die hinter der Kapelle zwischen zwei Wolken stand. Die Spitze des Kirchturms zeigte sich ein letztes Mal über einer Bodenschwelle, dann entschwand Saint-Arverne meinem Blick. Der Wind begann stärker zu wehen, als ich den Tannenwald erreichte, wo alles ruhig und still war. Ich ging mit flottem Schritt unter dem Dach der Bäume und dachte daran, daß Du die regelmäßige Abstufung ihrer Äste mit der Justizordnung zu vergleichen pflegtest und daß dieses Bild, Gewährleistung für Ordnung und Dauer, Dich angesichts des Sterbens in der Natur stärkte.

Am Ausgang des Waldes wurde ich vom Sturm überrascht. Ich mußte die Schnüre meines Capes zubinden und der Bö, die über das Plateau fegte, die Stirn bieten. Die sich in dunklen Massen heranwälzenden Wolken bedeckten den Himmel bis zum Horizont. Bisher hatte ich Deine Berge nur bei hellem, freundlichem Wetter gesehen. Sie gaben mir endlich die Gelegenheit, den Unbilden der Witterung zu trotzen, mich mit der spröden, feindlich gesinnten Auvergne zu messen. Wie fern schien mir die Zeit, da ich, um es dem Hauptmann Hardcastle am Strand von Girgenti gleichzutun, den harmlosen Windstößen des Schirokkos entgegentrat und eine heldische Leistung zu vollbringen glaubte! Hier begriff ich, daß man, um ein Klima von derart unvorhersehbarer Gewalt zu ertragen, entweder eine seltene

Widerstandskraft besitzen oder vom Gefühl des eigenen Unwerts durchdrungen sein muß.

Wann würde der Himmel seinen Zorn entladen? Mir schien, daß selbst ein jäher, wütender Regenschauer weniger mißlich gewesen wäre als dieser schwarze Deckel. Die Trauben des roten Holunders waren ins Dunkelviolette umgeschlagen; Grashalme, Sandkörner, abgerissene Blütenblätter wirbelten durch die Luft und trafen mich ins Gesicht. Als der Sturm einmal nachließ, streckte ich den Kopf aus der Kapuze und vernahm ein Bimmeln von Kuhglocken: vor mir auf der Weide, an die der Pfad grenzte, wanderte eine Kuhherde im Gänsemarsch den Abhang wieder hinauf. Eine uralte, auf einen knorrigen Stab gestützte Frau nickte mit dem Kopf, als sie vorübergingen, und krümmte einen Finger, um sie zu zählen. Ein grauer, schwarzgestreifter Hund bildete die Nachhut, unruhig wie die Tiere vor dem Gewitter lief er hin und her.

Ich ging zu der Alten und fragte sie, ob sie hier in der Nähe nicht einen Unterstand kenne. Sie wandte mir die leeren Augen einer Blinden zu, und ich erkannte in ihr diejenige, die im Dorf die Hexe genannt wurde. Ihr hohes Alter, ihre Blindheit, ihre Lumpen gaben Anlaß zu dem Verdacht. Dabei konnte alle Welt sehen, wie sie im Häuschen neben der Kirche, das sie bewohnte, an ihrem Rahmen Spitzen klöppelte mit einer Geschicklichkeit, die um so außergewöhnlicher war, als sie sich allein auf das Gedächtnis ihrer Finger verließ – woher ihr Ruf denn auch vielleicht stammte.

»Baalbek!« schrie sie ihrem Hund zu, der beim Namen gerufen herbeilief. Ich fragte mich, ob ich richtig gehört hatte. Stammte er mit seinem abgehetzten, hochbeinigen, dürren, nervösen Aussehen, seinem Fell einer Hyäne und seinen länglichen Augen eines arabischen Fürsten von einem Tier des Orients ab, das die drei Kreuzfahrer aus Syrien mitgebracht hatten? Baalbek streckte die Schnauze vor und spitzte die Ohren, gespannt lauerte er auf die ersten Tropfen, die uns von dem Bann befreien würden. Der Wind begann noch stärker zu blasen, und ich mußte mich zur Seite drehen, um nicht mitgerissen zu werden.

»Hundewetter!« brummelte die Alte, die ganz alterskrumm war, aber dem Sturm standhielt, als sei sie aus Granit gehauen. Ich konnte sie kaum verstehen, denn aus ihrem zahnlosen Mund drangen nur mehr oder weniger artikulierte Laute. Zudem glaubte ich zu erraten, daß sie Mühe hatte, französische Ausdrücke zu finden. Sie fügte irgend etwas im Dialekt hinzu und führte mich zur halbverfallenen Wand einer eingestürzten einstigen Sennhütte am Saum eines windgepeitschten kleinen Weidengehölzes.

Wir lehnten uns mit dem Rücken gegen die Wand, um uns vor dem immer heftiger werdenden Sturm zu schützen. Die Kühe standen dicht beisammen und rieben die Mäuler aneinander. Von Zeit zu Zeit stießen sie ein klägliches Gebrüll aus, während Baalbek, um die eigene Unruhe zu beschwichtigen, bald rechts, bald links um sie herumlief.

»Warum bist du hierhergekommen?« murrte die Alte.

Ich fuhr bei dieser unerwarteten Frage zusammen.

»Es ist eine hübsche Gegend!« sagte ich in scherzendem Ton, weil ich es nicht wahrhaben wollte, daß sie ihren Worten eine besondere Absicht zugrunde gelegt hatte.

»Eine hübsche Gegend! wo der liebe Gott nur zweimal vorbeigekommen ist: das erste Mal, um sie zu erschaffen, das zweite Mal, um sie im Stich zu lassen.«

Ich hatte mich über den wahren Sinn ihrer Frage nicht getäuscht, denn sie fing wieder an:

»Glaubst du, ich wüßte nicht, wer du bist?«

»Wenn Sie es erraten haben ...«, murmelte ich und wagte sie nicht anzusehen, vor Angst, ihre leeren Augen würden mich durchbohren.

Auf seinen langen eleganten Läufen sprang Baalbek immer noch unnützerweise um die Herde herum.

»Du spielst den Stolzen, aber im Grund deines Herzens schämst du dich.«

Die Worte entsprachen meinem Gemütszustand so vollkommen, daß ich mich nicht einmal über sie wunderte. Obwohl die Alte nicht sehen konnte, senkte ich den Kopf.

»Du hast deine Frau im Stich gelassen. Was soll aus deinen Kindern werden? Sie brauchen einen Vater. Sie leidet, und Deine Feigheit betrübt sie.«

»Glauben Sie«, murmelte ich, die Augen auf ein Heidekrautbüschel geheftet, das der Wind schüttelte, »daß sie mir verzeihen wird?«

Ohne zu überlegen, hatte ich laut diese Worte gesagt, die in jeder anderen Situation absurd gewesen wären. Der in Böen wütende Sturm, die Öde des Plateaus, über das der Orkan fegte, das Gefühl, auf dieser menschenleeren Alm von aller Welt abgetrennt zu sein, die gespenstische Anwesenheit dieser Alten, die in mir las, als kenne sie mich seit jeher, und auch der Hund Baalbek, der sein orientalisches Fell und seinen phönizischen Namen mit dem Adel eines Sultans trug, alles steuerte dazu bei, mich von der Last, die mich seit Monaten bedrückte, zu befreien.

»Wird sie mir verzeihen?« fragte ich von neuem. »Was muß ich tun, um ihre Verzeihung zu erlangen?«

Sie packte ihren Stab und stieß damit zwischen ihren Beinen auf den Boden.

»Schweig«, sagte sie in strengem Ton. »Es wäre traurig, wenn ich mein Alter erreicht hätte, ohne die Geheimnisse dieser Welt zu kennen. Nimm dich nicht wichtiger, als du bist. Das Unglück hatte beschlossen, daß sie sein Opfer werden sollte, mit dir oder ohne dich. Es kommt und geht nach Belieben, tritt ein in Haus und Familie, blickt sich um, und wenn es in einer Seele Schönheit und Feinheit gewahrt, beschließt es, in sie einzukehren und sie nie mehr zu verlassen.«

»Das Unglück?«

»Es achtet weder Jahreszeiten noch Schonzeiten, es hält keinen Tag des Herrn. Seine Stimme ist wie der Sturm und seine Gewalt wie die des Orkans. Es schlägt zu, wo es will, wann es will, so stark, wie es will«, redete sie und begleitete jedes ihrer Worte mit einem kräftigen Stoß ihres Stabs.

»Aber ich hätte ihr helfen können!« rief ich, gedemütigt, bei diesem übernatürlichen Kampf übergangen zu werden. »Ich war ihr Ehemann! Es war meine Aufgabe, sie glücklich zu machen. Ich bin verantwortlich für alles, was geschehen ist«, fügte ich hinzu, bereit, meine Fehler zu bekennen.

Die Sibylle wollte davon nichts wissen. Die kleinlichen Erklärungen mittels ehelicher Uneinigkeit, mittels der Psychologie erschienen ihr verachtenswert. Ein vom kalten Nordwind emporgetragener Strohhalm, warst Du von einer großen geheimnisvollen Macht, die kein menschliches Einschreiten besänftigen konnte, davongerissen worden. Mit zunehmendem Nachdruck hämmerte sie auf einen Fels, der unter dem kurzen Gras zutage trat, und fuhr fort:

»Wenn Korn im Kasten ist, freut sich der Kornkäfer. Sie hatte zu viel Schönheit und Feinheit in ihrer Seele, um je ein glückliches Schicksal zu erleben. Du dagegen hast die Stimme eines, der glücklich zu sein bestrebt ist. Du nimmst dir die Wolle deiner Schafe, bevor du ihr Fleisch ißt. Was kannst du von ihr begreifen, die vom Unglück erwählt worden ist? Sie steht so hoch über dir«, sagte sie abschließend und zeigte mit ihrem Stab zum Himmel, »wie der Auferstandene über den eingeschlafenen Soldaten.«

Durch diese Bewegung verlor sie ihr Gleichgewicht und wäre vornüber gefallen, wenn ich sie nicht am Arm festgehalten hätte. Erschöpft blieb sie vorgebeugt stehen, umklammerte ihren Stab, den sie wieder in den Boden gerammt hatte, und sagte kein Wort. Ich wagte sie nicht zu fragen, ob sie das Haus Deiner Eltern häufig besucht habe und bei welcher Gelegenheit sie Dich habe beobachten können. Eine solche Neugier schien mir müßig. Ohne den Kopf zu heben, rief die Alte mit einer plötzlich sanfteren, wenngleich immer noch keuchenden Stimme:

»Baalbek!«

Sogleich lief der Hund schwanzwedelnd herbei und legte sich auf die Füße seiner Herrin, nachdem er sich mehrmals um sich selbst gedreht hatte, um die bequemste Position zu finden. Er streckte die Schnauze auf seinen Pfoten aus, ließ ein Klappern seiner Kiefer vernehmen, spitzte die Ohren und rührte sich nicht mehr. Die noch immer gebückt dastehende Alte legte ihre beiden Handflächen auf den gestreiften Rücken. In dieser Haltung erstarrte sie, schien durch die Berührung mit dem Haarkleid neue Kraft zu schöpfen und die durch ihre Levitenpredigt verlorene Widerstandsfähigkeit zurückzugewinnen. Ihre Atmung wurde nach und nach wieder regelmäßig und vermischte sich schließlich mit den Seufzern ihres Hundes.

Als sie sich immer noch nicht bewegte, richtete ich mich geräuschlos auf, band die Kordel meines Capes zu einer Doppelschleife, zog, weniger aus Furcht vor den Elementen, mehr um nichts zu hören, falls ich zurückgerufen und abermals angeherrscht werden sollte, die Kapuze über die Ohren und machte mich eilends auf den Heimweg zum Dorf. »Das ist bloß eine Hexe! Sie haben guten Grund, sie so zu bezeichnen!« sagte ich mir und zwang mich zu lachen. Ein Schauder rann mir das Rückgrat hinab, so als hätte ich einen ruchlosen Ausspruch getan.

Erst im Tannenwald verlangsamte ich den Schritt. Die Wipfel der Bäume wiegten sich unter ständigem Dröhnen. Da und dort hatte ein entwurzelter Stamm im Stürzen die Äste der Nachbarbäume geknickt. Im Tal gewahrte ich auf der Seite des Dorfs die Folgeerscheinungen des Sturms: umgestürzte elektrische Masten, von den Dächern der Schuppen herabgerissene Blechplatten. Die verfallene Sennhütte, die Alte, der Hund aus dem Orient waren also kein Trugbild gewesen. »Aber wie hat sie wissen können, wer ich bin? Woher hat sie unsere Geschichte gekannt? Wo hat sie her, daß wir verheiratet waren, daß wir Kinder haben?« fragte ich mich, obwohl ich ein weiteres Mal die Sinnlosigkeit solcher Fragen einsah. Benötigte eine in Symbiose mit den Naturkräften lebende Seherin unsere Personalausweise, um in unserem Schicksal zu lesen?

Als ich zum Hotel kam, galoppierte Monsieur Fougerouses Hund mir bellend entgegen. Mit plumper Freundlichkeit sprang er mich an.

»Wir haben uns Sorgen um Sie gemacht«, rief mir sein Herr zu. »Gottlob sind Sie zurück. Es geht nicht alles vierrädrig zu auf dieser Welt, und ein Unfall ist schnell geschehen. Platz, Médor!«

Dies war der – alltäglichere – Name seines struppigen Vorstehhundes.

11

Das Tal der Hölle und der Hügel der Bänder

Ich glaubte, in ein Tal der Hölle einzudringen: eine enge schwarze Straße, die sich im unaufhörlichen Lärm von Fallhämmern und Ambossen kilometerlang vor mir dehnte. Kreischen der Walzwerke, Pfeifen des Dampfs, aneinanderstoßende Kipploren, keuchende Maschinen, Scheppern der Trambahnen, Fabriksirenen, die ganze Stadt war ein glühender Schmelzofen. Mein Gesicht und meine Hände sonderten einen öligen rußigen Schweiß ab; durch die Glaswände der Werkstätten gewahrte ich den roten Schimmer riesiger Schmieden; und auch der Boden unter meinen Füßen erbebte von einem ununterbrochenen Klopfen. Dies war nicht die Schmiede des Vulkans in den Höhlen des Ätna, die mythische, glanzvolle Lohe, die am Horizont unserer Insel flammt, dies war Saint-Étienne, die rußige düstere Stadt, in der Du an einem Oktoberabend angekommen warst, das schwarze Labyrinth der Steinkohle, die in Kohlenrauch und Kohlenstaub getauchte, um die Schächte gedrängte, von Schlackenhalden verstopfte Hauptstadt des Eisens.

Kurze Zeit vor Deiner Ankunft hatte eine Schlagwetterexplosion zweihundert Bergleute in der Verpilleux-Mine getötet. Du solltest bald erfahren, daß die Steinplatten der Kirche von Saint-Arverne zwar die ewige Ruhe einiger brav nebeneinander in ihren Gräbern liegender Toter gewährleistet, der Untergrund hier dagegen Tausende von Opfern einschließt, die ohne Ordnung im Massengrab des industriellen Fortschritts liegengelassen worden sind.

Marius Tournebise, Dein Großonkel mütterlicherseits, war, obwohl er nur Feilenhauer gewesen war und zu Hause gearbeitet hatte, früh gestorben, weil der Sandstein- und Stahlstaub, den er in seiner feuchten Bude eingeatmet hatte, seine Lungen zerfraß. Seine Witwe, die geborene Catherine Neyret, Nachkomme eines der Forez-Bewohner, die aus den nahen Bergen ausgewandert waren, um sich in den Minen *schmutzig zu machen*, war dadurch, daß sie den liebenswürdigen und sauberen Zweig der Saint-Étienner Industrie, die Posamenterie, gewählt hatte, vom Schicksal ihrer Familie verschont geblieben. Die Bänderwerkstätten standen dicht gedrängt am Aufstieg zum Crêt de Roch, jenem steilen Hügel, der mitten in der Stadt aufragt. Um mit Seide zu arbeiten, war es nötig, sich so hoch wie möglich über dem Rauch, dem Schmutz und dem Ruß niederzulassen.

»Das macht fünf Centimes mehr!« sagte der Fuhrmann und zeigte auf das Maultier, das sich ins Geschirr legte und jede Drehung der Räder auf dem Abhang nur mit Mühe zustande brachte. Die meisten Stadtbewohner ließen sich, wenn sie einen Wagen nahmen, vor der Steigung absetzen, um kein Aufgeld zahlen zu müssen.

Diese Ankunft in Saint-Étienne hast Du mir oft geschildert. Um Deinen weiteren Aufenthalt in der Stadt nachzuzeichnen und die Not zu beschreiben, die drei Jahre lang Dein Los war, werde ich mir mehr als einmal wie ein Romanschreiber Dein Leben ausmalen müssen, da Dein Entsetzen davor, diese Zeit wieder heraufzubeschwören, Dir vertrauliche Mitteilungen untersagte. Deine ersten Tage in Saint-Étienne aber, die Fahrt bergan im Wagen und Deine Begegnung mit Catherine Neyret, stelle ich mir mühelos vor.

Fünf Centimes! dachtest Du erschrocken und tastetest nach dem Portemonnaie, das Dein Vater Dich ermahnt hatte, nur aus gutem Grunde in Anspruch zu nehmen. Ihr wart zu Fuß von Saint-Arverne aufgebrochen; ein Blockwagen, der Tannenstämme zur Mine brachte, hatte euch auf dem Paß mitgenommen, dann in Rive-de-Gier abgesetzt; ihr wart zu Fuß in die Stadt eingezogen. Dort aber, bestürzt über das Hin und Her der Kohlewagen, der Schlackenkarren, der mit Eisenfeilspänen beladenen Loren, von den Handwagen der Wäscherinnen gestoßen, zu denen am Ende langer, an den Fensterbrüstungen befestigter Leinen die Körbe mit rußschwarzer Wäsche herabsausten, betäubt vom Lärm der Fallhämmer, der das Verkehrsgetöse übertönte, und weil Du Angst hattest, Deinen Bruder in der Menge zu verlieren, und nicht wußtest, wen nach dem Weg fragen, hattest Du das Anerbieten eines fliegenden Händlers angenommen. Er hatte sich verpflichtet, euch für zwei Sous zu transportieren. Und nun forderte er noch einen Sou mehr von Dir! Eine allzu arge Erpressung, aber Du hattest keine Möglichkeit, Dich zu wehren. Nur der Form halber zu protestieren wäre Dir demütigend vorgekommen. Tränen in den Augen reichtest Du dem Fahrer wortlos das Geldstück, als der Wagen euch in der Rue de l'Éternité, der letzten Schwelle vor dem Gipfel, vor der Tür derjenigen abgesetzt hatte, die über ihrem Namen mit roter Tinte vermerkt hatte:

SAMTWEBERIN

Du fragtest Dich, ob dies eine passende Zeit sei, um ihre Wohnung zu »überfallen«, als Dein Bruder, dem solche Zweifel fremd waren, mit der Spontaneität, die nicht nur bei ihm ein kindlicher Zug war, sich an die Türglocke hängte. Während ihr draußen wartetet, wisperte er Dir schnell zu:

»Ob sie wohl der guten Madame Étienne gleicht, die zu André und Julien so freundlich ist? Hoffen wir, daß sie nicht wie diese alte Schachtel von Mutter Gertrude sein wird.«

»Dein Kragen ist ganz aufgegangen. Knöpf ihn wieder zu!« befahlst Du ihm mit strenger Stimme, um seine Erregung zu dämpfen. Im Haus schlurfte jemand ohne Eile in seinen Pantoffeln herbei. Die Tür öffnete sich und umrahmte eine stark beleibte Frau von rosigem Teint. Ihr rundes Gesicht war ganz Lächeln und Grübchen.

»Ich habe euch schon erwartet, meine Liebchen!« rief sie. Und in Übereinstimmung mit der kontaktfreudigen Wärme, die ihre Brust schwellte, hob sie den kleinen Jungen hoch und drückte ihn an sich. »Pierrot, mein Liebling!« Sie geizte nicht mit schmeichelnden Ausrufen. Wie groß er geworden war! Wie schön er geworden war! Schon drei Jahre war es her, daß sie euch nicht mehr gesehen hatte! Eine unbestreitbare Wahrheit, die, hätte man nach den Gründen gefragt, ihr nicht zum Vorteil gereichen würde, dachtest Du, als Du diese geräuschvolle Mitteilsamkeit mit der für Dich oft betrüblichen, aber würdigen Zurückhaltung Deiner Eltern verglichst. Allzu nachdrückliche Gefühlsäußerungen flößten ihnen nur Mißtrauen ein; um euch vor der so verbreiteten Illusion zu bewahren, daß ein Gefühl um so stärker ist, je überschwenglicher es sich mitteilt, wurde Catherine Neyret seit geraumer Zeit nicht mehr nach Saint-Arverne eingeladen.

Sie bemerkte, daß sie vergessen hatte, Dich zu umarmen, stellte Deinen Bruder auf das Linoleum der Diele, fragte sich, ob sie auch Dich in die Höhe heben solle, verzichtete aber auf ihr Vorhaben, weil ihr bewußt wurde, daß es keinen Diminutiv von »Constance« gibt. Du begriffst, daß sie nach einem Kosenamen für Dich suchte und daß ihre Begeisterung, weil sie keinen fand, vorübergehend abkühlte. Sie neigte sich zu Dir, versetzte Dir zwei herzhafte Küsse auf die Wangen und trat dann einen Schritt zurück, um Dich eingehend zu mustern.

»Wie groß wir geworden sind! Ein wahres Fräulein! Dreh dich bitte einmal um! Ja wirklich, das ist kein kleines Mädchen mehr, das ist ein wahres Fräulein!«

Du wurdest puterrot. Du haßtest Komplimente, sogar solche zu Deinen Schulerfolgen; es quälte Dich, zu Deinem Aussehen beglückwünscht zu werden. Da sie Dein Erröten für Koketterie hielt, fuhr sie fort, ohne zu merken, daß Du bei jedem ihrer Worte verdrossener wurdest:

»Wie du aber auch angezogen bist! Dem Mieder muß eine Passe eingesetzt werden, und da, siehst du, würde sich eine kleine Schleife nicht schlecht machen, damit man meint, du hättest ein bißchen Busen. Auf dem Land zieht man sich schon komisch an. Ich will ja nichts gesagt haben, aber hübsch wie du bist, mein Liebchen, brauchst du nur ein wenig Aufpolieren, und alle Jungen werden hinter dir hersein!«

Diese Lobreden wurden mit einer zungenfertigen Herzlichkeit vorgebracht, die das Unangenehme für Dich nur erhöhte. Dir den Wunsch zuzuschreiben, die Zeit zu beschleunigen, da Du entstellt sein würdest durch einen »Busen«, eine Sache und ein Wort, die Dich durch ihre Schwere, ihr fleischliches Gewicht, ihre rein physiologische Dichte anwiderten, zu glauben, daß es Dir Vergnügen machen würde, wenn Dir die Jungen wie einer Hündin hinterherliefen, keine Vermutung hätte Dich tiefer demütigen können.

Du fühltest Dich entwürdigt, so als ob Deine Großtante in Deine Seele eingedrungen wäre und dort nur Schlamm gefunden hätte. Gleichzeitig aber warfst Du Dir Undankbarkeit vor gegenüber einer Person, die euch bei sich aufnahm, euch nur guten Willen bekundete und, indem sie euch bis zur Ankunft eurer Eltern unentgeltlich beherbergte, es Dir erlaubte, den Schulbeginn im Gymnasium einer Stadt nicht zu versäumen, wo man einen Sou bezahlen mußte, wenn ein Maultier einen Abhang hinaufgehen sollte.

Von Deinem Verhalten aus der Fassung gebracht, wandte sich Deine Großtante wieder Deinem Bruder zu. Er war überglücklich, für einmal der Empfänger von Küssen und Liebkosungen zu sein, mit denen Deine Eltern so sehr kargten, und ließ sich mit Wonne hätscheln.

»Pierrot! Mein Pierrot-Schätzelchen!« sagte sie immer wieder, vor ihm kauernd, und tätschelte seine nackten Schenkel. »Ah! Husten ist verboten!« fuhr sie fort und legte ihm die Hand auf den Mund. »Du mußt schön gesund sein, um mir Freude zu machen.«

Durch das Husten des kleinen Jungen mußte sie an die Krankheit Deiner Mutter denken. Für einen Augenblick verschwand das Lächeln aus ihrem Gesicht, sie setzte eine ernste Miene auf und fragte Dich nach ihrer Nichte.

»Maman wird in Saint-Étienne gut gepflegt werden und wieder gesund werden, nicht wahr?« riefst Du, froh, sie daran zu erinnern, daß Dein Studium nicht allein das finanzielle Opfer begründete, das Deine Eltern durch den Umzug aus Saint-Arverne auf sich nahmen, und auch nicht die Unannehmlichkeit, die ihr der Samtweberin bereitetet, indem ihr, Dein Bruder und Du, euch in ihrer kleinen Wohnung einnistetet. Du hattest immer Angst, zur Last zu fallen, schämtest Dich immer, wenn man Dir mehr gab, als Dir zukam.

»Tante«, fügtest Du, um sie zu beruhigen, hinzu, »ich versichere Ihnen, daß Pierre und ich vollkommen gesund sind. Erst als wir in der Stadt waren, hat Pierre zu husten angefangen, bei all dem Rauch und Staub. Wir sind es nicht gewöhnt, Rauch einzuatmen. Oben in unseren Bergen gibt es nur gute Luft.«

Es war Dir nicht unlieb, die unfreundliche Bemerkung über die Art, wie man sich auf dem Lande kleidete, mit einem Gegenangriff zu beantworten. Die Saint-Étienner hatten keinen Grund, derart großzutun!

Ohne die Bemerkung übelzunehmen, wehrte sich Deine Großtante, wieder munter, dagegen, »Tante« genannt zu werden, und wollte den Namen hören, bei dem ihr »warm ums Herz« würde, wenn zwei so »goldige« Kleine ihn aussprächen: »Tata«. Du fühltest Dich keineswegs »goldig« bei Deinem schon so strengen Gefühl für das zutreffende Wort, aber es gelang Dir, eine Grimasse zu unterdrücken und widerstrebend »Tata« zu sagen. Dein Bruder war entzückt, sich wieder kindisch zu benehmen, sprang der guten Frau an den Hals und lispelte mit kindlicher Stimme:

»Tata, Tata, is hab dis sehr lieb!«

Ihre mehr als bescheidene Wohnung bestand aus zwei kleinen Zimmern. Als Deine Augen sich an das Halbdunkel gewöhnt hatten – um sich besser vor der Rußwolke zu schützen, die der Wind manchmal bis zum Crêt de Roch hochwirbelte, durfte man die Vorhänge kaum öffnen, was weder das Brummen der Hütten noch das Schlagen der Fallhämmer daran hinderte, das Ohr durch ununterbrochenes Dröhnen zu ermüden –, gewahrtest Du Hunderte von Bändern, Paspeln, Besatzlitzen, Stoffresten in allen Größen und Farben, so daß Du Deinen Augen kaum trauen mochtest. Auf dem runden Eßzimmertisch aufgeschichtet, wo ihre Pyramide bis zur porzellanenen Hängelampe reichte, auf den Stühlen, der Bank, der Truhe verstreut, über das gewaltige Bett mit den hohen Messingpfosten im Schlafzimmer ausgebreitet, wohin sie euch führte, weil ihr dort euer Bündel abstellen solltet, überall lagen Partien von Bändern, Stoffpacken, Seidenmuster inmitten von Nadelkissen, zwischen Linealen und Scheren.

Sie mußte wohl von Arbeit überschüttet sein, daß sie in einer solchen Rumpelkammer lebte. Neben dem Webstuhl zeugten eine Sammlung von Rollen und Spulen und eine den Überblick über die verschiedenen Webarten gebende Tafel davon, welche peinlich genauen Arbeitsvorgänge den Einschlag des einfachsten Posaments bestimmten.

Ich werde meiner guten Großtante, die keine Zeit zum Aufräumen hat, helfen, ihre Sachen in Ordnung zu bringen, sagtest Du Dir sofort, froh, durch eine gute Tat Sühne zu leisten für Deine unüberwindbare Zurückhaltung gegenüber einer so freigiebigen und gastfreundlichen Person und besonders für Deinen Widerwillen davor, eine Verwandte, die es nur gut mit Dir meinte, »Tata« zu nennen.

Ohne um Erlaubnis zu bitten, einzig im Wunsch, Dich nützlich zu machen, setztest Du Dich in einem Winkel auf Deine Fersen und fingst an zu sortieren.

»Oh! Die liebe Kleine!« rief Deine Großtante. »Sie liebt, was glänzt und was hübsch ist!«

Mit brennenden Wangen wandtest Du Dich zu ihr um. Wie durfte sie es zu glauben wagen, Du hegtest derart oberflächliche Neigungen und hättest diese Arbeit nur zum Vergnügen unternommen?

Die dicke Brust in ein geblümtes Mieder gezwängt, machte sie sich, von Deiner Erregung unbeeindruckt, mit aufdringlicher Fröhlichkeit um euch herum zu schaffen. Sie holte einen Teller mit Zuckerzeug aus dem Schrank und reichte ihn Deinem Bruder. Sodann schilderte sie Dir mit einer professionellen Redseligkeit, die Dein Mißtrauen erhöhte, und mit einem übermäßigen Gebrauch von »das da«, der Dein Ohr verletzte, die Vorzüge eines Berufs, der sie mit dem, was sie die »ersten Kreise« von Saint-Étienne nannte, in Berührung brachte.

Das da, sagte sie und breitete vor Deinen Augen die Ware aus, seien die Samtbänder, die die Ausgehkleider schmückten. Manche Damen zögen schillernde Seiden vor, andere zartere Tafte. Die Präfektin hatte diesen Cloqué für den Präfekturball gewählt. Madame de Wendel diesen mit echtem Gold gewebten Broché. Madame de Rousset, die Frau des Direktors der Bergwerksgesellschaft der Loire, hielt an Bandschleifen aus Damast fest, die auf der Schulter angebracht wurden.

»Laß das da doch liegen!« sagte sie ungeduldig, »das sind gewöhnliche Ripsbänder. Schnapp dir lieber diese Borte: damit werden ihre Hüte verziert. Aus diesen helleren Seidenbändern macht man Schleifen für ihre Pantoffeln. Ist das nicht von einem sehr ästhetischen Geschmack? Eine einzige dieser Schleifen würde mich, wenn ich sie kaufen müßte, einen Tageslohn kosten!«

Was? Sie rühmte sich einer derart schreienden Ungerechtigkeit? Der stolze Ton schien Dir ebenso fehl am Platz wie das inkorrekte »ästhetisch«. Sie pries Dir daraufhin die für die Damenwäsche bestimmten Artikel an. Diese Köper trugen sie direkt auf der Haut. Diese Schulterpolster streichelten ihren bloßen Körper.

»Das da...«, aber angesichts eines Strumpfhalters brach sie ab, weil ihr einfiel, daß Du erst vierzehn Jahre alt warst. Und die mürrische Miene des kleinen Mädchens schrieb sie seinem zarten Alter zu.

Um Deine Gunst zurückzugewinnen, machte sie einen Vorschlag, der, ihrer Meinung nach, in einer Göre, deren prunkvollste Sommerfrischen sie von einem Viehunterstand zur Sennhütte geführt hatten, nur Begeisterung wecken konnte.

»Wenn du magst, kannst du mir bei der Zustellung helfen. Dann siehst du, wie man wohnt, wenn man aus ersten Kreisen ist. Ich kann dir gar nicht sagen, wie das Vorzimmer von diesen Damen aussieht: lauter Vorhänge und Teppiche und dazu ein Dienstmädchen, das für mehr als hundert Francs Kleider auf sich trägt.«

Du ließest sie Dir des langen und breiten erzählen, wie eine einfache Dienstmagd sich ausstaffiert in Häusern, die so geräumig seien, daß man vor dem Eingang nicht einmal die Türglocke im Innern anschlagen höre, sodann – und ohne jede böse Absicht, vielmehr um der Wahrheit zu gehorchen, deren Erfordernis der *Calendrier manuel* Deinem Geist eingeprägt hatte – fragtest Du:

»Tante, sind Sie nie weiter als bis ins Vorzimmer gegangen?«

Sie pflanzte sich, beide Hände auf den Hüften, mitten im Zimmer auf.

»Nein aber, schau einer an, so eine eingebildete kleine Person! Das hat noch keine Milch an den Brustspitzen und zeigt sich doch schon so neugierig wie eine Eva!«

Deine Großtante wiegte sich in der phantastischen Vorstellung, weil sie die Gemahlinnen der Hüttenbesitzer mit Bändern versah, teile sie deren Privatsphäre. Du konntest sie nicht schwerer kränken, als indem Du vor ihr die Grenzen ihres Traums betontest. Da es ihr ohnehin mißfiel, daß Deine Mutter den Lehrerberuf gewählt hatte, und da sie gegen eine Großnichte voreingenommen war, die es sich in den Kopf gesetzt hatte, »das Gymnasium zu machen«, hielt sie Dich für ein hochnäsiges Ding, das sich aufspielen wollte, und wandte ihre Zuneigung Deinem Bruder zu, den sie in den paar Wochen eures Besuchs weiterhin mit Leckereien vollstopfte.

Du hörtest sie bei der Arbeit singen und vor sich hin lachen, als ob sie nicht eine drei Francs Tageslohn beziehende unselbständige Arbeiterin wäre, sondern das reiche, müßige Leben ihrer Klientinnen führte. Die Berührung mit der Seide, dem Satin, den glänzenden kostbaren Stoffen versetzte sie in einen ständigen Rausch, der sich zudem, da ihr Herz keine Selbstsucht kannte, in auf ihre Umgebung überströmende gute Laune verwandelte. Die Modegravüren, die an ihren Wänden hingen, waren Jahresgeschenke, die der Arbeitgeberverband an verdiente Arbeiterinnen austeilte, aber dieser Umstand tat ihrer Illusion keinen Abbruch.

All die Bänder, die sie um sich verstreute, waren die Beweise ihrer vertrauten Beziehungen zu den »ersten Kreisen«, deren Gewohnheiten sie nachzuäffen glaubte, indem sie in ihrer Wohnung eine Unordnung vortäuschte, die der proletarischen Klasse nicht zustand. Indem Du diesen Wirrwarr ordnetest, hättest Du sie daran erinnert, daß sie in zwei Zimmern von knapp bemessenem Raum lebte. Sie bildete sich ein, bei den Reichen werde nie aufgeräumt und auf allen ihren Sesseln lägen ein Paar Handschuhe oder ein vergessener Schal herum, weil sie riesige Gemächer, Mobiliar im Überfluß und Dienstpersonal haben. Eine ungezwungene Nachlässigkeit, dachte sie, ist todschick. Die Flut der Spitzen, Litzen, Paspeln, Tressen, Schleifen, Haarschleifen, Seidenschleifen, die ihr Logis beengte und ihre Möbel überhäufte, bereitete ihr einen Genuß, der zehnmal größer war als die Beschwernis, vor jeder Mahlzeit den Tisch und, wenn sie schlafen ging, das Bett freimachen zu müssen. Mit Hilfe des Halbdunkels, das sie mittels heruntergeklappter Läden wahrte, schien es ihr, als ob das Schillern des bunten Tands die Reize des Luxus auf das Wachstuch ihres Tischs und das gelbgeblümte Linoleum ihres Fußbodens zaubere.

Sie stammte von einer »Rosière« des Kaiserreichs ab, einem Mädchen, dem wegen seiner Tugendhaftigkeit ein Kranz aus Rosen aufgesetzt wurde. Nach der Geburt seines Sohnes hatte Napoleon durch ein Dekret befohlen, sechshundert Kriegsveteranen mit Mädchen ihrer Heimatgemeinde zu verheiraten, und den Städten die Auflage erteilt, jedem Mädchen eine Mitgift von sechshundert Francs auszuzahlen. Da Saint-Étienne unter die Großstädte des Kaiserreichs aufgenommen worden war, hätte es zehn Soldaten verheiraten müssen, doch trotz allen Suchens hatte man nur sechs gefunden, die die gewünschten Bedingungen erfüllten. Marie Boiron wurde dazu ausersehen, Herrn Jean Antoine Neyret zu heiraten, neunundzwanzig Jahre, Ex-Korporal beim 33. Infanterieregiment, der mehrere Kriegsfeldzüge mitgemacht hatte und in verschiedenen Kämpfen, namentlich in der Schlacht von Eylan, verwundet worden war. Davon legte das von Catherine Neyret aufbewahrte Dokument Zeugnis ab, das einzige Gedruckte, was Du in ihrer Wohnung sahst, die, zu Deinem naiven Erstaunen, ohne jedwedes Buch war. Die Nachkommin von Marie Boiron, einer der sechs »Rosières« von Saint-Étienne, hielt sich auf eine solche Herkunft etwas zugute. Du ahntest, daß sie Deinem Vater nicht grün war: ein Exzentriker, ein Republikaner, Verächter einer »vom Kaiser selbst verliehenen« Auszeichnung, wie sie, als sie euch die Urkunde zeigte, hinzufügte.

Dein Lerneifer und der Ernst, mit dem Du Dich in Deine Aufgaben vertieftest, machten ihr Eindruck, sie achtete Dein Bedürfnis, allein und schweigend zu arbeiten. Manchmal hörte sie auf, das Pedal des Webstuhls zu bedienen, unterbrach sich mitten in der Arbeit, schüttelte den Kopf und fragte sich, wie sie das bei ihr gelandete scheue kleine Tier gesellig machen könne. Bah! dachte sie, ich bin zu dumm, um das zu verstehen! Sie litt darunter, daß der Strom ihrer lebendigen Wärme, der sich für das Glück der Mitmenschen verausgaben wollte, an einer unüberwindlichen Schranke abprallte. Da sie es kaum gewohnt war nachzudenken, hielt sie sich an Deinem Bruder schadlos. Ihre Methode, zu erziehen und für sich einzunehmen, die auf Lächeln, Liebkosungen und Leckereien beruhte, war, auf »Pierrot« angewandt, völlig zufriedenstellend. Er wurde von Woche zu Woche dicker und kräftiger.

Sie spielten und plauderten mit leiser Stimme, um Dich nicht zu stören. Die beiden Zimmer trennte nur eine dünne Wand. Manchmal ärgerte sie sich, wenn sie feststellte, daß Du Dich einmal mehr mit Deinen Büchern und Heften im Schlafzimmer eingeschlossen hattest, und sie hätte Dich gern mit Gewalt aus diesem Gefängnis geholt, wo Du verkümmertest, um Dich zu lehren, daß das wahre Leben nicht darin bestehe, sich in bedrucktem Papier zu vergraben, sondern darin, Frohsinn und Unternehmungslust zu verbreiten. Manchmal dagegen stellte sie sich vor, unter welchen Bedingungen Du lerntest: auf dem Linoleum kniend, die Hefte und Bücher in Ermangelung eines Tischs auf das Bett gelegt, das Kinn in Höhe der Hefte, mit erhobenem Ellbogen, um schreiben zu können, in einer anstrengenden Haltung. Diese Vision rührte sie dann, und die, einer Arbeiterin heilige, der Arbeit geschuldete Achtung siegte über ihren Verdruß und Ärger.

Du Deinerseits machtest es Dir zum Vorwurf, nicht mit mehr Eifer auf die Güte und Einsatzbereitschaft Deiner Großtante und ihre deutlichen Folgen zu reagieren: die roten Wangen, das gesunde Aussehen Deines so blaß und schwächlich hierhergekommenen Bruders; Deine hervorragenden ersten schulischen Erfolge, dank derer Du nach einer vierzehntägigen Probezeit direkt in die höhere Klasse aufgenommen worden warst; die Verbesserung des Gesundheitszustands Deiner Mutter auf diese guten Nachrichten hin. Sie hatte den Schulanfang in Saint-Arverne noch geleitet und wollte sich erst nach dem doppelten Versetzungsbescheid für Deine Eltern, der durch den Sturz des Ministeriums verzögert worden war, im Krankenhaus beraten lassen.

Zum erstenmal in Deinem Leben hielt Dir die Person, die für Dich sorgen mußte, nicht Deine »Verantwortungen« vor und belastete Dich nicht mit ihren, obwohl ihr Budget, wie Du bald bemerkt hattest, nicht größer war als das Deiner Eltern. Zum erstenmal auch wohntest Du in einem Haus, wo Frohsinn herrschte, wo Du statt der düsteren Klage des Ochsenhirten heitere, schwungvolle Lieder trällern hörtest, wo Deine Großtante Dich in die Arme nahm und Dich öfter liebkost hätte, wenn sie nicht jedesmal in Deinem kleinen Körper den Widerstand eines starren Willens gespürt hätte.

Je ungerechter Dir die Vorwürfe erschienen, die Du innerlich gegen sie erhobst, desto weniger gelang es Dir, Dich von ihnen zu befreien. Wie könnte ich mein Vertrauen einer Person schenken, sagtest Du Dir, die um Mitternacht ausgeht und sich vor dem Theater aufstellt, um die mit Goldfäden durchwebte Seidenmuschel zu betrachten, die eine Madame de Wendel sich an ihr Mieder gesteckt hat? Diese einzige Eitelkeit bereits machte in Dir jede mögliche Nachsicht zunichte und damit jede zärtliche Regung. Von seiten einer Arbeiterin, die den Saal des nämlichen Theaters nur am 14. Juli betrat, dem Tag der vom Hüttenkomitee gestifteten kostenlosen Vorstellung, was Du dunkel als eine Sünde gegen die Gerechtigkeit empfandest, war es eine im höchsten Sinn begriffene Gerechtigkeit. Catherine beging den in Deinen Augen unverzeihlichen Fehler, den Stand zu verlassen, den das Schicksal ihr zugewiesen hatte; den gleichen Fehler, wie wenn ein Schnittholzsäger von Saint-Arverne – die Schnittholzsäger waren die ärmste Bevölkerungsgruppe – sich für viel Geld aus den vulkanischen Dore-Bergen Schieferplatten für sein Dach hätte kommen lassen, statt sich mit den im Ofen des örtlichen Töpfers gebrannten runden Ziegeln zu begnügen.

Das war Deine erste Begegnung mit der Welt der Haute Couture, mit der großen Welt überhaupt. Später, als Adeline, Modeberichterstatterin der wichtigsten Zeitungen der Hauptstadt, und mit ihr nicht nur die Bandschleifen, mit denen sich die Gattinnen der Provinzprominenz aufputzen, sondern auch die prachtvollen Garnituren der großen Pariser Couturiers in Dein Leben getreten waren, hast Du die Meinung über Deine Tante geändert. Du hast sie idealisiert, um sie meiner Mutter gegenüberzustellen und um in einer Kindheitserinnerung Schutz zu suchen. Bedenke jedoch, daß beide Frauen, auf verschiedener sozialer Stufe, aber mit gleicher Inkonsequenz, sich in der trügerischen Vorstellung gefielen, einem anderen Milieu als dem ihren anzugehören. Jene Namen – Poiret, Worth, Schiaparelli, Balmain –, mit denen Adeline die Gesellschaftsseite des *L'Écho de Paris* füllte, wohin sie nach ihrem Triumph beim *Paris-Journal* berufen worden war, hast Du sofort gehaßt. Diese Feindseligkeit lag in Deinem schlechten Verhältnis zu Deiner Schwiegermutter begründet. Du zogst es vor zu glauben, die verschwenderischen Toiletten der großen Damen seien eine Beleidigung für die Samtweberinnen von Saint-Étienne. Und insbesondere für Deine Großtante, deren Bandwirker-Hirngespinst, mit der vornehmen Welt Beziehung zu pflegen, Dich, als Du unter ihrem Dach wohntest, erzürnt hatte.

Als Du einsahst, daß es Dir hätte von Nutzen sein können, war es leider zu spät, um in dieser Umgebung einer von Träumen und Illusionen gespeisten, unmittelbaren, herzlichen Zuneigung noch einmal heimisch zu werden. Du hattest die Gunst verkannt, als sie nichts lieber wollte, als sich über Dich zu ergießen. Dir blieb nur die dürre Befriedigung, Dich solidarisch zu fühlen mit den Arbeiterinnen der Modebranche, dem unbekannten, hingeopferten Fußvolk, dem man sechzig Sous täglich zahlte, damit es Kleider anfertigte, die für mehrere Hundert Francs verkauft wurden.

12
Eine Leier ohne Poesie

In der Rue Saint-Jacques 28, in der Stadtmitte, nicht weit von der in Place du Peuple umbenannten einstigen Place Royale, fand Dein Vater eine kleine Zweizimmerwohnung, deren jährliche Miete sich auf die beträchtliche Summe von 290 Francs belief. Eine weniger teuere und besser gelegene war nicht zu bekommen. Die Nähe der beiden Gymnasien, des Mädchengymnasiums in der Rue Gambetta und des Claude-Fauriel-Gymnasiums, das Deinen Bruder in einigen Jahren aufnehmen würde, zahlreicher Geschäfte, mehrerer Straßenbahnlinien beeinflußten die Wahl Deines Vaters. Der Apostelname auf dem Straßenschild gab den Ausschlag bei seinem Entschluß.

Wie Du feststelltest, folgte er einmal mehr dem Bestreben, zwischen den beiden gegensätzlichen Ansprüchen das Gleichgewicht zu halten. Mit dem französisch-auvergnatischen Wörterverzeichnis hatte er Modernität und Tradition zu versöhnen gesucht. Bezüglich der Wahl eurer Wohnung wollte er die religiösen Überzeugungen Deiner Mutter und seine eigenen in Einklang bringen. Alle Straßen des Viertels hatten bis zum Gesetz, das Staat und Kirche trennte, die Namen eines Heiligen getragen. 1905 waren sie weltlich gemacht worden. Aus der endlosen Rue Saint-Louis, einer Achse der Stadt, die sich über sieben Kilometer erstreckt, wurde die Rue Gambetta. Die Rue Michelet, die Du überquertest, um Dich in Dein Gymnasium zu begeben, hatte zuvor Saint-Denis gehört; die Rue des Furettes, wo Du das Brot kauftest, Saint-Dominique; der Cours Victor Hugo, wo sich die Apotheke befand, Saint-André; die Rue Tarentaize, wo der Arzt Dr. Châtelard wohnte, den Kapuzinern. Sogar der botanische Garten, unweit eures Hauses, wohin euer Vater sonntags abwechselnd eines seiner Kinder führte, um die Kranke nicht ohne Aufsicht zu lassen, hatte einst Crêt de la Croix-Courette geheißen. Bei dieser allgemeinen wilden Flucht der Kirche hatte allein Saint-Jacques standgehalten. Als einziger Überlebender der großen Armee des Glaubens kampierte er im Land der Ungläubigen. Dein Vater konnte seiner Frau mitteilen, daß sie in der Rue Saint-Jacques wohnen werde. Ein müdes, aber gerührtes Lächeln belohnte ihn für diese Nachricht. Was ihn betraf, so genügte es ihm, um sich in seinem republikanischen Credo zu verschanzen, fünfzig Meter von seiner Wohnung entfernt in die Rue Michelet seine Zigaretten kaufen zu gehen.

Eines Tages entdeckte er in der Ecke der Rue Saint-Jacques über einem Laden mit Haushaltsgeräten die direkt in die Mauer gravierten, noch gut sichtbaren Lettern: »Rue Brutus«. Ein 1793 von den Stadtvätern verhängter Name, zur Zeit da Saint-Étienne, wo François I. die königliche Manufaktur der Hakenbüchsen installierte, die nun die Republik mit Gewehren belieferte, von den Mitgliedern des Konvents die Bezeichnung Armeville erhalten hatte. Dein Vater unterließ es, seiner Tante, deren Ahne auf Befehl Napoleons verheiratet und ausgesteuert worden war, zu sagen, daß der berühmteste der Tyrannenmörder vierzehn Häuser von seinem Fenster entfernt Wache hielt. Die Entschiedenheit Deiner antifaschistischen Gesinnung geht vielleicht auf Deine frühe Begegnung mit dem Mörder des ersten der Cäsaren zurück.

Deine Mutter war zu einer einfachen Untersuchung ins Krankenhaus gegangen und wurde einen Monat lang dortbehalten. Dann beschloß man, sie wieder nach Hause zu schicken, in einen Krankheitsurlaub von unbestimmter Dauer und mit der Verordnung, fest das Bett zu hüten. Du solltest nie den Morgen vergessen, an dem Dein Vater den Entlassungsschein nach Hause brachte. Bedrückt teilte er euch den Bescheid der Ärzte mit und verbreitete sich dabei über die finanziellen Folgen. Im Rektorat, das er nach dem Krankenhaus aufgesucht hatte, war ihm gesagt worden, daß ein in Krankheitsurlaub geschickter Beamter im ersten Monat sein volles Gehalt erhielt, in den drei folgenden Monaten das halbe Gehalt. Dauerte die Krankheit länger, so sank das Gehalt auf die jährliche Summe von 100 Francs im ersten Jahr, von 50 Francs in den folgenden Jahren: auf das für das Ruhegehalt erforderliche Minimum. Während Du zuhörtest, wie er in kühlem Ton diese Zahlen darlegte, fragtest Du Dich, ob Dein Vater wirklich mehr über den Zustand der Geldmittel der Familie als über den Zustand Deiner Mutter beunruhigt sei. Du entschiedest, daß er diese Berechnungen nur anstelle, um seinen Kummer zu verbergen, und Du bewundertest ihn, weil er Deinem von den Besuchen im Krankenhaus schon tief betroffenen Bruder den Anblick von Mutlosigkeit und Tränen ersparte.

Eine weitere dringende Sorge erforderte eure Aufmerksamkeit. Die Kranke würde am nächsten Tag zurückkehren: wo würde man sie unterbringen? Wie in den zwei Zimmern die vier Personen der Familie verteilen? Selbstverständlich sollte das hintere Zimmer, wo sie es ruhiger hätte, Deiner Mutter vorbehalten bleiben. Du würdest neben ihr in einem Doppelbett schlafen, trotz der Ansteckungsgefahr. Dein Vater und Dein Bruder würden sich im vorderen Zimmer einrichten, das auch als Küche und als Eßzimmer diente. Blieb die Frage der Beleuchtung.

Die Wohnung in der Rue Saint-Jacques hatte Gasbeleuchtung, und zwar mittels einer einzigen Lampe, der am Türstock zwischen den beiden Zimmern aufgehängten sogenannten »Leier«. Ein unten am Glühstrumpf angebrachter Hahn erlaubte es, die Durchflußmenge des Gases je nach Stärke des gewünschten Lichts zu regeln. Eine Wasseruhr registrierte den Verbrauch; damit das Gas aus dem Zähler austrat, mußte in eine Schaltuhr ein »gros sou« eingeworfen werden. Die Städter von Saint-Étienne, weniger einfallsreich als die Dörfler von Saint-Arverne, bezeichneten das Zehn-Centimes-Stück, das im Livradois die »Soune« genannt wird, als »gros sou«. Sobald das Gaslicht schwächer wurde, mußte man wieder eine Münze einführen.

Das System hatte den vierfachen Nachteil, teuer zu sein, geräuschvoll zu sein, dazu zu zwingen, daß immer Münzen bei der Hand waren und daß die Verbindungstür offen blieb. Du mußtest bis spätabends arbeiten. Dein Vater quälte sich. Es war das erste Mal, daß er zwischen zwei entgegengesetzten Notwendigkeiten: der Ruhe, die seine Frau brauchte, und dem für Deine Hausaufgaben unerläßlichen Licht, keine Kompromißlösung fand. Du selbst hättest, wenn sich kein

Ausweg zeigte, auf die Hausaufgaben verzichtet, wenn Deine Mutter dadurch schneller gesund geworden wäre und die kostbaren »gros sous« hätten gespart werden können.

»Es sei denn«, sagte Dein Vater, nachdem er schweigend nachgedacht hatte, »wir lassen Strom legen.«

Das Ideale wäre eine Installation mit mehreren Lichtpunkten gewesen, wie sie der Prospekt der Elektrizitätsgesellschaft anpries. »Das Paradies der Hausfrauen mit sogar einem Stromanschluß in der Küche, der den Gebrauch eines Bügeleisens erlaubt.«

»Kindchen, du mußt bügeln lernen!« fügte er scherzend hinzu, um den unwillkürlich düsteren Eindruck auszulöschen, den der Gedanke an die der Hausfrau künftig untersagten Hausarbeiten im kleinen Familienkreis verursacht hatte.

Die Elektrizitätsgesellschaft verlangte fast 100 Francs für eine solche Anlage. Zudem registrierte, wie beim Gaslicht, ein Zähler den Verbrauch. Eine zweite Möglichkeit schien günstiger: bei einem Pauschalabonnement, dessen Betrag je nach Stärke der Birne variierte: 25, 40 oder maximal 60 Watt, brachte die Gesellschaft in der Küche eine Lampe mit einem Schirm aus grünem Blech an. Dem Nachteil des festen Platzes konnte leicht abgeholfen werden: es genügte, mittels einer mehr oder weniger langen Schnur die elektrische Lampe in eine Handlampe zu verwandeln, um jeden Winkel der Wohnung beleuchten zu können. Diese Lösung fand den Beifall Deines Vaters, denn in Saint-Étienne wurde eine solche Lampe als »Volkslampe« bezeichnet, und im Gegensatz zu Deiner Großtante neigte er, als seine materiellen Verhältnisse sich verschlechterten, mehr und mehr dazu, auf seiten des Volks zu stehen. Die Lampe zum Pauschalpreis hatte auch Deine Gunst. Du hattest Dir ausgedacht, Du könntest, falls Du spätabends arbeitetest, in den Stunden, da nach Berechnung der Gesellschaft niemand mehr Licht brannte, eine bedeutende Menge Strom verbrauchen, ohne Deinen Vater auch nur einen Sou zu kosten.

Für die Anlage mußte jedoch, wie für die andere, eine Summe von annähernd 100 Francs aufgewendet werden. Von einer Erregung gepackt, die zu seiner sonstigen Resignation einen Gegensatz bildete, stand Dein Vater auf. Beklommen beobachtetest Du, wie er im Zimmer auf und ab ging, bereit, zutiefst bekümmert, hinter das Gymnasium ein Kreuz zu machen, als er, von seinem Wunsch besiegt, zu einem Vergleich zwischen dem, was er seiner Tochter, und dem, was er seiner Frau schuldig war, zu gelangen, seinen Hut nahm und erklärte:

»Nichts zu machen! Was sein muß, muß sein! Ich wollte die Wohnung streichen lassen und den alten Kohleherd ersetzen, aber ich werde die 100 Francs für den ersten Urlaubsmonat eurer Mutter zur Bestellung einer Volkslampe verwenden. Ich gehe gleich ins Rektorat und hole sie ab, und danach gehe ich auf einen Sprung zur Gesellschaft. Wartet nicht auf mich mit dem Mittagessen.«

Kaum eine Stunde später kehrte er völlig niedergeschlagen zurück. Im Rektorat hatte man ihm die Dienstvorschrift vorgelegt, derzufolge ein beurlaubter Beamter des Unterrichtswesens seinen Stellvertreter von dem Gehalt, das er bezieht, bezahlen muß. Die Deiner Mutter zugesprochenen 100 Francs würden der Lehrerin zugehen, die sie ersetzte. Ihr mußtet die Gas-»Leier« beibehalten, die weiterhin am Türstock hin und her schwang und einen fahlen Lichtkreis auf den Fußboden warf. Grund genug, um Deine von der *Tour de la France* geweckte Abneigung gegen die Poesie zu verstärken, die hier bei einer Lüge ertappt wurde.

Dein Bruder, der, so gut er konnte, zur Sanierung der finanziellen Lage beitragen wollte, glaubte die Lösung gefunden zu haben.

»Unsere gute Tata wird uns helfen«, murmelte er und legte sein Händchen auf die behaarte Hand seines Vaters. »Sie ist so gut zu uns.«

Der Vater befreite sich mit einer schroffen Bewegung.

»Red keinen Unsinn. Sie ist so arm wie wir.«

In seiner augenblicklichen Verzweiflung, und weil er es eurer Verwandten unbewußt verübelte, bei einem Tageslohn von 3 Francs immer fröhlich zu bleiben, fügte er einen Satz hinzu, der auf die sich in seinem Charakter langsam vollziehende Wandlung hindeutete. Du sahst darin die Voraussetzungen für einen Nihilismus, vor dem ihn bis dahin seine republikanische Überzeugung bewahrt hatte und der ihn bald in die Klauen der Tante Jeanne geraten ließ:

»Die Güte der Armen kostet sie nichts, weil sie nichts zu geben haben.«

Furchtbare Worte für ein Kind von unbefangenem, zutraulichem Wesen. Pierre blickte seinen Vater entsetzt an. Die wenigen Vorstellungen, die er sich über das Gute und das Böse gebildet hatte, gerieten ins Wanken. Die erste Folge davon war, daß er der Süßigkeiten überdrüssig wurde, die ihm im Haus am Crêt de Roch so sehr zugesagt hatten: das Gebäck seiner Großtante war also *nichts*; jedenfalls nicht mehr als die Überbleibsel von trockenen, altbackenen Kuchen, die die Bäckersfrau in der Rue des Furettes für ein paar Centimes verkaufte und die Dein Bruder verächtlich ansah. Jegliches Naschwerk wurde ihm verdächtig: man hatte ihn mit wertlosen Geschenken betrogen. Im Anfang warst Du erfreut, daß er Dich nicht mehr bat, ihm auf dem Rückweg vom Gymnasium ein Stück Kuchen oder einen Krapfen mitzubringen: Du ahntest nicht, was die ernüchterte Bemerkung Deines Vaters im Kopf des Kleinen bewirken sollte.

Hatte sich die Rue Saint-Jacques in einem Vierteljahrhundert stark verändert? Im Erdgeschoß des Hauses No. 28 sah ich die – nur ein wenig schäbiger gewordene – Kurzwarenhandlung, wo Du, weil sie mit Rabatt verkauft wurden, die durch lange Lichteinwirkung entfärbten Garnrollen aus der Auslage kauftest. Obwohl die Elektrizität nunmehr in die Gebäude eingekehrt war, hatte man aus Sparsamkeitsgründen im Hausflur einen Zähler angebracht. Der enge, dunkle Gang führte zu einer Treppe, der jede Lichtquelle fehlte. Ich stieß gegen einen Mülleimer und tastete mich bis in den zweiten Stock. Die Tür zur Wohnung, in der Du bis zu Deiner Abreise nach Versailles gelebt hattest, öffnete sich jäh. Durch die Öffnung gewahrte ich den altertümlichen Kohleherd, den Du mir beschrieben hattest. Deinem Vater war es nie gelungen, ihn durch einen neueren zu ersetzen. Ein altes Paar trat heraus: ein Mann in fadenscheinigem Überzieher und eine Frau, die sich, nachdem sie die Tür doppelt abgeschlossen hatte, mit aller Kraft dagegen drückte, so als ob sie sich vergewissern wolle, daß diese fest in den Angeln hing; kleine Staatsbeamte oder -pensionäre, deren Mietzahlung ein Gehalt oder Ruhegehalt garantierte, diese Bedingung stellte der Vermieter; typische Muster der sozialen Gruppe, der seit hundert Jahren die zu je zweien auf einer Etage liegenden acht Wohnungen dieses wegen des schmutzigen Geizes seiner Eigentümer in Verfall geratenen Gebäudes vermietet wurden.

Als ich im Halbdunkel allein geblieben war, habe ich die Tür starr angeschaut, bis sie durchsichtig wurde und vor meinen Augen die Ausstattung auftauchte, in der Du von Deinem vierzehnten bis zu Deinem siebzehnten Jahr gelebt hattest. Nichts hatte sich wohl verändert, seitdem Dein Vater, als er verwitwet war und seine Kinder fortgegangen waren, sich zu der begeben hatte, die seine zweite Frau werden sollte. Das erste Zimmer geht direkt auf den Flur hinaus. Unter dem neben dem Fenster in die Mauer eingelassenen Spülbecken und Spiegel darüber, vor dem Du Dir die Zöpfe flochtest, haben die beiden Kannen aus Weißblech und der Eimer ihren Platz bewahrt, denn fließendes Wasser ist noch nicht installiert. Der Wasserkessel steht wie damals ständig auf dem Herd, neben der Kaffekanne; in der letzten Glut des Feuers, das ihr abends ausgehen ließet, um Kohlen zu sparen, speicherten drei oder vier glänzende Briketts die Wärme: in Zeitungspapier eingeschlagen, wärmten sie eure eiskalten Betten vor; über dem Herd das Brett mit der Kaffeemühle, der Schlaguhr, dem Bürstenständer, dem Nadelkissen und dem Kalender; an einem Nagel in der Wand der Schöpflöffel und die Schaumkelle; etwas weiter eine Schnur, um den Spüllappen und das Handtuch aufzuhängen; in einer Nische die Balkenwaage, deren beide Kupferschalen und Gewichtssteine Du einmal in der Woche blank riebst; neben dem Herd der Kohlenkessel mit seinen zwei Abteilen, eines für die »blottes«, kleine Scheite aus harzreichem Kiefernholz, das andere für die Eierbriketts, die ihr mit vor Anstrengung schmerzendem Rücken aus dem Keller holtet; das dicke hölzerne Lineal, in das der Milchbote morgens eine Kerbe machte, da die Bezahlung vierzehntägig erfolgen mußte.

Aus dem auvergnatischen Buffet, das Deine Eltern aus Saint-Arverne mitgebracht hatten, rieselt noch immer der rostrote Staub aus den Löchern, die die Würmer ins Eichenholz gefressen haben. Selbst das robuste Bauernmöbel, das seit vier Generationen in der Familie war, hat Dein Vater den Nachmietern überlassen. Vier Türen; hinter den beiden Glastüren oben war das Geschirr zur Schau gestellt, während die beiden unteren ganz aus Holz waren und die Vorräte bargen. Eine solche, in Italien unbekannte Anordnung veranschaulicht die einzigartige Verbindung von Prahlerei und Vorsicht, die den französischen Mittelstand kennzeichnet. Bei euch zeigt man seine Teller und Gläser vor, verbirgt dagegen die Lebensmittel, da Teller und Gläser zur Mitgift gehören, das heißt als ein Kapital gelten, wohingegen die Nahrungsmittel, die sie einkauft, die Einkünfte einer Familie und damit den Betrag, um den man sie anpumpen kann, einzuschätzen erlauben, eine Gefahr, vor der man sich selbst unter kleinen Leuten schützt, indem man den Augen des möglichen Bittstellers die Reihen von Gläsern, Töpfen und Konservendosen sorgsam verbirgt.

Das Gegenteil von dem, was ich in Sizilien erlebt hatte, wo man auf Tischen, Kästen und sogar auf dem Fußboden in verschwenderischer Fülle die geernteten Tomaten, Orangen und Oliven ausbreitete, bis sie trocken wurden, faulten oder das Verlangen des Erstbesten stillten. Um einen kleinen Löffel oder eine Kaffeetasse ausfindig zu machen aber, erinnere Dich, mußte man in den im *Palazzo* verstreuten Truhen das Unterste zuoberst kehren. Wie verschieden waren unsere Kindheiten doch trotz der ihnen gemeinsamen Mittellosigkeit! Für mich prunkvolle Armut, für Dich kümmerliches Elend. Ich dachte daran, daß auf diesen wenigen Quadratmetern, die ein auf einen dunklen Lichtschacht hinausgehendes Fenster nur schwach erhellte, auch noch Platz für die Betten Deines Vaters und Deines Bruders hatte gefunden werden müssen. Sehr oft mußtest Du, als erste aufgestanden, um das Frühstück zu machen, vor ihren Augen Deine Toilette beenden.

Indem ich mich hinter Deinen Schatten stahl, hatte ich im zweiten Zimmer den Schrank entdeckt, mit dem die traurigste Deiner Kindheitserinnerungen verbunden ist. Auch er stammte aus dem Livradois, auch er wurde von Deinem Vater, nachdem er umgezogen war, zu einem Spottpreis verkauft.

Noch zu Lebzeiten Deiner Mutter hatte er sich mit der Verwalterin seiner Schule angefreundet, der Witwe eines bei der Explosion in der Verpilleuxgrube getöteten Bergmanns. Die schon in reifem Alter stehende Frau wußte einen willensschwachen Mann, an dem der Kummer und die Sorgen fraßen, geschickt einzufangen. Während des Kriegs schickte sie ihm Pakete an die Front; wenn er auf Fronturlaub war, köchelte sie ihm gute kleine Gerichte. Als gebürtige Lyonerin war sie keineswegs Anhänger des Kochens mit Speck wie Monsieur Fougerouse, sondern des glorreichen Kochens mit Butter, das den Ruf der französischen Gastronomie gewährleistet; was die Desserts anbelangt, hielt sie es mit der Wiener Schule. Kurz, es gelang ihr, Deinen Vater für sich einzunehmen, der zwar durchaus kein Schlemmer war und dem es gleichgültig war, was er auf dem Teller hatte, der aber dem nachgab, worin er außergewöhnliche Beweise von Hingabe zu sehen glaubte. Die Hochzeit fand sogar noch vor Kriegsende statt. Die Dame fürchtete, Dein Vater könnte, wenn er erst wieder ein freier Mann war, sie nicht mehr für so unentbehrlich halten.

So jedenfalls lautete Dein galliger Bericht von ihrer Hochzeit. Ihr beide, Du und Dein Bruder, haßtet diejenige, die ihr Tante Jeanne nanntet. Kaum verheiratet, hatte sie Deinen Vater gefragt, was er mit seinen Möbeln zu machen gedenke.

Er versuchte einzuwenden, daß er den schönen, soliden Eichenschrank und das Buffet von nicht geringerer ehrlicher, rustikaler Schmucklosigkeit, das noch von seinem Urgroßvater stammte, der seiner neuen Frau gehörenden Nußbaumgarnitur im Henri-deux-Stil vorziehe. Sie bestand aus einem ovalen Tisch mit gehäkeltem Tischläufer, sechs Stühlen mit Lehnen aus Rohrgeflecht und mit Rehfüßen und einem zweiteiligen Buffet mit gedrehten Säulchen, dessen Türen mit Körbe voll exotischer Blumen und Vögel der Antillen darstellenden Schnitzereien verziert waren.

Im Glauben, er zögere, sich von seinen Möbeln zu trennen, weil er ihren Verkaufswert für geringer halte als den der Henri-deux-Garnitur, gestand sie ihm, daß sie diese in den Nouvelles Galeries de Roanne zum Sonderpreis mit dem von der Bergwerksgesellschaft ihr nach dem Unfall ihres Mannes ausbezahlten Entschädigungsgeld gekauft hatte. Das Buffet und den Schrank dagegen könnte man, da sie zu Museumsstücken geworden seien, ziemlich teuer verkaufen. Er solle sie abstoßen, statt sich von den Rehfüßen und den gedrehten Säulchen imponieren zu lassen.

Die Henri-deux-Garnitur imponierte Deinem Vater überhaupt nicht. Er fand sie scheußlich, war sich seines Urteils aber nicht sicher genug, um es seiner in ihren Bewertungen so genauen und entschiedenen Gattin gegenüber zum Ausdruck zu bringen. Er gab nach, weil zu dieser Zeit überall in Frankreich die traditionellen Formen der provinziellen Handwerkskunst angesichts des serienmäßig hergestellten überladenen Kitschs den Rückzug antraten.

Als er Dir, aufgrund eines letzten Gewissensbisses, nach Paris schrieb, daß er den Schrank und das Buffet aus Saint-Arverne verkaufen werde, antwortetest Du ihm mit einem empörten Brief. Getreu der Lebensregel, die er stets befolgt hatte, entschloß er sich denn auch zu einem Kompromiß: er verkaufte die alten Familienmöbel, um seiner Frau zu gehorchen, aber zu einem lächerlichen Preis, und ließ sie an der Place Rue Saint-Jacques, um Dir seine Uneigennützigkeit zu beweisen. Der für seinen Seelenfrieden sonst so günstige Versuch, es jedem recht zu machen, erwies sich diesmal als verhängnisvoll. Du verziehst ihm niemals, daß er das Andenken an Deine Mutter mißbraucht hatte, und Tante Jeanne schleuderte ihm den verletzenden Vorwurf entgegen, er hätte sich übers Ohr hauen lassen.

Von diesen Gedanken bedrückt, ging ich hinab auf die Straße. Wenn Du Deine Wohnung verließest, schrittest Du an schwarzen Häuserfronten entlang, die bar jedes Schmucks waren. Keine Balkone, kein Schmiedeeisen wie in Sizilien, keinerlei Verzierung, Fenster und Türen auf das Minimum beschränkt, die Vordächer über den Eingängen aus häßlichem Blech aus Kostenscheu und aus der den Geiz noch übertreffenden Furcht, den Eindruck zu vermitteln, man hätte Geld. Der abscheuliche »Sparputz«, den die Franzosen sich nicht schämen, so zu nennen, überdeckt die Quadersteine, um sie unter einer gleichförmigen Zementschicht vor Abnutzung zu schützen. Daher das trübe, grämliche Aussehen eurer Provinzstädte auch dann, wenn der Kohlenstaub der vom schmutzigen Geist abgesonderten Traurigkeit nicht noch eine weitere Grauschicht aufsetzt. Die Auslagen der Geschäfte sind so wenig anziehend wie nur möglich, da die Angst, den Eindruck zu erwecken, sie seien reich und hätten verstecktes Geld bei sich eingeschlossen, bei den Ladeninhabern stärker entwickelt ist als der Wunsch, ihre Ware zur Geltung zu bringen.

Durch die Rue Joseph-Frappa und die Rue Michelet, wo Du manchmal im Morgengrauen den Huren der letzten Ablösung begegnetest, folgte ich dem Weg, der Dich täglich zum Gymnasium in der Rue Gambetta führte.

Ein umgitterter, abweisender Bau, für Dich aber befreiende Zuflucht und Tempel des Lichts.

13
Pasch fünf

Das erste Mädchengymnasium in Frankreich war erst 1883 in Paris gegründet und Fénelon getauft, also unter den Schutz eines Erzbischofs gestellt worden. In Saint-Étienne hatte man bis zum 1. Oktober 1895 warten müssen: an jenem Tag führte der Bürgermeister im an die Saint-Louis-Kirche angrenzenden einstigen Minimenkloster den Vorsitz bei der Eröffnungsfeier des Saint-Louis genannten Mädchen-Gymnasiums.

Zehn Jahre darauf wurde die Rue Saint-Louis zur Rue Gambetta, dem Gymnasium aber blieb der Name Saint-Louis erhalten. Daß die ersten höheren Schulen für Mädchen in Frankreich, die der Initiative Camille Sées, eines Abgeordneten der republikanischen Linken und ideologischen Freundes von Jules Ferry, zu verdanken waren, die Namen religiöser Persönlichkeiten erhielten, daß sie diese Namen auch nach dem die Trennung von Kirche und Staat beschließenden Gesetz behielten, als die Toponymie der französischen Städte tiefgreifend verändert wurde und Bossuet, Fénelon und Sankt Vincent de Paul aus dem *Tour de la France par deux enfants* verschwanden, dieser Widerspruch zeigt, zu welchen Arrangements die Gesetzgeber sich hatten bereit finden müssen, um den Widerstand des Landes gegen den Gymnasialunterricht für Mädchen zu überwinden.

Zuvor hatten in Frankreich die Orden das Alleinrecht besessen, Mädchen zu erziehen. Der Schulbesuch der Kinder aus armen Schichten endete gewöhnlich bestenfalls mit dem Volksschulabschluß. Allein die jungen Damen aus dem wohlhabenden Bürgerstand konnten sich den Ehrgeiz erlauben, ihre Studien ein wenig weiter zu treiben, sich mit Latein vertraut zu machen, sich in einer Fremdsprache zu versuchen, Grundkenntnisse in Geschichte, Geographie, Mathematik zu erwerben: doch alle Lehranstalten gehörten den Nonnen. Dieser Zustand hatte bis zum Jahr 1880 gedauert. In der neuen laizistischen, republikanischen Gesellschaft, die aus dem Zusammenbruch des Zweiten Kaiserreichs und der Liquidation der katholischen und königlichen Hinterlassenschaft hervorgegangen war, blieb die Mädchenerziehung eine Bastion des Ancien Régime, ein Refugium für die Gegner der modernen Demokratie.

Die Mehrzahl der Politiker, auch der der Linksparteien, erachteten eine solche unliebsame Begleiterscheinung für nicht gravierend: da die Frau für sie ein minderwertiges Geschöpf und eine belanglose Größe war (das Stimmrecht sollte ihr erst nach dem Zweiten Weltkrieg verliehen werden), war ihr Bildungsgrad unwichtig, solange sie ihren Haushalt zu führen und ihre Kinder aufzuziehen verstand. Nur einige weitblickende Abgeordnete kamen auf den Gedanken, daß das Schicksal der französischen Demokratie von einer Reform des weiblichen Unterrichts abhing. In der Halle des Saint-Louis-Gymnasiums lasest Du die mit goldenen Buchstaben in eine Marmortafel eingravierten Worte Jules Ferrys aus seiner denkwürdigen Rede über die Gleichheit zwischen den Geschlechtern:

»Derjenige, der die Frau in der Hand hat, hat alles in der Hand, zunächst, weil er das Kind, sodann weil er den Ehemann in der Hand hat. Darum will die Kirche die Frau behalten, und darum auch nimmt die Demokratie sie ihr weg. Die Demokratie muß, bei Todesstrafe, wählen. Ihr müßt wählen, Bürger: die Frau muß entweder der Wissenschaft oder sie muß der Kirche gehören.«

In diesem grandiosen Kampf bist Du also mit vierzehn Jahren unter den Verteidigern der Wissenschaft: dem Banner, das über eurem Feldlager flatterte, fand sich deshalb nicht weniger das Bild eines französischen Königs und Paradiesesheiligen aufgedruckt. Die ruhmreichen Prinzipien hatten sich trivialen Überlegungen beugen müssen. Die Familien hätten davor zurückgeschreckt, ihre Kinder einem Gymnasium anzuvertrauen, das die Fahne Michelets oder Gambettas schwenkte. Damit das Bürgertum von Saint-Étienne bereit war, seine Töchter dem klerikalen Unterricht zu entziehen, sie den Händen von weltlichen Lehrern anzuvertrauen und im Büro der Gymnasialverwaltung das vom Magistrat festgesetzte Schulgeld von 120 Francs zu entrichten, mußte man es beruhigen, ihm Garantien geben, ihm beweisen, daß die Wissenschaft nicht kirchenfeindlich war, daß jener, der Paris während der Belagerung im Ballon verlassen hatte, mit dem Anführer des achten Kreuzzuges fraternisieren konnte.

1912 zählte das Saint-Louis-Gymnasium erst dreihundertzehn Schülerinnen in halbleeren Klassenräumen, und die Stadträte mochten nur ungern einem defizitiären Unternehmen Zuschüsse zu den Heizungs- und Unterhaltskosten bewilligen, mit deren Betrag sich ein Denkmal für Saint-Étiennes berühmtesten, kürzlich verstorbenen Sohn hätte finanzieren lassen, den unterblichen Komponisten von *Thaïs*, einer frommen Oper, die die Heiligkeit in der Wüste verherrlicht.

Deinerseits hattest Du zusätzliche Gründe, Dich in einer schwierigen Lage zu fühlen. Du gehörtest zu der Klasse der Armen, jenen, die ihre Töchter nicht auf die höhere Schule schicken. Die Tochter eines kleinen Kaufmanns, eines Angestellten oder kleinen Beamten, aus der man eine Lehrerin, eine Post- oder Verwaltungsangestellte machen wollte, ging, versehen mit ihrem Abschlußzeugnis der Elementarschule, zur höheren Bürgerschule. Das Gymnasium vermittelte keinerlei berufliche Ausbildung, es bereitete lediglich auf das Abitur vor, eröffnete den Zugang zu den freien Berufen, die für ein Mädchen Deines Milieus nicht in Frage kamen (und, außer der Medizin, dem ganzen weiblichen Geschlecht verschlossen waren). Der einzige für Dich mögliche Ausweg am Ende von mehreren, selbst bei einem Stipendium kostspieligen Studienjahren wäre, Gymnasiallehrerin zu werden: ein schlecht angeschriebener, unbeliebter Beruf, der die Meinung der klerikalistisch gebliebenen Rechten brüskierte, von der Meinung der zutiefst frauenfeindlichen Linken nur gerade geduldet und von allen verachtet wurde, weil er unterbezahlt und ohne gesellschaftliches Ansehen war, die Empfindlichkeit der auf ihre intellektuellen Vorrechte bedachten Männer kränkte, ohne die Anerkennung der Frauen, die weiterhin dem Kult des heimischen Herds und der häuslichen Tugenden anhingen, zu ernten.

Als Du an jenem 4. Oktober 1912 durch das Tor des einstigen Minimenkloster schrittest und Dich schämtest, weil Du noch den alten Ranzen der Elementarschulzeit auf dem Rücken trugst, trotztest Du nicht allein den Vorurteilen der wohlhabenden Bürger von Saint-Étienne, für die ein Mädchengymnasium immer noch als Schlupfwinkel subversiver Ideen galt: in Deinen eigenen Kreisen fandest Du nur mäßige Zustimmung. Der junge Monsieur Gagnaire, der Nachfolger Deines Vaters in Saint-Arverne, hatte Dir sein Mißtrauen bekundet, Deine Großtante am Crêt de Roch trotz ihrer süßlichen »Güte« Dir ihr Mißfallen bezeigt; keiner der Freunde Deines Vaters erwies sich als teilnehmender. Wenn die Krankheit sie nicht allmählich in eine Welt fern jeglicher irdischer Sorgen eingesogen hätte, würde selbst Deine Mutter Dir das Leben sauer gemacht haben. Der Name Saint-Louis hätte sie nicht getäuscht. Die Bewohner von Saint-Arverne, die zusammengelegt hatten, um Dir einen Mantel zu kaufen, ließen es bei diesem Liebeswerk bewenden. Adélie Quinquandon, Deine tüchtige Großmutter, hörte auf, euch mit Zuschüssen zu helfen: und vielleicht nicht nur deshalb, weil der Zustand ihres Mannes sich verschlechterte.

Deine Mitschülerinnen im Gymnasium? Lauter Bürgerstöchter. Diejenigen, auf deren Solidarität Du hättest zählen können, wenn das Gymnasium nur der Kampfplatz eines Wettstreits zwischen Wissenschaft und Kirche gewesen wäre, betrachteten Dich mit Feindseligkeit, weil sie das Gymnasium für das Eigentum ihrer Klasse erachteten. Mit Verachtung obendrein wegen Deiner abgetragenen Kleider. Du, der Eindringling, die Arme, versuchtest, das Wissen zu usurpieren, das von Rechts wegen den Reichen gehörte. Wenn es regnete, wurden die jungen Fräulein im Wagen abgeholt; Du gingst zu Fuß nach Hause in Deinen schiefgetretenen Holzpantinen, die im rußigen Schlamm des Trottoirs rutschten; die Bürgerstöchter gaben dem Kutscher den Befehl, im Galopp loszufahren, um Dich im Vorbeikommen mit einem Strahl schwarzen Straßenkots zu bespritzen.

Diese Arbeitsbedingungen, die den Tapfersten entmutigt hätten, trieben Dich zum Heldentum. Du meldetest Dich zum Lateinunterricht an, an dem insgesamt nur sieben Schülerinnen teilnahmen: »sieben Blütenblätter, meine mystische Rose«, wie eure Lehrerin, Mademoiselle Dupin, eine häßliche, schwärmerische alte Jungfer, zu sagen pflegte. Mystisch warst nur Du, wegen der Glut Deines Eifers und zugleich seiner Geheimhaltung. Deine Mitschülerinnen deklamierten noch *rosa*, *rosae*, die Rosa communis der Grammatik, als Du die fünf Deklinationen auswendig wußtest. Abends unter der leierförmigen Lampe, die über der Verbindungstür pendelte, zwischen dem fernen Geräusch der Fallhämmer, dem Röcheln Deiner Mutter, deren Brust sich immer mühsamer hob, und dem Schnarchen Deines vom Rotweinzechen, dem er immer weniger widerstand, wie ein Ratz schlafenden Vaters, getröstet nur vom reinen Atmen Deines Bruders, folgtest Du, um die Grammatik zu lernen, einer Methode, die *Madre* Juanas oder Mutter Angélique Arnaulds würdig gewesen wäre. Da Du sicher warst, von niemandem gesehen zu werden, schnittest Du Dir das Haar zwei oder drei Fingerbreit ab, entschlossen, diese Operation zu wiederholen, falls Du Deine Lektion in der Frist, die Du Dir gesetzt hattest, nicht behalten würdest. Das Haar Deiner auvergnatischen Großmutter hatte als Tauschobjekt für die Halstücher und Kinkerlitzchen auf dem Markt von Ambert gedient; das Haar der Enkelin war der Obolus, den sie den Manen Vergils und Ciceros entrichtete.

Als die biestigste Deiner Kameradinnen bemerkte, daß Dir ein Haarstrang fehlte, verkündete sie laut, Du habest Läuse. Das Gerücht verbreitete sich rasch im ganzen Gymnasium. Du suchtest Mademoiselle Dupin auf, zeigtest ihr die Stelle, wo die Schere die Opfertat begangen hatte, und erklärtest ihr mit einer Emphase, über die Du, als Du mir den Vorfall erzähltest, lächeln mußtest, Dir dünke, ein Kopf derart bar der Kenntnisse solle nicht mit Haar bedeckt sein. Mademoiselle Dupin, mit Leib und Seele Missionarin, deren apostolische Begeisterung sie sowohl für ihr bescheidenes Gehalt als auch für den mangelnden Komfort ihres möblierten Zimmers entschädigte, in das die Vermieterin ihr verbat, wen auch immer einzulassen, fand einen solchen Übereifer nicht lächerlich. Sie brachte das Gerücht über die Läuse zum

Schweigen und half Dir mittels kostenlosen Unterrichts, für den Du ihr ewig dankbar warst und den sie Dir auf den Bänken der Place Jules-Janin erteilte, die Hürde der unregelmäßigen Verben so brillant zu überwinden, wie Hannibal zu Beginn des Zweiten Punischen Kriegs mit seinen Elefanten die Alpen überschritten hatte.

Sie war eine der ersten Frauen in Frankreich, die von der lateinischen Sprache mehr verstand als das, was man bei den Klosterfrauen stammelte. Ihre anderen Schülerinnen waren von ruhiger Mittelmäßigkeit und strauchelten stets über das Gerundium und die Deponenzien. Aber dadurch, daß man ihnen schlechte Noten gab, hätte man die Fundamente der jungen Republik erschüttert: die Kirche hätte nicht lange gebraucht, um der Wissenschaft die durch übertriebene Strenge entmutigten dummen Puten wieder wegzunehmen. Nachsicht, Nachsicht! predigte das Rektorat. Die schwachen Lateinerinnen würden, sofern sie nicht vom Gymnasium abgingen, jedenfalls ausgezeichnete Bürgerinnen abgeben: nach nichts anderem trachtete der Unterricht. Mademoiselle Dupin, die überglücklich war, in ihrem Fach eine wahre Jüngerin zu haben, mit der sie die Schlacht am Trasimenischen See nachzeichnen konnte, bemühte sich darum, daß Dir Dein Stipendium jedes Jahr erneuert wurde.

In Wirklichkeit waren weder die Liebe zum Latein noch strategische Leidenschaft die Hauptursache Deines Eifers, die Sprache des Titus Livius zu entziffern. In der damaligen Zeit interessierte es die Lehrer nicht zu erfahren, unter welchen materiellen Bedingungen ihre Schüler lebten: das Gymnasium teilte ein reines Wissen, ein ideales, zeitloses, von den Dingen des Alltags unabhängiges Wissen aus. Von ihnen wurde verlangt, daß sie den Geist bildeten: daß dieser mit einem Leib verbunden war, daß dieser Leib an Hunger und Kälte litt, daß das mit seinen Hausaufgaben befaßte kleine Mädchen dasselbe war, das im Gesicht seines Vaters die Angst vor der fälligen Miete las, daß das Kind, von dem man verlangte, die Rose zu deklinieren und unter der Buche der ersten Ekloge in die Hirtenflöte des Tityrus zu blasen, nicht in einer bukolischen Blumenwelt lebte, sondern beklommen auf dem Lineal des Milchboten die Zahl der

Kerben zählte, das wurde von Mademoiselle Dupin und ihren Kolleginnen großzügig ignoriert.

Des Abends zu Hause kämpftest Du viel weniger mit der Angst vor syntaktischen Fehlern als mit einem starken Schuldgefühl: trotz des Stipendiums bereitetest Du Deinem Vater Kosten dadurch, daß Du die von Deiner Umgebung mißbilligten Studien fortsetztest. Der Zähler schluckte die Zehn-Centime-Stücke mit zur Verzweiflung bringender Gefräßigkeit. Für Dich gab es nur ein einziges Mittel, der väterlichen Großzügigkeit zu entsprechen, Dich eines so umstrittenen Vertrauens würdig zu erweisen: die Erste der Klasse zu sein, stets und immer Klassenerste zu sein. Gleich Iphigenie, die bereit ist, den Kopf auf den Opferaltar zu legen, damit die Götter sich dem Unternehmen ihres Vaters wieder günstig zeigen und Agamemnons Flotte nach Troja segeln kann, hättest Du in jedes Opfer eingewilligt, um dem Schiff des Familienbudgets zu helfen, jeden Monat in den Hafen einzulaufen. Die Schere griffbereit, verkürztest Du noch die Frist, die Du Dir zum Lernen gönntest. Du übtest Dich darin, das Pensum sofort auswendig zu lernen, um es Dir in der Dunkelheit sodann aufzusagen, im Bett, die Füße auf der Suche nach ein wenig restlicher Wärme um den seit langem kalt gewordenen Ziegelstein gekrampft.

Die Preisverleihung war ein Martyrium für Dich. Elfmal hörtest Du Deinen Namen zusammen mit der Bemerkung: »Erster Preis«. Beim zwölften Mal brachst Du in ein überspanntes Gelächter aus, das die Dir Zunächstsitzenden verblüffte und Mademoiselle Dupin bestürzte. Du hattest nämlich große Löcher in Deinen Strümpfen und bemühtest Dich – vergeblich –, bevor man Dich aufs Podium rufen und Dir den Stoß Bücher überreichen würde, unter dem Stuhl die Strumpffersen in den Schuhen zu verbergen. Wenn Monsieur Fougerouse bei der Feier anwesend gewesen wäre, hätte er verstanden, welche Art Freude Dich beherrschte, als Du mit dem gleichen wahnsinnigen Lachen das Blut des Schweins im Becken umrührtest.

Der einzige Lichtpunkt in Deinem Leben war die Gewißheit, daß dank Dir Dein jüngerer Bruder an Wissen und Einsicht zunahm. Du überwachtest sein Lernen peinlich genau. Er war fleißig, folgsam und lernte schnell. Ohne die Befürchtung, Du könntest ihn verderben, wenn Du in sein Herz den Keim der Eitelkeit senktest, hättest Du ihm häufiger zu seinen raschen Fortschritten Komplimente gemacht. Aufmerksam gegenüber anderen, um die Ruhe seiner Mutter bedacht, hatte er gegen seine zu lauten Klicker Dominosteine eingetauscht, mit denen er still in einer Küchenecke spielte. Er beklagte sich nicht darüber, immer zu große Kleidungsstücke tragen zu müssen, gemäß dem in Saint-Étienne verbreiteten Grundsatz, daß man die Kinder »sehr vorteilhaft« anziehen solle.

»Fräulein, kaufen Sie ihm diesen Pullover, er sieht reichlicher aus. Nehmen Sie keinen eng anliegenden. Er soll ihm nicht zu straff sitzen.«

So lauteten die Maximen des Kleinhandels von Saint-Étienne: aus Sorge, einen Artikel nicht sofort abzusetzen, machte der Ladenbesitzer auf die Vorteile seiner Langlebigkeit aufmerksam, im Gegensatz zu den Gepflogenheiten in Italien, wo das beste Verkaufsargument die Kurzlebigkeit eines Kleidungsstücks ist, die dazu zwingt, es oft auszuwechseln, und erlaubt, stets nach der Mode angezogen zu sein. Unmodern gekleidet zu sein wäre für einen jungen Italiener eine Qual. Die Firma Fiat ist so schlau, jedes Jahr an ihren Modellen winzige Veränderungen anzubringen, die die vorherige Serie veraltet erscheinen lassen und den Kunden zwingen, einen neuen Wagen zu kaufen. Citroën, dessen Vorderradantrieb seit mehr als fünfzehn Jahren der gleiche ist, wird ihn weiterhin verkaufen, ohne die geringste Einzelheit zu variieren.

Pierre verfing sich in seinen zu langen Ärmeln und lachte über seine Ungeschicklichkeit. Wenn es Dir nicht widerstrebt hätte, wie Deine Großtante ihn »Pierrot« anzureden, hättest Du ihn wegen seines runden Gesichtchens und seiner verblüfften Miene mit dem Pantomimen aus dem Lied verglichen. Die Katastrophe, oder was Du so nanntest, traf Dich völlig unvorbereitet.

Der Beamte der Gasgesellschaft, ein Bergwerksversehrter mit Holzbein, kam jeweils zu einem bestimmten Termin, um das Gas abzulesen. Dieser Vorgang dauerte gewöhnlich nur einige Sekunden: er trug die Zahl in ein Notizbuch ein, lüftete seine Mütze mit dem roten Streifen, schob sich mit einem Ruck seine Umhängetasche wieder über die Schulter und fuhr mit seinen Besuchen fort. Er fing immer in der obersten Etage an: ihr hörtet ihn mit seinem humpelnden Schritt bis in den vierten Stock hinaufsteigen, dann, Etage um Etage, nach zwei Pausen auf jeder Etappe, zu euch herunterkommen.

An jenem Tag, dem Spätnachmittag eines Mittwochs, dem Tag Merkurs, des Gottes der Auvergnaten und der Grenzsteine – seitdem Du Latein lerntest, hattest Du die Etymologie jedes Wochentages ermittelt –, lüftete er wie gewöhnlich die Mütze, nachdem er die Zahl in sein Notizbuch eingetragen hatte. Plötzlich besann er sich anders, brach mitten in der Bewegung ab und beugte sich wieder zum Zähler. Ihr saht, wie er mit dem Finger die bleiernen Zufuhrröhren und die Abzugsröhren des Gases betastete. Dein Vater, Dein Bruder und Du standet im Kreis um ihn herum. Dieser Mann war für euch das Abbild des Schicksals: ebenso pünktlich wie das Schicksal, da er zu einem unveränderlichen Zeitpunkt eintraf, um von oben nach unten im Hause, stets in genau der gleichen Ordnung, die Zähler abzulesen; ebenso beängstigend wie das Schicksal mit dem Echo seines Holzbeins, das durchs Treppenhaus hallte; ebenso unergründbar wie das Schicksal, denn er weigerte sich hartnäckig, euch die abgelesene Zahl mitzuteilen, und ging fort, ohne euch zu sagen, ob die, zusätzlich zu den »gros sous«, die er in seine Umhängetasche steckte, zu zahlende Summe höher oder niedriger als im Monat zuvor sein werde. Er sah euch einen nach dem anderen argwöhnisch an, legte zwei Finger an seinen Mützenschirm, ohne die Mütze zu lüften, und humpelte zum Ausgang. Mit ungewöhnlicher Eile stampfte das Holzbein die Stufen hinunter.

Eine Stunde danach – es war diesmal also nicht mehr das gewöhnliche Schicksal, sondern ein vom zürnenden Himmel gesandtes besonderes *fatum* –, Du machtest Deine Schulaufgaben (auf Deinen Knien, ganz zusammengekrümmt und bucklig, um näher bei der »Leier« zu sein), und Dein Vater und Dein Bruder spielten eine Partie Crapette, horchtet ihr alle drei zur selben Sekunde auf: das Holzbein kam wieder die Treppe herauf, mit keinem anderen hättet ihr das Geräusch seiner Prothese auf den dünnen Tannenbrettern verwechseln können. Vulkan, der hinkende Gott Deiner lateinischen Mythologie, der Schmied, der in den finsteren Schlunden des Ätna ein Bein verloren hat, hätte nicht mit hohler klingendem Schlag auf die Stufen gehämmert.

Die anderen Male war schwach an die Tür gepocht worden. Jetzt aber klopfte ein gebieterischer Finger dreimal in feierlichen Abständen wie der Gong im Gerichtssaal. Auf der Schwelle erschien ein hochgewachsener Mann in grauem Mantel und grauer Mütze ohne jedes Abzeichen, die ihm jedoch, dies begriffst Du sofort, eine weit höhere Machtbefugnis verlieh, als es die bescheidene der Mütze mit dem roten Streifen war. Unwillkürlich machtest Du die Verbindungstür zum Zimmer Deiner Mutter zu. Der Einbeinige folgte seinem Vorgesetzten auf dem Fuße und legte seine Umhängetasche auf den Tisch.

»Monsieur Rageblanc?« fragte der Mann mit der grauen Mütze.

Auf das bejahende Nicken Deines Vaters hin zog er einen Ausweis aus der Tasche und zeigte ihn vor.

»Monsieur Rageblanc, der Zähler ist manipuliert worden. Unser Angestellter hat bemerkt, daß der Gasverbrauch in zwei aufeinanderfolgenden Monaten erheblich verschieden war. Joseph, zeige ihnen, wie du den Betrug entdeckt hast.«

Joseph öffnete seine Umhängetasche, entnahm ihr einen flachen Kiesel von der Länge eines halben Fingers, ging humpelnd zum Zähler und schob den Stein unter den Wasserbehälter.

»Indem man das Flüssigkeitsniveau ändert, verstellt man den Zähler, der den Verbrauch nicht mehr total registriert. Am Tag bevor Joseph kommt, entfernt man den Keil. Hat keiner was gemerkt! Nur daß Joseph Augen im Kopf hat und daß er in punkto hinter die Schliche kommen der Schlaueste ist im ganzen Département de la Loire. Fühlen Sie mal, Monsieur«, fuhr er fort, packte die Hand Deines

Vaters und legte sie auf das Bleirohr, »die leichte Faltung, die Sie an der Stelle des Knies spüren. Joseph, der sieht das mit bloßem Auge. Mit ihm darf man so was nicht machen. So was nicht!«

»Genug, Joseph!« sagte der andere schroff.

Von der Höhe seiner Majestät aus, mit der ihn sowohl sein imponierender Wuchs als auch die strenge Uniform der Gesellschaft ausstatteten, wollte er schnell und stark zuschlagen. Er blickte euch alle drei der Reihe nach an, zuerst Deinen Vater, in dessen Gesicht er nur ungläubige Erheiterung entdeckte, dann Dich, die, starr vor Angst, ans Spülbecken zurückgewichen war, schließlich Deinen Bruder. Er ging einen Schritt auf ihn zu und hielt ihm seine weit offene Handfläche hin:

Und mit der gleichen Selbstsicherheit, die keine Widerrede duldete, sagte er:

»Gib ihn mir.«

Sprachlos vor Staunen, weil der Mann erraten zu haben schien, daß er ihn bei sich versteckt trug, nahm der kleine Junge den Dominostein mit der Doppelzahl fünf aus seiner Tasche und gab ihn ohne Einwendung dem Mann.

»Du warst es also! Du Bengel!« rief Dein Vater und verabreichte seinem Sohn zwei schallende Ohrfeigen, so daß Pierre in eine Ecke purzelte.

Der kleine Junge brach in Tränen aus, hob den Ellenbogen zum Schutz vor das Gesicht und versuchte sich zu rechtfertigen.

»Es war Roger, Monsieur ... Alle in meiner Klasse tun das ... Man zeigt sich den Trick gegenseitig ... Ich dachte nicht, daß ...«

Er konnte vor Schluchzen nicht weitersprechen.

»Wenn das nicht ein Unglück ist, in seinem Alter!« bemerkte der Einbeinige. »Nichts als Strolche, eine Bande von Taugenichtsen. Man sollte sie ins Bergwerk schicken!«

Abermals unterbrach ihn der Mann im grauen Uniformmantel schroff. Getreu der Meinung, daß die Gesellschaft ihren Kunden nur eine kühle, unpersönliche Miene zeigen solle, um sie um so stärker zu beeindrucken, berührte er seinen Mützenschirm und sagte kalt:

»Die Geldstrafe beläuft sich auf 10 Francs, Monsieur. Artikel 12, Paragraph 15 des Gesetzbuchs, über strafrechtliche Verfolgung von betrügerischen Handlungen. Wir werden sie auf Ihre Rechnung setzen.«

Nachdem sie gegangen waren, wandte sich Dein Vater wieder seinem Sohn zu, der auf dem Boden sitzengeblieben war, schluckte und schniefte. Er hob ihn auf, schalt ihn nochmals, aber nur um die Form zu wahren, ließ ihn schwören, daß er es nie wieder tun werde, putzte ihm sodann die Nase, gab ihm zwei dicke Küsse auf die Backen und ging mit ihm zum Tisch, wo sie ihre Partie Crapette wieder aufnahmen.

So als ob nichts geschehen wäre, als ob der Blitz nicht eingeschlagen hätte! dachtest Du, an den Spülstein gepreßt, von unbeschreiblicher Angst erfaßt. Die zehn Francs allein schon eine wahre Katastrophe, aber die Lüge erst, die Heuchelei, welch eine Schande für die Familie! Du kanntest Deinen Vater nicht wieder: wie? der Lehrer, der damit beauftragt war, den Kindern das Gefühl für sittliches Verhalten beizubringen, der Anhänger der Wahrheitsunion, der Abonnent des *Calendrier manuel*, und der Ansicht sein, daß der Fehltritt seines Sohnes nur eine unbedeutende Verfehlung sei! Statt auf die Kriegserklärung des Lasters mit einem schonungslosen Kampf zu antworten, in aller Ruhe wieder anzufangen, Karten zu spielen!

Unfähig, Dich zurückzuhalten, gingst Du zum Tisch und zerrtest Deinen Bruder am Ärmel:

»Pierre, warum hast Du Dich nicht selbst angezeigt, als der Gasmann den Betrug entdeckt hatte? Was hast Du Dir erhofft? Ich will wissen, was Du Dir erhofft hast!«

Er fing wieder an zu flennen. Dein Vater schaltete sich ein:

»Herrgott, laß das Kind in Frieden, Constance! Du siehst doch, daß er schon ganz durcheinander ist! Schließlich hat mich der Staat ja wohl auch bestohlen, ist es wahr, ja oder nein?«

Er dachte an die hundert Francs, die Deiner Mutter zugestanden hätten und die das Rektorat der Vertretung ausbezahlt hatte. Was er für eine Verletzung des Beamtenrechts hielt, verschlimmerte noch die übrigen Nöte seines Lebens. Das langsame Dahinsiechen der Bettlägerigen im Nebenzimmer, die dem Arzt in der Rue Tarentaize zu bezahlenden Monatsrechnungen, die wachsenden Schulden beim Apotheker im Cours Victor-Hugo hatten seine republikanischen Überzeugungen erschüttert. Von sich aus hätte er es niemals gewagt, wem auch immer einen Centime zu unterschlagen: Ehr- und Pflichtgefühl drückten noch zu schwer auf sein Gewissen. Die Hinterlist des Kindes hatte ihn zunächst entrüstet. Danach aber war es ihm nicht unlieb gewesen zu denken, daß die neue Generation, die die Niederlage von 1871 weniger als lähmenden Druck empfand, weniger darauf bedacht war, das Land zu »restaurieren«, sich freier gegen die Mißbräuche von Amtsgewalt zur Wehr setzen würde. So verstanden, schien ihm, als sein erster Zorn verraucht war, der Streich, den sein Sohn der Gasgesellschaft gespielt hatte, beinahe eine gesunde Reaktion zu sein. Er war enttäuscht von vierzig Jahren einer patriotischen Rhetorik, die es der Klasse der Politiker erlaubt hatte, sich dadurch zu bereichern, daß sie die elementaren Bedürfnisse der Bürger mit Füßen trat, und zahlte gern zehn Francs für das Vergnügen zu wissen, daß die Franzosen eines Tages aus ihrer Fügsamkeit gegenüber der Macht aufwachen würden. Was hatte seine gewissenhafte Anständigkeit ihm denn eingebracht? Unaufhörlich neue zu bezahlende Rechnungen, Schulden bei den Kaufleuten, die Drohung des Gerichtsvollziehers und als einzigen Trost, wie für die des Lesens und Schreibens unkundigen Bergleute, den Liter Rotwein und das Kartenspiel.

Eine unverständliche und jedenfalls bestürzende Reaktion für Dich, die Du diesen Satz Bossuets im *Calendrier manuel* gelesen und in Dein Heft abgeschrieben hattest: »Wir müssen die Wahrheit verehren, selbst jene, die uns verurteilt.« In dem Mann im grauen Mantel sahst Du den kompromißlosen Diener der Wahrheit. Gleich Cato, dem Censor, der Scipio die Binde abriß, hatte er den Schwindel aufgedeckt.

(In Sizilien hätte die Gesellschaft nach einem Monat Konkurs gemacht. Wir setzten unsere »Ehre« darein, das sinnreichste Mittel zu finden, wie man den Betrag der Rechnungen herabsetzen konnte, besonders der unpersönlichen Rechnungen, die von einem öffentlichen Unternehmen herrührten und als Angriff auf die individuelle Freiheit empfunden wurden. Elektrizität wurde in Girgenti erst sehr spät installiert, da die Einwohner lieber bei ihrem Krämer Kerzen auf Kredit kauften als einen Vertrag mit einer anonymen Macht unterschrieben, deren einziges Ziel es nach ihrem Dafürhalten war, sie zu prellen.)

Vor allem aber kamst Du nicht darüber hinweg, daß Dein Bruder, »Dein Augapfel«, diese strafbare Handlung begangen hatte, noch dazu mit einem Stein seines Dominospiels. Warum hatte er seinen Sack Murmeln zum Tausch gegeben? Aus Rücksicht, wie Du geglaubt hattest, auf die Ruhebedürftigkeit Deiner Mutter, und damit Du ungestört lernen konntest?

Wie naiv und dumm Du gewesen warst! Nie mißtraut man dem Bösen genug, das sich einnistet, wo es will, und, wenn es dies beschlossen hat, Lüge und Verstellung sogar der Seele eines Kindes einbläst. Wie stets geneigt, von zwei Deutungen einer Tatsache die bedenklichere zu wählen, kamst Du nicht einmal auf den Gedanken, daß Dein Bruder auf seine Weise zur Erleichterung des Familienbudgets hatte beitragen wollen. Da die »Güte« zu nichts führte, weil sie fruchtlos und eitel war – wie er von seinem Vater im Hinblick auf seine »Tata« erfahren hatte –, hatte er sich zu dieser kleinen List entschlossen, einer unschuldigen List übrigens, da sie in den Familien seiner Kameraden angewandt wurde.

Mit starrem Blick, bebenden Knien gingst Du zu Deinem Stuhl zurück und schlugst mechanisch Deine Bücher auf. Statt Deiner Empörung durch ein paar Ohrfeigen Luft zu machen, behieltest Du sie in Dir und verwandeltest sie im Lauf der Tage in kalte ständige Angst. Die Erbsünde, der grauenvolle Feind, der Deinen Großvater in den Ruin gestürzt hatte, hatte sich nun auch des kleinen Jungen mit dem so reinen Schlaf bemächtigt. Dir, und künftig Dir allein, da Deine Eltern versagten, war es vorbehalten, ihm durch unablässige Wachsamkeit seine Beute streitig zu machen. Dein Bruder hatte nicht allein den Zähler manipuliert, sondern, als sein Betrug entdeckt war, gehofft, den Verdacht von sich abzulenken und schadlos davonzukommen. Diese Einzelheit, in der Geschichte anscheinend die unbedeutendste, war es, die Dich folterte.

14

Die Schmetterlinge und die Vögel

Catherine Neyret erschien Sonntag morgens, gegen Mittag. Dein Vater hatte ihr einen Wohnungsschlüssel gegeben. Doch statt unauffällig einzutreten, kündigte sie sich mit einer Reihe unangebrachter Geräusche an, die Dich zwangen, die Augen von den Büchern zu heben: Pakete, die sie hinter der Tür fallen ließ, Klirren des Schlüsselbunds, dessen Schlüssel sie einen nach dem anderen ausprobierte, ehe sie den richtigen fand, und wenn es ihr endlich gelungen war zu öffnen, stürzte sie mitten ins Zimmer, öffnete ihre Tasche, schnappte sich ihr Taschentuch und sank weinend auf einen Stuhl. Sie drückte die Hand Deines Vaters, der eilig seine Zeitung zusammengefaltet hatte, und rief zwischen zwei Schluchzern:

»Pierre-Auguste, so ein Unglück! ... Sagen Sie mir nichts ... Es geht ihr nicht besser, nicht wahr? ... Nein, Sie brauchen mir nichts zu erzählen ... Ach mein Gott! So ein Unglück! So ein Unglück!«

Sie fächelte sich mit ihrem Schnupftuch Kühlung zu, wischte sich die Augen, fing von neuem an zu weinen, rief die schwarze Heilige Jungfrau von Saint-Chamond an, dann ging sie auf Zehenspitzen zur Verbindungstür, stieß dabei aber weiterhin ein so jämmerliches Gequieke aus, daß es auch die seelische Verfassung einer weniger schwer darniederliegenden Kranken niederdrücken mußte, und schaute ins Krankenzimmer. Sie kehrte schnell ins erste Zimmer zurück, ließ sich wieder auf den Stuhl fallen, tauchte die Nase ins Schnupftuch; ihr hörtet, wie sie stöhnte, schniefte und ihrem dicken Busen die komplette Skala der Kummer, Betrübnis, Mitleid darstellenden Töne entlockte.

Dein Vater und Du, die ihr von zurückhaltendem Wesen und gewohnt wart, eure Gefühle zu unterdrücken, schämtet euch beinahe vor ihr, weil ihr trockenen Auges bliebt. Wo nahm sie nur diese Flut von jammernden Ausrufen und Klagelauten her? Die Dir gegenüber in dieser Hinsicht so sparsame Natur hatte Deiner Großtante eine Fähigkeit, das Herz auszuschütten, verliehen, die unerschöpflich war. Du beneidetest sie darum, so freimütig ihren Schmerz zeigen zu können. Sie bekundete ihn vor euch, öffentlich, ohne daß man sie der Angeberei bezichtigen durfte. Du dagegen mußtest sicher sein, daß Dich niemand hörte; Du wartetest bis zur Nacht, um Deinem Kummer freien Lauf zu lassen, das Gesicht ins Kissen gedrückt und meist ohne daß es Dir gelang einzuschlafen, bevor die Kolonne vom Châtelus-Schacht, die um Mitternacht abgelöst wurde, unter obszönem Gegröle durch die Rue Michelet gezogen war. Der Himmel hatte Dir das Talent zu leiden in Hülle und Fülle verliehen, die Gabe der Tränen jedoch beschnitten.

Lärm zu veranstalten schien für Deine Großtante die beste Methode zu sein, um gegen die Krankheit anzugehen. Da die Medizin sich für ohnmächtig erklärte und die Arzneien keinen anderen sichtbaren Nutzen brachten, als den Apotheker zu bereichern, mußte eine andere Strategie verhindern, daß der Tod in der Rue Saint-Jacques einkehrte. Wie die Sizilianer, die auf Töpfe und Pfannen schlagen, damit es regnen soll, und sich einbilden, der Spektakel werde die Schleusen des Himmels öffnen, glaubte sie, Stille bringe den Augenblick des Verscheidens schneller herbei und ein Haus, in dem nichts los ist, sei bereits ein Grab. Kaum war der letzte Schluchzer erstickt, die letzte Stelle der Wange abgewischt, als dem Tränenerguß Hausfrauenturbulenz folgte. Mit dem Schürhaken bewaffnet, begann sie die Ofenringe abzuheben und unter Getöse zur Seite zu schieben, um zu sehen, ob ihr beim Ausräumen der Asche die noch brauchbaren Reste der halbverbrannten Kohle aussortiert hattet. Dann brachte sie die Herdplatte wieder in Ordnung, wühlte eifrig in den Eierbriketts, stocherte durch das Gitter hindurch in den Flammen und dämpfte die Stimme nicht, wenn sie dem einen oder anderen befahl, ihr die für die Zubereitung des Mittagessens notwendigen Geräte zu reichen.

Du warfst anfänglich ängstliche Blicke zur Verbindungstür, so als ob Deine vom Lärm geweckte Mutter gleich einem Gespenst erscheinen und zur Wahrung der Schicklichkeit ermahnen werde. Bald jedoch vergaßest Du, von der rudimentären, aber aufreizenden Lebendigkeit der kräftigen Matrone angesteckt, daß auf der anderen Seite der Trennwand eine Sterbende röchelte. Alles hätte Dich gegen diese Frau aufbringen müssen, die fortfuhr, Dich mit nunmehr berechtigten Komplimenten zur Entwicklung Deiner Brüste zu verwirren. Sie wagte es, die Stille zu verletzen, in der sich in dem kleinen Zimmer, dessen Läden nicht mehr geöffnet wurden, das Geheimnis des Sterbens vollzog. Und dennoch übte das Leben auch auf Dich eine unwiderstehliche Anziehung aus: nach einer Woche stummer, nüchterner Arbeiten fühltest Du Dich bei diesem stimulierenden Trubel wie neu geboren.

In der Fritierpfanne, die sie Dir aus den Händen riß, ließ sie auf großer Flamme Schweinefett schmelzen für die in Scheiben geschnittenen Kartoffeln. Das Fett spritzte nach allen Seiten, fiel zischelnd auf den Herd zurück, befleckte die Wand, spritzte auf den Boden, aber sie machte lieber alles um sich herum schmutzig, um dann mit gleicher Tatkraft wieder zu säubern, während es Dein Antrieb gewesen wäre, die Kartoffeln auf kleinem Feuer und zugedeckt langsam schmoren zu lassen, um nichts zu beschmutzen, nichts in Unordnung zu bringen.

Wenn es auch viererlei Arten zu kochen gibt, so gibt es doch nur zweierlei Arten von Köchinnen: die eine, die in den Schränken das Unterste zuoberst kehrt, alle Kessel auf einmal herausholt, alle Geräte auf einmal vom Haken nimmt, die Gewürztöpfe öffnet, um daran zu riechen, die offenen Töpfe nicht wieder zumacht, die Schalen auf einer Tischecke liegen läßt und ein höllisches Durcheinander schafft, weil für sie alles, was mit der Nahrung zu tun hat, zum Leben gehört, wie das Leben heilig ist und wie das Leben sich verbreiten muß, aufs Geratewohl, aus dem Stegreif und in einem Wirrwarr; und die andere, die das Utensil, dessen sie sich bedient hat, jedesmal wieder an seinen Platz zurückstellt, die Deckel wieder zuschraubt, das Gemüse über dem Mülleimer putzt und nicht eher ruht, als bis alles in der Küche wieder sauber, poliert und glänzend ist, weil die als eine physiologische Notwendigkeit empfundene Nahrung ihr einen geheimen Widerwillen einflößt.

Beide stelltet ihr die reinsten Muster dieser zwei Arten dar. Um auf der Waage die Zutaten zum *Sucre des coqueilles*, einer Spezialität von Saint-Étienne, abzumessen, warf Deine Großtante die kupfernen Gewichtssteine, die Du am Morgen erst blankgeputzt hattest, zwischen die Kartoffelschalen. Die saure Sahne, die sie aus dem Pappgefäß sofort in die Schüssel hätte gießen können, in der sie den Teig knetete, schüttete sie zuerst in einen Suppenteller, aus körperlicher Freude daran, die weiche, kremige weiße Masse mit dem Spachtel umzurühren, ein Vorgang, dem Du mit leichtem Ekel zusahst. Sie benutzte eine außerordentliche Menge von Tiegeln, Fäßchen, Kochtöpfen, Tellern, Löffeln, Schöpfkellen, Schaumkellen. Am Ende der Mahlzeit stapelte sich ein Berg schmutziges Geschirr im Spülbecken. Sie krempelte an ihren kurzen prallen Armen die Ärmel auf, im Zimmer ertönte ein fröhliches Klirren von Steingut und Metall, Dein Bruder lief auf den Treppenflur, um den Eimer auszuleeren und die beiden Krüge zu füllen, Du nahmst den Scheuerlappen, um den verspritzten Fußboden aufzuwischen, sogar Dein Vater war mit von der Partie und rieb die abgewaschenen Teller kräftig trocken.

Sie wagte euch nicht mehr von ihren Kundinnen zu erzählen; es wäre taktlos gewesen, deren kostspielige Toiletten und frivolen Launen vor euch zu erwähnen, aber sie hatte in den politischen Nachrichten ein Gesprächsthema von unerschöpflicher Fruchtbarkeit gefunden. Der Ton verschärfte sich auf beiden Seiten der Grenze; Europa erbebte vor Kriegsgerüchten; in Frankreich und in Deutschland wurden die Angriffsvorbereitungen beschleunigt. In Saint-Étienne, Sitz des größten französischen Gewehrherstellers, kündigte die Waffenfabrik auf der Titelseite des *Progrès de la Loire* an, daß die Produktion der Lebelgewehre am 15. Mai täglich 2000 Einheiten erreichen werde.

Catherine Neyret, Witwe eines durch die Gifte von Ruß und Stahlstaub umgekommenen Mannes, entflammte sich für die Kriegsidee. Eine Dir unverständliche Begeisterung, da der *Calendrier manuel* Dich gelehrt hatte, dem Militär zu mißtrauen. Viele Jahre später, als Du mir von den Reden Deiner Großtante erzähltest, räumtest Du ein, daß sie nicht allein vom Chauvinismus diktiert worden waren. Der Krieg, eine Manifestation von entschlossener Tatkraft, würde Deinen Vater zwingen, aus seiner Niedergeschlagenheit aufzuwachen. Der Pazifismus ihres Neffen beunruhigte sie als ein zusätzliches Zeichen der Teilnahmslosigkeit und Entkräftung, die auf diesem Hause lasteten.

»Das Gewitter ist im Anzug«, sagte sie unter triumphierendem Lächeln und zog aus ihrer Tasche einen Zeitungsausschnitt, in dem Dein Vater bestürzt die letzten Meldungen aus der Staatskanzlei las.

»Aber«, wandte er ein, »vielleicht ist Frankreich noch nicht gerüstet.«

»Nicht gerüstet? Haben die mit der französischen Kanone von 75 ausgerüsteten Serben vielleicht nicht, von den Österreichern verleitet, den Bulgaren Prügel erteilt?« lautete die entschiedene Antwort.

Eines Tages kam sie ganz aufgeregt an, weil die Regierung in Berlin dem Reichstag einen Gesetzesentwurf vorgelegt hatte, der auf eine Truppenstärke von 700000 bis 875000 Mann in Friedenszeiten abzielte.

»Das ist ein Kerl, dieser Wilhelm II.! Wir haben nur Waschlappen! Diese Poincaré, Barthou, Étienne, was haben die in den Adern? Blut oder Blutwurstbrühe? Wann werden sie endlich handeln?« rief sie und vollführte eine so stürmische Bewegung, daß sie das halbe Paket Waschpulver in den Ausguß leerte.

»Ah! der da gefällt mir!« sagte sie einen Monat später und schwenkte die Photographie des Generals Joffre. »Er hat die Rückkehr zum dreijährigen Militärdienst erreicht.«

»Ist eben sein Geschäft«, murmelte Dein Vater, zu leise aber, um verstanden zu werden. Beim Zusammenprall der Nationen war die Ironie offensichtlich nur mehr eine ohnmächtige Waffe.

Im Widerstreit zwischen der Revanche-Ideologie, die er seinen Schülern seit zwanzig Jahren eintrichterte, und den vom Anzeiger der Wahrheitsunion erlassenen Aufrufen zur Ruhe und zur Vernunft, leistete er immer weniger Widerstand.

»Jaurès«, sagte er und zerknitterte vor Mangel an Selbstsicherheit die letzte Nummer der *Humanité*, »Jaurès ist gegen den Krieg, Catherine.«

»Der«, erwiderte die Matrone, die mit einem Fettspritzer auf ihrem Mieder kämpfte, »mich würde es nicht wundern, wenn der bestochen ist.«

»Sie wiederholen die Verleumdungen des Generalstabs! Jaurès ist das Gewissen Frankreichs! Ich dulde nicht, daß ...«

Doch er empfand so deutlich die Ungleichheit ihrer beider Kräfte, daß er seinen Satz ohne die gebührende Würde begann und in einem Gestammel beendete.

Ein freimütiges, lautes Lachen quittierte diesen Abgang.

»Frankreich braucht kein Gewissen, Frankreich braucht ...«

Du wurdest noch rot, als Du mir zehn Jahre später diesen Satz zitiertest, und stolpertest über das letzte Wort. Deine Großtante, eine Plebejerin, die frisch von der Leber weg redete, ließ sich von solchen Skrupeln nicht aufhalten. Dein Vater war wegen seiner Kinder entsetzt und machte ihr – vergeblich – Zeichen. Er trat in punkto Doktrin den Rückzug an und versuchte, ein persönliches Argument geltend zu machen.

»Wenn es Krieg gibt, Catherine, werde auch ich eingezogen werden. Wer wird sich dann um sie kümmern?«

»Glauben Sie im Ernst, daß Sie in Ihrem Alter noch eingezogen werden könnten?« fragte sie mit besorgter Miene, doch Du sahst deutlich, daß diese nachteilige Folge ihren Glauben an die Notwendigkeit einer kollektiven tiefgreifenden Veränderung nicht erschütterte. Sie brachte die für die Ärzte unerklärliche Krankheit ihrer Nichte und den zu lange andauernden Frieden in Frankreich miteinander in Verbindung. Aus einem allgemeinen Umsturz, so glaubte sie, würde wie durch ein Wunder eine Besserung der privaten Existenz hervorgehen. Beim ersten Trompetenstoß würden die Mächte der Zerstörung und des Todes, die in der Wohnung in der Rue Saint-Jacques ihr Unwesen trieben, sich an der blauen Linie der Vogesen zum Kampf versammeln, wie der Ausspruch Jules Ferrys lautete, der jeden Tag als Motto in seinem *Progrès de la Loire* angeführt wurde.

Dein Bruder war inzwischen auf einen Schemel geklettert, den er unter das Fenster gerückt hatte, streckte den Hals zum kleinen Quadrat Himmel, das er ganz oben am Lichtschacht gewahren konnte, und berechnete aufgrund des Zuges der Wolken seine Aussichten, vor dem üblichen Sonntagnachmittag-Regen im botanischen Garten spazierenzugehen. Sein Vater setzte den schwarzen auvergnatischen Filzhut auf, nahm Pierre bei der Hand und ging. Nachdem er sich vor dem Gartentor von Deiner Großtante verabschiedet hatte, die euch verließ und wieder zum Crêt de Roch hinaufstieg, führte er seinen Sohn zu den Bäumen, deren vergilbte Schilder sie entzifferten.

Auch an Pierre hatte sich der Krieg herangemacht mittels der Vignetten des *Tarif-Album* der Waffen- und Fahrräderfabrik von Saint-Étienne. Eines der 800 000 Exemplare dieses unentgeltlich zugestellten Katalogs thronte auf eurem Tisch. Der Briefträger hatte das *Tarif-Album* wegen dessen Dicke nicht in den Briefkasten stecken können und hatte es euch ausgehändigt. Ein reichillustrierter Band von 1200 Seiten, der die Vorzüge von Tausenden von Artikeln verschiedenster Art anpries, Jagdgewehre und Fahrräder mitsamt ihrem Zubehör, aber auch besondere Kleidungsstücke, Ausrüstungen für das Automobilfahren oder für Bergtouren, Pfadfinder-Uniformen, Küchen- und Gartengeräte, Fischereigeräte, Sonnenbrillen, Regenschirme und für Deinen Bruder vor allem ein Spielzeug-Angebot von unglaublicher Vielfalt.

Beim Durchblättern eines Katalogs aus dem Jahr 1913 habe ich viel mehr über Dein Land erfahren als bei der Einsicht in die Berichte über die Parlamentsdebatten. Ich hatte da eine Naturgeschichte eurer Vorlieben vor mir. Ein komplettes Inventarium eurer Träume war in diesen Listen von phantastischen Gegenständen aufgenommen, die von ihrer farbigen Abbildung, aber auch, da wir uns in Frankreich befanden, von ihrer genauen Preisangabe begleitet waren. Dein Vater hätte sich für seinen Sohn kein besseres erzieherisches Instrument ausdenken können: neben jedem Phantasiegebilde und jeder seiner Variationen war der genaue Preis zu sehen. Für ein Paar Rollschuhe mit Rollen aus Preßholzfaser, die bessere Bodenhaftung gewährleisteten, belief er sich auf 22,50 Francs. Für einen zerlegbaren Reifen aus lakkiertem Hartholz, vier Bögen mit Kupfergelenken, im Etui auf 2,50 bis 3 Francs, je nach Durchmesser. Für einen Stabilbaukasten von 67 Teilen auf 5 Francs. Für einen Kasten mit 324 Teilen auf 43 Francs. Für ein Taubenschießen mit Doppelflinte und acht Knallpfeilen auf 30 Francs. Ganz zu schweigen vom Automobil aus Stahl und erlesenem Holz, mit Innenpolstern, Schutzblech, Gelenkfederung, Vaucanson-Kette und Hupe für 65 Francs (85 für einen Zweisitzer) oder dem vollkommen unerschwinglichen Fahrrad, da die meisten dieser Spielzeuge für Deinen Bruder unerreichbar waren.

Welches andere Vergnügen konnte ihm seine Lektüre bereiten, als daß er sich ausrechnete, wieviel Geld er seinem Vater sparte, indem er ihn um keinen Artikel des *Tarif-Album* bat?

Von allen Formen des Kapitalismus war die in Saint-Étienne praktizierte die menschenverachtendste und grausamste. Wenn sie ihren Katalog in den Heimen in der Rue Saint-Jacques und in den Familien der französischen Arbeiterklasse verteilte, deren Oberhaupt als Fabrikarbeiter 4 Francs und als Hilfsarbeiter 3 Francs täglich verdiente, verfolgte die Waffen- und Fahrradfabrik zwei einander ergänzende Ziele: diejenigen, die nicht genug Geld verdienten, um ihren kleinen Söhnen eine Dampfeisenbahn für 67 Francs kaufen zu können, zu demütigen und ihnen gleichzeitig die Vorteile langen Sparens vorzugaukeln.

Die verschiedenen Modelle der Flinten, Büchsen, Blasrohre und anderen Schußwaffen regten die Phantasie Deines Bruders an, wie es nur natürlich war zu einer Zeit, da ganz Frankreich, von den berühmtesten Schriftstellern wie Barrès oder Péguy bis zu einer einfachen Samtweberin vom Crêt de Roch zur Tat rief, doch seine wahre Neigung ließ ihn, wie Du mit Verwunderung entdecktest, bei den Seiten verweilen, die in den Kolonien gebräuchliche Artikel anzeigten: den sogenannten Tonkinhelm, der oben große Luftlöcher aufwies, die Wickelgamaschen aus Elbeufer Tuch, die Jacken mit zahlreichen Taschen, die Taschenmesser mit elf Klingen, inklusive Zahnstocher und Ohrenputzer, die Moskitonetze, die großen Raubtierfallen, den Explorateur-mitraille genannten Revolver à sechzehn Schuß: das waren die Abbildungen, die er leidenschaftlich gern betrachtete. Aus Lust am Abenteuer und an der Gefahr wahrscheinlich, wie jeder Junge, aber auch weil er, ganz anders veranlagt als Du, vom Trieb nach Glück bewegt, das Bedürfnis hatte, von fernen Ländern zu träumen, die warm und gastlich wären, wo weder Kohleneimer aus dem Keller geholt noch Münzen für die Lampe beiseite gelegt werden müßten, noch Regen ihn hindern würde, sonntags spazierenzugehen. Du warst betrübt, weil er, kaum aus der Schule entlassen, sich nach Indochina einschiffte: Du begriffst nicht, daß er nicht wie Du zum Geschlecht der Schmetterlinge gehört, die an die Glühlampe stoßen und an dem, was sie schmerzt, verbrennen, sondern zum Geschlecht der Vögel, die, sobald ihr Käfig geöffnet wird, pfeilschnell davonfliegen.

15
Der Schrank

Die verschiedenen Mitglieder Deiner Familie kann ich mir deutlich vorstellen, ausgenommen Deine Mutter, die wie ein Schatten durch dein Leben geglitten ist. So gern Du mir auch von Deiner Großtante erzählen mochtest, wenn ich Dich nach Deiner Mutter fragte, mußte ich Dir Deine Erinnerungen Wort für Wort abringen. Ihre Gesichtszüge entziehen sich mir. Ich wüßte nicht einmal zu sagen, ob sie groß oder klein, braun oder blond war, das Haar hochgekämmt oder in einem Knoten trug. Adélie Quinquandon steht in ihrer weißgepunkteten schwarzen Bluse und ihren Erlenholz-Pantinen vor mir, sobald ihr Name fällt, diejenige aber, die Dich erzogen hat und bei der Du bis zu ihrem Tod gewacht hast, besitzt nicht mehr Präsenz für mich als ein vom Herbst losgelöstes und vom Wind davongetragenes Blatt.

Und doch eine nichts weniger als gewöhnliche Frau. Tochter des Gaston Tournebise, eines Zurichters, und der Augustine Vray, die beide beim Eisenbahnunglück von 1908 tödlich verletzt worden waren, hatte sie es als erste gewagt, aus ihrem Milieu auszubrechen. Zu einer Zeit, als die Töchter von Arbeitern noch kaum Zugang erhielten zu diesem Beruf, war sie Lehrerin geworden, und es scheint so, als hätte sie ob dieser Kühnheit Gewissensbisse bekommen, die sich in Frömmigkeit und kirchlichem Gehorsam kundtaten. Als sie sich mit ihrem Mann (den der Militärdienst nach Saint-Étienne geführt hatte, wo er sie kennenlernte) in Saint-Arverne niedergelassen hatte, schloß sie sich, weit davon, den Argumenten des Atheisten Gehör zu schenken, nur noch stärker an die Kirche an.

Wenn ich mich nicht täusche, hast Du es ihr übelgenommen, daß sie sich nur halbwegs emanzipiert hatte: nicht weil Du auch nur die geringste Sympathie für die feministischen Thesen gehegt hättest, sondern weil ohne diesen Stachel in seinem Herzen Schwermut und Enttäuschung Deinen Vater nicht so früh hätten altern lassen. Unfähig, das laizistische republikanische Ideal, das er seinen Schülern vortrug, in seiner eigenen Familie durchzusetzen, war der, dessen Bild Du als das eines Eroberers und Siegers im Gedächtnis tragen wolltest, durch die Schuld Deiner Mutter vorzeitig düster geworden.

Ein unbewußter Vorwurf, den die Krankheit vertrieb. Obwohl eure Beziehung nie sehr innig gewesen war oder gerade darum, versuchtest Du, als die Zahl der Tage, die ihr zu leben verblieben, mit unerbittlicher Schnelligkeit abzunehmen schien, ihr außerhalb der Schulstunden soviel Zeit wie möglich zu widmen, und Du verzichtetest auf den Spaziergang im botanischen Garten.

Wenn Du am Tag kein Lampenlicht brauchtest, setztest Du Dich zu ihr auf den zwischen die beiden Betten geschobenen Stuhl. Du machtest die Läden ganz wenig auf, nur gerade genug, damit ein Lichtstrahl auf die Seite Deines Buchs fiel. Mit einer Hand hieltest Du das offene Buch auf den Knien fest, mit der anderen drücktest Du die abgezehrte Hand Deiner Mutter. Sie dämmerte vor sich hin mit geschlossenen Augen. In Augenblicken der Geistesgegenwart erteilte sie Dir nicht gute Lehren für die Ehe, über den Umgang mit Geld, über die bei der Erziehung zu befolgenden Regeln, die einzige Sorge, die sie noch aus ihrer Benommenheit riß, war, daß im kolossalen, den beiden Betten gegenüber aufgestellten Schrank aus Saint-Arverne kunstgerechte Ordnung herrschte.

Du richtetest sie in den Kissen auf, und dann mußtest Du unter ihren Augen, die plötzlich die Fähigkeit zurückgewannen, den Gegenstand, der nicht an seinem Platz war, sofort zu entdecken, jedes Fach leeren und wieder einräumen, die Stapel auseinandernehmen und wieder aufschichten, die Handtücher, Hemden, Unterhosen, Strümpfe herausheben und wieder hineinlegen. Von den Nachtwachen erschöpft, gingst Du wie eine Nachtwandlerin vor, hobst und senktest mechanisch die Arme, zwangst Dich dazu, damit Du nicht kostbare Zeit verlorst, um Deine Lektionen leise vor Dich hin zu sagen, bis zu dem Augenblick, als Du dabei überrascht wurdest, wie Du in die Ecke der Bettücher die Kopfkissenbezüge einräumtest, deren Format sie für das

Fach der Handtücher bestimmte, und nach einem trockenen Husten ihre Stimme aus der Dunkelheit aufsteigen hörtest. Ohne den leisesten Vorwurf, aber, was sehr viel schlimmer für Dich war, mit einer entschlossenen und deutlichen Aussprache, die, wie Du wußtest, dem nach fünfzehn Monaten des Krankseins geschwächten Körper Schmerzen verursachte. Sie sprach jede Silbe getrennt aus:

»Gib acht, dies ist die letzte Unterweisung, die ich Dir gebe.«

»Ja, Maman«, antwortetest Du und kniffst Dich in den Arm, um Dich dafür zu bestrafen, daß Du sie zu dieser zusätzlichen Anstrengung gezwungen hattest.

»Ja, Papa«, sagtest Du zu Deinem Vater, der im Eßzimmer die Nachrichten las und Dich ermahnte, die Kranke nicht aus den Augen zu lassen und ihn bei jedem besorgniserregenden Anzeichen zu rufen.

Er kaufte immer mehr Zeitschriften, Zeitschriften aller Parteien und Lager, um sich trotz der widersprechenden Gerüchte über den drohenden Krieg eine eigene Meinung zu bilden. Ihr wußtet nunmehr durch einen Bescheid der Kaserne, daß er der Infanterie zugeteilt werden würde.

Als Du an jenem Tag am Lager Deiner Mutter saßest, hörtest Du, wie er mit den Seiten seiner Zeitung raschelte, und fragtest Dich beklommen, wie bald Dir neue Pflichten aufgeladen würden und wie Du es anstellen solltest, um unter ihrem Gewicht nicht zusammenzubrechen. Doch dann warfst Du Dir vor, Du lassest Dich ablenken, und kehrtest zu der auf Deinen Knien aufgeschlagenen lateinischen Grammatik zurück: *ablativus absolutus*, bis morgen vormittag waren alle Fälle seiner Anwendung zu lernen. Gleichzeitig aber durfte die Hand Deiner Mutter nicht losgelassen werden und nicht zuviel Zeit vergehen, ohne daß Du auf ihrer strengen Stirn das Spiel der Muskeln über den Augenbrauen, die einzige im starren Gesicht lebendig gebliebene Stelle, beobachtetest.

Könnte Dein Vater Dich nicht für eine Weile ablösen? Doch schnell ersticktest Du diesen gehässigen Gedanken, warst doppelt wachsam und merktest, daß Du die Bettdecke über die abgemagerte Brust hattest rutschen lassen. Die europäische Politik machte Deinem Vater gerade genug zu schaffen. Hatte er euch beim Mittagessen nicht gesagt, daß im Balkan die Spannung wieder stieg?

Es war ein regnerischer, düsterer Nachmittag im späten Winter. Der Kesselflicker kam die Straße herauf, vor jeder Tür stieß er seinen heiseren Ruf aus. Schreie, Flüche wurden laut. Eine Verordnung des Stadtrats hatte die Betrunkenen von der Place du Peuple und den vornehmen Straßen vertrieben, und sie hatten sich hierher, ins Viertel der Armen geflüchtet. Von der Hoffnung auf eine unter eurem Fenster stattfindende Prügelei angelockt, näherte sich Dein Bruder mit vorgestrecktem Hals auf Zehenspitzen. Mit einem ärgerlichen Blick scheuchtest Du ihn davon. Wenn es, wie nur allzu wahrscheinlich, in naher Zukunft Dir allein obliegen würde, ihn zu erziehen, müßtest Du ihn von seinem Leichtsinn kurieren, ihn davon abbringen, im botanischen Garten die Kapseln der Limonadenflaschen aufzuheben, ihm vor allem die Lust nehmen, auf der Straße zu spielen, die tagsüber den Schnapsbrüdern, des Nachts den Prostituierten überlassen war. »Oho! ... Oho! ...«, trällerten die verrückten Kerle vor dem Getränkeausschank. »Oho! ... Oho! ...« Ein wehmütiger, leiser Refrain ... Du merktest, daß Du im Begriff warst einzunicken. Dein Geist verlor sich in Phantasien, statt sich auf Deine gegenwärtige Aufgabe zu konzentrieren.

Du hättest gern den Laden weiter aufgemacht, der Lichtstrahl, der durch den Schlitz einfiel, erhellte nur die eine Hälfte Deiner Seite, es gelang Dir nicht, auf einen Blick alle Möglichkeiten dieses geheimnisvollen *ablativus absolutus* zu erfassen, dessen herrlicher Name inmitten des Halbdunkels wie ein goldener Kelch im Schatten einer Kirche aufglänzte. »Oho! ... Oho! ...« Zusammen mit Deiner unbequemen Haltung auf dem Stuhl untergrub die seit mehr als einem Jahr angesammelte Müdigkeit allmählich Deinen Widerstand, doch Du bewahrtest die Kraft zu kämpfen. »Oho! ... Oho! ...« War es das Lied, das sich entfernte, oder der Nebel, der sich über die Stadt senkte? Du beugtest das Gesicht über Dein Buch, zogst die Knie an, um es näher an Deine Augen zu bringen, konntest Dich beim Umdrehen der Seiten nur einer Hand bedienen, krümmtest den Rücken, doch im Gefängnis der beiden einander widersprechenden Pflichten, bei der Sterbenden zu wachen und Deine Aufgaben zu lernen, gabst Du endlich auf. Dein Wille hätte niemals abgedankt, doch Dein Körper fand die Möglichkeit, seine Aufmerksamkeit zu überlisten. Dein Kopf fing ganz von selbst an zu pendeln, Deine Lider sanken ganz von selbst über die Augen. Du hattest noch Zeit zu überlegen: Der Balkan, ist das nicht die Gegend, die die Römer Pannonien nannten?, dann übermannte Dich der erste Halbschlaf.

Das Gefühl, das Pannonien des Augustus decke sich wohl nicht genau mit dem Balkangebiet, weckte Dich wieder. Vielleicht war es das Noricum . . . oder Illyrien . . . Benommen bewegtest Du Deinen Zweifel im Kopf hin und her und warst Dir dabei bewußt, daß Du Dich bei einer unwichtigen Einzelheit aufhieltest. Es war eine Sache ohne Bedeutung, über die Dich Mademoiselle Dupin nicht abfragen würde, und sie hatte weder mit den Sorgen Deines über eine Karte der Halbinsel gebeugten Vaters noch mit der Aufgabe, die er Dir erteilt hatte, etwas zu tun. Pannonien . . . Illyrien . . . mit ihrem anmutigen Klang wiegten Dich diese Worte ein. Du kämpftest immer matter, das Kinn sank Dir auf die Brust und schließlich fielst Du in tiefen Schlaf.

Du fuhrst zusammen, als Du einen Schrei vernahmst. Vom Geräusch des Dir von den Knien gefallenen Buchs aufgeschreckt, war Dein Vater ins Zimmer geeilt. Über das Bett gebeugt, schrie er:

»Sie ist tot!«

Eure Hände waren noch ineinander verschränkt. Du konntest Dich nie darauf besinnen, ob Dein Vater oder eine der von Deinem Bruder herbeigerufenen Nachbarinnen sie voneinander löste. Das seit Monaten leere Haus füllte sich in wenigen Augenblicken mit einer kleinen Menge von Bekannten oder simplen Gaffern, die der Vorfall angelockt hatte. Die von einem fliegenden Händler alarmierte Samtweberin brachte einen Haufen schwarzer Bänder an. Mit einer Tatkraft, die weder die Fülle noch die Stärke ihrer Seufzer beeinträchtigten, brachte Deine Großtante im Schrank alles durcheinander.

Zuerst zog sie das Bettuch heraus, in das sie den Leichnam einnähen wollte, dann wühlte sie in den Wäschestapeln auf der Suche nach dem, was ihr als Kleidung der Toten am passendsten zu sein erschien. Ihre Funde lud sie auf dem unbesetzten Bett ab, ohne daran zu denken, die schweren Eichenholzflügel wieder zu schließen. Eine Nachlässigkeit, die Dir frevelhafter vorkam als die geräuschvolle Unverfrorenheit der Neugierigen, die Schlammspuren ihrer Schuhe, ihre leeren Beileidsformeln. Deine Mutter hatte Dir einen geheiligten Gegenstand anvertraut; die letzte Kränkung, die sie erleiden würde, wenn sie sich von den Ufern der Lebenden entfernte, wäre es, ihren Tabernakel entweiht, ihren Schatz geplündert, ihren Glauben an die Ordnung verspottet zu sehen. Welche beruhigende Zusicherung gäbest Du ihr, wenn sie von Charon ins ewige Reich übergesetzt würde und im Augenblick, da sie das andere Gestade erreichte – wie jene Schatten, denen Vergil jenseits des Flusses, über den keiner zurückkehrt, begegnet –, ihre beiden flehenden Hände nach Dir ausstreckte?

Der über euch wohnende Mieter nahm Deinen Bruder mit nach oben, wo er mit seinen Kindern spielen sollte. Niemand schenkte Dir die geringste Aufmerksamkeit, tröstete oder bemitleidete Dich. Die Frauen machten sich um das Lager der Toten zu schaffen, die Männer drehten ihre schwarzen Hüte in den Händen und unterhielten sich leise mit Deinem Vater. Er hatte zwei Flaschen Wein auf den Tisch gestellt und ließ die Gläser kreisen. Allein und verlassen hattest Du Dich in einen Winkel geflüchtet. Du warst verzweifelt, weil Du Deine Pflicht versäumt hattest, gabst Dir die Schuld am Tod Deiner Mutter und wagtest nicht, Dich ihr zu nähern. Die Bäckerin aus der Rue des Furettes, die sich zwischen dem Kohlenhändler und dem Laternenanzünder durchgedrängt hatte, bemerkte Dich schließlich. Sie hatte Mitleid mit der Waise und forderte Dich auf, mit ihr in ihren Laden zu gehen. Du wiesest sie mit einer schroffen Bewegung ab.

»Bitte lassen Sie mich in Ruhe.«

Und in so kaltem und entschlossenem Ton, daß die brave Frau zurückwich, setztest Du hinzu:

»Sie sehen doch, daß ich den Schrank aufräumen muß!«

16

Das dritte Evangelium

»... Um diese Absicht zu erreichen, die Unterhaltungen der Welt gänzlich aufzugeben und alles Nutzlose im Leben auszuschalten, richtete er sein Leben hauptsächlich nach zwei Grundsätzen aus, die dahin lauteten, auf jegliches Vergnügen und auf alles Unnötige Verzicht zu leisten ...« Auf Seite 16 der kleinen Brunschvicg-Ausgabe der *Pensées* lasest Du diesen Satz, der Dich völlig veränderte. Du warst sechzehn Jahre alt, seit sechs Monaten herrschte Krieg, Dein von Tante Jeanne mit Beschlag belegter Vater schickte Dir von der Front nur selten von mageren Zuschüssen begleitete Briefe. Deine Großtante Catherine Neyret hatte Saint-Étienne verlassen: die Aufträge für Bänder waren von einem Tag auf den anderen eingestellt worden; sie zupfte Scharpie in einem Militärhospital in der Gegend von Troyes. Ihr beide, Du und Dein Bruder, lebtet in der Not baldiger Mittellosigkeit.

Unter dem Zwang der Verhältnisse war in der Rue Saint-Jacques weder Überfluß an Vergnügungen noch Überfluß an Unnötigem. Wärest Du in dieser entscheidenden Phase Deiner Jugendjahre auf eine andere Lektüre gestoßen, so wäre Dein Schicksal durch sie verändert worden. Jean-Jacques Rousseau beispielsweise hätte Dich Empörung gelehrt: seine scharfen Anklagen gegen die Ungerechtigkeit der Mächtigen, seine leidenschaftlichen Beweisführungen, daß die soziale Ungleichheit nicht Folge eines unerbittlichen Geschicks, sondern der Bosheit der Menschen ist: welcher Sirenengesang für die Jugend! Der Zufall oder vielmehr der politische Wille der Erzieher in einer Zeit, da das Vaterland das Opfer Hunderttausender von Soldaten forderte, den Gymnasialschülern ein Beispiel von Stoizismus und Selbstverleugnung vor Augen zu führen, setzte auf den Lehrplan für den Philosophieunterricht einen Autor, der die Notwendigkeit des Verzichts mit höheren Rücksichten begründete.

Für Dich die entscheidende Erleuchtung. Die Kennzeichen Deiner Armut schienen Dir ausgewechselt worden zu sein. Sie war nicht mehr ein mißlicher, trauriger, entmutigender, sondern ein positiver, ruhmreicher Zustand, da sie die moralische Unterstützung von Frankreichs bedeutendstem Schriftsteller erhalten hatte. Nicht vergeblich hattest Du die fünfzehn Monate des Sterbens Deiner Mutter durchlitten, und ohne Dich zu schämen, konntest Du nun das einzige Kleid, das Du besaßest, tragen, das von Jahr zu Jahr verlängert, eingesetzt und angestückelt wurde, Du konntest mit mannhafter Fröhlichkeit, um zu lernen, in eine Wohnung heimkehren, die, um Kohle zu sparen, nur noch jeden zweiten Tag geheizt wurde, wenn dieser enge, steile Weg sich als der einzig richtige, der eines wahrheitssuchenden Geistes einzig würdige erwies. Pascals großartige Aussprüche warfen einen Purpurmantel über Deine Not. Aufs neue, wie zur Zeit, als seine schrille Flöte in den Bergen ertönte, vernahmst Du das Lied des Ochsenhirten, doch nun begleitete es der Donner der großen Orgel.

... Auf jegliches Vergnügen und auf alles Unnötige Verzicht leisten ... Vor einer Bemerkung auf derselben Seite 16 allerdings stutztest Du. Als Ergänzung zu Gilberte Périers Biographie ihres Bruders stand da der Absatz aus einem Brief seiner anderen Schwester Jacqueline, einer Ordensfrau in Port Royal: »Man hat mich lebhaft zu dem Eifer beglückwünscht, der Dich so hoch über alle gemeinen Umstände erhebt, daß Du den Kehrbesen unter die überflüssigen Mobilien rangierst ...« Pascal lebte »im Schmutz«, das heißt in der Prosa des XX. Jahrhunderts: ohne zu putzen oder putzen zu lassen. Diese Mitteilung stürzte Dich in tiefe Ratlosigkeit: der Kult der Sauberkeit schien Dir mit gutem geistigen Verhalten untrennbar verbunden zu sein. Du beschlossest, keinen Besen und kein Staubtuch mehr anzurühren, um zu sehen, ob dies weitere Opfer irgendeinen geistigen Fortschritt Deinerseits bewirken würde. Zur großen Freude Deines Bruders, den Du nicht mehr zwangst, die Flaschenkapseln in alten Schuhkartons unterzubringen, nahm binnen weniger Tage eine lebhafte schmutzige Unordnung von eurer Wohnung Besitz.

Am Ende der Woche wurde Dir eine solche Lockerung

abscheulich. Der Schmutz konnte nur der Gefährte der Trägheit sein, eines hassenswerten Lasters, Zeichen der Abdankung der Willenskraft vor der Überhandnahme von Staub und Dreck in der Welt. Glücklicherweise hatte Jacqueline Pascal Deine Ansicht geteilt und ihrem Bruder geraten, wieder zur Besinnung zu kommen, da häusliche Nachlässigkeit als Schlaffheit gedeutet werden könne. Nichts sei so wenig gesichert, wie daß der Verzicht auf häusliche Pflege der vollkommenste Zustand sei, »denn dies ist nicht die Empfindung des heiligen Bernhard«. Rasch traten die Besen wieder in Aktion, die Kapseln kehrten in ihre Schachteln zurück, alles strahlte und glänzte von neuem. Die Enttäuschung Deines Bruders bestärkte Dich in der Meinung, daß Putzgeräte beiseite stellen nicht gleichbedeutend ist mit der Bemühung, sich von Unnützem zu reinigen, vielmehr bedeutet, daß man sich einer Mühe entzieht, sich im Schlendrian gefällt und auf hinterlistige Weise *sich Vergnügen bereitet*.

Die einzige Falle, in der der Böse Pascal gefangen hatte. In allen anderen Punkten fandest Du ihn bewundernswert, so groß war die Übereinstimmung, die Du zwischen den Notwendigkeiten Deiner Haushaltplanung und den Grundsätzen seiner Moral entdecktest. Die Lektion, die ein Schriftsteller erteilt, schätzt man so recht erst vom Tag an, da man sie auf sich selbst anwenden kann. »Zum Beispiel achtete er sehr sorgfältig darauf, das, was er aß, nicht zu genießen; und wir haben aufmerksam verfolgt, daß er, so große Mühe man sich auch gab, ihm irgendein angenehm zubereitetes Fleisch zu bringen, nie gesagt hat: ›Das schmeckt gut‹, und auch, wenn man ihm je nach Jahreszeit etwas Neues vorsetzte und ihn nach dem Essen fragte, ob es ihm gemundet habe, sagte er nur: ›Ihr hättet mich vorher darauf aufmerksam machen sollen, denn nun erinnere ich mich nicht mehr, und ich muß euch gestehen, daß ich überhaupt nicht darauf geachtet habe.‹ Und wenn jemand in seinem Beisein die Güte einer Fleischmahlzeit bewunderte, mochte er es nicht leiden; er nannte dies sinnenlustig sein, auch wenn es sich um gemeine Dinge handelte; denn er sagte, es sei dies ein Zeichen dafür, daß man esse, um sein Gelüst zu befriedigen, was immer von Übel sei.«

Seit einer guten Weile fehlte es Dir an Geld, Schweinefett zu kaufen; nichts Geschmortes, nichts Gedämpftes irgendwelcher Art mehr; die Stielpfanne blieb an ihrem Nagel hängen. Ihr mußtet euch mit in Wasser gekochten und lediglich mit Salz gewürzten Kartoffeln zufriedengeben. Welches unverhoffte Glück demnach für Dich zu erfahren, daß es unter der Würde eines verständigen Menschen sei, eine Speise zu »genießen« (an ihr Genuß zu finden), und daß ein Gericht für gut halten eine verwerfliche Anhänglichkeit an die Sinne beweist! Statt um Deinen Bruder bekümmert zu sein, weil nur diese kärgliche Nahrung sein Wachstum unterstützte, galt Deine ganze Sorge der Frage, ob sein Widerwille beim Essen und die Langsamkeit, mit der er seinen Teller leerte, nicht auf eine verdorbene Natur hinwiesen.

Ein Arzt hätte Dir gesagt, daß das, was man widerstrebend ißt, dem Organismus weniger zuträglich ist als eine schmackhafte Kost. Dein Pascal war nichts als ein Esel, wenn er ignorierte, daß das gern Genossene anschlägt. Die unwissendste *Mamma* aus dem Süden kennt den Aphorismus: was gefällt, gefällt.

Beruhigt, weil Dir, was Du aßest, völlig gleichgültig war, fühltest Du Dich fähig, eine höhere Sprosse der Initiation zu erklimmen. Mit welchem Erbeben Deines ganzen Wesens lasest Du die berühmte Seite über die Notwendigkeit, in der Dürre der Wüste allein zu bleiben!

»Es ist nicht recht, daß man Zuneigung zu mir faßt, geschehe es auch freudig und aus eigenem Antrieb. Ich würde die täuschen, in denen ich dieses Verlangen erweckte, denn ich bin niemandes Ziel und habe nichts, um sie zu befriedigen. Bin ich nicht dem Tode nahe? Der Gegenstand ihrer Zuneigung wird also sterben. Ebenso, wie ich schuldig wäre, wenn ich eine Unwahrheit glauben machte, auch wenn ich sie behutsam einredete und man sie mir mit Freuden glaubte und mich damit erfreute, mache ich mich also schuldig, wenn ich mich lieben lasse. Und wenn ich die Menschen dazu gewinne, Zuneigung zu mir zu fassen, muß ich diejenigen, die bereit wären, der Lüge beizupflichten, davon in Kenntnis setzen, daß sie sie nicht glauben dürfen, ganz gleich welcher Vorteil mir daraus entstünde, und desgleichen davon, daß sie keine Zuneigung zu mir fassen dürfen; denn sie müssen ihr Leben und ihr Trachten darauf verwenden, Gott zu gefallen oder es doch zu versuchen.«

Von diesem erstaunlichen Abschnitt klammertest Du das aus, was mit Deinen Erfahrungen nicht in Übereinstimmung zu bringen war, will sagen den Gottesgedanken und den Gedanken an Deine Sterblichkeit, und Du bewahrtest für Dich nur die Aufforderung, Dich so klein wie möglich zu machen, Dich in den Herzen der anderen auszulöschen, ein geistiges Ideal, das nur allzu sehr Deiner tatsächlichen Lage entsprach.

Zwei Sätze vor allem hatten Dich mit voller Wucht getroffen.

Ich mache mich schuldig, wenn ich mich lieben lasse. Dich hatte man nicht gehätschelt, als Du ein Kind warst, man hatte kaum Zeit gefunden, um Dich zu lieben, und nun wurdest Du hier, aufgrund einer gewaltigen Umkehrung der gewohnten Moral, nicht deshalb bedauert, man versprach Dir nicht, wie in den lahmen Gebeten der Priester, daß Du einst geliebt werdest, man suchte nicht, wie Deine Großtante, Dich an die tröstende Brust zu drücken, man sagte Dir vielmehr, daß das wenige an Liebe, das Du hier und dort hattest auflesen können, noch zuviel sei und daß die Kraft eines Geistes sich an seinem Willen mißt, das Wohlwollen und die Zuwendungen der anderen zurückzuweisen.

Sie dürfen keine Zuneigung zu mir fassen. Ach! arme Kleine, wessen Bande hättest Du denn abschütteln müssen? Niemand faßte Zuneigung zu Dir, Du warst der Mittelpunkt von keines Menschen Liebe, niemand erwartete Dich in der Rue Saint-Jacques, um Dich nach den Schulstunden aufzurichten. Aus Angst, bei einem Vergehen ertappt zu werden, empfing Dich Dein Bruder mit einem furchtsamen Blick. Ohne Pascal wärst Du schließlich an der Schmach und der Hoffnungslosigkeit einer solch unmenschlichen Vereinsamung zugrunde gegangen. Mit Pascal fühltest Du Dich auf dem Pfade der Gerechtigkeit, der zufolge die anderen täuscht, wer ihre Liebe gewinnt. Die Einsamkeit, in der Dich Dein Vater leben ließ, die Feindseligkeit Deiner Mitschülerinnen, die Teilnahmslosigkeit Deiner Nachbarn, all dies wurde Dir im Licht dieser wenigen Zeilen, die Dein Schicksal bestimmten, zum Anlaß des Stolzes und des Ruhms.

Der Mensch ist ein Nichts, unwert, geliebt oder getröstet zu werden, und wenn er das Gegenteil vorgibt, gibt er sich der Illusion einer lächerlichen Anmaßung hin. In Bausch und Bogen stimmtest Du Pascals Beweisführung zu, seiner Darlegung der Nichtigkeit des menschlichen Daseins. Seitdem Dein Großvater Dir das Bild der Sünde und des Verfalls lebhaft eingeprägt hatte, lebtest Du in der Erwartung eines Buchs, das Dir dieses erste Geheimnis erklären würde; und hier nun wurden Dir mit unwiderstehlicher Beredsamkeit, in fiebrigen, keuchenden Sätzen alle Zeichen vor Augen geführt, die auf die ausweglose Niedrigkeit unserer Natur zu schließen erlauben: die Rolle des Zufalls und der Gewohnheit, die an unserer Stelle über das entscheiden, was unser ganzes Schicksasl in seine Richtung lenkt (wenn Dein Vater im Militärdienst nicht Jean-Marie Tournebise kennengelernt hätte, wenn Jean-Marie nicht der Vetter von Gaston, Gaston nicht der Bruder von Marius Tournebise gewesen wäre, dieser nicht Catherine Neyret geheiratet hätte, sie nicht in ihrer Wohnung am Crêt de Roch geblieben wäre, hätten Dich Deine Eltern dann nach Saint-Étienne geschickt, hättest Du das Gymnasium besucht, es bis zum Abitur gebracht?); unsere Unfähigkeit, ein Urteil abzugeben, das nicht vom Verlangen, von der Einbildung, der Eitelkeit, der falschen Vorstellung, die man sich von sich macht, oder vom simplen Bedürfnis zu niesen verbogen wäre, das »alle Fähigkeiten der Seele in Anspruch nimmt«; die leidenschaftliche Suche nach dem Glück, unbeständiges Trugbild, dem alle nachjagen, das aber keiner je erreicht; der allgemeine Lärm und Umtrieb, mit dem man sich zu betäuben sucht; die Unfähigkeit, in Ruhe in einem Zimmer zu bleiben; das rasende Verlangen nach Zerstreuung, das den Menschen ohne Unterlaß sich selbst entfremdet und ihn in die nutzlosesten, fruchtlosesten Beschäftigungen stürzt; die Notwendigkeit, sich zu fliehen, in der sich jeder befindet, um dem Anblick seines eigenen Elends zu entgehen.

Die beiden Bemerkungen über das Zimmer und über die

Zerstreuung berührten Dich besonders stark. An »Zerstreuungen« kanntest Du nur die des Spaziergangs im botanischen Garten, weil sie nichts kostete. Du hattest kein Geld, um ins Theater gehen zu können, und gingst auch nie dorthin. Pascal erlaubte Dir, diesen erzwungenen Verzicht nicht als eine Entbehrung, sondern als eine Bereicherung zu betrachten. Zudem hattest Du durch Deine Großtante ein verzerrtes Bild vom Theater in Saint-Étienne erhalten; Du stelltest Dir einen Theatersaal wie eine Ansammlung von mondänen Toiletten und Eitelkeiten vor, so daß Dir Pascals ablehnendes Urteil von über jeden Zweifel erhabener Wahrheit zu sein schien. Und was rühmte er statt der Zerstreuung? Das Alleinsein in seinen vier Wänden. Vier Wände, das war Dein einziger Besitz, Dein einziges Gut; Dein Bruder und Du hattet jeder ein eigenes Zimmer. Vier Wände, die für jeden anderen trostlos gewesen wären, ein Zimmer ohne frischen Anstrich, grau, kalt, schlecht möbliert. Und wenn schon! In diesen vier Wänden warst Du ganz sicher, Dich nicht ablenken zu lassen und die Augen nur für das offenzuhalten, was einzig Aufmerksamkeit verdient.

Mit Pascals beschwörender Prosa ergoß sich die Metaphysik des Jansenismus in Deine Seele. Die Natur bändigen, sie in ständiger Wachsamkeit und mit unerbittlicher Strenge bezwingen, dieses Programm wandtest Du zunächst bei Dir selber an und sodann bei der einzigen Person, die sich in Abhängigkeit von Dir befand. Worin sollte ein Kind anders sein als ein Erwachsener, da die Verdorbenheit nicht eine Folge unserer Handlungen ist, sondern aus dem Geheimnis der ursprünglichen Entartung hervorgeht? Du hattest Deinem Bruder den Betrug am Gaszähler verziehen, doch Du hattest diesen Betrug nicht vergessen. Daß das Menschenherz für das Unkraut ein Erdreich von überraschender Fruchtbarkeit ist, dies war für Dich schon ein Glaubensartikel gewesen; Pascal überzeugte Dich nun noch überdies davon, daß von Geburt an das Böse tief in ihm wurzelt; und so freundlich, folgsam, fleißig sich Pierre auch zeigen mochte, so gut die Saat auch war, die in seinem Erdreich aufging, würde es sich doch bald mit Dornen und Gestrüpp bedecken, wenn Du nicht unermüdlich über ihn wachtest.

Zu allen Opfern bereit, um das kostbare Vermächtnis, das Dir anvertraut worden war, unversehrt zurückzuerstatten und am Tage, da von Dir Rechenschaft gefordert würde über Deine Erziehungsaufgabe, mit den Worten Jakobs zu antworten: »Bei Tag verging ich vor Hitze und des Nachts vor Frost. Kein Schlaf kam in meine Augen.« Welchen Vers Du lateinisch hättest zitieren können, wenn das Gymnasium, statt euch ausschließlich die Autoren der Römischen Republik studieren zu lassen, die Heilige Schrift vorgelegt hätte: *Noctu diuque aestu urebar et gelu, fugiebatque somnus ex oculis meis*. Diese eisige Angst, diese brennende Sorge, dieser ungeschickte tragische Eifer sollten auch unsere Kinder durchbohren.

In Dir selbst äußerte sich die Wirkung von Port-Royal durch eine Reihe von Reflexen, die sich in Angewohnheiten verwandelten. Heute, da ich die kleine Brunschvicg-Ausgabe bei der Hand habe, kommen sie mir weniger absonderlich vor, da ich ihre Ursache besser verstehe. Manche sind schön und achtenswert, die anderen, weil niemand sich in einer Atmosphäre reiner Geistigkeit und auf höchster Gedankenebene bewegen kann, zu simplen Manien geworden. Wie oft hat es mich gereizt, habe ich darunter gelitten, zu sehen, wie Du bei jeder Gelegenheit das Kleingeld des Jansenismus auf den Zahltisch unseres Ehelebens warfst! Regeln, die Dir alle von gleicher Wichtigkeit zu sein schienen, die Du für gleichrangig hieltest: peinliche Ordnung im Hause; Löffel und Gabeln in strenger Symmetrie in der Schublade des Buffets; Bedürfnis, vor Verlassen der Wohnung mehrere Male durch alle Zimmer zu gehen, um festzustellen, ob alle Lampen gelöscht und alle Möbel an ihrem Platz waren; an Dir selbst sorgfältige Sauberkeit; Zwangsvorstellung von Flecken und Rissen; Ablehnung von Lippenstift, Nagellack, Schminke; Entscheidung für flache, absatzlose Schuhe; Verachtung der Mode, auch als unser Wohlstand und die Beziehungen meiner Mutter Dich zur elegantesten jungen Frau in Paris hätten machen können; Deine Freunde auf Distanz halten; ihren Gefühlsäußerungen mißtrauen; bei Tisch spartanische Vorlieben; erschöpfende Nachtarbeit bis drei Uhr morgens, um die Schulhefte zu korrigieren; Verzicht auf intellektuelle Aufgaben, die Deiner Fähigkeiten würdig waren, aus Furcht davor, Deinem Geist zuviel Zufriedenheit zu gewähren – Vergehen gegen die Demut –, und aufgrund des Widerwillens dagegen, eine exponierte Stelle anzustreben – Sünde gegen die Bescheidenheit –, was sehr schade war, denn Du hättest in der Universitätslaufbahn, zu der so viele Untalentierte sich ohne Bedenken drängen, Hervorragendes geleistet; Unerschütterlichkeit in der Krankheit; Mißachtung gesundheitlicher Schwäche; Entscheidung für Berge und steile zu erklimmende Anhöhen als Ferienorte und gegen die Trägheit des Strandlebens, und zahlreiche weitere Prinzipien, die, in dem *Tour de la France* noch unter Lächeln vorgetragen, über Port-Royal und dem Buch seines berühmtesten Gastes den Glanz empfangen hatten, der von einem grandiosen Stil, und die Macht, die von heroischer Strenge ausgeht.

Willst Du bis an Dein Lebensende bei Deinem Entschluß bleiben, alles was unnötig, was nur angenehm ist auszuschließen, Constance? Als sie im Sterben lag, sprach Mutter Angélique Arnauld die Worte des Bräutigams aus dem Lied der Lieder: »Ich beschwöre euch, Töchter Jerusalems, wollet nicht wecken, wollet nicht stören die Geliebte meiner Seele, bis es ihr selbst gefällt.« So wird uns überliefert von Nicolas Fontaine, dem getreuen Chronisten von Port-Royal. Mutter Angélique Arnauld hat nun aber nicht den vollständigen Vers der Heiligen Schrift zitiert, wo zu lesen steht: »Ich beschwöre euch, Töchter Jerusalems, *bei den Rehböcken und bei den Hirschen der Flur*, wollet nicht wecken« etc. Wenn Du selbst Dich Deinem Lebensende näherst, denke daran, Dich dieser Rehböcke und Hirsche zu erinnern; diese unnötigen Ausschmückungen der geistlichen Idylle machen ihre Anmut und ihre Heiterkeit aus. Ahme die Mutter Angélique Arnauld nicht bis zuletzt nach; erkenne ihren Irrtum; die Heilige Schrift lehrt Dich, daß weder die Fluren noch die Tiere, die auf ihnen herumspringen, zu mißachten sind.

Dichtung! würdest Du mir antworten. Bloße Bilder! Dein Unglück ist es, daß Du mit sechzehn Jahren auf den Text gestoßen bist, der genau zu Deinen materiellen und moralischen Lebensverhältnissen paßte. Mit der ganzen

Kraft Deiner Seele, wie man es in diesem Alter tut, hast Du geglaubt, daß er Dir die Wahrheit sagte, nicht eine relative, in einem bestimmten Zusammenhang annehmbare Wahrheit, sondern *die Wahrheit*, die absolute, definitive Wahrheit. Die sich in diesem Dogma zusammenfassen läßt: da die menschliche Natur sündig ist, warum in Armut, Einsamkeit, Verlassenheit eine ungerechte Drangsal sehen, warum darüber klagen? Sie sind vielmehr zu lieben als Zugangswege zum Wahren und zum Guten. Statt beim Kohlenhändler Einspruch zu erheben gegen das Quantum Feinkohle, das er unter Deine Ration Eierbriketts mischte, und Deinen Sack Gemüse beim Kasino zurückzugeben wegen der ungewöhnlich hohen Anzahl gefrorener Kartoffeln, nahmst Du diese Kränkungen als Zeichen einer geheimnisvollen Auserwähltheit hin.

Es ist ein weiteres Unglück, daß der Autor der *Pensées sur la religion* zum Klassiker geworden ist, daß die Klassiker ohne Bezugnahme auf ihre persönliche Geschichte und auf die Zeit, in der sie gelebt haben, gelesen werden und daß für die Lehrer ein Text, der die Jahrhunderte überdauert hat, zu einem zeitlosen Denkmal wird, aus dem, wie ein Orakel, hervorgeht, was auch sie für *die Wahrheit* ausgeben.

Das Gefühl Deiner materiellen Armut und Deiner innerlichen Einsamkeit wäre Dir auf die Dauer unerträglich geworden, hätte Pascal die ertragenen Entbehrungen und erlittenen Schmähungen nicht in eine Mystik des Opfers eingebunden und Dich dadurch gerettet. Doch blind gegenüber der Tatsache, daß er Dich aus diesem besonderen Grund erschüttert hatte, zu stolz, um den Zusammenhang zwischen dem Ideal des Jansenismus und dem verzweifelten Zustand Deiner Finanzen einzusehen, ohne Wissen zudem, unter welchen Umständen die *Pensées* entstanden waren, hast Du diesen Text für ein Evangelium gehalten und ihn als solches Generationen von Schülern vermittelt.

Sowenig ich auch für diese Aufgabe gerüstet bin, will ich doch, soweit es meine schwachen Mittel erlauben, allein mittels des gesunden Menschenverstands und obwohl es nunmehr überflüssig ist, versuchen, Dir zu erklären, warum

Du Dich täuschen ließest von diesen Gedanken über das »Elend des Menschen«, Gedanken, von denen mir einer ungeheuerlicher und wahnwitziger erscheint als der andere. Die einzige Autorität, auf die sich meine Kühnheit, ein so ehrwürdiges Dogma anzugreifen, berufen kann, ist meine Eigenschaft, Ausländer zu sein. Jedweder Ausländer sieht sofort, daß die *Pensées* ein spezifisches Produkt der französischen Geschichte und Kultur sind und daß der Verfasser dieses Buchs auch aus anderen Gründen biographischen und privaten Charakters nicht den Anspruch auf Allgemeingültigkeit erheben kann.

Ein Mensch aus dem Süden jedenfalls, der die *Prière pour demander à Dieu le bon usage des maladies* liest und zu der Stelle gelangt: »Ja, Herr, ich bekenne, daß ich die Gesundheit für ein Gut gehalten habe, nicht, weil sie ein bequemes Mittel ist, um Dir nützlich zu dienen, um in Deinem Dienst mehr Pflege zu leisten und Nachtwachen zu verbringen, sondern weil ich, von ihr begünstigt, mich ungehinderter der Fülle der Wonnen des Lebens hingeben und besser die verhängnisvollen Vergnügen genießen konnte«; der erfährt, daß der Bruder zu seiner Schwester Gilberte Périer gesagt hat: »Beklage mich nicht; die Krankheit ist der natürliche Zustand des Christen, denn in ihr befindet man sich, wie man sich immer befinden sollte, im Schmerz der Leiden, im Verlust aller seiner Güter und aller Sinnesfreuden«: verwirft kategorisch, als den Beweis eines gestörten Hirns, diese Verachtung des kostbarsten Schatzes, den uns die Mutter Natur vermacht hat und ohne dessen Genuß, Gefangener des unbotmäßigen Leibes, ein übellauniger und grämlicher Geist von unseren Fähigkeiten Besitz ergreift. Mit welchem Recht will Pascal, der als Hauptursache des Irrtums die auf das Denken ausgeübten Einflüsse anprangert, mich glauben machen, daß sein Zustand eines chronisch Kranken nicht Ursache seiner Voreingenommenheit gegenüber der Gesundheit ist? Wie könnte ich diesem ständig Kränkelnden Glauben schenken, der zugab, seit dem Alter von achtzehn Jahren keinen einzigen Tag mehr ohne Schmerzen zugebracht zu haben, der mit dreiundzwanzig Jahren von einer Art Lähmung der unteren Gliedmaßen befallen wurde und eine

Zeitlang nur mit Krücken gehen konnte und der Getränke wegen Spasmen in der Kehle nur tropfenweise schlucken konnte und dem Füße und Beine abstarben, so daß er in Branntwein getauchte Schuhe tragen mußte, um die marmorkalten zu erwärmen, der sich von diesen schweren, in der Jugend erlittenen Störungen nie erholte, dessen Agonie nicht weniger als fünf Jahre dauerte und der schließlich im Alter von fünfunddreißig Jahren starb, mit zerstörtem Magen und zerstörter Leber, gangränösem Darm, die Hirnkammer voll geronnenem Blut, das die Dura Mater zersetzt hatte?

Damit, daß er mich ermahnt, solche Leiden standhaft zu ertragen, bin ich einverstanden, aber er soll mir keine Predigt halten über die Wohltat, der Vorteile, deren ein Gesunder sich erfreut, beraubt zu sein. Es ist, als sagte mir ein beinloser Krüppel: »Mein armer Freund, ich bedauere Sie wegen Ihrer beiden Beine, die Sie dazu verleiten, Trugbildern nachzujagen, gegen die ich, ohne Aussicht sie je zu erlangen, zu meinem Glück gefeit bin.«

Wenn dieser selbe Mensch des Südens folgendem Satz begegnet: »Der Mensch weiß nicht, auf welche Stufe er sich stellen soll. Er ist sichtlich verirrt und von seinem wahren Platz heruntergekommen, ohne ihn wiederfinden zu können. Überall sucht er ihn unruhig und ohne Erfolg in den undurchdringlichen Finsternissen«, oder diesem: »Wer ersieht aus allem diesem nicht, daß der Mensch verirrt ist, daß er seinen Platz verloren hat, daß er ihn voll Unruhe sucht und daß er ihn nicht mehr wiederfinden kann?«, sagt er sich sofort: Das ist ein Unglückseliger, dem in der Kindheit die Liebe gefehlt hat, ein Heim, dessen warme Ausstrahlung sein ganzes Leben begleitet und ihn daran gehindert hätte, derart bittere Beschwerden vorzubringen. Vielleicht hatte er einfach keine Mutter? Es erstaunt ihn nicht, wenn er sodann erfährt, daß Pascal im Alter von drei Jahren seine Mutter verloren hat: denn welches ist der »wahre Platz« jedes menschlichen Wesens, wenn nicht in den Armen seiner Mutter? Des Verfassers der *Pensées* Gefühl des »Elends des Menschen« ist ganz einfach sein Elendsgefühl gewesen, Waise zu sein. Und was Dich auf dieser Seite des Buchs betroffen gemacht und dazu getrieben hat, ihm eine »Allgemeingültigkeit« zuzuerkennen, ist die Ähnlichkeit zwischen Pascals Ausgangserfahrung und Deiner Erfahrung eines vernachlässigten kleinen Mädchens. Nie im Arm gewiegt, wenig umhegt, der Mutterliebe entwöhnt, warst nicht auch Du »von Deinem Platz heruntergekommen«?

Wenn derselbe Mensch aus dem Süden zu der berühmten Schmährede gelangt: »Das *Ich* ist hassenswert«, macht er, was ich gerade gemacht habe. Er öffnet sein Fenster nach draußen, läßt sich vom Sonnenstrahl liebkosen, endlich hält es ihn nicht mehr, und um sich gegen eine solche Ungeheuerlichkeit, eine solche Ungerechtigkeit zu verwahren, geht er ins Freie, er will danksagen dafür, daß er unter einem so reinen Himmel geboren ist. Durch die Felder bin ich bis zum Strand hinabgestiegen. O Constance! Die Mandelbäume im Tal der Tempel hoben sich mit den lila Blütenkronen ihrer Zweige vom Azur ab. Ich bin zu den Dünen gegangen, habe mich in den Sand gesetzt. In der lauen Abendbrise zitterte das Meer. Ich habe die Augen geschlossen, um der Brandung zu lauschen. Beim regelmäßigen Klatschen der Wellen auf die Kiesel habe ich angefangen zu überlegen, welch entscheidenden Einfluß das Klima auf unser Denken hat. Mit dem Salzgeruch und dem Duft der Kiefern schwebte das Aroma der blühenden Bäume über dem Land. Wie sollte man nicht auch die innere Natur für gut halten, wenn die äußere Natur so gütig ist?

Zwei große Geistesströmungen, zwei Kulturen haben in der Neuzeit Europa zwischen sich geteilt: die Renaissance und die Reformation. Die Renaissance ist weder ein System noch eine Philosophie gewesen. Am Ende des Mittelalters, nach einer langen Epoche der Askese, haben sich die Menschen einfach gesagt: wie schön ist doch die Natur! was für ein trefflich organisiertes Geschöpf ist doch der Mensch! Nehmen wir ihn zum Modell für alles, und malen wir Bilder, meißeln wir Statuen, errichten wir Paläste, bauen wir Städte nach seinem Bilde und zu seinem Ruhm. Nichts anderes ist die Renaissance gewesen als die Ehrenrettung der äußeren und der inneren Natur, da eine der Spiegel der anderen ist. Eine doppelte unwiderstehliche Regung des Vertrauens in die Welt und in den Menschen ist, was im 15. und 16. Jahrhundert zur Entfaltung der Künste, der Literatur und der Wissenschaften geführt hat. Ein einziges Beispiel: die Maler des Mittelalters malten auf Goldgrund die Jungfrau Maria und die Heiligen, trockene, abwesend blickende, unzugängliche Figuren. Die Maler der Renaissance ersetzten das abstrakte Gold durch das wirkliche Blau des Himmels: sogleich begannen ihre Figuren vor Lebendigkeit zu beben. Sobald wir empfänglich sind für die Schönheit der Natur, entdecken wir auch die Schönheit des Antlitzes; von der Schönheit des Antlitzes gelangen wir zur Schönheit des Leibes; vom Leib steigen wir zur Seele auf, zu den Stimmungen, Gefühlen, Leidenschaften, die sie bewegen; und endlich ersteht der Mensch ganz in seiner warmen, freundschaftlichen Vielschichtigkeit.

Die Reformation dagegen ist von einer Reaktion des Mißtrauens gegenüber dem Menschen ausgegangen. In seinem Herzen, so behaupten Luther und Calvin, wohnen nur schlechte Instinkte, verderbte Neigungen. Lassen wir uns von seinem Antlitz nicht täuschen. Seine Züge sind ebenso lügenhaft wie seine Worte. Ächten wir sein Bild, verweisen wir aus unseren Kirchen die Gemälde und die Statuen, aus Angst, den verdorbenen Nachkommen Adams und Evas die Huldigung eines sündigen Götzendienstes zu zollen.

Nun aber (und es ist immer noch der Mensch aus dem Süden, der mit seiner Einfalt eines Barbaren argumentiert) stelle ich fest, daß Renaissance und Reformation Europa in zwei Zonen von sehr unterschiedlichem Klima aufteilen: die Renaissance hat sich Italien als Land gewählt, während die Lehren von Sünde und Fall sich in den kalten, regenreichen Ländern verbreitet haben. Luther ist Deutscher; der aus Noyon in der Picardie stammende Calvin ließ sich in Genf nieder; Jansenius lehrte in den Niederlanden Theologie. Pascal ist ein Produkt der Auvergne, wie auch der große Arnauld. Warum haben weder der Protestantismus noch der Jansenismus in Italien je Wurzeln gefaßt? Weil sie ein feuchtes, eiskaltes Erdreich brauchen und weil die Grundlage ihrer Lehre, die Verachtung der menschlichen Natur, unter der Sonne des Südens wie Schnee im Frühling dahinschmölze.

Die ganze Geschichte der Reformation müßte neu geschrieben werden unter Berücksichtigung des klimatischen Gegensatzes zwischen Norden und Süden. Ein Land, wo man während mehrerer Monate des Jahres schlottert, wo man sich auf sich selbst beschränkt, um sich vor Kälte zu bewahren, bringt dazu, seinem Nächsten mit Strenge zu begegnen: man versteift sich körperlich und moralisch. Ein Land, wo man in den Tag hineinlebt, ohne sich um das Wetter zu kümmern, bedarf keiner Moral. Es heißt immer, Luther sei auf seiner Romreise entsetzt gewesen über den Sittenverfall der Kirche. Ich frage mich, ob der Mann aus dem Norden sich nicht ganz einfach geärgert hat, als er, aus seinem finster feindlichen Thüringen kommend, sich in einer Stadt befand, wo die Milde der Luft, die Pracht der Gärten, die Bereitwilligkeit der Einwohner und die Leichtigkeit des Lebens den Begriff der Sünde verwischen.

Die Kontroverse Pascals mit den Jesuiten könnte ebenfalls als eine Episode im Nord-Süd-Konflikt untersucht werden. Mit besonderer Härte greift Pascal Pater Le Moine an, den Autor eines Werks *De la dévotion aisée*, über die Kunst, mühelos Christ zu sein. Überzeugt davon, daß die meisten Menschen sich von einem Leben in größerer Frömmigkeit deshalb abwenden, weil man ihnen eine zu strenge Vorstellung von ihren religiösen Pflichten erteilt, nimmt sich dieser Jesuit vor, ein liebenswürdiges Bild von ihnen darzustellen. Mit welch beißendem Spott werden doch die ersten Sätze dieser Arbeit im neunten »Brief an einen Provinzial« bedacht! »DieTugend« (so sagt Pater Le Moine) »hat sich noch niemandem gezeigt, man hat noch kein Bild von ihr gemacht, das ihr ähnlich wäre. Kein Wunder, daß es so wenig Andrang gibt, ihren Fels zu erklettern. Man hat sie zur Unfreundlichen gemacht, die nur die Einsamkeit liebt; man hat ihr den Schmerz und die Arbeit beigegeben und sie schließlich zur Feindin der Zerstreuungen und Spiele gestempelt, die der Glanz der Freude und die Würze des Lebens sind.« Und Pascal verlacht diese Schilderung, in der er nur ein niedriges Ausweichen vor den Forderungen der wahren Frömmigkeit sieht. Deren Steilhänge dürfe nichts mildern; er stellt sie sich schroff vor gleich seinem heimatlichen Puy de Dôme; und jedweder, der sie nicht auf dem abschüssigsten Weg zu erklimmen versucht, scheint ihm ein Feigling oder Heuchler zu sein.

Soll ich Dich wieder an den heiligen Franziskus von Assisi erinnern? Hätte Pascal, wenn er den *Sonnengesang* und die *Blümlein* gelesen hätte (doch wahrscheinlich wollte er kein Beispiel kennenlernen, das seine Doktrin zuschanden gemacht hätte), Franziskus vorgeworfen, daß er den »Glanz der Freude und die Würze des Lebens« suche, in den Gedichten, die er schrieb, in der Freundschaft, die er mit den Vögeln, mit dem Wolf schloß (»Niedrigkeit des Menschen bis zur Unterwerfung unter die Tiere, bis zu ihrer Anbetung«, schreibt Pascal, *Pensée* 429), in den Liedern, die er in Begleitung seiner Jünger auf seinen Wegen sang, in den Kuchen, die ihm die heilige Clara (getreu der Backtradition der italienischen Nonnen) während seiner Krankheit buk?

Die Wahrheit zu sagen, weiß ich nicht, ob die Jansenisten oder die Jesuiten recht haben, da die einen zu streng, die anderen zu entgegenkommend sind. Meiner Meinung nach handelt es sich nicht darum, aufgrund des Wahrheitsgrades ihrer Schriften, sondern aufgrund des Breitengrades der Länder, in denen sie gelebt haben, eine Entscheidung herbeizuführen. Da, wo die Quecksilberlinie im Thermometer auf Null fällt, brennt die Frömmigkeit nur mittels Kohle; man läßt sie in einem geschlossenen Raum lodern, dessen Öffnungen man verstopft; sie verräuchert, kratzt in der Kehle, sie bedrückt, benimmt den Atem, sie erstickt. Bei uns dagegen erwärmt sie sich in der sie umgebenden Luft; durch die weitgeöffneten Fenster und Türen dringen der Gesang der Vögel, vor dem sich Pascal die Ohren zugehalten hätte, und der Duft der Blumen, die der große Arnauld auf die Altäre von Port-Royal zu stellen verbot.

Trotz Deiner Bemühungen, mir die Ungebührlichkeit dieser Redewendung zu beweisen, schreibe ich, wie Du gesehen hast, weiterhin: »Ich und meine Kameraden ...« Ein Italiener wird sich immer den anderen voranstellen, weil er seiner natürlichen Regung folgt. Eine Sache nicht der Eitelkeit, sondern der Spontaneität. Sein bester Freund ist er selbst. Der mehr auf gute Manieren bedachte Franzose sagt: »Die anderen und ich...« Bei euch besteht Höflichkeit darin, den anderen die Tür aufzuhalten. Doch was wird der Jansenist dazu sagen? In der italienischen Redewendung wird er die Anmaßung, in der französischen die Heuchelei anprangern. Das Ideal wäre es, sich des »Ich« überhaupt nicht zu bedienen. Es fiel Dir immer sehr schwer, »ich« zu sagen. Du ersetztest »ich« durch »wir« oder durch ein unbestimmtes, verschämtes »man«, mit dem Du für die Kühnheit, Dich vorzudrängen, Vergebung zu erlangen versuchtest. Nichts verstimmte mich so sehr wie diese Zeichen ständiger Demut: ihr die Fähigkeit absprechen, Dich nach Jahren bescheidener Zurückhaltung in der Fülle eines neuen Menschen erstehen zu lassen, hieß meiner Liebe keinerlei Wert beimessen.

Bis hierher, denke ich, bist Du mir gefolgt, obwohl meine Worte Dich erzürnen und kränken. Doch ich muß weitergehen, und, indem ich Pascal in den Rahmen seiner Epoche stelle und in Zusammenhang mit der französischen Politik seiner Zeit bringe, Deine Aufmerksamkeit auf einen Aspekt seines Werks lenken, an den Du nie gedacht hast. Port-Royal ist keine reine Anstalt des Geistes gewesen, der Jansenismus hat in den materiellen Interessen des Jahrhunderts und beim wirtschaftlichen Aufschwung Frankreichs eine ganz bestimmte Rolle gespielt. Das Gymnasium begeht einen veritablen Betrug, wenn es seine Schüler in den Überresten des zerstörten Klosters spazierenführt, ohne verlauten zu lassen, daß der Gottesdienst sich mit anderen Leidenschaften verbunden hat, um in diesen poetischen Ruinen zu münden.

Im siebzehnten Jahrhundert hat sich das wirtschaftliche Europa in zwei Hälften geteilt: eine südliche Hälfte mit Italien und Spanien und eine nördliche Hälfte, in der England, Holland und Preußen vorherrschen. Die südliche Hälfte geriet in Verfall. Warum? Weil sie katholisch geblieben war und weil der Katholizismus eine Religion der Prachtentfaltung und der Ausgaben ist. Herrliche Kunstwerke, Paläste von weiten Ausmaßen, mit Marmor und Gold überladene Kirchen: Italien, Sizilien und Spanien steckten alle ihre finanziellen Mittel in glanzvolle, aber ruinöse Schöpfungen, die nur kosteten und nichts einbrachten. Die Geburt und die Entwicklung der barocken Architektur und Skulptur, der Aufschwung der Oper, einer stets, damals wie heute, defizitären Kunstform, waren die großartigen Manifestationen dieser prunkvollen und unproduktiven Verwendung des Geldes. Was während der Renaissance, einer Epoche der kleinen Höfe, mit handwerklichem Wirtschaftsleben hatte gelingen können, erwies sich als katastrophal zu einem Zeitpunkt, als zum Aufbau moderner Staaten der bedeutendste Teil der Einkünfte der Einrichtung von Werkstätten und Manufakturen hätte vorbehalten werden müssen. Italien und Spanien blieben große Zentren des Kunstschaffens, ihre immensen Reichtümer vergeudeten sich jedoch in einem trügerischen Dekor, und diese beiden, dem hedonistischen Kult des Vergnügens treugebliebenen Nationen vermochten keine modernen Nationen zu werden. Wirtschaftlicher und politischer Verfall sanktionierten die Weigerung, ins Erwachsenenalter der Menschheit einzutreten. In Sizilien wurden die Balkongitter aufgebläht, um den Damen in ihren Reifröcken zu ermöglichen, sich hinzusetzen: diese aufwendigen Kunstschmiedearbeiten verschlangen Vermögen.

Die nördliche Hälfte Europas dagegen begreift, daß die Zeit des glänzenden Aufwands und der Zurschaustellung vorbei ist. Eine neue, arbeitsame und sparsame Gesellschaftsklasse, das Bürgertum, ersetzt in den Schlüsselpositionen den alten verschwendungssüchtigen, leichtfertigen Adelsstand. Dieses Bürgertum hat in der Reformation, Religion des Skrupels und des Zwangs, die ihm passende Ideologie gefunden. Zu seiner Richtschnur werden die protestantischen Glaubensartikel: strenge Regelung des inneren Lebens, wachsame Unterdrückung der Instinkte, Zwangsmoral. Unverzichtbare Dinge, um dem Verschleudern von Vermögen ein Ende zu machen, eine kluge Verwendung der Einkünfte zu gewährleisten: Nüchternheit in den Privathäusern, Einfachheit in den öffentlichen Gebäuden: der Ausstattung des Lebens wird nur noch das unbedingt Notwendige zugebilligt, der Großteil der Mittel muß zur Gründung von Spinnereien, Mühlen, Handelsflotten, zur Verbesserung von

Landwirtschaft und Industrie, zur Eröffnung von Straßen, zur Konsolidierung der Banken dienen. Man will sich keinen Sand mehr in die Augen streuen, sondern etwas Solides, Wirksames, Nutzbringendes auf die Beine stellen. Luther und Calvin liefern den Amsterdamer Reedern, den Kaufleuten der City, dem großen Kurfürsten Friedrich Wilhelm, der aus Frankreich vertriebene Hugenotten in Berlin aufnimmt, die theologische Rechtfertigung für Sparwesen und Rendite. Der Bildersturm in den Gotteshäusern hat riesige Einsparungen zur Folge: Beispiel einer religiösen Maßnahme mit materiellem Niederschlag.

Und das in halber Entfernung zwischen Norden und Süden liegende Frankreich? Es war katholisch geblieben, was es auf die Dauer zwangsläufig um den Rang einer Großmacht gebracht hätte. Der Jansenismus, calvinistischer Keil im Katholizismus, war das unverhoffte Instrument, das Frankreich vor dem Ruin rettete. Indem sie wiederholt verkündeten, daß die Menschennatur von Grund auf verdorben ist und ohne Ablaß gebändigt werden muß, erwiesen die Jansenisten der Sparpolitik, Wirtschaftspolitik, der strengen Buchhalterpolitik Colberts unerwartete Hilfe. Der über die unkontrollierten Kräfte der Gier ausgeübte Zwang, die Unterdrückung des *Ich*, die Ächtung seiner Wünsche und Lüste konnten dem Aufschwung der Fabriken, Häfen, Verbindungsstraßen nur von Vorteil sein. Wenn Pascal, Sohn eines zweiten Vorsitzenden des Armengerichts in Clermont, Nachkomme einer Familie von Beamten und Finanzverwaltern, alles, was Vergnügen und Überflüssiges ist, verurteilt und ausgemerzt wissen will, verbürgt er sich im voraus für den abscheulichen »Sparverputz« in der Rue Saint-Jacques. Zweifellos hatte er vor allem die unnötigen Exzesse und den kostspieligen Luxus der Barockkunst im Auge, da er den Bürgern, wenn auch nicht ausdrücklich, rät, ihr Geld in etwas Besseres als Altarbilder, Stuckarbeiten, Atlanten, Engel, goldene Glorienkränze zu investieren. Der berühmte Streit zwischen dem Barock und dem Klassizismus nimmt eine ganz andere Bedeutung an, wenn Du ihn als Kampf des jansenistischen Geistes mit dem katholischen Geist, als Revanche der Pflichtethik am ästhetischen Genuß verstehst.

Die klassische Kunst hat den immensen Vorteil, nüchtern und streng, das heißt zehnmal weniger teuer zu sein. Die Ermahnung, seine Triebe zu bändigen, drückt sich prosaisch in der Anregung aus, man solle die Schnüre des Geldbeutels nur sparsam lösen. Louis XIV, der Bernini nach Paris eingeladen hatte, um ihm die neue Fassade des Louvre in Auftrag zu geben, und ihn wieder nach Italien zurückschickte, weil er Berninis Plan für zu aufwendig und teuer hielt, hätte den Jansenisten dafür danken sollen, daß sie so erfolgreiche Agenten der französischen Größe waren.

Statt dessen verfolgte Louis XIV Port-Royal unbarmherzig. Er ließ die Klosterfrauen mehrmals vertreiben und schließlich das Klostergebäude dem Erdboden gleichmachen. Vor ihm hatte Richelieu bereits den Leiter und Reformator von Port-Royal, den Abbé de Saint-Cyran, ins Gefängnis werfen lassen. Wenn die Begründer der wirtschaftlichen und politischen Macht Frankreichs in den Jansenisten demnach keine Alliierten, sondern Feinde gesehen haben, ist meine ganze Argumentation falsch und ist Pascal im Himmel der reinen Ideen zu belassen. Ich glaube jedoch, daß der Einwand einer aufmerksameren Untersuchung nicht standhält.

Im Jansenismus sollten wir zwei Tendenzen erkennen: Bekämpfung der Triebe, Regelung des inneren Lebens, Aufruf zur Selbstzucht und zur Opferfreudigkeit (welche Tendenz Richelieu und Colbert sehr schätzten), jedoch auch die Weltverachtung, den Ansporn zu einem Leben der Zurückgezogenheit in der Wüste (die vom einsam gelegenen Port-Royal des Champs symbolisiert wurde). Im Unterschied zu dem, was die Protestanten in England, Holland, Preußen taten, wo sie, selbst zu Bankiers und Kaufleuten geworden, den modernen Kapitalismus begründeten, predigten die Jansenisten die absolute Abkehr vom Gelde. Die Staatsgewalt verurteilte sie wegen Verachtung des tätigen Lebens: auf diese Weise waren sie ihrerseits unproduktiv. Man bestrafte sie also dafür, daß sie geistlicher Askese und innerer Vervollkommnung den Vorzug gaben vor den öffentlichen Angelegenheiten, und unter dem Vorwand eines undurchsichtigen, endlosen theologischen Disputs, in dem sich niemand mehr auskannte, beseitigte man dies gefährliche Beispiel von Uneigennützigkeit.

Doch der jansenistische Geist, der Geist des Opfers und der Sparsamkeit, obsiegte im französischen Bürgertum. Er hat Frankreich erlaubt, zu einer großen modernen Nation zu werden, er regiert das Land immer noch. (Ich möchte Dir sogar sagen, daß Versailles, das angebliche Symbol des Gepränges und der Prahlsucht des vierzehnten Ludwig, mir den Eindruck einer jansenistischen Kaserne macht.) Nachdem es den mystischen Teil des Programms verworfen hatte, behielt Frankreich nur den nützlichen Teil bei. Es lernte seine Triebe zu zügeln, es bemühte sich darum, seine Rechnungsbücher zu führen, sich einzuschränken, erst nach reiflicher Überlegung Geld auszugeben, weniger auszugeben, als es einnahm. Sieg des Realwertprinzips über das Lustprinzip, Unterordnung der zentrifugalen, unangebrachten, kostspieligen Gelüste des *Ich* unter das Werk eines nationalen Aufbaus.

Italien, das sein Geld zum Fenster hinausgeworfen hatte, kümmerte inzwischen in der Erinnerung an seinen Glanz und im Trübsinn seines Verfalls dahin. In Girgenti beherbergte zur Zeit meiner Kindheit der Villadorata-Palast noch den Fürsten und seine Familie. Man trat durch ein riesiges Portal unter einer gewaltigen Kuppel ein; die Treppe, die zu den Proportionen von Portal und Gewölbe stimmte, nahm die Hälfte des Gebäudes ein. Hinter einem Lakaien, dessen gestreifte Livree an den Ärmeln ausfranste, schritt man durch ein Dutzend Räume, einstige Salons, nunmehr Möbelspeicher, in denen Sessel, Kanapees, Tische, Konsolen ihre bauchigen Formen unter staubigen Schutzüberzügen blähten. Ganz am Ende der Zimmerflucht empfingen der Fürst, seine Gemahlin und seine vier Kinder im einzigen bewohnten Raum. Schwere Samtvorhänge hielten das Licht ab, um den Blicken die Altersschwäche des Mobiliars und die Fadenscheinigkeit des Teppichs zu verbergen. Die Familie versammelte sich einmal am Tage in diesem Salon und verzehrte schweigend die einzige Tagesmahlzeit. Vom Erdgeschoß hörte ich Kindergeschrei aufsteigen, die Geräusche von Werkzeug, Bellen, Wiehern, das Klirren der Brunnenkette, den ganzen Trubel eines fröhlichen Lebens. In den einstigen Ställen kampierten Familien von Bauern und Landarbeitern eng zusammengepfercht, und mit Lust und Laune mogelten sie sich durch.

Dies war das Italien, das Mussolini vorfand: ein großes, leeres, nur von einigen Phantomen, deren Zeit vorbei war, bewohntes Haus, während ein Volk voller Leben und Tatkraft in den Wirtschaftsgebäuden biwakierte. Er sagte sich: dieser Zustand ist unhaltbar, er ist zu absurd. Und als erster in der Geschichte unseres Landes versuchte er, in die barocke Unordnung und den barocken Schlendrian ein wenig jansenistische Vernünftigkeit zu bringen. Er leitete eine Wohnungspolitik ein, um die empörende Disparität der unbewohnten Räume im ersten Stock und überbelegten Räume im Erdgeschoß abzuschaffen. In dem von ihm eingeführten Bauprogramm diente die auf die minimale Größe reduzierte, von überflüssigen Spiralen und Absätzen freie Treppe nur noch dazu, von einem Stockwerk ins andere zu gelangen, und hörte auf, sich die Hälfte des verfügbaren Platzes anzumessen. Er ließ die Samtvorhänge wegnehmen und ließ die Luft herein, ein modernes, einfaches, wenig platzraubendes Mobiliar gegen die prächtigen, unbequemen Möbel eintauschen, die alten, unterbezahlten Kammerdiener in den Ruhestand versetzen und für die Hausangestellten ein vom Gesetz garantiertes anständiges Statut einführen. Endlich hatten alle Italiener das Recht auf zwei Mahlzeiten täglich.

Wenn der Faschismus die Menschen meiner Generation verführt hat, so zunächst, weil er das von Jahrhunderten des Glanzes und der Nachlässigkeit erschöpfte alte Haus in Ordnung brachte. Lies einmal wieder Chateaubriands Beschreibung der römischen Campagna und sage mir, ob es nicht hundertmal besser ist, daß die trockengelegten Pontinischen Sümpfe wieder anbaufähig, parzelliert und mit häßlichen kleinen Bauernhäusern besetzt wurden und an Gesundheit und Ergiebigkeit des Bodens gewannen, was sie an Poesie eingebüßt hatten. Mussolini befreite uns vom italienischen Laster, in prächtigen Ruinen die großen Herren zu spielen. Er brachte uns bei zu arbeiten, Geld auf die hohe Kante zu legen. Entschlossen, Mittelständler aus uns zu machen, gab er uns die Mittel, es zu werden. Seine erste Sorge galt der Reorganisation des Postwesens und der Eisenbahn. Ein Brief brauchte nicht mehr zwei Monate, um von einer Stadt in eine andere zu reisen, sondern zwei oder drei Tage. Die Züge fuhren pünktlich ab und kamen pünktlich an. Wie in Frankreich, wie in England, wie in den fortschrittlichen Demokratien.

Du erinnerst Dich, wie fasziniert ich als Heranwachsender das Bildnis der *Madre* Juana im Sprechzimmer von Santo Spirito betrachtete. Aus eigenem Antrieb nicht befähigt zu Vernunft und Regel, suchte ich in ihren strengen, von ruhiger Entschlossenheit geprägten Zügen das Geheimnis dieser Disziplin, die mir abging und ohne die, das ahnte ich wohl, mein Schicksal wie unsere Flüsse im Sand verlaufen würde. Nun, die Politik des Faschismus erzeugte in mir einen Eindruck ähnlicher Art. Statt die Wasserläufe unter ausgetrockneten, steinigen Flußbetten verschwinden zu lassen, begann Mussolini die Flüsse zurückzudämmen, ihre Wasserführung zu regulieren, Ufer auszumauern, Brücken über die Ufer zu schlagen, in der Nähe der Brücken Dörfer zu bauen. Wir waren nun auch an der Reihe, mit einer Verspätung von drei Jahrhunderten, die uns zu doppelter Eile antrieb, hatte für uns die Stunde geschlagen, am nationalen Aufbau zu arbeiten.

Leider, und wir wurden dessen zu spät gewahr, war Mussolini viel zu italienisch geblieben, um seinen Plan durchzuführen. Über den Jansenisten gewann der Barock bald wieder die Oberhand. Was hatte Richelieu bestimmt, um die Staatsmacht zu stützen und die wirtschaftliche Entwicklung Frankreichs zu sichern? Daß die Duelle verboten wurden. Nicht nur im Bestreben, das Leben von Hunderten von jungen Leuten zu erhalten, die es auf törichte Weise verloren, statt zur Mehrung der Reichtümer beizutragen, sondern auch weil das Duell genau den Typus von unnützer »Zerstreuung« darstellte, von der der »hauptsächliche Minister« das Königreich säubern wollte. Mussolini dagegen ermutigte Glanzleistungen der Muskelkraft und großsprecherischer Männlichkeit. Wir lebten nicht mehr im Zeitalter der

Turniere, doch er fand das Mittel, diesen völlig anachronistischen Geist herausfordernden Rittertums wieder erstehen zu lassen. Die Tradition der Kavalkaden und der Tjoste, der im Frankreich Pascals das für die Grundsätze von Effizienz und Vernunft gewonnene Bürgertum ein Ende gesetzt hatte, gewann durch die Inkonsequenz eines Regimes, das die Landesgebiete elektrifizierte, Rom aber mit Fackeln beleuchtete, an Macht und Glanz zurück. Bastonaden auf offener Straße, Errichtung von Kontrollnetzen in den Städten durch Trupps mit Knüppeln bewaffneter Aktivisten, militärische Eingliederung der Jugendlichen, Ausstattung mit Uniformen und Fahnen, sportliche Wettkämpfe, große Veranstaltungen in den Stadien, das waren die hauptsächlichen Manifestationen dieser Ideologie der Parade, des Banners und der Trompete, an sich vielleicht nicht alle tadelnswert, jedoch lächerlich aufgrund ihres Widerspruchs zu dem ansonsten in Angriff genommenen Wirtschaftsprogramm. Es war, als hätten die Ingenieure, nachdem sie die erste Autobahn zwischen Mailand und Turin gebaut hatten, die die Banken mit Fiat, die Finanz mit der Industrie verbanden, beim Straßenzoll eine aus Musketieren bestehende Wachmannschaft aufgestellt und den Asphaltstreifen Pferderennen vorbehalten.

Die kolonialen Expeditionen in Afrika, dann die Kriege in Europa, die Franco gewährte Unterstützung, die Besetzung Albaniens, die Anziehungskraft des hitleristischen Vorbilds, der Eintritt in den Zweiten Weltkrieg, die Invasion Italiens und die verheerenden Bombardierungen waren die Folgen, zu denen diese Überreste von kämpferischem Feudalismus und verschwenderischem Bramarbasieren führen mußten. Ein unverbesserlicher d'Artagnan, hatte Mussolini sich um drei Jahrhunderte verrechnet. Die Züge begannen wieder mit Verspätung abzufahren; die meisten kamen nicht einmal mehr an, da die Bahnstrecken zerstört waren; und die neuen Häuser mit ihren funktionellen Treppen, die allen Platz den Wohnräumen ließen, stürzten über den Köpfen ihrer Bewohner zusammen.

17

In den Sternen lesen

Was bedeuten mir heute Mussolini und der Faschismus? Am Abend meines Lebens erscheinen mir meine politischen Verfehlungen weniger schwerwiegend als die Fehler im Privatleben. Eine außerordentliche Glücksaussicht hatte sich mir geboten: das Gemälde im Sprechzimmer war von seiner Wand herabgestiegen, das Bildnis der *Madre* Juana war mir entgegengekommen, ich hatte die Frau gefunden, die meiner verhängnisvollen Erziehung ein Heilmittel bringen und die Unordnung meiner Jugend zügeln konnte. Porfirio, der Barockmensch, und Constance, die Jansenistin, hatten sich vereinigt. Ihre Liebe reichte nicht aus, um sie länger als ein paar Jahre zusammenzuhalten, noch vermochte sie die übertriebenen Wesenseigenschaften eines jeden zu korrigieren. Warum? Warum?

Zum zwanzigsten Mal blättere ich in der kleinen Pascal-Ausgabe mit Randbemerkungen von Deiner Hand, die Du mir am Tag unserer Trennung gegeben hast als Wegzehrung für die lange Reise, die mir ohne Dich zu machen blieb. Das Scheitern unserer Ehe hinderte Dich nicht daran, um meine Zukunft besorgt zu bleiben. Du gabst mir also, was Du Kostbarstes besaßest und was Dir am ehesten geeignet schien, mich meine Irrtümer einsehen zu lassen; das Buch, das Dich seit Deiner Jugend begleitet hatte, das Du gelesen und wieder gelesen hattest, das Du stellenweise auswendig wußtest. Jahrelang hat es am Boden in meinem Koffer gelegen, den ganz auszupacken ich mir bei meinen ständigen Wohnungswechseln nicht einmal die Mühe nahm; ein Wunder, daß ich es hier wiederfand. Ich schlage es auf, und etwas, was ich nie beachtet hatte, springt mir endlich in die Augen.

Von den vierzehn Abteilungen der *Pensées* hast Du, wie ich jetzt erst gewahre, nur die ersten mit Anmerkungen versehen, jene, die vom Elend des Menschen handeln, während die anderen, von der achten Abteilung an, Dich nicht sonderlich interessiert zu haben scheinen. Keine Anmerkung am Rand der *Fondements de la religion chrétienne* oder der *Prophéties* oder der *Preuves de Jésus-Christ* oder der *Miracles*. Die Seiten haften fest im Einband, sie sind nicht durch fleißigen Gebrauch abgenutzt oder schwärzlich geworden. Du wirst sie einmal gelesen haben, um Dein Gewissen zu beruhigen, und dann nie mehr. Da Du eine Ungläubige bist, kümmerte Dich Gott nicht. Welch sonderbare Art, Pascal zu verstehen! Er dagegen hört nicht auf, dem Elend des Menschen ohne Gott die Größe des Menschen in Gott gegenüberzustellen. Seine ganze Argumentation zielt dahin, den Menschen durch den Anblick seiner Erniedrigung und der Folgen seines Sturzes zuerst zu erschrecken und ihn sodann wieder aufzurichten durch die Erinnerung an seinen Ursprung, und ihn zu erhöhen, indem er ihm das Heil verheißt. Aus der Summe der geordneten *Pensées* hätte er ein großes, grundlegendes Werk gemacht mit dem Titel: *Apologie de la religion chrétienne*.

»Es ist offensichtlich, daß der Mensch durch die Gnade gleichsam Gott ähnlich wird und an seiner Göttlichkeit teilhat und daß er ohne die Gnade gleichsam den rohen Tieren ähnlich ist.« Die Gnade ist der Schlußstein der jansenistischen Lehre. In dieser Ödnis ohne Hirsche und Rehböcke, ohne Vögel und Blumen hat der Himmel jenen, die er auswählt, das Recht auf seine Barmherzigkeit vorbehalten. Der im Glauben lebt, der, in dem Jesus Christus wohnt, ist nicht gewiß, gerettet zu werden, denn die Gnade ist keine Belohnung nach Verdienst, sie ist ein reines Geschenk. Die Hoffnung darauf, dieses Geschenks teilhaftig zu werden, ist dennoch das einzige Mittel, das davor bewahrt, gänzlich den Mut zu verlieren.

Der Pascal, an dem Du zu Deinem persönlichen Gebrauch festhieltest, ist also nur eine Hälfte von Pascal, ein Pascal ohne Gott, ohne Jesus Christus, ein Pascal, der sich nur damit abgibt, die Nichtigkeit des Menschen aufzuzeigen. Dein Jansenismus ist nur ein um seinen tröstenden Teil beschnittener Jansenismus. An die Stelle der Gnade, des einzigen Gegengewichts der Verzweiflung, hast Du den Willen getan. An die Stelle Jesu Christi die Pflicht. Die Kirche des Klosters

Port-Royal, so bar jeden Schmucks sie auch war, und obwohl ohne Orgel, breitete über die frommen Einsiedlerinnen die sanfte Traulichkeit ihres Dämmerlichts. Für Dich weder Kirchen noch Gewölbe, die sich gleich freundlichen Armen schließen, noch Schimmern der Kirchenfenster, noch Kühle, die zur Ergebenheit einlädt. Eine einzige Lösung: wachsam bleiben inmitten des Chaos, sich kein Erlahmen gestatten. Seinen Körper, seine Triebe, seine Wünsche, seine Träume unter die kleinliche Aufsicht seines Willens stellen. Allem mißtrauen, was gefallen könnte, nicht den strengen Anblick von Pflicht bietet.

Pascal erscheint mir wie ein Lustgarten neben der schattenlosen Wüstenei, in die Du mit sechzehn Jahren vordrangst, allein und mit jener trockenen Unerschrockenheit, die Du nur selten verlorst. »Freude, Freude, Freude, Freudentränen«: bei Dir waren sie bis zur Quelle solcher Tränen versiegt. Als Du Dir eine Religion ohne Gebet und ohne Gnade konstruiertest, bedeutete dies, wie zur Zeit der *Tour de la France*, deren ländlichen Charme Du verleugnetest, um ihr nur einen Katalog der Tugenden zu entnehmen, daß Du einmal mehr Deine Lektüre auf eine nüchterne Moralübung beschränktest.

Selbstverständlich hatte das Gymnasium Dich auf diese laizistische Deutung der *Pensées* hingelenkt. Aus Geschmack an der abstrakten Bemühung, die ihre Belohnung in sich selbst trägt, hättest Du von Dir aus die *Apologie de la religion chrétienne* in ein Lehrbuch der inneren Disziplin verwandelt.

Indes, gleich dem Schneeglöckchen, das die eisige Kruste des Winters nicht daran hindert, seine Blüte zu entfalten, bereitete, Dir selbst unbewußt, ein zartes reines Wesen sich darauf vor, sobald die Umstände, die es unter der Erde begraben, doch nicht erstickt hatten, es ihm erlaubten, einen Vorstoß zu unternehmen. Da es sich seine Frische wunderbarerweise bewahrt hatte, wartete es nur auf die Gelegenheit, seine Spitze zu zeigen.

Der von Tante Jeanne, einer Lyonerin von mehr gesundem Menschenverstand als ihr verrückten Auvergnaten, geäußerte Vorschlag, Deinen Bruder als Internen das Gymnasium besuchen zu lassen, war die erste dieser Gelegenheiten. Die gute Dame war entsetzt zu sehen, in welchen Verhältnissen ihr lebtet, aber hing zu sehr an eurem Vater, um sich selbst um euch zu kümmern, und riet ihm zu diesem Entschluß, der sie im günstigen Licht einer opferbereiten Stiefmutter zeigte, ohne ihre Selbstsucht anzutasten. Es war ihr nicht unlieb, indem sie Dir Deinen Kameraden nahm, Dich unlenksames, ihr mit Feindseligkeit begegnendes Kind zu strafen.

Die Erlaubnis, allein zu wohnen, war jedoch das wertvollste Geschenk, das sie Dir machen konnte. Das Bewußtsein Deiner Verantwortlichkeit hatte schwer auf Dir gelastet. Es genügte, daß Du Deinen Bruder zu Deinen Füßen spielen sahst, und schon dachtest Du daran, unter welch harmlosem Äußeren das Böse sich verbirgt, um die Wachsamkeit jener zu täuschen, die die Aufgabe haben, es zu bekämpfen. Jedesmal, wenn er Dir sein Zeugnis zum Unterschreiben brachte, schautest Du wie unter Zwang nach, ob er nicht die Noten gefälscht hatte, auch wenn Du erröten mußtest und den Kummer über den Verdacht in seinen treuherzigen Augen lasest. Daß Du Pierre den Händen der Verwalterin des Claude-Fauriel-Gymnasiums überantwortetest, befreite Dich von einer Riesenlast: Du mußtest keine Kontrolle mehr darüber ausüben, wie er seine Zeit einteilte und wie er seine Sonntage verbrachte, mußtest Dir keine Vorwürfe mehr machen wegen Deines mangelnden Vertrauens zu einem so leicht zu habenden Kind, Dir keine quälenden Fragen mehr stellen über bereits begangene oder zu vermeidende Erziehungsfehler. Du kehrtest heim in die Rue Saint-Jacques, bedrückt, weil Du Deinen einzigen Kindheitskameraden verloren hattest, dennoch erfüllt von einem heimlichen Jubel, der herben und belebenden Freude, allein zu sein, frei zu sein.

Nichtsdestoweniger blieb das Schneeglöckchen noch recht zart. Es hatte seine Kräfte noch nie erprobt und fragte sich, wohin es sich wenden sollte. Die Versuchung, die Tür der zwei Schritte vom Gymnasium entfernt stehenden Saint-Louis-Kirche aufzustoßen, verwarfst Du. Eine kalte, häßliche Kirche, dazu angetan, den Drang Deines Wesens zum Licht hin vor Widerwillen gefrieren zu lassen. Keine Kirche hätte ihm zudem entsprochen, der, so lange Jahre in Dir unterdrückt, seinen Weg suchte, doch nicht auf den ausgetretenen Pfaden. Zu lange hatte Deine zärtliche Inbrunst sich abgekapselt in der Strenge eines nicht enden wollenden Winters, um mit einer lauen, gemütlichen Atmosphäre vorliebzunehmen. Deine Schicksalsschläge hatten Dich stolz gemacht: Du hättest nicht irgendeinem beliebigen Umstand erlaubt, Dich mit einem Gefühl zu erquicken, das, weit davon entfernt, außergewöhnlich zu sein, durch den Wunsch, die Zärtlichkeit anzuwenden, von der ein sechzehnjähriges Herz überströmt, Dich allen jungen Mädchen Deines Alters ähnlich machte. Wem würdest Du den ungenutzten Reichtum darbringen?

Da Deine Großtante Dich brieflich gebeten hatte, einer ihrer Nachbarinnen eine Botschaft zu überbringen, begabst Du Dich an einem Abend im Februar zum Crêt de Roch. Nachdem Du Deinen Auftrag erfüllt hattest, gingst Du weiter bis zum Gipfel. Niemals hattest Du Dich bis dahin gewagt. Der Hauptfriedhof von Saint-Étienne erstreckt seine Kreuze und Grabsteine über den Kamm der Anhöhe. Du stießest das Gitter auf, das nur mit einer Kette ohne Vorhängeschloß geschlossen war. Die eisige Nacht funkelte vor Sternen. Ohne zu bedenken, daß Du unerlaubt in das Reich der Toten eingetreten warst, deren Schlaf Du zu unpassender Stunde störtest, gingst Du die Wege zwischen den Gräbern hinauf. Der Kies knirschte unter Deinen Schritten. Du suchtest Dir eine schön saubere, ordentliche Steinplatte aus, um Dich darauf zu setzen und den Himmel zu betrachten.

Und wie durch ein Wunder ließ dieses Betrachten die lange eingemauerte Quelle sprudeln. Aus der Entfernung vermag ich dieses Wunder folgendermaßen zu zerlegen, wobei mir bewußt ist, daß es ein Wunder nur durch das Ungestüm der Empfindungen war, die Dich erregten und Deinen Schutzpanzer zerbrachen.

Wie ist das schön! Ich habe noch nie so Herrliches gesehen! – sagtest Du Dir zuerst – und es ist wahr, zum ersten Mal in Deinem Leben gabst Du Dich einem unmittelbaren, spontanen Eindruck hin –, aber es ist sicher, daß Du, wären die Sterne in Deiner Reichweite gewesen, Dir eine solche Begeisterung nicht gestattet hättest. Um von Dir anerkannt zu werden, mußte die Schönheit sich fern, kalt, unerreichbar darstellen. Sogleich nach dieser ersten Regung fiel Dir ein, daß der Himmel über Deinem Kopf eine Karte entfaltete, auf der Du nur aufgrund Deiner Unwissenheit die verschiedenen Sternbilder nicht unterschiedest. Diese Entdeckung spornte Deinen Geist an: zweite Bedingung, damit das Wunder zum Wunder wurde. Du erkanntest den Polarstern, den Großen Bären, das W der Kassiopeia, das war beinahe alles. Verdrossen, weil Du nur so wenige kanntest, versprachst Du Dir, eine Himmelskarte zu studieren und an ihr die Formen und die Namen zu erlernen. Wärst Du imstande, die geringste Änderung in der Karte des Himmels anzubringen, wenn das Firmament kein Geheimnis mehr für Dich hätte? Nein, die Sterne strahlten, jeder an seinem Platz, für ewige Zeiten; der unbewegte Glanz dieser Tausende von Stecknadelköpfen könnte nicht dem geringsten Wechsel unterliegen; Fixpunkte, konstante, zeitlose Figuren dessen, was für ewig geschrieben steht – und das war für Dich die dritte Bedingung, um Deine Freude billigen zu können.

Die einzig mögliche Änderung würde sich lediglich in Dir vollziehen durch den Fortschritt Deiner astronomischen Kenntnis. Der bestirnte Himmel bot Dir die beiden Vorzüge – und nirgendwo sonst hättest Du sie vereint gefunden –, Dich zur Freiheit aufzustacheln und Dich Gefangene des Schicksals bleiben zu lassen. Ethisches Programm für Dein ganzes Leben: wissen, daß wir im Schraubstock eines Fatums stecken, daß uns jedoch ein Mittel bleibt, unsere Unabhängigkeit zu retten: durch die Arbeit unseres Geistes an sich selbst. Die Sterne kennenlernen bedeutet, den kleinen Raum zu nutzen, der uns vorbehalten ist: heißt also, unseren geistigen Reichtum mehren, ohne unsere Endlichkeit aus den Augen zu verlieren.

Du verletztest keine Deiner Überzeugungen, wenn Du den Blick die Fährten entlanggleiten ließest, die die Lichtpunkte ziehen. Diese Fluchtlinien verführten Dich zu einer süßen Träumerei, einer unmöglichen, solange Du Dich über

Deine Bücher beugtest, deren regelmäßige Typographie, gleicher Abstand der Buchstabenreihen, graues Papier, eintönige Strenge die Phantasie hemmen. Das Glück, die Zeichnung eines Sternbilds wiederzufinden, indem man mehrere Sterne verbindet, wiegt die trockene Mühe auf. Der Himmel gleicht einem Buch, aber einem lebhaften, frischen, zuckend von zu entziffernden Zeichen, die auch poetische Botschaften sind. Beim Versuch, sie zu erfassen, schweiftest Du ab zum Unendlichen hin. Das Studium der Zeichen verwandelte sich in eine kosmische Reise, und nach so vielen Jahren unfruchtbarer Zurückgezogenheit und Selbstbeschränkung gab Dein Wissensdrang unwillkürlich der unbekannten Wonne nach, am geheimnisvollen Lauf der gesamten Schöpfung teilzuhaben.

Nie im Leben hattest Du gebetet: ein Dankgesang stieg von Deinen Lippen zu dieser heiteren Schönheit auf, die den Geistesfähigkeiten in Deiner Verwahrung den vollen Einsatz bot und Dir dabei etwas gab, was mit deren üblicher Belohnung nicht zu vergleichen war, einen inneren Frieden, eine Selbstvergessenheit, eine Befreiung von Deinen täglichen Sorgen, eine gänzliche Lossprechung vom Gefühl der Schuldhaftigkeit. Diese Form nahm die Gnade an, um auf Dich die Wohltaten einer Milde auszugießen, die sie den reinen Herzen gewährt. Was die anderen Menschen in der Liebe zu den ihnen Nahestehenden finden, entdecktest Du, Millionen Lichtjahre von unserem Planeten entfernt, in den intersiderischen Räumen.

Fast jede Nacht stiegst Du seither auf die Anhöhe: ein unvergleichlicher Glanz mußte von Deiner kleinen Person, die durch die verschlafenen Straßen eilte, ausstrahlen, da die Betrunkenen, wenn Du vorbeigingst, ihre Zoten zurückhielten und mit achtungsvollem Staunen den Hut zogen.

Die griechische und die lateinische Mythologie waren Dir sehr hilfreich, um im Himmel lesen zu lernen, und diese Übung erlaubte Dir, sooft Du wolltest zum Crêt de Roch zurückzukehren, ohne daß Du das Gefühl hattest, untätig zu sein. In schillernden Buchstaben stand dort die Geschichte Roms und Athens, ihrer Götter und ihrer Helden aufgeschrieben. Castor und Pollux strahlen in der Mitte des

Gewölbes: die Dioskuren haben am Kampf Spartas gegen Athen, danach an der Fahrt der Argonauten teilgenommen, bevor sie sich, unzertrennliche Zwillinge auf dem Olymp wie auf Erden, Seite an Seite über Prokyon niederlassen. Rechts davon wacht der edle Perseus in seiner schimmernden stellaren Rüstung nicht weit von Andromeda, bereit, ein zweites Mal den Drachen zu töten und die Prinzessin zu befreien, deren durch die fünf Sterne in Zickzacklinie unsterblich gemachte Mutter Kassiopeia über die Wüste Äthiopiens geherrscht hat. Und weiter davon entfernt gemahnte Dich ein offenes Halbrund an einen anderen Befreiungsmythos: Bacchus hat dort unter dem Namen Krone Ariadnes Hochzeitskranz an den Himmel gehängt. Welcher Gott würde Dich in Deinem Saint-Étienner Gefängnis aufsuchen? Wo Du wenigstens in Sicherheit warst; im Gegensatz zu den frierend am Horizont sich zusammendrängenden Plejaden: den sieben Töchtern des Atlas, die Zeus in Tauben und dann in Sterne verwandelt hat, um sie dem Liebesrasen des Riesen Orion zu entziehen, der, nachdem er ihnen auf der Erde fünf Jahre hindurch nachgestellt hat, sie weiterhin mit seinem auf der anderen Seite von Aldebaran gezogenen leuchtenden Schwert bedroht.

Auf der linken Seite des Himmels funkelt Regulus in einsamem Glanz: ist dies nicht das wenigste an Aufmerksamkeit, was der Treue und Tapferkeit dieses römischen Konsuls gebührt? Als er im Ersten Punischen Krieg von Hamilkar gefangengenommen und wegen Friedensverhandlungen auf Ehrenwort nach Rom geschickt worden war, widerriet er dem Senat, die Bedingungen des Feindes anzunehmen, kehrte nach Karthago zurück, wo er zu Tode gefoltert wurde.

Die Herkunft des Namens der Milchstraße – eine Metapher, an die Du nie gedacht hattest und die in Dir die Forderung weckte, nicht gedankenlos, aus Gewohnheit Sprachklischees anzuwenden – war für Dich eine Überraschung. Als Sohn des Gottes Jupiter und der griechischen Fürstin Alkmene war Herkules ein illegitimes Kind, ein Bastard und nur ein Halbgott. Im Wunsch, ihn zu legitimieren, indem er ihm den fehlenden Teil an Göttlichkeit hinzugab, näherte sich Jupiter seiner Gemahlin Juno eines Tages, als sie schlief, und legte der schlummernden Göttin den Neugeborenen an die Brust. Der junge Herkules, wenig Herr seiner schon überbordenden Kraft, packte die Brust und sog zu gierig daran. Juno erwachte, entdeckte den Mißbrauch, der mit ihrer Milch geschah, zog sich zürnend zurück, und als sie ihre Brust dem Mund des Säuglings entriß, ergoß sich die Milch über den Himmel, wo sie geronnen und erstarrt zur Milchstraße wurde.

Aufgrund Deiner völligen Unkenntnis geschlechtlicher Dinge hätte die Legende Dein Schamgefühl verletzen müssen. Die Projektion einer an sich recht derben Geschichte in ein fernes Sternsystem führte eine magische Verwandlung der Wirklichkeit herbei. Was Du Dir merktest, war, daß ein breiter Strom uranfänglicher Güte quer durch das Firmament floß: von dieser stellaren Milch würdest Du, ein von gewöhnlichen Sterblichen gezeugtes Mädchen, ein Teil Unsterblichkeit trinken.

Niemand entgeht der Suggestion eines Sternenzelts. Die Schönheit des nächtlichen Himmels hat die Macht, alles, was das Herz bedrängt, in Jubel aufzulösen. Für Dich kam zu den üblichen Gründen der lange Liebesentzug hinzu; über den Umweg der Sterne floß in Dein durstiges Herz die Sanftmut zurück, die andere aus der Milch und der Umarmung ihrer Mutter schöpfen. Die Überfülle der Sterne teilte Dir eine zweite unerhörte Empfindung mit: eine Freude von außerordentlicher Fruchtbarkeit. Die Enge Deines wirklichen Daseins zwischen der Rue Saint-Jacques und dem Saint-Louis-Gymnasium hatte Dich nicht auf den Reichtum des Sternendaseins vorbereitet. Das Bewußtsein, selbst unerschöpflich zu sein, erfüllte Dich mit ungekannter Kraft und ungekanntem Mut, die sich mit einer noch neueren Fröhlichkeit verbanden.

Der Passant, der den Friedhof betrat, hätte in der Gestalt, die auf einem Grab kniete, die Augen zum Himmel erhob, das Haar bis auf die Schultern herabgelassen hatte, einen Engel erblickt, der von der Paradiesrose herabgeflogen war, um mit dem Vorteil räumlichen Abstands diese versammelten Herrlichkeiten lebender Karfunkelsteine, flammender

Atrien, singender Kleinodien, Flüsse von Diamanten zu betrachten, deren stumme Pracht in den verzückten Ohren die Musik der Sphären ertönen läßt. Ein solcher Zeuge hätte sich, aus Angst, dies Wunder zu stören, geräuschlos zurückgezogen.

Auch ich, Constance, möchte diese Augenblicke, die zu Deinen reinsten Erinnerungen zählen, nicht beeinträchtigen. Aber ich bin in Sorge. Ich bin besorgt zu sehen, daß ein Mädchen von sechzehn Jahren seine Freude und seine Kraft nur fern dem gewohnten Lebensrahmen findet. Es muß seine Wohnung verlassen, obwohl es allein dort lebt; es muß auf den Gipfel der höchsten Erhebung von Saint-Étienne steigen, das symbolische Postament, das es vom Alltagsdasein entfernt und es einem fiktiven Eden nähert, wo die mit unheilvollen Erinnerungen beladene Leier der Gaslampe vor dem in all seinem Glanz strahlenden Sirius verblaßt. Und dort, fern der Welt der Lebenden, vor ihren Angriffen von der schweigenden Gesellschaft der Toten beschützt, läßt es endlich der so lange erstickten Liebe freien Lauf. Dies ist nicht mehr die Musterschülerin, die Klassenbeste, die mit Preisen Ausgezeichnete, die vielleicht ohne die poetische Begabung, sich von den großen Naturschauspielen erschüttern zu lassen, zu einer zweiten Mademoiselle Dupin geworden wäre, dies ist ein kleines Mädchen, das schweigt, das verzückt staunt, in glücklicher Betroffenheit dahinschmilzt vor dem Wunder des Alls.

Eine übernatürliche Harmonie dämpfte den Lärm der Fallhämmer und das Keuchen der fernen Schmieden. Genieße den einzigartigen Augenblick: der Faden Deines Geschickes entgleitet den finsteren Parzen und wickelt sich an goldenen Spindeln auf. Gib dennoch acht. Gib acht, Constance, damit Du nicht zum Absoluten hin abgleitest, ehe Du Dich hier unten erfüllt hast. Die Versuchung ist groß, und nicht weniger groß ist die Gefahr, daß Du, bevor Du noch zu leben angefangen hast, Dich in Höhen flüchtest, wo niemand Dich erreichen kann.

18

Ein Maultiertreiber in Paris

»Eins ... zwei ... drei! Drehung ... Vier ... fünf ... Beschleunigung!«

Tangokurs jeden Tag vor dem Tee im Eckhaus der Avenue Foch. Der Schweiß rann mir den Hals hinab, meine Zehen waren in meinen zu engen Pumps eingequetscht, ich haßte diese Übung, doch nicht nur wegen der körperlichen Demütigung, die ich ertragen, oder der klebrigen Pomade, die ich mir ins Haar schmieren mußte. Adeline hatte mir gleich nach meiner Ankunft in Paris die Lektionen auferlegt – der Lehrer war schon gewählt, die tägliche Uhrzeit bestimmt und, tiefste Kränkung für den jungen Sizilianer, der in der französischen Hauptstadt ein selbständiges Leben zu finden geglaubt hatte, die Bezüge des *Maestro* waren bereits für ein ganzes Jahr im voraus bezahlt worden. Meine Mutter hatte es so beschlossen, ohne mich zu fragen, ohne mich meine Meinung dazu äußern zu lassen, sogar ohne mir zu erlauben, als Mann meine Ausgaben selbst zu bestreiten.

Ehe ich einen einzigen Freund gewinnen konnte, lieferte sie mich wie eine Ware bei Monsieur Alfredo Le Pera, 59, Rue Pergolèse ab. Die Pferdedroschke hielt vor einem Einfahrtstor, das ein mit wirren Schmiedearbeiten verziertes Vordach hatte. Eine neben der Wächterloge angeschraubte Kupferplatte gab die Titel des argentinischen Tanzlehrers sowie die Treppe und die Etage an, wo dieser »große Künstler des Tangos« seine Schüler *annahm*. Ohne die Platte anzusehen, stieg meine Mutter die mit einem roten Läufer belegte große Treppe hinauf. Ich mußte sie zurückrufen, um ihr zu sagen, daß wir die Lieferantentreppe nehmen mußten. Der Wächter sah uns spöttisch nach, als wir uns zum Hinterhof begaben. Keineswegs aus der Fassung gebracht, erklärte Adeline mir, da der Tango ursprünglich ein Tanz der in den Elendsvierteln von La Plata geborenen armen Auswanderer gewesen sei, habe Monsieur Le Pera, indem er sich in der Nähe des Bois de Boulogne installiert habe, seiner Pariser

Kundschaft bereits ein bedeutendes Zugeständnis gemacht. »Aber es ist ihm gelungen, die Seele des Tangos zu wahren«, fuhr sie fort und hob den Saum ihres Kleides über den nicht sehr sauberen Stufen, die zur sechsten Etage führten.

Ganz Paris wußte bald, daß ihr Sohn *Me emborracho* im »authentischen« Stil von La Boca, dem Genuesenviertel von Buenos Aires, tanzen lernte: was meinen Schleifschritten den Nimbus einer pöbelhaften Atmosphäre verlieh und dazu beitrug, daß der Tango in den Pariser Salons Triumphe feierte. Die Schritte, die Monsieur Le Pera mir beibrachte, waren in Wirklichkeit – aber das wollte Adeline nie zugeben – nur eine mondäne, zurückhaltende, fade Nachahmung der in Argentinien ausgeführten Beinarbeit, ein parfürmierter Absud des ursprünglichen herben Mate.

Wenn der *Maestro* in die Dienstbotenzimmer oben über der Lieferantentreppe eingezogen war, so, dachte sie, um der Bescheidenheit der ersten »Tangueros« treu zu bleiben und aus keinem anderen Grund. Sie duldete es nicht, daß der für ihren Sohn erwählte Lehrer nicht der Nijinsky des Tangos war. Auf allen Gebieten mußte das Beste, was Paris einer Frau von Welt zu bieten hatte, ihr zur Verfügung stehen: die feinsten Parfums, die elegantesten Toiletten, die wirklich »chicen«, wie sie sagte, Handschuhe und Hüte, wodurch sie nach mehr als zwanzigjähriger Pariser Erfahrung ihre einfache Herkunft verriet. Sie beurteilte die Pralinen, die ihr die Couturiers, um ihre Gunst zu gewinnen, mit dem Ausdruck der Verehrung schickten, nicht nach ihrem Geschmack, sondern nach dem Etikett der Schachtel, und wenn sie nicht von Foucher oder Laprègue waren, schenkte sie sie ihrem Dienstmädchen. Einem Bewunderer, der es sich erlaubte, beim Floristen in der Nachbarschaft gekaufte Rosen bei ihr abzugeben, verschloß sich die Tür in der Rue du Bac. Glücklicherweise verband sich ein derartiger Snobismus in ihrem Herzen mit der Romantik einer Provinzlerin, die Paris aus eigener Kraft erobert hatte. Seit jener Zeit, als ein Teil des bei den Schwestern Poncelet verdienten Lohns für den Kauf von Salben gegen Frostbeulen draufgegangen war, flößten ihr individueller Mut und individuelle Anstrengung eine Bewunderung ein, der ihr Verkehr in der

Gesellschaft keinen Abbruch hatte tun können. Sein »immenses Talent« (so das von der Snobistin verkündete Urteil) hätte Monsieur Le Pera leicht reich gemacht, hätte er nicht das »heldenhafte« Gelübde abgelegt, arm zu bleiben (wie der Zöllner Rousseau, der jüngste Schwarm von Paris, für den sie für ihre Zeitung einen Nachruf von sechs Zeilen verfaßte). Nichts konnte sie von diesem doppelten Irrtum abbringen, nicht einmal die Entdeckung, daß er in Wahrheit Alfred Lepaire hieß. Kraushaar, karierter Anzug und ochsenblutfarbenes Halstuch änderten nichts daran: er stammte aus dem Département Seine-et-Marne und hatte niemals den Atlantik überquert.

Die Verachtung der Reichen für die unverdorben gebliebenen Menschen hatte ihn so gut vor materiellem Erfolg bewahrt, daß er seine Schüler nach den gewöhnlichen sechs Saiten der Gitarre tanzen ließ, statt die edle, kostspielige Violine zu benutzen. Ihr Snobismus hätte Adeline bewogen, gegen eine so gewöhnliche Begleitung Einspruch zu erheben. Ihre Romantik stellte ihr die Gitarre als das wunderbare Instrument der Nomaden, die poetische Ergänzung des Lassos, das Symbol des Abenteuers, des Risikos und der Freiheit dar – lauter Dinge, die der Tango abgelegt hatte, um in den Pariser Salons heimisch zu werden, die aber, von Monsieur Le Pera in hüpfenden Pizzicati heraufbeschworen, meiner Mutter ihre Jungmädchenträume am Hafen von Toulon angesichts der Schiffe und der Seeleute in Erinnerung riefen. In dem, was nur eine Ausgabeneinschränkung war, glaubte sie den frechen Ruf der Pampa zu vernehmen.

Da ich nicht gern tanzte, kostete es mich Überwindung, jeden Tag nach meiner Französischstunde die Stockwerke in der Rue Pergolèse hinaufzuklettern, zumal mir bewußt war, daß dieser erste Akt des dem mütterlichen Wunsch gezollten Gehorsams nur erst der Anfang einer langen Folge von Kapitulationen sein würde. Der berechnete Trödelkram der kleinen Wohnung – über die Sessel geworfene Seidenschals, abgeschabte Cheviotjacken von Schafzüchtern, Gauchosporen, Photographien von Buenos Aires, Kabarettplakate, Stapel von Platten plus die berühmte Gitarre, deren Saiten

Monsieur Le Pera zupfte, wobei er auf den Augenblick lauerte, da das Grammophon wieder aufgekurbelt werden mußte –, all das hätte mich freuen können, weil es mich an den Krempel erinnerte, der meinem sizilianischen Gesangslehrer teuer gewesen war. Ohne den riesigen Unterschied jedoch nur: Anastasio Platania lehrte mich, meine Stimme bis an die Grenzen ihrer Kraft zu treiben, Monsieur Le Pera lehrte mich, mich zurückzuhalten, meinen Schwung zu bremsen. Statt mich in einer völligen Hingabe meines Wesens, die mich keuchend, erschöpft, entzückt zurückließ, meines Atems zu entleeren, mußte ich Figuren ausführen, die von vornherein feststanden und auf den Zentimeter genau bestimmt waren.

»Eins . . . zwei . . . drei! Drehung . . .«

Monsieur Le Pera brachte das Metronom in Gang. Da ich von Natur aus schon wenig Begabung zeigte für das Tanzen, brachte mich der Gedanke daran, daß ich, um Adeline zu gehorchen, die Gesangsstunden aufgegeben hatte, dazu, zu stolpern und die große Acht zu verfehlen. Vor Verzweiflung riß Monsieur Le Pera alsdann die Platte vom Grammophon und warf sie auf den Boden, wo sie in mehrere Stücke zerbrach – welche Geste er sich aber nur bei den großen Anlässen erlaubte, wenn meine Mutter mit mir heraufgekommen war, um dem Unterricht beizuwohnen. Er machte sie zum Zeugen der Exzesse, zu denen die Fehler seiner Schüler einen von der Leidenschaft für seine Kunst besessenen *Maestro* hinreißen konnten – nicht ohne sich außerdem den für einen Mann, der im Verdacht stand, am Hungertuch zu nagen, günstigen Ruf einzuhandeln, daß ihm eine kleine Ausgabe nichts ausmache.

»Du hast gesehen, wie er *L'Âme du faubourg* auf seinem Knie in Stücke zerbrochen hat?« sagte meine Mutter danach im Treppenhaus zu mir. »Was für ein Kerl!« Sie glaubte oder gab vor zu glauben, daß eine mächtige Welle der Energie Monsieur Le Peras Unterricht elektrisiere und daß das Erlernen der Akrobatenstückchen des Tangos zur Schulung des Charakters beitrage – während, wie ich nur zu gut wußte, jede dem Belieben Adelines geopferte Stunde mich auf den völligen Verzicht auf eigenen Willen vorbereitete.

»Eins ... zwei ... drei! Drehung ... Vier ... fünf ... sechs ...«

Verfluchte Notwendigkeit, zählen zu müssen! Verfluchte Tyrannei des Rhythmus! Singen heißt sich gänzlich ausgeben, das Gefühl für sich selbst verlieren, den inneren Jubel empfinden, den die physiologische Erschöpfung bereitet. Tanzen dagegen heißt sich einer ebenso unsinnigen wie strengen Zahlendisziplin beugen. Kaum hatte ich drei Schritte in eine Richtung gemacht, zwang mir der verflixte Befehl, mich zu drehen, eine der von meinem Körper gewünschten Bewegung entgegengesetzte Wendung auf. Von einer Note zur nächsten vollziehen sich, zum mindesten im *Belcanto* auf italienische Art, die Passagen mühelos; die von ihrem eigenen Schwung mitgerissene Stimme erklettert die höhere Sprosse, getragen gleichsam vom Bedürfnis selbst, sich aufzuschwingen. Was sollte diese Pflicht, bis drei zu zählen, dann plötzlich die Richtung zu wechseln, bedeuten? Warum war ich nicht mehr frei, meiner natürlichen Neigung zu folgen?

Ach, aus Sizilien nach Paris kommen, das hieß die Welt des Vergnügens, in der ich bisher gelebt hatte, verlassen, um in die Welt des Gesetzes einzutreten. Dem, was angenehm ist, absagen, um mich nach der vorgeschriebenen Ordnung zu richten. Alle Lügen Monsieur Le Peras würden mir diesbezüglich nichts weismachen können.

»Lassen Sie sich gehen«, sagte er mir. »Sie sind zu steif. Der Tango ist eine Sache des Ohrs und der Geschmeidigkeit ... So ... Eins ... zwei ... drei! Drehung ...«

Der Tango galt in Paris als »sinnlicher« Tanz: ein Schwindel, der ihm die Eroberung der Salons sicherte. Entschlossen, sich vom neunzehnten Jahrhundert zu befreien – keine Korsetts mehr, keine Unterröcke, keine starren Stoffe –, bedurften die Zeitgenossinnen von Gyp und von Colette auch freierer Zerstreuungen. Was sie über die Herkunft des Tangos aus den untersten Volksschichten gehört hatten, die verrufenen Viertel von Paris, wo die ersten Dancings blinkten, die nächtlichen Ausflüge bis zum »Balajo« in der Rue de Lappe, die Exotik einer schmachtenden Stimme, die ihnen in die Ohren säuselte, was sie für den Ruf einer verbotenen

Wollust hielten, alles trug zur Täuschung bei. Über den Arm ihres Kavaliers zurückgeworfen, glaubten sie zur Ekstase zu gelangen: Ohnmacht von drei Sekunden Dauer, danach, hopp! mit einem Hüftruck richteten sie sich wieder auf und beendeten die Pflichtfigur.

Die Franzosen tanzen gern, nicht so die Italiener. In Sizilien wird nicht getanzt. Die Franzosen wechseln ihre Tänze regelmäßig, nicht aber ihre Mentalität. »Eins ... zwei ... drei ...«: ihr Vergnügen müssen sie in Zahlen ausdrücken. Sie gehen sogar so weit, den Gesang zu entstellen, um auch dort die Disziplin der Zahlen einzuführen! Am 19. Mai 1911 – ich war gerade zwanzig Jahre alt geworden, und es war mein erster Galaabend in Paris – nahm mich meine Mutter in die Opéra-Comique mit, wo das neue Werk von Maurice Ravel, der zur Zeit in Mode war, aufgeführt wurde. Um die Zuhörer zu ködern, ging die Rede, er habe es seinem Librettisten auf dem Klavier vorgespielt, der, vor Bewunderung fast sprachlos, sich darauf beschränkt habe, auf sein Chronometer zu klopfen und zu sagen: »Sechsundfünfzig Minuten, elf Sekunden«. *L'Heure espagnole*: Adeline verließ sich darauf, daß mich diese Miniaturoper mit Frankreich versöhnen würde, und ahnte nicht, daß ein solcher, für ein vermutlich lyrisches Werk bestimmter Titel mir bereits verdächtig erscheinen würde. Als sich der Vorhang hob, erblickte ich eine aus Wanduhren und Weckern der verschiedensten Arten und Größen bestehende Bühnenausstattung. Was viel schlimmer war, auch die Musik selbst, zersplittert, diskontinuierlich, gab mit einer besessenen Genauigkeit die mechanischen Pulsschläge und die winzige Pantomimik dieser Dutzende von Schlaguhren wieder. Geläut, Geklingel, Hin und Her der Pendel, Schläge der Taktmesser, Lockerung der Federn, Klirren der Zahnräder, alles gehorchte abgehackten, mechanischen Bewegungen. Das ist die Vorstellung, die man sich in Frankreich von der unstofflichsten, geheimnisvollsten Kunst macht! Die Sänger trugen ihre Rolle wie Automaten vor dem nervtötenden Tick-Tack-Hintergrund vor.

Auf den Gedanken, welch ein Abgrund unsere beiden Zivilisationen trennt, kam ich bei einem Vers, der im Saal

Heiterkeit hervorrief und meinen sizilianischen Stolz verletzte. Um sich bei der Frau des Uhrmachers, der er den Hof macht, wegen seiner Unbeholfenheit zu entschuldigen, gesteht ihr der Ramiro Genannte: »Les muletiers n'ont pas de conversati-on« (»ti-on«, mit dieser getrennten Aussprache, damit der Alexandriner seine zwölf Silben hat, aber auch, damit der Tölpel noch lächerlicher wirkt). Während in meiner Umgebung schallend gelacht wurde, dachte ich daran, mit welcher Würde die Hausknechte des *Palazzo* unsere Tiere zum öffentlichen Brunnen führten. Was ist die in Paris so überschwenglich gepriesene Kunst der Konversation anderes als ein Zersägen der Zeit in den kleinen Zahnrädern der Sprache? In Sizilien, wo keine öffentliche Uhr die Straßenecken schmückt, hat man keine Angst davor, zu schweigen und die Zeit verstreichen zu lassen. Und als ich mich der langen Spaziergänge mit meinen Kameraden, auf denen wir kein Wort gewechselt hatten, entsann, der schweigenden, unter den Lüstern des *Circolo Empedocle* über eine Tasse Kaffee geneigten Gesichter, der Abende, an denen die Frauen unter Seufzen die Mücken verjagten, wurde ich von einem starken Heimweh nach unseren mittelmeerischen Gewohnheiten ergriffen.

Jener Abend belebte meine Verbundenheit mit den Menschen des Südens neu. Wenn ich zwischen dem mechanischen Geplapper der Salons und der stummen Steifheit der Maultiertreiber zu wählen hätte, nun, so würde ich mein Vaterland nicht verraten. Als wir auf den Vorplatz der Opéra-Comique traten, überflutete ihn der Mond. Er ist so selten am Pariser Himmel zu sehen. In glücklichem Staunen blieb ich oben auf der Freitreppe stehen. Meine Mutter rief mich zur Ordnung: die junge Yvonne de Blaize, die ich zum Stadthaus ihrer Eltern zurückbegleiten sollte, beobachtete mich überrascht. Was gibt es Dümmeres als einen Mondschein? sagte ihr kleiner spöttischer Mund. Ich eilte in großen Sprüngen die Stufen hinunter, nahm den Arm der Vicomtesse und führte sie zu ihrem Wagen. Wir erklärten übereinstimmend, daß die Aufführung besonders gelungen und komisch gewesen sei.

Dieser Anlaß war leider nicht der einzige, bei dem Don

Raimondos Sohn ins Lager seiner Witwe überlief. Zu vieles hinderte mich daran, mein sizilianisches Erbgut entschiedener zu verteidigen: das Bewußtsein meiner eigenen Unbeholfenheit in Gesellschaft, die Sorge, mittels schmeichelhafter Bezeichnungen wie »Neigung zur Stille« und »romantische Naturverbundenheit« das zu rechtfertigen, was nur Tölpelhaftigkeit, Bäuerischkeit, mangelnde Lebensart war; das Bedenken, ich würde, wenn ich das, was ich seit jenem Abend in der Opéra-Comique den »Gesichtspunkt des Maultiertreibers« nannte, verteidigte und das »Parisertum« als oberflächlich und frivol verurteilte, in einen fruchtlosen Widerstand gegen die fraglosesten Werte der zivilisierten Welt geraten; vor allem aber die Unmöglichkeit, aufgrund angeborener Schwäche sowohl als auch aufgrund fehlender Unterstützung, Adelines Ambitionen mit einer wirksamen Strategie zu begegnen.

Zu sagen, daß sie für mich die gute Partie anstrebte, wäre nicht ganz zutreffend: zum einen war sie zu sehr Realistin, um zu glauben, daß der Enkel des Zuckerhändlers aus Toulon als Schwiegersohn in eine Familie vom Faubourg-Saint-Germain aufgenommen werden könnte, zum anderen besitzergreifend und neidisch und träumte davon, mich für immer bei sich zu behalten. Ihr Plan bestand, wie ich erst zu spät entdeckte, darin, mir in den höchsten Pariser Kreisen Mätressen zu besorgen: und dabei den doppelten Vorteil zu wahren, mir Zugang zu der Gesellschaft zu verschaffen, in der sie sich bewegte, ohne Angst, mich an eine andere Frau abgeben zu müssen.

Es war die Zeit, als der Adel erste Anzeichen einer Lockerung zeigte. Die Zitadelle schien nicht mehr uneinnehmbar zu sein. Mademoiselle de Luberdal – die ich in Marcel Prousts Werk in der Gestalt einer der Guermantes wiederfinden sollte – hatte dem »kleinen« Jacques de Rothschild erklärt, als er ihr seinen Wagen anbot, um sie nach einem Ball nach Hause zu bringen: »Oh! Monsieur, das würde mir mein Vater nie verzeihen!«, welches Wort in Paris in Umlauf gewesen war und Aufsehen erregt hatte, ein Beweis dafür, daß ein solcher Dünkel in den Jahren um 1910 schon anachronistisch schien. Die einstigen Kasten öffneten sich dem

Aufschwung des neuen Jahrhunderts. Doch ich, der ich weder den Reichtum eines Juden besaß noch blaues Blut in den Adern hatte, auf welchen Triumph hätte ich bauen können? Die Gabe zu gefallen ging mir ab; kein besonderes Talent; Opern singen? Nichts ist lächerlicher in Paris.

Meine Mutter zeigte eine meisterhafte Geschicklichkeit, um an ihr Ziel zu gelangen. Sie beschloß, meine Eigenschaften als Südländer zu nutzen oder eigentlich in Vorzüge, gesellschaftliche Zierden, Erfolgsmittel zu verwandeln, was sie ihrerseits nur für Fehler hielt. Das trotz der intensiven Übungen im Französischen gerollte »r«, der Mangel an Gewandtheit, das sture Schweigen. Es genügte, daß sie in mir einen Zug entdeckte, der sie an Don Raimondo erinnerte, und schon faßte sie eine Abneigung gegen ihn. »Tu mir diesen Itakerring weg«, sagte sie an dem Tag zu mir, als ich den Siegelring meines Onkels Calogero an den Finger stecken wollte. Obwohl ihre Begegnung mit dem Kaiser in Palermo sie auf ewig deutschfreundlich gemacht hatte, bemerkte sie zudem, daß die Machtprobe zwischen Frankreich und Deutschland in Marokko, die Preisgabe eines Teils des Kongo an das Reich, die gleichzeitige Verstärkung der Entente Cordiale zwischen Frankreich und Großbritannien Paris in England begehrt machten. Sizilien? Nein, das war nicht die richtige Karte zum Ausspielen im Augenblick, da der Dreibund zwischen Italien, Österreich und Deutschland die von Frankreich, Großbritannien und Rußland geschlossene Triple-Entente herausforderte.

Eine Ersatzlösung mußte gefunden werden. In den Salons, wo sie mich vorstellen würde, wäre ich nicht der Sizilianer – ein Bild, das sie noch mehr aus Abneigung gegen die Erinnerungen an die Ehezeit als aus politischer Zweckmäßigkeit verwarf –, sondern alles, was ich vom Süden mitbekommen hatte – eine braune Haut, ein matter Teint, der Charme eines ausländischen Akzents und jene Linkischkeit, die den Damen gefällt, sofern sie mit einem Hauch Exotik gewürzt ist –, sollte klug genutzt werden. Es gab einen unsympathischen Süden – in diesen Jahren der kolonialen Rivalitäten und der Kämpfe um den Besitz von Afrika besonders Italien, das auf Tripolitanien losstürzte und unsere

Schiffe anhielt und durchsuchte –, aber an sympathischen südlichen Ländern war kein Mangel. Sie warf ihr Auge auf Argentinien, ein junges Land, dessen Milliardäre in der Rue de la Paix Juwelen kauften und der Gesellschaftsspalte des *L'Echo de Paris* Stoff lieferten.

Ich wäre also der Argentinier. Die Tangomode war das unverhoffte Instrument ihrer Politik. Du, die trotz einer hundertmal größeren als meiner Energie Adeline nachgeben mußtest, wirst verstehen, daß ich keine Möglichkeit hatte, ihr Widerstand zu leisten. Das einzige Hindernis wäre mein Haar gewesen, das wie das auf dem Kopf meiner Tante Eugenia die Neigung hatte, sich zu kräuseln, und damit die ins Blut der Vasconcellos eingedrungenen arabischen Chromosomen hervorhob. Davon sollte es nicht abhängen! Der beste Coiffeur von Paris in der Rue Matignon behob kraft seiner Kunst den Irrtum der Natur. Dank reichlicher Libationen von Pomade verwandelte er eine krause Mähne in einen glatt anliegenden Helm. Es blieb mir nur noch, die Figuren zu erlernen – eine Aufgabe, die ich nur mühsam zustande brachte, doch dem, was Adeline beschlossen hatte, hätte auch der widerspenstigste Wille schließlich nachgegeben.

Das Zauberwort, das meine Auslieferung bewirkte, war das Wort »Gleitschritt!«, das Monsieur Le Pera eines Tages ausstieß. Warum hatte er nicht früher daran gedacht! So sehr der Befehl »drehen« mein musikalisches Gefühl verletzte, so sehr empfand ich den Rat »gleiten« als angenehm. »Lassen Sie sich gleiten, Monsieur Porfirio!« Und so machte ich mich an die Eroberung von Paris – zunächst, indem ich über die eingewachsten Parketts des Faubourg Saint-Germain und der Avenue Foch glitt, sodann, indem ich mich zu den von meiner Mutter bezeichneten Betten gleiten ließ. Der Ausdruck »Eroberung« ist falsch gewählt: ich fügte mich lediglich einem höheren Willen als dem meinen, und die jungen Frauen – alle älter als ich, die Wahrheit zu sagen, und manche deutlich älter –, die mich am Ende dieser verschiedenen Gleitschritte in ihren Armen empfingen, wußten genau, daß sie keine ernsthafte Liaison eingingen, wenn sie einem jungen Mann von so niederer Gesellschaftsklasse einige Gunst gewährten. Alle Welt war auf diese Weise zufriedengestellt: meine »Mätressen«, die ein Hausfreund mit dunkler Haut mit dem Schauder des Abenteuers erfüllte, und meine Mutter, zu der ich nie nach Mitternacht zurückkehrte. Süden + mondänes Leben = Tango. Nie ging diese Gleichung besser auf als in meinem Fall: der Süden würzte das mondäne Leben, das mondäne Leben entschärfte den Süden.

Dennoch hatte ich nicht das Gefühl, auf besonders unverschämte Weise gegen die Regeln der Ehre zu verstoßen. Bis zum Krieg – der, was nur Leichtsinn gewesen war, in Schande verwandelte – glich mein Verhalten dem von Hunderten junger Leute in Paris. Gewiß, ich stellte kein Muster an Mut und innerer Kohärenz dar, doch nichts wirklich Tadelnswertes hätte mir vorgeworfen werden können. Der Tango selbst hatte seinen Adelsbrief erhalten, nachdem der Erzbischof von Paris in der Fastenzeit des Jahres 1912 den guten Einfall gehabt hatte, ihn zu verbieten. Vom Nimbus des Skandalösen umgeben, nahm er zwischen den *Ballets russes*, den Negerstatuen und den kubistischen Gemälden unter den Manifestationen der Avantgarde Platz.

Wenn etwas in mir eine Rüge verdiente, so war es meine totale finanzielle Abhängigkeit. Meine Mutter versorgte mich mit dem Geld, das ich jeweils benötigte. Ich brachte ihr die Rechnungen, sie bezahlte. Ich hatte kein Bankkonto, ich verfügte über keine eigenen Einkünfte. Unfähig, auch nur einen Sou zu verdienen, wußte ich nicht einmal, wie man einen Scheck ausfüllte – doch was Dir zu Recht später eine Schwäche zu sein schien, war keine zu der Zeit, als der Panamaskandal die Schecks in Mißkredit gebracht hatte und als Raymond Poincaré, der damalige Ministerpräsident, zu sagen pflegte, ein Bankier sei ein vorläufig Haftentlassener.

Die Rosen, mit denen ich die Schlafzimmer meiner »Eroberungen« schmückte, bezahlte Adeline ebenfalls. Gegen eine solche Regelung fand mein Gewissen nichts einzuwenden. Fehlte es mir an moralischem Empfinden? Ich war schuldig, doch nur aufgrund von Schwäche und Unterwürfigkeit unter die mütterliche Autorität. Ich übertrat kein geheiligtes Gesetz, wenn ich mich mit »guten Freundinnen« amüsierte, die selbst wie einen Sport ohne Folgen das betrieben, was seit dem Besuch Eduards VII. nur noch »Flirt« genannt wurde – ein Wort, das gleichzeitig mit dem »Dancing« die Wohltaten der Entente Cordiale bis auf die Sitten erstreckte. Jede wußte, daß sie kein Alleinrecht auf meine Person besaß und daß das Spiel aufhören würde, sobald unsere Stimmung wechselte. Ohne Schaden für die Beteiligten. Ich hatte viele Fehler, aber nicht die Selbstgefälligkeit zu glauben, daß meine flüchtigen Umarmungen ein so edles Gefühl wie Liebe hervorrufen könnten.

Manchmal kehrte ich, müde dieser Galanterien und dieses Zynismus von Lebensart, von mir selbst angewidert in die Rue du Bac zurück. Würde meine Jugend so, in leichtsinnigen Zerstreuungen dahinfließen? Würde ich nie ein wahres Ziel haben? Die simple Tatsache, daß ich mir diese Frage stellte, bewies mir, daß ich nach einem anderen Leben strebte: es war also unnötig, etwas an meiner Lebensweise zu ändern, da die Hoffnung, sie zu bessern, in mir fortbestand. Ein Sophismus, doch begleitet von einem wachsenden Lichtschimmer am Horizont. Während dieser Gewissenserforschungen tauchte das Gemälde im Kloster Santo Spirito vor meinen Augen auf: ich merkte, daß ich das Bild der *Madre* Juana nie vergessen hatte. Das Muster an Rechtschaffenheit und Reinheit, von dem ich mir in der Kindheit eine erste Vorstellung gebildet hatte, zog mich immer noch gleich mächtig an. Der Polarstern leuchtet hinter der Wolkenwand, die ihn verdeckt: so war auch mein Frauenideal nicht verschwunden, weil Bettschirme es mir verbargen. Ohne zu bedenken, daß ich mit den Jahren Gewohnheiten annahm, die zu überwinden immer schwieriger sein würde, zweifelte ich, obwohl ich meine Kräfte mit eitlen, ruhmlosen Affären vergeudete, nicht daran, daß ich mich für die Frau, die meinem Jugendtraum entsprechen würde, unversehrt bewahrte. Für nicht weniger sicher hielt ich es, daß ich arbeiten und meine Familie ernähren würde. Im übrigen war nicht alles in meinem Leben negativ. Es gelang mir mit dem Beistand einiger Freunde, mitten in meinem unsoliden Dasein bestimmten ernsteren Beschäftigungen nachzugehen.

Seit meiner Ankunft in Paris hatte ich beschämt entdeckt, wie unbelesen ich war. Meine Mutter bekundete völlige Verachtung für jegliches Universitätsstudium, erlaubte mir aber, mich für Vorlesungen über Rechtswissenschaft und Geschichte einzuschreiben. Ich hatte das Glück, Albert Thomas, der mit Jaurès in der Schriftleitung von *L'Humanité* arbeitete, als Lehrer zu haben. Er machte mich mit den Problemen des Arbeitsrechts bekannt und weckte über diesen Umweg mein Interesse an politischen Fragen.

Sein bester Schüler wurde nach kurzer Zeit mein Busenfreund. Wie es oft unter Studenten geschieht, wurde, so glaube ich, jeder vom anderen angezogen, weil wir aus gegensätzlichen Umgebungen kamen. Als Sohn eines kleinen Beamten im Kolonialministerium lebte Jean Labusquière ärmlich. Er war aufrecht, dogmatisch, hatte seine Bildung aus Büchern bezogen und hielt sich für einen Privilegierten im Vergleich zu den Fabrikarbeitern, in denen, so glaubte er, »die unverfälschte Seele der Nation« wohnt. Wenn meine Mutter nicht anwesend war – um meine möglichen Besucherinnen nicht, wie sie sagte, zu »kompromittieren«, teilte sie mir stets telefonisch die Zeit ihrer Rückkehr mit –, ging ich mit ihm in mein Zimmer hinauf. Stundenlang diskutierten wir die Thesen von Proudhon, Marx, Nietzsche, Georges Sorel, Bergson: Theorien, die für mich völlig neu waren und für die ich mich lebhaft interessierte, wenn auch vielleicht nur, um die Unordnung meines Privatlebens auszugleichen. *L'Action* von Maurice Blondel machte mir tiefen Eindruck. Indem du dich handeln fühlst, versicherte mir dieser Philosoph, gelangst du zur Erkenntnis deiner selbst und der Welt. Handeln? Das hätte ich gern gewollt. Doch wie? In welcher Richtung? Zu faul noch, um auf diesen Ansporn zu reagieren, nahm ich immerhin in einem Winkel meines Gehirns das geheimnisvolle Wort *Handlung* auf als einen Keim, der nur erst wachsen mußte.

Jean – aber in Wirklichkeit nannte ich ihn nur bei seinem Nachnamen Labusquière, um ihn vor den jungen Männern der Gesellschaft auszuzeichnen, die mich weniger einschüchterten – ging durch Adelines Salon, ohne die Laliques und die Gallés anzusehen, ohne auch nur zu ahnen, daß solche Nippsachen Vermögen kosteten. In stets denselben schwarzen Mantel gekleidet, den Hals in einen steifen Kragen gezwängt, setzte er sich auf den Rand eines meiner Boulle-Sessel, als ob er sich auf einen Küchenschemel gehockt hätte. Wie ist es mir gelungen, seine Achtung zu erwerben? Durch eine Art Betrug, fürchte ich. Da ich ihm gefallen wollte, erzählte ich ihm, was nicht der Frechheit ermangelte, von meiner »Erfahrung« in den Schwefelgruben von Comitini. Löhne, Arbeitsbedingungen, Ausbeutung der Kinder: er wünschte peinlich genaue Auskünfte zu erhalten, denen er mit leidenschaftlichem Interesse zuhörte. Durch jede neue Einzelheit stieg ich in seinem Ansehen. Heute begreife ich, daß er, ein Kleinbürger, der sich durch seine Herkunft gedemütigt fühlte, mir heimliche Übereinkünfte zuschrieb mit dem Proletariat, das er sich in mythischer Form vorstellte. Ich hatte seinen schwachen Punkt getroffen. Da alles, was er vom Elend der Arbeiter wußte, dem *Kapital* und den *Réflexions sur la violence* entnommen war, verlieh mir der Bericht über meine Besuche der Schwefelmine ein unberechtigtes Prestige, so als ob ich nicht der Neffe des Verwalters gewesen wäre, sondern das Los der *Carusi* geteilt hätte. Er lebte ganz für sich in einem geschlossenen, abstrakten Bereich und schwebte so hoch über dem wirklichen Leben, daß er mich nie fragte, wie ich aus der afrikanischen Wüste Siziliens in den Komfort der Rue du Bac gelangt war.

Selbstverständlich ahnte er nicht, welchen Beschäftigungen ich meine Abende widmete, sobald er in seine Mansarde zurückgekehrt war, um die jüngste Nummer der *Annales de philosophie chrétienne* des Paters Laberthonnière zu studieren, die seinem nach Absolutem dürstenden Geist eine katholische Alternative zum Problem der sozialen Gerechtigkeit boten. Dennoch hatte ich nicht den Eindruck, Jean zu belügen, wenn ich ihm meine kleinen Schändlichkeiten verbarg: den besten Teil meiner selbst hatte ich ihm anvertraut, das übrige war es nicht wert, erwähnt zu werden.

Mehrere seiner Kameraden, Jean-Paul Lebris, Amédée Pinson, Hector Milhaud, wurden auch meine Freunde. Eines Tages begaben wir uns alle, von Albert Thomas mitgenommen, in die Rue Visconti, eine winzige, dunkle Gasse, wohin die Union pour la Vérité, die Wahrheitsunion, wahrscheinlich um zu zeigen, daß das Aufblitzen des Lichtes der Erkenntnis der prunkvollen Ausstattung der Büros umgekehrt proportional ist, ihren Sitz verlegt hatte und wo ich zum ersten Mal – die Diskussion hatte *Pêcheurs de Terre-Neuve*, den in einem Heft der Union publizierten Bericht eines Hochseefischers, zum Gegenstand – Monsieur Desjardins sah.

Er hielt eine Lobrede auf das Leben auf dem Meer. »Für gewöhnlich in unserem trägen und schalen Leben«, sagte er, aufrecht hinter einem kleinen Tisch angesichts von etwa zwanzig Personen, die sich in ihre Mäntel schmiegten, denn es fehlte an Kohlen, und er hämmerte die Worte, »gehen die Tage vorüber und hinterlassen im Bewußtsein keinerlei Philosophie, lehren uns nichts. Die tausend kleinen Polster, die das Schmarotzertum der Zivilisierten zwischen den Irrtum und seine Folge, den Schmerz, schiebt, gestatten uns, dem unmittelbaren Kontakt mit der Notwendigkeit auszuweichen, der allein uns belehren würde. Aber auf einem einsamen, verlassenen Fischerkahn, den das Wasser und der Wind im zwanzigsten Jahrhundert nach unserer Zeitrechnung ebenso rauh behandeln wie im zwanzigsten Jahrhundert vor ihr, haben die Zivilisation und ihre Nachsicht keinen Zutritt. Man ist unter Primitiven ... Der Mensch zählt nach dem, was er tatsächlich vermag, was er über sich selber vermag ... Der Fischer aus Neufundland stellt das geradlinige Leben dar, ganz Wirklichkeit, ganz Nützlichkeit, ganz Vergessen der eigenen Person, welches das wahre Leben des Menschen ist.«

Unsere trägen und schalen Leben: war ich es, den der Redner geißelte? Handeln! Handeln! Abermals vernahm ich diesen Aufruf. Monsieur Desjardins, noch im besten Mannesalter trotz eines in zwei Spitzen endenden weißen Barts, sprach mit der Majestät und der Energie eines Propheten. Diese erste Begegnung mit demjenigen, der in unserer Liebe eine so entscheidende Rolle spielen sollte, flößte mir allerdings nur mäßige Bewunderung für ihn ein. Sicherlich hatte er recht damit, seinen Zuhörern das leichtfertige und ziellose

Leben vorzuwerfen, das man in Paris führt. Jedoch schien es mir keine Lösung zu sein, an Bord eines Trawlers zu gehen. Abgesehen davon, daß die gesamte Einwohnerschaft einer großen Stadt sich nicht nach Neufundland einschiffen könnte, kam mir das Lob der »Primitiven« wie die typische Illusion eines Intellektuellen vor, der, weil er unter dem Gewicht seiner Bücher erstickt, das rohe Nomadenleben der Seeleute idealisiert. Ich, der ich mich noch als ein Barbar empfand, der gerade erst eine ebenso »einsame, verlorene« Insel verlassen hatte, wie es der so warm empfohlene Fischerkahn war, hatte Lust, die Vorzüge des Festlands zu genießen. Eine gutbestückte Bibliothek, sagte ich mir, wäre dem »wahren Leben des Menschen« von größerem Vorteil als eine Ladung Kabeljau.

Monsieur Desjardins, für den Neufundland nur eine Metapher war, hätte meine Meinung geteilt. Übelste Unaufrichtigkeit veranlaßte mich zu dieser Kritik. Oder vielmehr erhob sich mein Selbsterhaltungstrieb gegen ein so starkes, zusammenhängendes Denken, daß es den jungen Mann ängstigte, der sich in seinen Widersprüchen zurechtzufinden und Ordnung in ein würdeloses Leben zu bringen suchte, vorausgesetzt, daß er für dieses Wiederaufrichten keinen allzu heroischen Preis zahlen mußte. Jedesmal, wenn ich, vom Bedürfnis gedrängt, einen Führer und Meister zu finden, in die Rue Visconti zurückgekehrt bin, wurde ich vom unangenehmen Gefühl erfaßt, auf einen Richter zu stoßen. Da ich kein reines Gewissen hatte, schien es mir angesichts seines so klaren und offenen Blicks, daß ich gezwungen würde, ihm Rechenschaft abzulegen.

Bei Labusquière setzte ich mich dieser Gefahr wenigstens nicht aus. Mein Privatleben interessierte ihn nicht. Die heimliche Scham, der Sohn eines Schreiberlings der Regierung zu sein, drückte sich bei diesem Doktrinär durch die Weigerung aus, den Vätern, den Familien, dem sozialen Milieu die geringste Bedeutung zuzuerkennen. Der Sohn von niemandem wollte er sein, und der Sohn von niemandem war ich in seinen Augen. Wir pflanzten die rote Fahne des Sozialismus mitten in einem Teppich auf, der fünftausend Francs wert war, ohne die geringste Verlegenheit dabei zu empfinden. Es war der erste Keim jener Inkonsequenz, die mich viele Jahre später dazu trieb, die »nationale Revolution« zu predigen, und das mit um so mehr Feuer, als ich fühlte, daß meine Ehe dem Zusammenbruch nahe war.

Aus ganz anderen Gründen schloß ich mich einem Jungen von unterschiedlicher Gesinnung an, den ich auf einem Ball der Aristokratie kennengelernt hatte. Er stand an einem Fenster, entnahm meinem Verhalten, daß ich kein Freund des Hauses war, und fragte mich, bevor er sich auch nur vorgestellt und sich nach meinem Namen erkundigt hatte, ob es mir in meinem Frack nicht zu heiß sei. Ich sah ihn sprachlos an.

»Ach, gehen Sie«, fuhr er fort und wies auf die Paare, die sich unter den Lüstern bewegten, »ist das nicht eine lächerliche, ungebührliche Art, die Zeit totzuschlagen! Behaupten Sie mir nicht das Gegenteil. Sie haben ein ehrliches Aussehen, das mir gefällt.«

Louis de Beaumanoir stand mit seiner Familie auf Kriegsfuß, weil sie ihn daran gehindert hatte, Flieger zu werden, und weil sie ihn zwang, in Gesellschaft zu gehen. Er verblüffte mich durch seine Kühnheit. »Ich bin sicher«, sagte er, »daß Sie auch von einer Mutter hierhergeschleppt worden sind.« Bald darauf verließen wir den Ball. Er ließ mich auf den Soziussitz eines schweren blauen Motorrads steigen, und wir rasten los in die Nacht. Seine Leidenschaft für Motoren, die er in der Fliegerei nicht hatte befriedigen dürfen, tobte er auf diesem englischen BSA aus. Ein Fest verlassen und durch die menschenleeren Straßen rasen wurde zu unserem Lieblingssport. Er gab Vollgas, überquerte die Kreuzungen, ohne zu bremsen. Sein Protest gegen die lästigen gesellschaftlichen Pflichten beschränkte sich übrigens auf diese nächtlichen Abreaktionen, als ob der Lärm und die Geschwindigkeit seine Energievorräte aufbrauchten. Drei Tage später fand ich ihn wieder in einem anderen Salon, wo er, durchaus nicht verlegen, mich zum Zeugen seiner ohnmächtigen Revolte zu machen, über die Gäste und sich selbst lästerte. Diese Mischung aus verbaler Fronde und Fügsamkeit war mir nur recht, mir, der weder frei sein wollte noch konnte.

»Ah! Du verkehrst mit dem kleinen Beaumanoir«, sagte mir meine Mutter eines Abends, als sie meine Rückkehr vom Balkon aus beobachtet hatte. »Er gehört zum Klüngel des Grafen Robert de Montesquiou. Versuche, dort aufgenommen zu werden.«

Eine dunkle Rede, das Wort »Klüngel« inbegriffen. Jahre später, nachdem ich Proust gelesen hatte, begriff ich die mütterliche Anspielung. Adeline war eine der Mütter, die, um ihren Sohn für sich zu behalten, nicht vor dem Mittel zurückschrecken, das ihn für die Frauen unerreichbar macht. Da ich keinerlei Anlage dazu hatte, ihre Hoffnungen zu erfüllen, habe ich nie vermutet, daß Louis' Zornausbrüche gegen die gesellschaftliche Heuchelei und seine Eile, an die frische Luft zu gelangen und sich am Fahrtwind zu berauschen, andere Beweggründe hätten als seinen Hang zum Abenteuer, den ich für kühn und männlich hielt. Er übertrug mir seine Liebe für Motoren, für Motorfahrzeuge, es war die einzige »Verführung«, die ihm bei mir gelang, und sie sollte übrigens dasselbe Ergebnis zeigen wie die Wirkung, auf die Adeline spekuliert hatte, da nach dem Kauf der letzten Harley Davidson die Rechnungen des Werkstattbesitzers und die Rohrpostbriefe des Gerichtsvollziehers das schließlich vernichteten, was ich mit Dir aufgebaut hatte.

»Los, mein Lieber! Wir wollen doch keine Fossilien werden bei diesen Mumien!«

Nach diesen zum Ritual gewordenen Worten verdrückten wir uns vom Fest. Ich bewunderte seine Frechheit, sein ungeniertes Reden. Je tiefer mich das mondäne Leben entmutigte, in dem sich meine Jugend verschwendete, desto stärker hatte ich das Bedürfnis, mir wieder etwas zuzutrauen. Daß ich mit Louis den Freigeist spielte, in seinen Spott einstimmte, beruhigte mich hinsichtlich meiner Fähigkeit, Widerstand zu leisten, ohne mich zu einem wirklichen Aufstand zu zwingen. Das Motorrad flitzte mit Höchstgeschwindigkeit durch die Alleen des Bois de Boulogne – Freiheitsrausch –, doch vor Mitternacht setzte mich Louis am Haus in der Rue du Bac ab, und ich pochte an Adelines Tür, da meine Mutter nie einschlief, bevor ich sie geküßt hatte.

19
Eine Ersatzfamilie

Madeleine Parinot – ich verrate kein Geheimnis, wenn ich Dir jetzt das Gespräch mitteile, das ich einige Monate nach unserer Trennung mit ihr führte – hatte Deine Ankunft in Versailles und Deinen Eintritt in die erste Oberstufenklasse im Monat Oktober 1915 in entzückter Erinnerung bewahrt.

»So jung, so schmächtig, so zart! Ein wahres Kind noch mit ihren um den Kopf gelegten Zöpfen! Madame Grainville, die Gymnasiumsdirektorin, wollte sie nach Saint-Étienne zurückschicken. Constance blieb fest. Herrgott! Sie ließ nicht zu, daß man ihr in die Quere kam, diese Kleine! In der Schürzentasche hatte sie die Entscheidung über ihre Nominierung als Stipendiatin in Versailles, und diesen Papierfetzen legte sie nachts unter das Kopfkissen, um ihn immer bei sich zu haben. Keine Obrigkeit der Welt hätte die Macht gehabt, sie einzuschüchtern! Wir waren jedoch nicht sehr schlau, eine Person für selbstsicher und für ihrer Rechte gewiß zu halten, die sie mit einem Schriftstück begründen mußte. Die Wahrheit zu sagen, Monsieur« – obwohl sie oft bei uns zu Abend gegessen hatte, nannte Madeleine mich weiterhin »Monsieur« –, »bin ich nie jemandem begegnet, der bei solcher Begabung seines Wertes weniger sicher war – aber damit sage ich Ihnen ja nichts Neues. Hätte sie bei mehr Zutrauen zu sich selbst nicht ihre Ehe gerettet?«

Ein Seufzer entrang sich ihrem vollen Busen.

»Wegen der geringsten Kleinigkeit wurde sie von Mutlosigkeit befallen. Wie oft zog sie sich in einen Winkel des Schlafsaals zurück und haderte mit sich allein! Eines Abends, kurz vor Weihnachten, habe ich sie dabei überrascht. Die meisten unserer Kameradinnen waren in Ferien gereist. Sie wollte mich abweisen, aber ich, ich hatte schließlich nicht umsonst vier kleine Brüder und Schwestern großgezogen. Zuerst machte sie sich ganz steif in meinen Armen, ich wartete, so lange gewartet werden mußte, dann entlud sich die Krise, sie weinte, und schließlich, unter der Bettdecke an mich geschmiegt, erzählte sie mir beim Licht meiner Taschenlampe von allen ihren Nöten, ihr ganzes Leben.«

Es wundert mich nicht, daß Du dieser Madeleine, die, zwei Jahre älter als Du, von sanftem und hingebungsvollem Wesen ist, trotz eurer gegensätzlichen Gemütsart sofort Dein Vertrauen geschenkt hast. Blond, rundlich, eßlustig, gute Köchin, aber frei von Selbstsucht oder Sinnlichkeit, da für sie eine angenehme körperliche Empfindung nur eine besondere Art war, an der von Gott im Universum begründeten Harmonie teilzuhaben; Tochter eines ostfranzösischen Pfarrers, selbst gläubig, aber von liebenswürdiger, lachender Frömmigkeit; von einem sich laut äußernden Optimismus, der die junge Pascaljüngerin hätte erzürnen müssen, dem es statt dessen gelang, sie wenigstens vorübergehend zu besänftigen; eine milde, erheiternde Seele, die das Böse wohl sah, aber im Gegensatz zu Dir dachte, daß man allein schon durch die Güte des Herzens den Folgen des Sündenfalls entgehen könne; scharfer, klarsichtiger Verstand, der seine Einsicht nicht dazu nutzte, zu urteilen, Entscheidungen zu treffen, sondern dazu, zu glätten, zu beruhigen, Mut zu machen: so war die barmherzige Samariterin, die Dich in der Wüste fand, Deine Wunden pflegte und das Wunder vollbrachte, Dich zu zähmen. Von der Theologie bis zur Pflanzenkunde gab es kein Gebiet, auf dem sie Dich nicht zu größerer Nachsicht zu bewegen versuchte. Aus der biblischen Geschichte hattest Du Dir nur Kains Untat und Chams Unverschämtheit gemerkt. Sie erinnerte Dich an Abel und Sem. Die Welt sei nicht so schlecht, so endgültig verderbt! Warum, behauptete sie, die Tatsache, daß die edle Lilie mit einer gewöhnlichen Zwiebel in der Erde wurzelt, als negatives Argument benutzen? Wäre es nicht sinnvoller, sich zu freuen, weil aus einer mit Erde beschmutzten Knolle die weiße Blüte hervorgeht?

»Jedesmal, wenn sie von einem schulischen Ergebnis enttäuscht war, sich bitter für ihre Nachlässigkeit bestrafte und sich den Vorwurf machte, lässig gearbeitet zu haben, sagte ich ihr: ›Constance, die Vernunft verlangt, daß unsere Fehler uns bekümmern, aber dieser Kummer darf nicht bis zum Trotz und Zorn gehen; andernfalls würde ich glauben, daß er nicht der schlechten Note gilt, sondern von Ihrer Eigenliebe herrührt, die Ihnen vorwirft, nicht vollkommen zu sein. Üben Sie ein wenig Milde mit sich selbst, wenn Sie nicht die Sünde des Hochmuts begehen wollen! Haben Sie mehr Mitleid mit Ihrer Schwäche als Wut auf sie!‹ War das nicht der beste Ton, den man mit ihr anschlagen konnte, Monsieur?«

»Ohne jeden Zweifel, Madeleine ... Aber könnten Sie mich nicht einfach ›Porfirio‹ nennen? Einem Italiener, wissen Sie, kommt es sonderbar vor, sich ›Monsieur‹ angeredet zu hören. Sie kennen mich seit mehr als zehn Jahren!«

»Während Ihrer ganzen Verlobungszeit und selbst als sie bereits verheiratet war, hat Constance mir von Ihnen nur als von ›Monsieur Vasconcellos‹ gesprochen. Das ›Monsieur‹«, fuhr sie fort, ohne auf meinen Wunsch einzugehen, »ist bei uns kein Zeichen von Kühle oder ein Mittel, um Abstand zu wahren: es ist Ausdruck der Freiheit, wie wir sie in Sèvres verstanden, eines Idealzustandes, in dem jeder dem anderen gleich ist, ohne die indiskrete Vertraulichkeit, die den Gebrauch des Vornamens zuläßt. Eine freie Gesellschaft ist jene, in der es nur eine einzige Anrede für alle gibt, diese Überzeugung haben unsere Lehrer uns übermittelt.«

»Ach so, Madeleine! Mir ist lieber, daß es sich so verhält. Ich dachte, daß Sie mir böse seien«, fügte ich hinzu und senkte den Kopf, »und daß eine gewisse Feindseligkeit ...«

»Wegen dem, was zwischen Ihnen geschehen ist? Da sei Gott vor, Monsieur, daß ich mich zum Richter aufwerfe. Ich wäre nicht die Tochter meines Vaters, wenn mir die Wege der Vorsehung nicht unerforschlich erschienen ... Auf jeden Fall, wie ich Ihnen sagte, wenn etwas sie zugrunde gerichtet hat, so ist es ihr Mangel an Selbstvertrauen.«

Darauf bedacht, in seiner Familie, an der Grenze zu dem deutsch gewordenen Elsaß ein gepflegtes, literarisches, fast zu reines Französisch aufrechtzuerhalten, hatte der Pfarrer von Belfort Deiner Freundin eine gehobene, ein wenig altmodische Redeweise vermacht, die mit klangvollen, bäurischen, der Sprache des Südens entnommenen Ausdrücken gespickt war. Die Mädchen aus dem Süden Frankreichs waren nicht nur in der Vorbereitungsklasse in der Mehrzahl, sondern auch in Sèvres, gemäß dem Gesetz, dem zufolge der in Frankreich wie in Italien herkömmlicherweise ärmere Süden seine Kinder losschickt, damit sie Stellen im Staatsdienst erobern.

Manche ihrer Wendungen waren von gelehrter Geziertheit und gehörten zur in Sèvres gebräuchlichen Umgangssprache, wie »Gastmahl des Belsazar«, so tauftet ihr die kleinen Mahlzeiten, die ihr sonntags abends improvisiertet, um dem Stammgericht im Speisesaal zu entgehen, oder »Verzweiflung der Niobe« für die bestürzte Enttäuschung jener, der der Lehrer ihre von roten Strichen übersäte Aufgabe zurückgab.

Härte des Internats in Versailles wie in Sèvres: nicht nur wegen der Rationierungsmaßnahmen der Kriegszeit, sondern weil man euch künftige Laienmissionarinnen an eine mönchische Zucht gewöhnen wollte. Weit davon entfernt, Dich abzustoßen, erhöhte dieses System vielmehr Deinen Wunsch, Gehorsam zu leisten, welcher Natur das von Dir geforderte Opfer auch sein mochte. Deine in einer behaglicheren Umgebung aufgewachsenen Kameradinnen machten gute Miene zum bösen Spiel. Um die triviale Routine ihres Alltags zu verschönern, entliehen sie den bedeutenden Szenen der Bibel oder der Mythologie der Antike Vergleiche von denkbar erhabenem Ton. Selbst das Latein sorgte für eine humoristische Erleichterung der dortigen unbequemen sanitären Einrichtungen. Weder Badewanne noch Duschwanne, noch Dusche im Badezimmer, das nur ein Waschraum ohne Warmwasser war. Ihr wart dazu verurteilt, euch Stelle um Stelle mit einem baumwollenen Waschhandschuh zu säubern, was demütigend gewesen wäre ohne die Ausflucht, diese Morgentoilette *partes per partes* zu nennen, die eisige Hygieneschlacht auf das Niveau der Kämpfe in der Äneis zu heben.

Von euch beiden, die bald eine feste Zuneigung verband, hat eine geheiratet, die andere ist ledig geblieben. Die Ehe fiel der zu, die am wenigsten für das Familienleben gemacht schien. Der Ledigenstand der, die man für dem Alleinsein besonders abgeneigt gehalten hätte. Die Güte, die Madeleine ausstrahlte, blieb verschwommen, zerstreut. Um zu heiraten, bedarf es des Heroismus, einer Tugend, die Du im Übermaß besitzt. Sie zog es vor, ihre Sanftmut ohne Unterschied zu verbreiten, alle Menschen ihrer Umgebung aufzurichten, statt sich einem einzigen zu widmen. Das Gegenteil jedoch von einer »alten Jungfer«, wenn dieser Ausdruck eine trockene, frustrierte, durch die Enthaltsamkeit verbitterte Person bezeichnet. Niemand war offener, liebevoller, liebenswürdiger und beliebter als Deine Freundin. Mit ihr zu plaudern war, wie an einem Frühlingsmorgen in einer leichten Hügellandschaft zu wandern. Und dies so sehr, daß ich, als sie mir von euren Spaziergängen im Park von Versailles und der Suche nach den ersten Osterglocken erzählte (ich bezweifle, daß Deine Erinnerungen daran hauptsächlich den Blumen gelten), mich fragte, ob diese ständige Salbung, dieses ununterbrochene Mitteilungsbedürfnis Dich nicht oft reizte, Dich, die Du mit Dir selbst im Kriegszustand lebtest und behauptetest, man könne nie vorsichtig genug sein.

Es ist jedenfalls sicher, daß Dein Mißtrauen nach Deiner Hochzeit zunahm – die Befürchtung vielleicht, vor der Zeugin Deiner Ankunft in Versailles wie eine glückliche Frau zu wirken. Madeleine kam regelmäßig zu uns ins Haus. Ich bewunderte die Ausgeglichenheit ihres Charakters. Sie nahm keinen Anstoß an Deinem gemäßigten Empfang, wenn Du, durch ihre gute Laune verstimmt, Dich unter ihren Liebkosungen verkrampftest. Hättest Du Dich doch den Freuden einer zärtlichen Freundschaft hingegeben! Doch: jedes Zugeständnis an ein angenehmes, friedliches Leben wäre Dir wie ein Verstoß gegen die innere Vorschrift erschienen. Du nahmst es Madeleine übel, daß sie in Dir Sehnsüchte wiedererweckte, die Du eines rechtschaffenen Geistes für unwürdig hieltest.

Nach der Geburt unserer Kinder nahm Deine Reizbarkeit noch um einen Grad zu. Nichts schien Dir auf eine unsinnigere Selbsttäuschung hinauszulaufen als Madeleines Rührung angesichts des Mienenspiels, der Anmut des Babys. Sie nahm den Säugling auf den Arm, streichelte ihn, bedeckte ihn mit Küssen. Später, als Armelle und Vincent zu laufen anfingen, rief sie, wenn sie zu ihrem Zimmer ging und die Tür weit aufmachte: »*Sinite parvulos ad me venire.*« Dieser Satz faßte ihre Überzeugung zusammen, der zufolge der schuldlos geborene Mensch in der Tiefe seines Herzens die Keime der Reinheit findet. Sie sprach ihn mit ironischer Heiterkeit aus, in der Hoffnung, Du würdest gegen ein lateinisches Zitat weniger einzuwenden haben. Verlorene Mühe, keine Stelle des Evangeliums schien Dir anfechtbarer als diese Mahnung zur Nachsicht, die eine Lockerung der Kontrolle erlaubt.

Als Du eines Tages ein neues Kleid angezogen hattest, vergaß Madeleine, von ihrem offenen Wesen mitgerissen, daß man sich Dir gegenüber jeden Kompliments enthalten mußte. Sie gratulierte Dir zu Deiner Eleganz. Du errötetest unter ihrem Lob, aber keineswegs vor Freude. Von Kopf bis Fuß branntest Du vor Scham: Du hattest die Schwäche gehabt, in ein Modegeschäft zu treten, Zeit zu vertun mit der Wahl eines Kleidungsstücks und – höchste Verfehlung Deiner Ansicht nach – gefallen, verführen zu wollen, und nach diesem Versagen wurdest Du bemessen! Kaum war Deine Freundin gegangen, zogst Du das bewußte Kleid aus. Ich weiß nicht, was mit ihm geschehen ist. Du zogst es nicht nur nie mehr an, sondern ließest es aus dem Schrank verschwinden, um Dich reinzuwaschen vom Verdacht der Koketterie.

In Gedanken an jenen Vorfall schien es mir unmöglich, daß ihr nicht schon in den Internatsjahren wegen wichtigerer Anlässe aneinandergeraten wart – sie, ganz honigsanft im Innern ihrer Seele wie in der Farbe ihres Haars, Du, so sehr um Härte, um Unbedingtheit bemüht.

»Gewiß«, sagte ich zu Madeleine, »haben Sie ihr sehr geholfen. Es war ein wahres Glück für Constance, Ihnen in Versailles zu begegnen. Was wäre ohne Sie aus ihr geworden?«

»Wir waren ein halbes Dutzend, aus Belfort, aus Nancy, die ihr zur Seite standen ... Marguerite Taron, Marthe Bossavy, Marie Auburtin ... Um sie herum bildete sich etwas wie eine kleine Familie. Einig, warmherzig ...«

»Die einzige Familie, die sie je gehabt hat!« rief ich. »Wenn sie mir von jener Zeit in Versailles und Sèvres erzählte, und sie erzählte mir oft von ihr, war immer ein dankbares Beben in ihrer Stimme. Glücklich, sie war glücklich unter Ihnen, zum ersten und einzigen Mal in ihrem Leben!«

Ich sah, wie Madeleines Miene sich verdüsterte.

»Ja«, seufzte sie. »Wir liebten sie... Es gab Tage, da nahm sie unsere Liebe an und scheuchte die Bilder von Saint-Étienne aus ihren Gedanken. Wie reizend war sie dann, und jung und fröhlich! Aber dann wieder zog sie sich in sich selbst zurück, hinter, man wußte nicht welche, Verschanzung.

Diese Krisen konnten mehrere Tage währen. Sie wollte weder geliebt noch bedauert werden, weder Hilfe noch Beistand irgendwelcher Art erhalten. Ich werde nie den Nachmittag vergessen, als wir in unserer Studierbude – also schon in Sèvres: in der Studierbude, die wir uns zu sechst teilten – die Abwesenheit Constances, die hinausgegangen war, um ein Buch in die Bibliothek zurückzubringen, dazu nutzten, um uns über diese in ihrem Alter so erstaunliche Neigung zum Unglück auszulassen. ›Gar nicht so erstaunlich!‹ sagte ich, nachdem ich meine Kameradinnen hatte reden lassen. Überrascht drehten sie sich zu mir um. Ich konnte nun nicht anders als ihnen erzählen, was Constance mir anvertraut hatte, obwohl ich die Folgen einer solchen Indiskretion fürchtete.

Marguerite, Marthe und Marie nahmen sich nach diesen Enthüllungen schweigend vor, ihr Betragen zu ändern, aber eine sechste Mitstudentin, deren Namen ich vergessen habe, rief unbesonnen, es sei nicht nötig, für die Absonderlichkeiten unserer Jüngsten einen anderen Grund zu suchen als eine derartige Folge von privaten Unglücksfällen. Wenn man so jung so viele Schicksalsschläge erlitten habe, sei es nur natürlich, einen Hang zum Pessimismus davonzutragen.

Auf diese Worte hin drehte sich die Tür in ihren Angeln, und Constance, die wir nicht hatten kommen hören, stand auf der Schwelle, weißer als ihr Krägelchen. Sie sagte kein Wort zu uns, ging zu ihrem Pult und setzte sich. Wir waren bestürzt, wagten es weder, sie anzusehen, noch, mit ihr zu sprechen. Jene Blanche – jetzt erinnere ich mich wieder an ihren Namen – war nicht dümmer als andere, und gern hätten wir uns dem, was sie gesagt hatte, angeschlossen, aber genau dieser Satz: ›Wenn man so jung so viele Schicksalsschläge erlitten hat, ist es nur natürlich, einen Hang zum Pessimismus davonzutragen‹, dieser Satz war der letzte, den Constance hätte hören sollen. Wir begriffen sofort, daß wir unsere Kameradin beleidigt hatten. Deshalb gingen wir, ohne uns darüber zu verständigen, auf den Gang und ließen sie bittere Betrachtungen anstellen über die Oberflächlichkeit ihrer Kameradinnen, junger Mädchen, die so töricht waren, eine sich auf Vernunftgründe stützende Wahl auf einstige biographische Ereignisse zurückzuführen.«

»Madeleine«, fragte ich sie, »haben Sie keine Gelegenheit gefunden, mit ihr noch einmal über diesen Vorfall zu sprechen? War sie bereit, sich mit Ihnen darüber zu unterhalten?«

»Direkt? Nein. Sie schrieb mir einen Brief, den sie am nächsten Tag in mein Fach steckte. Ihr Protest hatte die Form einer in der Stille herangereiften und im Fieber abgefaßten Epistel. Ich weiß nicht, ob alle Wendungen von ihr stammten. Vielleicht hatte sie sie einem der Texte des *Calendrier manuel* von Monsieur Desjardins entnommen. Schließlich aber ist es durchaus möglich, daß diese heftigen Sätze, in denen sie uns das Recht absprach, mit den Jahren ihrer Kindheit das zu erklären, was sie stolz ihre Doktrin nannte, aus ihrem eigenen Fundus stammen.«

»Sie werden mir diesen Brief doch zeigen?«

Einen Monat später schickte Madeleine ihn mir. Ich erkannte Deine von Querstrichen, Spitzen, Verstärkungen starrende Schrift, sie war schon völlig ausgebildet. Leider fürchte ich, daß Du, wenn Du heute diesen Brief wieder liest, noch jedem seiner Worte beipflichtest.

»Wie können Sie sich unterstehen, das, was Sie von meinen Mißgeschicken erfahren haben, dazu zu benutzen, die Schlußfolgerungen, zu denen ich erst nach langen, reiflichen Überlegungen gelangt bin, auf das Niveau einer natürlichen Reaktion herabzuwürdigen? Damit berauben Sie mich des

Besten, was ich in mir habe, und entziehen sich das Recht, sich meine Freundinnen zu nennen.

Meine Ansichten über das Leben und den geringen Wert, der ihm zuzubilligen ist, sind die Frucht nicht der Schicksalsschläge, die ich erlitten habe, sondern meiner Weigerung, mich mit den leeren Illusionen zu trösten, denen der Rest der Menschen sich hingibt. Durch meine Überlegungen und meine Lektüren gelangte ich zu einer Sicht ohne Hoffnung und habe nicht gezögert, sie gänzlich zu der meinen zu machen, während Sie von Ihrer Seite aus, aufgrund der Feigheit der Menschen, die das Bedürfnis haben, vom Vorzug des Daseins überzeugt zu sein, versuchen, meine Meinungen als das Ergebnis meiner besonderen Leiden zu betrachten, und es wagen, materiellen Umständen das zuzuschreiben, was sich nur meiner Urteilskraft verdankt.

Ich verwahre mich mit aller Entschiedenheit gegen eine solche Erfindung der Schwäche und der Gewöhnlichkeit und bitte Sie, wenn Sie meine Freundinnen bleiben wollen, es sich zur Aufgabe zu machen, meine Beobachtungen und Gedankengänge zu widerlegen, statt meiner Armut, der Tatsache, daß ich eine Waise bin, und meinen sonstigen persönlichen Mängeln die Schuld zu geben.

Sie sollen wissen, daß ich mich lieber von wilden Tieren umringt mitten in der Wüste befände, als der Gegenstand eines so schlecht begründeten Mitleids zu sein. Ich will nicht wegen dem, was ich erlebt habe, bedauert, sondern, wenn meine Ansichten Sie erstaunen, wegen dem, was ich denke, bewundert oder verurteilt werden.«

20
Das vierte Evangelium

Ein großes, auf einer Anhöhe gelegenes Gebäude, das ihr selten verließet; ein auf Arbeit und Freundschaft beschränktes Dasein; Spaziergänge im Park, die eher der geistigen Sammlung als der Erholung galten; der Gang jeden Morgen hinab in die Halle, um die Post aus den Fächern zu nehmen – ausschließlich Briefe von Verwandten oder von einstigen Sèvrianerinnen, die vom Schulleben in der Provinz berichteten –; seltene Augenblicke der Entspannung im Speisesaal, auch sie gedämpft durch eine klösterliche Zurückhaltung; das Duzen unter den Schülerinnen ebenso unpassend wie das Weglassen von *Madame*, wenn ihr euch an die Autoritätspersonen des Hauses wandtet: das war das Leben, das Dir die Hochschule zur Ausbildung von Gymnasiallehrerinnen in Sèvres bot, wo Du, nach zwei Jahren in der Vorbereitungsschule, als beste Schülerin und als jüngste seit der Gründung der Anstalt eintratest. Ihr gingt selten nach Paris, Du nie, außer um den Antikensaal im Louvre zu besuchen. Ebensowenig wie in Versailles hattest Du Kontakt mit der Außenwelt.

Die sich nur vorstellte in den Personen eurer Lehrer, die alle einen guten Ruf hatten, Berühmtheiten der französischen Universität waren. Sie wohnten in Paris und kamen einmal in der Woche. Der Mittwoch, euer höchster Glückstag, gehörte den »drei Mamamouchis«. Die ihr so nanntet in eurer Umgangssprache mit einem Humor, der unter dem Vorwand, über sie zu lachen, die Achtung nur noch verstärkte, schritten durch die Kastanienallee heran, an deren Ende ihr ungeduldig auf ihr Erscheinen wartetet. Monsieur Ferdinand Brunot, der Grammatiker, dessen *Histoire de la langue française* zu erscheinen begann, kam am Morgen; Monsieur André Lalande, der Philosoph, der das *Vocabulaire technique et critique de la philosophie* bereits publiziert hatte, am frühen Nachmittag; und endlich, wenn es Abend wurde, jener, der es verschmähte, sich zu Schriften herabzulassen, aber dessen Worte die abgenutztesten Autoren des Lehrbuchs verjüngten oder in den Himmel der Klassiker die neuen Sterne der Literatur einberiefen. Versehen war er nur mit seinem Nachnamen – aber Achtung vor den kaustischen Spitzen unter diesem gärtnerischen Schmuck –: Monsieur Desjardins.

Fleischige Nase, vorstehender Mund, dicke Lippen, Kraushaar: mit einem Wort, der Kopf eines weißen Negers, aber, wie er selber sagte, seine Augen, die keine schöne Farbe hatten, gaben die Gewähr, daß jemand zu Hause war. Gleich einem hinter einer Schießscharte versteckten Wachtposten bewachte dieser Jemand die Festung der französischen Kultur: durchbohrte mit seinen scharfen Angriffen die von ihren eigenen Kenntnissen eingenommene Schülerin, ließ nie ein Lob los, dessen Spitze nicht mit feinen Widerhaken versehen war. Sein Unterricht folgte keinem Plan, keinem Programm. Seine einzige Methode: verwirren. Sein Ziel: den Kult des Geistes in jenen schüren, die er für dessen Vestalinnen hielt; die dämlichen Ziegen vor den Kopf stoßen; allen die ursprüngliche Dummheit austreiben. An einem Tag sprach er über Racines *Bérénice*, ihre zarte, blutlose Magerkeit, die ihr eigene Tönung eines Aquamarins, an einem anderen Tag schärfte er an Henry Bataille oder Paul Géraldy, die damals auf dem Gipfel ihres Ruhms standen und von manchen von euch sehr geschätzt wurden, seinen epigrammatischen Witz. Er entdeckte euch die noch unbekannten Geheimnisse des erst kürzlich in der *Nouvelle Revue Française* abgedruckten *Cimetière marin* von Valéry. Er entfaltete sein Talent als Vorleser bei *Le Retour de l'enfant prodigue* von Gide, einem Autor, den er auf eine Stufe stellte mit Paul Claudel, diesem, wie er behauptete, christlichen Orphiker, der paradoxerweise dem Stamm eines französischen Bauern zwischen Marne und Oise entsprungen war (meines Erachtens taugt er nicht mehr als unser D'Annunzio). Doch diese Aussagen machtest Du selbst in der nach seinem Tod geschriebenen Huldigung (dem einzigen Text, den Du, der es an literarischer Begabung nicht fehlte, je zu schreiben bereit warst); und da ich Monsieur Desjardins auch gekannt habe, gibt es für mich keinen Grund, Dich der allzu großen Nachsicht und Gefälligkeit zu verdächtigen: jedem Jahrhundert, dem er sich zuwandte, allem, was er anrührte, hauchte er Leben ein. Nie abgenutzt, nie verbraucht, nie banal, Lebende und Tote erfuhren durch ihn einen Auferstehungsmorgen.

Die verwitwete Madame Belugou – die ihr nur als Frau Direktorin anredetet und deren Vornamen ihr sogar nie gewußt habt – empfing euch jeden Abend um halb neun in ihrer Wohnung. Keine von euch hätte diesen Besuch versäumt. Eine nach der anderen – die zwölf Schülerinnen des ersten Jahrgangs, die acht des zweiten, die fünf oder sechs des letzten – marschiertet ihr in ihr Arbeitszimmer, um ihr respektvoll guten Abend zu sagen. Sie drückte euch die Hand, sprach ein paar ermunternde Worte, dann kehrtet ihr in die Studierbude zurück, um bis zum Schlafengehen, das auf zehn Uhr festgesetzt war, dort zu arbeiten, und nahmt als einen Stachel gegen Schläfrigkeit und Trägheit das Bild dieser schwarzgekleideten Frau mit, deren beide Söhne im Krieg umgekommen waren. Die in endgültiger Trauer erstarrte Mutter weigerte sich aufzugeben, sie war unbezwingbar und hätte auch nicht den geringsten Verstoß gegen die Vorschrift zugelassen.

Außer dieser täglichen Zusammenkunft gewährte sie jeder Neuen eine längere und förmlichere Audienz. Sie führte Dich ans Fenster und zeigte Dir im Park, der auf der Anhöhe in sanftem Gefälle verlief, die in herbstlichem Rot stehenden Bäume.

»Warum, glauben Sie, ist die Schule auf diesem Hügel, fern von Paris untergebracht worden?«

»Frau Direktorin, die Nähe zur Natur ist für das Studium gewiß vorteilhafter als die Unordnung und der Lärm der Hauptstadt.«

»*Sancta ingenuitas*! Ich muß also mit Ihnen sprechen, mein Kind. Die Schule wurde 1881 gegründet, das wissen Sie ja. Damals wurde den Frauen zum ersten Mal die Rechtswohltat zuerkannt, höhere Schulen und Hochschulen zu besuchen. Ein sehr großer Teil der Öffentlichkeit erregte sich über das, was ihm als gefährliche Verletzung der vornehmsten Tugenden unseres Geschlechts erschien, Zurückhaltung, Scham, häusliche Einsatzbereitschaft, poetische Ignoranz der Dinge. Die katholische Presse zögerte nicht, zu verstehen zu geben, daß ein junges Mädchen, das dies Gymnasium besuchen wollte, gegen die Regeln des sittlichen Anstands verstoße. Jeanne d'Arc, sagte man – zu jener Zeit, da die Rückeroberung des vom Ausland besetzten nationalen Territoriums vorbereitet werden mußte –, Jeanne d'Arc hatte kein Diplom benötigt, um die Ehre Frankreichs zu retten. In mehreren Städten des Südens sah man junge Männer die Schülerinnen nach Schulschluß abpassen und mit der Unverfrorenheit anstarren, die den eines lasterhaften Lebenswandels überführten Frauen zukommt. Littré, der große Littré selbst, den wir als einen der Gründerväter unserer laizistischen Republik ansehen können, verurteilt die Besucherinnen der Sorbonne mit höchster Strenge. Sehen Sie«, fügte sie hinzu und nahm von einem Gestell den zweiten Band des *Dictionnaire*, »was er beim Wort ›Student‹ sagt.«

Du lasest folgende Erklärung: »Student. Derjenige, der studiert. Vornehmlich derjenige, der an einer Universität studiert. Weibliche Form: Studentin, in einer Art Umgangssprache: Grisette des Quartier Latin. Kommis und Grisetten, Studenten und Studentinnen strömen zu diesem Ball.«

»Dies genügt wohl«, sagte sie nach einer Pause, »um Sie davon zu überzeugen, daß es von dringender Notwendigkeit war, unsere Schule, die dazu bestimmt ist, die Erzieherinnen der weiblichen Jugend auszubilden, abseits von Paris unterzubringen, in der Abgeschiedenheit und Einsamkeit. Jene, denen die Familien unseres Landes ihre Töchter anvertrauen würden, mußten über jeden Zweifel erhaben bleiben. Und heute«, fügte sie hinzu, »da die jungen Franzosen sich auf dem Schlachtfeld hinopfern, kann die Notwendigkeit der Absonderung nicht weniger zwingend erscheinen.«

Du konntest nur die Augen senken, still nicken, aus Befürchtung, durch ein unangebrachtes Wort die Mutter zweier in den Sümpfen von Saint-Gond getöteter Soldaten zu verwunden. Sie ließ Dich Dein bequemes, ruhiges, gefahrloses Leben mit dem heldenhaften Los der Verteidiger des Vaterlandes vergleichen, dann, ohne daß sich ein Zug in ihrem seit langem für ein Lächeln unzugänglichen Gesicht verändert hätte, fügte sie hinzu:

»In Ihrem Fall zudem, mein Kind, schreiben Ihnen Ihre arme Herkunft und die Opfer, zu denen der Staat bereit war, um Ihnen zu erlauben, einem Studium nachzugehen, zu dem Ihre sozialen Verhältnisse Sie nicht berechtigt hätten, besondere Pflichten vor. Ich sehe mit Freude, daß die Aufmachung nicht Ihre erste Sorge ist und daß Sie sich mit dem von der Verwaltung zur Verfügung gestellten grauen Kleid zufriedengeben. So werden Sie wohl keine von jenen sein, die die Bewerber ermutigen, stelle ich mir vor. Haben Sie die Absicht, eines Tages zu heiraten, mein Kind?«

»O nein! Frau Direktorin.«

»Gut. Man hat feststellen können, daß mehr als die Hälfte der einstigen Sèvrianerinnen den Beruf aufgeben, wenn sie heiraten. Es wäre nicht der Mühe wert, in unserer Schule Schülerinnen heranzubilden, die uns jede mindestens 1200 Francs kosten, wenn sie, kaum wieder in der Welt, den Staatsdienst verließen. Ehelosigkeit wird Ihnen selbstverständlich nicht vorgeschrieben, mein Kind. Aber es wäre gut, wenn Sie über die Vorteile einer Stellung nachdächten, die es Ihnen ermöglichen wird, in der Welt das zurückgezogene stille Leben fortzusetzen, das Sie hier führen, den Eltern der Schülerinnen zu beweisen, daß das Gymnasium kaum anders ist als ein Kloster, die republikanische Staatsform, die noch durch üble Nachrede verwundbar ist, zu stärken und schließlich Ihre zivilisatorische Aufgabe unter den besten Bedingungen, in innerer Gelassenheit, Frieden, Unbefangenheit, zu erfüllen. *Ultima sed non infima ratio*: eine verheiratete Lehrerin bleibt eine vollkommen achtbare Frau, eine geschiedene Lehrerin dahingegen würde das Gymnasium leeren.«

Wie ein Evangelium Selbstverleugnung predigen, die Notwendigkeit unterstreichen, die empfangenen Wohltaten durch ein Opferleben zu vergelten, das bescheidene Zurücktreten als höchstes Ideal loben: Madame Belugou tat nichts anderes, als sich nach den Direktiven der Regierung in Sachen weibliche Erziehung zu richten, ohne zu ahnen, welchen Widerhall ihre Worte in einer schon von Port-Royal durchdrungenen Seele fanden. Im Programm der Dritten Republik erkenne ich zwei scheinbar unvereinbare Bestandteile: einerseits die alte jansenistische Strömung, die in der französischen Mentalität immer wieder zu gewärtigen ist, andererseits die mit dem republikanischen Geist aufgekommene laizistische Tendenz. Ja, als Leitfaden des richtigen Verhaltens legte man euch eine erstaunliche Synthese von Pascal und Jules Ferry vor: nicht ohne den Jansenismus seines religiösen Inhalts zu entleeren und dem Laizismus eine mystische Dimension zu geben. Das Wort »Kloster« war Madame Belugou nicht zufällig entschlüpft: fern der Verlokkungen, die das Wesen aufreizen und die Willenskraft schwächen, erzog euch die École de Sèvres nach den Regeln einer beinahe klösterlichen Disziplin. Woraufhin ihr, vom bürgerlichen Tod, dem ihr freiwillig zugestimmt hattet, getroffen, ohne Schleier, aber mit der Hingabe echter Nonnen bereit wart, mit der Kirche zu wetteifern. Im politischen Diskurs Gegenstand aller Angriffe, blieb die Kirche doch das Vorbild der Nation. Und ihr, Bürgen der für das Bürgertum, dessen Vorurteile es zu entwaffnen galt, so wichtigen guten Sitten, aus der Welt Ausgeschlossene, hinter die Klausur der Ehelosigkeit Verbannte, ihr gingt gleich heiligen Schatten durch das Jahrhundert.

Als Du einige Jahre später heiratetest, brachst Du Dein Gelübde. Der Ehemann gehörte überdies nicht zur Welt der französischen Universität oder irgendeinem anderen geachteten Milieu. Als Sohn eines Diplomaten und einer Modeberichterstatterin, selbst ohne festen Beruf und erst recht ohne »Berufung«, stellte er all das dar, was die französische Universität verabscheut und mit Bezeichnungen wie »pariserisch«, »frivol«, »oberflächlich« heruntermacht. Schlimmer noch, er sprach eine Sprache, die zu unterrichten eure Schule nicht für angebracht hielt, und entstammte einem Land, das das Unrecht begangen hatte, das durch eine berühmte literarische Tradition geadelte Latein durch das Italienische zu ersetzen, dessen bestakkreditierte Botschafter Arlecchino und Policinello hießen.

Es erstaunt mich nicht, daß diese mehreren Verstöße Dich

gewissermaßen verpflichtet haben, die anderen Artikel des Codex genau zu befolgen. Du mußtest Deine Kühnheit durch eine um so strengere Befolgung der Grundsätze ausgleichen, die Du nicht verraten hattest. Die Gewissenhaftigkeit, mit der Du die Aufgaben korrigiertest, der kleinliche Zwang zum gymnasialen Frondienst, selbst die Weigerung, eine glänzendere Laufbahn einzuschlagen, alle diese Verzichtleistungen erklären sich nicht ohne den Wunsch, eine anfängliche Schuld zu sühnen.

Nie habe ich Dich von Madame Belugou anders als höchst respektvoll sprechen hören. Es ist sogar möglich, daß Du sie geliebt hast: mit stärkerer, rückhaltloserer Liebe als Madeleine, deren überschwengliche, superlative Zärtlichkeit Dir ein wenig lästig fiel.

Den Kandidatinnen, die die Agrégation erlangt hatten, hielt der Generalinspektor, Monsieur Fabius Honoré, vor der Abreise in die Ferien eine Ansprache, von der jedes Wort sich Dir ins Gedächtnis prägte. Allem Anschein nach die Karikatur der offiziellen Rede, obwohl Du mir geschworen hast, daß Monsieur Honorés Predigt diesen Wortlaut hatte. Die Ratschläge, die Warnungen, die der Vertreter des Unterrichtsministeriums euch als Wegzehrung mitzugeben für gut hielt, mögen heute allerdings lächerlich erscheinen, doch welche von euch ist sicher, sich ihrem Einfluß entzogen zu haben?

Unter dem Vorsitz von Madame Belugou – von Kopf bis Fuß schwarz gekleidet, statuenhafter denn je, beabsichtigte sie diesen Taubenschwarm nicht ausfliegen zu lassen, ohne daran zu erinnern, daß sie ihre beiden Söhne dem Vaterland geschenkt hatte – ließ er euch ins Sprechzimmer kommen.

»Meine Fräulein, liebe Freundinnen, Sie wissen, daß der Krieg als eine der vielgestaltigen Umwälzungen, die das Gesicht unserer Gesellschaft verändert haben, eine Revolution im weiblichen Unterrichtswesen herbeigeführt hat. Der Beschluß, weibliche Lehrkräfte in Knabengymnasien zu schikken, ein Beschluß, der in Friedenszeiten für unpassend gegolten hätte, wurde durch den Frontdienst von Tausenden Einberufener notwendig. Leider! Madame«, fügte er hinzu und wandte sich zur unbewegten Direktorin, »sind viele unserer jungen Lehrer nicht zurückgekehrt, und deshalb werden Sie zwei Jahre nach dem Ende der Feindseligkeiten vielleicht wiederum an ein Knabengymnasium berufen werden. Die Familien, die eine solche Maßnahme unter normaleren Verhältnissen zutief und mit Recht empört hätte, wußten sich zu großer Dankbarkeit denen gegenüber verpflichtet, die kamen, um den Schulbesuch ihrer Söhne zu retten. Es steht außer Zweifel, daß sie in den künftigen Jahren ähnlich empfinden werden.

Unter der Bedingung«, sagte er nach einer Pause, in der er ein zu kurzes spitzes Kinnbärtchen geglättet hatte, Überrest der üppigen Behaarung der Vorkriegszeit und ungeschickter Annäherungsversuch an die neue haarlose, glattrasierte Mode, »unter der Bedingung, daß Sie sich dieser Sondermission, die Ihnen anvertraut ist, würdig erweisen. In Langres ist es kürzlich zu einem peinlichen Ereignis gekommen. Eine ehemalige Studentin der Schule hatte ihre Sommerferien in Brighton verlebt und von dort die freien Manieren der englischen Misses mitgebracht. Sie besaß die Dreistigkeit, ganz allein auf den Befestigungsanlagen spazierenzugehen! Ganz Langres war entrüstet, die Direktorin des städtischen Gymnasiums fürchtete, daß es zu einem mißlichen Zwischenfall kommen könnte, ich habe energische Maßnahmen treffen müssen. Ich bin sicher, meine Fräulein, daß Sie mir und sich selbst derartige Unannehmlichkeiten ersparen werden. Verbannen Sie Schminke, Lippenstift und Parfums. Tragen Sie graue Kleidung. Je weniger Sie sich von den Mauern abheben, desto weniger wird man versuchen, Sie von Ihrer Pflicht abzulenken. Betreten Sie nie ein Café. Vom kleinen Gläschen gleitet man zur Straße ab, von der Straße fällt man in die Gosse. Schürzen Sie Ihr Haar immer in einem strengen Knoten. Es wäre bedauerlich, wenn einige lose Strähnen sich aus Ihrer Frisur stählen und dem Wert Ihrer Unterrichtsstunden schadeten. Sie werden nicht nur nach der Qualität Ihres Schuldienstes beurteilt werden, sondern auch nach Ihrem Lebensstil, nach der Bescheidenheit und Beispielhaftigkeit Ihres Auftretens. Ihre jeweiligen Direktorinnen werden mir hierüber die notwendigen Auskünfte erteilen. In dem Zimmer, das Sie mieten, nachdem

Sie überprüft haben, daß es keinerlei Zugang haben kann zur Unterkunft irgendeines männlichen Mieters, werden Sie sich Geranien versagen. Diese Blumen müssen auf dem Balkon gehalten werden, und dadurch, daß sie Sie zwingen, öfter als sonst nötig das Fenster zu öffnen und den Oberkörper über die Gießkanne zu neigen, würde die Pflege, die Sie ihnen widmen, Sie den Blicken der Straße und, wer weiß, den Anzüglichkeiten des Pöbels ausliefern.

Üben Sie Entsagung, mit keinem anderen Ansporn möchte ich schließen. Ah, doch! Da Sie ins vorderste Glied aufgenommen wurden, welcher Vorzug zu Ihrer Eigenschaft als Sèvrianerinnen hinzukommt, verdienen Sie und haben Sie die größten Aussichten, auf die begehrtesten Posten berufen zu werden, das heißt, in die Nähe von Paris. Aber ich möchte Sie sogleich warnen. Ich hielte es für gefährlich zu dulden, daß der Lehrkörper unserer Anstalten für junge Mädchen oder die zum Sonderdienst in Knabengymnasien geschickten Pionierinnen ihre Mußestunden dazu nutzen, nach Paris zu fahren. Obwohl die Schulverwaltung nicht das Recht besitzt zu verhindern, daß Sie gehen, wohin Sie wollen, wenn Sie keinen Unterricht erteilen müssen, lassen Sie mich Sie väterlich warnen: hinterbrächte man mir, daß eine von Ihnen zum Schaden ihres Rufs und ihrer Gesundheit ständige Hin- und Herfahrten anstellt, so würde sie zwangsweise in einen entfernteren Ort geschickt, so daß ihr außerhalb der Ferienzeit jede Reise nach Paris technisch unmöglich wäre.«

Als ich Dich im August 1923 kennenlernte, hattest Du gerade nach dem deutschen Exkurs nach Mainz Deine Versetzung nach Dijon in das dortige Mädchengymnasium erhalten. Du warst entschlossen, Dein Wort zu halten und trotz der relativ kurzen Strecke nie nach Paris zu fahren. Monsieur Honoré hatte nicht vorausgesehen, daß die auf halbem Weg zwischen Dijon und Paris liegende Abtei von Pontigny, die Monsieur Desjardins nach Inkrafttreten des Gesetzes über die Trennung von Staat und Kirche der Kirche abgekauft hatte und wohin er uns beide, jeden ohne Wissen des anderen, einladen sollte, einen Ort idealer Begegnung abgab. Es war kein Verstoß gegen Deine Überzeugung, wenn Du Dich an einen Ort verfügtest, der durch die romanische Heiligkeit seines Klosters für schlechte Einflüsse unempfänglich, durch das Laubwerk seines Parks gereinigt, durch den meistverehrten Lehrer der Schule in ein Studienzentrum verwandelt und jedenfalls, mitten in der zisterziensischen Bourgogne, vor den Gefahren der Hauptstadt geschützt war.

Monsieur Desjardins' List besorgte den Rest: ein undurchsichtiger Lehrer und Vater, von dem sich schwer sagen läßt, ob er sich mehr darin gefiel, das Glück seiner Lieblingsschülerin zu wollen, oder darin, um den Ausgang des Kampfs zu beobachten, jene den Fallstricken der Welt auszuliefern, die die Zartheit der Lilie mit der Härte des Diamanten verband.

21
Das Glashaus

Als Du am 28. Dezember 1920 aus dem vereisten Garten in das leere Haus zurückkehrtest, wo Du als einziger Zögling geblieben warst, fandest Du in Deinem Gefach einen Brief.

»Mein Fräulein, liebe Freundin,

Übermorgen, Donnerstag – am vorletzten Tag des Jahres 1920 –, wird eine ehemalige Sèvrianerin, Mademoiselle Bossavy, die sich gern Freundin nennen läßt, gegen halb fünf Uhr zu mir zum Tee kommen. Falls Sie zur Zeit allein und ein wenig trübsinnig sind, sollen Sie wissen, daß eine Tasse und ein Platz in unserer Unterhaltung für Sie dasein werden. Falls Sie jedoch anderweitig Vergnügliches vorhaben, machen Sie sich nicht die Mühe abzusagen. Sie werden erwartet, doch nicht ausdrücklich erwartet, und man macht Ihretwegen keine besonderen Umstände.

Mit vorzüglicher Hochachtung

Paul Desjardins.«

Die genaue Angabe von Tag und Stunde, der Gedanke, daß Du »allein und ein wenig trübsinnig« sein könntest, und vor allem der Satz »Sie werden erwartet, doch nicht ausdrücklich erwartet« und das neutrale »man«, hinter dem Du eine Mischung von Wohlwollen und Schamgefühl spürtest – Wohlwollen dessen, der sich um eine vereinsamte Schülerin sorgte, Schamgefühl dessen, der zauderte, ihr als Geschenk zum Jahresende die Unterhaltung eines alten Mannes anzubieten –, schließlich der sowohl dringende wie auch gelöste Ton dieser Mitteilung, dazu noch eine gewisse stilistische Grazie in einem Briefchen, das lediglich konventionell hätte sein können, brachten Dich von Deinem Entschluß ab, während der Feiertage niemanden zu sehen.

Du hattest nach glänzend bestandener Agrégation ein viertes Jahr in Sèvres zugestanden bekommen, ein bis zu Deiner ersten Berufung auf einen Posten der Lektüre und der Betrachtung gewidmetes Jahr. Man schlug Dir im besetzten Deutschland Mainz am Rhein vor. Du hättest ablehnen können: für den »Außendienst« nahm man nur Freiwillige. Du nahmst an, weil Du in Frankreich so wenige Bindungen hattest – Dein Bruder war in die Bergwerksschule von Saint-Étienne eingetreten, Dein wiederverheirateter Vater wartete auf seine Pensionierung in einem Dorf des Départements Ain –, nahmst an aus natürlicher Tapferkeit, aus Lust, ins vorderste Glied zu treten, aus Unkenntnis der Gefahr. Anfang Oktober, nach einem kurzen Aufenthalt in Pontigny, wohin Monsieur Desjardins – wahrscheinlich nach dem Teenachmittag in der Rue de Boulainvilliers – Dich eingeladen hatte, mit der Aufforderung, der kleinen Gruppe von Jüngern und Freunden beizutreten, die den Wiederbeginn der Dekaden im nächsten Jahr vorbereiteten, erhieltest Du in Mainz als Antwort auf Dein Dankschreiben den zweiten Brief.

»Liebes Fräulein Constance,

Pontigny bewahrt Sie in liebevoller Erinnerung. Man kann den Blick nicht auf die grasige Anhöhe, die Erdaufschüttung mit den Nußbäumen richten, ohne Sie dort sitzen zu sehen, wie Sie an einem bestimmten Abend Ihr gelöstes Haar trocknen, während die anderen zum Vesperbrot stürmten. Unsere Unterhaltung in der Bibliothek hat sich nicht verflüchtigt, wie Ihnen diese Bände von *Anna Karenina* bezeugen, denen zur Abwechslung bald ein kleiner Spinoza folgen wird. Der treffliche X, Mademoiselle Y (zwei unwichtige Namen) und Sie, diese drei Gestalten von gänzlicher Lauterkeit, sind uns so deutlich, so bewegend in Erinnerung wie jenes Mal, als Ihre Schritte in der Allee uns zwangen, den Kopf zu wenden.«

So begann im Rhythmus von einem Brief alle zwei oder drei Tage in beiden Richtungen ein Briefwechsel, der die zwei Jahre Deines Lebens in Mainz beherrschte und darüber hinaus Dein ganzes Dasein erhellte, wenn ich mich einer so flachen Formel bedienen darf, um die Wohltat einer außergewöhnlichen Freundschaft anzudeuten, für die sich keine genaue Bezeichnung findet – weder Freundschaft noch Liebe –, zarte und quälende Ungewißheit, die euch, dem einen wie der anderen, bewußt war und zu ihrer Bereicherung beitrug. Habe ich eine Rücksichtslosigkeit begangen, als ich die Woche Deiner Reise nach Marseille, wo Du Deinen Bruder zu seinem Schiff nach Haiphong begleitetest, dazu nutzte, aus dem Geheimfach Deines Schreibtischs den pietätvoll mit einem rosa Seidenband umwickelten Packen dieser Briefe herauszunehmen, sie einen um den anderen zu lesen – und mir dabei einige Sätze zu notieren?

Ich war gegen Monsieur Desjardins voreingenommen. Zu oft hatte ich Dich sagen hören, daß Du von niemandem so viel erhalten hättest wie von Deinem Lehrmeister, zu oft Dich manche seiner Aussprüche zitieren hören, die allerdings von eigenartiger Schlagkraft waren, um nicht auf den eifersüchtig zu sein, der einen so bestimmenden Einfluß auf Dich ausgeübt hatte und, von der Höhe seiner großartigen Bildung und Intelligenz aus, die ich als erster zu bewundern bereit war, auf meine Frau weiterhin ausübte. Es war denn auch, um Gewißheit zu haben, daß ich diesen Vertrauensbruch wagte, der mir nicht mehr als ein solcher erschien, als ich die Briefe kennengelernt hatte. Nicht nur, weil ihr Inhalt dem Bild widersprach, das ich (und mit mir seine zahlreichen Verleumder) mir von ihm gemacht hatte als von einem gefühllosen, selbstsicheren, von seiner eigenen geistigen Überlegenheit eingenommenen Mann, der sich damit unterhielt, wie die Katze mit der Maus mit seinen allzu leichtgläubigen Schülern zu spielen, sondern auch, weil es da kein Blatt gab, das Du mir nicht selbst hättest zeigen können, so sehr entfaltete sich darin eine einfache, echte Güte, bar jener Tricks, Listen und Neckereien, die ihm als Panzer gegen die Aufdringlichen dienten.

Dennoch bin ich davon überzeugt, daß dieser Briefwechsel nicht gefahrlos war, daß er sogar mehr oder weniger direkt zum Scheitern unserer Ehe beigetragen hat. Aus Angst, den Monsieur Desjardins gewidmeten Kult anzutasten, hast Du Dir nie eingestehen wollen, daß er Dich zu hoch hinaufgeführt hatte, um Dich auf ein Leben mit einem wie auch immer gearteten Ehemann vorzubereiten. Prüfe nun mit mir, ob er so schuldlos war, wie es der Ton seiner zweifellos vollkommen aufmerksamen, zartfühlenden und achtungsvollen Briefe vermuten läßt.

Er hätte es sich nie erlaubt, Dein Haar zu erwähnen, ohne sein zärtliches Interesse hinter einer unpersönlichen Wendung zu verbergen oder die Erinnerung an Dich mit der an zwei andere, völlig gleichgültige Personen zu verbinden. In der Folgezeit spricht er nur ganz selten von Deiner körperlichen Erscheinung – und immer von Einzelheiten, die am wenigsten sinnlich sind, wie von Deinen Händen, Deiner Stimme, Deinen Augenwimpern, Deinen, wie er sagte, aquamarinfarbenen Augen von Sommerdämmerlicht.

Zu Anfang war die große Frage die, wie ihr einander anreden solltet. Nach »Mein Fräulein, liebe Freundin« und »Liebes Fräulein Constance« versuchte er »Mein Fräulein und sehr liebe Freundin«, dann ließ er die Eingangsformel weg und beschwor im Verlauf des Briefs entweder »die junge ferne und doch so nahe Freundin« oder »die junge, zutiefst liebe Freundin«, bis zu dem Tag, an dem er Dich aufforderte, ihn nicht mehr »Monsieur« zu nennen. Bei dem Grade, den eure briefliche Vertrautheit ohne Willensbeschluß, sondern kraft einer ausdrücklichen Billigung durch die innere Stimme sehr bald erreicht hatte, väterliche Zuneigung seinerseits, töchterliche Liebe Deinerseits, fand er, daß es geschraubt und lächerlich wäre, sich zu »Monsieur« und »Mademoiselle« zu zwingen. Seinen ständigen sanften Mahnungen nach zu urteilen, scheint es mir, daß Du es nie fertigbrachtest, ihn anders zu nennen. Auch in Port-Royal betitelte man einander nur mit *Monsieur*, auch wenn man dreißig Jahre lang die Einsamkeit der Wüste miteinander teilte. Ein Zeichen dafür, daß jeder vor dem anderen gleich galt zu einer Zeit, da die Adeligen mit ihren Titeln protzten. Für Dich war noch eine weitere Nuance für Dein Festhalten an »Monsieur« bestimmend: Du verstandest den Begriff buchstäblich: »Mon Seigneur«, »Mon Sire«, da Du nach auvergnatischem Mietbrauch auf »Meistersuche« gegangen warst.

Der Name, der am besten zu Dir passe, sei »meine Bündnistochter«, meinte er eines Tages. Sein ältester Sohn, Michel, den er zu seinem geistigen Erben ausersehen hatte, war im Alter von achtzehn Jahren an einem der letzten Kriegstage durch einen Schuß mitten in die Stirn getötet worden.

Monsieur Desjardins lud Dich ein, in seiner Liebe den Platz des Verstorbenen einzunehmen, ein Umstand, der eure Beziehung noch mehr läuterte und vergeistigte. Noch zu anderen Wendungen nahm er Zuflucht, wie »Meine sanfte Unerschrockene« oder »*Unica dilecta*«, da das Lateinische gemäß einem unausgesprochenen, zwischen euch geltenden Codex mit einem Hauch Ironie das mäßigte, was in diesen Gefühlsäußerungen übertrieben gewesen wäre. Endlich wurde die richtige Bezeichnung gefunden. Als er sich selbst nach dem »seltsamen Zauber« befragte, den er in Dir entdeckte, glaubte er festgestellt zu haben, daß Dir ein musikalisches Ordnungs- und Harmonievermögen eigne. »Inmitten der Instabilität der heutigen Gesellschaft, die bewirkt, daß man sich zersplittert, statt sich selbst fortzusetzen, sind Sie, sehr anders als die anderen, eins, von einer natürlichen, bruchlosen Einheit.« Woher die alsbald angenommene Gewohnheit stammte, Dich »Meine Seele«, »Meine teure Seele«, »Meine tapfere und reine Seele« zu nennen, mit Varianten wie etwa: »Mein liebes Weiterleben«, »Meine liebe Hoffnung«, Vorspiele zur einzigen Vokabel, die würdig war, die Vorstellung auszudrücken, die er sich von seiner Schülerin machte, zum stolzen und geheimnisvollen griechischen Namen *Psyché*.

Dieses Zögern, diese Skrupel bei der Wahl des richtigen Namens deuten auf keinerlei Scherze hin. Es handelte sich nicht darum, aus Koketterie die Gepflogenheiten des Briefs als Gattung abzuwandeln, sondern um den Versuch, mit dem Mittel der Worte das Wesen eurer Beziehung zu definieren, ein grundlegendes Problem, denn da ihr kein Beispiel eines solchen Verhältnisses zwischen einem Mann von mehr als sechzig Jahren, den nur noch wenige Jahre von der Pensionierung trennten, und einem jungen Mädchen von etwas mehr als zwanzig Jahren und ganz neu in seinem Beruf fandet, gab es für euch keinen lebhafteren Ansporn für eure Freundschaft, keine stärkere Ermutigung, sich nicht wegen ihr zu entschuldigen, als das Bewußtsein ihres einzigartigen Charakters. Ein Jahr lang bezogen sich Monsieur Desjardins' Briefe fast ausschließlich auf die Suche nach der genauen Nuance eurer Zuneigung.

Da er sich selbst für einen alten Mann hielt, erörterte er ausführlich seine Krankheiten, um zu betonen, welche Distanz der Altersunterschied von vierzig Jahren zwischen euch schuf. Welch ein Luxus des Wortschatzes! Ich entsinne mich, daß er Dir, um die Symptome einer simplen Grippe zu beschreiben, ungefähr dieses sagte: »Allgemeiner Verfall, zerebrale Verdunkelung, Atonie, Apathie, Idiotie. Davon abgesehen geht es mir gut. Wenn ich als Weichtier geboren wäre, würde ich mich nicht krank fühlen, dies wäre mein Normalzustand.« Ein anderes Mal, als er sich gerade erst von einem Gichtanfall erholt hatte, klagte er, daß alles übrige zerrüttet sei. »Der Fuß gibt wieder Frieden. Jetzt ist ein anderes Organ an der Reihe, seinen kleinen Aufruhr zu stiften. Tatsache ist, daß sie sich gegenseitig in Bewegung versetzen, von den Augen bis zur Ferse. Die Polizei ist nicht mehr gut beschaffen. Darin liegt das wahre Übel, es gibt keine Zentralgewalt mehr. Man ist so schwach! Ein Eingeweide tut sich wichtig ...« Mit welcher Kunst nahm er Dich, wenn er Dich von seinem Körper ablenken wollte, um so mehr für seinen Geist ein: der eine gebrechlich, der andere virtuos, wenn er sich über diese Gebrechen ausließ.

Mancherlei Anspielungen auch auf seine Familie. Er hat eine Ehefrau auf dem Hals (»trauernde Mutter, eine sich abkapselnde Person, die alles tut, um sich auszulöschen«), zwei Kinder von etwa zwanzig Jahren, die ihm kaum Anlaß zur Zufriedenheit geben, eine alte Mutter und sogar einen Hund, Kazan, der Dich um einige Seiten bringt, wegen der Zeit, die sein Herr ihm zubilligen zu müssen glaubt. Mit seiner Familie verbindet Monsieur Desjardins mehr Pflicht als Liebe. Du schließt aus den Briefen auf ein ruhiges, eintöniges Heim. Keine großen Dramen, keine besonderen Freuden. Routine, aber sie ist um so dauerhafter, als sie auf dem Verantwortungsgefühl beruht. Er gibt Dir zu verstehen, daß er mit Herz, Geist, Seele Dir ganz zur Verfügung steht, daß das *animal sociale* aber an seine Hundehütte gekettet bleibt. Nicht ein einziges Mal wird er Dich in zwei Jahren in Mainz besuchen.

Eure »Freundschaft« muß außerhalb, jenseits des Körperlichen und des Gesellschaftlichen ihren Platz finden. Er bemerkt sofort, daß Du in dem für Dich neuen Beruf mit vorzubereitenden Unterrichtsstunden und zu korrigierenden Heften überbürdet bist und nur durch zusätzliche Anstrengung, die ihn beunruhigt, Zeit finden kannst, um ihm zu schreiben. Du mögest Dich nicht *verpflichtet* glauben, ihm zu schreiben, betont er. Ihm ist Deine so geringe Ruhezeit zu wichtig und, ganz allgemein, eine Durchlüftung der Tage, die freie Entfaltung der Gedanken bei seinen Freunden, bei seinen Kindern (stets das Feingefühl, Dich mit anderen zu verbinden), als daß ihm die Zwangsvorstellung nicht ein wenig zu schaffen machte, Du zwingest Dich seinetwegen. Daher die Regel, die er Dich zu beachten bittet: ihm nur dann zu schreiben, wenn Dein Herz Dich dazu treibt, dann, wenn »nicht zu schreiben ein wenig beklemmend wäre«. Nachdem dies gesagt sei, fügt er hinzu, warum sich verhehlen, daß ihm diese Gabe eines Briefs von Dir köstlich ist? »Die gleiche Freundschaft, die nicht in Ketten legt, sondern sie abnimmt, macht uns stark für die reine Freude des einen am anderen.« Wie hätte ich eine solche Formulierung vergessen können?

Da er bemerkt hat, daß Du ihm nichts über Dein tägliches Leben in Mainz schreibst und ihn andererseits weder um berufliche Informationen noch um Empfehlungen in Universitätskreisen bittest, wie es alle seine ehemaligen Schülerinnen tun, zieht er im fünften Brief an »die junge ferne, dennoch so nahe Freundin« daraus den Schluß, daß Deine natürliche Vornehmheit diese weniger reinen Elemente aus eurer Freundschaft ausschließt. »Und zudem haben Sie ein Herz, dessen Tiefe unerforscht ist – auch von Ihnen.«

Im siebten Brief gibt er zu, daß Du »einen der Gipfel des menschlichen Gefühls« erreicht hast und daß er sich bemüht, an Deiner Seite zu bleiben. Er ängstigt sich ein wenig deshalb, führt die 471. *Pensée* von Pascal an, jene, die Dir schon so teuer war: »Es ist nicht recht, daß man Zuneigung zu mir faßt«, und versucht dann, Dir gut zuzureden. Zweifellos fürchtet er angesichts eures Altersunterschieds und des euch gemeinsamen lebhaften Sinns für Komik nicht, daß sich in Deine reine Zuneigung Leidenschaft mischt. Aber da ist ein anderes Wasserloch, in das Du nicht geraten sollst. Du idealisierst ihn, Du vergötterst ihn. Ah nein! liebe, allzu liebe Freundin! Kein unfehlbares Pontifikat. Die Vergötterung besteht in der Kurzsichtigkeit, die dazu führt, daß man die Mittel für das Ziel hält. Ziel ist stets, daß die innere Stimme in Dir lebe, durch Dich lebe: Freiheit des Geistes, Gerechtigkeit. Er will nur ein Mittel sein: Dir dabei helfen, klar zu sehen, das ist alles. *Non magister, sed minister.* In Deinem letzten lieben Brief stand des Guten zuviel. Wenn er es annähme, würde er es an Aufrichtigkeit wie auch an väterlicher Pflicht Dir gegenüber fehlen lassen. Er hat sich wiederholt gesagt, daß er, da er nun einmal so alt ist, wie er ist, Dich bei einer der nächsten Wegbiegungen verlassen würde: wenn er Dich bis dahin nicht so weit gebracht hätte, auf das, »was uns nicht fehlen kann«, die Gefühle von Pietät und Hingabe zu übertragen, die Du ihm mit anbetungswürdiger Naivität entgegenbringst (ja, ich glaube, daß er ebendiese Worte gebrauchte), geschähe das, was er um jeden Preis abwenden möchte, daß Du ihm zu sehr nachtrauerst und daß seine vielgeliebte Tochter, sobald er ihr genommen ist, nicht mehr fest und unbeugsam wäre in ihrer Verständigkeit.

Am 1. Januar 1922, nach Deinem Aufenthalt in Paris und eurem kurzen Wiedersehen – am Tag der Abreise hast Du ihm Deine beiden Hände gereicht, ein Geschenk, das er nie vergißt, da er an manchen symbolischen Augenblicken, manchen Orten und Gegenständen hängt, dem Stuhl etwa, auf dem Du bei ihm am Fenster gesessen hast, wie auch die Feste, die religiösen wie die staatsbürgerlichen, in den Augen dieses priesterlichen Laien ohne Gott, den er bekennt, aber nicht ohne private Liturgie, große Bedeutung haben –, fragt er sich seinerseits über die Freundschaft, die Du in ihm erweckt hast. Es wäre vergeblich, meint er, diese Art Liebe definieren zu wollen (obwohl er in seinen Briefen von nichts anderem spricht). Gewiß ist, daß sie frei ist von Verwirrung, von Eifersucht, Traurigkeit, Ungeduld, Herrschlust, Angst: es ist also keinesfalls eine Leidenschaft. In euren Personen harmonieren zwei Willenskräfte mit einem Einverständnis, das euer klarstes Selbst gereift hat. Er selbst, so gesteht er, hielt sich, bevor er Dir begegnet war, für erstarrt, erledigt: er krümmte sich zusammen »in seiner endgültigen Unvollständigkeit«, aus der Du ihm geholfen hast, um ihn glorreich wieder zu Lebenskraft und Lebensfülle zu bringen. Und er lobt die Vornehmheit Deines Gefühls der Dankbarkeit, nicht der Dankbarkeit, die nach einer erhaltenen Wohltat entsteht, sondern jener, die alles in Wohltat verwandelt: die wahre Hochherzigkeit, die innerlich ist und nicht abhängig von erhaltenen Vergünstigungen.

Den nächsten Satz hatte ich abgeschrieben, so weit schien er mir in Deinen Charakter einzudringen (er hat mir übrigens bei der Rekonstruktion Deiner Kindheit geholfen: die Sterne des Crêt de Roch wußten etwas von der Begeisterungsfähigkeit, die Monsieur Desjardins Dir zuerkennt). »Sie haben mir einmal von einer Zeit gesprochen, in der der Anblick einer unliebenswürdigen Menschheit Ihnen das Herz zusammenzog, in der Sie abweisend, mißtrauisch, verachtungsvoll waren. Ich kann mir das nicht recht vorstellen, aber seien Sie versichert, daß das, was Sie damals erstickte, die Verdrängung Ihrer außergewöhnlichen Begabung zur Dankbarkeit und Verehrung war: bei der ersten Begegnung mit Personen von genügend Menschlichkeit hat diese Begabung in Ihnen Aufschwung erhalten.« Die Worte *Dankbarkeit* und *Verehrung* beruhigen ihn: sie tragen eure »Freundschaft« in eine Höhe, in der er wünscht, daß sie bleiben soll; damit er dies schwungvolle *Te Deum* in gesetzterem Ton beenden kann: »Ich fühle mich der Wahrheiten, die unserem Bündnis zugrunde liegen, vollkommen sicher.«

Deine Antwort versetzt ihn auf einen neuen Gipfel. Niemals, sagt er, hat er einen Brief wie diesen erhalten. Vor Deinen Worten »von unschuldsvoller Erhabenheit« aber ist es mehr denn je vonnöten, »die Augen eines Wollens, das sich selbst bewacht, weit offen« zu halten. Er besitze nicht, so schwört er Dir, die naive Plumpheit, auf sich, auf seine eigene Person zu beziehen, was Du, über ihn hinaus, an das unendlich Liebenswerte richtest, auf das alle Deine Gedanken zurückzuführen er Dich nach besten Kräften ermutigt hat. Aber Achtung! Jemand, der euch über die Schulter blickte und mitläse, könnte ihn mißverstehen. Wenn man nicht wüßte, daß Du dem Alter nach nicht seine Tochter, sondern eher seine Enkelin bist und daß Du in ihm den Vater und die Mutter zu finden glaubst, die Dir gefehlt haben, würde man euch zu Unrecht einen wahrhaft unsinnigen »Anachronismus« unterstellen. Er betont: »Ich liebe Sie nicht mit Leidenschaft, Constance, wenigstens bemühe ich mich darum und hoffe es inständig.« Und er bringt eine sonderbare Erläuterung an des Unterschieds zwischen leidenschaftlicher Liebe und eurer »Freundschaft«, deren Natur er vergeblich zu definieren sucht. Die Liebe, der man sich hingibt, erklärt er, und für die man alles aufgeben würde, liegt so weit hinter ihm, daß er sie nicht einmal mehr fürchtet und sich nicht mehr für sie interessiert, wenn sie ihm in den Romanen begegnet (er hat Dir aber *Anna Karenina* geschenkt). Der Beweis dafür sei, versichert er, daß er nichts, woran er gebunden ist, Deinetwegen aufgäbe und daß er diese Bindungen, so behauptet er, sogar freudig ertrage und seine Aufgaben genauer erfülle, seitdem er Dich liebt.

Nur – kleine Lektion, damit Du den Ausdruck Deiner Begeisterung dämpfst –, es genügt nicht, daß ihr euch völlig frei von diesen Torheiten wißt, die stets verkleidete Eigenliebe sind, es ist gut, wenn ihr sogar den Anschein vermeidet. Was ihn betrifft, so lebt er, seit er die Ehe eingegangen und weise geworden ist, im *domus vitrea*: im Glashaus, wo er weder Affären noch Geheimnisse hat. Unter den Tausenden von Briefen, die er im Laufe seines Daseins geschrieben hat, ist keiner, der jemandem verdächtig erscheinen oder jemanden kränken könnte – und so will er es auch mit Dir halten. Was ihr einer dem anderen seid, braucht ihr weder auszuposaunen noch zu verbergen. Euer Gewissen ist rein wie euer Herz. Diese Erklärung beschwichtigte damals meine Gewissensbisse und sollte gleichermaßen Deinen Zorn entwaffnen. Jeder hat das Recht, durch die Scheiben des *domus vitrea* zu blicken.

Doch daß ihr wißt, was eure Liebe nicht ist, sagt euch nicht, was sie ist. Gegenseitige Dankbarkeit? Gewiß, aber eine Dankbarkeit, die euer beider Wünsche durch das freie Band der Verehrung miteinander vereint, die bürgerliche

Vorstellung von der Schuld, die sich messen läßt und deren man sich entledigen möchte, ausschließt, in die Beziehungen von Person zu Person vielmehr Unermeßliches und Unerschöpfliches legt und die innere Freude von jedem Besitzergefühl reinigt. Zärtlichkeit? Sicherlich, aber unter der Bedingung, daß sie sich weder beim einen noch beim anderen an das besondere Individuum heftet. Einer Deiner Briefe, sagt er, hat ihn so stark bewegt, daß er jedes Wort davon geküßt hätte. Nur hat er für seinen Kuß eine kleine Stelle gesucht, auf der sein Bild nicht sein sollte – da er nicht die Lächerlichkeit dieses Gecken Narziß besitze –, und er hat diese Stelle nicht gefunden. Was für einen unerfreulichen Kerl würdest Du aus Deinem alten Ex-Lehrer machen, wenn er dem glaubte, was Du ihm über ihn vorsingst. Glücklicherweise nimmt er nur Deine »wunderbare, ernste und heiligende Liebe« ernst, die Dir diese Übertreibungen diktiert. Und er fordert Dich auf, nicht die Hugenottin zu spielen, Dich nicht zu sehr zu erniedrigen, Dich vor der falschen Demut zu hüten (der *abjectio* bei Spinoza), die ebenso schädlich sei wie Geschwollenheit und Anmaßung, heiterer zu leben, zu leben schlichtweg und ganz einfach (eines seiner bevorzugten Adverbien und eines, um dessentwegen Monsieur Desjardins mir alles in allem sympathisch gewesen ist). Er ermahnt euch, Dich und sich, auf das Gefühl eurer Unschuld zu bauen. Er erinnert Dich daran, daß keiner an sich gut ist, daß keiner das Verdienst besitzt, gut zu sein. Es gibt nur Wellen der Güte, ein Wehen der Güte, die an günstigen Plätzen stehende Personen durchziehen und in ihnen die innere Stimme der Gottheit wecken.

Also weder Freundschaft noch Liebe, noch Leidenschaft, noch Zärtlichkeit, noch Anbetung, noch Dankbarkeit, noch Vergötterung im Reinzustand, von denen sie da und dort das ihr Nötige nimmt, um all dies auf einmal zu sein, ohne in eine der gefürchteten Fallen zu gehen, von euren allzu individuellen Personen abgelöst, auf eine selber undefinierbare Forderung gerichtet, nährte sich eure Zuneigung, die zu Beginn eures Briefwechsels, zur Zeit eurer stärksten Verbindung, von keiner äußeren Beschäftigung gespeist wird (Du sprichst ihm nicht von Deinem Leben in Mainz, er erwähnt die Vielzahl seiner Pflichten nur, um die Verspätung eines Briefs zu erklären), nur von dem Bewußtsein, ohne Beispiel in der Vergangenheit, ohne Vorbild, reine Schöpfung, nicht faßbarer Atem zu sein.

Mit welcher Sorgfalt wählt er, bevor er jeden seiner Briefe anfängt (und er fordert Dich dadurch auf, nie ohne ähnliches Zeremoniell eine Antwort zu beginnen), Ort und Zeit, um Dir zu schreiben. Je nach dem Gefühl, das seine Seele dann erfüllt, sind sie verschieden. Oben auf der Seite vermerkt er mit ritueller Pünktlichkeit und Feierlichkeit den Platz, den er ausgesucht hat, um mit Dir in Verbindung zu treten – vom Schreibtisch in seinem Pariser Arbeitszimmer aus, *Die Emmausjünger* von Rembrandt vor Augen; vom kleinen Stuhl am Fenster aus, wo er Dich sitzen sah; von seiner kleinen Loge aus am kleinen romanischen Fenster von Pontigny; als er aus dem einsamen Laubengang zurückkehrte –, und besonders die Stunde und die Farbe der Atmosphäre – sieben Uhr abends, mit Blick auf den dichtbelaubten, feuchten Garten; Tagesende; Regen, Trübsinn; an einem herrlichen Morgen: der Rasen wird hell, die Sonne dreht sich um das Haus (das Haus in der Rue de Boulainvilliers, das einen Garten hat); graues Wetter, Anblick des Gartens starr und trostlos – als wolle er andeuten, daß ihr auf der Suche nach Vergleichen, um das Wesen dieser Zuneigung auszuleuchten, sie in der Natur suchen müßtet, in ihren kaum merklichen Variationen und geheimnisvollen Zyklen, da ihr selbst nicht durch eine menschliche, körperliche oder psychologische Verwandtheit, sondern durch eine schwebende Welle, einen unerklärlichen, von allem Niedrigen und Gemeinen unberührten Strom zueinander hingezogen wärt.

Zwangsläufig! Ihr ahntet nicht oder wolltet nicht einsehen, daß eine derartige Liebe so schön nur war, so voll, so über die gewöhnlichen Gefühle erhaben aufgrund ihrer Briefform. Sie existierte nur brieflich, außerhalb des Umkreises normalen Austauschs, mied die sinnliche Gegenwart, die täglichen Reibereien, die Zusammenstöße der Gemütsarten, die Enttäuschungen der Gewohnheit. Es ist wahr, daß ihr auch beim stärksten eurer beiderseitigen Herzensergüsse nichts zu verbergen hattet: ihr hättet die ganze

Welt einladen können, durch die Wände des Glashauses dem Adel, der außergewöhnlichen Größe eurer Gefühlsäußerungen zuzuschauen. »Von Tag zu Tag tiefer und ruhiger«, schrieb er zum Abschluß vor der stets unveränderten Unterschrift: Paul Desjardins. Oder auch: »In vollkommener Zuversicht, Zufriedenheit und Verehrung«, wenn es nicht hieß: »In tiefer väterlicher Achtung« oder »Mein geliebtes Kind in aeternum«. Die hauptsächliche Falle, die tödliche Falle (tödlich später, für mich und Dich, Constance) habt ihr nicht einmal bemerkt: indem ihr in euren Briefwechsel nur den oberen Teil von euch eingehen ließt, indem ihr euch in den tausend Nuancen und Feinheiten gefielt, die die Distanz gestattet, entzogt ihr euch den Prüfungen, den Schwierigkeiten einer echten Liebe zwischen zwei Personen. Das durchsichtige Glashaus gab euch die Gewähr für die Reinheit eurer Gefühle, aber trennte durch seine luftdichten Fenster von jeder Berührung mit der Wirklichkeit ab. Durch die Worte wart ihr nicht in die Pflicht genommen, ihr lebtet nicht das, wovon ihr unablässig redetet.

Liebesbriefe, ja: und wunderbar, soviel Du willst; von einem zarten Jubel erfüllt; ein Licht verbreitend. Aber ein Liebesbrief ist keine Liebe, er ist nur ein Brief über die Liebe, ein Brief außerhalb der Liebe, und zwanzig, dreißig, fünfzig Liebesbriefe in der Folge entfernen immer mehr von der Liebe. Von den Nöten und Zwängen des Zusammenlebens frei, konntet ihr euch der köstlichen Freude – aber einer wie mühelosen, Constance, und ebendeshalb nicht minder verdächtigen Freude als die Anziehungskraft zwischen den Körpern – eines rein geistigen Einsseins hingeben, bestärkt von den Versen aus *La Maison du berger*, einem Gedicht, das er Dich lieben lehrte:

Mais, si Dieu près de lui t'a voulu mettre, ô femme!
Compagne délicate! Éva! sais-tu pourquoi?
C'est pour qu'il se regarde au miroir d'une autre âme . . .

22

Zu der fernen Prinzessin

Hie und da kam jedoch einige Ungeduld unter Monsieur Desjardins' Feder zum Vorschein.

Die postalischen Verzögerungen sind ihm lästig. Er merkt sofort an, daß eure Briefe mehrere Tage für die Strecke von Paris bis Mainz benötigen; manche sind gewiß verlorengegangen. Er nimmt also den Kampf gegen »dieses übelwollende Schicksal« auf. Jeden Dienstag wird er seinen Brief einschreiben lassen in der Annahme, daß er Dich am Freitag erreicht. Diese Pünktlichkeit, sagt er, ist seine Antwort auf die »Launen des Mißgeschicks«. Er mahnt Dich, auch Deinerseits das Gebührende zu tun, um »eine derart dreiste Bedrängnis« abzuwenden. Die »Händel des Geschicks« sollen euch nicht unbewaffnet finden.

Auf seltene, alte Worte ist er versessen. So groß ist seine Vertrautheit mit den alten Schriftstellern, Amyot, Montaigne, den Chronisten des Mittelalters, daß er ihre Wendungen wie eine ihm natürliche Sprache spontan gebraucht. Man hat ihm oft Koketterie, Manieriertheit vorgeworfen: nein, er bewegte sich unbefangen zwischen diesen altertümlichen Ausdrucksformen, die nur jenen affektiert vorkamen, die nicht die gleiche Bildung hatten, nicht so durchdrungen waren von den alten Klassikern und ihn beschuldigten, sie einer künstlichen Gedächtnisschublade zu entnehmen. Die Feststellung, daß Dein Brief einmal nur vierundzwanzig Stunden gebraucht hat, um aus Deinem hohen Norden zu ihm zu gelangen, entlockt ihm den Ausruf: »Sie sind weniger hyperboreisch.« Durch eine solche Freiheit der Wortwahl hat er mir sehr gut gefallen: ich fand ein wenig von der phantastischen sprachlichen Unmäßigkeit meiner drei Tanten aus Girgenti bei ihm wieder. Die Lektüre des *Calendrier manuel* hatte es mir bereits angekündigt: trotz des Gebarens eines »Weisen« war Monsieur Desjardins im Grunde nur ein verschrobener Mensch. Ist eines der wenigen Bücher, das er zu Ende gebracht hat – ein weiterer

»sizilianischer« Zug, diese Unfähigkeit, etwas abzuschließen, diese Vergeudung außergewöhnlicher Gaben –, nicht Corneille gewidmet? Corneille, einem Autor des vorbürgerlichen Frankreich, der noch heroischen und ritterlichen Zeit, in der die Worte in alle Richtungen gaukelten und tänzelten, ehe sie – und das war das Werk der Grammatiker Ludwigs XIV. – in gleichmäßigen, farblosen Reihen angeordnet wurden.

Die beste Antwort auf die Bosheiten der Post wäre noch, von Zeit zu Zeit eine Begegnung zu veranstalten. Falls Du, trotz Deines starken Vertrauens in das Unsichtbare, der Ansicht seist, die wirkliche Anwesenheit habe dennoch einiges für sich, wäre es angebracht, einen Termin zu vereinbaren, um ihn wiederzusehen, sagt er eines Tages. Ende Januar erneute Anfrage: ob Du dies *desiderium tui, candida Psyche* verstehen wirst? (Wunderbare lateinische Sprache, die das höfliche »Sie« nicht kennt und zum Duzen zwingt!) Wirst Du es eurer Geistigkeit nicht für unwürdig halten? (Ironie, die euch erlaubt, den Verdacht einer übertriebenen Schwärmerei, einer Bigotterie auszuschalten; »verehrter Meister« nanntest Du ihn oft: ein Vorgehen, das, indem es sie zu verspotten schien, die Verehrung vielmehr erst zuließ.) »Die Entbehrung dient Ihnen zur Nahrung«, er aber, gesteht er, fühlt sich nicht so ätherisch.

»Zu der fernen Prinzessin macht kühn das Herz sich auf.« Und er unterhält sich damit (wir schreiben den 7. Februar: von dieser liturgischen Pingeligkeit nun auch fasziniert, habe ich die Daten notiert), den Fahrplan des östlichen Bahnnetzes zu studieren und träumt von einer baldigen Begegnung in Metz, obwohl all dies »im Schoße Zeus« ruhe. Zeus: abermals Ironie, gewiß, aber auch seine Art, kaum merklich den Ton zu heben, der vorgeschlagenen Reise die Emphase eines feierlichen Ereignisses zu verleihen.

Am 10. Februar erneuter Angriff. Da er am Donnerstag, dem 4. März, in Metz einen Vortrag halten muß (diese Reise findet also im Zusammenhang mit seiner Arbeit statt, nicht in einer plötzlichen Anwandlung), der Mittwoch und der Donnerstag gewöhnlich Deine unterrichtsfreien Tage sind und Du sicherlich den Nachmittag des Fastnachtdienstags zu Deiner Verfügung hast (»das ist vorschriftsgemäß«, ein Wort, geeignet, Dich zu beruhigen), stellt sich nun ernstlich die Frage, ob ihr euch in drei Wochen sehen werdet. Du könntest zum Beispiel (ein ebensowenig zufällig gewähltes Beispiel, wie die Gesten des Zelebranten während des Gottesdienstes zufällig sind) am Dienstag, dem 2. März, den Zug um 15 h 24 nehmen, der über Wissembourg fährt und um 21 h 33 in Strasbourg ankommt. Er würde Dich abholen, bei seiner alten Freundin Mademoiselle Wust wäre ein Zimmer für Dich bereit, und am nächsten Tag, nachdem ihr »euren religiösen Pflichten« dem Münster gegenüber nachgekommen wärt, würdet ihr nach Metz fahren, wo er Mittwoch abend erwartet wird. Tags darauf, weil *humana brevia*, wärst Du schon wieder nach Mainz unterwegs, wenn er um 17 Uhr mit seinem Vortrag begänne.

Am 18. Februar rechnet er aus, daß ihr in genau zwei Wochen in Metz sein werdet; sein Brief endet mit dem Wunsch: »Bemühen wir uns nur, ein wenig Ewiges in diese flüchtigen Augenblicke zu bringen.«

Kannte er die Zahlenmanie an Dir, die Du an den Abenden in Saint-Arverne erworben hattest, als Du Deinen Vater über seinen Abrechnungen sahst? War es nicht vielmehr seine Kenntnis des menschlichen Herzens, die ihn gelehrt hatte, daß man sich eher in ein großes Abenteuer stürzt, wenn seine praktischen Einzelheiten sorgfältig geregelt sind? Nichts hätte Deine Bedenken wirksamer beschwichtigen können, als daß er die »Ewigkeit« mit einem genauen Fahrplan umzäunte. Am 23. Februar legt er Dir das Programm eurer Begegnung bis in die kleinsten Einzelheiten dar – ein Mittel, das Dich darauf vorbereiten soll, sie mit zehnfacher Rührung zu erleben. Heute in einer Woche trifft um 9 h 33 abends ein aus Mainz über Wissembourg kommender Zug im Strasbourger Bahnhof ein, und Du kannst aussteigen. Auf dem Bahnsteig wird jemand stehen, der Dir wohlwill. Du wirst Deinen kleinen Koffer – den er einmal getragen hat – zu Boden stellen, um ihm Deine beiden Hände zugleich zu reichen – wie am Tag vor jenem, den er genannt hat (Anspielung auf die letzten Weihnachtsferien in Paris). Seine alte Freundin, Mademoiselle Wust (fast siebzigjährig, eine Straßburgerin, die in der Zwischenkriegszeit *standhaft geblieben* ist: Beweis der Würde, der Seelenstärke für die einstige Leserin des *Tour de la France*), hat Dir ein kleines Zimmer gerichtet, nicht weit von seinem und jedenfalls unter ein und demselben Dach! Weil es der Tag des Bacchanals (Fastnachtdienstag) sein wird, hat sie ihm empfohlen, Dich vor der Unordnung in den Straßen zu bewahren und Dich nicht mit der Straßenbahn, sondern in einer Pferdedroschke zu ihr zu bringen. Da Du wahrscheinlich durchgefroren und hungrig sein wirst, wirst Du ganz nach Deinem Geschmack heißen Tee, Schokolade, Milchkaffee vorfinden.

Am nächsten Vormittag gingt ihr zum Rabenhof und dann zum Alten Turm, ehe ihr am Fuße der Stufen des schattenerfüllten Chors in Andacht verharren würdet. In Metz würde euch einer seiner einstigen Schüler abholen. Dort würdet ihr wieder unter einem selben Dach ausruhen. In der Kathedrale hatte der junge Bossuet gepredigt und seine *Panégyrique de Saint Jean l'Apôtre* gehalten: würdest Du sie lesen können, ohne die Tränen unterdrücken zu müssen? Die Gewölbe in Mainz bebten noch jetzt von diesem überschwenglichen Liebesanfall. Ihr würdet auch von der Esplanade aus den majestätischen Lauf der Mosel betrachten. Wonach er allmählich, geduldig, voller Zuversicht von Dir Abschied nehmen würde am teutonischen Bahnhof: notwendige komische Note vor der Schlußbitte, Du mögest auf dem Abfahrtsbahnsteig Deinen Koffer zu Boden stellen und ihm wieder Deine beiden Hände reichen.

Auf der Rückseite einer Karte mit der Ansicht von der Abtei von Pontigny, die Du in Deiner kleinen Pascal-Ausgabe gelassen hattest, steckte er Dir eine aus dem Fahrplan abgeschriebene Zusammenfassung der Abfahrtszeiten zu – was er »ein Gedicht« nennt, und in der Tat entdecke ich ebenso viel Sorgfalt, Liebe, Anmut in diesen Zahlenreihen wie in de Vignys Alexandrinern.

Fahrplan
für die töchterliche Reise

Dienstag, 2. März

Mainz 15 h 24 Wissembourg 19 h 26 – 20 h 26 *Strasbourg* 21 h 33 (ein Freund ist am Bahnhof)	Hinfahrt

Mittwoch, 3. März

Strasbourg 12 h 12 Sarrebourg 12 h 31 *Metz* 14 h 56	zusammen

Donnerstag, 4. März

Metz 14 h 42 Sarrebrück 16 h 20 – 16 h 30 *Mainz* 20 h 55	Rückfahrt

Das Programm wurde in jedem Punkt durchgeführt: Bahnhof, Pferdedroschke, heißer Tee, Besuche, und gab Anlaß zu einem ersten Kommentar am 5. März. »Etwas recht Feierliches hat sich ereignet. Zwischen Strasbourg und Metz sind wir von der Zeit befreit worden, von dem *tempus edax, fugax*; bedeutsames, unvergeßliches Geschehnis, zusammen Ewiges gekostet zu haben.« Wenn ich recht verstehe, habt ihr im Zug die *Lobrede* des jungen Bossuet gelesen. Aus Deinem Mund sind Worte gedrungen, die ihm seinen im Krieg gefallenen Sohn in Erinnerung gerufen haben. Du hast diese von ihm verdrängten Dinge wieder ans Licht gebracht und wiederhergestellt. Auf die Weise hat er erfahren, daß die Liebe unzerstörbar ist und wiedergeboren wird, wenn man sie auch verschwunden glaubte, so wie der Apostel Johannes in euch wiederauferstanden ist.

Eine Woche danach stellt er, aus Luxemburg zurückgekehrt, eine vollständigere Bilanz auf. Seit Deiner Abreise, sagt er, bist Du in seinem Geist unablässig gegenwärtig; bei allem, was er tut, was er sagt, nimmt er Dich zum Zeugen, in der Dunkelkammer seiner Erinnerung beschwört er Dich so deutlich, daß er befürchtet, sein Gesprächspartner (auch diesen Satz habe ich abgeschrieben) werde plötzlich »über ein reizendes junges Gesicht staunen, das im Fenster meiner Augen erschienen ist«. Sammeln wir also, fährt er fort, das bei diesem Treffen Strasbourg–Metz vom 2.–4. März Errungene ein, um es als eine Art Emblem festzuhalten, auf das wir uns lebenslang beziehen werden. Er zweifelt nicht daran, daß die *Ruelle du Chaudron* in Strasbourg und die gleich darauf erblickte Turmspitze des Münsters euren Sprachcodex um eine fruchtbare Anspielung bereichert haben. Sodann erwähnt er die anderen bedeutenden Augenblicke der Reise – Gespräch im Eisenbahnwagen, Abschied auf dem Bahnsteig – und hat den Eindruck, daß diese drei Höhepunkte miteinander harmonieren und eine einzige Kette bilden, deren Sinn ist: vergessen wir, legen wir die eigene Individualität ab, überwinden wir die Zeit, die vergeht und die trennt. Die Befreiung von dieser doppelten Täuschung (der Zeit und der Individualität) ist das zu verfolgende, nichts weniger als unerreichbare Ziel. Dies ist, so schließt er, die Lehre, die aus jener kurzen Reise gezogen werden sollte, jener Reise, die, wenn Du willst, weder kurz noch lang war, da sie sich der Zeit entzieht.

Ich fragte mich, was es mit der Ruelle du Chaudron für eine Bewandtnis haben könnte, als ich in einem Brief vom 3. Juli – einem also vier Monate nach der Begebenheit geschriebenen Brief – eine weitere Anspielung auf die *Panégyrique de Saint Jean* mit der in Klammern gesetzten Bemerkung: (Metz, Donnerstag morgen, 4. März) fand und dann einen etwas unklaren Satz, aus dem, wie mir schien, hervorging, jedesmal, wenn ihr traurig, mißmutig gestimmt wärt oder wenn euch eine Pflicht, eine lästige Arbeit bedrückte, wäre es so, als befändet ihr euch wieder in der Ruelle du Chaudron, im Kesselgäßchen (Strasbourg, 3. März, 10 h 30 vormittags). Ich stelle mir deshalb vor, daß er Dir in diesem lichtlosen Hohlweg von den Kümmernissen, den Enttäuschungen seines Lebens erzählte und den Bericht von Deinen Mainzer Unannehmlichkeiten anhörte, bis dann am

Ausgang dieser moralisch wie physisch beklemmenden kleinen Straße ihr die Blicke hobt, die Turmspitze des Münsters wiederfandet und gleichzeitig den Mut, die Zuversicht, die gegen die gemeinen Dinge des Alltags gefeite Heiterkeit (selbe Stadt, selber Tag, 10 h 45).

Diese Klammern wollen das gleiche erreichen wie die Dir gesandten Zugverbindungen. Die außerordentliche Erregung, die eine so seltene Begegnung in Dir (in euch) hervorruft, muß durch die Gewissenhaftigkeit der Vorbereitungen nicht weniger als durch die Genauigkeit der Erinnerungen gebändigt werden. Durch ein paar Zahlen gebunden, und nur unter dieser Bedingung, darf die geistige Mitteilsamkeit ihren Aufschwung nehmen. Dank dieses Vorgehens seid ihr sicher, daß eure Gemeinschaft nicht unecht ist, daß sie unter Aufsicht einer wachsamen Vernunft bleibt. Auf die Minute genau den Augenblick feststellen, als beim Anblick der Turmspitze des Straßburger Münsters das Herz vor Seligkeit hüpfte, heißt sich vor den Verlockungen gewöhnlicher Romantik bewahren. Eine klassifizierte Freude ist eine beherrschte Freude; ihr lauft nicht Gefahr, euch wie die leichtsinnigen Menschen in ihr zu verlieren. Statt euch in flüchtige Empfindungen zu treiben, wird sie euch helfen, reifer, mehr ihr selbst zu werden.

Gleichzeitig erzielt dieser Überfluß kommentierter Bagatellen noch eine andere Wirkung: lang im voraus weckt er in Deiner Seele Furcht und Zittern vor der Begegnung, danach erfüllt er sie mit unauslöschlichen Nachklängen, die Deine Bezauberung verlängern. Dein Leben teilt sich nun so ein: lange dem Briefwechsel gewidmete Perioden, in denen eine Art abstrakte Vereinigung ohne körperliche Gegenproben Dich völlig in Anspruch nimmt, dann seltene, kurze Zusammenkünfte. In Deine zwei in Mainz verbrachte Jahre fügen sich gleich Edelsteinen mit schillernden Reflexen eine Reise in den Süden, die Weihnachtstage des Jahrs 1922 in Paris und zwei Osteraufenthalte in Pontigny ein: so kostbar durch ihre Seltenheit und Kürze, durch die Feierlichkeit der Vorbereitungen und die Erschütterung der Erinnerungen von einer solchen Inbrunst erfüllt, daß sie weit mehr dem mystischen Erlebnis als dem gelassenen Wiedersehen zweier

Freunde ähneln. Urteile nun, ob diese beiden Jahre – Deine wichtigsten Jugend- und Entwicklungsjahre –, die hin- und hergerissen waren zwischen Schwärmerei aus der Ferne und der Seligkeit einiger Blitzvisiten, Dich nicht für das Eheleben untauglich gemacht haben.

Am 4. April lädt er Dich ein, für die Dauer der Osterferien zu ihm nach Pontigny zu kommen, und rechnet aus, daß ihr fast zur selben Stunde abfahren werdet, Du aus Deutschland im Zug, er aus Paris im Auto. »Heute in einer Woche werden wir nach Pontigny unterwegs sein, und Sie werden Mainz verlassen. Wie beim heftigen Klang der Trompeten des Jüngsten Gerichts werden die Freunde sich also, einer dem anderen entgegen, in Bewegung setzen.« Welcher Ehemann, Constance, könnte diese romantische Bildersprache lange fortführen? Für zwei Eheleute sind ihre »eigene Individualität« und die »Zeit, die vergeht« nicht zwei abzulegende Täuschungen: es sind die Realitäten ihres Lebens, die Prüfsteine ihrer Gemeinschaft. Die häuslichen Nöte kochen weiter im Kessel, auch wenn man nur der Turmspitze folgen möchte. Wissen wir davon nicht ein Lied zu singen? Die Musik, die in unseren Ohren erklänge, wäre nicht eine glorreiche Trompetenfanfare, sondern der düstere Ton der letzten Fünf-Francs-Stücke, die wir aus dem leeren Portemonnaie schütteln, das drohende Klingeln des Kaufmanns am Fälligkeitstag der Raten.

Ehe Du nach Pontigny kommst, mußt Du einen Umweg über Saint-Étienne machen, wo Dein Bruder seine Studien abschließt. Monsieur Desjardins, der seine schmetternde Metapher denn doch wohl für ein wenig zu leicht hält, beschwert sie im nächsten Brief mit präzisen Einzelheiten, einer hilfreichen zusammenfassenden Übersicht (wiedergefunden in der kleinen Pascal-Ausgabe).

Route der frommen Pilgerin
von Saint-Étienne bis Pontigny
am Gründonnerstag
im Jahr des Heils MCMXXII

Saint-Étienne Abfahrt 8 h *Lyon-Perrache* Ankunft 9 h 24	}	58 Kil. 7 F. 35 (3. Kl.)

Aufenthalt in Lyon zwei Stunden
Auffahrt nach Fourvière z. B. oder
Besichtigung des Bois Sacré

Lyon-Perrache Abfahrt 11 h 36 (mit dem D-Zug 26) Aussteigen in *Laroche-Migennes* 16 h 46	}	357 Kil. 71 F. 85 (2. Klasse)

In Laroche, Begegnung
Ende der Pilgerfahrt, von Laroche
bis Pontigny väterlich begleitet

Folgten einige Glossen: Der scheinbar teure Rat, Dich von Lyon nach Laroche im Schnellzug zweiter Klasse (statt in der dritten der Personenzüge) befördern zu lassen, verbirgt eine Ersparnisbemühung: denn die Kosten eines Aufenthalts und eines Abendessens in Lyon hätten den Mehrpreis von 26 Francs 45 bald eingeholt. Die zwei Stunden Pause in Lyon werden Dir erlauben, entweder mit der Seilbahn nach Fourvière hinaufzufahren und die Metropole der Gallier und ihre zwei Flüsse mit dem Blick zu umfassen (wenn Du in sieghafter Laune bist) oder die Trambahn zu nehmen und im Museum das Wandbild des *Bois sacré* von Puvis de Chavannes zu betrachten mit der zarten Mondsichel, die sich im Teich spiegelt (wenn Dir mehr nach innerer Sammlung ist). Diesen Mann mit kräftigen Vorlieben, diesen an Sophokles, Corneille und Shakespeare geschulten Mann rühren die Gemälde von Puvis de Chavannes, wie ihn auch die Gedichte von Sully Prudhomme bewegen.

Solltest Du ihn in Laroche nicht auf dem Bahnsteig entdecken, so mögest Du ihm verzeihen, daß er den Zug, der um 17 h 9 ankommt, nicht habe nehmen können. Es gäbe auf jeden Fall nur dreiundzwanzig Minuten Spielraum. Das ist nicht viel, bemerkt er, nachdem man Monate damit zugebracht hat, einander zu erwarten. Das »man« erscheint am Ende des Briefs wieder für das elegische Geständnis (das die ein wenig allzu martialische Arroganz der Trompeten aufwiegt): »Man hat, wie Sie am Rhein, das erste dünne Viertel des Hirtenmondes betrachtet, unter dem sich in einer Woche im Laubengang unsere beiden einander nahen Schatten abzeichnen werden.«

Die Briefe, die er sofort nach Deinem Aufenthalt von Dir erhält, beunruhigen Monsieur Desjardins jedoch: das Statut, das ihr mit so viel Mühe zwischen euch errichtet habt, läuft Gefahr, wieder in Frage gestellt zu werden, wenn jedes Wiedersehen mehr Traurigkeit als Befriedigung in Dir hinterläßt. Er stellt fest, daß das Glück dieser zehn Tage des Zusammenlebens in Deinem Herzen nicht stark genug war, um dem Kummer der plötzlichen Trennung zu begegnen. Der Schmerz, das alte Kloster (wie er Pontigny nennt) verlassen zu haben, verdrängt das Andenken an die Annehmlichkeiten, die Du dort genossen hast. Er muß also doppelt wachsam sein, Dich noch mehr von ihm lösen, Dich daran hindern, Dir Gewohnheiten und Bedürfnisse zuzulegen, die zu ständig neuen wehen Rissen führen würden, da »man« dazu bestimmt ist, nur ausnahmsweise zusammenzuleben, und da getrennt zu leben immer das Gewöhnliche sein wird. Und er verspricht sich, folgende goldene Regel für euch aufzustellen: daß der Freude über den *Einklang*, der daher stammt, daß ihr bei fast ständiger Distanz der Körper euch im Geiste ganz nahe seid, und der euch bei jedem empfangenen Brief neu erschafft, entschieden der Vorrang gebührt vor den ängstlichen Reizen der *Bindung*. Die Worte *Einklang* und *Bindung* gehören seither zu eurem Vokabular: als Einklang gilt alles, was in den Bereich geistiger Gemeinsamkeit fällt, als Bindung gelten die Überbleibsel von gemeinsamer Liebe, die ihr geächtet habt.

Im nächsten Brief gesteht er, er habe von Deinem Aufenthalt in Pontigny erhofft, daß Du ihn so siehst, wie er ist, in seiner Banalität, in der Plattheit seiner ländlichen Redensarten – so faul, so schlaff, so launenhaft –, sehr weit entfernt von einer Erhabenheit im Stile »Turmspitze des Münsters« – kurz so, daß jede Bindung entmutigt würde. Und dennoch hat sein »Erstbestes« Dich nicht abgestoßen; Du scheinst, nachdem Du mit seinen täglichen Gewohnheiten in Berührung gekommen warst, ihn nicht *deprimiert*, erniedrigt zu haben, wie man zu Joinvilles Zeiten sagte. (Bei Gott! es war zu spät, und es war nicht in Pontigny unter der gewölbten Decke des großen romanischen Saals oder im Dämmerlicht der herrlichen Bibliothek, mitten im Karfreitagszauber, daß der Becher, aus dem Du gierig trankst, aufhören konnte, Dir als der Gral zu erscheinen.)

Im Vertrauen darauf, daß die Entfernung Dir Deine Ruhe zurückgegeben hat, schwelgt er eine Woche später in süßen Erinnerungen. Wenn er den Blick hebt, sieht er Dich noch vor dem zweiten Regal links der Bibliothek stehen – dem Regal des XVI. Jahrhunderts –, und die Sonne verbreitert Dein Haar, das aus ihrem Licht gewebt scheint, wie einen Gestirnsrand um Deinen geliebten Kopf. Die Glocken läuten, die Glocken, deren Geläut Du gelauscht hast. Er wird sich in das Zimmer setzen, das Du bewohnt hast, an den Tisch, von dem aus man das Kloster sieht, dann wird er zum Abschieds-Laubengang hinuntergehen und von dort in den kleinen Wald. Aber, ruft er plötzlich aus und kehrt in die Gegenwart zurück, »ich werde ganz und gar nicht wieder die *Tristesse d'Olympio* zitieren«. Wie groß ist doch der Unterschied zwischen der Träumerei der über ihre Wunden geneigten Verliebten und der wahren Liebe eines Vaters für sein Kind! Kein Klagelied der Erinnerung, ein freudiges Streben in die Zukunft. Er bittet ein weiteres Mal zu beachten, daß, sofern er einen Einfluß auf Dich ausübt, dies nicht geschieht, um Dich an ihn zu binden. Er gibt Dir keine feste Richtung, er gibt Dir Schwung.

Nach wiederum einer Woche – es dauerte einen Monat nach den Verwirrungen der Bindung, bis der vollkommene Einklang wiederhergestellt war – lobt er Dich, weil Du das entzückendste junge Geschöpf bist und das liebevollste, das ihm seit dem fernen Jahr seiner Geburt zur Kenntnis gekommen ist! Deinen lieben Brief – denn das Lesen eurer Briefe gibt Anlaß zu einem ebenso sorgfältigen und komplizierten Zeremoniell wie ihre Abfassung – hat er mitgenommen in den vor Regen schlotternden kleinen Wald, er hat ihn unter den Zweigen gelesen, wieder gelesen und endlich als einen unveräußerlichen Schatz in die Tiefe seiner Gedanken versenkt. Die leidenschaftlich Verliebten, fährt er fort, wären beschämt von dem, was die reine, einfache kindliche Liebe, vor dem Rasen jener sicher, aus ihrem eigenen Fundus bezieht. Was ihn nicht daran hindert, alsogleich wieder neue Pläne für eine Begegnung zu schmieden mit der üblichen Genauigkeit in den Voraussagen von Verbindungen und Abfahrtszeiten. Ihr dürftet nicht zu sehr auf die Dekaden zählen, sagt er, die im August in Pontigny wieder beginnen werden: er wird von seinen Gästen und seinen Aufgaben als Leiter zu sehr in Anspruch genommen werden, um mit Dir allein sein zu können. Aber gleich danach könntest Du, statt nach Mainz zurückzukehren, Dich in Südfrankreich mit ihm treffen gemäß folgendem doppelten Plan.

Plan A

(Das Herz befiehlt)

Von *Saint-Étienne* nach *Cette* und zum Mont Saint-Clair

(Dienstag, 14. September)

Saint-Étienne	Abfahrt	10 h 48
Lyon-Perrache	Ank.	12 h 10
	Abf.	12 h 35
Avignon	Umst. 16 h 31	17 h 4
Tarascon		17 h 32–17 h 38
Cette		19 h 43

(Ein Freund am Bahnhof)

Plan B

(Die Vernunft spricht: das Herz folgt)

Von *Saint-Étienne* zum *Pont-St-Esprit*

(Freitag, 17. September)

Saint-Étienne	Abfahrt	10 h 48
Givors	Ankunft	11 h 38
	Mittagessen	
	Abfahrt	13 h 1
Pont-St-Esprit		18 h 31

(Ein Freund am Bahnhof)

ALLES AUS LIEBE NICHTS AUS ZWANG

Die Postkarte zeigt wiederum die Ansicht des Klosters, getreu dem ordnungsgemäß befolgten Brauch: Vorderseite mittelalterlich, mystisch, gemahnt an Sphärenmusik, unaussprechliche Übereinstimmung der Seelen, und Rückseite realistisch, Leitmotiv des Eisenbahnwagens und des Hämmerns der Räder auf den Schienen.

Der erste Plan (für den sich schließlich entschieden

wurde) sollte es euch ermöglichen, Strecke um Strecke das Heldenepos von Guillaume d'Orange nachzuerleben. Saint-Guilhem-le-Désert am ersten Tag, Maguelone mit Saint-Gilles am zweiten, dann, am dritten, Aigues-Mortes und die Saintes-Maries-de-la-Mer, am vierten Arles, die Aliscamps und Montmajour, am fünften Les Baux, Saint-Rémy mit Übernachtung in Avignon, zuletzt Orange und Abschiedszeremonie auf der Saint-Esprit-Brücke. So wurde es denn auch gemacht mit Unterstützung durch Lektüre der *Chanson de Guillaume*.

Derselbe Geist, der euch zu seiner eigenen Förderung zum Paar gemacht hatte wie zwei Rennpferde derselben Rasse (ein konkretes Bild des Einklangs), trieb euch, bald den einen, bald die andere, in dieselbe Richtung; keiner von beiden zog den anderen, jeder gehorchte demselben Sporn. Du müßtest dem Kutscher danksagen, nicht Deinem Gespanngefährten, der sich überdies in sehr kümmerlicher Verfassung gezeigt hatte, ständig kränkelnd und elend, so daß er ohne die Tabletten des trefflichen Casimir, Apotheker in Avignon, nicht mehr Herr der Lage gewesen wäre. Hier, glaube ich, hat Monsieur Desjardins' Unbewußtes diese Krankheit provoziert, als humoristischen Ausgleich für die Begeisterung, die euch von einem Kloster zum anderen, von einer Ruine zur anderen, von einer Nekropole bis zum nächsten Friedhof begleitete. Mit den Pillen des wackeren Apothekers mußtet ihr euch nicht von einer Magenstörung, sondern von einem romantischen Schub kurieren.

Am Tag nach dem Abschied schickt er Dir aus der Provence mit einigen kleinen Reisern eine kurze Nachricht, eher ein »von jederlei Emotion gereinigtes« ärztliches Bulletin. Einige Tage später kehrte die Emotion ganz und gar zurück, sobald ihr, da die Gefahren der Bindung gebannt waren, den Frieden des Einklangs wiedergefunden hattet. Diese Reise in den Languedoc und in die Provence bezeichnet sicherlich den Höhepunkt eures Aufstiegs zum Empyreum. Die Schönheit der Landschaft, Majestät der Stätten, Herrlichkeit der Denkmäler, die ihr besichtigt, liefern euch neue Beweise des Einverständnisses. Ihr wart nicht Touristen, sondern Pilger. »Erinnern Sie sich«, fragt er Dich einen Monat später, »an unsere einander ganz nahen beiden Schatten auf dem Weg nach Saint-Guilhem in jenem feierlichen Sonnenuntergang?«

Überflüssige Frage, leider! Schatten, die der Mond in den Laubengang von Pontigny trägt, Schatten, die die Sonne auf den provenzalischen Boden zeichnet, Widerhall eurer Worte in der Gräberallee von Arles, Spiegelungen eurer Silhouetten in den Wassern des Serein, der durch Pontigny fließt und der von ihm den neuen Taufnamen Ilissus erhalten hatte, in Deinen Erinnerungen speichertest Du nur das ungreifbare Bild der Dinge, nicht die Dinge selbst. Als das Leben Dich aus der Höhle der Träume vertrieben hatte, sollte für Dich das Erwachen bitter werden.

23
Wie ich am Krieg teilgenommen habe

Meine Gespräche mit Jean Labusquière und den anderen Schülern von Albert Thomas hatten seit Anfang des Sommers 1914 einen leidenschaftlicheren Ton angenommen. Durch die bevorstehende Abrechnung mit Österreich und Deutschland waren wir fieberhaft erregt und keineswegs mehr einverstanden mit unserem Professor, der als treuer Jaurès-Anhänger uns in den Spalten von *L'Humanité* weiterhin pazifistische Thesen predigte. Wir alle, junge Männer von zwanzig Jahren, wollten den Krieg. Der Krieg, so dachten wir, würde uns die so lang erwartete Gelegenheit bieten, uns durch Taten zu härten. Und welches andere Mittel wäre da sonst gewesen, um das Vaterland zu erneuern? Zu viele Skandale hatten das Bild Frankreichs getrübt. Jeder hatte seinen besonderen Beweggrund, der seine militärische Begeisterung schärfte. Jean Labusquière, der Gefaßteste, Reifste, der am klarsten Denkende von uns, war der Ansicht, ein Krieg gegen welchen Feind auch immer werde zu einer inneren Revolution des Landes führen: ein neues, gerechteres und brüderlicheres Frankreich werde aus den Ruinen der einstigen Gesellschaft entstehen. Jean-Paul Lebris, der einer Familie von Holzschuhmachern aus der Franche-Comté entstammte, war es ein Herzensbedürfnis, den Tod seines 1870 bei Sedan gefallen Großvaters zu rächen. Hector Milhaud, ein Jude polnischer Herkunft, fühlte sich der Nation verpflichtet, die den von den Pogromen aus Galizien vertriebenen Eltern seiner Mutter Zuflucht gewährt hatte. Für Amédée Pinson, der ein staatliches Stipendium hatte und ständig an den Nägeln kaute, war das Ziel Nummer eins die Flucht: Flucht aus der Conciergewohnung in der Rue Mazarine, die er mit seiner Mutter und seinen vier Schwestern teilte, Flucht vor der trunksüchtigen Mutter, Flucht vor den Spießbürgerinnen des Mietshauses, ihren dem »tapferen Kleinen« geltenden mitleidigen Mienen und ihren Almosen von 50 Centimes am Weihnachtstag.

Louis de Beaumanoir, mein Freund »von rechts«, wenn ich so sagen kann, überraschte mich, als ich entdeckte, daß er nicht weniger kriegerisch gesinnt war als meine Universitätskameraden. Wenn er sich auf den Bällen langweilte und sein Milieu schlechtmachte, glaubte ich ihn doch zu sehr vom Müßiggang und den Annehmlichkeiten, die das Geld verschafft, abhängig, um seine Verunglimpfungen ernst zu nehmen. Genügte ihm zur Erholung von einem Abend in der Gesellschaft nicht eine simple Motorradfahrt? Sowenig ich begriffen hatte, welche Art Lust er empfand, wenn er mich im Eiltempo durch die Nacht entführte, ich mich auf dem Rücksitz an ihn preßte und ihn mit den Armen umklammerte, so sehr staunte ich, als ich ihn die Zeitung mit der Nachricht vom Attentat in Sarajevo schwenken sah, daß er so blind war für die Folgen eines europäischen Konflikts, der als erstes die Privilegien aufheben und, ohne Unterschiede zu machen zwischen Vermögensstand und Geburt, die Söhne aus reichem Hause und die Söhne des Arbeiters Seite an Seite an die Front schicken würde. Noch hatte ich Proust nicht gelesen und nicht entdeckt, daß die Charlus auf der Suche nach den Jupiens sind. Wie also konnte ich ahnen, daß Louis vom Krieg nicht nur die Erleichterung erwartete, in den Salons nicht mehr lügen zu müssen, sondern überdies die Aussicht darauf, daß das enge Zusammenleben im Biwak die Erfüllung seiner Wünsche begünstigte?

Was mich anbetrifft, so hinderte mich nur die Rücksicht, vor Adeline allzu augenfällig zu frohlocken. Ich würde dem Pariser Leben entrissen werden! Von meinen feige in faden gesellschaftlichen Veranstaltungen vergeudeten Kräften wieder Besitz ergreifen! Adieu, Yvonne de Blaize, adieu, Thérèse d'Arcy, adieu, Rosita de Charmière: derjenige, den ihr zu eurer Zerstreuung benutzt hattet, würde fern der verweichlichenden Langweiligkeit eurer Boudoirs zum Manne werden! Mein Leben ins Lot bringen, mich von den Wirrungen heilen, meine Kräfte auf ein Ziel richten, dazu, den im dunklen Sprechzimmer von Santo Spirito geborenen alten Traum in die Tat umzusetzen, würde mir der Krieg die Möglichkeit geben. Und außerdem, so sagte ich mir mitten in den mich bestürmenden Gedanken, würde die Armee mir einen Sold zahlen, mich kleiden, mich nähren. Zum ersten Mal wäre ich von meiner Mutter unabhängig! Als die ersten Anschläge, die in drei Zentimeter fetten Buchstaben die allgemeine Mobilmachung ankündigten, auf den Hauswänden von Paris die zwei gekreuzten Fahnen zeigten, lief ich wie ein Irrer von Straße zu Straße. Ich wollte sicher sein, daß ich mich nicht getäuscht hatte, daß in allen Pariser Vierteln die jungen Männer zum Kampf aufgerufen waren, daß von dieser Erlösungsverheißung keiner ausgenommen wurde.

Das Telefon läutete ununterbrochen.

»Porfirio! Hier Hector. Wann rückst du ein?«

»Ich habe meinen Gestellungsbefehl noch nicht erhalten.«

»Für mich ist es morgen.«

Dann Jean:

»Porfirio, soll ich dich um fünf Uhr abholen?«

»Wenn du magst. Wozu?«

»Mußt du nicht in der Kaserne von Reuilly antreten? Wir hätten zusammen hingehen können.«

»Nein, ich bin noch nicht einberufen worden, Jean.«

»Sonderbar, Porfirio. Wir wohnen im selben Viertel.«

Dann war Jean-Paul an der Reihe:

»Es ist soweit. Es geht los!«

»Wohin bist du bestellt worden?«

»Nach Sully-Morland. Und du?«

»Ich glaube, es wird Reuilly sein.«

»Amédée läßt dich grüßen. Er hat sich nur gerade die Zeit genommen, auf einen Sprung vorbeizukommen und mich zu benachrichtigen. Er mußte um vier Uhr in Javel sein.«

Über alle Telefondrähte tauschten zur selben Stunde Zehntausende von Rekruten diese Nachricht in gesteigertem Hochgefühl aus. Jeder hatte in Form eines kleinen Sonderdrucks die Aufforderung zu einem neuen, stärkeren, reicheren, großzügigeren Leben erhalten. Nur zu mir war der Gestellungsbefehl noch nicht gelangt. Versehen der Post? Schwemme an Postsachen? Ich ließ meine Mutter wissen, daß ich meinen Freund Jean Labusquière in der Kaserne von Reuilly aufsuchen würde.

»Das ist zwecklos, Porfirio«, erwiderte sie mit ruhiger

Stimme, in der mir aber eine seit langem herangereifte Befriedigung mitzuschwingen schien.

Ich hatte die Hand schon auf dem Türgriff und drehte mich bestürzt um.

»Zwecklos, Maman?«

»Hör mal, mein Sohn, Du bist, soviel ich weiß, kein Franzose.«

»Ich kein Franzose?«

»Nein, Porfirio«, fuhr sie im gleichen, scheinbar gleichgültigen Ton fort. »Dein Vater war Italiener, und infolgedessen ...«

»Aber das ist das erste Mal«, rief ich, »daß du dich darauf besinnst, daß Papa Italiener war! Du hast alles getan, damit ich so völlig wie möglich zum Franzosen werde. Wir sind niemals nach Girgenti zurückgekehrt, du hast mich genötigt, um die französische Staatsangehörigkeit nachzusuchen, und deshalb ...«

»Du wirst nicht einrücken, mein Sohn.« Sie hob die Stimme. »Italien bleibt neutral. Der Krieg geht dich nichts an.«

»Aber wenn ich doch um die französische Staatsangehörigkeit nachgesucht habe, Maman!«

»Du hast die italienische Staatsangehörigkeit behalten.«

»Alle meine Kameraden rücken ein. Es ist unmöglich, daß ich als einziger nicht einberufen werden soll, verstehe mich doch«, sagte ich und fing an zu stottern.

Das Gefühl der Schwäche nahm mir alle Widerstandsmöglichkeit. Sie stand auf, zog mich an sich, lehnte den Kopf an meine Schulter und murmelte:

»Glaubst du, ich ließe es zu, daß man mir meinen einzigen Sohn im Krieg tötet? Nein, nein«, rief sie und trat einen Schritt zurück.

Und mit plötzlich heftig gewordener Stimme fuhr sie fort:

»Du willst mir doch nicht das Herz zerreißen, indem du fortgehst und dich dem Gewehrfeuer aussetzt? Antworte mir. Hättest du den Mut, mich auf die Folter zu spannen, mich des Schlafs zu berauben, mich zu zwingen, wie eine Wahnsinnige auf den Schritt des Briefträgers im Treppenhaus zu lauern?«

»Nein, Maman«, murmelte ich, gedemütigt durch die Leichtigkeit, mit der Adeline meine Übergabe erreichte.

»Prächtig!« sagte sie. »Im übrigen habe ich alle notwendigen Anordnungen getroffen. Die Frau des Kommandanten der Pariser Militärbehörde ist eine treue Leserin des *Écho de Paris*, und ich habe die Zusicherung erhalten, daß du der Liebe deiner Mutter nicht entrissen werden wirst. Du bist also in Sicherheit, mein Kind!«

Von neuem zog sie mich an sich. Die Scham über meine Niederlage brannte mir auf den Wangen. Dann, als sie sich wieder hingesetzt hatte und sich mit größter Sorgfalt die Nägel lackte, fügte sie, so als wäre die Sache beschlossen und als blieben nur einige Einzelheiten zu regeln, in munterem Ton hinzu:

»Es gereicht dir zur Ehre, mein Kind, daß du nicht tatenlos zuschauen willst, wenn unser Land in einen Krieg hineingezogen wird, was ich persönlich beklagen würde, da ich in Kaiser Wilhelms II. Schuld stehe. An Gelegenheiten, dich nützlich zu machen, wird es nicht mangeln. Rosita de Charmière redete gerade davon, daß sie, sobald die Feindseligkeiten eröffnet werden, ein Hilfsbüro für Soldaten einrichten will, das ihnen Lebensmittel, Medikamente, warme Kleidung schickt. In Unternehmen solcher Art kann man Männerarme immer gebrauchen, und wenn auch nur, um die Pakete zu tragen und auf Lastwagen zu verladen. Dein Platz dort wäre sehr angebracht, denke ich?«

»Ja, Maman«, bestätigte ich mit tonloser Stimme. Endgültig besiegt, fand ich nicht einmal die Kraft, mich gegen ein derart unschickliches Anerbieten zu wehren. Meine Mutter schien zu denken, wenn ich Rosita dabei half, Kisten mit Nahrungsmitteln für die Armee zu verschicken, würde ich meine patriotische Pflicht erfüllen, ohne die Galanterie zu vernachlässigen.

Zwei Tage danach waren wir im Krieg. Die ersten Berichte schmetterten mich nieder. Das war nicht, wie 1870, ein ruhiger, von einigen Scharmützeln unterstrichener Feldzug, sondern eine gigantische Schlacht, ein beispielloses Blutbad. Im Monat September wurde die Zahl der allein an der Marnefront Gefallenen mit 200 000 angegeben. Von meinen Freunden kein Lebenszeichen. Verwundet? Tot? Im Gemetzel verschollen? Ich lebte in der Furcht vor den Nachrichten, verbarg aber meiner Mutter, welche Gefühle mich bewegten. Wem würde als nächstem die Stunde schlagen?

»Ein Glück«, seufzte sie, wenn sie die Zeitung überflog, »daß es mir gelungen ist, dich von dieser Metzelei fernzuhalten.«

»Aber, Maman ...«

Sie mußte nur die Augen heben und ihren hellen Blick auf mich heften, um statt des Schreis der Empörung, der in meiner Kehle erstickte, ein zustimmendes Lächeln zu erhalten.

Im Oktober erfuhren wir, daß Louis de Beaumanoir an der Yser durch einen Kopfschuß getötet worden war. Um einen Kameraden zu retten, war er aus dem Graben gesprungen. Ehrenvolle Erwähnung beim Tagesbefehl der Armee und postumes Kriegsverdienstkreuz. Nie hätte ich gedacht, daß dieses Reinerzeugnis der Rue de Varenne so viel Tapferkeit beweisen würde.

»Er mochte keine Bälle besuchen, das ist wahr«, sagte ich zu meiner Mutter. »Aber deswegen konnte man noch nicht annehmen, daß er das Zeug zu einem Helden hatte!«

»Besonders Madame de Beaumanoir tut mir leid«, antwortete sie. »Vergiß nicht, deine umgeknickte Karte bei ihr abzugeben.«

Sie dachte eine Weile nach und fügte dann hinzu:

»Armer Junge! Welcher Mut in der Tat! Aber wenn man sich schon aus dem Lebenszyklus ausgeschlossen hat, fürchtet man den Tod weniger.«

Nach diesem sibyllinischen Ausspruch nahm Adeline ihre Strickerei wieder auf, eine Beschäftigung, die in jenem Winter in Mode war. Auch Rosita verfertigte Schals und Westen für die Soldaten. Nach meinem Studientag in der Universität begab ich mich ins Hilfsbüro zur jungen Gräfin. Dann gingen wir zusammen zu ihr hinauf. Sie befahl der Hausangestellten, im Kamin Feuer zu machen; ich zog einen Gobelinschemel vor die Feuerstelle; sie setzte sich mit ihrer Arbeit hin; ich legte mich auf den Teppich, hielt das Wollknäuel und achtete darauf, es im richtigen Augenblick abzuwikkeln.

Bevor wir uns ins Schlafzimmer verfügten, verrichteten wir solchermaßen in der Wärme und der Bequemlichkeit eines von fernen Granatfeuern belebten Beisammenseins eine Art Dienst am Vaterland. Nicht ohne genußvolles Verweilen bei diesem sündigen Gedanken sagte ich mir, daß ich, nachdem ich so oft vor den von Hauptmann Hardcastle auf dem Hügel von Girgenti wieder aufgerichteten Säulen seines Tempels vom göttlichen Herakles geträumt hatte, nun bei dieser Rosita, deren in einem gläsernen Pantoffel steckender Fuß mich am Hals kitzelte, die einzige ruhmlose Episode seiner Sage wiedererlebte. Der Held par excellence, der Vollbringer der Zwölf Werke, der Heldentaten, der Glanzleistungen, von denen die griechische Welt widergehallt hatte, hätte mich verachtet. Ich ahmte den Gott nur in seinem einzigen Moment der Schwäche nach, als er der Liebhaber und Diener der Omphale geworden und von seiner Mission abgewichen war. Gleich dem schlaffen Hausfreund, der zu Füßen der lydischen Königin Wolle spinnt, welche Szene oft auf den antiken Tongefäßen abgebildet ist, war ich auf den Rang eines Höflings und Sklaven herabgesunken, während man doch die Kanonen donnern hörte.

Der Krieg, unersättlicher Minotaurus, nahm alle jungen Männer mit. In Paris waren nur noch Greise und Kinder zu sehen. Ich war denn auch bei den jungen Mädchen und Damen zu einer sehr begehrten Ware geworden: »Ware«, ich selbst bezeichnete mich mit diesem Wort. Ohne Illusion, ohne Ressort beugte ich mich der Rolle, die das Schicksal mir zugeteilt zu haben schien. Hätte ich, um eine beginnende Unabhängigkeit zu beweisen, erst spät nachts in die Rue du Bac zurückkehren wollen, so hätte die Sperrstunde, die um elf Uhr die Straßen leerte, mir doch verboten, die vom mütterlichen Willen festgesetzte Frist zu überschreiten. Zu einer Zeit, da Millionen meinesgleichen Tag und Nacht dem Tode trotzten, besuchte ich weiterhin das Theater, begleitete meine »Freundinnen« nach Hause, bat meine Mutter um Geld, um ihnen Blumen zu kaufen. »Amüsiere dich!« empfahl mir Adeline, wenn sie mich zwei Tage über meinen juristischen und politologischen Büchern gesehen hatte. »Setz nicht solche Leichenbittermiene auf! Man muß bei

Laune bleiben. Amüsiere dich!« Nach dem Marnesieg und nachdem sich die Lage an der Front stabilisiert hatte, waren die Tangostunden wiederaufgenommen worden.

Es würde immer noch Zeit sein, mich wieder zu fangen, wenn Italien den Krieg erklärt hätte, sagte ich mir. Es schien in der Tat nicht möglich, daß mein Vaterland sich noch lange dem Konflikt fernhielt. Ich wagte es nicht, mit Adeline dieses Thema anzuschneiden, da ich befürchtete, sie könne einen neuen Vorwand ersinnen, um mich zum Drückeberger zu machen. Italien hatte, indem es neutral geblieben war, seinen Pakt mit Deutschland und Österreich bereits gebrochen. Die dort besonders starke pazifistische Bewegung allein verzögerte noch seinen Kriegseintritt auf seiten der Alliierten.

Eines Tages im November redete ein Emissär der französischen Regierung mich in der Fakultät an: ob ich bereit wäre, fragte er mich, eine fruchtbare Zusammenarbeit zwischen meinen Heimatländern zu beschleunigen? Ich folgte ihm in ein Büro in der Rue Saint-Dominique, und dort bat er mich, ihm bei der Lektüre eines italienischen Zeitungsartikels behilflich zu sein, da der ständige Dolmetscher im Ministerium sich an der Front befinde. Die Zeitung nannte sich *Il Popolo d'Italia*. Ein gewisser Benito Mussolini, dessen Namen ich zum ersten Mal hörte, hatte den Leitartikel geschrieben. Im Namen des Kampfes um die Freiheit der Völker predigte Mussolini den Krieg gegen Österreich: unsere Intervention ist unerläßlich, behauptete er in leidenschaftlichem Ton. »Sie glauben also«, fragte mich mein Gesprächspartner, ohne klarzustellen, daß die französische Regierung Anstalten traf, die Zeitung heimlich zu subventionieren, »daß wir den Verfasser eines solchen Artikels ermutigen könnten?« Ich gab eine günstige Meinung ab (hatte ich nicht auch verschwiegene Gründe, Italien zum Krieg zu drängen?): woraufhin ich als Gegenleistung die Erlaubnis erhielt, jeden Tag im Ministerium *Il Popolo d'Italia* zu lesen.

Auf diese Weise wurde ich mit den Ideen dieses politischen Agitators vertraut. Von äußerster Schärfe gegenüber den »entmannten« Sozialisten, hatte er die »Fasci di azione rivoluzionaria« gegründet, die ständig mobilisiert waren und die Faust gegen das Parlament erhoben. Die französische Presse kommentierte beifällig die verbalen Ausschreitungen eines *Condottiere*, der aus dem Quattrocento zu stammen und, um sein Programm zu verwirklichen, mehr auf die Energie des einzelnen als auf die Institutionen zu bauen schien. Wie kann man mich anklagen, diesen Großsprechereien ein williges Ohr geliehen zu haben (D'Annunzio, der genauso laut schrie, gefiel mir entschieden weniger: ich mißtraute den Dichtern), wenn die gesamte französische Meinung, die ihren Nutzen dabei fand, dazu drängte, sein Land in den Krieg zu ziehen? Je mehr mein privates Leben mich anwiderte, desto größere Hoffnung setzte ich in den Mann, der, indem er seine Mitbürger zwang, eine bequeme Neutralität aufzugeben, auch mich meiner Willensschwäche entriß.

Das hieß einmal mehr, daß ich die Rechnung ohne meine Mutter machte. Sie suchte einen befreundeten Arzt auf, der mich aufgrund einer Kinderkrankheit für waffenuntauglich erklärte. Als die Regierung Salandra den Krieg erklärte, hatte ich Anspruch auf eine weitere große Szene, aus der hervorging, daß Adeline meine Rekrutierung nicht überleben würde. Ergeben, fügsam, in meiner Rolle nunmehr erstarrt, konnte ich dem, was sie über mich verfügt hatte, nur beipflichten. Vier Kriegsjahre lang vor Gefahr bewahrt. Vier Jahre Krieg, ohne die Uniform getragen und ein Gewehr gehandhabt zu haben. Ein Feigling, ein ... Welchen Namen verdiente mein Verhalten? Hätten meine Freunde überlebt, so hätte ich mich geschämt, sie wiederzusehen. Urteile selbst, was ich empfunden habe, als allmählich die Nachrichten von der Front eintrafen.

Hector Milhaud: im Argonner Wald gefallen. Amédée Pinson: bei Ypres durch Giftgas getötet. Jean-Paul Lebris: am Chemin des Dames gefallen. Von Jean Labusquière erfuhren wir nichts mehr; nach dem Waffenstillstand kehrte er nicht zurück; wir mußten uns dazu entschließen anzunehmen, daß er tot war. Der mich in Nietzsche und Georges Sorel eingeführt hatte, sollte ohne Begräbnis bleiben. In nichts aufgelöst zur selben Zeit wie sein Traum von einer durch den Krieg erreichten sozialen Gerechtigkeit und Zerstörung der Klassen.

Ich weiß noch, daß ich, während die Glocken am Himmel von Paris den Sieg einläuteten, ziellos, ohne Vertrauen in die Zukunft durch die jubelnde Menge geirrt bin. Vom großen Abenteuer des Jahrhunderts hatte Adeline mich ausgeschlossen. Der Möglichkeit, mich durch die Tat zu rehabilitieren, beraubt, blieb ich hinter meiner Zeit zurück. Meine Freunde, meine einzigen Freunde, die mich zu einem Leben des Geistes angeregt hatten, waren tot. Ich hatte, von meiner Mutter ausgehalten, einen langen Urlaub verbracht, während sie sich töten ließen. Gab es auf Erden einen, der schuldiger gewesen wäre? Welche Gründe könnte ich zu meiner Verteidigung anführen, wenn ich vor ihr Gericht zitiert würde, sie von mir Rechenschaft fordern würden? Meine künftigen Schicksale, die Wahlen, die ich traf, meine üppigen Schwärmereien, meine Kindereien, meine Irrtümer, meine Vergehen erklären sich nicht ohne diesen dauernden Gewissensbiß.

Als erstes brachte er mich dazu, in die Rue Visconti zurückzukehren, wo Monsieur Desjardins die Räume der Wahrheitsunion wieder geöffnet hatte. Die Literatur wurde vorübergehend beiseite gelegt, und die Debatten handelten nur von Politik. Ich dürstete danach, zu etwas zu »dienen«, und die Politik schien mir die Gelegenheit dazu zu bieten. Monsieur Desjardins, der selbst von einem so grausamen Verlust betroffen worden war, konnte nicht denken, daß ich nicht in Waffen gestanden hatte. Er empfing mich wie einen einstigen Frontkämpfer. Da es mir auf eine Lüge mehr oder weniger nicht mehr ankam, hütete ich mich, ihn von seiner Täuschung zu befreien. Er übertrug auf mich – wir waren so wenige im Paris der Nachkriegszeit verbliebene junge Männer, daß ich mich über die Bedeutung meiner Auserwählung keiner Illusion hingab – ein wenig seiner durch den Tod seines Lieblingssohns unbesetzten väterlichen Zuneigung.

Jedenfalls stellte er mir Fragen zur Lage in Italien. Diese »Fasci italiani di combattimento«, die auf die »Fasci di azione rivoluzionaria« gefolgt waren und im politischen Vokabular das noch nicht dagewesene Wort »Faschist« einführten, was war von ihnen zu halten? Der Aufruhr der Arbeiter, die Besetzung der Fabriken in Turin, die Schwäche des Ministerpräsidenten Giolitti und der anderen Politiker ließen Mussolini wie einen Verteidiger des Staates erscheinen. Die faschistische Partei trat von Anfang an durch Gewalttätigkeiten hervor, die für am Recht der freien Meinungsäußerung festhaltende Franzosen unannehmbar waren. In Bologna, in Ferrara verdrosch man die Gegner mit Knüppeln, man zwang sie, Rizinusöl zu schlucken. Indessen spürte ich bei Monsieur Desjardins weniger Empörung über solches Vorgehen als Enttäuschung darüber, daß eine Organisation, die sich so fähig zeigte, wieder Ordnung zu schaffen, nicht von einer über jeden Zweifel erhabenen Moralität war. Gleich Goethe hätte der Leiter der Gespräche in der Rue Visconti gestehen können, daß er eine Ungerechtigkeit einer Unordnung vorziehe, und mit ihm die Fraktion jenes französischen Bürgertums, das das politische Personal lieferte und nicht ohne Erschrecken die Entwicklung der Streiks in Italien beobachtete. 300 000 Mitglieder der faschistischen Partei 1920, 700 000 im Frühjahr 1922: obgleich diese Zahlen die Anhänger der demokratischen Legalität zu beunruhigen begannen, stärkten sie doch das Ansehen des Mannes, der für das sicherste Bollwerk gegen den zunehmenden Kommunismus in Europa gehalten wurde.

Derjenige, der sich bald mit dem pompösen Titel *Duce* schmücken sollte, war noch nichts weiter als der Sohn eines Schmieds und einer Dorfschullehrerin. Er pflegte sein volksnahes Image: es hieß, daß er mit der Tochter einer Gastwirtin verheiratet sei. In jungen Jahren hatte er sich durchschlagen müssen, war nacheinander Maurer, Ladengehilfe, Ersatzlehrer gewesen, immer unzufrieden, immer umhergezogen. Ein letztes Detail, das ihm Sympathien einbrachte: hatte er als einfacher Gefreiter sich nicht im Krieg ausgezeichnet? Eine kühne Tatkraft, der Wille, die hohen Werte des Westens wiederherzustellen, das Kaliber eines wahrhaften Anführers.

»Sucht er nicht«, fragte mich der von dieser Legendenbildung beirrte Monsieur Desjardins, »die römischen Legionen wieder zum Leben zu erwecken?«

Enttäuscht, weil er feststellen mußte, daß das Ende der Feindseligkeiten der zur Zeit des Kriegs vollbrachten Anstrengung zum Hohn eine Lockerung der Sitten hervorgerufen hatte, die sich durch die Welle der Dancings, der Strände, der Badeanzüge, der Flirts ausdrückte, war er bereit, in Mussolini einen Helden Corneilles, seines Lieblingsautors, zu begrüßen. Der Cid, Horace, Nicomède, so behauptete er, zeigen in ihrem Charakter auch etwas Feudalistisches und Exzessives.

So plauderten wir, naiv und unüberlegt und wenige Monate vor dem Marsch auf Rom oben auf der kleinen Treppe in der Rue Visconti, wo er mich, von ich weiß nicht welchem Wohlwollen mir gegenüber bewogen, nach dem Abzug der anderen Eingeladenen noch zurückbehielt. Dann ging er nach Hause, wo ihn einer Deiner Briefe und der Wunsch, ihn unverzüglich zu beantworten, erwarteten.

24

Bald grau, bald Sommerabend

Eines Tages im Oktober 1922 ließ Madame Rivero, die Direktorin des Gymnasiums in Mainz, Dich nach dem Nachmittagsunterricht zu sich rufen.

»Setzen Sie sich, Mademoiselle«, sagte sie, ohne den Blick von ihren Schriftstücken zu heben.

Eingeschüchtert verharrtest Du starr vor ihrem Schreibtisch.

»Aber, aber, bleiben Sie doch nicht stehen«, fuhr sie fort und geruhte Dich anzusehen. »Ich werde Sie schon nicht auffressen, Mademoiselle. Wir müssen ernsthaft und ruhig miteinander reden. Nehmen Sie zur Kenntnis, daß ich Demagogie verabscheue. Ich gehöre nicht zu den Direktorinnen, die im Verkehr mit ihren Untergebenen einen kameradschaftlichen Ton anschlagen. Ich habe Verantwortlichkeiten und übernehme sie. Ich weiß sehr wohl, daß Sie mich von Ihrem Standpunkt aus verurteilen. Die Jungen glauben immer, daß die ältere Generation nichts taugt, nichts versteht, daß sie von einem Wust veralteter Ideen zehrt. Oh! ich bin auch einmal jung gewesen, Mademoiselle, und wenn ich heute Ihr Alter hätte, würde ich in meinem Kopf die gleichen Vorwürfe wälzen. Daß die Jugend von großen Idealen bewegt werde, ist wünschenswert. Sie wird noch genug Zeit haben, ihre Illusionen zu verlieren.«

Sie lächelte Dir wohlwollend zu, was Dich völlig unsicher machte, klopfte mit dem Stiel ihres Brieföffners auf ihr Löschblatt, streckte die Hand nach ihrem Zigarettenetui aus, schob es aber zurück.

»Leider lehrt uns das Leben, daß auf der Erde kein Platz ist für utopische Gesellschaften. Eine an sich noch so großartige Idee kann unter gewissen Umständen falsch und schädlich werden. Mir wurde hinterbracht«, fuhr sie fort und zog aus der Schreibunterlage ein handbeschriebenes Blatt, »daß Sie in der Oberprima einen gegen die Vaterlandsliebe gerichteten Text Voltaires durchgenommen haben. Trifft das zu?«

»Ja«, hauchtest Du. Du warst rot geworden, von der Frage überrascht und betroffen, in der Schrift auf dem Blatt die einer Deiner besten Schülerinnen zu erkennen.

»Im Gymnasium haben wir Töchter von Offizieren, und sogar von hohen Offizieren. Begreifen Sie, Mademoiselle, daß Sie ihre Gefühle verletzen, wenn Sie beschließen, sie über die Texte eines nicht allein internationalistischen, sondern überdies bekanntermaßen atheistischen Autors Arbeiten schreiben zu lassen? Haben Sie bedacht, welche Folgen ein so schwerer Verstoß gegen die vom Unterricht zu wahrende Neutralität haben kann?«

Sie machte eine Pause, um Dich auf das entscheidende Argument vorzubereiten.

»General de Cortambert selbst, Mademoiselle, war so liebenswürdig, unserer Anstalt die Erziehung seiner Tochter anzuvertrauen.«

Monsieur Desjardins, dem Du den Vorfall mitteiltest, mußte Dir erklären, was Madame Riveros Verweis bezweckte. Da der höhere Schulunterricht bezahlt werden muß, zielt das Gymnasium nicht in die gleiche Richtung wie die kostenfreie Volksschule. Vom bürgerlichen Konservativismus abhängig, muß er die Meinung der Familien berücksichtigen – und im vorliegenden Fall gabst Du den Kindern der rheinischen Besatzungsarmee Unterricht. Er seinerseits, fügte Monsieur Desjardins hinzu, hatte so schnell wie möglich vom höheren Schuldienst Abschied genommen: er hatte sich der Hochschule – der Schule von Sèvres –, aber mit noch größerer Befriedigung auch der Volksschule – der Schule von Saint-Cloud, der Schule von Fontenay, der *Revue d'enseignement primaire* zugewandt. »Richten wir uns nach unten, von woher der Saft steigt. Dort in Wahrheit ist das Herz edelmütiger. Entbürgerlichen wir uns.« Dieser Ratschlag kränkte Dich. Als Sohn eines Professors am Collège de France, Erbe des schönen Hauses in der Rue de Boulainvilliers, Eigentümer der Abtei von Pontigny (was in Wahrheit eine ungeheure finanzielle Belastung darstellte) konnte Monsieur Desjardins sich den Luxus erlauben, sich unters Volk zu mischen. Du aber stammtest aus dem Volk, und Du strebtest leidenschaftlich danach, ihm zu entwachsen.

Selbstverständlich kam Dir nur ganz flüchtig der Argwohn, Monsieur Desjardins habe es Dir gegenüber an Takt fehlen lassen. Wenn er die Überlegenheit des Volksschulunterrichts rühmte, hat er rein theoretisch recht, in diesem Punkt wie in allen anderen. Deine Vorwürfe richteten sich also gegen Dich selbst: hättest Du nicht ein einfacher Lehrer werden sollen wie Deine Eltern? Du erinnertest Dich an die feindselige Einstellung in Saint-Arverne Deinen Studienplänen gegenüber. Zu allen mißlichen Erfahrungen eines Aufenthalts in einem fremden Land, dessen Sprache Du nicht sprachst, inmitten einer von Haß auf den Besatzer erfüllten Bevölkerung kam so in den schweren Jahren Deines Noviziats noch die quälende Frage, ob Du nicht Deine Klasse, Dein Milieu, Dein Dorf verraten hättest. Welch falsche Situation, sich in die Aufgabe, Frankreich zu repräsentieren, mit dem Militär teilen zu müssen und Ronsard, Corneille und Chateaubriand unter dem Schutz der Gewehre zu zerpflücken!

»Auch ich, Mademoiselle, weiß Voltaire zu schätzen«, nahm Madame Rivero das Wort wieder auf. Sie lächelte erneut und mit zuvorkommender Herzlichkeit, um Dir zu bedeuten, daß sie kein aufklärungsfeindliches Monstrum sei. »Aber die französische Armee hat anderthalb Millionen Tote zu rächen. Ich weiß auch, daß Sie sich in Ihrem Unterricht lobend über den Völkerbund geäußert haben. Oh! Sie werden nun mit der Verachtung, die, wohlgemerkt, die Jugend ehrt, denken: ›Sie räumt aber gründlich auf!‹ Das ist meine Pflicht, Mademoiselle Rageblanc, wie es auch meine Pflicht ist, Sie vor einer bestimmten Propaganda zu warnen. *L'Écho de Paris*« – sie hob von ihrem Schreibtisch einen Zeitungsausschnitt auf – »berichtet von dieser Dekade in Pontigny, wo man über ›den Völkerbund und die Vorurteile, die er überwinden muß‹ gesprochen hat. Monsieur Gide, dieser gefährliche Autor, der den jungen Leuten dazu rät, die Reisenden aus den Wagen der fahrenden Züge zu stoßen, Monsieur Gide hat an diesen Gesprächen teilgenommen. Die Tatsache sollte Sie zu mehr Zurückhaltung veranlassen. *L'Écho de Paris*«, fuhr sie fort und legte den Artikel wieder auf den Schreibtisch, »entrüstet sich darüber, mit Recht, wie mir scheint, daß man Reden geführt hat, die dem nationalen Interesse und, wenn ich richtig lese, sogar der nationalen Ehre abträglich waren.«

»Das stimmt nicht!« riefst Du, ohne zu bemerken, daß sie Dir eine Falle stellte.

»Ah! Sie waren also dort, ich wundere mich nicht mehr über Ihren Starrsinn. Man hat Sie angeworben, meine Kleine. Ich werde in meinem Gymnasium die Politik des Nationalen Blocks nicht angreifen lassen. Der Gefahr, daß es im Pontigny oder sonstwo verantwortungslose Intellektuelle gibt, die für Frankreich schädliche Ideen erörtern, dieser Gefahr setzt sich eine echte Demokratie aus. Aber daß diejenigen, denen der Staat ein Gehalt bezahlt, damit sie die höhere Schuljugend auf den Pfad des Guten und Rechten leiten, solchen Geschichten Gehör geben, ist ein nicht zu duldender Verstoß.«

Sie hatte in hartem Ton gesprochen. Sie hielt inne, klopfte auf ihre Papiere, stieß die Haarnadel fester in ihren Knoten. Dann, wieder beruhigt, entspannt, mit der lächelnden Miene gütiger Nachsicht, begann sie dem, was sie für Deine sozialen Anliegen hielt, berechtigten übrigens, dachte sie, und Zeichen einer erfreulichen Selbstlosigkeit, zuvorzukommen, wobei ihre Taktik darin bestand, zunächst die Würde der Hirngespinste anzuerkennen, die sie Dir zu nehmen beabsichtigte.

»Nehmen wir zum Beispiel den Bolschewismus. Es ist völlig normal, daß eine Doktrin sozialer Gerechtigkeit einen jungen, großdenkenden Geist betört. Nochmals, ich wäre die erste, die es beklagen würde, wenn ein Mann oder eine Frau durchs Leben ginge, ohne je utopische Pläne gewälzt zu haben. Zudem ist eine liberale Gesellschaft es sich schuldig, jede neue Idee aufzunehmen, sie zu prüfen und zu diskutieren. Nur« – sie schlug mit der Faust auf den Tisch –, »der Herausgeber des *Écho de Paris* tut sehr recht daran, uns zu warnen: die erste Maßnahme, welche die Bolschewisten träfen, wenn sie an die Macht gelangten, bestände darin, daß sie die Freiheit abschaffen, zu prüfen und zu diskutieren. Seien wir nicht einfältig, Mademoiselle. Die Armee am Rhein ist ein Schutzwall gegen den Bolschewismus. Man hat Sie angeworben, meine Kleine«, wiederholte sie. »Ich bin froh, Ihnen die Augen geöffnet zu haben. Meine deutsche Putzfrau muß mit einem Koffer zu ihrem Bäcker gehen: das Kilo Brot kostet jetzt eine Billion Mark. Sie hätte bessere Gründe als Sie, für eine Gesellschaftstheorie einzutreten, die das Elend und den Hunger in Deutschland dem Kapitalismus anlastet. Kopf hoch, Mademoiselle, es war nicht meine Absicht, Ihren Schwung zu dämpfen, sondern nur, Sie aufzufordern, ihm ein besseres Ziel zu geben. Befürchten Sie nichts, Sie werden eine gute Zensur erhalten, sofern der Generalinspektor das Urteil der Schulverwaltung bestätigt. Sie können jetzt gehen.«

Bebend verließest Du das Büro, was Dir nach Madame Riveros Rüge einen väterlichen Verweis seitens Monsieur Desjardins' einbrachte. Er warf Dir vor, ihm die Szene in pathetischem Ton geschildert und sie zerknirscht, den Tränen nahe verlassen zu haben, obwohl es angezeigt gewesen wäre, schleunigst zu lachen, wie Figaro sagt, und sich durch innere Heiterkeit an einer solchen Dummheit zu rächen. Da das Denunziantentum in Mainz grassiere und selbst Deine besten Schülerinnen sich nicht dagegen sträubten, nun gut, würde er einige Vorsichtsmaßnahmen treffen, wie von einem Brief zum anderen auf der Adresse seine Schrift verstellen, Briefumschläge verschiedenen Formats verwenden, das Papier mit dem Briefkopf von Pontigny ausschalten, um denen, die Lust haben könnten, Deine Korrespondenz zu kontrollieren, keinen Anlaß dazu zu geben. (Die Armee verteilte die Post, und Du holtest Deine Post im Gymnasium ab.) Im übrigen aber solltest Du, statt ein Klagelied anzustimmen, mit Frechheit und Spott auf die Einschüchterungsversuche Deiner Direktorin antworten.

An Deiner Stelle hätte er ihr folgendes gesagt:

»Wie? Ich dachte nicht, daß das Gymnasium, wie das gewöhnlichste Geschäft, dem Gesetz von Angebot und Nachfrage gehorchen müßte. Was! Die heiligste der Institutionen sollte sich wie ein Friseursalon, nicht mehr und nicht weniger, nach den Vorlieben und vorgefaßten Meinungen der Kundschaft richten?«

Und wenn Du Dir nicht die Kraft zutrautest, diesen Stoß

zu führen, hätte Monsieur Desjardins gewünscht, daß Du wenigstens die Ansprache höflich unterbrochen hättest.

»Ach! Ich bitte Sie, Madame, finden Sie hierzu etwas, was nicht schon überall gesagt worden ist, damit ich meine Ansicht von neuem überdenke und, falls sie zu naiv ist, berichtige. Erzählen Sie doch einmal, wie stellen Sie sich die Zukunft unseres Landes vor ...«

Statt dessen Schauder und Schweigen. Du bliebst wie versteinert und gingst nicht einmal auf das Burleske ein, den Gesprächen in Pontigny den Hintergedanken kommunistischer Propaganda zuzuschreiben. Weit entfernt von jeder »Anwerbung« – Gide gab die beste Gewähr dafür – hatte man in jenen zehn Tagen – das konntest Du bezeugen – nach einem Weg der Mitte gesucht, einem rechten, vernünftigen Weg zwischen der reaktionären Politik der Blockparteien und der für die Demokratie nicht weniger ruinösen marxistischen Politik.

Dieser Vorfall leitete einen neuen Umgang in euren Briefen ein. Monsieur Desjardins bemerkte, daß Du in den Dingen der Welt zu ahnungslos warst und mit ihnen vertraut gemacht werden mußtest. Erstaunt, daß Du ihm nie von Deinem Leben in Mainz berichtest, in diesem besetzten Rheinland, wo so vieles Außergewöhnliche sich ereignete, spektakuläre Zusammenbrüche von Unternehmen, Warteschlangen vor den Läden, wohin die Leute Schubkarren voll Banknoten brachten, die sie benötigten, um einen Sack Kartoffeln zu kaufen, Empörungen gegen die drakonischen Klauseln des Versailler Vertrags, der eine von gefährlichen Agitatoren aufgewiegelte Bevölkerung strangulierte, wollte er Dich an seiner Besorgnis über die kurzsichtige Deutschlandpolitik Raymond Poincarés teilnehmen lassen. Wir erschöpften, so sagte er Dir, die redlichen Gefühle eines Volkes, das uns auf Gnade oder Ungnade ausgeliefert sei, und dies könne nicht geschehen, ohne daß die unseren beeinträchtigt und beschmutzt würden. Die Methoden der Einschüchterung und der Unterdrückung, die der französische Staat anwende, machten ihm Sorgen: dem Land, dessen Besatzer wir waren, hätte nicht nur menschliche Milde, sondern auch Rücksicht auf den Stolz der Besiegten, eine Anerkennung der an sich achtenswerten deutschen Identität gezeigt werden müssen. Wenn Du darüber nachdächtest, würdest Du empört sein und, wie Flaubert es poetisch ausdrückte (da ein literarisches Zitat nun einmal das beste Mittel sei, um die schändliche aktuelle Politik Deinen Augen wichtig erscheinen zu lassen), »vom Blut der verwundeten Themis getränkt«.

Da er einmal in Schwung sei, fordere er Dich auf, aus Dir herauszugehen, Dich umzusehen, Dich nicht nur für Politik, sondern auch für Deine Kollegen, die Szenerie Deines Lebens, die Landschaften, die Musik, die Dichtkunst zu interessieren. Nichts würde Deine Seele besser gegen die Angriffe der zahllosen auf dem Planeten wütenden Damen Rivero stählen. Empfänglicher für das, was zu lieben sich lohnt, würdest Du weniger *ex partibus infidelium* leiden. Du würdest dem Eisvogel ähnlich werden, dem kleinen symbolischen Vogel, von dem Lukian spricht. In der stürmischen Jahreszeit baut er sein Nest über dem Meer, aber in seinem zuckenden Herzen besitzt er einen solchen Vorrat an ruhiger Festigkeit, daß nach und nach um das schwache schwebende Nest herum die Wellen sich glätten. Für diese Aufgabe, fügte er hinzu, seist Du allerdings noch nicht genügend gerüstet; und um Dir von einem Skrupel, einem Gewissensbiß, der ihn zu plagen beginne, zu sprechen: in eurem Briefwechsel sei seit einem Jahr hauptsächlich von euch die Rede, vom Gefühl, das euch verbinde, von dieser unvergleichlichen Freundschaft. »Es ist ein Thema, das sich erschöpft.« Was ihn betreffe, so gestehe er, nicht genügend Einfallsreichtum zu besitzen, um es auf unbegrenzte Zeit zu erneuern. Um eure Eintracht zu bewahren, sei es daher notwendig, daß jeder von euch sich bemühe, sich für die übrige Welt zu interessieren und ihr den meisten Platz in euren Briefen einzuräumen, wobei das Intime unausgesprochen mit einbegriffen bleibe.

Die Antwort traf ein und war schneidend: »Sie sind einer Freundschaft müde, die am Versiegen ist.« Eine Mystikerin, der man verkündet hätte, daß Gott nicht unerschöpflich sei, hätte nicht heftiger reagiert. Welche Geduld, welche Kunst mußte Monsieur Desjardins anwenden, um Dein Vertrauen zurückzugewinnen und Dich davon zu überzeugen, daß er, indem er Dir etwas über seine Alltagsbeschäftigungen erzählte – was er, zweifellos in der Hoffnung, die lateinische Bezeichnung adele ihre gründliche Trivialität in Deinen Augen, seine *acta diurna* nannte –, in nichts gegen die heilige Pflicht verstieße, eure Liebe auf der seltenen Höhe zu bewahren, zu der sie ein Jahr der brieflichen Ergüsse, der schwärmerischen Lektüren, der feierlichen Spaziergänge erhoben hatte. Obwohl er sie in die Sprache Vergils umgetauft hatte, erhielt er von Dir in puncto Chroniken aus Deinem Leben in Mainz nur spärliche, tropfenweise Deiner Feder entflossene Anekdoten, wie eine widerwillige Konzession an das Geschichtliche und Zufällige. Immerhin gelang es ihm mit zarter Ausdauer, Dich dahin zu bringen, daß Du dann und wann von Dir selber sprachst, er entriß Dir Bruchstücke Deiner Vergangenheit, machte Dir einige Züge Deines Charakters bewußt.

Die Briefe, in denen er mit Dir über Dich selber spricht, waren mir die liebsten, nicht nur, weil sie mir weitere Auskünfte über die mir unbekannten Zeiten Deines Lebens vermittelt haben, sondern auch, weil der Versuch, Dich zu der Einsicht zu bringen, daß die Bitterkeit, die Kälte, die Verzweiflung, die Dein Herz stets überfluten konnten, keine angeborenen Neigungen, sondern Ergebnis Deiner Kindheit und Deiner Erziehung seien, mir das Vorgehen eines wahrhaft edelmütigen Menschen zu sein schien. »Mein Kind, entkrampfen wir uns«, schrieb er Dir kurz nach seinem von Dir wütend abgelehnten Vorschlag, das Niveau eures Gedankenaustauschs ein wenig zu senken. »Nehmen wir keine künstliche Stimme und keine hölzerne Miene an. Gott wird dies nicht von uns wollen, nicht einmal der des Alten Testaments, der noch nicht Liebe war. Sie wissen, daß er im Säuseln des Windes sprach.« Hätte ich doch Monsieur Desjardins' Gabe sanfter Überredsamkeit gehabt! Beim Hauch seiner Worte wäre in der Wüste eine Lilie erblüht. Es ging um das Heil unserer Liebe, um das Überleben unserer Ehe, darum, daß ich Dich von dem Gedanken abbrachte, daß Traurigkeit, Weltverachtung, hochmütiger Pessimismus, stoische Zufluchtsuche in der Pflichterfüllung Zeichen adeliger Gesinnung seien. Als ich diese Briefe las, war es zu spät, um die Lage wieder in Ordnung zu bringen. Du warst nach Marseille gefahren, nicht nur, um von Deinem Bruder Abschied zu nehmen, sondern auch in der Absicht, Dir von ihm das Geld für die Scheidung zu leihen.

»Jede Tugend, die nicht bis zur Fröhlichkeit führt, ist auf halbem Wege stehengeblieben«: seine Lieblingsmaxime hast Du Dir leider kaum zunutze gemacht. Kampf dem genußvollen Verweilen bei trüben Gedanken, der Wehmut, dem Spleen! Der schmerzlichen Melancholie Schumanns stellt er Johann Sebastian Bachs herzliches Frohlocken gegenüber. Er schickt Dir eine Photographie von Rodins *La Pensée* und hebt das Ausdrucksvolle des Augenbrauenbogens, die Modellierung der Schläfen und ihren Übergang zu Stirn und Wangen hervor. Wenn Du diese starken Wiedergaben einer materiellen Einzelheit betrachtest, die die Ehre hat, zum Schmuckkästchen und Tabernakel des menschlichen Geistes erkoren zu sein, wirst Du die sich auferlegenden Schlußfolgerungen mühelos ziehen, behauptet er. Immer wieder erschrickt er darüber, die Traurigkeit in Dir aufsteigen zu sehen, eine gefährliche Traurigkeit wie die *abjectio* Spinozas, eine Traurigkeit, die lähmt und zerstört, wie eine jäh aus einem Abgrund hervorsprudelnde düstere Quelle. Doch er weiß auch oder ahnt eigentlich, denn Du hast ihm noch nicht viel von Deiner Vergangenheit, Deiner Kindheit gesprochen, daß diese Quelle von weit her, aus großer Tiefe kommt und daß er nicht einen beliebigen Damm errichten kann, um ihren dunklen Fluß zu versperren.

Die Befürchtung, Du könntest gegen seine Mutzusprüche aufbegehren, zwingt ihn zu manchen Vorsichtsmaßnahmen. »Von mir, die ich früher so unglücklich gewesen bin, die Hölle durchgemacht habe, erwarten Sie, daß ich mit nicht mehr Hirn als ein Vogel auf einem Zweig fröhlich zwitschere?« Wenn Du den Sarkasmus auch nicht ausgesprochen hast, liest er ihn doch zwischen den Zeilen. Er hat eingesehen, daß jede allzu deutliche Anregung zur Fröhlichkeit Dich bereit fände, mit Zähnen und Klauen Dein Kapital an Leiden und Demütigungen zu verteidigen. Um eine Kränkung zu vermeiden, nimmt er denn auch zu Listen Zuflucht.

Entweder fertigt er, statt die allzu abgenutzten Worte *Mut* und *Lebenslust* zu benutzen, deren von Millionen Kopfloser getragenen Kasack Du nicht überziehen magst, unter den Namen *Unerschrockenheit* und *Streitlust* das auf Dich zugeschnittene Einzelmodell eines Kettenpanzers an, der Dich davor bewahrt, mit wem auch immer anderem verwechselt zu werden. Oder es ist das Latein, das ihm das notwendige Mehr an Unterscheidung liefert, damit Du das Kompliment, streitlustig und unerschrocken zu sein, annimmst. Als Du ihm eines Tages schreibst, Du hättest Deine Schülerinnen auf einen Spaziergang den Rhein entlang geführt in Begleitung einiger Kolleginnen, die Dich dazu gebracht hätten, in einer Gartenlaube Weißwein zu trinken, zeigt er sich ganz glücklich über diese Freundlichkeit und Gutgelauntheit. Doch aus Angst, Du könntest plötzlich glauben, Dich nur wie eine Pfadfinderinnenführerin betragen zu haben, begrüßt er Dich mit der Anrede *festiva puella*, weil sie an die in den Marmor der römischen Sarkophage gemeißelten Ritualtänze denken läßt.

Die schönste Finesse, die ihm seine Zuneigung diktiert, habe ich, wenn ich mich recht erinnere, in einer Reihe von Briefen aus den ersten Monaten des Jahres 1923 gefunden, als das Klima eurer Herzensergüsse sich ein wenig abgekühlt hatte. Von einigen Einzelheiten Deines Lebens benachrichtigt – Du hast ein Kind durch den verschneiten Stadtpark getragen, Du hast mit einigen Kolleginnen über den Rhein Steine hüpfen lassen, Du hast mit einer Mademoiselle X. bei einer Tasse Tee ein gutes Gespräch geführt und so weiter –, ist er glücklich über so viel heitere Unschuld und nützt sie dazu, die Bemerkung einzuflechten, wie schade es sei, daß sich hinter dieser lebhaften, munteren, gefühlsbereiten, hilfsbereiten Constance, die kein kindliches Vergnügen ablehne, wenn sich eine freundliche Gelegenheit bietet, noch zu oft eine andere Constance abzeichne, jene, die er »die Anstandsdame« nennt und die die erste verleugnen, tadeln und strafen will.

Um so schlimmer, fügt er hinzu, wenn er, weil er Dich mit der Offenherzigkeit eines alten Kameraden behandelt, ein bißchen ungeschickt verfährt. Deine Antwort – verletzter, argwöhnischer Stolz –, die er erwartet hat, entmutigt ihn nicht. Im Gegenteil, sie bestätigt ihm, daß Du doppelt bist, geteilt in eine Constance, die einem Kind hilft, im tiefen Schnee durch den Park zu kommen, und eine Constance, die es kränkt, für eine solche Tat belobigt zu werden. Er kündigt Dir an, daß er Deine Briefe künftig in zwei verschiedenen Umschlägen aufbewahren wird. Für die Botschaften der *festiva puella* wird es die Akte in der Sommerabendfarbe Deiner Augen geben, und die graue Akte für die Briefe, die, stammten sie von jedem anderen Menschen als Dir, noch recht gut und wertvoll wären, die ihn aber nicht zufriedenstellen, weil sie Dich in einer schmerzlichen Verzerrung Deines wahrsten *Ich* verhüllen.

Ein andermal tut er so, als bereute er, zu unverschämt und undankbar gewesen zu sein. Er hat verbissen die andere Constance schlechtgemacht, diese treue, pünktliche Sekretärin, die nur den einen Fehler hat, sich für Dich auszugeben. Will man sie gerecht behandeln, so genügt es, sie unterzuordnen, indem man sie für das nimmt, was sie ist: eine Stellvertretung, die in den unvorhersehbaren Urlaubszeiten der inspirierten Constance den Dienst versieht. Diese, wiederholt er, ist ihm bei weitem die liebere, weil sie Gefahr gelaufen ist, schon in der Kindheit erstickt zu werden, weil sie sich erst spät entwickelt hat, bedroht ist, von unendlichem Wert. Und die Tatsache, daß er dazu beigetragen hat, sie zu wecken, wie sie es ihm töchterlich versichert, verfälscht nicht sein Urteil, wenn er behauptet, daß ihr der Vorrang gebührt. Aber die Ersatz-Constance verdient ebenfalls seine Zuneigung.

Dein so besonderes Schicksal, schreibt er Dir und bedauert es, daß die Ursprünge ihm ein Geheimnis bleiben, Deine frühe Ernüchterung, die Vorstellung, die Du Dir so bald von Dir und der Welt gemacht hast, haben Dich zu einem unnatürlichen Verhalten gebracht, Dir eine Tugend eingetrichtert, die der des Wachsoldaten in seinem Schilderhaus recht ähnlich ist: unbeweglich verharren, nur noch die Anweisung wissen wollen, um jederzeit an seinem Platz gefunden zu werden, standhalten mit trockener Kehle, weit offenen Augen.

»Welch ein Wunder, liebe lebende Statue«, ruft er aus, »daß Sie nicht bis ins Mark versteint sind! Welche Tatkraft haben Sie bewiesen, daß Sie sich wieder ein Herz aus Fleisch und Blut bilden ließen und wieder zu leben begonnen haben!«

Als ich dies las, mußte ich unterbrechen: die Erschütterung verschleierte meinen Blick, ich schloß die Augen, um das Ausmaß meines Fehlers zu betrachten. Die Jahre der Ehe hatten mich an die Dualität in Dir gewöhnt, aber ich hatte nicht mit der Deutlichkeit und der Großmut Deines einstigen Lehrers begriffen, daß Du jedesmal, wenn Du Dich einer jener Tätigkeiten widmetest, die mich so sehr reizten – jede Ausgabe bis hin zur Briefmarke im Englischlederheft notiertest, immer wieder in den Schränken umräumtest, bis drei Uhr morgens aufbliebst, um die Korrektur eines Pakkens Klassenarbeiten fertigzustellen –, nur *den Dienst versahst, die Anweisung befolgtest.* Wäre ich scharfsichtiger gewesen, so hätte ich ruhig gewartet, bis der Wachsoldat in seinem Schilderhaus abgelöst wurde, um sodann den Palast zu betreten und dort, frisch und munter, meine eigentliche Gemahlin vorzufinden. Statt dessen regte ich mich auf, knallte die Tür zu, ging ins Café, mit dem Ergebnis, bei meiner Rückkehr der steinernen, noch mehr versteinerten Constance zu begegnen, und die lebendige Constance war noch weiter fort in einem unzugänglichen Versteck.

Ist noch Zeit, um Abbitte zu leisten? Monsieur Desjardins schrieb Dir mit liebevollem Scharfblick: »Die Constance Nummer 2 begeistert mich nicht, aber ich achte und anerkenne in ihr eine Heldin, durch die meine zarte Psyche einst gerettet wurde und die ihr noch immer bei ihrem zeitweiligen Aussetzen beisteht.« Eine Heldin, ja, die ich für eine harte, undurchdringliche Kämpferin, eine behelmte Pallas Athene gehalten habe, ohne einzusehen, daß es ihre Aufgabe war, ein in den Prüfungen wunderbarerweise unversehrt gebliebenes kleines Mädchen zu schützen.

Da er stets fürchtet, Dich zu verletzen, gesteht Dir Monsieur Desjardins, daß auch in ihm zwei Personen widerstreiten: der »inspirierte« (wenigstens hoffe er es) Freund und der »Beamte« – Du Beamtin und er Beamter –, der nur die unerläßlichen, ungefälligen Tugenden besitzt und dessen Dienste er sich nur gefallen läßt, wenn der »andere« außer Atem gerät. Den Paul Desjardins Nummer 2 nennt er *Interim.* Und dieser Einfall hat einen Sekundäreffekt, auf den er vielleicht nicht gefaßt gewesen ist. Er konnte seither, indem er Dir lediglich vorsichtshalber mitteilte, daß er nunmehr Interim die Feder überlasse, Dir freier von Dingen sprechen, die mit eurer Freundschaft nichts zu tun hatten. Dir von den Sitzungen der Wahrheitsunion erzählen (an denen ich als ein noch zu unbekannter Hörer teilnahm, um Dir gegenüber erwähnt zu werden), Dir das Begräbnis von Marcel Proust schildern, auf dem er seinen alten Kameraden Léon Blum getroffen hatte (und, ohne es zu wissen, neben Adeline Vasconcellos hergegangen war, die über das Ereignis ausführlich im von Deiner Direktorin so sehr geschätzten *Écho de Paris* berichtete), Dich mit dem Porträt der Leute, mit denen er verkehrte, unterhalten, dem von Bergson, den er seit der Pädagogischen Hochschule nie aus den Augen verloren hatte, dem von Unamuno, dem poetischen Hidalgo von stürmischer Herzlichkeit und heldischer Gestik, dem von Paul Valéry, Jacques Rivière, Alain, der unerträglich barsch und unfreundlich sei, dem von Hofmannsthal (der ihm die unerwartete Freude gemacht habe, sich von jemandem geschätzt zu sehen, der ihn von oben herab anschauen könnte), dem der Tochter Tolstois (er hätte gewünscht, daß Du mit ihm gehört hättest, wie sie von ihren Eltern sprach, denn »es gibt nichts Größeres bei Sophokles«) – Persönlichkeiten, die, so hervorragend sie auch sein mochten, zu einer Sphäre außerhalb der sakrosankten Freundschaft gehörten.

Es war abgemacht, daß er jedesmal, wenn er Dich über das oder jenes seinem Alltagsleben entnommene Thema unterhielt, das Wort nur seinem Double, Interim, der Nummer 2 überließ, die auf der Festungsmauer Wache schob. Sein eigentliches *Ich* halte sich weit im Hintergrund, im Innern der Zitadelle auf, rein und glänzend wie am ersten Tag. Ein unbewußtes, geschicktes Mittel, um euch das langsame Nachlassen eurer Liebe, des geistigen Stroms nicht eingestehen zu müssen, das spürbar ist, wenn man die Briefe Monsieur Desjardins' einen nach dem anderen liest.

25

Wie Perseus sich darauf vorbereitet, Andromeda zu befreien

Seit Beginn eures Briefwechsels hat er sich gefragt, ob bei Deinem Hang, Dir Zwang aufzuerlegen, Dich zurückzuhalten, nicht die Religion eine Rolle gespielt habe. Es wäre hohe Zeit, legt er Dir nahe, die letzten Fetzen der Demut abzuschütteln. Der Anpfiff der »Hugenottin« gegenüber, die sich zu sehr quält, die sich bei erster Gelegenheit mit einem *peccavi* an die Brust schlägt, die sich einen Stachel ins Gewissen treibt, wird von einer Frage begleitet – einer schüchternen Frage, denn in Ermangelung von Mitteilungen muß er sich vorantasten –: diese Traurigkeit, die Dich so schnell erfaßt, woher kommt sie? Zuerst hat er sie »dem christlichen Virus der Selbstquälerei« zur Last gelegt, »diesem christlichen Pessimismus«, dem, wie er immer fürchtet, Du gleich einer unseligen Calvinistin anheimfallen könntest – aber da diese Traurigkeit, dieses ungesunde Sichgefallen darin bei Dir eher den Geschmack von Menschenfeindlichkeit als den von Nächstenliebe hat, kann es sich auch um eine gegenstandslose, ziellose trübe Dürre handeln. Ah! Möge sie doch dem belebenden Hauch der Hoffnung weichen.

Comme le mythique rocher
Vacillait, dit-on, au toucher
De la fleur nommée asphodèle.

Er stellt fest, daß Du die Bibel liest und vor allem die Propheten, und macht sich Sorgen, ob dieser Wechsel von Hoffnungs-Ebbe und -Flut in den heiligen Schriften in Dir nicht – vermischt mit den Gesängen der Zuversicht und sie allzu oft übertönend – die Gesänge von Gram und Verzweiflung hervorruft. Daß Du eine eifrige Leserin der Bibel gewesen sein sollst, hat mich baß erstaunt. Ich glaubte Dich ausschließlich für griechische und lateinische Autoren begeistert und für ihre französischen Epigonen von Montaigne bis Valéry. Ich habe nie eine Bibel bei uns gesehen; falls Du eine besessen hattest, bevor Du mich kennenlerntest, hast Du sie nicht mit in die Ehe gebracht. Weil Du befürchtetest, unter unser Dir ohnehin zerbrechlich erscheinendes Dach könnte der Sturm des jüdischen Messianismus einziehen? Obwohl er vorgibt, seinen heiligen Namenspatron zu verehren, fordert Dich Monsieur Desjardins kaum dazu auf, den Spuren des Eiferers zu folgen. Seine Wüstenlilie bedarf des frischen Wassers und der liebkosenden Lüfte, nicht des heißen Schirokkos.

Viel Gutes verheißend dagegen erscheint ihm, was Du von in den französisch-deutschen Kreisen des liberalen Protestantismus entstandenen Beziehungen, geschlossenen Freundschaften und sogar von (durch Deine Freundin Madeleine vermittelten) Zusammenkünften mit einem gewissen Pastor Monod durchblicken läßt. Ein verborgener Teil Deines Lebens, ich habe erst Einblick in ihn gewonnen durch diese Briefe, in denen Monsieur Desjardins – ohne Bosheit, liebevoll – über die bei den Anhängern des reformierten Kultus verbreitete Gewohnheit, einander zu duzen, spottet. Das schmeckt nach dem Quäkertum, sagt er, und seiner paradiesischen Vertraulichkeit. Brüderliche Liebe kann solcher Kindereien entraten. Beispielsweise würde ihm die Vorstellung, Dich zu duzen, mißfallen. Zurückhaltung liege mehr im französischen Geschmack. Ein Nachhutgeplänkel: im Grunde ist er froh für Dich wegen einer möglichen »Konversion«, nicht weil er an einen geoffenbarten Gott auch nur im geringsten glaubt, sondern weil er denkt, daß Du, von einer Art Familie umgeben, weniger allein und dadurch weniger geneigt wärst, mit Dir selbst streng zu sein.

Als Pastor Monod auf der Durchreise in Paris ist, sucht er ihn auf. Und damit Du nicht glaubst, ihm gegenüber eine Untreue zu begehen, wenn Du Dich einem anderen Einfluß unterstellst, ermuntert er Dich sodann dazu, mit einem Mann zu verkehren, den er sympathisch, feinsinnig und höchst gediegen findet. Er wäre entzückt, Dich unter der Zahl von dessen Katechumenen zu wissen, da es ihm nicht daran gelegen sein könne, Dich von einem Kult abzubringen, für den er Dir keinen Ersatz zu bieten habe und den Du, dessen ist er sicher, zu einem Mittel und nicht zu einem Ziel machen würdest. Pastor Monod hat ihm anvertraut, wie überrascht er gewesen ist, in Dir eine *anima naturaliter christiana* zu entdecken, ein Mädchen, das noch ohne Kenntnis der Lehre schon im Stande der Gnade ist.

Seine Ahnung, daß diese Schwärmerei sich bald wieder legt, daß Deine Übersättigung mit Predigten Dich von der Kirche wieder entfernt, daß Dein Gang zum Tisch des Herrn nur eine vorübergehende Krise ist, macht ihm Kopfzerbrechen. Er übersieht weder die Grenzen des Protestantismus, sagt er, noch die Starre seiner Glaubensgewißheiten, doch seitdem er in den Cevennen gewesen ist, wo die Lehre noch so lebendig ist und eine so schöne bäuerliche Zähigkeit bewahrt, hängt er sehr an ihm. Eine absonderliche Bemerkung, die Wahrheit zu sagen, und von herablassendem Ton, in dem ich 1. das heimliche Frohlocken erkenne, einem Rivalen die Herrschaft über Deine Seele entzogen zu haben, und 2. die Sorge, Dich wieder in den schwarzen Abgrund calvinistischer Einsamkeit stürzen zu sehen und nicht den von jeder, selbst der strengsten und in ihrem Kampf gegen die Sünde unerbittlichsten religiösen Gesellschaft gebotenen Ausgleich zu genießen. Unter Pastor Monods Schäflein hättest Du die Wärme einer menschlichen Gemeinschaft, die Unterstützung durch eine Pfarrei, die Freude, mit anderen in einer selben Re-ligion liiert (re-liiert) zu sein, gefunden.

Welchen Scharfsinn beweist er wiederum, wenn er begreift, daß Du von den Lehren des Sündenfalls und der Verdammnis nur die Härte des Verdikts annimmst und nicht die Trostverheißungen.

Daß er den Protestantismus auf einen Glauben einengte, der »gut für die Bauern ist«, konnte auf Dich zwei radikal entgegengesetzte Wirkungen ausüben: entweder Dich anstacheln, in einem Glauben zu verharren, der Dich wieder im Boden Deiner Kindheit verankerte und den Verrat, ihn verlassen zu haben, sühnte, oder Dich stärken gegen die Versuchung zur Umkehr, wenn die Vorteile des Aufstiegs nach Paris, des Eintritts in Sèvres, des Zugangs zur höheren Bildung eingebüßt werden mußten. Monsier Desjardins, der es nicht versäumt hatte, die Folgen seines kleinen Satzes über die Cevennen abzuschätzen, wußte Dir geschickt den Vorzug einer Existenzphilosophie auszumalen, die weniger aus den Evangelien als aus dem *Phaidon* entlehnt. Obwohl er die gleichen Eigenschaften geistiger Tiefe und moralischen Ernstes aufweise wie jede beliebige offizielle Kirche, gebe der Platonismus einer gewissen Ironie und einem gewissen Eklektizismus Raum, welche beide die Errungenschaften jeder in ein fortgeschrittenes Entwicklungsstadium gelangten Gesellschaft seien. Doch vielleicht übertreibe ich, wie es seine Verleumder getan haben, den Anteil an Berechnung bei Monsieur Desjardins. Im vorliegenden Fall zeigte er sich Dir gegenüber weniger machiavellistisch als darauf bedacht, Dich den Klauen des Calvinismus zu entreißen. Was er unbedingt vermeiden wollte, weil er Dich besser kannte, als Pastor Monod es tat, war, daß Dir die Lehre der Reformierten zum alleinigen Zweck der inneren Demütigung und der Schuldgefühle erzeugenden Kasteiung diente.

Seinerseits behauptet er, einem »ewigen Christentum« anzuhängen, zu dem er über Griechenland gelangt ist. Die Negierung des historischen Messias löscht unseren Polarstern nicht aus. Es geht darum, im bildlichen Sinn zu verstehen, was wir zuvor wörtlich verstanden haben. Alle christlichen Dogmen sind die Reaktion auf Wahrheiten von höherer Geistigkeit, da die Lehre des Geistes erst durch das Opfer und das gewollte und in einen Schlüssel zur Befreiung verwandelte Kreuz vollkommen wird.

Rührend erschienen mir seine Bemühungen, Dich zu einer weniger strengen, freundlicheren Auffassung des inneren Lebens zu bringen, dabei aber Deinen Hang zum Opfer und zur Selbstverleugnung zu schonen. Er erkennt an, daß Calvin gut dazu tauge, »die Knochen zu stärken«, aber schlägt vor, als aus einem Gegenmittel zu diesem bitteren Trank auch aus dem Honig des heiligen François de Sales zu schöpfen. Aus der üppigen Pracht des *Traité de l'amour de Dieu* empfiehlt er Dir vor allem die Bücher VII bis XI. »Halten Sie ihn nicht für ölig wie einen Sirup!« Und in einem anderen Brief beteuert er, von »Ehrfucht erfüllt« zu sein für die Rechtschaffenheit der Port-Royalisten – trotz seiner

»Abneigung« gegen Jansenius (da! das Wort ist heraus, auch auf die Gefahr hin, daß Du nun Deine Rüstung anlegst und das Visier Deines Helms herunterklappst, um Deinen angegriffenen Helden zu verteidigen) –, doch seine Verehrung für Pascal schmälert nicht im geringsten das Entzücken, das ihm die (vorklassische, reichverzierte, barocke!) Prosa desjenigen bereitet, von dem er behauptet, daß niemand besser als er die Saiten des Herzens beherrsche.

Wie weit wäre dieser theologische Disput gegangen? Hätte der milde, samtige, saftige Bischof von Genf in Deinem Herzen schließlich den Sieg über den granitharten, von Spitzen starrenden, unerbittlichen Bischof von Ypres davongetragen? Ich weiß es nicht, denn Monsieur Desjardins erkannte aufgrund mancher Dinge, die Du Dich ihm zu sagen entschlossen hattest, daß dieses Herz seine stolze Verachtung des Glücks nicht aus der Lektüre Pascals oder Calvins schöpfte, sondern aus einer viel älteren Quelle, und daß Vernunftgründe darum nur schwer Deinen Glauben an die absolute Zerrüttung und das absolute Elend des menschlichen Daseins erschüttern konnten.

Du hattest ihm nie von Deiner Kindheit gesprochen oder doch nur in Anspielungen. In diesem Punkt warst Du scheu und ließest Du nicht mit Dir reden, genau wie Du es später mit mir hieltest. Es gehörte zur Strategie Deiner Verzweiflung, Dich dazu zu überreden, daß sie ursprungslos, beziehungslos, metaphysisch, absolut sei. Ohne Ursache und deshalb für Heilmittel unempfänglich. Auf diese Überzeugung gestützt, begegnetest Du jedwedem, der zu erkennen versuchte, wie es zu dieser inneren Verhärtung Deines Wesens gekommen war, mit hochmütiger Verweigerung. Für Dich galt es nicht, bei einer durch ein unerforschliches Dekret festgesetzten himmlischen Ordnung nach dem »Wie« zu fragen.

Aufgrund seiner langen Weggenossenschaft mit Jaurès war Monsieur Desjardins der Meinung, sofern man sich nur bemühe, lasse sich für alles eine historische Erklärung finden. Er glaubte auch – Zeichen seiner geistigen Großmut –, wenn man die Entstehungsgeschichte eines Übels rekonstruiere, von Strecke zu Strecke bis zu seinem ersten Auftreten zurückverfolge, so bedeute dies, daß ihm die Hälfte seiner Bösartigkeit genommen werde. Man leidet weniger, nachdem man entdeckt hat, daß ein Unglück, und sei es noch so hartnäckig, nichts mit einem Urteilsspruch des Schicksals zu tun hat.

Er ahnte wohl, über welchen Umweg Du zur Puritanerin geworden warst. Weil Du, wie der Joad von Racine, seit der Kindheit Dir selbst hattest befehlen müssen:

Rompez, rompez tout pacte avec l'impureté

hattest Du, um sie zu bewahren, in Dir die Quelle der Zärtlichkeit, der Jugend zugemauert. Wie stellte er es an, um eine ausführlichere Beichte zu erhalten? In seinen Briefen sickert davon nur wenig durch, außer in jenem Satz vom 25. September 1922 nach eurer Reise in die Provence, als die Milde des Vaucluse, wo ihr Avignon und Orange besichtigtet, Deinen Widerstand gebrochen hatte. Ein Satz, der mich, als ich ihn las, vor Schreck erstarren ließ und mir jede Hoffnung nahm, unser Zusammenleben zu retten. Der menschliche Verfall des Großvaters, die Schande des Umzugs, die Armut in Saint-Arverne, dann die Not in Saint-Étienne, der Mangel an Familienleben und Zuneigung in Deiner Umgebung, das Siechtum und der Tod Deiner Mutter, all das hatte, wie ich nicht verkannte, Deine Kindheit nicht beneidenswert gemacht. Aber die Formel, die Monsieur Desjardins prägte, um den einzigartigen Charakter dieser Kindheit zusammenzufassen, bewies mir, daß alle meine Bemühungen, unsere Ehe zu sanieren, vergeblich wären.

»Sie haben sich selbst gemacht. *Die Jungfrau hat geboren, sie hat sich in der Angst und der Verlassenheit geistig selbst geboren*. Sie hat zu viel auf sich genommen in einem Alter, in dem wir die Mutterbrust suchen.« Ein Mann aus dem Süden, Constance, wird, auch wenn nicht seine Mutter ihn an die Brust gedrückt hat, wenn er Tanten anvertraut war und, um gehätschelt, gewiegt, genährt, gewärmt zu werden nur auf Ersatzmütter, die ein italienisches Hauswesen jedem Kind im Überfluß bietet, ein Anrecht hatte, mit einem Gefühl des Entsetzens und der Ohnmacht vor einem so außerordentlichen Fall zurückweichen. Eine Jungfrau, die sich selbst geboren hat, aus ihrem eigenen Fundus all das geschöpft hat, was die anderen von den sich über ihre Wiege beugenden und dann jeden ihrer Schritte aufmerksam verfolgenden Frauen erhalten, kann nicht ganz menschlich sein. Daß er sie bewundert, daß er sie verehrt, gewiß, aber er wird nicht erwägen, mit ihr durchs Leben zu gehen. Als ich jenen Satz las, begriff ich, daß alles verloren war zwischen uns, richtiger noch: daß alles von Anfang an verloren gewesen war. Von Anfang an hatte unsere Aussicht eins zu tausend gestanden.

Ähnlich wie die Klosterfrauen, wenn sie sich vom Steinboden erheben, auf den sie sich geworfen haben, um den Schleier zu nehmen, nicht mehr die gleichen sind wie vorher in der Welt, weil sie ihre Familienzugehörigkeit und ihren Personenstand auf der anderen Seite der Klausur zurückgelassen haben, entstammte auch Dein innerstes Wesen nicht einer Familie, einer Ahnenreihe aus Fleisch und Blut, sondern der den legendären Anfängen des Lebens eignenden ursprünglichen Reinheit. Wer weiß, ob Du, dreihundert Jahre zuvor, Dich nicht im Dunkel und der Heiligkeit des Klosters Angélique Arnauld und den frommen Klausnerinnen von Port-Royal angeschlossen hättest.

Obwohl er kein Mann des Südens war und die Zungenfertigkeit und Überschwenglichkeit mediterraner Rührung sogar verabscheute, kam Monsieur Desjardins nach den vertraulichen Mitteilungen, die er in den Ruinen des Schlosses der Päpste und unter den Arkaden des Theaters von Orange (ein genaues Gleichgewicht zwischen Jesus Christus und Platon) erhalten hatte, zu dem Schluß, daß es nicht mehr in seiner Macht stände, den Sieg von Constance Nummer 1 über Constance Nummer 2 zu gewährleisten. Denn im nämlichen Brief vom 25. September spricht er erneut mit Nachdruck davon, daß er Dich darauf vorbereiten will, ohne ihn auszukommen. Er beharre dabei, sagt er, diesen schwierigen Erfolg anzustreben: Dir bald überflüssig zu werden, und sei nicht dazu bereit, sich von irgendwelchem Nutzen zu glauben, ehe er nicht Deine teure Hand in eine junge, feste, zuverlässige Hand gelegt habe. »Und somit bin ich nun zum ersten Mal entschlossen, Ihnen einen Mann von einfachem und tiefem Gemüt zu finden. Ich kenne ihn noch nicht. Ich werde ihn herbeischaffen und Ihnen zuführen. Ich werde Sie ihm übergeben.« Nicht ganz ein Jahr vor unserer Begegnung ließ er mich so als letzte Heilshoffnung vor Dir auftauchen, Perseus, dazu aufgerufen, Andromeda zu befreien.

Zog mein Bild flüchtig vor seinen Augen vorbei, als er diese Zeilen schrieb? Falls er mich auch noch nicht als Heiratskandidat für seine liebe Tochter ausersehen hatte, so kannte und schätzte er mich doch im Rahmen der politischen Diskussionen in der Wahrheitsunion. Er hatte mich als italienischen Zuhörer vom 25. August bis zum 4. September zu jener berühmten Dekade des Jahres 1922 über den Völkerbund eingeladen, an der teilgenommen zu haben Madame Rivero Dir verübelte. Stelle Dir vor, daß auf dem liliputanischen Bahnhof von Pontigny aus demselben Bummelzug wie André Gide der Ritter mit der siegreichen Lanze hätte steigen können!

Als ich meiner Mutter mitteilte, daß ich sie nicht nach Biarritz begleiten könne, fing sie an, im Salon in der Rue du Bac hin und her zu gehen. Ich ahnte voraus, daß, wie jedesmal, wenn ich meine Unabhängigkeit zu behaupten versuchte, ein tragischer Auftritt unsere Nippessammlung erschüttern würde. In Höhe des kubistischen Sessels brach das Unwetter los.

»Sehr schön«, sagte sie und ließ sich plötzlich auf den Sitz sinken, »du willst meinen Urlaub zunichte machen.«

»Maman«, rief ich und näherte mich ihr von hinten. »Im Grandhotel kennst du doch alle Welt. Hast du mich wirklich nötig?«

»Alle Welt! Alle Welt! Und was soll ich ihnen sagen, allen diesen Leuten, wenn sie erfahren, daß mein eigener Sohn mich im Stich läßt?«

»Es handelt sich um eine Trennung von einer Woche, Maman! Dramatisiere nicht!«

Mit einem Ruck richtete sie sich wieder auf.

»Ah! ich dramatisiere also! Du findest, es sei nichts, daß du mich daran hinderst, ruhigen Gewissens in Urlaub zu reisen, und daß du mir meine einzige Erholungszeit verdirbst? Und wenn du mich dahin gebracht hast, daß ich vor Kummer sterbe, wirst du dann auch denken, es sei nichts, daß du meine Tage abgekürzt hast?«

Auf diese Worte hin ging ich um den Sessel herum und kniete vor ihr nieder. Sie erklärte, sie verzichte darauf zu verreisen und werde noch heute abend unsere beiden Zimmer abbestellen. Schließlich, nach vielen Tränen auf beiden Seiten, Klagen ihrerseits und leidenschaftlichen Beteuerungen meinerseits war ich es, der nach ihrem Diktat einen Brief an das Grandhotel schrieb, um unser Kommen zu bestätigen. Auch faßte ich, heimlich jedoch, eine für Monsieur Desjardins bestimmte kurze Entschuldigung ab.

Zeus, um mich Deiner Ausdrucksweise zu bedienen, hatte uns noch nicht auf die Knie nehmen wollen. Es war in der Tat kein Zufall, daß wir uns nicht früher kennenlernten. Die Weisheit der Götter bediente sich der egoistischen Laune meiner Mutter, um eine vorzeitige Begegnung zu verhindern. Ich hätte Dich sofort bemerkt, Du dagegen hättest mich nicht einmal wahrgenommen. Daß Dein einstiger Lehrer seine Zustimmung gab zu dem, der Dich heiraten wollte, hätte nicht genügt. Zuvor mußte er – und das war die Vorbedingung zu jedem Heiratsplan – Dir dabei helfen, den Gedanken zu überwinden, daß es eine frevelhafte Erwartung wäre, ihn durch einen Ehemann zu ersetzen.

Um zu verhindern, daß eure Freundschaft dahinwelkte, solltet ihr eine gemeinsame Aufgabe unternehmen, schlug er vor. So wie die eheliche Liebe sich durch die gemeinsame Sorge für die Kinder erneuere (ein weiteres Lob der Ehe), wäre eine neue Zusammenarbeit das richtige Rezept auch für euch. Da sie schöpferisch wäre, würde eure Zuneigung unsterblich. Indem man den Rat von Henry David Thoreau befolgte: »Wenn Sie sich nicht dabei aufhielten, mich anzublicken, sondern anblickten, was ich anblicke, und weiter blickten«, oh! auf welch unerschöpfliche Art würde man dann einander lieben! Welchen vernünftigen Plan aber könnte er Dir in seinem Alter unterbreiten? Ihm zu helfen, den oder jenen Vortrag vorzubereiten? Seine Papiere zu ordnen im Hinblick auf ein mögliches Buch? Er fühle sich immer müder, gichtiger, geistig und körperlich invalider.

Wenn man sanft bergab gehe, so sei dies schon eine Gnade, gar nicht bergab gehen zu wollen wäre eine lächerliche Anmaßung. Die Betrachtungen, die er über sein Alter anstellt, und der Wunsch, über die Bedeutung der Arbeiten, die ihr in Übereinstimmung ausführen könntet, weder sich noch Dir etwas vorzumachen, geben ihm die schöne Überlegung ein: die Liebe, die von den Alten stromabwärts zu den Jungen führt, ist nur Weitergabe des Lebens, die Liebe der Kinder jedoch, die stromaufwärts, in Gegenrichtung führt zu jenen, die sie herangebildet haben, ist reine Großmut, da sie nicht vom Selbsterhaltungstrieb ausgeht, sondern von einem freiwilligen Akt bestimmt wird. Die Folgerung, die Du aus Deinem Vorrat an Energie und Hingabefreudigkeit ziehen sollst: Du mußt daran denken, Dich in einer Liebe von gleich zu gleich einzurichten.

Es erfreut ihn denn auch, daß Du Ersparnisse gemacht hast, die Dir bei einer möglichen Haushaltsgründung sehr nützlich sein könnten. Er schlägt Dir sogar einen kleinen finanziellen Kniff vor: für 500 Francs eine Pontigny-Aktie zu kaufen. Du würdest Eigentümerin des 510. Teils von Pontigny, denn es werden alles in allem 510 Aktien ausgegeben. Der Franc läuft Gefahr, weiterhin zu fallen, und ein 500-Francs-Schein 1923, der 180 Vorkriegsfrancs darstellt, kann in einem Jahr nur noch 40 Francs wert sein. Der Wert von Grund und Boden, von Häusern, von Tieren verflüchtigt sich nicht in gleicher Weise; sein Papier gegen Weideland und Steine eintauschen heißt seine Ersparnisse solidieren. Die Bodenkreditanstalt schätzt Pontigny auf mehr als 500 000 Francs ein. Der 510. Teil, den Du kaufen würdest, ist also sichere 1000 Francs wert.

Er fügt jedoch hinzu, daß Du Dich nicht damit befassen mußt, sofort 500 Francs zu finden. Es wird genügen, sie in ein, zwei Jahren einzubringen. Du mögest ihm nur Deine Zustimmung geben, damit er bei der allgemeinen Verteilung Deine Parzelle für Dich reserviert. Postwendend erhielt er darauf eine Anweisung über 500 Francs. Nun ist er ganz ärgerlich beim Gedanken, daß Du Dich in Geldverlegenheit gebracht hast. Warum die Dinge derart brüskieren? Nie kannst Du Dich so wie andere Menschen verhalten! Auch mir erscheint diese Überstürzung sehr sonderbar. Monsieur Desjardins benötigte das Geld nicht sofort, das hatte er Dir genau angegeben. Er konnte es nicht einmal sofort gebrauchen. Da ich Deine auvergnatischen Sparsamkeitsgewohnheiten kenne, finde ich für die plötzliche Ausgabe dieser für Dich bedeutenden Summe (das Ganze Deiner Sou um Sou zusammengetragenen Ersparnisse, und vielleicht mehr) nur eine Erklärung: eine unbewußte Revolte gegen die Idee einer Heirat, begleitet von einer Art Rache an demjenigen, der sie Dir vorgeschlagen hat. Du wärst nie bereit gewesen, Dich zu verheiraten, ohne etwas mit in die Ehe zu bringen (der alte bäuerliche Stolz); da Du mit keinerlei Mitgift rechnen konntest, war Deine Heirat auf den Beitrag der von Dir gesammelten Ersparnisse angewiesen. »Hören Sie, hier sind 500 Francs, mit denen ich nicht nur eine Pontigny-Aktie, sondern überdies das Recht darauf kaufe, daß Sie nie mehr den Wunsch aussprechen, mich von Ihnen zu entfernen. Sie wollen mich arm bleiben lassen, behalten Sie mich also ganz!«

Auch im Herzen von Monsieur Desjardins mußte sich wohl, ohne daß er es sich eingestand, unter die Sorge um Deine Zukunft die Befürchtung, Dich zu »verlieren«, mischen; denn auf der Suche nach einem Zitat, das seine Verherrlichung der Ehe stützen soll, bemüht er den Autor, der am wenigsten geeignet ist, sie erstrebenswert erscheinen zu lassen: François Mauriac. Eine von dessen Personen preist das Glück, »im Schoße der Familie« zu leben. Der Wolf im Schafspelz, nicht wahr! Um so mehr, als der Roman, dem er diese Passage entnimmt, kein anderer ist als *Le Désert de l'amour*, ein Titel, kaum dazu geeignet, Deine Voreingenommenheit zu mildern. Was, wie ich gern glauben will, der Aufrichtigkeit seiner Worte keinen Abbruch tut, wenn er Dir am 8. Juni (zweieinhalb Monate vor unserer Begegnung) versichert, er werde, ohne zu murren, den ersten Platz in Deinen Zuneigungen räumen, wenn die Zeit dafür gekommen sei. »Angesichts eines Mannes, der Ihrer würdig ist, und dann der Kinder würde ich mich mit väterlicher Glückseligkeit in den Hintergrund zurückziehen.«

Gewiß (und trotz des Konditionalsatzes: »ich würde mich

zurückziehen«, eines leichten Zauderns davor, die Sicht des Geistes in baldige konkrete Wirklichkeit umzuwandeln) kann man Monsieur Desjardins nicht vorwerfen, er hätte Dich nicht sanft zu einem total zu liebenden Mann hingedrängt. Der Nachdruck, den er auf euren Altersunterschied legt, die Willfährigkeit, Dir von seinen Gebrechen zu erzählen, der Hinweis auf seine familiären Verpflichtungen, die gewollte Entmaterialisation eurer Bindung, die Geduld, mit der er Dich von Deinen *abjectio*-Anfällen zu befreien sucht, das ständige Loben Deiner Zukunftsaussichten, die Bewunderung Deiner inneren Reichtümer, der dringende Wunsch, sie möchten nicht ungenutzt bleiben, all das zeigt mir den ehrlichen Willen, Dich von ihm zu lösen.

Gleichzeitig aber war es wegen der Höhe, die er eurer Freundschaft verliehen hatte (und ich werde nie wissen, inwieweit er diese Folge mit einkalkulierte oder ob er für unschuldig daran gehalten werden kann), wegen der Vollkommenheit eurer von allem, was eine den Turbulenzen des Fleisches, den Stimmungsumschwüngen, den Gasrechnungen, den Mietzinsfälligkeiten ausgesetzte Liebe beschädigt und betrübt, freien Übereinstimmung schicksalhaft, daß der Vergleich zwischen dem, was Du mit ihm erlebt (oder eigentlich: nicht erlebt) hattest, und dem prosaischen Eheleben zu meinen Ungunsten ausfiel, Deine Enttäuschung bitter und unsere Uneinigkeit unausweichlich machte. Wie hättest Du von einem in jeder Hinsicht edlen, überlegenen, selbstlosen, aufmerksamen, aber nicht drängenden, wachsamen, aber nicht eifersüchtigen *Vater* ohne ein Gefühl der Beraubung und inneren Plünderung zu einem Deiner Generation hinabsteigen können, der Ansprüche stellte, obwohl er in keiner Weise überlegen war, der, obwohl schwach, unzulänglich, unfertig, als Dein Herr und Meister über Dich zu herrschen beabsichtigte? Hatte er, Dein einstiger Lehrer, je daran gedacht, daß seine geliebte Seele, seine *Psyche* eines Tages in einen Körper hinabstürzen müsse? Und daß die mystische Sprache, die Pracht der Metaphern, die Atmosphäre ständiger Erhabenheit, an die er Dich gewöhnt hatte, Dich zwingen würden, eine Art Abscheu vor den Akten des Zusammenlebens überwinden zu müssen?

»Ich dachte gestern« (aus einem wenige Wochen vor unserer Begegnung geschriebenen Brief) »an das, was mich mit Ihnen verbindet, an diese väterliche Liebe, die den Zug beschließt. Sie ist in meinem Leben das, was das Allerheiligste in der Prozession ist, das, wonach nichts mehr kommt, das jedoch, weswegen die Prozession stattfindet, die letzte Erscheinung und die verehrungswürdigste, vor der, wenn sie sie aus weiter Ferne nahen sehen, die mit den Mysterien der Heiligkeit Vertrauten niederknien.«

26

Am 23. August, am Ende des Laubengangs

An »Bewerbern«, wie Madame Belugou sagte, fehlte es Dir nicht; so hübsch, so frisch, so rein warst Du, daß von Dir eine Anziehungskraft ausging, die zu Deinem Wunsch, verführen zu wollen, umgekehrt proportional war. Niemals hat ein liebenswürdiges junges Mädchen der Liebe so viel Feindseligkeit entgegengebracht.

Als erstes hatte der Gedanke, daß man, um zu gefallen, sein Äußeres pflegen, um nicht als »eingebildet« oder »pedantisch« zu gelten, seine wahren Leidenschaften verschweigen, durch so oberflächliche Zutaten wie den Schnitt eines Kleides, eine Frisur, eine gewisse Höhe der Absätze sich in bestem Licht zeigen, sich in Lächeln und Grimassen ergehen, dabei der Aufrichtigkeit seines Herzens Gewalt antun müsse, Dich davon überzeugt, daß Du Dich niemals, unter keinem Vorwand zu solchen Scheinhandlungen herablassen würdest. Wenn Du es nicht von allein erraten hättest, hätte Dir Dein lateinisches Wörterbuch beigebracht, daß »séduire«, »seducere«, »verführen« etymologisch bedeutet: vom rechten Weg abbringen, fehlleiten. Wenn jemand Dich denn lieben würde, nun, so sollte er Dich so sehen, wie Du wirklich warst, das heißt starr, unnachgiebig, konsequent in Deiner Verhaltensweise, nicht geschminkt, nicht zurechtgemacht, ehrlich außen wie innen. Du würdest niemals den ersten Schritt tun. Wer sich um Deine Hand bewarb, mußte als erstes Scharfsinn, Geradheit und Mut besitzen, Eigenschaften, die erlauben, den falschen Schein vom wahren Sein zu unterscheiden.

Der arme Auguste Pavin, der Philosophielehrer im Mainzer Gymnasium, mit dem Du zu sympathisieren angefangen hattest, verlor Deine Achtung an dem Tag, als er es für geschickt hielt, wegen eines Fetzens Stoff in Gefühlen zu schwelgen. In dem Kahn, den ihr für eine Spazierfahrt auf dem Rhein gemietet hattet, erinnerte er an die Parmafarbe des Bandes, das Du um Deinen Haarknoten geschlungen trugst, als ihr euch sechs Monate zuvor zum ersten Mal in der Kantine begegnet wart.

Als zweites hattest Du bei Deinen bereits verlobten Sèvres-Kameradinnen oder bei manchen Deiner Mainzer Kolleginnen beobachtet, wie der Zustand des Verliebtseins eine Persönlichkeitsveränderung mit sich bringt. Der Wille wird ganz schlaff und träge, der Geist verliert an Stärke, die Intelligenz an Hellsichtigkeit, selbst durch somatische Anzeichen verrät sich diese unheilvolle Entkräftung: umflorte Augen, feuchte Lippen, Herzklopfen, zitternde Hände. Ah! die Alten, meintest Du, hatten nicht willkürlich als Symbol der Liebe einen blinden Knaben gewählt. Um nichts in der Welt würdest Du Dir eine Binde über die Augen legen, wenn sie der Preis dafür war. Was man liebt, klar sehen: Deiner Ansicht nach gibt es keine wichtigere Bedingung, wenn man sich selber treu bleiben will. Im Licht der unbeschädigten Vernunft sehen und urteilen.

»Je mehr wir erkennen, desto mehr lieben wir«: diese Maxime Leonardo da Vincis schien wie für Dich gemacht, entschieden eher als der zweideutig lächelnde *heilige Johannes der Täufer*, von dem der französische Staat der Kirche von Saint-Arverne eine Kopie geschickt hatte. Aus welcher Wunderlichkeit hast Du Dich dazu entschlossen, Dein Leben lang eine Reproduktion des Bildes neben der von Philippe de Champaigne gemalten *Mère Angélique Arnauld* auf Deinem Schreibtisch stehen zu haben? Oder vielmehr, wieso weckte dieser junge Mann, der leicht den Kopf senkt und mit dem Finger auf einen unsichtbaren Punkt weist, in Deiner Seele niemals den Hang zu Traum und Geheimnis?

Von allem, was Du über die Liebe gelesen hattest – und das ist, glaube ich, der dritte Beweggrund für Deinen Widerstand gegen die Liebe –, hattest Du Dir nur die von diesem tyrannischen Gott herbeigeführten Katastrophen gemerkt: gekränkte Ehre, Pflichtvergessenheit, Verrat, Verbrechen, Abgleiten in den Wahnsinn. Von Tristan bis Werther, von Francesca da Rimini bis Anna Karenina, wie viele jäh von einem Sturm der Verwüstung und des Todes mitgerissene Helden und Heldinnen! Äneas hatte sich rechtzeitig wieder in der Gewalt und sich von den Zauberkünsten der Dido losgerissen, Kleopatra aber hatte den Marcus Antonius in den Untergang getrieben, Hermione Orest des Verstandes beraubt, und Phädra, die sich in ihren eigenen Stiefsohn verliebt hatte, hatte ihr Treuegelöbnis als Ehefrau und ihre Königinnenwürde mit Füßen getreten. Selbst wenn es sich um zwei Schuldlose handelte wie Romeo und Julia oder Pyramos und Thisbe, war es unmöglich, daß eine auf sinnlicher Anziehung gründende Zuneigung nicht zur Tragödie wurde. Da Du lebensunkundig warst, nicht wußtest, daß die Liebe in den Büchern einen im Vergleich zu ihrer Bedeutung im wirklichen Lauf der Dinge unverhältnismäßig breiten Raum einnimmt, da Du außerstande warst zu erkennen, daß die stets auf spektakuläre Wirkung bedachten Autoren sich nur selten für eben verlaufende Ehen interessieren, glaubtest Du, die Welt gleiche Racines Theater: sie sei unablässig von einer dunklen, wilden Macht bedroht, die einmal entfesselt, ihre Opfer verstört, zerbricht und endlich vernichtet.

Allein Corneille sprach in einer Sprache zu Dir, die gleichlautend mit dem war, was Du hören wolltest. Pauline war Dein Vorbild. Das Mißtrauen gegenüber der betörenden Maxime von den *Rechten des Herzens*, auf die sich jedweder beruft, der »einen Fehltritt« begehen möchte (und die im Nachkriegsfrankreich die Gunst der plötzlich von vier Jahren Zwang befreiten Jugend besaß); das Ausschalten von allem, was verwirrt, beunruhigt, verschleiert; der Drang nach einer vollkommenen Geistesklarheit und Gewissensreinheit; das Festhalten an jenem *Ruhm*, der in der stolzen Freude, sich untadelig zu fühlen, besteht und der für alles Erlittene entschädigt: bei Polyeuctes Gattin fandest Du nur Grundsätze, die Du Dir zu eigen machen suchtest. Diese junge Frau trifft keine Entscheidung, ohne daß ihr Vater sie vorher billigt. Und Du, Du warst fest entschlossen, nur nach dem Rat und mit der Zustimmung dessen zu handeln, der, da Dein leiblicher Erzeuger Dich im Stich ließ, Vaterstelle bei Dir vertrat. Angesichts all dieser Garantien schien es Dir unvorstellbar, daß Du Dich je »verlieben« würdest – ein Wort, das in Paulines Fall übrigens unangebracht gewesen wäre. Hatte sie nicht, um den väterlichen Willen zu befolgen, darauf verzichtet, den Mann zu heiraten, den sie liebte? War sie nicht zu einer Vernunftehe bereit gewesen? Verzicht und Bereitschaft – und dies machte den Wert aus –, die kein Bedauern, keine Bitterkeit trübte, sondern vielmehr der Stolz vollbrachter Pflicht erleuchtete. Ihr Glück? Dem Gesetz treu bleiben, das sie sich selbst gegeben hatte.

Aufgrund welchen Wunders wurde ich unter solchen Bedingungen nicht in die äußerste Finsternis verbannt? Wie kamst Du dazu, mich zu lieben, Constance? Warum handeltest Du Deiner Regel zuwider? Weil zwischen uns nicht allein die Liebe ihre Vermittlung anbot. Und sie mit einem so subtilen Kunstgriff anbot, daß ihre legendären Pfeile und ihr legendärer Köcher neben den zu unseren Ehren angewandten Mitteln sich wie kindische Listen ausnahmen. Mit einem Wort, um Deine Gunst zu erlangen, umhüllte sie sich mit erhabenen Scheingründen und so einfallsreich mit einer zu erfüllenden edelmütigen Aufgabe, daß Du Dich auf sie einließest, noch ehe Du sie erkannt hattest.

Meine Ansichten über die Liebe waren den Deinen entgegengesetzt. Ich besaß nicht wie die unerschrockene Jungfrau, die entschlossen war, nur einmal zu lieben, den Glauben an die einzige Liebe. Eine frühe, reiche Erfahrung – wenigstens hielt ich sie für reich, obwohl sie von bemerkenswerter Armseligkeit war – hatte mich an Unverfrorenheit und Zynismus gewöhnt. Zudem war, wie ich Dir schon sagte, meine literarische Bildung nahezu inexistent. Ein glücklicher Mangel, da er mich vor der Schwarzseherei bewahrte, die Dein Urteil verfälschte. In den Büchern ist Eros stets mit Thanatos verbunden als seiner unerläßlichen Ergänzung, seiner zwangsläufigen Konsequenz, seiner Strafe. Im Leben trifft das nicht zu. Du allein schienst es nicht zu wissen. Schließlich maß ich, im Gegensatz zu Dir, der Liebe keine übertriebene Bedeutung zu. Ich glaubte damals noch, ein Mann werde vor allem durch die Tat selig. Ich mußte noch erst lernen – und die Gelegenheit dazu bot sich alsbald –, daß das Heil, wenn es sich nicht in einer Frau verkörpert, ein sinnentleertes Ziel bleibt.

Aus verschiedenen Gründen, Constance, die aber zum gleichen Ergebnis führten, waren wir zur Zeit unserer Begegnung von romantischen Vorstellungen gleich weit entfernt. Es war keine plötzliche Willensschwäche, die, wie bei den Lieben auf den ersten Blick, unsere gegenseitige Anziehung bewirkte, sondern etwas ganz Einzigartiges, Unerhörtes, das Bewußtsein, ein Werk unternehmen, eine Erlösung vollziehen, eine Seele – wenn ich dieses strapazierte Wort zu sagen wage –, ja, eine Seele retten zu müssen.

Monsieur Desjardins hatte mich wieder zur im August 1923 stattfindenden Dekade nach Pontigny eingeladen. Thema: »Gibt es in der Dichtung eines Volkes einen sorgsam bewahrten, für Ausländer unergründlichen Schatz?« Aufgrund meiner Inkompetenz im Bereich der Literatur und Dichtung hätte ich es vorgezogen, zu einer politischen Dekade zugelassen zu werden. Monsieur Desjardins hielt mir entgegen, daß meine Anwesenheit aus zweierlei Gründen notwendig sei. Als Italiener würde ich sagen können, ob es möglich ist, Dantes stolze Terzinen, die zarten Sonette Petrarcas, die lebhaften Stanzen des Ariost, Tassos melancholische Lais in eine andere Sprache zu übertragen. Als Sizilianer, ob das Vorhandensein einer rein mündlichen Dichtung in manchen Teilen der Welt als Beweis dafür angesehen werden kann, daß das, was jedes Volk an Kostbarstem und Eigenständigstem besitzt, nicht mitteilbar ist.

Die Unterscheidung zwischen Italiener und Sizilianer rührte mich als eine dem Geist der Volksbräuche dargebrachte Ehrenbezeigung eines sehr großen Humanisten. Die Norditaliener weigern sich, unsere Insel als Zentrum einer eigenständigen Kultur und als rechtmäßige Nation anzuerkennen. Weit davon entfernt, Ausdrucksformen zu respektieren, die sich von ihren unterscheiden, erachten sie die Dichtung unserer Rhapsoden, die Kunst der *Cantastorie*, die in der Küche des *Palazzo* meine Kindheit verzauberte, nicht für eine Alternative zur Zivilisation des gedruckten Buchs, sondern, als Kolonisatoren und Rassisten, für eine Folgeerscheinung des Analphabetismus des Südens.

Ich war mir noch unsicher, weil ich befürchtete, eine zu *brutta figura* abzugeben, wenn ich diese Einladung annahm, und so zögerte ich meine Antwort hinaus. Es war zu der Zeit, als ich mit Rosita Schluß zu machen suchte, weniger weil ich ihrer müde war, als weil ich vor mir selbst Abscheu empfand. Könnte ich nie einmal aufrichtig sein? fragte ich mich. Ernstlich lieben, ohne die Vortäuschungen und Lügen der mondänen Komödie? Wie sollte ich mein Leben in Einklang bringen? Wie es auf einer neuen Grundlage aufbauen? Da ich keinen äußeren Beistand hatte, schob ich den Bruch jedesmal hinaus. Zwei Tage nach Monsieur Desjardins' Angebot beschloß ich, der Sache ein Ende zu machen. Der Abend bei Rosita endete jedoch wie gewöhnlich. Von der kleinen Rede, die ich vorbereitet hatte, wagte ich kein Wort zu sagen. Niedergeschlagen machte ich mich auf den Rückweg in die Rue du Bac, als ich plötzlich die Faust ballte und in einem jener die Schwächlinge elektrisierenden Anfälle von Energie den *unwiderruflichen* (so murmelte ich zwischen meinen zusammengebissenen Zähnen) Entschluß faßte, mich in drei Wochen nach Pontigny zu begeben.

Eine Tat, die zehnmal mehr Mut forderte als der Bruch mit der jungen Komtesse. Meiner Mutter mußte ich diesmal die Stirn bieten, indem ich ihr verkündete, daß sie allein in die jährliche Sommerfrische nach Biarritz fahren werde. Unverzüglich angreifen, rasch handeln, das war die Vorbedingung des Erfolgs. Mein Plan war sofort gefaßt. Tags zuvor, am Ersten des Monats, hatte Adeline mir mein Taschengeld gegeben. Ich tastete, als ich die Treppe hinaufstieg, in meiner Jacke nach meiner erfreulich geblähten Brieftasche – ein Umstand, der mir im nun zu erwartenden Duell ein entscheidender Trumpf zu sein schien.

Was das Duell angeht, so war es ein Krieg, der drei Wochen dauerte, bis zu meiner überstürzten Flucht. Am ersten Abend lehnte es Adeline rundweg ab, mir zuzuhören. Sie tat so, als glaubte sie, ich redete ihr von einer Laune, die nicht mehr Substanz habe als die Träume und gleich den Träumen bis zum frühen Morgen vergehen würde. Als ihr bewußt wurde, daß ich darauf bestand, entfaltete sie eine gerissene Strategie, indem sie, solange sie mich nicht zur Mitreise bewegen konnte, ihre Abfahrt von Tag zu Tag verschob. Bald versuchte sie es mit Milde: Wie? sehnte ich mich nicht, wie sie, nach dem Aufenthalt an der Küste, der einzigen Gelegenheit, fern vom zersplitterten, chaotischen Pariser Leben zusammenzusein? Bald mit Drohung: Wenn ich so viel Undankbarkeit bewiese, wäre sie gezwungen, unseren *motus vivendi* zu revidieren. (Was besagten die beiden lateinischen Worte für sie, deren Sinn sie wohl kaum kannte, da sie eines davon verstümmelte? Wollte sie mich mit gelehrtem Kauderwelsch einschüchtern?) Ein weiteres Argument: Wenn ich anfinge, mit den »Revolutionären« von Pontigny zu verkehren, würde ich ihre Stellung bei *L'Écho de Paris* gefährden. Als Leiterin einer wichtigen Rubrik würde Monsieur Léon Bailby doch nicht die Mutter eines »Umstürzlers«, eines Anhängers des Völkerbunds behalten.

Höchste Form der Erpressung: ich mußte, im Gegensatz zu ihrer sonstigen provenzalischen zungenfertigen Idiosynkrasie, nun lange Zeiten des Schweigens über mich ergehen lassen. Sie tat so, als erschlaffe sie körperlich. »Maman!« rief ich, »fühlst du dich nicht wohl?« Sie hob schwach die schönen Hände von der Sessellehne, ließ sie mit einem Seufzer wieder sinken, dann murmelte sie mit ersterbender Stimme: »Sei glücklich, mein Sohn! Ich werde dich nicht mehr lange mit meiner Anwesenheit belasten. Doch! Doch! Mit mir geht es zu Ende, ich fühle es ...« Was sie nicht daran hinderte, um den 15. August eine neue Waffe zu schärfen.

Da sie wußte, wie verschwenderisch ich war, rechnete sie damit, daß ich am 23. August kein Geld mehr haben würde, um den Zug nehmen und meinen Aufenthalt bezahlen zu können, und daß ich ihre Börse in Anspruch nehmen müßte. Dank welchen Instinkts hatte ich darauf verzichtet, meinen Schatz anzugreifen? In meinem Portefeuille schwellte er unversehrt meine Jackentasche noch immer gleich angenehm. Als sie mir am Morgen des 23. erklärte: »Du wirst nicht fahren, denn du hast weder für dein Zugbillett noch für die Hotelkosten das nötige Geld«, war sie denn auch sehr erstaunt, nicht zu erleben, daß ich mich ihr zu Füßen warf. Da ich ihr nicht zu sagen wagte, daß ich die erforderliche Summe beiseite gelegt hatte, zog ich mich mit unterwürfiger Miene in mein Zimmer zurück. Ich hatte mir *in petto* zurechtgelegt, daß die einzige Aussicht, nicht ein weiteres Mal vor dem mütterlichen Willen zu kapitulieren, darin bestände, ohne ihre Erlaubnis meinen Koffer zu pakken, in Reisekleidung vor ihr zu erscheinen, sie auf beide Wangen zu küssen und kühnen Schrittes zur Tür zu gehen. Das Ergebnis war ein Wunder. »Bravo!« sagte sie, verblüfft über diese eigenmächtige Handlung. Plötzlich stolz darüber, an ihrem Sohn einen Zug der Mannhaftigkeit zu entdecken, wünschte sie mir alles Gute. Ehe sie Zeit fand, es sich anders zu überlegen, war ich weit fort auf der Straße.

Als ich im Zwergenbahnhof von Pontigny aus dem Bummelzug stieg, erfaßte mich eine außerordentliche Begeisterung. Zum ersten Mal hatte ich mich wie ein freier Mensch benommen; mit zweiunddreißig Jahren, als ich glauben konnte, nicht mehr die notwendige Willenskraft zu besitzen, hatte ich Adelines Bevormundung abgeschüttelt, und dieser Staatsstreich, daran zweifelte ich nicht, würde in meinem Leben unerwartete, hervorragende Ergebnisse erzeugen. Das Bedürfnis nach innerem Einklang, der Drang nach moralischer Erneuerung, dessen Stachel ich von Zeit zu Zeit gespürt hatte, triumphierte endlich über meine feige Bequemlichkeit; aber dies war nur ein Anfang; ich würde nicht innehalten in meinem Lauf . »Jetzt oder nie!« dachte ich, während ich durch die zur Abtei führende Lindenallee schritt, und war mir bewußt, daß ich einen gleichen siegreichen Schwung nicht so bald wiederfände.

Die zu dieser Stunde menschenleere Kirche machte auf mich, um ein Lieblingswort des weltlichen Herrn der Stätte zu brauchen, einen »stärkenden« Eindruck. Sie ist nicht von der strengen bedrückenden Gotik, die ich an den französischen Kirchen nicht schätze, sondern von einem zarten, der Romanik noch nahen Zisterziensisch, gastlicher, sanfter. Das Rosarot der Steine dämpft die Kahlheit des Schiffs. Ich wanderte durch den Chorumgang. Die Atmosphäre der Sammlung, die Stille, die von der Zeit abgenutzten Pfeiler, die kaum gerundeten Gewölbe bestärkten mich in meinen Hoffnungen. Als ich am Grab des heiligen Robert de Molesme, des Ordensgründers, vorüberkam, fiel mir ein, daß das Kloster von Santo Spirito in Girgenti auch den Zisterziensern gehörte. Ein Zusammenhang, der mir viel Gutes zu verheißen schien. Unter einem so günstigen Vorzeichen würde ich zu einer *Vita nuova* geboren werden.

Seit fast zwanzig Jahren beherbergte die in weltlichen Besitz überführte Abtei weder Mönche noch Klosterfrauen mehr. Keine Schwester Konditorin würde mir die *Coriandoli* und die *Mantecati* meiner Kindheit in das Fach ihrer Drehscheibe legen. Die üppige Landschaft, durch die ich gefahren war, brachte alles, nur keine Mandeln hervor. Ich sah an diesem heiligen Ort keinen Engel, keinen an den Altären befestigten *Putto*, keinen Altaraufsatz aus vergoldetem Stuck. Weinland, Weideland, zieht Burgund wesentlichere, stärkere Substanzen den überflüssigen Leckereien vor. Brauchte ich, um neue Kräfte zu sammeln, nicht kräftigere Nahrung? Hier gab es weder Stuck noch Zucker mehr; Nüchternheit und Gediegenheit, die beste Wegzehr für meine Initiationsreise.

Erfüllt von dieser Gewißheit verließ ich die Kirche, trat aus dem Außentor und gelangte in den Bereich der Abtei. Statt mich sogleich an die Verwaltung zu wenden, wollte ich erst noch aufs Geratewohl weitergehen. Ich durchquerte den Park, trug dabei immer noch meinen Koffer, bis ich zu einem schönen Laubengang kam, der an einem Wasserlauf vorbeiführte und vor einer großen steinernen Brunnenschale endete. Von weitem sah ich an diese Brunnenschale ein junges Mädchen gelehnt stehen: in ihre Träumerei verloren, blickte sie zur anderen Seite hin; ein goldfarbener Strohhut umgab ihren Kopf mit einem Heiligenschein.

Als der junge Dante am Morgen des Heils des 12. Mai 1274 an der Ecke des Ponte Vecchio Beatrice erblickte, war er nicht tiefer bewegt. Die »holdselige, schöne Dame« hörte mich nicht kommen. Sie stand im vollen Strahl der Sonne. Ich näherte mich ihr so, daß ich das Licht abfing und sie mit meinem Schatten bedeckte. Da wandte sie sich um.

»Oh! Sie haben mich erschreckt!« sagte sie und errötete.

»Es ist kein Schatten, der Sie aufsucht, Mademoiselle, es ist ein Mensch, ein Mensch aus Fleisch und Blut, ein Mensch, der Ihrer Hilfe bedarf.«

Diese Worte, die mir unwillkürlich herausgefahren waren, brachten mich in Verlegenheit. Ich weiß nicht, wie Du sie aufnahmst. Um meine Fassung zurückzugewinnen, stellte ich meinen Koffer auf den Boden.

»Wie ich sehe«, sagte ich und richtete mich wieder auf, »sind Sie hier schon zu Hause. Wenn Sie sich hier auskennen, können Sie mir sagen, wo und bei wem ich um meinen Zimmerschlüssel bitten muß?«

Platter Rechtfertigungsversuch einer allzu verwegenen Einleitung, aber eine zweckdienliche Frage, denn sie bot Dir Gelegenheit, Dich nützlich zu machen und uns fort von diesem entlegenen Ort und zurück zur Abtei zu bringen. Wir nahmen den Weg durch den Laubengang. Die Rede kam auf das Thema der Dekade. War ich ein Spezialist in lyrischer Dichtung? Bereitete ich eine These vor? Heute kann ich es Dir gestehen: eine solche Frage kränkte mich. Ich hätte lieber gehört, daß man zu mir sagte: »Sind Sie Dichter?« Du warst so schüchtern, so bescheiden, Du hieltest es für undenkbar, daß ein Dichter, ein wahrer Dichter, einer von jenen, die das Recht auf eine Seite in den Lehrbüchern haben, sich für Deine schmächtige Person interessieren könnte. Da ich Deinen Charakter nicht kannte, wußte ich auch nicht, daß Du, um zu verhindern, daß sie mit Dir davongaloppierte, Deiner Phantasie, der »Erz-Irrenden«, die Zügel kurzhieltest.

»Ich bin in meiner Eigenschaft als Italiener eingeladen worden, Mademoiselle.«

»Sind Sie aus Rom? Aus Florenz?«

»Ich bin Sizilianer«, sagte ich und senkte den Kopf, gedemütigt, bei dem ersten Menschen, dem ich in Pontigny, dieser Welt, von der ich eine so hohe Meinung hegte, begegnet war, wieder auf das Vorurteil zu stoßen, das Italien auf die beiden bedeutendsten Stätten seines klassischen Zeitalters beschränkt. Vorurteil, denn sie sind inzwischen zu toten Städten, musealen Städten geworden. Die Lebenskraft des Landes konzentriert sich heute im Süden.

»Monsieur Desjardins weiß, was er tut«, brachtest Du in ernstem Ton hervor. »Sie werden uns vielleicht über Leopardi sprechen? Einer meiner Lieblingsdichter«, fügtest Du nach einer Pause hinzu, wie um Dich dafür zu entschuldigen, daß Du einem Unbekannten Deinen persönlichen Geschmack anvertrautest.

Ich habe Dir einige Verse aus dem *Infinito* aufgesagt, wodurch Du Dir eine schmeichelhafte Meinung über meine Kenntnisse gebildet hast. Hochstapelei meinerseits, denn so, wie der ungeschliffenste Franzose fähig ist, den Anfang von La Fontaines *Le Corbeau et le Renard* zu zitieren, findet der unwissendste Italiener in seinem Gedächtnis noch den einen oder anderen Erinnerungsfetzen der in der Schule heruntergeleierten fünfzehn Verse:

. . . Così tra questa
Immensità s'annega il pensier mio:
E il naufragar m'è dolce in questo mare.

Dann schwiegen wir einige Schritte lang, um uns von dieser sanften Musik durchdringen zu lassen. Du faßtest Dich zuerst wieder und wolltest den genauen Sinn eines jeden Wortes wissen. Konnte man eine befriedigende Übersetzung dieser Verse geben? Kann der poetische Reichtum eines Volkes dem Ausländer übermittelt werden? Ich hatte meinen Koffer abgestellt, um mit beiden Händen die lange Wellenbewegung des Unendlichen, das einem Meer gleicht und zum Untergang einlädt, pantomimisch darzustellen. Verdutzt über diese wenig französische, allen in Sèvres gelehrten Regeln widersprechende Art, eine Texterläuterung vorzunehmen, schautest Du mich an. Als ich Dich vor mir sah, wie Du so hübsch, so rein, so eifrig mit halb mißbilligendem, halb belustigtem Ausdruck meinen Gesten folgtest, hätte ich gewünscht, der Augenblick möchte ebensowenig enden wie Leopardis beschauliche Verzückung.

Der Schatten der Blätter bewegte sich leicht über den Boden. Eine kleine Mücke setzte sich auf Deine Nase, und Du mußtest niesen. Du zogst aus Deiner Tasche ein Taschentuch aus grobem, kariertem Stoff, der noch eine rote Internatsnummer zeigte. Ich hatte bereits begriffen, daß Du nicht zur selben Gesellschaftsschicht gehörtest wie die Frauen, mit denen meine Mutter mich zu verkehren zwang. Das Taschentuch bestätigte mir Deine Arglosigkeit. Du warst nicht einmal verlegen, Dich in einen solchen Fetzen zu schneuzen. Du legtest ihn ruhig wieder zusammen und tatest ihn, ohne ihn zu verbergen zu suchen, wieder in Deine Tasche: ein vielversprechendes Zeichen dafür, daß Du von der Welt und den dort zu beachtenden Konventionen keine Ahnung hattest. In der Geistesverfassung, in der ich mich nach dem ersten Sieg über Adeline befand, schien es mir einleuchtend, daß Armut, Naivität der Manieren, gesunde bäuerliche Einfachheit, denen das pariserische Getue unbekannt war, die Eigenschaften der Frau – wer auch immer sie sein mochte – sein würden, von der mir die Rettung käme.

Mein wahrer poetischer Reichtum ist dieses junge Mädchen, dessen Namen ich nicht einmal kenne, dachte ich und nahm meinen Koffer wieder auf. In einer und derselben schweigenden Verehrung vereinigte ich das Bild, das sich auf die Erde neben mir abzeichnete, und die Erinnerung an die Äbtissin von Santo Spirito. An der Schwelle von Pontigny hatte mir das Zistertium die lebende, blühende und verjüngte Nachbildung der *Madre* Juana als Mittlerin und Psychagogin gesandt.

Als wir uns dem Gebäude näherten, trat Monsieur Desjardins heraus und ging uns entgegen.

»Ah! wie ich sehe, haben Sie schon Bekanntschaft geschlossen«, sagte er und ergriff jeden von uns bei einer Hand.

»Stellen Sie uns einander vor«, baten wir wie aus einem Mund.

»Wie? Sie haben sich einander nicht vorgestellt?« rief er, über das, was ihm als ein Übermaß an beidseitiger Bescheidenheit erschien, belustigt.

Er legte Deine Hand in meine und sagte:

»Monsieur Vasconcellos, Mademoiselle Rageblanc, werden Sie gute Freunde.«

Etwa dreißig Gäste bewohnten im noch erhaltenen Flügel der Abtei die Zimmer zweier Etagen. Einer weiblichen Etage, einer männlichen Etage. Die Frauen logierten im ersten, geräumigeren und vornehmeren, die Männer im zweiten Stock, eine typisch französische Einteilung, konnte ich mir nicht verkneifen festzustellen. In meinem Land wäre man umgekehrt vorgegangen: im Wunsch, die Rangordnung der Geschlechter zu betonen, und weil das Bemühen, unseren Gefährtinnen das Ersteigen von weiteren dreißig Stufen zu ersparen, nicht zum italienischen Ehrenkodex gehört. Es war mir nicht unlieb, im zweiten Stock zu hausen. Dieser symbolische Umsturz kam mir wie eine Aufforderung vor, gewisse Gewohnheiten zu ändern, mich von dem Rest meiner sizilianischen Überheblichkeit zu befreien, wie ein Zeichen dafür, daß meine Anstrengungen, mich innerlich zu erneuern, nicht vergeblich sein würden.

Wir versammelten uns in der Bibliothek unter den hohen eichenen Regalen, die die Wände bis zum Rand des Tonnengewölbes verkleideten. Monsieur Desjardins hatte selbst die Eingruppierung der Bücher überwacht. Die ältesten Autoren, die griechischen und die romanischen bis zu Montaigne und Pascal besetzten die obersten Reihen. Im Hinabsteigen begegnete man Autoren aus immer jüngeren Jahrhunderten. Die Zeitgenossen hausten ganz unten. Eine sinnreiche Anordnung, die denjenigen, der aus den Ursprüngen des Wissens frische Lebenskraft schöpfen wollte, dazu zwang, eine der langen Leitern zu benutzen und einen gefahrvollen Aufstieg zu unternehmen, Sinnbild der Geistesanstrengung, die notwendig ist, um sich in die Höhe der Meister, der Gründerväter des universellen Gedankenguts, zu hissen. Das achtzehnte und das neunzehnte Jahrhundert, die für gewöhnlicher erachtet wurden, boten sich in Reichweite dar, wie zum Beweis dafür, daß das, was sie zu sagen haben, weniger wichtig ist. Da sie kaum schwer zugänglich sind, bereichern sie weniger. Um schließlich zu den Modernen zu gelangen, mußte man sich entschieden bücken, sich auf alle viere oder auf die Knie niederlassen, sichtbares Zeichen des Niedergangs der Kultur in einem Zeitalter, in dem trotz der Gide und der Valéry der Jazz, der Tango, das Kino und das Automobil das Monopol des Buchdrucks abgeschafft haben. Wie mir in der Folgezeit bewußt wurde, hattest Du in Deiner Vorstellung die gleiche Rangordnung beibehalten: Grund genug, einen Barbaren wie mich zu entmutigen, dem Du den Zugang zu Büchern erleichtert hättest, wenn Du mir Baudelaire statt Vergil, Kipling statt Amyot, Männer meiner Zeit und meiner Empfindungen statt der Alten, die ohne Vermittlung unverständlich sind, zu lesen gegeben hättest.

Bei schönem Wetter fanden die Sitzungen am Rande des

Laubengangs statt. Von meinem Stuhl aus blickte ich, während der eine oder andere redete, flüchtig zur Brunnenschale am anderen Ende hin. Die Reste des Klosters (zwei Seiten von vieren) dienten zu gesonderten Besprechungen. Wir fanden selten Gelegenheit, allein zu sein. Ich glaube, daß dies für uns eine große Chance war. Hätte ich, ohne das Bewußtsein, daß die Augenblicke der Gespräche unter vier Augen gezählt waren, meine Scheu überwunden? Hättest Du mir diese Geständnisse erlaubt? Wir wußten, daß, kaum hatten wir einige Worte gewechselt, die Glocke, die die Wiederaufnahme der Diskussionen ankündigte, oder der Gong, der zum Speisesaal rief, wenn es nicht der eine oder andere Teilnehmer war, der sich ins Kloster flüchtete, uns zwingen würden abzubrechen. Glückliche Hindernisse, die uns die Scham genommen und von der Konvention befreit haben. Die Notwendigkeit, schnell zu sagen, was uns am Herzen lag, bewirkte, daß wir es zu sagen vermochten – wenigstens trifft dies für mich zu, der alles einsetzte, der in den zehn Tagen um sein Leben spielte.

»In Ihnen ist eine magische Kraft«, flüsterte ich Dir mit beklommener Stimme zu. »Retten Sie mich! Sie haben die Macht dazu. Haben Sie auch den Willen dazu! Von Ihnen allein, Mademoiselle, erwarte ich mein Heil . . . Doch! Doch! Ich kann Ihnen nicht mehr darüber sagen . . . Sie haben einen Mann vor sich, der in sein Verderben geht, der gerettet wird, wenn Sie ihn nicht zurückstoßen, der sonst untergeht . . .«

Sätze, die zu sagen ich mir niemals erlaubt hätte ohne die Notwendigkeit, sie hastig vorzubringen, und die Du Dich anzuhören geweigert hättest, wenn wir mehrere Stunden für uns gehabt hätten. Die Anwendung des respektvollen »Mademoiselle«, die Wirkung des Klosters, das uns in seinen Schatten hüllte, der fiebrige Ton meiner Bitten, die von Monsieur Desjardins erteilte unausgesprochene Protektion, alles trug dazu bei, Dich davon zu überzeugen, daß ich nicht log und daß sich Dir die Gelegenheit bot, eine Deinen Idealen entsprechende Rolle zu spielen.

Aufrichtig war ich, als ich Dich anflehte, mir zu Hilfe zu kommen; aufrichtiger hätte ich nicht sein können. Gleichzeitig aber hätte sich, wenn ich bewußt eine Verführungspolitik hätte betreiben wollen, keine Strategie tauglicher erwiesen. Wenn ein Mann sich in ein junges Mädchen verliebt und sie zu überreden versucht, seine Frau zu werden, schwört er gewöhnlich, daß er sie glücklich machen wird. Um Dich zu gewinnen, wäre ein Glücksversprechen das letzte Mittel gewesen. Pfui! Du machtest Dir eine erhabenere Vorstellung von Deinen Pflichten auf Erden, die Sorge um Dein persönliches Wohlergehen trat in den Hintergrund.

Irre ich mich? Der Mann, der so inständig um Deine Hilfe bat, gefiel Dir, weil er nicht Deiner Selbstsucht schmeichelte, sondern sich an das Beste in Dir wandte. Liebtest Du ihn sofort? Wenn Du versprachst, ihn nach dem Abschluß der Dekade wiederzusehen, wenn Du bereit warst, Briefe mit ihm zu wechseln, wenn Du Dich sodann mit ihm verlobtest und Dich zur Ehe entschlossest, war es nicht eher, weil er Dir eine zu erfüllende hohe Aufgabe vorschlug? Mehr als um Deine Gefühle ging es bei dieser Begebenheit um Deinen Ruhm. Du warst nicht eine Liebende, die dem Ruf ihres Herzens folgt: indem Du die Aufgabe, mich zu retten, auf Dich nahmst, warst Du eine Heldin.

Seite

43 *Oxonier* = Absolvent der Universität Oxford

88ff. *Maria Stuarda*, Oper von Gaetano Donizetti
Beatrice di Tenda, Oper von Vincenzo Bellini
Aïda, Oper von Giuseppe Verdi
Anna Bolena, Oper von Gaetano Donizetti
I Pagliazzi (Der Bajazzo), Oper von Ruggiero Leoncavallo
Norma, Oper von Vincenzo Bellini
Tosca, Oper von Giacomo Puccini
Carmen, Oper von Georges Bizet
Louise, Oper von Gustave Charpentier
Werther, Oper von Jules Massenet
Samson et Dalila, Oper von Camille Saint-Saëns
Lakmé, Oper von Léo Délibes
Otello (Othello), Oper von Giuseppe Verdi

93ff. *Les Huguenots* (Die Hugenotten), Oper von Giacomo Meyerbeer, Text von Eugène Scribe und Emile Deschamps. Deutsch von Ignaz Franz Castelli

»Ha, welch ein reizendes Bild stellt dem trunkenen Auge sich dar!«

Faust (Margarete), Oper von Charles Gounod. Text von Jules Barbier und Michel Carré. Deutsch von J. Behr

»Gegrüßt sei mir, o heil'ge Stätte,
Asyl der frommen Einfalt und der keuschen Unschuld!«

La Juive (Die Jüdin), Oper von Jacques Halévy, Text von Eugène Scribe. Deutsch von Paul Grüder

»Recha, als Dich Gott mir zur Tochter einst gegeben,
Und zitternd diese Hand dem Kinde Nahrung bot,
Tat ich den heil'gen Schwur, zu wachen für Dein Leben ...«

Guillaume Tell (Wilhelm Tell), Oper von Gioacchino Rossini. Deutsch von Julius Kapp

»Du, meiner Väter Hütte,
Wo ich froh als Kind gelacht,
Allzu lang hab ich dich gemieden ...«

Vasco da Gama, Hauptrolle in *L'Africaine* (Die Afrikanerin), Oper von Giacomo Meyerbeer. Text von Eugène Scribe.
Deutsch von Ferdinand Gumbert

»Land so wunderbar! Gärten reich und schön! Tempel voll Glanz, seid gegrüßt!

O Paradies, das mir zum Ruhme werde,
Himmel so rein, Himmel so blau, bezaubernde Schau!«

95 *Alceste*, Oper von Christoph Willibald Gluck
»Verbanne Furcht und ängstlich Bangen,
Auf daß dem Schmerze folge nun die Lust:
Und daß sie trockne unsere Wangen ...«

102 *Trouvère* = der nordfranzösische Minnesänger

106 *Pichon* : »pis« = Euter; »cochon« = Schwein

150 *Caltagirone*, sizilianische Stadt (Provinz Catania) mit Keramikindustrie

221 »Frech ertönt das Jagdhorn des Vogtes,
Den Oestreich ins Land uns gesendet!«

226 »Lebwohl, du, des Friedens stille Stätte,
Wo auf den Knien der Vater mich einst gewiegt!
Der Friede floh und mit ihm das Glück!
Öd bist du nun und fremd! Lebwohl!«

260 *Pensées sur la religion* von Blaise Pascal
La Maison du Berger, Gedicht aus *Les Destinées* von Alfred de Vigny
Le Soulier de satin, Drama von Paul Claudel

264f. *Medée* (Medea), Oper von Luigi Cherubini
La Vestale (Die Vestalin), Oper von Gasparo Spontini
Lucia di Lammermoor, Oper von Gaetano Donizetti
I Puritani (Die Puritaner), Oper von Vincenzo Bellini
L'Elisire d'amore (Der Liebestrank), Oper von Gaetano Donizetti

272 *Cavalleria rusticana*, Oper von Pietro Mascagni
Andrea Chenier (André Chénier), Oper von Umberto Giordano
La Gioconda, Oper von Amilcare Ponchielli
Macbeth, Oper von Giuseppe Verdi

276 *Nabucco*, Oper von Giuseppe Verdi
I vespri siciliani (Die sizilianische Vesper), Oper von Guiseppe Verdi

310 *Fourme* = französische Käsesorte
326 *patia* = Roggenbrei
334 *cantou* = harter, ungepolsterter Lehnstuhl
342 *bugnes* = Krapfen
Chanturgue = auvergnatischer Landwein

343 *PTT* = Postes, Télégraphes et Téléphones

347 Das Lied vom Ochsenhirten:
Als Hans vom Ochsentreiben kam,
Stellt seinen Treibstock hin
Ha!
Stellt seinen Treibstock hin.

Fand seine Frau zu Hause
Gar tiefbetrübt war sie
Ha!
Gar tiefbetrübt war sie.

O Frau, mögt Ihr 'ne Suppe,
Oder mögt Ihr 'nen Brei?

Wenn Ihr Euch krank fühlt
Wird man Euch pflegen, Frau.

Und Frau, wenn Ihr dran sterbet,
Man Euch begraben, Frau.

355 *Collection du Zodiaque* = eine von Mönchen angelegte Sammlung von Bildbänden über die romanische Kunst des Abendlandes

367 *CGT* = Confédération générale du travail, kommunistisch gelenkte Gewerkschaft

372 *Le Tour de la France par deux enfants* (Die Wanderung zweier Kinder durch Frankreich). Populäres Jugendbuch von G. Bruno

378 *Ätna, Eryx,* Berge Siziliens

453 *Thaïs*, Oper von Jules Massenet

469 *Sucre des coqueilles* = eine Art Krapfen

506 *Les Fondements de la religion chrétienne*, deutsch: Die Fundamente der christlichen Religion

Les Prophéties, deutsch: Die Prophezeiungen
Preuves de Jésus-Christ, deutsch: Beweise Jesu Christi
Les Miracles, deutsch: Die Wunder
Apologie de la religion chrétienne, deutsch: Apologie des Christentums

520 *L'Heure espagnole* (Eine Stunde Spanien), Comédie musicale von Maurice Ravel

»Die Maultiertreiber sind nicht unterhaltsam.«

528 *Réflexions sur la violence* (deutsch: Über die Gewalt) von Georges Sorel

543 *Le Cimentière marin* (Der Friedhof am Meer) von Paul Valéry.
Le Retour de l'enfant prodigue (Die Rückkehr des verlorenen Sohns) von André Gide

564 *La Maison du Berger* von Alfred de Vigny:

»Doch wenn Gott dich in seiner Nähe gewollt, o Frau!
Zarte Gefährtin! Eva! weißt du, warum?
Damit er sich im Spiegel einer anderen Seele schaue ...«

568 *Panégyrique de Saint Jean l'Apôtre* (Lobrede auf den heiligen Apostel Johannes), Predigt von Jacques Bénigne Bossuet

575 *Tristesse d' Olympio.* Aus: *La Légende des siécles* von Victor Hugo

609 *Athalie*, biblisches Drama von Jean-Baptiste Racine:

»Brecht jedes Bündnis mit der Unreinheit ...«

614 *Le Désert de l'amour* (Die Einöde der Liebe), Roman von François Mauriac

627 *Le Corbeau et le renard* (Der Rabe und der Fuchs), Fabel von Jean de La Fontaine
L'Infinito (Das Unendliche), Gedicht von Giacomo Leopardi:

». . . und so, inmitten
Des Unermeßlichen, ertrinkt mein Denken:
Und Schiffbruch leid ich gern in solchem Meere.«

Inhalt

Erstes Buch
DIE SCHULE DES SÜDENS

Zweites Buch
DIE VIER EVANGELIEN